HEYNE <

Das Buch

Fünf Jahre lang hat ein sadistischer Serienkiller Seattle in Angst und Schrecken versetzt. Fünf Jahre lang hat sich die Journalistin Anne Jeffers dafür eingesetzt, daß der zum Tode verurteilte Richard Kraven auch tatsächlich hingerichtet wird. Kraven soll seinen Opfern bei lebendigem Leib Organe entnommen haben. Kurz vor seiner Hinrichtung läßt er Anne zu sich kommen, beteuert erneut seine Unschuld und schwört grausige Rache: Es werde ihr noch leid tun, wenn der wahre Täter nach seiner Hinrichtung weitermorden würde.

Wenige Minuten nach Kravens Hinrichtung erfährt Anne, daß ihr Mann einen schweren Herzinfarkt erlitten hat. Und als er endlich wieder aus dem Krankenhaus entlassen wird, stellt sie entsetzt fest, daß sich ihr Mann auf unheimliche Weise verändert hat. Kravens Geist hat Gewalt über ihn gewonnen – das schreckliche Morden geht weiter ... »John Saul ist ein Schriftsteller mit unfehlbarem Gespür für Gänsehaut.« *Detroit News*

Der Autor

Sein erstes Buch veröffentlichte John Saul 1977: *Wehe, wenn sie wiederkehren*. Bereits mit diesem ersten Werk landete er auf den Bestsellerlisten – wie auch mit all seinen darauffolgenden Romanen, die zwischen Horror und Psychothriller angesiedelt sind.

Im Wilhelm Heyne Verlag liegen vor: *Die Wächter* (01/9092), *Jäger des Grauens* (01/13353).

JOHN SAUL

BLITZE DES BÖSEN

Roman

Aus dem Amerikanischen von Peter Schwertner

Deutsche Erstausgabe

WILHELM HEYNE VERLAG
MÜNCHEN

HEYNE ALLGEMEINE REIHE
Nr. 01/9963

Titel der englischen Originalausgabe
BLACK LIGHTNING

Umwelthinweis:
Dieses Buch wurde auf
chlor- und säurefreiem Papier gedruckt.

Redaktion: Barbara Zander

7. Auflage

Printed in Germany 2004
Umschlagillustration: Franco Accornero/Agentur Schlück, Garbsen
Umschlaggestaltung: Nele Schütz Design, München
Satz: Franzis Druck GmbH, München
Druck und Bindung: Ebner & Spiegel, Ulm

ISBN 3-453-10854-X

Für Michael

Prolog

Fünf Jahre vorher – Experiment Nummer siebenundvierzig

Es war wie ein Ballett, das der Mann schon so oft getanzt hatte. Die ersten Schritte waren ihm derart vertraut geworden, daß er sie ganz automatisch und ohne zu überlegen ausführte. Wäre er danach gefragt worden, hätte er nicht einmal genau sagen können, warum eine bestimmte Person seine Aufmerksamkeit erregte und er gerade sie zu seinem Studienobjekt auserkor. Mit dem Alter hing es auch nicht zusammen; daß alle seine Versuchspersonen relativ jung waren, hatte für ihn keinerlei Bedeutung.

Auch das Geschlecht spielte keine Rolle. Unter seinen Versuchspersonen befanden sich fast ebenso viele Männer wie Frauen, aber auch das war reiner Zufall und statistisch gesehen belanglos. Außerdem war es ihm auch nie darauf angekommen, ob er sich selbst die Versuchsperson auswählte oder ob sie selbst den ersten Schritt unternahm.

Die Versuchsperson hatte damals von sich aus den Kontakt aufgenommen, und er hätte sie fast abgelehnt, weil ihm schien, daß er sie schon irgendwo einmal gesehen hatte. Kam ihm jemand bekannt vor, war das der einzige Grund, ihn von vornherein für seine Studien auszuschließen, denn in einem solchen Fall konnte er sich seiner Objektivität nicht sicher sein. Gefühle, egal ob positive oder negative, durften ihn bei seinen Experimenten nicht beeinflussen.

Die Frau war ihm zum ersten Mal vor einigen Wochen in einem Café nahe der Universität aufgefallen. Er' hatte sie nur flüchtig wahrgenommen, als sie eintrat, sich alleine an einen Tisch neben der Tür setzte und den *Seattle Herald* aufschlug. Sie war es gewesen, die ihm zugelächelt hatte, dann zu seinem Tisch gekommen war und ihn gefragt hatte, ob sie sich zu ihm setzen dürfte. Er erinnerte sich, daß sie irgend etwas gesagt hatte, das sie offenbar witzig fand, etwa im Sinne von: Wir sollten enger zusammenrücken, denn auf diesem Planeten gibt es ohnehin schon zu wenig Platz. Daraufhin hatte er ihr zwar das erhoffte Lächeln geschenkt, doch anstatt sie zu bitten, Platz zu nehmen, hatte er vorgeschützt, arbeiten zu müssen, und sie war wieder gegangen.

In den nächsten zehn Minuten hatte er überlegt, woher sie ihm so bekannt vorkam, und es war ihm schließlich klargeworden, als er die Zeitung aufgeschlagen hatte und sein Blick an einem der Leitartikel hängengeblieben war:

Wie lange noch?
Die Polizei tappt im Dunkeln – und der Unbekannte mordet weiter

Das Sonderdezernat der Polizei von Seattle ist auf der Suche nach dem Verbrecher, der in den letzten fünf Jahren in der Stadt zahlreiche Morde verübt hat, keinen Schritt weitergekommen. Alles, was die Polizei bis jetzt herausgefunden hat, ist, daß alle Opfer offenbar von derselben Person getötet wurden – eine Schlußfolgerung, die jeder gezogen hätte, der die Leichen gesehen hat.

Es war aber weniger der Artikel, der den Mann interessierte, sondern das daneben abgebildete Foto der Journalistin. Anne Jeffers. Darum also war ihm die Frau, mit der er wenige Minuten zuvor gesprochen hatte, so bekannt vorgekommen: Sie sah dieser Journalistin verteufelt ähnlich. Einige Sekunden lang starrte er auf das Foto und überlegte.

Die Frau von vorhin war etwa Anfang Vierzig, mittelgroß und hatte sogar dieselben Gesichtszüge wie die auf dem Foto. Auch das dunkle Haar paßte, auch wenn das von Anne Jeffers etwas kürzer war.

Hatte er gerade mit Anne Jeffers gesprochen? Ganz ruhig

trank er erst einmal seinen Kaffee, faltete die Zeitung zusammen und verließ das Lokal. Aber er hielt die Augen offen. Als er dann einige Tage später die Frau aus dem Café wiedersah, wurde ihm klar, daß sie weder Anne Jeffers noch sonst jemand war, den er kannte.

Er war ihr unauffällig gefolgt. Sie wohnte nicht weit von der Universität entfernt, in einem Appartementhaus, das im alten spanisch-maurischen Stil erbaut war und ihm schon von jeher gefallen hatte.

Daraufhin war er alle paar Tage um das Gebäude herumspaziert, war ihr auch einige Male begegnet und hatte ihr stets zugenickt.

Damit hatte der Tanz begonnen.

So ging es einige Wochen lang weiter, und sie kamen sich schrittweise näher. Anfangs nickten sie einander nur zu, dann grüßten sie sich schließlich.

Bald hatte er sich mit ihren täglichen Gewohnheiten vertraut gemacht und festgestellt, daß ihr Verhalten wie bei den meisten Menschen ausgesprochen leicht vorhersehbar war.

An diesem strahlenden Sonntag war er sich völlig sicher, daß die Frau mit einem Picknickkorb aus dem Haus kommen und sich auf der Wiese bei der Universität sonnen würde. Dort würde sie dann so tun, als ob sie in einem Buch läse; in Wirklichkeit hielt sie aber nur danach Ausschau, ob sich ein Mann für sie interessierte. Wobei sie offensichtlich nicht besonders wählerisch war – wie er herausgefunden hatte.

Heute wollte er der Mann sein, der sich für sie interessierte.

Heute sollte der Tanz enden.

An diesem Morgen ließ er sein Auto in der Garage und nahm statt dessen sein Wohnmobil, das er sich vor einigen Jahren, als er mit seinen Experimenten begonnen hatte, gekauft hatte. Damit fuhr er oft in die Berge – wenn er gerade nicht mit seinen Forschungen beschäftigt war – und machte an einem der unzähligen Bäche halt. Dort ging er der einzigen Leidenschaft nach, die ihn außer seinem Projekt noch interessierte: dem Fliegenfischen.

Er fuhr mit dem Wohnmobil zur Universität, stellte es in der verlassenen Tiefgarage ab und verschloß es. Mit einem Lunchpaket und zwei Flaschen Zitronenlimonade stieg er anschließend die Treppen nach oben und ging über den Rasen zu der Stelle, an der sich die Frau am liebsten aufhielt.

Eine halbe Stunde später, nachdem sie die Limonade, die er ihr angeboten hatte, zur Hälfte getrunken hatte, verfinsterte sich auf einmal ihr Blick, und sie schüttelte den Kopf.

»Stimmt was nicht?« fragte er und gab sich alle Mühe, so besorgt wie möglich zu klingen.

»Ich... ich weiß auch nicht...«, stotterte die Frau. »Mir ist plötzlich so...« Sie stockte, dann stand sie auf. »Ich glaube, ich geh' lieber nach Hause.«

Der Mann stand auf, sammelte seine und ihre Sachen ein. »Vielleicht ist es besser, wenn ich Sie fahre«, schlug er vor.

Zunächst wollte sie sein Angebot ablehnen, änderte aber dann ihre Meinung. Er bemerkte, wie die Farbe allmählich von ihren Lippen wich.

»Wenn Sie können...«, begann sie, fühlte sich dann aber benommen, und ihre Stimme versagte. Dankbar ergriff sie den Arm, den er ihr anbot und ließ sich von ihm in die Garage zu seinem Wohnmobil führen.

Noch bevor er die Garage verlassen hatte, war die Frau schon bewußtlos geworden. Sie lag jetzt auf einer Plastikfolie, die er auf dem Boden ausgebreitet hatte.

Er fuhr aus der Garage, dann zwei Blocks weiter, bog in die 45. Straße und schlug die Richtung zur Autobahn ein. Von dort aus fuhr er nach Süden, nahm schließlich die Ausfahrt zur Route 520 und steuerte nach Osten, Richtung Redmond.

Eine Weile später fuhr er die kurvige Strecke ins Vorgebirge hinauf und hielt nach einer geeigneten Stelle Ausschau: ein Platz, der fernab der Straße lag – in der Nähe eines Baches – an dem er noch ein wenig fischen konnte, wenn er sein Werk vollbracht hatte.

Schließlich entdeckte er den richtigen Platz: eine enge

Straße, die er kannte, aber schon seit Jahren nicht mehr gefahren war. Sie führte 800 Meter lang unter den Bäumen hindurch und endete auf einer Lichtung neben einem raschfließenden Bach. Er schaute sich in alle Richtungen um.

Niemand war zu sehen.

Jetzt konnte er mit seinen Vorbereitungen beginnen. Zuerst zog er sich nackt aus, legte seine Kleider sorgfältig zusammen und verstaute sie in der Kommode unter der Schlafkoje seines Wohnmobils. Dann streifte er sich Gummihandschuhe über, bedeckte das Bett mit einer Plastikfolie und legte die bewußtlose Frau darauf. Anschließend breitete er weitere Plastikfolien im gesamten Innenraum des Wohnmobils aus und bedeckte systematisch jede Lücke. Einer der wichtigsten Grundsätze bei der Durchführung eines Experiments war nämlich, daß es in vollkommen steriler Umgebung durchgeführt werden mußte.

Als er endlich fertig war, entkleidete er die Frau und betrachtete ihren nackten Körper. Genüßlich stellte er fest, daß sie soviel Lebenskraft ausstrahlte, als ob sie nur schliefe. Beim Atmen bewegten sich ihre Brüste rhythmisch auf und nieder, und als er seine Finger sanft an ihren Hals legte, konnte er ihren Pulsschlag fühlen.

Er legte sich alle nötigen Werkzeuge zurecht, dann nahm er das Instrument, das er sich tags zuvor speziell für dieses Experiment gekauft hatte und stellte es an. Kreischend setzte sich die automatische Säge in Gang. Er begann mit seiner Arbeit.

Das Sägeblatt schlitzte Haut und Fleisch auf; mit einem einzigen raschen Schnitt durchtrennte es das Brustbein der Frau bis zur Mitte des Brustkorbs.

Er legte die Säge beiseite, bog die Rippen auseinander und klemmte die größten Blutgefäße mit einigen der Operationsklammern ab, die er sich vor Jahren gekauft hatte, als sich seine Forschungen noch in der Planungsphase befanden.

Die schlimmste Blutung war damit gestillt, und er griff behutsam in das Loch im Brustkorb. Er bemerkte, daß die Lungen der Frau nach wie vor kräftig arbeiteten, und nickte zufrieden. Wieder einmal war es ihm gelungen, den ersten Schnitt so perfekt auszuführen, daß das Zwerchfell des Versuchsobjektes unbeschädigt geblieben war.

Er ließ die Finger tiefer gleiten, tastete sich zu den Lungen durch, bis er das sanft bebende Muskelgewebe fühlte. Er hielt inne; die Empfindung, Leben in seinen Händen zu halten, ließ ihn wollüstig erschauern.

Doch allmählich wurde die Atmung der Frau schwächer. Jetzt wurde die Zeit knapp. Er mußte mit seinem Experiment beginnen.

Seine Finger drangen tiefer, bis er schließlich die vertrauten Umrisse eines menschlichen Herzens spürte.

Die Zeit schien stillzustehen...

Als der Mann eine Stunde später das Wohnmobil verließ, waren seine Hände über und über mit Blut verschmiert. Die schimmernde rote Flüssigkeit tropfte auch aus dem Körper, den er in den Armen trug; beim Gehen lief das Blut ihm langsam über die Beine und versickerte im Boden. Er trug die Leiche in ein Dickicht, bis zu einer Stelle, die von der Lichtung aus nicht mehr einzusehen war, und ließ den Körper unsanft fallen. Wütend schaute er auf die Überreste der Frau.

Zwar waren ihre Organe alle noch vorhanden, aber sie befanden sich nicht mehr in der ursprünglichen Lage. Nachdem er nämlich festgestellt hatte, daß sein Experiment wieder einmal gescheitert war, hatte ihn maßlose Enttäuschung und Wut gepackt. Die hatte er an der Frau ausgelassen, indem er wie wild in ihrer Leiche herumwühlte, das Herz von Venen und Arterien losriß, dann weitere Organe aus dem geöffneten Brustkasten zerrte, auf der Suche nach dem Grund für seinen Mißerfolg.

Er starrte noch einmal auf den leblosen Körper, dessen geöffneter Brustkorb nach diesem Gemetzel einen geradezu obszönen Anblick bot. Dann wandte er sich von seiner Versuchsperson ab, in die er noch vor einer Stunde so große Hoffnungen gesetzt hatte.

Er ging zum Fluß hinunter und stürzte sich in die Fluten. Das rauschende Wasser wusch nicht nur das Blut, sondern auch die rasende Wut, die jeder Fehlschlag in ihm erweckte, weg. Erst als er ganz sicher war, daß er sich von allen Blutspritzern gereinigt hatte, stieg er an Land und ging zum Wohnmobil. Dort faltete er die Plastikplanen sorgfältig zusammen und bald darauf sah das Wageninnere aus wie eh und je; alles, was auf sein Experiment hätte hinweisen können, war in den Plastikfolien verstaut, die er in einen großen Müllbeutel steckte.

Der Mann ging nochmals zum Fluß zurück, wusch sich aufs neue, trocknete sich ab und zog sich an. Danach fuhr er das Wohnmobil aus der Lichtung heraus, parkte es an der Straßenecke und ging in die Lichtung zurück. Er brach einen Zweig von einem Baum ab und fegte damit über den Boden, bis sämtliche Reifenspuren verschwunden waren. Den Zweig tat er anschließend ebenfalls in den Müllbeutel.

Als er wieder zur Autobahn fuhr, schaute er auf die Uhr. Erfreut stellte er fest, daß er noch genügend Zeit hatte, um eine Stunde fischen zu können, bevor er wieder nach Hause fuhr.

Und beim Fischen konnte er dann in Ruhe über das nächste Experiment nachdenken...

1. Kapitel

Das zersprungene weiße Zifferblatt der Uhr bot einen harten Kontrast zum einheitlichen Grün der Wand, an der sie hing.

Neun Uhr. Drei Stunden vor zwölf.

Zwölf Uhr mittags.

Als sie an diesen Titel dachte, kam Anne Jeffers eine Szene aus dem gleichnamigen Film in den Sinn, an den sie sich seit ihrer Kindheit lebhaft erinnerte. Vor ihrem geistigen Auge sah sie wieder das Schwarzweißbild zweier Männer, die sich Auge in Auge auf einer staubigen Straße gegenüberstanden. Sie hatte damals wie gebannt in einem alten Kino in Seattle gesessen, als Gary Cooper seinem Widersacher die Stirn bot...

Nur wer war sein Gegner gewesen? Mit wem hatte sich Cooper um zwölf Uhr mittags duelliert?

Obwohl ihr die Szene noch so lebendig vor Augen stand, als hätte sie sie vor einer Woche und nicht vor über dreißig Jahren gesehen, konnte sie sich nicht mehr erinnern, wer den Bösewicht gespielt hatte. Schließlich war es der Sheriff, den Gary Cooper spielte, gewesen, mit dem alle bangten, und nicht der Schurke. Die Frage war nicht, ob der Schurke den Tod verdient hatte, sondern ob Gary Cooper ihn erwischen würde, bevor er selbst erschossen wurde. Es ging nur um den Kampf des Guten gegen den Bösen – und alle standen auf der Seite des Helden mit dem weißen Hut.

Aber heute um zwölf Uhr mittags ging es um eine andere Abrechnung. Dabei handelte es sich um keinen Film, diese Hinrichtung war real. Auf Beschluß des Staates von Connecticut sollte am heutigen Mittag die erste Hinrichtung seit fast vierzig Jahren stattfinden. Und diesmal würde es keinen Gary Cooper geben, für den sie hoffen könnte. Statt dessen würde ein namenloser, gesichtsloser Mann einfach einen Schalter drücken.

Und danach wäre ein anderer Mann, ein Mann, den sie schon sehr lange kannte, tot.

Anne schauderte bei dem Gedanken und fühlte sich auf einmal beschämt. Von ihren zweiundvierzig Jahren hatte sie die letzten zwanzig als Reporterin für den *Seattle Herald* gearbeitet. Sie hatte über Brandkatastrophen und über die Bedrohung durch Aids berichtet, und eigentlich hätte es nichts mehr geben dürfen, was sie erschaudern ließ. Sie hatte schon viele Menschen sterben sehen. Ihre Mutter war vor fünf Jahren gestorben, während sie ihr die Hand gehalten hatte. Dabei hatte Anne gespürt, wie die letzte Woge von Lebenskraft ihrer Mutter im Sterben noch genügend Kraft gegeben hatte, um ihrer Tochter ein letztes Lächeln und einen ermutigenden Händedruck zu schenken.

Damals hatte Anne nicht gezittert, im Gegenteil. Nachdem ihre Mutter einen letzten schwachen Seufzer getan hatte und ihr gequälter Körper schließlich im aussichtslosen Kampf gegen den Krebs unterlegen war, empfand Anne eher eine gewisse Dankbarkeit: Das Leiden ihrer Mutter hatte ein barmherziges Ende gefunden.

Auch war ihre Mutter nicht der einzige Mensch gewesen, dessen letzte Augenblicke Anne hautnah miterleben mußte. Sie hatte hilflos am Bett von Freunden gesessen, die an Aids starben, in stummem Schrecken danebengestanden, als die Ärzte das Leben der Opfer von Bandenschießereien in der Notaufnahme des Harborview-Hospitals nicht mehr retten konnten.

Einmal hatte sie sogar den zerschmetterten Körper eines Zehnjährigen in den Händen gewiegt, den man aus dem Autowrack seines Vaters geborgen hatte. Anne hatte das Blut, das aus seinem Hals strömte mit ihrem Handschuh zurückzuhalten versucht und dabei gebetet, daß die Ärzte noch rechtzeitig einträfen. Sie war in verzweifeltes Schluchzen ausgebrochen, als der Krankenwagen das Rennen gegen die Uhr wegen einer Meute Schaulustiger, die die Straße verstopften, verloren hatte.

Das war die gleiche Meute gewesen, die jetzt draußen nur

darauf wartete, daß es zwölf schlug und verkündet wurde, daß der Gerechtigkeit Genüge getan war.

Der Gerechtigkeit – oder ihr, Anne Jeffers? War das vielleicht der Grund, warum ihr schauderte?

Plötzlich wollte sie allein sein, um ihre Gefühle zu ordnen. Sie erhob sich aus ihrem harten Stuhl im provisorisch eingerichteten Presseraum, den man den rund fünfzig Journalisten zur Verfügung gestellt hatte, die über die Hinrichtung von Richard Kraven berichten wollten. Anne bahnte sich ihren Weg durch zwei Reihen langer Tische, die voller Notebook-Computern und Telefonen standen. Sie klopfte einmal an die Tür der Toilette, die allen Männern und Frauen im Presseraum zur Verfügung stand, trat ein und schloß hinter sich ab. Oberhalb eines zersprungenen Waschbeckens hing eine verbeulte Metallscheibe, aus der sie ihr Spiegelbild anstarrte.

Wenigstens konnte man ihr die Gefühle nicht vom Gesicht ablesen, dachte sie erleichtert. Ihr Spiegelbild zeigte ein ovales Gesicht mit dunkelbraunen Augen und einer geraden Nase, das nur durch die Dellen in der Scheibe leicht verzerrt wirkte.

Sie betrachtete sich noch einmal, dann drehte sie sich verärgert um. Was hatte sie eigentlich erwartet? Daß ihr die widerstrebenden Gefühle auf der Stirn geschrieben standen? Tatsache war doch, daß sie selbst am besten wußte, warum ihr beim Gedanken an die Hinrichtung Richard Kravens schauderte. Und zwar, weil sie zumindest teilweise die Verantwortung für seinen Tod trug...

»Stimmt nicht!«

Sie stieß die Worte so laut hervor, daß sie in der Enge des Raumes widerhallten.

Es stimmte nicht, daß sie an Richard Kravens Hinrichtung schuld war, sondern das war ganz allein er selbst. Er sollte sterben, weil er für seine Sünden bestraft werden mußte – und die waren schlimm genug, um ihn dafür zehnmal hinrichten zu lassen.

Wie viele Menschen hatte Richard Kraven tatsächlich getötet, als er zu Forschungszwecken, wie er es nannte, durch das

Land streifte und Opfer für seine abscheulichen Experimente suchte?

Niemand wußte es.

Kraven hatte stets standhaft abgestritten, jemanden getötet zu haben, aber das waren nur die typischen Behauptungen eines Psychopathen, der vorgab, nichts Schlechtes getan zu haben.

Anne Jeffers wußte es besser. Abgesehen von den drei Menschen hier in Connecticut, für deren Morde er letzten Endes verurteilt wurde, hatte er noch jede Menge andere auf dem Gewissen. Dessen war sie ganz sicher. Die Leichen von Männern und Frauen, jungen und alten, hatte man im ganzen Land gefunden: von Kravens Heimat in Seattle bis hinunter zur Küste nach San Francisco und Los Angeles, über Denver, Minneapolis und Kansas City bis nach Atlanta. Es schien so, als gäbe es keine Hauptstadt eines Bundesstaates, über die nicht der dunkle Schatten von Kravens Morden gefallen war. Auch jetzt noch wurde die Liste der Verbrechen, für die Richard Kraven als Hauptverdächtiger in Frage kam, immer länger.

Doch selbst als Gerüchte über weitere Untaten Kravens die Runde machten, hatte es immer noch Leute gegeben, die ihn in Schutz nahmen, darunter sogar einige von Annes Pressekollegen. Manche wiesen darauf hin, daß die Beweise, die vor Gericht vorgetragen wurden, nicht stichhaltig genug seien, um ihn verurteilen zu können. Andere argumentierten wissenschaftlich, man solle Kraven am Leben lassen, um ihn genauer untersuchen zu können. Aber immer, wenn jemand gegen die Hinrichtung Kravens gewesen war, hatte Anne darauf reagiert, unverzüglich und mit deutlichen Worten.

Zu guter Letzt hatten sich die meisten Leute ihrer Meinung angeschlossen. Richard Kraven *mußte* zum Tode verurteilt werden.

Jetzt, zwei Jahre nach dem Urteilsspruch, waren alle Berufungen zu den Akten gelegt, sämtliche Anträge auf eine Neuverhandlung abgelehnt worden. Die übrigen Staaten, die Ansprüche auf Richard Kraven hätten geltend machen können, hatten darauf verzichtet, ihn wegen etwas anzuklagen, wofür er andernorts bereits verurteilt worden war, und sich damit beträchtliche Kosten erspart.

Dennoch hatte Richard Kraven in den letzten Jahren immer größere Berühmtheit erlangt, und die Stimmen derer, die sein Leben retten wollten, waren ständig lauter geworden. Anne Jeffers hatte das wachsende Protestgeschrei mit Erstaunen vernommen. Glaubten manche Leute denn allen Ernstes, einen Mann, der ein zehnjähriges Mädchen ermordet und seziert hatte, könne man einfach laufen lassen? Wie konnte sich überhaupt jemand in die Idee versteigen, daß Kraven angesichts der drückenden Beweislast unschuldig sei?

Seit sie über den Fall berichtete, hatte Anne Jeffers in ihren Artikeln das gesamte Beweismaterial immer wieder aufgelistet – Beweismaterial, von dem Richard Kraven kaltblütig behauptete, es sei erfunden, konstruiert und manipuliert worden, zum einzigen Zweck, ihn wegen Verbrechen anzuklagen, an denen er völlig unschuldig sei.

Natürlich war es Kraven niemals gelungen, seinerseits Beweise dafür zu erbringen, daß eine Verschwörung gegen ihn im Gange war, daß, wie er behauptete, fast ein Dutzend Staaten ein Komplott gegen ihn geschmiedet hätten, um ihn zu vernichten. Anne kannte sich mit Paranoikern gut genug aus, um zu wissen, daß deren Verfolgungswahn mit rationalen Argumenten nicht beizukommen war.

Doch Richard Kraven – für Anne die Personifizierung des gutaussehenden und charmanten Psychopathen – hatte es tatsächlich geschafft, Tausende von Menschen davon zu überzeugen, daß man ihn wirklich nur schikanieren wolle und daß seine Hinrichtung ein Justizirrtum sei.

Er ist schuldig. Daran bestand für Anne nicht der Schatten eines Zweifels. Richard Kraven war vor Gericht gestellt, überführt und verurteilt worden. Und nicht nur der Richter, sondern auch das Berufungsgericht hatte entschieden, daß Richard Kraven heute sterben mußte.

Sie würde bei der Hinrichtung zusehen und keine Regung zeigen, wenn der Henker den Schalter drückte. Doch obwohl sie sich Mut zusprach und sich auf das Kommende einstellte, brannten ihr Tränen in den Augen.

Als sie ein Papiertuch aus dem Spender zog, um sich die Tränen abzuwischen, klopfte es an der Tür. Dann hörte sie die Stimme des stellvertretenden Gefängnisdirektors.

»Mrs. Jeffers? Er möchte Sie sprechen.«

Sie knüllte das Papier zusammen, warf es in den Papierkorb, fuhr sich kurz mit den Fingern durchs Haar, überprüfte ihr Spiegelbild und öffnete die Tür.

»Der Direktor?« erkundigte sie sich. »Warum will er mich sprechen?«

Der Stellvertreter zögerte kurz und schüttelte den Kopf. »Nicht Mr. Rustin, sondern Richard Kraven. Sie stehen auf der Liste der Leute, mit denen er heute morgen reden möchte.«

Anne spürte, wie sich ihr Magen zusammenzog, als sie den Presseraum betrat. Warum wollte Richard Kraven mit ihr sprechen? Was konnte er noch sagen, was er in den unzähligen Interviews, die sie seit Jahren mit ihm geführt hatte, nicht schon längst gesagt hatte? Wollte er etwa in seinen letzten Minuten doch noch ein Geständnis ablegen? Während ihr diese Fragen durch den Kopf gingen, bemerkte sie, daß das emsige Tippen auf den Tastaturen aufgehört hatte. Im Presseraum herrschte Schweigen, und alle Kollegen blickten auf sie.

Anne machte sich noch einmal Mut.

Wenn sie ihm schon beim Sterben zusah, konnte sie es auch ertragen, das anzuhören, was er ihr vorher noch zu sagen hatte.

»In Ordnung«, sagte sie zu dem Beamten, der ihr gefolgt war. Unwillkürlich fragte sie sich, ob die Worte nicht zu laut für die Stille im Raum gewesen waren. »Jetzt gleich?«

Der Beamte zuckte die Schultern: »Ich weiß nicht. Mir wurde nur gesagt, daß ich Sie ins Büro bringen soll. Mr. Rustin dachte, daß Sie vielleicht lieber dort warten wollen.«

Anne zögerte. Dann bemerkte sie, daß die Reporter schon begannen, die Fragen zu formulieren, die sie Richard Kraven stellen sollte. Kurz stieg Ärger in ihr hoch, doch dann dachte sie, daß sie selbst auch jemandem, der zu Kraven gerufen worden wäre, noch eine Frage mitgegeben hätte. Schließlich hegten alle die Hoffnung auf ein letztes Exklusivinterview.

Aber heute morgen hatte sie keine Lust, sich die Fragen anzuhören. Sie wehrte die Zettel, die ihr entgegengestreckt wurden, als sie durch den Raum ging, ab. An der Tür drehte sie sich zu ihren Kollegen um und erklärte: »Ich will ihm einfach nur zuhören. Ich stelle ihm überhaupt keine Frage. Aber glaubt mir, ihr werdet jedes Wort erfahren, das er von sich gibt.« Bevor noch jemand Protest einlegen konnte, hatte sie auch schon den Raum verlassen.

Als ihre Schritte im Korridor widerhallten, bereitete sie sich innerlich auf ihre letzte Begegnung mit Richard Kraven vor.

2. Kapitel

Weit weg von seiner Frau, im entgegengesetzten Teil des Landes, wachte Glen Jeffers auf, blieb noch fünf Minuten länger im Bett liegen und überlegte sich, ob er diesmal auf sein morgendliches Joggen verzichten sollte. Es war einer jener Morgen in Seattle, wie er sie haßte: bewölkt, mit Sprühregen, der wahrscheinlich den restlichen Tag über anhalten würde. Es regnete nicht stark genug, als daß es sich gelohnt hätte, einen Regenschirm zu nehmen, aber doch stark genug, daß man sich darüber ärgern konnte. Er ärgerte sich vor allem, weil er wußte, daß er den ganzen Morgen unterwegs sein würde. Es ging darum, das Gerüst für das erste Hochhaus zu inspizieren, das die Bautrupps seiner Firma, Jeffers und Cline, Architekten, ganz allein errichtet hatte.

Es gab keine weiteren Partner, deren Namen auf dem großen Schild vor dem Gebäude standen – keine anderen Architekten, mit denen er sich die Anerkennung für den bedeutenden Entwurf, den er geschaffen hatte, teilen mußte. Fünfundvierzig Stockwerke würde sich das Gebäude in Terrassenform von der Vierten Avenue zum Himmel erstrecken. Aber was ihm dabei am besten gefiel, war der Park, den er für das Dach des Wolkenkratzers entworfen hatte. Er sollte über die Hälfte des Blocks einnehmen und eine eindrucksvolle Sicht auf die Stadt bis zu den Bergen ermöglichen. Der gläserne Aufzug, der am Nordende des Gebäudes hinaufführte, sollte für jedermann zugänglich sein, der die Aussicht von dort oben genießen wollte – nicht nur den Anwälten, die bereits um die Anmietung der Büroräume wetteiferten. Es erfüllte Glen mit Stolz, daß dieses Gebäude nach seinem Architekten benannt worden war: Bald würde man nur noch vom »Jeffers Building« sprechen.

Er blieb noch ein paar Minuten liegen, genoß das Wohlgefühl, das ihn bei diesem Gedanken erfüllte und lauschte dem

Ächzen der Balken in dem alten Haus, das Anne und er nach ihrer Heirat vor fast zwanzig Jahren gekauft hatten. Das Haus war größer gewesen als nötig, und es hatte sich in einem erbärmlichen Zustand befunden, aber Glen hatte es Anne dennoch schmackhaft gemacht. Schließlich war er ja Architekt, und er hatte sich vorgenommen, es ohne größere finanzielle Mittel in ein Prachtstück zu verwandeln. Was er ihr dabei allerdings verschwiegen hatte, war, daß seine Fähigkeiten als Zimmermann, Klempner, Elektriker, Gipser und Dachdecker mehr als bescheiden waren. Doch das hatte Anne natürlich längst gewußt, und zum Glück konnte sie selbst geschickt mit Handwerkszeug umgehen. Heute war diese ehemalige Bruchbude, die sie für nur vierzigtausend Dollar gekauft hatten, gut und gerne eine Million wert. Dank ihrer Renovierungsarbeiten hatten sie quasi eine Vorreiterrolle gespielt, denn danach war die Gegend auch für andere attraktiv geworden. Anne, Glen und die beiden Kinder, die sie inzwischen bekommen hatten, wohnten nun in einem der besseren Teile von Capitol Hill, nur einen Katzensprung vom Volunteer Park entfernt. An der dreispurigen Straße waren seit dem Einzug der Jeffers andere Häuser ebenfalls restauriert worden.

Obwohl Glen sich freute, daß er schon damals diese Entwicklung vorhergesehen hatte, war es ihm anfangs eigentlich nur darum gegangen, den alten Kasten wieder aufzumöbeln, ihn für viel Geld zu verscherbeln und dann wieder fortzuziehen. Aber während der Renovierungsarbeiten hatten sich er und auch Anne in das Haus verliebt. Und als dann vor fünfzehn Jahren Heather und fünf Jahre später Kevin zur Welt gekommen waren, hatten sie sich entschieden, es weiter zu bewohnen. Obwohl sie alle paar Monate Kaufangebote bekamen, war ihnen schon seit Jahren nicht mehr der Gedanke an einen Umzug gekommen.

Mittlerweile war die Familie noch um eine Tigerkatze namens Kumquat, einen kleinen, schwarzweißen Hund namens Boots und einen grünen, ziemlich heiseren Papagei mit Namen Hector angewachsen. Darum kam ihnen das

Haus jetzt auch nicht mehr zu groß vor. Wenn gar Boots ab und zu Hector ärgerte und das Gebell des Hundes und das Gekreische des Vogels das Haus erfüllten, erschien es ihnen viel kleiner als es in Wirklichkeit war.

Unten ging der Fernseher an. An dem ohrenbetäubenden Lärm erkannte Glen, daß Kevin sich die Fernbedienung genommen hatte. Als er widerwillig die Bettdecke beiseite schob und aus dem Bett stieg, fühlte er sich alt und steif. In diesem Moment wußte er, daß er den ganzen Tag Schuldgefühle haben würde, wenn er nicht zum Joggen ging. Er zog sich Hose und Sweatshirt über, lief die Treppen hinunter und warf einen Blick ins Wohnzimmer.

Dort saßen die beiden Kinder wie gebannt vor dem Bildschirm, der das Gefängnis von Connecticut zeigte, wo Richard Kraven wie geplant in drei Stunden sterben sollte. »Habt ihr denn davon nicht allmählich die Nase voll?« fragte er. Gestern abend hatte er ihnen befohlen, den Fernseher abzuschalten, denn sonst hätten sie bis zum Morgen davorgehockt, um sich die Live-Sendung der Mahnwache vor dem Gefängnis anzusehen.

»Vielleicht kommt Mom ins Bild«, meinte Kevin. Mit diesem Argument hatte er schon öfter Erfolg gehabt.

»Vielleicht bei einem Lokalsender«, entgegnete Glen. »Aber selbst eure Mutter ist noch nicht berühmt genug, um bei CNN aufzutreten. Wie wär's also, wenn ihr die Totenwache abdreht und euch lieber was Anständiges zum Frühstück macht?«

»Das ist keine Totenwache«, wandte Heather ein und warf ihrem Vater einen verächtlichen Blick zu. »Es ist ein Protest. Ich halte nichts von der Todesstrafe, und eigentlich sollte ich auch dort sein, um dagegen zu demonstrieren.«

Darauf ging Glen lieber erst gar nicht ein. Er wollte keinen Vortrag darüber hören, wie wichtig dieser Protest war, den weder er noch Anne für berechtigt hielten. Hätte er nochmals darauf hingewiesen, daß diese Demonstration auf der anderen Seite des Kontinents stattfand, hätte er doch nur wieder einen von Heathers Aussprüchen wie »Recht und Unrecht haben nichts mit Geographie zu tun« gehört. Manchmal fragte er sich, ob es nicht einfacher wäre, wenn seine Tochter sich nur für Musik interessierte. Andererseits aber hatten Anne und er sie zu sozialem Bewußtsein erzogen, und tatsächlich war er selbst auch gegen die Todesstrafe.

Außer in einigen ganz speziellen Fällen... Ted Bundy etwa war so eine Ausnahme. Dessen Hinrichtung hatte Glen voll und ganz befürwortet, denn er war sicher, daß Bundy immer wieder töten würde.

Bei Richard Kraven war es genauso. Wie Ted Bundy hatte auch er offensichtlich den Großteil seiner Verbrechen in Seattle begangen, war schließlich auf der anderen Seite des Kontinents festgenommen, angeklagt und verurteilt worden. Heute morgen würde der Staat Connecticut auf dieselbe Weise das Land von Kraven befreien, wie es Florida mit Bundy getan hatte. Glen vermutete, daß Anne jetzt, wo er an diese beiden Verbrecher dachte, an einem letzten Artikel über die seltsamen Parallelen zwischen diesen beiden Mördern arbeitete.

Heather aber war noch zu jung, um sich ihre Ideale durch solche Überlegungen erschüttern zu lassen, und Glen wollte auch heute morgen nicht mit ihr darüber argumentieren. »Na schön«, seufzte er, »aber tut mir einen Gefallen. Stellt Kaffeewasser auf, und macht mir einen Orangensaft. Ich bin in einer halben Stunde wieder zurück.«

Kaum hatte er die Tür hinter sich geschlossen, starrten die Kinder auch schon wieder auf den Schirm.

Als Glen einige Minuten später im Park auf die Jogger traf, die dort wie immer ihre Runden drehten, überlegte er sich Argumente, wie er seine Kinder davon überzeugen konnte, daß es für sie wichtiger sei, zur Schule zu gehen, anstatt den ganzen Tag vor dem Fernseher zu verbringen – auch wenn vielleicht »Mom ins Bild kommt«. Natürlich würde sie das, denn einer der Lokalsender Seattles hatte schon angekündigt, daß »die kämpferische Journalistin Anne Jeffers vom *Seattle Herald*« sofort nach der Hinrichtung interviewt werden würde.

Wenn er sich beeilte, wäre er mit der Inspektion des

Gebäudes rechtzeitig genug fertig, um sich im Büro die Übertragung anschauen zu können. Er erhöhte sein Tempo, beendete seine üblichen sechs Runden fünf Minuten schneller als sonst und fühlte, wie gut ihm das Joggen getan hatte.

Als er eineinhalb Stunden später auf der Baustelle eintraf, hatte sich sein Wohlgefühl verflüchtigt. Die sonderbare Leere, die er beim Anblick des Gerüsts in der Magengrube verspürte, führte er zunächst nur auf die Erregung vor dem endlich bevorstehenden Richtfest zurück. Als er aber das Netzwerk aus Balken, Streben und Trägern betrachtete, den offenen Käfig des Fahrstuhls, der ins Nirgendwo zu führen schien, zogen sich ihm sämtliche Magennerven zusammen, und er spürte, wie ihm der kalte Schweiß ausbrach.

Hatte er sich vielleicht irgendeinen Bazillus eingefangen? Aber vor einigen Minuten hatte er sich doch noch ganz wohl gefühlt... Er beschloß, die seltsamen Reaktionen seines Körpers zu ignorieren, ging zum Erdgeschoß und unterhielt sich mit dem leitenden Ingenieur und dem Vorarbeiter, während er den Blick über das Gerüst wandern ließ. Obwohl sein Magen rebellierte, als sie mit dem Aufzug in den fünften Stock fuhren, konzentrierte er sich völlig auf die bevorstehende Arbeit. Auf diese Weise gelang es ihm, den leichten Schwindelanfall zu unterdrücken, der ihn überkam, als er sich dem jäh abfallenden Ende des Fußbodens näherte, und feststellte, daß sich dort keine Schutzgeländer befanden. »Sollte man hier nicht wenigstens Warnbänder spannen?« fragte er den Ingenieur, dabei redlich bemüht, die in ihm aufsteigende Panik zu verbergen.

»Die wären den Arbeitern nur im Weg«, antwortete Jim Dover. »Die würden sie gleich wieder wegreißen und auf die Straße werfen.« Der Vorarbeiter sah Glen etwas unsicher an. »Ist mit Ihnen alles in Ordnung? Sie sehen etwas blaß aus um die Nase.«

»Keine Sorge«, wehrte Glen ab. Aber während sie die nächsten zwanzig Stockwerke hinauffuhren, wurde ihm plötzlich klar, was wirklich mit ihm los war.

Höhenangst.

Aber wieso trat sie jetzt auf einmal auf? Er hatte nie zuvor Probleme damit gehabt. Das Kribbeln, das ihn stets überkam, wenn er in einem gläsernen Aufzug nach oben fuhr und sah, wie sich der Boden immer weiter entfernte, hatte er sogar stets genossen.

Aber heute morgen spürte er einen unerklärlichen Widerwillen, nach Beendigung der Inspektion wieder in den Fahrstuhl zu steigen. Er redete sich ein, daß es nur eine ganz normale Unsicherheit war, die sich einstellt, wenn man keinen soliden Boden mehr zwischen sich und dem Abgrund hat.

Glen ignorierte die wachsende Furcht. Er wollte unbedingt aufs Dach fahren, um dort selbst die Champagnerflasche zu öffnen, die Alan Cline zur Feier des Richtfestes mitgebracht hatte.

»Ein toller Blick, wenn man genau nach unten sieht.« Als George Simmons, der Chefingenieur des Projekts, diese Worte aussprach, mußte Glen sich zwingen, nicht automatisch durch den Rost nach unten zu schauen. Denn nur das Gitter trennte ihn vom zwanzig Stock tiefergelegenen Betonboden des Schachtes.

»Bist du wirklich ganz okay?« erkundigte sich Alan Cline, als der Aufzug ruckartig stoppte. Der Ingenieur stieg zusammen mit dem Vorarbeiter aus, und die beiden Architekten blieben allein im Käfig zurück.

Hier oben war noch nicht einmal der Fußboden installiert. Sie konnten sich nur auf einigen Holzbohlen bewegen, die als äußerst fragwürdige Stege, wie Glen fand, über die riesigen T-Träger führten. »Sind Sie ganz sicher, daß die Dinger halten?« wandte er sich an Dover und kämpfte gegen die panische Angst an, die ihn zu überwältigen drohte.

Dover grinste. Er war rotbäckig, 1,90 Meter groß und ein Bär von einem Mann. Er hatte sich vom Gelegenheitsarbeiter in einem Einmann-Betrieb zum Leiter eines der größten Bauunternehmen in Seattle hochgearbeitet. »Die werden schon nicht unter Ihren Füßen zusammenbrechen«, witzelte er. Als er aber Glens bleiches Gesicht sah, verschwand sein Lächeln: »Sie sehen irgendwie krank aus, Glen.«

»Ich dachte zuerst, es ist eine Grippe«, antwortete Glen. »Aber jetzt sieht es doch nach etwas anderem aus.« Mit einem angestrengten Lächeln versuchte er, sein Unwohlsein zu verbergen. »Ein Hochbauarchitekt mit Höhenangst – das ist ja so, als ob jemand, der unter Seekrankheit leidet, zur Marine geht.«

»Wollen Sie wieder nach unten?« bot Dover an. »Alan und ich können die restliche Inspektion auch allein durchführen.«

»Danke, mir geht's gut«, beteuerte Glen. Er wollte auf eine der Planken steigen, die zu dem offenen Netzwerk der Stützbalken führten, aber als er sich der kleinen Plattform um den Aufzugschacht näherte, ergriff ihn Panik. Mit den Fingern klammerte er sich an einem der Hauptstützträger fest. Er fühlte den unwiderstehlichen Drang, nach unten in die gähnende Leere zu starren, aber er unterdrückte ihn und zwang sich, starr nach vorn zu schauen, über die Straße zur Elliot Bay nach West Seattle, bis Bainbridge Island und zur Halbinsel Olympia.

»Warten Sie ab, bis Sie alles von ganz oben sehen«, sagte Dover, der Glen beobachtet hatte. »Wir haben hier die beste Aussicht der ganzen Stadt. Aber jetzt bringen wir erst die Inspektion hinter uns.«

Wie Glen mit Entsetzen verfolgte, betrat Jim Dover, gefolgt von George Simmons und Alain Cline die Balken. Dover ging flink voran, hielt sich nur ab und zu mit einer Hand an den Streben fest, während er mit der anderen lässig auf die Besonderheiten der Konstruktion hinwies. Glens Magen drehte sich fast um. Er schaffte es nur einige Schritte weit, bis er merkte, daß die Höhenangst die Oberhand behalten würde. Sein Entsetzen war zu groß, als daß er überhaupt einen Blick um sich herum riskiert hätte. Mühsam schleppte er sich zur Plattform beim Aufzug zurück. Seine Knie zitterten, als er sich mit beiden Händen an dem Maschendrahtkäfig des Fahrstuhls festklammerte und die lähmende Furcht zu beherrschen versuchte. Er atmete langsam und tief durch, bis er spürte, daß wieder ein wenig Kraft in seine Muskeln zurückkehrte.

Ein paar Minuten später hatten die Männer die Inspektion des zwanzigsten Stocks abgeschlossen und kamen zum Aufzug zurück. Alan Clien sah seinen Partner besorgt an. »Du bist verrückt, Glen«, sagte er, als er die nackte Angst in seinem Gesicht las. »Hier geht's nur um ein Gebäude. Die Sache ist es nicht wert, deshalb Todesängste auszustehen.«

»Mein Problem ist nur eine dumme Phobie«, preßte Glen hervor. Als die anderen wieder bei ihm waren, faßte er neuen Mut und sagte: »Davon laß ich mich aber nicht unterkriegen. Ich muß die Angst überwinden, und das geht nur, wenn ich ihr die Stirn biete. Fahren wir also aufs Dach.« Er trat zur Seite, ließ die anderen zuerst den Käfig betreten und folgte ihnen dann. Er schloß die Drahttür, drückte auf den obersten Knopf, und der Apparat setzte sich sofort in Bewegung.

Als der Aufzug nach oben fuhr, spürte Glen, daß die Angst aufs neue in ihm aufstieg. Wieder begann er zu schwitzen – und dann ergriff die Panik schlimmer als vorher Besitz von ihm. Es kam ihm vor, als würden sich Drähte um seinen Brustkasten spannen und sich jede Sekunde enger zusammenziehen. So eng, daß er kaum noch atmen konnte.

Sein Herz hämmerte so stark wie noch nie.

3. Kapitel

Das Gebäude, in dem Richard Kraven die letzten beiden Jahre verbracht hatte, war ein schlichtes Rechteck aus Stahlbeton: zehn Meter breit und 20 Meter lang. Seine dicken Mauern ragten über die schmucklose Fassade des wesentlich größeren Nebengebäudes in den riesigen Gefängnishof hinaus. Das Dach war mit Metall verkleidet; lediglich die zweireihigen Glasblöcke, durch die tagsüber ein wenig Sonnenlicht in die Zellen drang, trugen ein wenig zur Auflockerung der eintönigen Aussicht bei. Sie boten den Häftlingen allerdings keine Sicht nach draußen.

Das Innere der Zellen war ebenso trostlos wie das Äußere des Gebäudes, und es machte dem Namen »Todeszelle« alle Ehre. Es gab zwei Zellenreihen, sechs auf jeder Seite, die alle etwa neun Quadratmeter maßen. Von ihnen aus blickte man auf einen zwei Meter breiten Korridor. Obwohl die Einmannzellen vorn und oben verriegelt waren, waren sie durch massive Stahlwände voneinander getrennt. Selbst wenn die Gefangenen miteinander reden wollten, sehen konnten sie sich nicht. Jede Zelle war mit einem Bett, Stuhl, Tisch, einer Toilette und einem Waschbecken ausgestattet. Sämtliche Zellen wurden von grellen Leuchtstoffröhren erhellt, die in drei Reihen von der hohen Decke herabhingen; eine befand sich über den Zellenreihen, die anderen auf dem Flur. Sie überstrahlten das bißchen Tageslicht, das durch die Glasblöcke drang, völlig und leuchteten jede Ecke der Zellen aus. Somit saßen die Gefangenen in einer grell ausgeleuchteten Umgebung, in der ihnen kein Schatten Schutz bot.

Die Zelle, in der Richard Kraven seit zwei Jahren lebte, war die einzige, die belegt war. Die anderen standen leer; denn Kraven war der erste Mensch, der seit fast vierzig Jahren in Connecticut hingerichtet werden sollte. Vor seiner Verurteilung hatte man den Bau eigentlich abreißen wollen. Doch als der Gefängnisdirektor, Wendell Rustin, informiert worden war, daß Kraven ihm bis zum Prozeßende zur Sicherungsverwahrung unterstellt werden sollte, ließ er den Abbruch aussetzen. Vor der Ankunft des Gefangenen hatte Rustin sogar selbst eine Nacht in einer der Zellen verbracht. Als er sie am nächsten Morgen wieder verließ, war er überzeugt davon, daß die grausame Umgebung in einer solchen Zelle fast so schrecklich war wie die Aussicht auf den Tod. Der Direktor hatte während der acht einsamen Stunden, die er dort verbracht hatte, ein Gefühl des Preisgegebenseins und der Verlorenheit empfunden, das er wohl nicht noch länger ertragen hätte.

Falls Richard Kraven in den beiden Jahren hier jemals etwas Ähnliches verspürt haben sollte, hatte er sich das nicht anmerken lassen, denn er hatte nie Beschwerden geäußert. Er hatte das Warten genauso stoisch ertragen, wie er den ganzen Prozeß über sich ergehen lassen hatte – ein Verhalten, das seine Wärter als arrogant, die Befürworter seiner Unschuld aber als ehrenhaft empfanden und das sie in ihrer Meinung bestärkte. Interviews hatte er ohnehin nur gegeben, um immer wieder seine Unschuld zu beteuern.

»Man kann mich zwar hinrichten«, hatte er immer wiederholt, »aber nicht bestrafen. Denn es ist unmöglich, einen unschuldigen Menschen zu bestrafen.«

Am heutigen Tag, dem Tag seiner Hinrichtung, saß Richard Kraven wie immer ungerührt auf seinem Stuhl in der Zelle. Auf seinem Schoß lag ein Buch über viktorianische Poesie, und einem zufälligen Beobachter wäre dieser Morgen nicht anders als jeder andere vorgekommen. Als das Rasseln der Gitter am Ende des Flurs zu ihm drang, schloß Kraven sein Buch und sah mit ausdruckslosem Gesicht hoch. Wegen seines durch die Zellenwand beengten Gesichtskreises konnte er nichts erkennen, wartete regungslos ab und starrte stur nach oben, bis Anne Jeffers in seinem Blickfeld erschien. Dann legte er das Buch auf den Tisch, stand auf und streckte ihr die Hand durch das Gitter entgegen.

Anne betrachtete einen Moment lang seine Hand, seine kräftigen Finger und Sehnen, die dicken Adern, die sich so stark von seiner bleichen Haut abhoben. Vor ihrem geistigen Auge stieg das Bild auf, wie diese Hände in den Eingeweiden seiner Opfer gewühlt hatten. Unwillkürlich wich sie einen Schritt zurück. Anne wandte ihren Blick von seinen Händen ab und zwang sich, Kraven direkt ins Gesicht zu sehen. Obwohl er schon über vierzig war, sah er nicht älter aus als dreißig. Sein kohlrabenschwarzes Haar, das seinen Zügen etwas Melancholisches verlieh, hatte man ihm in der Nacht zuvor offenbar geschnitten, doch sein Gesicht sah so aus, wie Anne es vom Prozeß her in Erinnerung hatte. Die sanft gerundeten, fast sinnlichen Lippen, die gebogene Nase und die weit auseinanderstehenden Augen – die Augen eines Filmstars, wie Anne immer gefunden hatte – waren dieselben wie sonst. Weder um den Mund noch um die Augen hatte seine bleiche Haut Falten. Als er zu ihr sprach, schien es, als könnte er ihre Gedanken lesen.

»Wenn ich wirklich schuldig wäre – glauben Sie nicht, daß man mir das vom Gesicht ablesen könnte? Glauben Sie nicht, daß mich allein schon das Wissen von dem, was ich getan haben soll, verändert hätte?«

Sogar seine Stimme war dieselbe: sanft und vernünftig.

»Haben Sie jemals etwas über Dorian Gray gehört?« konterte Anne.

Kraven zog leicht seine Lippen zusammen, aber an seinem entschlossenen Blick änderte sich nichts. Dieser Gesichtsausdruck war es, der sich Anne am deutlichsten eingeprägt hatte – die kühle Entschlossenheit war das erste, was ihr vor vier Jahren nach seiner Festnahme in Bridgeport an ihm aufgefallen war. Seine Augen waren es, die schon damals sein Gesicht zu einer bedrohlichen, aber fast verführerischen Maske gemacht hatten. Als er sie jetzt auf sie richtete, war der Effekt derselbe wie damals.

»Sollten Sie nicht ein wenig gnädiger sein?« fragte er. »Schließlich waren Sie es ja, die alle davon überzeugt hat, daß man mich töten sollte.«

Anne schüttelte den Kopf und sagte: »Ich war keine der Geschworenen, und ich war nicht der Richter. Ich war nicht einmal eine Zeugin – nicht vor Gericht und nicht bei dem, was Sie getan haben.«

Richard Kraven schenkte Anne jenes Lächeln, mit dem er schon so viele von seiner Unschuld überzeugt hatte. Wäre nicht die Entschiedenheit in seinem Blick gewesen, hätte man es gequält nennen können. »Wie können Sie so sicher sein, daß ich überhaupt etwas getan habe?«

»Wegen der Beweise«, gab Anne zurück. Ihre Augen wanderten zu der geschlossen Tür am Ende des Flurs, zu dem Wärter, der sie durch eine Scheibe beobachtete. Wie schnell würde er es wohl schaffen, die Tür zu öffnen? Einmal mehr schien Kraven ihre Gedanken lesen zu können.

»Ihnen ist doch klar, daß ich keine Gefahr für Sie darstelle?« fragte er mit einer so warmen Anteilnahme, daß sie Anne beschwichtigt hätte, wären die Worte aus dem Mund eines anderen gekommen.

Warum macht er das? fragte sich Anne. Wie bringt er es fertig, seine Stimme so normal klingen zu lassen? Von der Anstaltskleidung einmal abgesehen, sah er nach wie vor aus wie der berühmte junge Professor für Elektronik, der er gewesen war, als er an der Universität von Washington gelehrt hatte. »Ich glaube, wenn Sie die Möglichkeit hätten, würden Sie mich auf der Stelle umbringen«, sagte sie ruhig. »Ich glaube, wenn Sie nicht hinter diesen Gittern säßen, würden Sie mich ohne großes Nachdenken erwürgen und meinen Körper aufschlitzen, wie Sie es mit all den anderen getan haben.« Als sie ihm in die Augen sah, stieg Wut in ihr hoch. Warum konnte er einfach nicht zugeben, was er getan hatte? Sie hob ihre Stimme. »Wie viele waren es, Kraven? Von den dreien, wegen denen sie überführt wurden, einmal abgesehen. Wie viele allein in Seattle? Fünf? Sieben?«

Noch immer war in Kravens Augen keine Reaktion zu erkennen, was Annes Zorn noch steigerte. Es mußte doch eine Möglichkeit geben, zu ihm durchzudringen, zu diesem... Mann? Nein, Kraven war kein Mann, er war ein Monster. Ein kaltes, gefühlloses Monster, das nicht zugeben wollte, was es getan hatte, geschweige denn Reue zeigte. »Hat man schon alle Leichen gefunden?« wollte sie wissen. »Um Gottes willen, Kraven, sagen Sie es mir doch wenigstens jetzt, wo alles bald vorüber ist.«

Sein Blick ruhte fest auf ihr, doch als er wieder sprach, strafte seine Stimme den festen Blick Lügen. »Wie kann ich Ihnen etwas sagen, das ich gar nicht weiß?« fragte er im Ton eines unschuldigen Kindes.

Trotz ihres hitzigen Zorns war ihr eiskalt. »Warum wollten Sie mich treffen?« fragte sie. »Was können *Sie* mir noch zu sagen haben?«

Richard Kaven lächelte wieder, diesmal war es aber kein gewinnendes Lächeln. Er fixierte sie mit seinen kalten Augen, und hinter dem Grinsen glaubte Anne, den Teufel erkennen zu können, der er wirklich war. »Heute hört nichts auf. Auch wenn man mich tötet nicht«, kam es ihm hart über die Lippen. »Das wollte ich Ihnen sagen, Anne. Wie werden Sie sich dann fühlen? Wenn ich erst mal tot bin, und alles von neuem beginnt – wie werden Sie sich dann fühlen?« Plötzlich lachte er. Es war ein fast heiteres Lachen, das im Zellenblock widerhallte und in ihren Ohren nachklang. »Sie wollten doch immer wissen, ob ich etwas bereue. Ja, ich bereue es, daß ich Sie nicht leiden sehen kann, wenn Sie herausgefunden haben, daß Sie sich in mir getäuscht haben.« Seine Augen bohrten sich in die ihren, und er hob seine Stimme: »Es wird alles wieder von vorn anfangen, Anne. Wer immer auch diese Leute umgebracht hat, er wartet nur darauf, bis ich tot bin. Dann legt er wieder los.«

Als Kraven lauter sprach, wich Anne einen Schritt zurück, drehte sich um und ging schnell Richtung Ausgang. Aber auch als der Wächter ihr die Tür öffnete, hallten die Worte des Mörders noch in ihren Ohren. »Was werden Sie tun?« brüllte er ihr nach. »Wer wird Ihnen vergeben, wenn Sie erst einmal herausgefunden haben, daß Sie im Unrecht waren?« Sein Gebrüll wurde von den Zellenwänden zurückgeworfen und steigerte sich dadurch noch. »Eines bereue ich wirklich,

Anne!« schrie er ihr hinterher. »Daß ich Ihnen beim Sterben nicht genauso zuschauen kann wie Sie mir!«

Anne ging durch den Flur und lehnte sich gegen die Wand, als der Wärter die schwere Eisentür schloß. Sie hatte nur den einen Wunsch: ihr Inneres vor Kravens Worten genauso verschließen zu können, wie der Wärter ihm durch das Verriegeln die Stimme abschnitt.

Sie raffte sich wieder auf und ging zu Wendell Rustins Büro zurück, wobei sie automatisch auf die Uhr schaute.

Halb zwölf.

Noch eine halbe Stunde, dann wäre es endgültig vorbei.

In Gedanken legte sie sich bereits die ersten Worte des Artikels zurecht, den sie über Kravens Hinrichtung schreiben wollte. Aber schon während sie sich die Überschrift ausdachte, fielen ihr Kravens Worte wieder ein, mischten sich mit ihren eigenen, so sehr sie sich auch dagegen sträubte. Und sie wünschte sich, daß dieser Tag endlich vorüber wäre, daß sie weit weg vom Gefängnis, von Connecticut, weg von Kraven wäre.

Sie wollte dringend nach Hause, nach Seattle zu Glen.

Der tröstliche Gedanke an ihren Mann verschaffte ihr die Kraft, sich wieder auf den Artikel zu konzentrieren, den sie nach Kravens Tod verfassen wollte. Danach wäre der Alptraum endgültig zu Ende.

4. Kapitel

Mit einem Ruck hielt der Aufzug an der Spitze des Jeffers Buildings. Einen Sekundenbruchteil lang war Glen sicher, daß der Käfig, in den er gesperrt war, abstürzte und mit ihnen vierzig Stockwerke tiefer auf dem Beton zerschellen würde. In diesem Moment waren das seltsame Prickeln in seinem linken Arm und die Übelkeit verschwunden. In der nächsten Sekunde jedoch, als Jim Dover die Aufzugstür öffnete und auf die Holzplattform hinausstieg, die ihm wie freischwebend in der Luft vorkam, stürmten wieder alle mit der Höhenangst verbundenen Schrecken auf Glen ein.

Er wappnete sich gegen die unerklärliche Furcht, die ihn zu ergreifen drohte und versuchte, sich zum wiederholten Mal einzureden, daß seine Panik übertrieben sei. Schließlich war dieses Gebäude eines der am besten konstruierten in der ganzen Stadt, und – von unvorhersehbaren Katastrophen einmal abgesehen – war nicht im mindesten damit zu rechnen, daß der Aufzugsschacht abstürzen oder die Stützbalken zusammenbrechen würden. Er und George Simmons hatten sich unzählige Male darüber unterhalten, und der Ingenieur hatte stets behauptet, die Konstruktion sei mehr als sicher. Als er jetzt aber wieder an die technischen Angaben dachte, wurden sämtliche Faktoren, alle Koeffizienten der Belastbarkeit, alle Statistiken über Dehnfähigkeit und Standfestigkeit plötzlich bedeutungslos angesichts des Schreckens, der von Sekunde zu Sekunde stärker von ihm Besitz ergriff. Ein Schwindelanfall überkam ihn, und er streckte instinktiv seine rechte Hand aus, um sich an den Drahtschlingen des Käfigs festzuhalten.

»Ist alles mit dir in Ordnung, Glen?«

Alan Clines Stimme schien von weither zu kommen, sie klang so, als ob er vom Grund des Schachtes aus spräche. Aber Glen sah, daß Alan nur wenige Zentimeter von ihm entfernt stand. Er klammerte sich am Maschengitter fest und versuchte die aufsteigende Panik zu unterdrücken. Entschlossen schaute er zum Himmel hinauf, und einen Moment lang kam ihm alles ganz normal vor. Die letzten Schwaden des morgendlichen Nebels waren verflogen, und nichts trübte mehr das weite Blau des Himmels über ihm außer ein paar flaumigen, weißen Wolken, die sich auch schon aufzulösen schienen. Er holte tief Luft und hatte das Gefühl, sich wieder unter Kontrolle zu haben. Schließlich ließ er das Gitter los, sah zu seinem Partner hinüber, brachte ein schwaches Lächeln zustande und sagte: »Tolle Aussicht von hier, was?«

»Für diejenigen von uns, die sie sehen können, schon«, bemerkte Alan Cline. Nur Glen stand noch im Aufzug, Jim Dover war bereits dabei, eine der Champagnerflaschen zu entkorken, die in der Kühlbox, die er gleich morgens hinaufgebracht hatte, lagerten. »Kommst du, oder sollen wir dir dein Glas in den Aufzug bringen?«

Behutsam stieg Glen auf die Plattform. Sie bestand aus unterschiedlich langen Planken, die mit schweren Bolzen in den Doppel-T-Trägern verankert waren und eine drei auf vier Meter große Tragfläche boten.

Ausreichend Platz für vier Männer, redete sich Glen ein.

Doch kurz nachdem er sich beruhigt hatte, überkam ihn ein neuer Schwindelanfall, und er hielt sich an der Aufzugstür fest. Er konzentrierte sich darauf, tief und gleichmäßig zu atmen, bis der Schwindel vorüberging. Als Jim Dover ihm ein Glas Champagner brachte, riskierte er es schließlich, seinen Blick schweifen zu lassen. Es war tatsächlich eine großartige Aussicht. Man konnte nicht nur nach Osten über die Kämme der Capitol Hills blicken, sondern auch noch einen Blick auf ein kleines Stück des Lake Washington erhaschen. Im Norden erhob sich in weiter Entfernung der Mount Baker, im Süden der Mount Rainier. Überwältigt von der Schönheit des Rundblicks, lockerte Glen unbewußt seinen Griff, machte einen Schritt nach vorn und erhob sein Glas. »Auf den schönsten Platz für einen Park in der Geschichte Seattles!« Er leerte den Plastikbecher, warf ihn hinunter und ging näher auf die Ecke der Plattform zu, um hinterherzusehen.

Zuerst spürte er das Kribbeln in der Leistengegend, dann kam es ihm vor, als würde sich ihm der Magen umdrehen. Das schlimmste aber war das schreckliche Gefühl, von irgendeiner Kraft nach vorn und in den Abgrund hinunter gezogen zu werden.

Er kämpfte dagegen an und machte einen Schritt rückwärts. Dann schnürten ihm wieder die Metallbänder seine Brust zusammen, sein linker Arm begann zu prickeln, und er spürte, daß sein ganzer Körper von kaltem Schweiß bedeckt war.

»Glen?« hörte er jemanden seinen Namen sagen, doch die Stimme drang wie durch Watte zu ihm. »Um Himmels willen, Glen, was ist los?«

Glen taumelte nach hinten und tastete nach etwas, auf das er sich stützen konnte. Doch er fand nichts...

Mit der rechten Hand versuchte er verzweifelt nach dem Aufzug zu greifen.

Verfehlt.

Er taumelte weiter, seine Knie schwankten, er hatte keinen Gleichgewichtssinn mehr.

Es war sein Herz. Irgend etwas war mit seinem Herzen nicht in Ordnung. Es pochte in den Ohren, schlug wie verrückt in seiner Brust. Jetzt zogen sich die Eisenbänder um seine Lungen, und er rang nach Atem.

»Er hat einen Herzanfall!« rief einer der Männer. Glen spürte, daß er kräftig an den Schultern gepackt, gestützt und zu den dicken Planken der Plattform geführt wurde. »Hast du dein Telefon dabei, Jim?«

Jim Dover hatte auf seinem Handy bereits die Nummer des Notrufs gewählt, und als George Simmons und Alan Cline sich neben den auf dem Rücken liegenden Jeffers knieten, war der Notarztwagen schon bestellt. Dann schrie Dover in sein Walkie-talkie, mit dem er mit der Mannschaft unten Kontakt aufnehmen konnte. Einen Moment später hatte er all seine Befehle erteilt, steckte das Gerät wieder ein und nahm oben auf der Plattform die Sache in die Hand. Plötzlich kam sogar Jim Dover die stabile Plattform wie eine winzige Insel vor, die im Nichts schwebte. »Wir müssen ihn in den Aufzug schaffen. Goerge, wir beide tragen ihn, Alan halt seinen Kopf – aber nicht zu hoch.«

Während die drei Männer Glen in den Aufzug hievten, bewegten sich die Lippen des halbbewußtlosen Mannes, und er gab schwache, unverständliche Töne von sich.

»Was hat er gesagt?« fragte Alan Cline. Als ihm niemand Antwort gab, beugte er sich über seinen Partner. »Es ist alles okay, Glen«, versicherte er ihm. »Sobald wir unten sind, bist du überm Berg.«

Die Metalltür schloß sich, und Jim Dover trommelte mit den Fingern ungeduldig gegen die Schalttafel. Rüttelnd setzte sich der Käfig in Bewegung, was Glen ein kaum hörbares Stöhnen entlockte, dann fuhr er abwärts, was allen unbeschreiblich langsam vorkam.

»Mein Gott, kann das Ding denn nicht schneller fahren?« fluchte Alan Cline und beugte sich wieder über seinen Partner. »Bleib ganz ruhig, Glen. Es wird schon wieder.«

Jim Dover und George Simmons sahen einander besorgt an. Glens Atem kam nur noch keuchend, aus seinem Gesicht war jegliche Farbe gewichen, und es hatte eine bläuliche Blässe angenommen. »Ich glaube, er hält's nicht mehr lange durch«, meinte Dover.

Alan Cline warf ihm einen scharfen Blick zu. »Halt die Klappe, Mann! Hier stirbt niemand!« Aber als ob er die Worte seines Partners Lügen strafen wollte, kam ein schreckliches Rasseln aus Glens Brustkorb, und daraufhin wurde auch Allen totenblaß. Er versuchte, sich daran zu erinnern, was er in dem Erste-Hilfe-Kurs, den er vor einem Jahr absolviert hatte, gelernt hatte. Er riß Glens Mund auf, um zu verhindern, daß er seine Zunge verschluckte und preßte rhythmisch seinen Brustkorb. Dann hielt er ihm die Nasenlöcher und fing mit Mund-zu-Mund-Beatmung an.

Sie waren gerade noch sechs Meter über dem Boden, als endlich wieder ein schwacher Seufzer über Glens Lippen kam und seine Lungen zu arbeiten begannen, auch wenn sie nur spastisch zuckten.

»Auf Junge, atme!« flüsterte Alan. »Atme doch, in Gottes Namen!«

Wie als Antwort auf den Befehl seines Partners schien Glen ein wenig Kraft zurückzugewinnen, und seine Brust hob und senkte sich.

Der Aufzug hielt an, Jim Dover stieß die Tür auf. »Wo ist der Krankenwagen?« fragte er seinen Assistenten, der auf ihn gewartet hatte.

Er schaute kurz Dover an, dann Glen, dessen Atmung wieder schwächer wurde. »Noch nicht hier«, sagte er, als Alan Cline sich wieder über Glen beugte. Er zuckte hilflos mit den Achseln und fürchtete, daß der Krankenwagen vielleicht doch zu spät käme.

5. Kapitel

Zahlreiche Demonstranten hatten sich schon tags zuvor versammelt. Seitdem die ersten Ankömmlinge ihre behelfsmäßigen Lager errichtet hatten, waren stündlich weitere Menschen auf das Feld vor dem Gefängnis geströmt. Mittlerweile war der gesamte Platz mit Zelten, Wohnwagen, Autos und Menschen übersät. Die ganze Nacht über hatte ein Freudenfeuer gebrannt, um das sich die Demonstranten geschart und Protestlieder gesungen hatten. Sie brachten damit ihren inständigen Wunsch zum Ausdruck, daß der verurteilte Mann nicht sterben dürfe, daß irgendwo ein namenloser Anwalt fieberhaft damit beschäftigt sein möge, neue Gründe zu finden, die Richard Kravens Todesurteil doch noch aufheben würden.

Vielleicht stieße man auf einen Irrtum in der Anklageschrift oder fände ein Beweisstück, das aufs neue angezweifelt werden könnte. Vielleicht würde auch der Gouverneur ein Einsehen haben und in letzter Minute noch Kravens Urteil umwandeln.

Aber als die Nacht in den Morgen übergegangen und das Feuer bis auf einen Rest glühender Kohlen abgebrannt war, war die Menge in spannungsvolle Stille versunken.

Anne Jeffers betrachtete sich das Geschehen von Wendell Rustins Büro im obersten Stock des Verwaltungsgebäudes aus. Einige Rauchkringel stiegen noch aus dem Feuer empor, und die Demonstranten verharrten stumm in bitterer Erwartung der Todesstunde von Richard Kraven.

Wie viele waren es? Fünfhundert oder gar tausend? Und wer vermochte es schon zu beurteilen, ob deren Gefühle weniger berechtigt waren als ihre eigenen? Sie sah ihre Tochter vor sich: Heathers ernstes Gesicht, als sie einige Tage zuvor einmal mehr über die Todesstrafe debattiert hatten. Mit einer absoluten Sicherheit, wie sie der Jugend eigen ist, hatte

Heather darauf bestanden, daß keine Regierung der Welt das Recht habe, jemanden hinzurichten.

»Ein Fehler macht den anderen nicht wieder gut«, hatte sie eingewandt. »Und übrigens geben wir doch immer so damit an, daß wir eine christliche Nation sind. Wie steht es dann mit den zehn Geboten? Die Bibel sagt ›Du sollst nicht töten‹. Das heißt doch, daß die Todesstrafe ganz einfach falsch ist.«

Jetzt klangen ihr die Worte ihrer Tochter in den Ohren. Anne dachte darüber nach, wann sie ihre eigene Unschuld, die Fähigkeit, die Welt in Schwarz und Weiß zu unterteilen, verloren hatte. Es war noch gar nicht so lange her, fiel ihr ein, da hätte sie ihrer Tochter noch aus ganzem Herzen zugestimmt.

Irgendwann hatte sie dann aber begonnen zu glauben, daß es in Fällen wie dem von Richard Kraven nur eine Wahl gab. Außerdem hatte sie wohl ihre jahrelange Arbeit, ihre Berichte über die Grausamkeiten, die Menschen einander zufügten, abgehärtet.

Als sie ihren Blick über die Demonstranten vor dem Gefängnis wandern ließ, fielen ihr darunter auch viele Leute ihres Alters auf und ebenso viele, die zwanzig Jahre älter waren. Gerade jetzt entdeckte sie eine ältere Frau im Rollstuhl, die stolz ein Transparent mit der Aufschrift TODESSTRAFE IST MORD schwenkte. Mit ihr sollte sie sich unterhalten, bevor sie heimginge, dachte Anne.

Ihre Gedanken wurden vom Schrillen des Telefons unterbrochen. Sie wandte sich vom Fenster ab, als Wendell Rustin den Hörer abnahm, kurz zuhörte und dann wieder auflegte. »Es ist Zeit«, sagte er. Schwerfällig erhob er sich, ging zur Tür und hielt sie für Anne auf. Als er sah, daß sie keine Anstalten machte, ihm zu folgen, schloß er sie wieder. »Wollen Sie sich das überhaupt zumuten?«

Anne runzelte die Stirn, während sie nach einer Antwort suchte und zuckte schließlich die Achseln. »Ich weiß nicht...«, gestand sie. »Ich weiß selbst nicht, was ich eigentlich will. Ich dachte, ich sei meiner Sache völlig sicher, aber jetzt...« Ihre Stimme versagte.

»Sie müssen nicht dabei sein«, beruhigte sie Rustin. »Wenn Sie wollen, können Sie auch hier warten.«

Für den Bruchteil einer Sekunde war Anne versucht, das Angebot des Direktors anzunehmen, aber dann schüttelte sie heftig den Kopf und sagte: »Diese Sache muß ich durchstehen. Es wäre doch scheinheilig von mir, wenn ich nicht bei der Hinrichtung zusehen würde, die ich selbst ununterbrochen gefordert habe.«

Rustin nickte kurz. »Das stimmt. Aber für ein Todesurteil einzutreten oder bei seiner Vollstreckung zuzusehen ist zweierlei. Lassen Sie sich das von jemandem sagen, der Ahnung davon hat.«

Anne zögerte unwillkürlich. Um wie vieles einfacher wäre es, hier im Büro zu warten, bis alles vorüber war. Aber dann raffte sie sich auf. »Ich werde es schon aushalten.« Doch bereits beim Verlassen des Raumes war sie nicht mehr sicher, ob das auch stimmte. Widersprüchliche Gefühle erfüllten sie, aber sie rief sich ins Bewußtsein, daß sie schließlich hier war, um ihre Arbeit zu tun. Den Trick, das Ganze nur vom Standpunkt der Arbeit aus zu sehen, hatte sie im Laufe der Jahre gelernt, als ihr immer klarer geworden war, daß man Berufliches und Privates manchmal strikt voneinander trennen mußte.

Als sie die Empore betrat, die an den Hinrichtungsraum grenzte, war sie überrascht, daß sich so viele Menschen eingefunden hatten. Einige von ihnen kannte sie: Anwälte, die mit dem Fall zu tun hatten, und Polizisten, die ihre Aussage gemacht hatten.

Mark Blakemoor, der Leiter der Sonderkommission von Seattle, saß in der ersten Reihe, nickte ihr zu und bedeutete ihr, sich neben ihn zu setzen. Bei seinem Anblick verspürte sie eine sonderbare Erleichterung, ging rasch den Flur hinunter und nahm auf dem leeren Stuhl Platz.

Von dort aus sah sie direkt in den kleinen Raum, in dem sich der elektrische Stuhl befand. Stumm starrte sie darauf.

Der Stuhl war aus Holz und, wie Anne auffiel, eine spartanisch einfache Konstruktion, nirgends gepolstert. Der Stuhl hatte lange, flache Lehnen, an denen die Arme des Opfers mit Riemen festgeschnallt wurden. Auch der Körper, die Beine und Knöchel waren mit Riemen verschnürt, damit der Delinquent sich nicht rühren konnte. An dicken Kabeln waren zwei Elektroden befestigt. Die ganze Szenerie wurde von grellem, weißem Licht, das aus vier Glühlampen von der Decke schien, bestrahlt.

Anne starrte wortlos darauf, ihr Mund war ganz trocken. Das Licht auf der Empore wurde abgeblendet, fast so wie im Theater, und eine Tür links vom Stuhl öffnete sich. Einen Moment darauf erschien Richard Kraven in der Türöffnung. Er hielt inne und schaute auf den Stuhl.

Anne beobachtete ihn genau, und ihr schien es, als ob ein Lächeln um seine Lippen huschte. Begleitet von zwei Wachen ging Kraven in den Raum und nahm auf dem Stuhl Platz. Er war barfuß, trug nur eine lockere Hose und ein kurzärmliges Hemd. Obwohl Anne diesen kaltblütigen Mörder verabscheute, erschien ihr diese Kleidung ungehörig. Ihr kam es vor, als ob man an ihm nicht nur die Todesstrafe vollstrecken wollte, sondern ihm auch noch den letzten Rest an Würde nehmen wollte.

Die Wachen schnallten Kraven auf dem Holzstuhl fest. Dann betrat ein Priester den Raum und sprach mit ihm. Aber wegen der dicken Glasscheibe, die den Hinrichtungsraum von der Besucherempore trennte, konnte man nichts verstehen. Was immer der Geistliche auch sagte – es schien auf Kraven nicht den geringsten Eindruck zu machen, und er antwortete ihm auch nicht. Nach kurzem Zögern verließ der Priester den Raum.

Anschließend befeuchteten die Wachen eine der beiden Elektroden mit Salzwasser und befestigten sie an Kravens kahlgeschorenem Kopf. Die andere befestigten sie an der Wade seines rechten Beines. Nachdem sie sich noch einmal alles angeschaut hatten, verließen sie den Raum.

Dann herrschte eine unheimliche Stille auf der Empore. Anne sah auf die Uhr: Es waren noch dreißig Sekunden bis zwölf.

Ganz automatisch schaute sie sich nach einem Telefon um. Sie bemerkte, daß sie selbst unbewußt darauf wartete, daß plötzlich ein Klingeln ertönte, mit dem das Schauspiel vor ihr im letzten Moment beendet sein würde. In Filmen kam das ja oft vor...

Aber hier gab es kein Telefon. Sie fragte sich, ob Richard Kraven auch auf ein Klingeln, auf eine Begnadigung in letzter Sekunde, wartete.

Sie schaute Kraven wieder an. Obwohl man ihr gesagt hatte, daß die Scheibe nur von einer Seite aus durchsichtig war und er von sich aus die Zuschauer nicht erkennen konnte, hatte sie den Eindruck, daß seine Augen auf ihr ruhten, daß er genau wußte, wo sie saß.

Diese ausdruckslosen, kalten Augen hatten ihre Gleichgültigkeit verloren. In den letzten Momenten seines Lebens hatten sie sich verändert und zeigten ein Gefühl.

Ein starkes, tiefes Gefühl.

Es war Haß!

Anne konnte spüren, wie der Haß in ihm brannte, wie er durch die dicke Scheibe drang und langsam zu ihr kam.

Sie schrak vor Kravens haßerfülltem Antlitz zurück wie vor einer angreifenden Kobra. Sie mußte hart gegen den Wunsch ankämpfen, ihren Stuhl zu verlassen, um vor dem, was sich vor ihren Augen abspielte, zu fliehen. Doch da durchlief Richard Kraven ein Zucken, das jeden Muskel, jeden Nerv seines Körpers erfaßte, ausgelöst von den 2000 Volt, die durch ihn gejagt wurden.

Anne keuchte. Ihr ganzer Körper reagierte auf das Schreckliche, das sie sah. Sie hörte auf zu atmen, und alles in ihr verhärtete sich. Aus ihrer Kehle drang ein gequältes Stöhnen, als sich Kravens Körper wieder und wieder aufbäumte.

Neben Anne sah Mark Blakemoor mit geöffnetem Mund zu, wie Kraven starb. All seine Muskeln waren angespannt, der Polizist zählte still die Sekunden, und erst als zwei Minuten vorüber waren und Richard Kraven mit Sicherheit tot war, ließ seine Spannung nach. Dann sagte er leise zu Anne Jeffers: »Das war's, lassen Sie uns heimgehen.«

Anne rutschte auf ihrem Sitz hin und her, machte aber keine Anstalten aufzustehen. Auch als der Raum sich allmählich leerte, blieb sie sitzen, betrachtete in Ruhe, wie die Wachen in den Hinrichtungsraum zurückkamen, diesmal mit einer Bahre und von einem Arzt begleitet. Nachdem dieser Kravens Tod bestätigt hatte, entfernten die Wachen die Elektroden und die Riemen und legten die Leiche auf die Bahre.

Aber selbst als sie fortgeschafft worden war, blieb Anne noch auf ihrem Platz sitzen. Sie wußte, daß das, was sie gerade gesehen hatte, sie verändern würde.

Sie wußte auch, daß sie dieses Erlebnis nie vergessen würde, und auch nicht das schreckliche Gefühl, das sie gespürt hatte, als sich Kravens letzter, von tiefem Haß erfüllter Blick auf sie geheftet hatte.

Dann dachte sie an Glen, und war sofort von Sehnsucht nach ihm erfüllt. Sie wollte bei ihm sein, seine Umarmung, seine Lippen auf den ihren spüren.

Dann würde sie wieder aufleben. In nur wenigen Stunden war sie wieder bei Glen, und in Tagen oder vielleicht Wochen hätte sie das, was sie gerade erlebt hatte, vergessen.

Aber würde sie jemals den Haß in Kravens Gesicht vergessen können, der im Tod seine Züge verzerrt hatte?

6. Kapitel

Das Heulen der Sirene brach abrupt ab, als der Krankenwagen an der Baustelle bremste. Beide Türen flogen auf und zwei Männer sprangen heraus. Einer von ihnen stürmte zur Hecktür und holte eine Tragbahre, der andere rannte mit einem Sauerstoffgerät und einer Atemmaske dorthin, wo Glen Jeffers lag.

»Lassen Sie mich durch«, befahl der Sanitäter und bahnte sich seinen Weg durch die Schaulustigen, die sich um den Liegenden versammelt hatten. »Wer kann mir Genaueres sagen?« Ohne eine Antwort abzuwarten, kniete er sich neben Glen, fühlte seinen Puls und setzte ihm die Atemmaske auf.

»Wir glauben, daß er einen Herzanfall hatte«, sagte Jim Dover. »Wir waren alle zusammen oben auf dem Dach. Auf einmal veränderte er sich. Wir dachten, er hätte nur Höhenangst, aber...«

Der Satz wurde ihm von dem zweiten Sanitäter abgeschnitten, der die Bahre neben den Bewußtlosen stellte. »Herzmuskelinfarkt?«

»Sieht so aus«, sagte der andere. »Bringen wir ihn ins Auto.« Sie legten Glen auf die Bahre und trugen ihn in den Krankenwagen.

Alan Cline folgte ihnen und sagte hastig: »Wenn Sie ihn ins Group Health Hospital bringen könnten... er wohnt nicht weit davon entfernt, und...«

Die Sanitäter schlossen Glen an Meßgeräte an. »Sie können mitkommen«, sagte der Fahrer zu Alan, es ist Platz genug, und wenn er zu sich kommt...«

Alan Cline stieg sofort in den Wagen, der Fahrer schwang sich auf den Sitz, gab Gas und schaltete die Sirene an.

Als Alan Cline das bläulich gefärbte Gesicht seines Partners sah, fürchtete er, daß Glen kaum eine Überlebenschance hatte.

Es war wie ein langsames Erwachen in einem total finsteren Raum. Das erste, das er spürte, als er zu Bewußtsein kam, waren Schmerzen – Schmerzen, wie er sie noch nie gefühlt hatte, Schmerzen, die ihn verzehrten, ihm die Seele aus dem Leib zu reißen drohten.

Sie mußten aufhören! Er mußte sie loswerden, bevor sie ihn übermannen konnten.

Wo war er? Sein Bewußtsein kämpfte gegen die Finsternis, die langsam verschwand. Jetzt konnte er ein Geräusch hören. Es schien zunächst von weither zu kommen, doch bald erkannte er, daß es eine Sirene war.

Die Dunkelheit wich weiter, und er konnte etwas erkennen. Aber es war eigenartig. Es kam ihm vor, als würde er in einer ihm unbekannten Dimension schweben. Weit unter sich erkannte er zwei Männer, die neben einer anderen Person auf einer Bahre saßen. Sie waren in einem Auto – in einem Krankenwagen!

Aber warum? Während er sich das fragte, wußte er auch schon die Antwort. Er schaute sich noch einmal die Person auf der Bahre an.

Das war er selbst!

Sein Hemd war offen, die Brust entblößt, und sein Gesicht war totenbleich.

Tot.

Das Wort lastete schwer auf ihm.

Was war mit ihm geschehen? War er gestorben? Aber wenn er tot war, warum fühlte er nichts?

Dann wußte er es.

Er hatte seinen Körper verlassen. Irgendwie war es ihm gelungen, während des letzten schrecklichen Schmerzanfalls daraus zu entkommen. Er war vor der Höllenqual geflohen, bevor sie ihm seine Seele zerbrechen konnte.

Als er jetzt auf seinen Körper hinabblickte, sah er, daß die Marter noch nicht vorüber war, denn sein Gesicht war zu einer schmerzverzerrten Grimasse entstellt. Er konnte Alan Clines flehende Stimme hören: »Um Gottes willen, was ist mit ihm? Können Sie nichts für ihn tun?«

Eine andere Stimme, die zwar schrie, aber seltsamerweise nicht lauter als Alans Stimme war, sagte: »Er stirbt uns! Ich brauche hier hinten Hilfe!«

Während Glen hoch über dieser Szenerie schwebte, sah er, was geschah, ganz deutlich. Obwohl er nichts fühlte, wußte er, daß der Krankenwagen angehalten hatte, denn jetzt stand auch noch der Fahrer neben dem Mann, der sich über ihn beugte. Während der eine Sanitäter rhythmisch seine Brust preßte, holte der andere einen Gegenstand aus Plastik aus einem Schrank.

Desinteressiert schaute Glen zu, wie sein Mund geöffnet wurde und man ihm einen Beatmungsschlauch in die Kehle schob.

»Wir müssen seine Atmung stabilisieren!« befahl eine Stimme. Dann sah Glen, wie der Sanitäter eine Nadel in den Schlauch schob und er hörte jemanden sagen: »Mach den Defibrillator fertig!« Und fast flehentlich klang es, als derjenige hinzufügte: »Los, komm schon! Komm zurück!«

Glen verstand zwar die Worte, doch er maß ihnen kaum Bedeutung bei. Dunkelheit schloß sich rings um ihn. Nun schien er in die Tiefe eines Tunnels zu schweben, an dessen Ende in weiter Entfernung, er einen Lichtfleck sehen konnte. Als der Mediziner wieder zu sprechen begann, bewegte sich Glen auf das Licht zu, von dem er sich angezogen fühlte.

In immer schnellerem Tempo lief sein Leben vor ihm ab. Er sah sich als Baby in der Wiege zu Hause, wie seine Mutter ihn hochhob und mit ihm schmuste. Dann war er in der Schule, und da waren alle, die er gekannt aber auch schon längst wieder vergessen hatte.

Und so ging es weiter. Sein ganzer Lebensweg lag vor ihm ausgebreitet, während er dem verlockenden weißen Licht am Ende des Tunnels immer näherkam.

Dann konnte er Personen in dem Licht erkennen. Seine Großeltern waren da und noch jemand.

Das Baby.

Es war das Baby, das sie vor zwölf Jahren verloren hatten. Anne erlitt damals eine Frühgeburt.

Alex hätte es heißen sollen.

Und jetzt wartete das Baby auf ihn, es streckte ihm die Arme entgegen.

Glen schwebte noch schneller, er raste auf das Licht zu und vergaß sogar seine Schmerzen.

Plötzlich hörte er eine Stimme hinter sich, die ihn anflehte zu bleiben. Diese Stimme wurde zu einem Klagechor, aus dem er nicht nur die Stimme Annes, sondern auch die von Heather und Kevin heraushören konnte.

Er hielt inne und schaute zurück. Hinter ihm war alles finster, eine undurchdringliche, unendliche schwarze Weite, von der er wußte, daß sie voller Schmerzen war.

Vor ihm, in liebliches Licht getaucht, warteten seine Großeltern und das Kind, das er nie gesehen hatte, mit ausgebreiteten Armen darauf, ihn willkommen zu heißen.

Die Stimmen hinter ihm riefen weiter nach ihm, und obwohl ihn eine entsetzliche Furcht vor der Qual erfüllte, wußte Glen, daß er den Weg in die Dunkelheit zurück einschlagen mußte.

Die im Licht auf ihn warteten, waren bis in alle Ewigkeit dort, sie würden noch da sein, wenn die richtige Zeit für ihn gekommen war.

Aber hinter ihm lag noch so viel Unerledigtes, so vieles, was noch nicht vollendet war.

Schließlich wandte er sich von dem Licht ab und machte die Reise zurück in die Dunkelheit.

»Geh auf 300 Joule hoch. Versuch es noch mal!« befahl der Arzt, der um Glens Leben kämpfte. Der Fahrer stellte den Defibrillator neu ein, und eine Sekunde später zuckte Glens Körper, als ihn der Strom durchschoß. Sein Herz hörte einen Moment auf zu schlagen, setzte dann aber wieder ein.

»Wir schaffen es«, murmelte der Mediziner, als er den Ausschlag auf dem Monitor sah. Doch schon eine Sekunde darauf versagte das Herz des Patienten wieder, und sein Puls, der zunächst geflattert hatte, vibrierte nur noch schwach.

»Versuch's noch mal mit dreihundertsechzig!« Mit angehaltenem Atem schaute er auf den Monitor, verlangte ein Milligramm Adrenalin und setzte die Wiederbelebungsversuche fort. Während die Sekunden verrannen und Alan Cline Stoßgebete für seinen Partner zum Himmel schickte, begann Glens Herz wieder zu schlagen, und einen Moment später atmete er auch wieder aus eigener Kraft.

Der zweite Sanitäter kletterte auf den Fahrersitz, ließ den Wagen an und mit heulender Sirene bahnte er sich den Weg zum Hospital.

Die beiden Hintertüren flogen auf. Noch bevor Alan aussteigen konnte, hatten zwei Krankenträger die Bahre aus dem Wagen gezogen und rollten sie auf einem tragbaren Untersatz durch die Türen der Notaufnahme des Group Health. Alan erholte sich erst jetzt allmählich von seinem Schock und folgte den Krankenträgern. Doch als sie hinter einer Doppeltür nach links liefen, schlug er aus Versehen den Weg nach rechts ein und landete bei der Notaufnahme, wo mehrere Angestellte alle Hände voll zu tun hatten, um mit den eingehenden Notfällen fertig zu werden.

Auf einem zerschlissenen Sofa saß eine große Frau, die ihren Arm schützend um ein schluchzendes Kind geschlungen hatte; auf einem Stuhl daneben versuchte ein junges Mädchen, ein weinendes Baby zu stillen. Ein Mann, dessen Augen vor Zorn funkelten, tastete an der behelfsmäßigen Bandage an seinem rechten Oberarm herum. Als eine Frau, sie hatte einen blauen Fleck im Gesicht, ihm dabei zu helfen versuchte, schob er sie barsch beiseite. »Hast du nicht schon genug angerichtet, du Schlampe!« schnauzte er sie an, und die Frau schreckte sofort zurück, als ob man nach ihr geschlagen hätte.

Die ganze Szenerie erschien Alan so, als wäre er auf einem anderen Stern gelandet, und einen Moment lang war er völlig durcheinander. Dann fiel ihm Glen wieder ein, den sie offensichtlich in den entgegengesetzten Flügel des Gebäudes gebracht hatten.

»Wo ist der Mann, der gerade eben eingeliefert wurde?«

unterbrach er das Gespräch zwischen einer Angestellten und einer vor Wut schnaubenden Frau.

»Können Sie nicht warten, bis Sie an der Reihe sind?« Die Frau sah ihn an, ihre Pupillen waren von Drogen erweitert, »hier gibt es nämlich noch andere Leute außer Ihnen.«

»Sagen Sie mir nur, wo man ihn hingebracht hat«, bat Alan die Frau hinter dem Pult, die sich ihm auch sofort zuwandte.

»Der Mann mit dem Infarkt?« erkundigte sie sich.

Alan nickte, und die Schwester reichte ihm ein Formular. »Füllen Sie das bitte aus. Ich bekomme schon heraus, wo Ihr...« Sie hielt erwartungsvoll inne und wartete darauf, daß Alan sich entweder als Verwandter, Freund oder vielleicht sogar als Lebensgefährte des Patienten vorstellte.

»Ich bin sein Partner«, erklärte Alan, ergänzte dann aber gleich, um keine Mißverständnisse aufkommen zu lassen: »Sein *Geschäftspartner*.«

»Egal«, antwortete die Schwester. »Ich brauche sowieso nur seinen Namen. Den Rest entnehme ich dem Computer.«

»Warum können Sie dann nicht auch mein *Rezept* aus dem verdammten Computer holen?« beschwerte sich die Frau neben Alan. Als die Schwester sie einfach überging, fing die Süchtige an zu fluchen, schlurfte davon und murmelte, daß sie sie anzeigen werde.

»Dann tun Sie es doch«, seufzte die Schwester und sah dabei nicht einmal vom Monitor auf. »Bis morgen.« Als die Frau auf der Straße verschwunden war, schüttelte sie traurig den Kopf. »Sie glaubt, wir geben hier Methadon ab«, erklärte sie, »kommt fast jeden Tag und – ah! Hier haben wir ihn! Mr. Jeffers ist soeben in die Intensivstation eingeliefert worden.«

In diesem Moment stürzte Jim Dover durch die Tür, entdeckte Alan und rannte zu ihm. »Wo ist Glen?« fragte er. »Wie geht's ihm?«

Alan zuckte die Schultern. »Er ist auf der Intensivstation. Finden Sie heraus, wo die ist. Ich ruf' inzwischen im Büro an.«

Er ging zu einer Reihe von Münztelefonen im Flur, fand eines, das nicht kaputt war und wählte die Nummer von Rita

Alvarez, Glens Sekretärin. So knapp wie möglich schilderte er ihr, was vorgefallen war.

Rita Alvarez' Blick wanderte beim Telefonieren auf den kleinen Fernseher, der vor ihr stand. Ihr Chef hatte sie gebeten, ihn im Büro aufzustellen, für den Fall, daß seine Frau heute morgen im Fernsehen zu sehen wäre. Gerade während sie Alans wirrem Gerede über Glens Herzinfarkt zuhörte, erschien Anne auf dem Schirm. Zusammen mit dem Gefängnisdirektor und anderen Zeugen der Hinrichtung betrat sie einen Raum, der voller Reporter und Kameraleute war. »Bleiben Sie am besten bei Glen, und halten Sie mich auf dem laufenden«, sagte sie. »Ich kümmere mich um alles andere.«

Rita Alvarez machte sich sofort an die Arbeit. Sie erstellte eine Liste von den Leuten, die dringend angerufen werden mußten, allen voran Anne, danach einige Kunden, die Termine mit Glen hatten, und einige seiner engsten Freunde. Keine Minute später hatte sie das Gefängnis am Apparat. »Es handelt sich um einen Notfall«, erklärte sie. »Ich muß sofort mit Anne Jeffers sprechen. Sie ist eine der Zeugen, die...«

»Jeder will heute mit jemandem sprechen, der bei der Hinrichtung dabei war«, warf die Telefonistin ein. »Und alle sagen, es sei ein Notfall. Wenn Sie mir Ihren Namen geben, setze ich ihn auf die Liste...«

»Ich bin die Sekretärin von Mrs. Jeffers Mann«, unterbrach sie. »Er hatte gerade einen schweren Herzinfarkt. Es geht um Leben und Tod.«

Anne legte auf. Unbewußt ließ sie ihre Hand auf dem Hörer ruhen, als ob sie dadurch körperlichen Kontakt zu Seattle und allem, was dort vorging, aufnehmen könnte. Ein Herzinfarkt? Glen? Das war doch unmöglich! Er war noch nicht ganz fünfundvierzig, joggte jeden Morgen, achtete auf sein Gewicht! Sie waren doch beide typische Seattler und verbrachten soviel Zeit wie möglich im Freien. Im Winter fuhren sie in den Bergen Ski, im Sommer gingen sie zum Rudern und fuhren Kajak auf den Flüssen. Jemand wie Glen konnte einfach keinen Herzinfarkt bekommen!

Dann erinnerte sie sich aber daran, daß vor fast zehn Jahren Danny Branson beim Joggen tot umgefallen war. Danny war damals gerade erst zweiundvierzig und seit je eine Sportskanone gewesen. Schon während seiner Zeit auf der High School war er immer Wettrennen gelaufen. Ist das Leben also doch nichts weiter als eine große Lotterie? Selbst wenn man noch so gesund lebte, war man gegen solche Schläge nicht gefeit...

Das Erschrecken und die Hilflosigkeit, die sie beim Telefonat mit Rita Alvarez überkommen hatten, wichen allmählich der festen Überzeugung: Was mit Danny Branson geschehen war, würde Glen nicht passieren. Er würde es überleben, sich erholen, und anschließend würden sie sich gemeinsam darüber informieren, was man tun konnte, um einen weiteren Herzinfarkt zu verhindern.

Nachdem der letzte Schatten ihrer Furcht verflogen war, nahm sie die Hand vom Hörer, drehte sich um und bemerkte, daß Mark Blakemoor sie ansah. Er warf ihr einen so besorgten Blick zu, wie er das noch nie getan hatte. »Ist etwas passiert?« fragte er.

»Ja, mit meinem Mann«, antwortete Anne. »Er hatte einen Herzinfarkt. Ich muß sofort nach Hause. Aber mein Flug geht erst morgen!« Sie spürte, wie Panik in ihr hochstieg.

Mark Blakemoor griff in die Innentasche seines zerknitterten Jackets und reichte ihr einen Umschlag. »Mein Flug geht in ein paar Stunden«, sagte er. »Wenn es keine Plätze mehr für uns beide gibt, fliegen Sie, und ich nehme Ihr Ticket für den Flug morgen.«

Anne hob die Augenbrauen. »Und als Gegenleistung?« Die Sache mußte einen Haken haben. Seit ihrer Zusammenarbeit mit Mark Blakemoor hatte er niemals jemandem einen Gefallen getan, ohne dafür später eine Gegenleistung zu erwarten. Jetzt aber schüttelte er zu ihrer Überraschung den Kopf. »Hier geht's nicht um die Arbeit, sondern um Persönliches, – und das ist gratis.«

»Gut, gehen wir.« Anne wußte instinktiv, daß er für sein Angebot keinen Dank wollte.

Fünf Minuten später hatten sie das Gefängnis verlassen und fuhren in einem Wagen, den der Direktor zur Verfügung gestellt hatte, durch die Meute der Demonstranten und Reporter. Wenigstens, dachte Anne, mußte sie sich mit den Presseleuten nicht über die Hinrichtung unterhalten. Noch ein Artikel für den *Herald* – dann würde sie Urlaub nehmen und sich um Glens Genesung kümmern.

Auf der Fahrt dachte sie über diese Idee nach, und je mehr sie sich damit befaßte, um so besser gefiel sie ihr. Bald wäre wieder Sommer, die Schulferien kämen und die ganze Familie wäre wieder zusammen.

Aber mit einem Mal verdüsterte sich ihre Stimmung. Wieviele Familienmitglieder wären dann noch übrig?

Was wäre, wenn Glen nicht überlebte? Wie sollte sie damit fertigwerden? Wie sollte sie ohne Glen leben?

7. Kapitel

In der 10. Klasse des Journalismus-Kurses der Maple-School herrschte absolute Stille. Heather Jeffers und ihre Klassenkameraden fixierten das Fernsehgerät, das extra aufgestellt worden war, damit sie die Berichterstattung über Richard Kravens Hinrichtung verfolgen und anschließend darüber diskutieren konnten. Das Gerät lief seit halb neun, und bis genau um neun Uhr – da war es zwölf Uhr in Connecticut, wo die Hinrichtung stattfand – hatten einige Schüler noch spekuliert, wie lange es wohl dauern könnte, bis die Aufhebung der Hinrichtung bekanntgegeben würde. Maude Brink, die seit letzter Woche die Diskussionsrunde über Todesstrafe leitete, hatte sie zuvor gewarnt, sich Illusionen zu machen, denn sie hielt in diesem Fall einen Aufschub der Vollstreckung für unwahrscheinlich. Aber einige der Kinder hatten sich bis zuletzt an ihre Hoffnungen geklammert. Was Mrs. Brink auffiel, war, daß die Schüler, die am heftigsten gegen die Todesstrafe plädierten, auch diejenigen waren, die am ehesten glaubten, daß die Hinrichtung aufgeschoben würde. Diejenigen hingegen, die für die Todesstrafe eintraten, waren überzeugt, daß die Vollstreckung wie vorgesehen stattfinden würde.

Erst nachdem die Hinrichtung stattgefunden hatte und die Meldung aus dem Gefängnis kam, daß Richard Kraven tot sei, hatte die Klasse endlich die volle Wahrheit begriffen. Hier handelte es sich nicht um eine Fernsehshow, einen Film oder ein Buch, in dem es um die Hinrichtung eines Mannes ging, der allein der Phantasie des Autors entsprungen war. Diesmal war es Realität. Ein Mensch, der noch vor einigen Sekunden so lebendig wie sie selbst gewesen war, lebte nun nicht mehr. Während sie wie betäubt auf den Bildschirm starrten, nahm der Fernsehmoderator zu Korrespondenten im ganzen Land Kontakt auf, die Menschen interviewten, die auf irgendeine Weise von der Hinrichtung betroffen waren.

Zuerst war es Edna Kraven, die in ihrem kleinen Haus im Süden Seattles befragt wurde. Als das unbarmherzige Auge der Kamera das tränenbedeckte Gesicht von Richard Kravens Mutter in Nahaufnahme zeigte, wurde es Heather und ihren Mitschülern ungemütlich. Sie wurden Zeugen, wie die persönlichsten Gefühle der Frau über den ganzen Kontinent ausgestrahlt wurden.

»Er ist immer ein guter Junge gewesen«, flüsterte Edna und drehte in ihren Fingern ein Taschentuch, mit dem sie sich alle paar Sekunden ihre rotgeränderten Augen abwischte. »Er war gescheiter als andere Jungs, immer an allem interessiert und immer so hilfsbereit. Alle mochten Richard. Wie konnte man ihm das bloß antun! Er hat niemals jemanden verletzt – niemals! Das war schreiendes Unrecht!« Die Kamera war voll auf die verzweifelte Frau gerichtet, bis sie schluchzend zusammenbrach. Erst dann, wenn auch fast widerstrebend, ließ man sie mit ihrem privaten Kummer allein, blendete ab und schwenkte zu Richards Bruder Rory, der seiner Mutter am Tisch gegenübersaß.

»Für Sie muß das fast so hart gewesen sein wie für Ihre Mutter«, sagte die hübsche, blonde Reporterin, die sich redlich bemühte, ihrem Gesicht einen mitfühlenden Ausdruck zu geben. »Erzählen Sie uns, was in Ihnen vorgegangen ist, als die Uhr im Gefängnis neun schlug.«

Rory Kraven, augenscheinlich nervös wegen der Kamera, sah seine Mutter an, dann zuckte er mit den Achseln. »Ich... ich glaube, ich habe überhaupt nichts gedacht«, stammelte er. »Ich meine, ich weiß, was mein Bruder getan hat und...«

Doch bevor er weiterreden konnte, unterbrach ihn seine Mutter. »Nichts!« brauste sie auf. »Mein Richard hat nichts getan, und das weißt du auch! Wie kannst du es wagen, so schlecht über deinen Bruder zu sprechen? Wenn du nur halb soviel Mann wärst wie er...«

Dann schwenkte die Kamera abrupt auf eine elegant gekleidete und perfekt frisierte Frau von vielleicht sechzig Jahren. Sie wurde von einer anderen attraktiven jungen Reporterin interviewt.

»Ich bin hier bei Arla Talmadge in Atlanta. Mrs. Talmadge, wie fühlen Sie sich heute?«

Die Dame trocknete sich die Augenwinkel mit einem perfekt gebügelten Taschentuch, dann seufzte sie und schüttelte den Kopf. »Ich weiß nicht, ob ich überhaupt etwas fühle. Seit Richard Kraven meinen Sohn getötet hat, spüre ich... ja, nur noch Leere in mir. Hat er noch etwas gesagt, bevor man ihn... also, bevor er...?«

»Allem Anschein nach nicht«, antwortete die Reporterin.

»Dann werden wir also nie erfahren, warum er es getan hat... Und ich frage mich auch ständig, welchen Sinn sein Tod eigentlich hatte. Schließlich werden dadurch weder mein Sohn noch die anderen Opfer wieder lebendig. Ich frage mich ununterbrochen, ob sich nicht eines Tages vielleicht doch noch seine Unschuld herausgestellt hätte. Aber jetzt...« Sie holte zitternd Atem und schüttelte dann wieder den Kopf. »Ich weiß nicht...«, fuhr sie fort. »Ich glaube, man darf jetzt nur noch daran denken, daß das Leben weitergeht.«

Weitere fünfzehn Minuten lang wurden nun noch Angehörige und Freunde der Opfer interviewt. Manche drückten Erleichterung darüber aus, daß dieses schlimme Kapitel ihres Lebens endlich vorüber war, andere vermochten kaum ihren Zorn darüber verhehlen, daß Richard Kraven vor seinem Tod nicht gefoltert worden war. Wieder andere fügten sich, wie Arla Talmadge, dem Unabänderlichen.

Mitten in eines dieser Interviews platzte der Ansager mit der Nachricht, daß der Gefängnisdirektor nun bereit sei, eine Presseerklärung abzugeben und sich den Fragen der Journalisten zu stellen. Die Szenerie wechselte ein einen grüngestrichenen Raum mit glänzend grauen Metalltischen, auf denen mehrere Mikrofone standen.

Innerhalb der Klasse machte sich gespannte Erwartung breit. Dann stießen sich die Schüler gegenseitig an, als sie Heather Jeffers Mutter unter den Zeugen entdeckten, die Wendell Rustin in den Raum folgten. Mit bleichem, angestrengt wirkendem Gesicht stand sie in der Nähe der Wand.

»Sie ist es wirklich, Heather!« rief jemand von hinten. »Deine Mutter! Toll!«

Weil der Direktor zu sprechen begann, ignorierte Heather diesen Kommentar und starrte auf den Schirm.

»Heute mittag um zwölf Uhr wurde Richard Kraven hingerichtet«, fing Rustin an. »Er betrat den Raum um fünf Minuten vor zwölf Uhr, wurde am Stuhl festgeschnallt und mit Elektroden verbunden. Genau um zwölf Uhr wurde er der Spannung von 2000 Volt ausgesetzt. Zwei Minuten nach zwölf wurde sein Tod festgestellt.« Der Direktor schwieg einen Moment und sah dann wieder direkt in die Kameras. »Haben Sie irgendwelche Fragen?«

Sofort erhob sich ein lautes Durcheinander von Stimmen, aber Rustin deutete auf jemanden, und der Rest der Gruppe verfiel in unruhige Stille. »Hat er irgend etwas gesagt? Hat er gestanden?«

Der Direktor schaute zu Anne Jeffers, die ihren Kopf schüttelte und sich offenbar gerade dazu äußern wollte, als auf einmal die Tür aufging, ein Uniformierter hereinkam, und ihr etwas ins Ohr flüsterte. Mit einem überraschten Ausdruck im Gesicht verließ sie das Zimmer.

Im Klassenraum drehten sich Heathers Mitschüler neugierig nach ihr um, als ob sie von ihr eine Erklärung für das plötzliche Verschwinden ihrer Mutter erwarteten. Maude Brink, der nicht entging, wie besorgt Heather wirkte, schaltete den Fernseher aus und wandte sich der Klasse zu. »Also gut, was haltet ihr davon? War die Berichterstattung fair? War sie seriös oder nur Effekthascherei? Wer möchte anfangen?«

Drei Hände streckten sich sofort nach oben, und Mrs. Brink nickte Adam Steiner zu, der in der hinteren Reihe saß, sich aber nur selten zu Wort meldete. »Wie kommen die überhaupt dazu, mit der Familie zu reden?« wollte er wissen. »Mrs. Kraven hat doch nichts getan – warum läßt man sie dann nicht in Ruhe?«

»Woher willst du wissen, daß sie nichts getan hat?« fragte jemand anderes. »Sie muß doch etwas dazu beigetragen haben, daß aus Richard Kraven ein so verrückter Mensch geworden ist.«

»Vielleicht stimmt was mit seinen Genen nicht«, wandte ein Dritter ein. »Niemand weiß, was Leute dazu veranlaßt, so etwas zu tun.«

»Ich habe gehört, daß er ein Satanist war«, rief jemand dazwischen. Mrs. Brink hob schließlich die Hand, um wieder Ordnung in die Diskussion zu bringen. »Jetzt reden wir erst einmal über die Berichterstattung und verlieren uns nicht in Spekulationen über Kravens Motive. In diesem Kurs geht es um Journalismus, nicht um Kriminologie...«

Die Lehrerin brach ab, als die Tür zum Klassenzimmer aufging. Eine der Chefsekretärinnen des Rektors trat ein, nickte kurz und fing sofort an zu reden, ohne sich für die Unterbrechung zu entschuldigen. »Heather? Könntest du bitte mitkommen? Mrs. Garret möchte einen Moment mit dir sprechen.«

Maude Brink wollte gerade einwenden, ob das nicht vielleicht bis Unterrichtsschluß warten könne. Doch dann erinnerte sie sich an das seltsame Verschwinden von Heathers Mutter aus der Pressekonferenz und gab ihr ein aufmunterndes Lächeln mit auf den Weg, als sie das Zimmer verließ. Irgend etwas mußte passiert sein.

Als Heather Olivia Garrets Büro betrat, bat die Rektorin sie, auf dem Sofa Platz zu nehmen.

»Ich habe leider eine schlechte Nachricht für dich«, kam sie mit jener Direktheit zur Sache, für die sie bekannt war. »Die Sekretärin deines Vaters hat angerufen.«

»Rita Alvarez?« Heather schluckte.

Mrs. Garrett nickte. »Dein Vater hatte anscheinend einen Herzinfarkt. Er wurde ins Krankenhaus eingeliefert, und deine Mutter will, daß du sofort dorthin gehst. Mrs. Alvarez holt deinen Bruder von der Schule ab, dann kommt sie...«

Aber Heather hörte ihr schon gar nicht mehr zu. Statt dessen versuchte sie erst einmal mit dem fertig zu werden, was sie eben gehört hatte. Ihr Vater im Krankenhaus? Mit einem

Herzinfarkt? Wenn ihre Mutter wollte, daß sie und Kevin ins Krankenhaus gingen, mußte es sich um etwas Ernstes handeln! Aber heute morgen war es ihm doch noch glänzend gegangen! Als er vom Joggen nach Hause kam, war er nicht einmal außer Atem gewesen. Wie konnte er da einen Herzinfarkt bekommen?

Mit einem Mal fühlte sich die Fünfzehnjährige viel jünger als sie war. Ob ihr Vater sterben würde?

8. Kapitel

Mark Blakemoor und Anne Jeffers saßen schon seit zwei Stunden im Flugzeug. Sollte das peinliche Schweigen zwischen ihnen auch noch die nächsten drei Stunden anhalten, würde er einige Drinks nehmen und anschließend etwas schlafen, entschied er sich.

Er hatte in letzter Zeit viel zu viel getrunken, vor allem in den zehn Monaten, seit Patsy ihn verlassen hatte. Nach achtzehn Jahren war ihre Ehe zerbrochen. Alles, was sie gesagt hatte, war, daß sie es nicht mehr aushalten könne, die Frau eines Polizisten zu sein. Aber was hätte er sonst machen sollen? Er konnte doch nicht einfach den Beruf wechseln, das wollte er auch gar nicht. Außerdem hatte sich Patsy über sein starkes Trinken beklagt – und wie er ehrlich zugeben mußte, hatte sie damit auch recht gehabt. Er *hatte* zuviel getrunken! Also entschied sich Mark, daß er jetzt besser keinen Drink nehmen, sondern herausfinden sollte, worüber Richard Kraven mit Anne Jeffers vor seinem Tod gesprochen hatte.

»Würden Sie gern über etwas reden?« fragte er und verlagerte seinen massigen Körper, er war 1,88 Meter groß und 95 Kilo schwer, um ein paar Zentimeter. Es war der vergebliche Versuch, es sich auf dem engen Sitz etwas bequemer zu machen.

Anne hatte in Gedanken aus dem Fenster geschaut, auf die endlose Weite der Wolken, die einige tausend Meter unter dem Flugzeug eine geschlossene Decke bildeten, und daher die Worte des Polizisten zunächst nicht zur Kenntnis genommen. Dann seufzte sie, rieb ihren steifen Hals und sah über ihn hinweg. »Über Glen?« Sie tat so, als habe sie keine Ahnung, was Blakemoor wirklich von ihr wissen wollte. Was sie seit seiner Scheidung über ihn erfahren hatte, war, daß er sich während seiner Ehe so gut wie gar nicht um seine Frau gekümmert hatte. Weshalb sollte er sich jetzt für ihren Mann interessieren, den er zudem nicht einmal kannte? Aber warum sollte sie nicht mit ihm reden, schließlich hatte Blakemoor für sie auf seinen Platz verzichten wollen, auch wenn es letzten Endes nicht dazu gekommen war. »Oder wollen Sie über Richard Kraven mit mir sprechen?«

»Egal«, gab Blakemoor zurück. »Aber Mitleid zu empfinden, fällt mir schwer. Patsy meinte immer...« Er brach ab und errötete leicht. »Ach, was schert's mich, was Patsy gemeint hat. Also, was hat Kraven gesagt? Zu Hause warten noch einige ungelöste Fälle auf mich. Wenn Sie mir wenigstens bei der Aufklärung eines einzigen helfen könnten, wäre das toll.«

Anne schüttelte den Kopf. »Glauben Sie mir, Mark, wenn er auch nur irgend etwas von Bedeutung gesagt hätte, würden Sie es sofort erfahren. Schließlich haben Sie sich viele Jahre mit dem Fall auseinandergesetzt. Aber Kraven hat auch jetzt nichts anderes gesagt wie immer: Er habe mit keinem der Morde etwas zu tun, es sei alles ein abgekartetes Spiel, man habe sich gegen ihn verschworen und so weiter und so fort.«

Die Augen des Polizisten verengten sich und er sagte: »Sie haben wohl auch geglaubt, daß jeder Mensch mit reinem Gewissen ins Grab gehen will. Aber nicht Kraven. Die übelste Bestie, die mir je begegnet ist.«

Beide schwiegen wieder und hingen ihren eigenen Gedanken nach. Doch als Blakemoor seine nächste Frage stellte, merkte sie, daß sich seine Grübeleien nicht sehr von den ihren unterschieden. »Was glauben Sie? Halten Sie es für möglich, daß wir uns alle geirrt haben?«

»Wen fragen Sie?« entgegnete Anne. »Die Starjournalistin oder die Privatperson Anne Jeffers?«

»Fangen wir mit der Privatperson an.«

»Er ist schuldig«, stellte sie ohne Zögern fest. »Schuldig und noch mal schuldig aller Verbrechen, für die man ihn verurteilt hat und aller übrigen auch.«

»Okay. Und wie denkt die Starjournalistin darüber?«

Anne spreizte die Finger und tat, als würde sie auf einer imaginären Tastatur tippen. »Zeigen Sie mir einen Reporter, der nicht gern eine Verschwörung aufdecken wollte, die einen Unschuldigen auf den elektrischen Stuhl gebracht hat. Niemand würde sich doch einen Pulitzer-Preis entgehen lassen.«

Der Polizist musterte sie nachdenklich und versuchte auszuloten, wie ernst sie das meinte. »Heißt das, daß Sie weiterhin der Sache auf der Spur bleiben?«

Anne wollte schon antworten, als ihr klar wurde, daß sie gar nicht wußte, was sie eigentlich vorhatte. Vor drei Stunden, bevor sie den Anruf von Rita Alvarez bekommen hatte, wäre das ein einfaches Gespräch gewesen: Sie hätte erzählt, was Kraven bei ihrer letzten Unterhaltung gesagt hatte. Falls Kraven tatsächlich nicht gelogen hatte und sie das beweisen konnte, wäre sie zweifellos für einen Pulitzerpreis in Frage gekommen. Ganz zu schweigen von einem tollen Buchvertrag, vielleicht einem Film zum Thema und einem neuen Job mit einem Gehalt, neben dem ihr jetziges ein besseres Taschengeld gewesen wäre. Jetzt aber sah alles anders aus. Nach dem kurzen Gespräch mit Rita hatte sich alles verändert. »Ich weiß nicht, ob ich an der Story dranbleibe oder nicht«, antwortete sie schließlich. »Das hängt alles davon ab, wie es mit Glen weitergeht. Kann sein, daß ich erst einmal einen längeren Urlaub mache.«

Das Gesicht des Kommissars zeigte ein ungläubiges Lächeln: »Ausgerechnet Sie? Ach, hören Sie auf! Anne, wenn Sie an einer Story arbeiten, lassen Sie genauso wenig locker, wie ich, wenn ich mit einem schweren Fall beschäftigt bin. Da sind mir die Zeit, das Essen, Schlaf und auch die Familie völlig gleichgültig.«

Anne reagierte auf Blakemoors Worte mit einem massiven Gegenangriff. »Wahrscheinlich hat Patsy Sie deshalb auch verlassen. Zum Glück ist wenigstens meine Ehe intakt!« Blakemoor zuckte zusammen, und Anne bereute ihre Äußerung augenblicklich. »Tut mir leid«, sagte sie, »das war nicht sehr fair.« Als sie dann darüber nachdachte, wurde ihr erst klar, wie unfair es wirklich gewesen war. Sei selbst aß ja auch nicht immer mit ihrem Mann gemeinsam zu Abend. Ganz im Gegenteil. Und was noch schlimmer war: In den letzten

Monaten hatten Heather und Kevin oft auf ihre Eltern warten oder sogar allein essen müssen, weil die Jeffers in ihren Büros eine Kleinigkeit gegessen hatten. Wenn sie absolut ehrlich zu sich war, mußte sie einräumen, daß Blakemoor gar nicht so falsch lag – solange sie sich mit einer Story beschäftigte, hatte sie weder Augen noch Ohren für etwas anderes. Und der Geschichte, die heute mit der Hinrichtung zu Ende gegangen war, hatte sie in den letzten fünf Jahren fast ihre ganze Aufmerksamkeit gewidmet.

Plötzlich kam ihr ein fürchterlicher Gedanke: Wenn sie sich nicht so ausschließlich um den Fall Kraven gekümmert hätte – hätte sie dann vielleicht Glens Herzinfarkt voraussehen können? Aber wie? Der war doch aus heiterem Himmel gekommen!

Sie dachte über die letzten Tage, Wochen und Monate nach. Wie lange war es schon her, seit Glen und sie einmal abends zusammen ausgegangen waren oder ein ganzes Wochenende allein miteinander verbracht hatten? Normalerweise arbeitete immer einer von ihnen, wenn nicht gar beide. Sie hatten weder seinen Geburtstag noch ihren Hochzeitstag vor drei Monaten gefeiert. Wenn sie schon so sehr von ihrer Arbeit in Anspruch genommen wurde, daß sie nicht einmal die wichtigsten Daten in ihrem Leben feiern konnte, wie sollte sie dann erst über den Gesundheitszustand ihres Mannes Bescheid wissen?

Hätte sie den Herzinfarkt kommen sehen müssen? Hätte sie es Glen am Gesicht anmerken können? Gab es bei ihm Anzeichen von Streß, die sie nicht bemerkt, eine Müdigkeit, die sie ignoriert hatte? Sie verspürte auf einmal ein tiefes Schuldgefühl, und es tauchten weitere Fragen auf, Fragen, die nicht leicht zu beantworten waren.

»Kopf hoch, Anne!« Blakemoor sagte das in einem Ton, als ob er ihre Gedanken gelesen hätte. »Was Glen zugestoßen ist, war nicht Ihre Schuld. Sie haben ihn nicht so behandelt wie ich Patsy: Mein Gott, es hat Zeiten gegeben, da haben wir uns tagelang nicht gesehen.«

»Bin ich etwa in den letzten Tagen in Seattle gewesen?«

entgegnete Anne sarkastisch und ihre Selbstanklage war nicht zu überhören. »Meine Güte, Mark, ich hätte es vorhersehen können. Ich hätte bemerken müssen, daß er zu hart arbeitet und daß ihn das fertigmacht.«

»Das wäre etwa so, als wenn ein Esel den anderen Langohr schimpft«, bemerkte Blakemoor lakonisch, lächelte aber dabei.

Den restlichen Flug redete er weder über Kraven noch über Glen Jeffers Herzinfarkt. Das einzige Thema, über das er bereitwillig Auskunft gab, war seine Scheidung. Zu seiner eigenen Überraschung erzählte er Anne alles darüber. Was ihn noch mehr verblüffte, war, daß ihm bis zur Landung des Flugzeugs in Seattle zwei Dinge klargeworden waren. Erstens: An der Scheidung war Patsy in Wahrheit nicht weniger schuld gewesen als er, obwohl sie ihm immer die alleinige Schuld angelastet hatte. Zweitens: Mit Anne Jeffers konnte er über alles reden, was ihm auf der Seele lag. So etwas hatte er noch nie bei einer anderen Frau erlebt; und als er mit Anne das Flugzeug verließ, fragte er sich, was das wohl bedeuten mochte.

Und er fragte sich auch, wie eng Annes eheliche Bindung war. Wenn sie jemals allein sein sollte...

Mark Blakemoor versuchte, sich diese Gedanken aus dem Kopf zu schlagen. Doch sie hatten sich bereits festgesetzt, und er wußte, daß er sie nicht mehr loswerden würde.

Aber wohin sollte das führen? Er durfte sich nicht in die Frau eines anderen verlieben!

9. Kapitel

Das Taxi hielt vor dem Krankenhaus. Nervös suchte Anne das Geld aus ihrer Brieftasche.

»Danke, Mam«, sagte der Fahrer mit einem Akzent, so daß er kaum zu verstehen war. »Was auch passiert ist – ich wünsche Ihnen, daß bald wieder alles in Ordnung ist.«

Anne bedankte sich, nahm ihren Koffer, eilte durch den Haupteingang und fragte nach der Intensivstation.

»Sie gehen durch die Halle«, erklärte ein Mann in rotem Jackett, »dann nehmen Sie den Aufzug und fahren in den dritten Stock. Sie können sie gar nicht verfehlen.«

Als sie den Fahrstuhl in der dritten Etage verließ, fielen ihr gleich die Wände des Flurs auf, die in einer furchtbaren Farbe gestrichen waren. Zu dem eigentümlichen Anstrich standen die fahlweißen Dekorationen in einem scharfen Gegensatz. Alles in allem war es eine deprimierende Ausstattung. Anne wußte, daß ihr Mann sie schrecklich finden würde – wäre er nur gesund genug, um sie überhaupt zu bemerken. Dann gelangte Anne in einen Vorraum, von dem geschlossene Doppeltüren zur Intensivstation führten. Dort las sie auf einem Hinweisschild, daß sie das rote Telefon im Wartezimmer benutzen sollte. Bevor sie sich noch nach Hilfe umsehen konnte, hörte sie schon Heathers Stimme: »Mom! Hierher!«

Gleich darauf wurde sie von ihren Kindern umarmt und geküßt. »Wie geht es ihm?« erkundigte sie sich. »Was hat man euch gesagt?«

»Er ist schon auf dem Wege der Besserung«, antwortete Heather. »Die haben zwar zigtausend Maschinen an ihn rangehängt, aber der Arzt sagt, die sind hauptsächlich zur Überwachung.«

Als ihre angestaute Spannung mit einem Mal abklang, sank Anne erschöpft auf einen der Stühle, die neben der Tür standen. Dort, auf einem Tisch, nur wenige Meter von ihr entfernt, stand das rote Telefon, das auf dem Schild erwähnt wurde. Jetzt, da sie wußte, daß Glen außer Lebensgefahr war, grinste sie Kevin an. »Du hast doch bestimmt nach dem Präsidenten verlangt, als du das Telefon abgenommen hast?«

Kevin wurde rot, als er nickte. »Ich konnte es einfach nicht lassen«, gab er zu.

»Ich hätte ihn umbringen können«, sagte Heather und warf ihrem Bruder einen bösen Blick zu. »Daddy hätte sterben können, und er treibt seine Späßchen.«

»Er ist aber nicht gestorben«, protestierte Kevin. »Jetzt hab dich bloß nicht so, Heather! Es ist nicht so, wie...«

Anne ließ ihre Kinder streiten, nahm das rote Telefon ab und stellte sich vor. Man teilte ihr mit, daß sich die Doppeltüren öffnen würden und sie dann zur Schwesternstation gehen solle.

»Ihr Mann liegt auf Zimmer 308«, sagte die Krankenschwester. »Er ist aufgewacht, aber erwarten Sie nicht, daß er viel redet, und bleiben Sie bitte auch nicht zu lange bei ihm. Er braucht jetzt nämlich viel Schlaf.«

Die Zimmertür war offen, doch Anne zögerte noch, um sich innerlich auf das vorzubereiten, was sie drinnen erwartete. Dann atmete sie tief durch, setzte das beste Lächeln auf, das sie zustandebrachte und dachte sich eine unbeschwerte Bemerkung aus, mit der sie Glen begrüßen wollte. Als sie aber die Türschwelle überschritt, erstarben ihre Worte auf den Lippen, denn der Mann, der dort im Bett lag, wies nicht mehr viel Ähnlichkeit mit ihrem Ehemann auf.

Sein Gesicht war grau, und sein ganzer Körper schien in sich zusammengesunken zu sein. Heather hatte recht gehabt – überall hingen Drähte und Gummischläuche. In seinem Arm steckte eine Infusionsnadel, seine Brust war fast vollständig mit Elektroden übersät, und die Monitore an der Wand schienen sämtliche Funktionen seines Körpers anzuzeigen. Ein flüchtiger Blick genügte, um Glens Pulsfrequenz, seine Atemtätigkeit und seine Temperatur zu erkennen. Darüber hinaus waren noch Dutzende anderer Daten abzulesen, die Anne nicht entziffern konnte und die sie deshalb beunruhigten. Wenn er wirklich außer Gefahr war, warum wurde er dann mit solch großem Aufwand kontrolliert?

Sie ging auf das Bett zu. Seine Augen flackerten, schienen zuerst durch sie hindurchzusehen, als ob sie gar nicht da wäre, konzentrierten sich dann aber doch auf sie. Er bewegte die Lippen und brachte kaum hörbare Worte hervor: »Ich glaube, ich sollte mich lieber wieder um kleinere Häuser kümmern. Wolkenkratzer sind anscheinend nichts für mich.«

Annes Augen füllten sich mit Tränen der Erleichterung. Sie ging näher ans Bett, beugte sich hinab und küßte Glen auf die Stirn. »Was hast du bloß angestellt? Hast du eine Ahnung, wie sehr du mich erschreckt hast?«

»Dich?« sagte er vorwurfsvoll. »Und wer spricht von mir? Ich hatte den schlimmsten Anfall von Höhenangst aller Zeiten – und plötzlich, bumms, fiel ich um, wie vom Blitz gefällt.«

Anne starrte ihn an. »Höhenangst?« wiederholte sie. »Seit wann hast du denn Höhenangst?«

»Offenbar seit heute morgen. Es fing im fünften Stock an und wurde immer schlimmer, je höher ich hinauffuhr.«

Anne schüttelte den Kopf und sagte tadelnd: »Warum bist du dann überhaupt weitergefahren? – Ach, ist schon gut. Ich weiß, es ist *dein* Gebäude, und deshalb mußtest du's tun. Wie geht's dir jetzt?«

Glen versuchte mit den Achseln zu zucken, gab es aber auf und brachte ein schwaches Lächeln zustande. »Als hätte mich ein Laster überfahren, aber einer von den ganz großen. Wie heißen die doch gleich...« Er suchte nach dem richtigen Wort, konnte es aber, von den Medikamenten benommen, nicht finden, und ließ es schließlich.

»Sattelschlepper«, half ihm Anne.

Glen nickte schwach und schloß die Augen. Anne wollte noch etwas sagen, tat es aber nicht, als die Krankenschwester in der Tür erschien und ihr einen Blick zuwarf, der deutlich sagte, das sie nun lange genug dagewesen sei.

Sie seufzte, beugte sich über Glen und gab ihm einen zärtlichen Kuß auf die Lippen. »Schlaf jetzt, Liebling«, flüsterte sie. »Und werde wieder gesund. Ich komme bald wieder.« Sie richtete sich auf und folgte der Schwester aus dem Zimmer. »Wo finde ich den Arzt?«

Die Schwester schaute auf die Uhr. »In einer halben Stunde kommt er sowieso, weil er dann seine Runde macht. Aber ich rufe ihn gleich an.« Sie ging zum Telefon, wählte eine Nummer, sprach kurz und lächelte Anne zu. »Wenn Sie bitte im Warteraum Platz nehmen möchten. Dr. Farber wird in fünf Minuten bei Ihnen sein.«

Als Anne wieder in den Wartesaal zurückkam, hatten Heather und Kevin endlich ihren Streit beigelegt. »Was hat Daddy gesagt?« wollte Kevin wissen. »Hast du ihn gesehen?«

»Er hat gesagt, wenn ihr nicht genau das macht, was ich euch sage, solange er im Krankenhaus ist, wird er euch die Ohren lang ziehen, wenn er wieder rauskommt.«

Kevin warf seiner Schwester einen spöttischen Blick zu. »Wahrscheinlich hat er gepennt.«

Anne seufzte. Als sie daran dachte, wie Glen ausgesehen hatte, stiegen ihr Tränen in die Augen. Diesmal versuchte sie gar nicht erst, sie zurückzuhalten. »Er hat gesagt, er fühlt sich wie von einem Laster überfahren«, sprach sie mit zitternder Stimme. »Er hat gesagt...« Sie schluckte die Worte hinunter und ließ sich auf das Sofa fallen. »Er wird schon wieder.« Sie versuchte, so optimistisch wie möglich zu klingen. »Er wird sich erholen, und in ein paar Tagen...«

»Mrs. Jeffers?« wurde sie unterbrochen. Anne sah auf und erblickte einen Mann im weißen Kittel und mit einem Stethoskop um den Hals. Er hatte dunkles Haar, blaue Augen und machten einen absolut zuverlässigen Eindruck. Allerdings konnte er kaum älter als fünfundzwanzig sein.

»Ich bin siebenunddreißig«, erklärte er, als er zu ihr ging und ihr die Hand entgegenstreckte. »Und ein richtiger Arzt bin ich auch, nicht etwa ein Famulus. Das Stethoskop trage ich nur, damit man mich nicht mit einem Krankenpfleger verwechselt. Ich heiße Gordy Farber.«

»Anne Jeffers«, antwortete Anne automatisch. »Und das sind...«

»Ihre Kinder kenne ich schon. Setzen wir uns doch und unterhalten uns. Es sei denn, Sie wollen lieber in meinem Büro mit mir reden.«

Anne schüttelte den Kopf, setzte sich wieder auf das Sofa und versuchte, den komplizierten medizinischen Begriffen, die ihm so locker über die Lippen gingen, zu folgen. Als er schließlich bemerkte, wie verwirrt Anne war, zwinkerte er Kevin zu. »Könntest du deiner Mutter erklären, was mit deinem Vater los ist?«

»Ein myokardialer Infarkt«, antwortete Kevin prompt. »So nennen die Ärzte einen Herzmuskelinfarkt.«

»Stimmt genau«, sagte Farber, griff in seine Tasche und holte eine Fünfdollarnote heraus. »Und weil du es beim ersten Mal schon gewußt hast, darfst du mit deiner Schwester in die Cafeteria gehen und ein paar Milchshakes trinken.« Erst nachdem Heather ihren Bruder aus dem Zimmer gedrängt hatte, wandte Farber sich wieder Anne zu. »Es war die Art von Infarkt, die wir in die Kategorie sehr ernst einordnen«, fuhr er fort. »Aber das Schicksal hat es gut mit ihrem Mann gemeint. Er ist nicht nur relativ jung, sondern auch in ausgesprochen guter körperlicher Verfassung. Außerdem haben die Sanitäter glänzende Arbeit geleistet.«

Anne hatte plötzlich den Eindruck, daß das Leben ihres Mannes weit stärker bedroht gewesen war, als sie bislang geglaubt hatte. »Wie schlimm war es?« wollte sie wissen.

»Er hat auf der Kippe gestanden.« Schon vor langem hatte er gelernt, daß es den meisten Menschen lieber war, die harte Wahrheit zu erfahren, als den Eindruck vermittelt zu bekommen, man würde ihnen etwas verbergen. »Im Krankenwagen wäre er fast gestorben. Ein paar Minuten lang hing sein Leben am seidenen Faden, aber er wurde gerade noch gerettet.«

Anne atmete schwer. »Er wäre fast...?« wiederholte sie, »Sie meinen...?« Sie ließ die Frage im Raum stehen, dann riß sie sich zusammen. Schließlich war sie ja Reporterin, die noch nie eine Frage unausgesprochen hatte stehen lassen. »Wie eng war es?« hakte sie nach, und Farber bemerkte an ihrem Tonfall, daß sie alles darüber hören wollte.

»Seine Atmung und sein Herzschlag hatten aufgehört«, führte er aus. »Wir haben ihn in letzter Sekunde wieder ins Leben zurückgeholt.«

Anne erinnerte sich daran, daß Glen nicht das Wort Sattelschlepper eingefallen war, und all ihre Ängste kehrten schlagartig wieder zurück. »Mein Gott«, stöhnte sie. »Ist er... ist sein Gehirn...?« Diesmal schaffte sie es nicht mehr, die Frage zu vollenden.

»Die Sache sieht jetzt ziemlich gut aus«, sagte Farber. »Er hat sich stabilisiert, und die nächsten Tage werden uns endgültigen Aufschluß geben. Wenn sich keine weiteren Zwischenfälle einstellen, denke ich, daß die Aussichten für eine vollständige Genesung ausgezeichnet sind.«

»Und wenn sich... Zwischenfälle einstellen?«

Farber spreizte zurückhaltend seine Finger. »Darüber können wir erst reden, wenn es wirklich dazu kommen sollte. Das Wichtigste ist jetzt erst einmal, daß es ihm in Anbetracht der Umstände gutgeht. Obwohl man es ihm nicht ansieht, ist er schon wesentlich besser drauf als bei der Einlieferung heute morgen.« Er stand auf, zog eine Broschüre aus seiner Jackentasche und reichte sie ihr. »Lesen Sie sich dies doch einmal durch, während ich meine Visite mache. Sobald ich damit fertig bin, beantworte ich Ihnen jede Frage.«

Anne nahm die Broschüre, und sie starrte nur auf das Wort im Titel: Herzinfarkt. Sie nickte stumm und ließ sich auf das harte Sofa sinken. Einige Minuten lang blieb sie still sitzen, hielt das Heft und versuchte, sich mit der Tatsache abzufinden, daß Glen einen Infarkt erlitten hatte. Noch vor zwei Tagen, sogar noch heute morgen, war er so stark, so gesund, so lebendig gewesen.

Und dann war er dem Tode so nahe gewesen.

Ihr fiel noch einmal das Bild ein, wie er mit aschfahlem Gesicht im Krankenbett gelegen hatte, sein Körper an alle möglichen Geräte angeschlossen war und er so krank und hilflos ausgesehen hatte. Was wäre, wenn es zu einem neuen – wie hatte Farber gesagt: *Zwischenfall* käme?

Aber das wäre dann nicht bloß ein »Zwischenfall« – ein weiterer Infarkt bedeutete zweifellos das Ende.

Was würde sie tun, wenn es dazu käme? Wie wollte sie damit fertigwerden? Ein schreckliches Gefühl von Einsamkeit und Hoffnungslosigkeit überkam sie. Sie hatte Angst, losheulen zu müssen und kämpfte dagegen an. Jetzt durfte sie auf keinen Fall die Fassung verlieren.

Sie blätterte in der Broschüre, doch der Text ergab für sie keinen Sinn. Zumindest in diesem Moment konnte sie nichts damit anfangen. Jetzt mußte sie etwas anderes tun, etwas, das ihre Gedanken von Glen ablenkte, und sei es auch nur für ein paar Minuten.

Und sie erinnerte sich wieder an jenen Mann, der diesen furchtbaren Tag nicht überlebt hatte.

Richard Kraven.

Der Mann, den sie erst vor wenigen Stunden auf dem elektrischen Stuhl hatte sterben sehen – ihre Story über ihn hätte eigentlich längst fertig sein müssen. Sie begann sofort mit der Arbeit, sie schien ihr das beste Mittel, die schreckliche Angst, Glen zu verlieren, zu beherrschen. So konzentrierte sie sich darauf, einen Artikel zu formulieren.

Einen Artikel über den Tod, aber nicht über Glens Tod.

Als Gordy Farber in den Warteraum zurückkehrte, hatte Anne ihre Story bereits auf das Diktiergerät gesprochen.

Nun, da der Artikel unter Dach und Fach war, richtete sie ihre Aufmerksamkeit wieder ganz und gar auf ihren Mann und hörte dem Arzt zu, der ihr erklärte, worauf sie sich vorbereiten mußte. Während sie zuhörte, zerstreuten sich ihre Zweifel. Sie konnte gut damit fertigwerden. Ganz egal, was kommen würde – Glen würde nicht sterben.

Sie würde es einfach nicht zulassen.

10. Kapitel

Der Experimentator lag in fast völliger Dunkelheit. Die Wände seines Zimmers wurden vom Licht der Straßenlaternen draußen nur schwach beleuchtet. Obwohl er still dalag, schlief er nicht, obgleich ihm klar war, daß er bald schlafengehen mußte.

Aber jetzt noch nicht. Erst wollte er den Bericht noch einmal hören. Seine Finger strichen über das glatte Plastik der Fernbedienung, und er stellte sich vor, daß sie aus Haut sei. Aus der Haut eines seiner Objekte.

Es hatte lange gedauert, bis er nur daran zu denken gewagt hatte, ein neues Experiment durchzuführen, aber jetzt konnte er wieder sicher sein.

Zumindest für eine Weile.

Er drückte sanft auf den Lautstärkeregler, bis die Stimme des Ansagers deutlich genug zu hören war.

»Wir beginnen unsere heutigen Nachrichten mit der Meldung, daß gestern um neun Uhr östlicher Zeit Richard Kraven auf dem elektrischen Stuhl hingerichtet wurde. Dies geschah nur Stunden nachdem sein letzter Antrag auf ein neuerliches Verfahren abgelehnt worden war. Dem Bericht einer Journalistin des *Seattle Herald*, Anne Jeffers, zufolge, der letzten Person, mit der er gesprochen hatte, zeigte er keinerlei Reue für seine Taten. Sogar noch um elf Uhr beteuerte er seine Unschuld, ungeachtet der massiven Beweise, die im Prozeß gegen ihn vorgelegt wurden...«

Der Experimentator konnte ein hämisches Glucksen nicht unterdrücken und wünschte sich eine Sekunde lang, daß es jemanden gäbe, mit dem er seinen Spaß teilen könnte. Andererseits würde es ohnehin nicht mehr lange dauern, bis die ganze Welt diesen Witz begreifen würde.

Wieviel Zeit war verstrichen, seitdem er das letzte Experiment ausgeführt hatte?

Es war schon so lange her, daß er fast vergessen hatte, was es für ein Gefühl war, den Ausdruck in den Augen seiner Objekte zu sehen, wenn sie müde wurden und er ihnen versicherte, daß sie sich nicht zu ängstigen brauchten, daß alles gut ginge.

Besser konnte er sich dagegen an das durchdringende Gekreische der Säge erinnern, wenn sie die Brustbeine durchschnitt. Seine Finger zuckten reflexartig, als er sich an das Vergnügen erinnerte, das er immer hatte, wenn er seine Hände tief in den geöffneten Brustkasten schob, sie durch die zwei warmen Lappen der Lungen zwängte, sie eng um das heftig schlagende Herz schloß...

Der Experimentator stieß einen kaum hörbaren freudigen Seufzer aus.

Jetzt konnte er wieder anfangen.

Jetzt würde er allen beweisen, daß sie den falschen Mann hingerichtet hatten.

Über zwei Jahre – nachdem sie ihn festgenommen und ihn schließlich aufgrund des belastenden Beweismaterials verurteilt hatten – hatte er auf diesen Tag gewartet.

Von nun an konnte er mit seinen Experimenten aufs neue beginnen, sein Wissen erweitern, seine Macht demonstrieren und den hirnlosen Idioten, die Richard Kraven hingerichtet hatten, beweisen, daß sie einen großen Fehler gemacht hatten, daß sie einem Irrtum aufgesessen waren. Nicht zum ersten Mal wünschte sich der Experimentator, daß er Mäuschen spielen und ihre Gesichter sehen könnte, wenn sie sich an die Untersuchung seiner neuesten Objekte machten.

Sie würden seine tadellose Arbeit sofort wiedererkennen, das war keine Frage. Aber es war auch keine Frage, daß sie die Wahrheit leugnen würden. Statt dessen würden sie nach Widersprüchlichkeiten suchen, nach Unterschieden in der Technik, egal wie gering sie auch waren. Sie würden nach allen möglichen Gründen suchen, um ihren Stolz und ihren Ruf zu wahren.

Am schlimmsten wäre das alles für Anne Jeffers. Sie müßte nicht nur alles zurücknehmen, was sie über Richard Kraven gesagt hatte, sondern sogar die Verantwortung für seine Hinrichtung übernehmen.

Sie hatte Kraven gehetzt, ihn auf den elektrischen Stuhl gebracht, obwohl niemand von ihm je ein Schuldbekenntnis gehört hatte.

Von nun an wollte er Anne Jeffers verfolgen. Er würde eine Zeitlang mit ihr spielen, sie in dem Glauben lassen, daß sie völlig richtig gehandelt hatte.

Dann wollte er sie verunsichern, und zum Schluß, wenn sie die volle Wahrheit wissen würde, würde er sie auf seine Liste setzen, sie zu seinem letzten Objekt machen.

Seine Finger streichelten die seidig-glatte Oberfläche der Fernbedienung. Er hörte einen sanften Klick, als er ausstellte. Das Bild wurde zu einem winzigen weißen Tüpfelchen in der Mitte des Schirms, das augenblicklich verlosch.

Wie seine Objekte verloschen, wenn sie starben.

Aber diese Tode waren nicht umsonst gewesen, denn dadurch hatte er seine Kenntnisse erweitert. Im Grunde waren seine Objekte auch gar nicht getötet worden, sondern nur gescheiterten Experimenten zum Opfer gefallen. Der Experimentator wußte schon seit langem, daß der Erwerb von Wissen wichtiger war als das Leben selbst. Zwar hatte Sokrates behauptet, ein Leben, in dem man sich nicht selbst unablässig erforsche, sie für ein menschliches Wesen nicht lebenswert, doch der Mann in dem dunklen Raum wußte es besser: Für ihn bestand das Wesentliche darin, das Phänomen des Lebens als solches zu erforschen. Allein das machte seine eigene Existenz erträglich.

Während der langen Zeit, in der die Beamten – diese erbärmlichen Kleingeister, die seine Arbeit nie begreifen würden – ihre Anklage gegen Richard Kraven aufgebaut hatten, war dem Experimentator klar geworden, daß auch die Versuche, bei denen die Objekte gestorben waren, in Wahrheit keine Fehlschläge darstellten, sondern seine Kenntnisse noch erweitert hatten.

Nun, nach Kravens Hinrichtung, war es an der Zeit wieder anzufangen. Er würde sein Wissen vergrößern und gleichzeitig ein für allemal beweisen, daß er viel schlauer war als alle, die ihn zu richten trachteten.

Draußen auf der Straße bewegte sich etwas. Er schaute aus dem Fenster.

Eine Frau lief den Bürgersteig entlang.

Ob sie wohl zur Arbeit ging? Oder ob sie nach Schichtende nach Hause wollte?

War das wichtig? Nein. Wichtig war nur, daß ihm die Frau aufgefallen war. Vielleicht war die Zeit genau richtig, und er könnte bald beginnen. Sie könnte sein Objekt sein.

Oder vielleicht nicht.

Vielleicht würde er jemand ganz anderen auswählen.

Der Experimentator lächelte, als er daran dachte, wie es beim letzten Mal gewesen war – wie all die Ermittlungsbeamten und die Mediziner, die die zerstückelten Körper untersuchten, ohne Erfolg nach einer Verbindung zwischen den Objekten gesucht hatten. Sie hatten nach Verbindungen zwischen Opfer und Täter gesucht. Natürlich hatten sie niemals etwas gefunden. Wenn jetzt alles von vorn anfinge, würden sie wieder ihre alten Aufzeichnungen studieren und aufs neue mit der Suche nach einem gemeinsamen Nenner beginnen.

Sie würden nach etwas suchen, das sie doch nie finden würden.

Bei dem Gedanken an das Chaos, das seine neuen Experimente auslösen würden, huschte ihm erneut ein Lächeln über die Lippen.

Aber dann wandte er sich vom Fenster ab. Der Tag war lang und aufregend gewesen, und jetzt war es Zeit zum Schlafengehen.

Morgen wollte er den Beginn seiner nächsten Experimentreihe festlegen.

Unbewußt spreizte der Experimentator seine Finger und bewegte sie leicht. Es war ein Ausdruck seiner Vorfreude...

11. Kapitel

Am nächsten Morgen, Seattle lag unter einem grauen Himmel, saßen die Menschen überall in der Stadt vor ihrem Frühstückskaffee, schlugen die Zeitungen auf und lasen den Leitartikel. In Küchen, Cafés, Imbißstuben und Büros wurde der Tag mit dem Lesen des Artikels begonnen, der tags zuvor im Krankenhaus von Capitol Hill verfaßt worden war.

Anne Jeffers...

Einige letzte Gedanken
über Richard Kraven

Gestern mittag endete mit der Hinrichtung Richard Kravens jener Schrecken, der fünf Jahre schwer auf vielen Staaten und Dutzenden von Städten der USA gelastet hatte. Obwohl Kraven nur wegen dreifachen Mordes überführt werden konnte, war er der Hauptverdächtige in vielen weiteren ungelösten Mordfällen, von denen mindestens sieben in seiner Heimatstadt Seattle verübt worden waren. Auf Wunsch des Verurteilten sprach die Autorin dieses Artikels noch kurz vor seiner Hinrichtung mit ihm. Während der Unterhaltung...

»Was zum Teufel bildet sich diese Nutte eigentlich ein?« Die laute Stimme, die im Amt für öffentliche Ordnung ertönte, war Mark Blakemoor so vertraut, daß er nicht einmal von seiner Zeitungslektüre aufsehen mußte, um sie zu erkennen. Seit er Anne Jeffers Kolumne im *Herald* überflog, rechnete er damit, daß Jack McCarty gleich in sein Büro, das er mit Lois Ackerly teilte, hereinplatzen würde. Er hatte auch im voraus gewußt, daß McCarty dabei sein eigenes Zeitungsexemplar mit seinen riesigen Fäusten zerknüllen und sein normalerweise schon rotbackiges Gesicht so dunkelrot anlaufen würde, daß jeder, der ihn nicht kannte, unweigerlich glauben mußte, der weißhaarige Polizeichef stünde kurz vor einem Schlaganfall. Und so kam es dann auch. Mark schob rasch seine Kaffeetasse beiseite, als der Chef die Zeitung auf den Tisch knallte.

»*Mindestens* sieben ungelöste Fälle?« rief er. »Was soll dieser Mist? Und wann hat sie das überhaupt geschrieben? Du hast doch erzählt, ihr Mann sei in dieser Scheißklinik!«

»Ist er auch«, antwortete Blakemoor in aller Ruhe und lehnte sich in seinem Stuhl zurück, um die Wut seines Bosses so richtig zu genießen. »Ich habe ihr heute morgen Blumen geschickt. Ich dachte, das könnte sie aufheitern.« McCartys Gesicht wurde noch röter, was Mark überlegen ließ, ob ein menschlicher Kopf wohl explodieren könne. Als dann auch noch eine Halsader McCartys zu pochen begann, fand er Gefallen an dem Gedanken, ihn noch mehr aufzustacheln. »Falls Ackerly übrigens gehört haben sollte, daß du Anne Jeffers eine ›Nutte‹ genannt hast, wird sie dich noch vor der Mittagspause als Sexisten anschwärzen.«

Der Hieb verfehlte seine Wirkung nicht. McCarty drehte sich heftig um und hielt aufgeregt nach Blakemoors Partnerin Ausschau. Doch sie war nirgendwo zu entdecken. »Um Himmels willen, Blakemoor, sag' bloß nicht so was. Ich hab' doch nur noch drei Jahre bis zur Pensionierung. Da würde es mir gerade noch fehlen, daß in meinem Zeugnis steht, ich sei ein Chauvinistenschwein.« Er ließ sich schwer in den verbeulten Holzstuhl fallen, der in der Ecke des Büros stand. Seine Augen fixierten feindselig das kleine Foto von Anne Jeffers, das neben dem Artikel abgebildet war. »Hast du gewußt, daß sie das vorhatte?«

Blakemoor tat die Frage mit einem Achselzucken ab und sagte: »Sie mußte ja irgend etwas schreiben. Schließlich ist sie Journalistin. Aus welchem Grund wäre sie auch sonst zu der Hinrichtung gegangen?«

»Aber so wie sie darüber schreibt, könnte man meinen, sie hätte eine goldgerahmte Einladung von diesem Dreckstück erhalten.« In seine blauen Augen trat ein erwartungsvoller Ausdruck. »Hat er wenigstens gelitten, Mark?« fragte er. »Sag mir, daß er verdammt noch mal gelitten hat, bevor sie ihn gebraten haben!« McCarty schlug mit der rechten Faust auf seine linke Hand. »Mann, was hätte ich darum gegeben, es selbst tun zu dürfen!«

Blakemoor rutschte ungemütlich auf seinem Stuhl herum und wünschte, er hätte seinen Boss nicht noch weiter aufgewiegelt, als dies Anne Jeffers schon geschafft hatte. Andererseits gab es niemanden in der ganzen Polizeibehörde, der Kraven nicht seine Qualen gegönnt hätte, nachdem er die Fotos seiner Opfer gesehen hatte. Selbst Mark, der nach fünfzehnjähriger Arbeit in der Mordkommission geglaubt hatte, ihn könne nichts mehr erschüttern, hatte es den Magen umgedreht, als er das erste Mal bei der Autopsie eines von Kravens Opfern dabei gewesen war. Zunächst hatte ihn das Ganze noch nicht sehr mitgenommen – doch dann hatte der ärztliche Leichenbeschauer erklärt, daß das Opfer offenbar noch am Leben gewesen war, als Kraven seine Brust geöffnet und es in Stücke zu reißen begonnen hatte. In diesem Augenblick hatte sich Mark entschuldigt und war auf die Toilette gerannt. Auch jetzt, nach Kravens Tod, brachten ihn McCartys Worte aus der Fassung. Als dann noch weitere Mitarbeiter ins Büro strömten, um sich über Annes Kolumne zu beschweren, erinnerte er sich an ihre Unterhaltung im Flugzeug tags zuvor. War es das, was ihn beunruhigte? Der schwache, aber nagende Zweifel, daß vielleicht doch alle im Unrecht gewesen waren?

»Warum muß sie ein totes Pferd prügeln?« fragte Frank Lovejoy und schüttelte traurig sein kahles Haupt. »Sie hat fünf Jahre auf seine Kosten gelebt – kann sie ihn jetzt nicht in Ruhe lassen?«

»Soll sie doch in drei Teufels Namen schreiben, was sie will«, nörgelte McCarty. »Es wird Zeit, daß wir uns anderen Dingen zuwenden. Was ist mit dem Toten letzte Nacht in

Harborview, Frank? Will mich der Bürgermeister sprechen?«

Lovejoy schüttelte den Kopf. »Nur die übliche Schlägerei. Manchmal glaube ich, es ist am besten, wir warten ab, bis sie sich alle gegenseitig fertigmachen. Elender Abschaum.«

McCarty murmelte zustimmend, dann wandte er sich wieder Blakemoor zu: »Und was gedenkst du zu tun, nachdem Kraven jetzt erledigt ist?«

Obwohl es noch nicht acht Uhr war, seufzte Blakemoor müde und deutete auf den Aktenstapel mit ungelösten Fällen auf seinem Pult. In der Zimmerecke stand ein halbes Dutzend Pappkartons. Darin befanden sich Kopien von jedem Fetzen Papier, auf dem etwas vermerkt war, das mit Richard Kraven zu tun hatte. Die Informationen betrafen nicht nur die Morde in Seattle, die man Kraven anlastete, sondern die aus allen Staaten. Mehr als zwei Jahre hatten er und Lois Ackerly ihre Zeit damit verbracht, die Mordfälle zu untersuchen, die erst mit Kravens Festnahme ein Ende fanden.

Aber er wollte sich die Kartons noch einmal gründlich durchsehen, eine Akte nach der anderen überprüfen, nach etwas suchen, das ihm möglicherweise bisher entgangen war. Er wollte zumindest einen der lokalen Fälle Kraven unstrittig nachweisen. Die Beweise waren da; dessen war er sicher. Wenn er nur akribisch in diesen Kartons suchen würde, mußte er auf etwas stoßen, das ihm noch nicht aufgefallen war: eine scheinbar unbedeutende Tatsache, die ihm schließlich den letzten Zweifel, einen Fehler begangen zu haben, nehmen würde.

Es mußte einfach einen Hinweis geben, den noch niemand beachtet hatte. Während der zwei Jahre, in denen Kraven auf seine Hinrichtung gewartet hatte, war es Blakemoor nicht gelungen, ihn zu finden. Und vielleicht würde er eines Tages enttäuscht zugeben müssen, daß er diesen kleinen Hinweis nicht gefunden hatte, weil es ihn schlicht nicht gab.

Warum aber fühlte er, daß Kraven schuldig war, so, wie das Gericht es auch gefunden hatte? In den letzten zwanzig Jahren hatte er sich immer auf sein Gefühl verlassen können, es hatte ihn nie getrogen.

Er seufzte. Vielleicht war es endlich an der Zeit, mit all den Grübeleien aufzuhören, die Akten ins Archiv zu bringen, um sie dort ruhen zu lassen, sie endlich aus seinem Blickfeld zu verbannen, sie aus der Ecke seines Büros zu entfernen, wo sie ihn tagtäglich zu verspotten schienen. Er sah McCarty an und nickte in Richtung der Kartons. »Vielleicht sollte ich zuallererst mal diesen Mist loswerden.«

McCarty nickte kurz und machte sich auf den Weg hinaus, drehte sich aber noch einmal um und warf noch einen Blick auf den Zeitungsartikel, der ihm den Morgen gründlich verdorben hatte. »Glaubst du, daß die Jeffers auf dieser Geschichte noch weiter rumreitet?«

Mark Blakemoor dachte wieder an seine Unterhaltung mit Anne, zuckte die Achseln und beschloß, den Ahnungslosen zu spielen. Es wäre ja auch sinnlos gewesen, den Leiter der Mordkommission noch mehr zu verstimmen. »Woher soll ich das wissen? Ich kann ja nicht ihre Gedanken lesen.«

Brummend drehte sich McCarty ab, schlurfte aus Blakemoors Büro und fühlte schon, wie sich sein Magengeschwür meldete. Wieder ein Tag, an dem er nur Milch trinken und keines seiner heißgeliebten Salamisandwiches essen durfte. Na ja, was soll's, sagte er sich, das Leben besteht ja nicht nur aus Salamisandwiches.

Als der Chef hinausging, kam Lois Ackerly mit einem Tablett ins Zimmer, auf dem sie zwei Tassen Kaffee und eine Tüte Berliner balancierte. »Was ist denn mit McCarty los?« erkundigte sie sich und stellte die Tüte auf Marks Schreibtisch, »er hat mir ja einen Blick zugeworfen, der jemand Zartbesaiteteren glatt getötet hätte.« Dann fiel ihr Blick auf die zerknüllte Zeitung, die unter der Tüte hervorragte, und sie begriff. »Oh, Anne Jeffers.« Sie sah ihren Partner forschend an. »Hast du damit gerechnet, daß sie so etwas schreibt?«

»In etwa«, antwortete er. Er nahm sich eine Kaffeetasse und einen Berliner.

»Und?« drängte Ackerly, als sie bemerkte, daß Mark ihr nichts darüber sagen wollte.

»Und was?«

Ackerly ließ sich in den Stuhl hinter dem Schreibtisch ihres Partners fallen und betrachtete ihn mit einem Gesichtsausdruck, der zeigte, daß er ihr entweder alles sagen oder sich darauf einstellen müsse, daß sie den restlichen Tag noch schlimmer an ihm herumnörgeln würde, als dies seine Exfrau getan hatte. Er deutete ihre Miene richtig, schloß die Bürotür und erzählte von den Ereignissen des vergangenen Tages.

»Also, was glaubst du?« fragte seine Kollegin, als er fertig war, »ist es vorbei oder nicht?«

Blakemoor zögerte erst, entschloß sich dann aber doch, sich darauf zu verlassen, was ihm sein Gefühl sagte. Er nahm die Zeitung, riß sie in Fetzen und warf sie in den Papierkorb. »Es ist vorbei«, sagte er zu ihr, »was mich betrifft, ist der Fall erledigt.« Aber als er nach seiner Kaffeetasse griff, warf er einen flüchtigen Blick in den Papierkorb, von dem aus Anne Jeffers Foto ihm entgegenstarrte.

12. Kapitel

»...blieb Richard Kraven dabei, daß er in allen gegen ihn vorgebrachten Anklagepunkten unschuldig ist. Sogar am letzten Tag seines Lebens beteuerte er seine Unschuld, und ich frage mich, welches Motiv seinen Lügen wohl zugrunde lag.

Hat er vielleicht auf eine Begnadigung in allerletzter Minute gehofft?

Wohl kaum, denn trotz der Massen, die sich vor dem Gefängnis versammelt und gegen die Todesstrafe demonstriert hatten, hatte der Gouverneur von Connecticut keinen Zweifel daran gelassen, daß es in diesem Fall keinen weiteren Aufschub geben würde.

Warum hat mich Richard Kraven dann also angelogen?

Vielleicht wollte er mich zu seinem letzten Opfer machen, indem er mir offene Fragen zurückließ, auf die ich keine Antwort finde...

»Wie kann sie es wagen, einen solchen Dreck zu schreiben?« Edna Kravens Stimme bebte vor Zorn. Ihre Hand zitterte, und sie knallte die Zeitung auf den Küchentisch. Das war wirklich zuviel! Richard – ihr wunderbarer, vollkommener Richard – war noch keine vierundzwanzig Stunden tot, und dieses fürchterliche Weib hetzt schon wieder gegen ihn, und sie wiederholte all das Schreckliche, das sie schon in den fünf Jahren vorher geschrieben hatte.

Natürlich tat sie das aus Verbitterung. Denn Edna war längst klar, daß Anne Jeffers sich in Richard verliebt hatte, aber weil sie bei ihm abgeblitzt war, hatte sich ihre Verliebtheit in blanken Haß verwandelt. Warum auch sonst hätte sie Richard derart verfolgen und die vielen schrecklichen Lügen über ihn in die Welt setzen sollen? Jahrelang hatte Edna wütende Briefe an die Redakteure und Herausgeber des *Seattle Herald* geschrieben und gegen Anne Jeffers' Verleumdungen protestiert, aber die hatten ihr nicht einmal geantwortet. Einmal wurde zwar einer ihrer Briefe veröffentlicht, aber daraufhin war gleich ein Artikel von Anne Jeffers gefolgt, der in der ekelhaften Anspielung gipfelte, in Ednas enger Beziehung zu ihrem Sohn könne vielleicht die Ursache der furchtbaren Taten liegen, die Richard angeblich begangen haben soll.

Beim Lesen dieses Artikels hatte sie sich wirklich einer Ohnmacht nahe gefühlt. Was diese Jeffers hier andeutete, ließ sie erschaudern – wie konnte sie die aufrichtige Liebe einer Mutter zu ihrem Sohn auf derartige Weise besudeln...

Selbst jetzt noch brachte die bloße Erinnerung an diesen Artikel ihr Blut in Wallung, und sie starrte wütend über den Tisch zu ihrem anderen Sohn, Rory.

Rory!

Sie hatte ihn nach Rory Calhoun genannt, der einer ihrer Lieblingsstars auf der Leinwand gewesen war. Er war so hübsch und so stark.

Und so gänzlich anders als Rory.

Ihr Rory war völlig nach seinem Vater geraten, diesem faulen Taugenichts mit seinen Triefaugen und seiner welken Haut, der gleich nach Rorys Geburt stiften gegangen war und sie mit nichts, außer Richard zurückgelassen hatte. Und Richard hatte für sie beide gesorgt. Er hatte ihr beim Aufziehen des Babys und bei der Hausarbeit geholfen und es dabei trotzdem noch geschafft, glänzende Schulzeugnisse nach Hause zu bringen.

Ein Genie! Richard war ein Genie gewesen.

Aber Rory...

Ihr Mund verzog sich verärgert, als sie ihm dabei zusah, wie er seine Frühstücksflocken verschlang – *ihre* Frühstücksflocken – als ob nichts geschehen sei, als ob sein Bruder gestern nicht ermordet worden wäre. Ja, man hatte Richard einfach ermordet, egal wie sie es in den Zeitungen auch nannten. Sie hatten Richard gelyncht... Und tief in ihrem Herzen hegte Edna Kraven die schlimme Ahnung, daß Rory, sein eigener *Bruder*, sich nicht einmal etwas daraus machte.

Warum sonst hätte er ihr die Zeitung mit diesem widerlichen Artikel heute morgen ins Haus gebracht? »Also?« fragte sie, spitzte die Lippen und sah ihn mit vor Zorn funkelnden Augen an.

Rory Kraven blickte vom Sportteil, den er gerade las, auf. Die blöde alte Kuh will bestimmt wieder an mir herumkritteln, dachte er. Nichts konnte man diesem Mistweib recht machen. Sogar nach dreißig gottverdammten Jahren hatte sie noch immer was an ihm auszusetzen. Gestern nachmittag und letzte Nacht war es am schlimmsten gewesen. Er hatte sich den Tag extra freigenommen, um in mit ihr zusammen zu verbringen; er war sicher, daß sie seine Unterstützung nötig hätte, wenn Richards letzte Stunde schlug. Aber als er sich im Schrankbett des Gästezimmers, das einmal sein Zimmer gewesen war, schlafen gelegt hatte, hatte er sich gefragt, warum er überhaupt gekommen war. Den ganzen Tag hatte er das schwulstige Gequatsche seiner Mutter über Richard über sich ergehen lassen müssen: wie klug er war, wie vollkommen, was für ein guter Sohn er stets gewesen sei. Rory hatte sich alles angehört, so wie er das immer getan hatte, und auch verstanden, was es wirklich bedeutete. Noch jetzt hallten ihm ihre Worte in den Ohren:

Richard war klug – *nicht so wie du!*

Richard war vollkommen – *nicht so wie du!*

Richard war ein guter Sohn – *nicht so wie du!*

Sein ganzes Leben lang wußte er, wem ihre wirkliche Liebe galt. Sogar in seiner Kinderzeit hatte sie ihm Richard ständig als Ideal an Vollkommenheit vorgehalten. *Warum hast du keine so guten Zeugnisse wie Richard? Warum kannst du dich nicht so gut benehmen wie Richard?*

Richard konnte schon sprechen, bevor er acht Monate alt war!

Richard konnte schon laufen, bevor er ein Jahr alt war!

Richard war ein Genie!

Richard, Richard, Richard!

Er hatte es immer und immer wieder in seiner Kindheit und Jugend gehört, sogar später noch, als Richard aufs College gegangen und schließlich in sein eigenes Haus gezogen war. Rory selbst war sobald wie möglich ausgezogen und hatte sich das kleine Appartement in Capitol Hill gemietet, wo er jetzt schon zwölf Jahre wohnte. Edna war froh gewesen, als er auszog. Das hatte sie ihm bewiesen, als sie ihm bei seinem ersten Besuch sein altes Zimmer gezeigt hatte.

Es war nicht mehr sein Zimmer gewesen. Sein Bett und alles andere, was ihm gehört hatte, war daraus verschwunden. Jetzt stand ein Schrankbett an einer Wand, ein Fernseher an der anderen und ein großer Lederstuhl in der Ecke, wo sein Schreibtisch gestanden hatte. Ihre Worte damals, als er mit einem flauen Gefühl im Magen sein ehemaliges Zimmer wiedersah, waren für immer in seine Seele gebrannt: »Sieht es jetzt nicht viel hübscher aus? Richard und ich haben das gemacht. Sein Haus ist doch so klein, und wir dachten einfach, es wäre schöner für ihn, wenn er hier noch einen Raum ganz für sich allein hätte – wo er immer hinkommen kann, wenn er gerade Lust hat.«

An diesem Tag hätte Rory sie am liebsten geschlagen.

Aber er hatte es nicht getan.

Statt dessen tat er, was er von jeher getan hatte: er stimmte zu, daß das Zimmer schön sei und Richard es sicherlich brauchen könnte.

Ihm war es immer darauf angekommen, daß Frieden herrschte. Er hoffte, wenn er nichts fragte, keine Aufmerksamkeit von ihr forderte, nichts tun würde, das sie kritisieren könnte, daß ihn seine Mutter vielleicht eines Tages genauso lieben würde wie Richard.

Die Jahre waren vergangen, und der Schmerz hatte in ihm genagt, aber mit stoischer Ruhe hielt er alles aus. Er war sicher, daß seine Mutter ihn früher oder später auch liebgewinnen würde. Als dann die ersten Morde bekannt wurden und die Leute allmählich Richard verdächtigten, war er ganz sicher gewesen, endlich die Gunst seiner Mutter erringen zu können.

Statt dessen aber kümmerte sie sich noch mehr als früher um alles, was Richard betraf. Und jedem, der es hören wollte, erzählte sie, daß Richard so etwas nie getan haben konnte. Schließlich war er doch ein guter Junge...

Richard war vollkommen!

Richard, Richard, Richard!

Und jetzt, am Tag nach Richards Hinrichtung, war wieder alles beim alten! Richard war vollkommen, Rory ein Idiot – auch mit Richards Tod hatte sich nichts geändert.

Warum? Warum konnte sie ihn nicht lieben?

Warum konnte sie sich nicht so für ihn einsetzen, wie sie das für Richard getan hatte?

Was hatte er ihr denn nur getan?

Anstatt ihr die Fragen, die sich in ihm überschlugen, an den Kopf zu werfen, sah er nur vorsichtig von der Zeitung hoch. »Was gibt's Mutter? Ich habe gerade gelesen.«

»Den *Sportteil*?« fragte Edna. Ihr vernichtender Ton ließ Rory zusammenzucken, doch sie nahm das kaum wahr. »Wie kannst du dich für Sport interessieren, nach dem das mit deinem Bruder passiert ist? Macht es dir eigentlich gar nichts aus, was die ihm angetan haben?« Sie nahm die Zeitung und hielt ihm Anne Jeffers Artikel vor die Nase. »Kümmert es dich denn nicht, daß diese Frau das Andenken an deinen Bruder in den Dreck zieht?«

Rory nahm die Zeitung, warf einen flüchtigen Blick darauf und stand auf. »*Die* haben Richard gar nichts getan, Mutter«, sagte er. »Er hat sich das selbst alles angetan. Er hat diese Menschen getötet, und man hat es ihm nachgewiesen. Und dafür mußte er bezahlen. Das ist die Wahrheit, Mutter!« fuhr er fort und wollte aus der Küche gehen.

Edna sprang hoch, packte Rory am Arm und drehte ihn zu sich, so daß er ihrem stechenden Blick nicht mehr ausweichen konnte. »Sag sowas nicht!« zischte sie, »rede nie mehr so über deinen Bruder! Nie mehr!«

Rorys Mund wurde trocken. Sein Magen schmerzte ihn wie immer, wenn sie wirklich böse mit ihm war. Er nickte stumm, wollte sich aus ihrem Griff winden, doch sie ließ ihn nicht los.

»Sag, daß es dir leid tut!« forderte Edna. »Sag es!«

Und Rory tat, wie ihm befohlen.

Nachdem er Abbitte geleistet hatte, ließ ihn seine Mutter los. Er verließ das Haus und ging zur Arbeit. Seit seinem Abgang von der High School war sein Arbeitsplatz das Montageband bei Boeing.

Und wie immer fragte er sich, ob seine Mutter ihn jemals lieben würde, wie sie Richard geliebt hatte. Er wußte, daß das nie geschehen würde, denn wie sehr er sich auch anstrengte, er konnte niemals wie Richard werden.

Aber vielleicht könnte er wenigstens so *ähnlich* werden wie Richard.

13. Kapitel

Richard Kraven ist tot. Doch bei den Angehörigen seiner Opfer sind unbeantwortete Fragen und offene Wunden zurückgeblieben.

Richard Kravens letzte Erklärung hängt wie ein Damoklesschwert über uns allen. Sollte er die Wahrheit gesagt haben – was ich nicht glaube –, dann lebt immer noch ein Mörder unter uns.

Ich möchte deshalb Kravens letzte Erklärung aufgreifen, aber nicht in der Absicht, ihn zu entlasten. Vielmehr will ich mich erneut mit der Mordserie auseinandersetzen, die man als die »Kraven-Morde« bezeichnet hat. Ich suche in erster Linie Antworten auf einige der noch offenen Fragen.

Weiß man genau, wie viele gestorben sind? Könnte es sein, daß sich in den Bergen und Tälern unserer Umgebung noch weitere Leichen befinden, die bislang noch nicht entdeckt worden sind?

Und könnte nicht von einem dieser bisher nicht gefunden Opfer vielleicht eine direkte Spur zu Kraven führen, eine Spur, die in polizeilichen Ermittlungen bislang nicht verfolgt wurde, die aber schließlich unsere letzten Zweifel zerstreuen würde? Ist es von der Polizei zuviel verlangt, wenn man fordert, daß sie sich weiterhin mit diesem grausigen Kapitel unserer Geschichte befaßt?

Ich denke, das ist es nicht. Ich glaube, das Schreckgespenst Richard Kraven wird noch so lange über dieser Stadt schweben bis...

»Ich muß mit ihr reden! Ich muß sie unbedingt sprechen!«

Sheila Harrar sprach die Worte zwar laut aus, doch es war niemand da, der sie hätte hören können. Es hätte auch keiner verstanden, was sie meinte, denn in dem schäbigen Hotelzimmer, in dem Sheila jetzt zwei Monate wohnte, kannte man seine Zimmernachbarn nicht, und wollte sie auch nicht kennenlernen. Die meisten Bewohner dieses Hotels lebten wie Sheila von der Hand in den Mund. Jeden Morgen nach dem Aufstehen sagten sie sich, daß sie es heute schaffen und einen Job finden würden. Doch dann verlief jeder Tag wie der vorhergegangene. Meistens kam Sheila nur bis zum Park im Pioneer Square, wo ihr jemand einen Drink aus einer schmutzigen Flasche anbot. Und Sheila sagte sich dann – wie all die anderen auch –, daß sie nur einen Schluck nehmen und danach weitergehen wollte.

Irgendwo mußte es doch jemanden geben, der ihr eine Anstellung verschaffte. Aber nach dem ersten Schluck Wein war es Sheila auch schon klar, daß es bereits zu spät war. Egal, wohin sie ginge, überall würde man ihre Alkoholfahne riechen und ihr dann diesen Blick zuwerfen, mit dem auch Indianer immer angeschaut wurden.

»Wir sind keine Indianer, Ma. Wir sind die amerikanischen Ureinwohner. Wir leben hier schon viel, viel länger als die Weißen, und sie schulden uns etwas, denn Sie haben unsere Leute getötet und unser Land geraubt.«

Als die Stimme ihres Sohnes in ihr widerhallte, fühlte sie, wie ihr Tränen in die Augen stiegen. Heute morgen gab sie ihnen jedoch nicht nach, sondern wischte sich mit dem dreckigen Ärmel ihrer besten Bluse die Augen trocken und unterdrückte ein Schluchzen. Sie holte tief Atem, schaute von der Zeitung auf, die sie aus der Lobby des Hotels einfach mitgenommen hatte, als sie vor einigen Stunden nach Hause gekommen war, und starrte aus dem schmutzigen Fenster auf die Straße. Im Zimmer gab es nichts zu sehen, denn sie kannte jeden Riß im Verputz, jede Ecke, wo die Farbe abblätterte.

Was würde Danny von ihr denken, wenn er sie jetzt sehen könnte?

Aber er konnte sie nicht sehen, denn er würde nie mehr nach Hause kommen.

Was machte es deshalb aus, wo sie wohnte? Was machte es, daß sie nicht mehr in der ruhigen kleinen Wohnung lebte, die sie in Yesler Terrace mit ihm geteilt hatte – früher, als sie noch glaubten, die Dinge würden sich für sie beide zum Besseren wenden? Danny konnte nicht wissen, wo sie wohnte, denn Danny war tot.

Und Sheila wußte, wer ihn getötet hatte.

Richard Kraven hatte ihren achtzehnjährigen Sohn ermordet, so wie er all die anderen ermordet hatte. Sheila wußte es tief in ihrem Innern. Diese Gewißheit brannte in ihr, verzehrte ihre Seele, genauso wie der Wein, den sie trank, um das Feuer zu löschen, das in ihrem Körper brannte.

Aber weil Danny jetzt nicht mehr bei ihr war, interessierte das auch niemanden.

Niemand hatte sich darum gekümmert, als sie versucht hatte, die Polizei dazu zu bringen, etwas für Danny zu tun. Dabei hatte sie alles richtig gemacht. Jeden Tag war sie zum Revier gegangen, hatte die richtigen Formulare ausgefüllt und mit den richtigen Leuten gesprochen. Aber sie hatte gemerkt, daß das niemanden interessierte, und sie wußte auch, warum.

Weil sie Indianerin war.

Keine amerikanische Ureinwohnerin, keine aus diesem stolzen Volk, von dem Danny immer gesprochen hatte.

Nein, Sheila Harrar war eben nur eine Indianerin. Und obwohl man ihr das nicht offen ins Gesicht sagte, wußte sie, was man über sie dachte. Und ihr Sohn war wie sie – auch nur ein Indianer. Wahrscheinlich glaubten sie, daß er sich betrunken und aus dem Staub gemacht hatte, ohne seiner Mutter Lebewohl zu sagen. Als sie geschrien hatte, daß das nicht wahr sei, daß Danny zur Schule gegangen war und gearbeitet hatte, hatten sie ihr das nicht geglaubt. Wären Danny und sie Weiße, hätte alles ganz anders ausgesehen. Dann hätten sich die Behörden Mühe gegeben, hätten versucht, ihn zu finden. Aber weil sie und Danny Indianer waren, scherte sich um sie niemand auch nur einen verdammten Dreck.

Als Danny an diesem Tag nicht nach Hause gekommen war, war auch Sheila in völlige Gleichgültigkeit versunken und hatte nicht mehr darüber nachgedacht. Aus Schmerz über seinen Verlust hatte sie begonnen zu trinken, das schien ihre Qualen zu lindern. Und nach kurzer Zeit trank sie schon soviel, daß sie manchmal nicht mehr den Weg zu ihrem Arbeitsplatz schaffte. Daraufhin hatte sie einen Job bekommen, den sie erst am Nachmittag antreten mußte. Das war eine Zeitlang gutgegangen – bis sie angefangen hatte, die ganze Nacht durchzusaufen und den folgenden Tag zu verschlafen. Danach hatte sie zwar noch andere Jobs gefunden, war aber nie lange dabeigeblieben, denn es war mit ihrer Trinkerei immer schlimmer geworden. Schließlich war sie aus ihrer Wohnung in das Hotel im International District gezogen.

Seit damals war ein Tag wie der andere gewesen. Sie schlief in ihrem winzigen Zimmer, versprach sich selbst, daß sie am nächsten Tag alles ändern würde – aber jeder Tag wurde zum Spiegelbild des vorangegangenen.

Doch als sie jetzt noch einmal den Artikel über den Mann, der ihren Sohn ermordet hatte, las, wußte sie, daß der heutige Tag anders war. Heute würde sie es wirklich schaffen, nichts trinken und vielleicht sogar eine Arbeit finden.

Aber das Wichtigste war, mit Anne Jeffers zu sprechen. Sie würde ihr zuhören, und sie würde ihr glauben, und obwohl das Danny nicht wieder zurückbrächte, würde ihr es zumindest helfen. Wenn sie erst einmal jemanden kannte, den das, was mit Danny geschehen war, nicht gleichgültig ließ, würden vielleicht auch ihre Qualen ein wenig nachlassen.

Sie ließ die Zeitung auf dem ungemachten Bett liegen, ging in die Hotelhalle und weiter zu den Münztelefonen am entgegengesetzten Ende des Flurs. Sie blättere in dem zerfetzten Telefonbuch herum, das an einer Kette neben dem Telefon hing, und betete, daß die Seite, die sie brauchte, nicht zerrissen sein würde. Dann fand sie die gesuchte Nummer, griff in die Tasche ihrer Jeans und fischte eines der 25-Cent-Stücke, die sie letzte Nacht von jemandem geschnorrt hatte, heraus. Einen Moment lang zögerte sie, die Münze einzuwerfen, als sie an den Wein dachte, den sie dafür kaufen konnte.

Aber Danny war wichtiger.

Sie warf die Münze ein, wartete auf das Freizeichen und wählte die Nummer des *Seattle Herald*. Einige Minuten später, nachdem sie von einer Stelle zur nächsten verbunden worden war, hatte sie endlich den richtigen Anschluß. »Wenn Sie eine Nachricht für Anne Jeffers hinterlassen wollen, dann sprechen Sie bitte jetzt.«

»Mein Name ist Sheila Harrar, und Richard Kraven hat meinen Sohn umgebracht. Wenn Sie sich dafür interessieren, können Sie mich besuchen.«

Sie gab ihre Adresse und die Nummer des Münzfernsprechers durch, dann hängte sie auf und schleppte sich mühsam zu ihrem Zimmer. Sie wollte dort eine Weile warten, einfach um zu sehen, was passierte.

Vielleicht würde sich Anne Jeffers ja bei ihr melden.

Vielleicht war sie aber auch nur so wie all die anderen.

14. Kapitel

Er versteckte sich in der Dunkelheit und hoffte, daß niemand ihn fände. Doch von irgendwo draußen, von dort, wo es hell war, hörte er Schritte – schwere Schritte, die näherkamen.

Er hielt den Atem an, denn sein Vater durfte nicht das leiseste Geräusch hören, sonst wußte er gleich, wo er steckte. Doch auch das würde umsonst sein, denn sein Vater wußte ohnehin bereits, wo er war. Er wußte es immer, egal, wo sich der kleine Junge auch zu verstecken versuchte. Früher oder später, hörte er doch die Schritte sich nähern, und je näher sie kamen, desto mehr Angst hatte er.

Manchmal war seine Angst so groß, daß er glaubte, sterben zu müssen, aber er hatte immer überlebt. Und während er jetzt in der Finsternis kauerte und sich so klein machte, wie er nur konnte, war er völlig sicher, daß er nie sterben würde, daß es immer so weiterginge und nie endete.

Er wußte, was jetzt gleich passieren würde, obwohl er nicht wußte, warum. Er wußte nie, warum es passierte, denn er konnte es mit nichts, das er getan hatte, in Zusammenhang bringen. Es war keine Strafe für irgend etwas, das er angestellt hatte.

Er glaubte, sein Vater tat es deshalb, weil es ihm Vergnügen bereitete.

Der kleine Junge konnte sich nicht erinnern, wann es zum ersten Mal passiert war. Ihm kam es so vor, als ob es in seinem jungen Leben einfach immer schon so gewesen war.

Als die donnernden Schritte näher und näher kamen, versuchte der Junge sich noch kleiner zu machen, wünschte, er könnte sich in Luft auflösen und nicht mehr da sein, wenn sein Vater die Tür öffnete. Aber darum hatte er schon immer gebetet, und es hatte nie funktioniert, auch wenn er noch so still hielt und so lange die Luft anhielt, bis er glaubte, es zerrisse ihm die Brust.

Die Schritte dröhnten noch lauter. Jetzt wußte er, daß gleich Licht die Dunkelheit überfluten würde, und im selben Moment geschah es dann auch: Der Junge wurde von einem grellen Lichtstrahl geblendet und hielt sich instinktiv die Hand vor die Augen.

Ob ihn diese Bewegung verraten hatte?

Er sah die riesige Hand seines Vaters über sich, und ihn überkam die schreckliche Furcht, von ihr wie eine Mücke zerquetscht zu werden. Er fing an zu weinen. Es war nur ein leises Schluchzen, aber er wußte, daß er es unterdrücken mußte.

Doch er schaffte es nicht.

Die riesige Hand packte ihn, zog ihn hoch und zerrte ihn in das furchtbare Licht. Sein Vater zog ihn auf das Feldbett an der Wand und band seine Arme und Beine fest. Er öffnete ihm das Hemd und zog ihm die Hosen herunter.

Und dann begann das Schlimmste von allem.

Sein Vater befestigte die Metallklammern an seinem Körper. Einige schloß er an seinen Fingern und Zehen an, und das tat ihm so weh, daß er es kaum aushalten konnte.

Als sein Vater die Klammern an den Brustwarzen befestigte, schrie der Junge laut auf, obwohl er wußte, daß ihn niemand hören würde.

Dann schloß sein Vater die letzte Klammer an, und als sich das Metall in seinen Penis bohrte, schrie er vor Höllenqualen.

Einen Moment später, als ihn der erste Schock durchzuckte, schrie er noch einmal und versuchte, dem Schmerz auszuweichen.

Aber sein Schrei blieb ungehört, und egal wie er sich drehte und wendete: Vor dem schrecklichen Schmerz gab es kein Entrinnen.

Die Stille im Zimmer 306 der Intensivstation wurde von Glen Jeffers' leisem Wimmern durchbrochen, das schnell zu einem verängstigten Heulen anschwoll. Anne Jeffers, die erst fünf Minuten vorher gekommen war, um nach ihrem Mann zu schauen, bevor sie ins Büro ging, sah wie betäubt zu, als sich ihr Mann auf seinem Bett wälzte. Bevor sie überhaupt bemerkte, was vorging, lockerten sich die Drähte, die an Glens Brust befestigt waren, und die Monitore über dem Bett erloschen. Eine Sekunde später riß der Infusionsschlauch von der Nadel an seinem Arm ab. Aus dem baumelnden Schlauch tropfte klare Flüssigkeit, und aus der Nadel sickerte Blut. Es war der Anblick des Blutes – des Blutes ihres Mannes – das Anne von ihrer Lähmung befreite. Sie riß die Tür auf und wollte nach der Schwester rufen. Doch in der Station, die nur wenige Meter daneben lag, war bereits Alarm ausgelöst worden. Eine der Schwestern kam schon ins Zimmer gerannt, bevor Anne sie rufen konnte.

Als Anne zu dem Bett zurücklief, in dem sich Glen immer noch wälzte, fühlte sie sich so hilflos wie nie zuvor in ihrem Leben. Sie wollte etwas tun, irgend etwas unternehmen, um ihrem Mann zu helfen. Aber sie hatte nicht die geringste Vorstellung, was mit ihm geschah und wie sie ihm helfen konnte. Instinktiv wollte sie nach ihm greifen, hielt dann aber doch inne, da ihr plötzlich einfiel, daß alles, was sie tun würde, seinen Zustand vielleicht nur noch verschlimmern könnte. Die Sekunde der Unentschlossenheit dehnte sich zu einer Ewigkeit des Schreckens, dann ging die Tür auf, und der Raum füllte sich mit Menschen. Als die Schwester und zwei Pfleger sie zur Seite schoben, konnte Anne wieder klar denken.

»Er hat geschlafen«, sagte sie. »Alles schien in Ordnung zu sein, aber dann...« Als sie bemerkte, daß ihr niemand zuhörte, brach sie ab und ging näher ans Ende des Bettes.

Die Pfleger hielten Glen jetzt fest, und die Schwester mühte sich ab, die Nadel in seinem Arm, aus der nach wie vor Blut sickerte, zu verstopfen. Doch Glen wälzte sich noch heftiger als vorher, und jetzt konnte Anne erkennen, daß er aufgewacht war. Er stieß Töne hervor, die sich nach Furcht oder Zorn anhörten. Mit einem Ruck versuchte er, sich aus dem Griff der Pfleger loszureißen.

Da konnte es Anne nicht mehr ertragen. »Glen!« schrie sie. »Um Himmels willen, sie wollen dir doch nur helfen!«

Als Anne diese Worte ausstieß, erstarrte Glen und fiel wieder auf das Bett zurück. Sein Atem kam in keuchenden Stößen. Jetzt, da die Pfleger nicht mehr mit ihm zu kämpfen hatten, erteilte die Schwester eine Reihe von Anweisungen. So unversehens wie die Krise begonnen hatte, war sie auch wieder vorüber.

»Was war los?« fragte Anne, nachdem die Schwester die letzte Leitung zum Monitor wieder angeschlossen und Glens Lebenssignale überprüft hatte. Die Schwester gab so lange keine Antwort, bis sie festgestellt hatte, daß Puls, Atmung und Blutdruck des Patienten wieder akzeptable Werte aufwiesen, dann nahm sie seine Temperatur. Als sie endlich Anne ihre Aufmerksamkeit schenkte, sprach Glen auch schon selbst.

»He«, sagte er schwach, aber erkennbar. Der Klang seiner Stimme beruhigte sie weit mehr, als alles, was die Schwester hätte sagen können. Mit noch wackligen Beinen setzte sie sich auf das Bettende und nahm seine Hand.

»Schatz, was ist passiert?«

Glen sagte einige Sekunden lang nichts. Der Traum wirkte noch immer in ihm nach, und schon bei der bloßen Erinnerung daran, schien der Schrecken des Alptraums wieder aufzuleben. Ihm schauderte leicht, dann drückte er Annes Hand. »Nur ein Traum«, erklärte er ihr, »aber kein besonders schöner.«

»Ein Alptraum?« fragte Anne. »Du hast doch sonst nie Alpträume...«

»Er hatte zuvor auch nie einen Herzinfarkt«, unterbrach die Schwester. »Und wie ich den Aufzeichnungen entnehme, hat er auch noch nie solche Medikamente bekommen wie jetzt.«

Anne drehte sich zu der Schwester um. »Sie meinen, das, was er gerade durchgemacht hat, wurde von den Medikamenten verursacht?«

»Vielleicht sollten Sie mit dem Arzt darüber reden«, antwortete die Schwester, die schon bedauerte, überhaupt etwas gesagt zu haben.

»Vielleicht sollte ich das wirklich«, meinte Anne.

Jetzt wünschte auch Glen, daß er den Traum gar nicht erst erwähnt hätte. Wenn Anne erst einmal etwas aufgeschnappt hatte, ließ sie so schnell nicht locker. »Mach dir nichts draus. Es war nur ein Traum, und der ist jetzt vorbei.« Er warf einen Blick auf die Uhr auf seinem Nachttisch. »Kommst du nicht zu spät zur Arbeit?«

»Wenn du auf eine der Drogen ansprichst...«, begann Anne, doch diesmal legte ihr Glen die Finger auf die Lippen. Schon seine Hand zu heben, kostete ihn so große Anstrengung, wie er das vor vierundzwanzig Stunden nie und nimmer für möglich gehalten hätte...

»Es war nichts«, log er. »Nur ein Traum, und ich kann mich nicht einmal mehr daran erinnern, worum es ging.« Er ließ seine Hand wieder aufs Bett sinken. Jetzt wurden ihm die Augenlider schwer. »Geh nur zur Arbeit. Ich fühle mich gut.«

Als er seine Augen schloß, schaute Anne die Schwester mit sorgenvoller Miene an. »Ist er wirklich in Ordnung?«

»Ich habe ihm ein Beruhigungsmittel gegeben«, antwortete sie. »Ich weiß, daß es ziemlich beängstigend ausgesehen hat, Mrs. Jeffers, aber glauben Sie mir, ihm geht's ganz gut. Wenn Sie wollen, rufe ich den Arzt...«

Anne schüttelte den Kopf, weil sie jetzt fand, daß sie überreagiert hatte. »Schon gut. Ich glaube... ich glaube einfach, das hängt damit zusammen, daß ich es nicht gewohnt bin, ihn in diesem Zustand zu sehen.« Sie erhob sich vom Bett, beugte sich vornüber und küßte ihren Mann. Einen Moment lang reagierte er nicht darauf, doch dann griff er nach ihrer Hand und gab ihr einen Kuß auf die Wange. Sein Griff lockerte sich, und als sie aufstand, war sie sicher, daß er wieder eingeschlafen war. Seine Augen schlossen sich und sein Atem ging gleichmäßig. Erleichtert ging sie zur Tür, doch dann fing er noch einmal zu reden an.

»Anne?«

Sie drehte sich um und sah, daß er sie aus halbgeöffneten Lidern anschaute.

»Was ist, Schatz?«

»Hast du heute morgen gejoggt?«

Anne mußte blinzeln. Ob sie heute morgen *gejoggt* hatte? Warum um alles in der Welt fragte er sie das? »Aber natürlich«, gab sie zurück. Dann fügte sie scherzend hinzu: »Ich muß ja meine Form halten. Wer sollte sonst auf dich aufpassen, wenn du heimkommst?«

Glen lächelte, doch sein Lächeln verschwand schnell wieder. »Sei vorsichtig.«

»Vorsichtig?« wiederholte Anne. Wovon redete er? »Wieso soll ich vorsichtig sein?«

Glen blieb still, und sekundenlang dachte sie, er sei wieder eingeschlafen. Aber als sie durch die Tür ging, hörte sie wieder seine Stimme.

»Draußen laufen jede Menge Strolche rum.«

Sie drehte sich um und schaute ihn noch einmal an, doch diesmal waren seine Augen geschlossen und seine Brust hob und senkte sich im leichten Rhythmus des Schlafes. Leise schloß sie die Zimmertür, nickte der Schwester zum Abschied zu, verließ die Intensivstation und nahm den Aufzug zum Erdgeschoß. Auf dem Weg zu ihrem Wagen drehte sie sich noch einmal um und schaute zum Fenster von Glens Zimmer hinauf.

Seine letzten Worte gingen ihr nicht aus dem Kopf.

»Draußen laufen jede Menge Strolche rum.«

Als sie an ihrem Auto war, warf sie zufällig einen Blick auf den schäbigen Ziegelbau auf der gegenüberliegenden Straßenseite. Jemand sah aus einem der Fenster, und für eine Sekunde trafen sich ihre Blicke. Es war ein Mann um die sechzig, vielleicht jünger. Er trug ein Unterhemd, war unrasiert und ungekämmt, doch keine dieser Einzelheiten blieb Anne im Gedächtnis haften. Es war sein Gesichtsausdruck. Der Mann wirkte geschlagen, als ob er sich mit der Welt angelegt und dabei verloren hatte. Aber er strahlte nicht nur Hoffnungslosigkeit aus, sondern auch Wut.

Der Mann wandte sich vom Fenster ab, doch Anne blieb noch einen Moment stehen und starrte auf das Gebäude. Ihr kam in den Sinn, daß der Mann dem Haus, in dem er wohnte, sehr ähnlich sah: schäbig und ungepflegt. Ob wohl überall in dem Haus solche Leute wohnten, Leute, in deren Leben sich ein trostloser Tag an den anderen reihte?

Wahrscheinlich war das so.

Anne drehte sich um und schaute auf das Krankenhaus zurück. Das Fenster zu Glens Zimmer war deutlich erkennbar. Vielleicht war es das, was er gemeint hatte. Vielleicht war er früh morgens aufgewacht und hatte jemanden gesehen – möglicherweise denselben Mann, den sie gerade entdeckt hatte. Jemanden, der gerade in diesem unwirtlichen Gebäude verschwunden war, als die Morgendämmerung die schützenden Schatten der Nacht vertrieben hatte.

Anne fröstelte in der morgendlichen Kälte, sie eilte zu ihrem Wagen und fuhr schnell davon.

15. Kapitel

Es begann zu regnen, als Anne auf den Parkplatz vor dem Gebäude einbog, das Glen immer das häßlichste von ganz Seattle nannte. Darin wollte sie ihm nicht widersprechen, denn das Verlagshaus des *Herald* war 1955 erbaut worden, und es spiegelte den Geschmack einer der langweiligsten Perioden der modernen Architekturgeschichte wider. Äußerlich wies es keinerlei interessanten Merkmale auf; es war vollkommen geradlinig, eine fünfstöckige Aluminium- und Glaskiste, deren vordere Fassade nur von zwei Glastüren durchbrochen wurde. Als ob er begriffen hätte, daß dieser Bau architektonisch eine Katastrophe war, hatte der Gestalter erst gar keinen Versuch mehr unternommen, das Gesamtbild durch umliegende Grünanlagen oder Gärten etwas zu mildern.

Anne ging es wie den meisten der Angestellten: Sie nahm das Gebäude schon längst nicht mehr zur Kenntnis. Und die meisten Leute, die daran vorbeigingen, wußten nicht einmal, daß sich darin die Büroräume einer der bedeutendsten Zeitungen der Stadt befanden. Falls man endlich einmal damit beginnen würde, den Park, der an dieser Stelle entstehen sollte, anzulegen, mußte das Gebäude abgerissen werden. Und niemand würde es dann vermissen.

Anne fuhr auf den letzten freien Parkplatz und huschte unter dem Regen hindurch zum Eingang. Durch die erste der beiden Doppeltüren gelangte sie in ein winziges Foyer. Sie winkte dem Portier hinter dem Schalter zu, schüttelte sich ein paar Regentropfen von ihrer Jacke und drückte beim Ertönen des Summers die zweite Tür auf. Als ob Terroristen auf die Idee kämen, hier einzudringen, dachte sie und nickte dem Portier auf ihrem Weg zu den Aufzügen zu. Wie konnte nur jemand glauben, daß wir so bedeutend sind?

Sie drückte auf den Schalter des Aufzugs, hatte schon eine spöttische Bemerkung für den Portier auf den Lippen, daß in der nächsten Minute wie immer keine Kabine käme, und war angenehm überrascht, daß sich eine der Türen sofort öffnete. Im dritten Stock herrschte das übliche Chaos, und Anne brauchte fast fünf Minuten, bis sie sich zu ihrem Schreibtisch durchgekämpft hatte. Ein halbes Dutzend Leute gaben Kommentare zu ihrem Artikel ab, ein weiteres halbes Dutzend erkundigte sich nach Glens Befinden. Nachdem sie endlich ihren Schreibtisch erreicht hatte, flimmerten Buchstaben über den Monitor ihres Computers, die sie darüber informierten, daß dreiundzwanzig unbeantwortete interne Anfragen und weitere zweiundvierzig externe auf ihrem Anrufbeantworter auf sie warteten.

Mitten auf ihrem Schreibtisch – garantiert nicht zu übersehen – lag eine Nachricht ihrer Chefredakteurin. In großen schwarzen Buchstaben war kurz und knapp wie immer darauf gekritzelt:

KOMM IN MEIN BÜRO – VIV.

Sie legte ihre Handtasche in die unterste Schublade des Tisches, hängte ihre Jacke am Kleiderständer auf, dann eilte sie in das Büro ihrer Chefin. Während die sich scheinbar mit jemandem am Telefon herumstritt, deutete sie mimisch an, daß Anne sich setzen und sich eine Tasse Kaffee nehmen sollte. Sie überflog kurz die verstreut herumliegenden Papier auf dem Tisch der Chefredakteurin, wobei ihr ihre Fähigkeit, von oben nach unten und rückwärts lesen zu können, zugute kam. Zumindest, so erkannte sie, befand sich unter all dem Durcheinander auf Vivian Andrews Schreibtisch keine formelle Beschwerde über sie.

»Ich weiß, was du treibst, und ich finde, es ist reichlich unverschämt, wenn nicht sogar illegal«, begann Vivian, nachdem sie aufgelegt hatte. »Willst du alles lesen oder dich lieber erst mal setzen?«

Anne betrachtete den miserabel gefederten Stuhl mit Mißfallen und ging nicht auf die Frage ein. »Ich hab' dein ausführliches Schreiben bekommen. Worum geht's?«

Vivian Andrews wühlte in dem Chaos auf ihrem Pult, holte ein Exemplar der Morgenausgabe hervor und schlug

Annes Artikel auf. Sie tippte bedeutungsvoll mit einem ihrer leuchtendrot lackierten Fingernägel darauf und sah Anne unverwandt an. »Wie du siehst, hab' ich alles genauso weitergegeben, wie du es gestern nacht diktiert hast. Inzwischen bist du wieder von der Hinrichtung zurück. Wenn es stimmt, daß Tote keine Geschichten erzählen, wie es so schön heißt, frage ich mich, wie lange du eigentlich noch dieser Schimäre hinterherjagen willst. Und wann gedenkst du, dich endlich mal wieder mit etwas Neuem zu befassen?« Sie lehnte sich zurück und warf Anne einen schelmischen Blick zu. »Und wenn ich etwas ›Neues‹ sage, denke ich dabei an eine Geschichte, die sich innerhalb der letzten sechs Monate ereignet hat. Wie sieht es damit aus?« Wenn Vivian ihre Bemerkungen mit einer Frage abschloß, war das stets der Beweis dafür, daß sie ziemlich ungeduldig war.

»Wie lange habe ich dafür Zeit?« entgegnete Anne.

Vivian legte die Fingerspitzen gegeneinander, stützte ihr Kinn darauf und dachte darüber nach. »Nicht viel. Sie haben schon wieder den Etat gekürzt, und wir müssen uns schon nach der Decke strecken.« Als sie einige Sätze von Annes Artikel überflog, wurde sie ein wenig nachsichtiger. »Glaubst du wirklich, daß etwas übersehen wurde? Ich meine, etwas, das du finden kannst?«

Anne ließ sich auf den Stuhl fallen und zuckte zusammen, als eine herausgesprungene Feder sie in die Hüfte stach. »Die Hinrichtung hat stattgefunden, und es gibt keine weiteren Prozesse mehr. Außerdem hat Mark Blakemoor gesagt, daß die Akten geschlossen werden. Im Klartext heißt das, daß ich alle einsehen kann. Es gibt keinen Grund mehr, mir das zu verweigern.«

Vivian Andrews wägte Pro und Kontra rasch ab. Würde Anne noch ein paar Arbeitstage ausfallen, wäre dieser finanzielle Verlust nichts im Vergleich zu der höheren Auflage, die man verkaufen würde, wenn sie tatsächlich etwas Neues aufdecken sollte. »Okay«, stimmte sie zu. »Ein paar Tage noch. Aber wenn du mir dann nicht irgend etwas auftischst, hat sich die Sache ein für allemal erledigt. Einverstanden?«

»Einverstanden.«

Anne war schon halb zur Tür hinaus, als Vivian sie noch einmal ansprach: »Wie geht's Glen?« fragte sie.

Anne wandte sich um: »Ganz gut, den Umständen entsprechend.«

»Ich habe gehört, er wäre fast gestorben.«

Anne versuchte, eine Fassade gespielter Tapferkeit aufzubauen, was ihr aber nicht besonders gut gelang. »Das Wichtigste ist, daß er erst einmal über den Berg ist. Es geht ihm schon besser. Es kann allerdings eine Weile dauern, bis er wieder ganz in Ordnung ist.«

Vivian nickte ihr mitfühlend zu und sagte: »Falls du Urlaub nehmen willst...« doch Anne schüttelte schnell den Kopf.

»Ich glaube nicht. Das heißt, ich weiß es nicht so recht. Aber ich überlege es mir. Wenn Glen aus dem Krankenhaus entlassen wird, nähme ich mir gerne ein paar Tage frei, okay?«

»Natürlich. Und halte mich auf dem laufenden – über deine Story und über Glen.«

»Danke, Viv. Das mache ich.«

Als sie wieder an ihrem Schreibtisch saß, ging Anne die internen Mitteilungen durch. Die meisten davon konnten warten. Nachdem sie die dringlichsten beantwortet hatte, spielte sie den Anrufbeantworter ab.

Das meiste, was sie hörte, war ebenso belanglos wie die Hausnachrichten: Vorschläge für Artikel, Fragen nach Themen, über die sie geschrieben hatte, Bitten, daß sie den einen und anderen Fall erwähnen möge. Einige Ideen waren ganz gut, andere unbrauchbar...

Am Ende des Bandes waren noch einige Reaktionen auf ihren Artikel von heute morgen, die sie fast alle uninteressant fand.

Doch eine, es war die letzte, ließ sie aufhorchen. Es sprach eine Frauenstimme, die reichlich angespannt klang.

»Ich muß mit Ihnen sprechen«, sagte sie. »Richard Kraven hat meinen Sohn umgebracht! Ich weiß, daß er es war, doch mir hört niemand zu! Weil wir Indianer sind, hört uns niemand zu!«

Es wurde ein Name und eine Adresse genannt, bei der die Anruferin wohl einiges durcheinandergebracht hatte. Obwohl Anne das Band immer wieder abspielte, konnte sie sie nicht heraushören.

Den restlichen Tag verbrachte sie im Archiv des Polizeireviers und begann mit der Durchsicht der Akten, die Mark Blakemoor und Lois Ackerly dort hingeschafft hatten.

Zu ihrer Überraschung kam Mark Blakemoor während des Vormittags zu ihr herunter, um sich nach ihrer Arbeit zu erkundigen. Dann tauchte er mittags noch einmal auf, diesmal mit Sandwiches und ein paar Dosen Coke.

»Suchen Sie nach irgend etwas Bestimmten?« fragte er Anne, als sie hungrig in eines der Sandwiches biß.

Anne kaute kräftig, zuckte die Achseln und deutete ihm an, daß er warten solle, bis sie runtergeschluckt hatte. »Ich weiß selbst nicht«, sagte sie dann. Ihr fiel die verstümmelte Nachricht von heute morgen wieder ein, und sie runzelte die Stirn. »Können Sie sich an irgendeinen Bericht über einen indianischen Jungen erinnern?« fragte sie ihn und wiederholte die Nachricht wortwörtlich.

Mark Blakemoor starrte sie an. »Das ist alles? Nur ›Richard Kraven hat meinen Sohn umgebracht, ich weiß, daß er es war, doch niemand hört mir zu‹?«

»Genau.«

Blakemoor gab ein resigniertes Seufzen von sich, als er an die zigtausend Anrufe dachte, die er all die Jahre während seiner Untersuchung der Kraven-Morde bekommen hatte. Wie sollte er sich an einen bestimmten darunter erinnern können? Aber wenn er Anne damit weiterhelfen könnte... »Ich mache Ihnen einen Vorschlag«, sagte er, »ich habe heute abend Zeit. Wenn ich die Akten durchgehe, wird das vielleicht meinem Gedächtnis nachhelfen.«

»Das ist doch nicht nötig...«, erwiderte Anne, aber Mark brachte sie mit einer Geste zum Schweigen.

»Wenn ich es nicht mache, tun Sie es. Ich weiß zumindest,

wo die Unterlagen sind und wonach ich schauen muß.« Bevor Anne antworten konnte, fügte er hinzu: »Meine Güte, wenigstens könnte ich dann mal einen Abend lang meinen Bierkonsum unter Kontrolle halten!«

Er hatte einen so wehmütigen Unterton in der Stimme, daß Anne jeden Widerspruch gegen seine Überstunden unterdrückte. Wenn er selbst es wollte, warum nicht?

»Ich würde Ihnen gerne dabei helfen, aber weil Glen im Krankenhaus ist...«

»Schon gut«, beruhigte sie Blakemoor. »Wie wäre es, wenn wir gleich anfangen würden?«

Während der nächsten Stunde durchsuchten sie die Kartons. Blakemoor schaute nach den telefonischen Eintragungen, Anne durchforschte die Akten nach Namen, nach irgendeiner Notiz – nach allem, was irgendwie interessant sein könnte.

Als er schließlich den Archivraum verließ, war er über und über mit Staub bedeckt und mußte ununterbrochen niesen. Trotzdem hatte Mark das Sandwich, das er im Keller mit Anne Jeffers gegessen hatte, mehr als jedes andere Essen in der letzten Zeit genossen.

Anne ihrerseits maß dem Essen keine besondere Bedeutung bei. Sie hatte ja auch nicht mitbekommen, daß der Polizist sie während der Zeit, die sie zusammen waren ständig aus den Augenwinkeln beobachtet hatte. Wie ein Pennäler, der in die Ballkönigin der High School verknallt war.

16. Kapitel

Der lange Frühlingstag ging allmählich zu Ende. Als sich die Dämmerung über die Stadt senkte, wurde Glen Jeffers' Angst immer größer. Der ganze Tag war vergangen mit unruhigem Schlaf, der ihm keine echte Erholung verschaffte, und einer Art Dösen, bei dem sein Geist aber fast völlig klar gewesen war. Als er aus dem Fenster schaute und die Leute beobachtete, die zwei Stockwerke unter ihm auf dem Gehweg liefen, und als er die Lichter in den Wohnungen über der Straße angehen sah, überkam ihn das seltsame Gefühl, daß die Zeit sich irgendwie verkehrt hatte: Während die übrige Welt auf das Ende des Tages zusteuerte, wurde er erst richtig wach. Wenn er die Schwester nicht überreden konnte, ihm ein Schlafmittel zu bringen, würde er sicher die ganze Nacht kein Auge zutun.

Anne hatte ihn bereits besucht, die Kinder waren vor ihr dagewesen.

Aus irgendeinem Grund, den er sich aber nicht erklären konnte, fühlte er sich wie abgekapselt von ihnen. Das hing ganz sicher mit den Medikamenten zusammen; würden die erst wieder abgesetzt, wäre er auch bald wieder der Alte. Doch als die Kinder nach der Schule zu ihm gekommen waren, hatte er große Mühe gehabt, sich auf das zu konzentrieren, was sie gesagt hatten. Er mußte Interesse daran vortäuschen, daß sich Kevin mit Justin Reynolds herumgebalgt oder daß sich Heather eine neue CD gekauft hatte. Wie hieß noch einmal die Gruppe? Crippled Chicken? Oder so ähnlich.

Während er über die möglicherweise mehrdeutigen Namen von Rockbands nachsann und dabei in seinem Essen herumstocherte, das ihm um sechs Uhr gebracht worden war, war Anne gekommen. Er hatte sich ungeheuer konzentrieren müssen, um dem zu folgen, was sie gesagt hatte, denn seine Gedanken waren immer woandershin abgeschweift.

Genauer gesagt, er mußte immer an den Alptraum von heute morgen denken.

Der Traum lebte nach wie vor in seiner Erinnerung und war den ganzen Tag nicht aus seinem Bewußtsein gewichen. Immer wenn er kurz vor dem Einschlafen war, fiel er ihm wieder ein und drohte ihn aufs neue in die schrecklichsten Ängste zu versetzen.

Als Gordy Farber vor einer Stunde bei ihm gewesen war, hatte Glen ihm von dem Traum erzählt. Und der Herzspezialist hatte auch rasch eine Erklärung dafür parat gehabt: »Ich bin zwar kein Psychiater, aber ich habe viel Erfahrung mit Leuten, die sich in Ihrer Situation befinden. Sie hatten einen Herzinfarkt, und haben sich danach völlig hilflos gefühlt. Und was wäre eine bessere Symbolik für Hilflosigkeit als ein kleiner Junge, der sich in der Dunkelheit vor dem Vater versteckt, der ihn bedroht.«

»Aber mein Vater war nie eine Bedrohung für mich«, wandte Glen ein. »Er war im Gegenteil so fortschrittlich eingestellt, daß er mich niemals geschlagen hat. Er fand, das sei Kindesmißhandlung! Und das zu einer Zeit, als andere ihre Kinder noch mit dem Gürtel verdroschen!«

Farber zog die Augenbrauen übertrieben hoch. »Da kann man ja fast neidisch werden! Ich wünschte, mein Vater hätte auch so gedacht. Er war eher der Ansicht: ›Wer die Rute spart, verzieht das Kind.‹ Allerdings bellte er immer nur, biß aber nicht.« Der Arzt setzte wieder eine ernstere Miene auf. »Aber wie Ihr Vater sich Ihnen gegenüber verhalten hat, spielt in diesem Fall keine Rolle, denn hier geht es nicht um die Realität. Wir sprechen über Träume und deren Symbolik.« Sein Blick wanderte zu den unzähligen Schläuchen und Drähten. »Und was die Elektroden betrifft, die ihr Vater an Ihnen befestigt hat... Ich weiß nicht, ob Ihnen schon aufgefallen ist, wie viele Kabel an Ihnen herumhängen.« Er grinste, als ihm ein anderer Gedanke kam. »Vielleicht bin *ich* sogar die Vaterfigur aus Ihrem Traum. Wer könnte denn gerade jetzt am ehesten eine Vaterrolle für Sie übernehmen, als der Arzt, der sie behandelt?«

Glen wußte, daß diese Erklärung einleuchtend war. Auch die Angst des Alptraums ergab einen Sinn, denn was konnte schlimmer sein als ein Herzinfarkt? Noch jetzt konnte er die Panik nachfühlen, als ihm die Brust zusammengepreßt, der Schmerz in den Arm geschossen war und sich die Dunkelheit um ihn geschlossen hatte. Doch obwohl die Erklärung perfekt paßte, wurde Glen das Gefühl nicht los, daß es hier noch um etwas anderes ging – daß der Schrecken, den er im Traum erlebt hatte, sogar den überwog, der ihn während seines Herzinfarkts erfaßt hatte.

Der Infarkt. Er ließ die ganzen Vorgänge noch einmal Revue passieren. Er hatte einen absoluten Blackout gehabt, und sein Erinnerungsvermögen setzte erst in dem Moment wieder ein, als er im Notarztwagen aufgewacht war. Zumindest einen Teil der Zeit, die er dort gelegen hatte, mußte er aber wach gewesen sein, denn wie hätte er sonst die Sanitäter reden hören können? Und er hatte sie gehört; sogar jetzt noch konnte er sich deutlich daran erinnern, was sie gesagt hatten.

»Dreihundert Joule.«

»Es klappt.«

»Versuch's noch einmal mit dreihundertsechzig.«

»Joule.« Das war ein Begriff aus der Elektrizität. Jemand hatte gesagt: »Geh auf dreihundert Joule!«

Als er endlich begriff, schlug die Wahrheit auf ihn ein wie die Brandung gegen eine Felsküste.

Er war überhaupt nicht aufgewacht...

Er war tot gewesen. Er war tot gewesen, und die Sanitäter hatten darum gerungen, sein Herz wieder zum Schlagen zu bringen und ihn wieder ins Leben zurückzuholen.

Glen fühlte, wie ihm eiskalter Schweiß ausbrach, und eine Sekunde lang fürchtete er, einen zweiten Infarkt zu erleiden. Er griff schon nach dem Summer, um die Schwester zu rufen, doch er beruhigte sich und er ließ den Arm wieder auf die Decke sinken.

Er war nicht tot, und er würde auch jetzt nicht sterben.

Aber er war nahe dran gewesen, näher, als es ihm bis zu diesem Augenblick klar gewesen war.

War das der Grund, warum er sich heute so anders fühlte? Weit weg von allen anderen? War das der Grund, warum er sich so schwer auf das konzentrieren konnte, was Anne und die Kinder ihm gesagt hatten?

Er lehnte sich in die Kissen zurück und drehte sich zur Seite, um aus dem Fenster zu sehen und dachte darüber nach. Natürlich mußte man sich anders fühlen, wenn man dem Tod gerade noch von der Schippe gesprungen war...

Er wurde von diesen Gedanken abgelenkt, als er unten auf der Straße jemanden bemerkte: Er sah den schattenhaften Umriß eines Mannes, der über die regenglänzende Straße ging. Einen Moment schien Glen, als ob er den Mann kennen würde. Aber dann sah der hoch, als hätte er bemerkt, daß Glen ihn beobachtete. Sein Gesicht wurde kurz vom gelben Schein einer Straßenlaterne erhellt, und Glen stellte fest, daß er sich geirrt hatte.

Der Mann war ihm fremd, es war jemand, den er ganz bestimmt noch nie gesehen hatte.

Einen Moment darauf verschwand der Mann in der Dunkelheit.

17. Kapitel

Den ganzen Tag über hatte sich der Mann so in seine Phantasien hineingesteigert, daß der Drang, sie auch zu verwirklichen, ständig gewachsen war. Als er schließlich so weit war, daß er glaubte, es nicht mehr aushalten zu können, entschloß er sich zu einem Spaziergang. Bei dieser Gelegenheit konnte er wenigstens frische Luft atmen und in der Dunkelheit wieder zu sich finden.

Niemand würde ihn erkennen.

Niemand würde ihm Fragen stellen.

Aber er war kaum auf dem Gehweg, als er auch schon fühlte, daß ihn jemand beobachtete. Er schaute sich um und bemerkte, daß ihn jemand aus einem der Fenster des Krankenhauses anstarrte.

Er überlegte, ob er nicht kurzerhand hinaufgehen und dem Kerl die Stecker rausziehen sollte. Das wäre es doch: einfach ins Zimmer gehen, dem Burschen ordentlich Bescheid geben, die Kabel herausziehen und dabei zusehen, wie der Kerl starb?

Ja, ihm beim Sterben zusehen!

In der abendlichen, feuchten Kühle überlief ihn eine Gänsehaut, die allerdings mit der Witterung nichts zu tun hatte.

Seine Phantasievorstellungen hatten sie ausgelöst und er wußte jetzt endgültig, daß er sie ausleben mußte.

Aber nicht bei dem Kerl im Krankenhauszimmer. Nicht dort, wo es hell war und man ihn eventuell erwischte, noch ehe ihn seine Tat so richtig befriedigt hätte.

Der Mann ging auf dem Bürgersteig weiter, lief dann Zickzack nach Norden und Westen, bis er schließlich am Broadway angelangt war. Dort gab es zwar viele Lichter und Menschen, doch das störte ihn nicht, denn er konnte in der Menge untertauchen. Der Broadway wimmelte heute abend von Menschen, und das war gut, bedeutete es doch, daß er nicht auffiel, er war lediglich ein anonymes Gesicht in der Masse. Er ging weiter und beachtete die jugendlichen Schnorrer mit grünen Haaren, schwarzbemalten Lippen und durchbohrten Augenbrauen und Ohrläppchen nicht.

Er wußte, wenn die Person auftauchte, nach der er suchte, würde er es sofort bemerken.

Zwei Männer kamen ihm händchenhaltend entgegen. Er warf ihnen einen zornigen Blick zu, doch in letzter Sekunde ging er zur Seite, um sie passieren zu lassen. Dann drehte er sich um und sah ihnen finster hinterher, während sie lachend weitergingen.

Lachten sie etwa über ihn?

Wütend ballte er die Fäuste, doch als sie sich nicht nach ihm umdrehten, unterdrückte er seinen Zorn und ging weiter.

Verstohlen ließ er seinen Blick über die Menschenmasse gleiten – als er *sie* sah.

Sie war um die Dreißig, hatte kurzes, blondes Haar und trug einen Rock, der noch kürzer war als ihr Haar.

Sie ging auf der anderen Straßenseite, in dieselbe Richtung wie er, und es sah so aus, als wäre sie allein. Sie machte den Eindruck, als ob sie jemanden suchte – genau wie er.

Der Mann überquerte die Straße, beschleunigte seinen Schritt, bis er sich nur noch wenige Meter hinter ihr befand, ging dann langsamer und folgte ihr schließlich in einem gleichbleibenden Abstand.

Sie ging nach Norden und betrat schließlich eine Bar. Er schlenderte außen vor der Bar herum, bis sie im dunklen Inneren verschwunden war. Erst als er sicher war, daß sie dort niemanden getroffen hatte, ging er auch hinein.

Sie saß allein an einem Zweiertisch. Der Mann setzte sich an einen der Nebentische, von dem aus er Augenkontakt mit ihr aufnehmen konnte. Sein Herz pochte vor Aufregung.

Seine Haut begann zu prickeln, und in seinem Bauch glühte es vor Aufregung, als er sich sein Vorhaben ausmalte. Die Erregung wuchs, als er versuchte, sich an jede Einzelheit zu erinnern, daran wie seine anderen Opfer gelitten hatten.

Sämtliche Details der Morde, die man Richard Kraven zur Last gelegt hatte, wurden wieder in ihm lebendig...

Eineinhalb Stunden später verließ die Frau schließlich die Bar, und er hatte sie noch immer nicht angesprochen. Er hatte sie nur angeschaut, hatte sich ausgemalt, was später passieren würde, wenn er sich ihr vorgestellt hätte und wenn sie zusammen wären.

Als sie das Lokal verließ, legte er Geld für das Bier, das er getrunken hatte, auf den Tisch. Dann folgte er ihr in die Nacht. Einen Moment lang schien es so, als sei die Frau von der Dunkelheit verschluckt worden, aber dann entdeckte er sie, als sie in Richtung des Harvard Exit Theaters ging. Er folgte ihr und hielt dabei etwa hundert Meter Abstand. Sie ging schließlich auf eines der anonymen zweistöckigen Wohnhäuser in Boylston zu, machte kurz Halt, bevor sie es betrat, drehte sich um, nickte ihm auffordernd zu und lächelte ihn an.

Sie hatte es gewußt.

Sie hatte gemerkt, daß er sie beobachtet hatte und ihr gefolgt war.

Aber was sie nicht wußte, war, was er vorhatte...

Und als sie ihn ansprach, entfachte sie auch wieder die schwelende Glut der freudigen Erwartung in ihm. »Okay, mein Lieber. Ich bin genauso einsam.« Der Mann sagte nichts, sondern ging langsam auf die Frau zu, die ihn anlächelte: »Wollen Sie für eine Weile mit nach oben kommen?«

In der Wohnung der Frau schaute sich der Mann um. Die Räumlichkeiten unterschieden sich kaum von denen, die er selbst nur ein paar Blocks entfernt bewohnte. Der ehemals weiße Anstrich war schmutzig geworden und blätterte von der Wand ab, und einige abgenutzte Möbelstücke standen auf einem zerschlissenen Teppich. Auf dem Tisch türmten sich verschiedene Ausgaben irgendwelcher Revolverblätter, und in der Ecke stand ein Gummibaum, der wohl einging, denn rund um den Topf lagen seine Blätter auf dem Boden verstreut.

»Warum sind Sie nicht schon in der Bar rübergekommen

und haben hallo gesagt?« fragte die Frau, ging in die Küche und nahm ein Bier aus dem Kühlschrank. »Wollen Sie eins? Kostet auch garantiert nichts extra.«

Im ersten Moment wußte der Mann nicht, was sie damit meinte, aber eine Sekunde später klärte sie ihn auf. »Wie wär's mit fünfzig für zwei Stunden?« fragte sie. »Normalerweise kriege ich zwar wesentlich mehr, aber heute abend tut sich sowieso nicht mehr viel, und außerdem scheinst du ein netter Kerl zu sein.«

Der Mann sah rasch zum Fenster. Die Vorhänge waren zugezogen; kein Lichtstrahl drang von draußen herein.

Hervorragend.

Er ging zu ihr in die Küche. »Das wäre nicht schlecht«, sagte er. Er stand jetzt genau hinter ihr und schaute ihr über die Schulter, als sie in einer Schublade nach einem Flaschenöffner suchte.

Sie fischte ihn aus einem wilden Durcheinander anderer Haushaltgeräte heraus, aber dem Mann fiel in der Schublade ein Messer ins Auge.

Es war ein großes Metzgermesser, das ihm entgegenglänzte, ihn geradezu hypnotisierte.

Die Hände des Mannes begannen wieder zu zittern, und die schwelende Glut erfüllte ihn ganz, als er seinen Entschluß getroffen hatte. »Aber ich glaube, ich brauche gar keine zwei Stunden«, sagte er sanft.

Dann bewegte er sich so flink, daß sie nicht einmal mehr Zeit zum Schreien fand. Er schlang seinen Arm um ihren Hals und drückte fest zu. Als sie sich dabei wegdrehte, spürte er das Knirschen ihrer Genickknochen. Dann erschlaffte ihr Körper, und er ließ sie zu Boden sinken.

Er schaute sie an.

Hatte er sie getötet?

Er konnte es kaum glauben – es war alles so schnell gegangen, daß er sich nicht einmal daran erinnern konnte, was er dabei gefühlt hatte. Während er sie aber betrachtete, sah er, daß sich die Lippen der Frau bewegten und ein kaum hörbarer Ton aus ihrer Kehle drang. Sie starrte ihn mit weitgeöffneten Augen an, und jetzt bemerkte er, daß sie gar nicht tot war.

Er hatte sie gelähmt, aber nicht umgebracht.

Er sah sie noch einmal kurz an, und nun erfüllte ihn die Vorfreude auf das, was kommen würde.

Er griff nach dem Messer.

Er genoß diesen Moment, auf den er sich so gefreut hatte, derart intensiv, daß er ihm wie eine Ewigkeit vorkam. Dann machte er sich ans Werk.

Die Frau, die seit dem Augenblick, da er ihr das Genick gedreht hatte, völlig gelähmt war, spürte nichts.

Sie starb schnell und bekam von dem Gemetzel, das er mit ihrem Körper anrichtete, nichts mehr mit.

18. Kapitel

Der Samstagmorgen zwei Tage danach war einer jener trüben, grauen Morgen in Seattle, die viel kälter waren, als es das Thermometer anzeigte. Dieser Morgen war einer, an den Anne Jeffers' guter Vorsatz, stets in derselben guten körperlichen Verfassung wie damals auf dem College bleiben zu wollen, einer schweren Prüfung unterzogen wurde. Aufzustehen und sich unter die Jogger im Volunteer Park zu mischen, fiel ihr selbst dann nicht leicht, wenn viel schöneres Wetter war. Und sogar im tiefsten Winter war es nicht ganz so schlimm wie jetzt, weil man im Winter schon im voraus wußte, daß der nächste Tag genauso feuchtkalt wie der vorige werden würde. Doch der gestrige Freitag war einer jener trügerisch warmen Tage gewesen, die einen langen, heißen Sommer versprachen. Sogar bis in die Abendstunden hinein war es klar und mild geblieben; und nach dem gemeinsamen Krankenbesuch bei Glen hatten sie und die Kinder sich auf dem Heimweg sogar noch ein Eis gekauft.

Als sie nun im Bett lag und mißmutig aus dem Fenster sah, wurde ihr klar, daß sie sich von dem gestrigen Klima hatte täuschen lassen. Es war noch lange nicht Sommer; es schien eher so, als ob der eben erst beginnende Frühling schon wieder den Rückzug antreten wollte, um dem Winter noch einmal die Herrschaft zu überlassen. Die Wolken hatten sich rasch versammelt, um ihren Inhalt auf die Stadt niederrieseln zu lassen, und damit war die gute Stimmung des letzten Abends ertränkt.

Elender Mist, fluchte Anne. Nicht genug damit, daß Glen noch mindestens eine Woche im Krankenhaus verbringen mußte, daß sie bei der Durchforstung der Akten rein gar nichts gefunden hatte und Vivian Andrews sie gestern spitz gefragt hatte, wann sie endlich mit der Story ankäme. Hinzu kam noch, daß ihr das Alleinschlafen in dem großen Bett viel schwerer fiel, als sie sich vorgestellt hatte. Also zum Teufel mit der Fitneß heute morgen! Sie drehte sich um, kuschelte sich noch tiefer unter die Decke und schloß die Augen. Aber anstatt Schlaf zu finden, überkamen sie nur Schuldgefühle.

Also stand sie auf, zog sich an und ging nach unten. Die beiden Kinder waren schon auf; Heather hing am Telefon und Kevin saß vor dem Fernseher. Anne ging in die Küche, goß sich eine Tasse von dem Kaffee ein, den ihre Tochter zum Glück schon gekocht hatte und ging ins Wohnzimmer. In diesem Moment kamen die Morgennachrichten. Das Gesicht von Janalou Moorehead, der Nachrichtensprecherin, füllte den ganzen Bildschirm aus. Weil Anne aber noch nie leere Köpfe mit hübschen Stimmen – wie sie das nannte – hatte ausstehen können, nahm sie sich lieber die Morgenzeitung. Aber heute erregte Janalous verführerische Stimme ihre Aufmerksamkeit: »Mord in Capitol Hill«, sagte die Frau und verlieh ihrem sonst stets lächelnden Gesicht einen angemessen ernsten Ausdruck. »Die Leiche einer zweiunddreißigjährigen Frau wurde in einer Wohnung gefunden, die...«

Ohne abzuwarten bis Janalou ihren Satz beendet hatte, sprang Anne vom Sofa, nahm Heather den Hörer aus der Hand, verabschiedete deren Freund mit einem unhöflichen ›Auf Wiedersehen‹ und legte auf.

»Mutter!« empörte sich Heather. »Das war...«

»Mir ganz egal, wer das war«, entgegnete Anne. »Dafür haben wir dir ein eigenes Telefon auf dein Zimmer legen lassen. Ich muß...« Doch bevor sie weiterreden konnte, läutete das Telefon auch schon. »Ja,bitte?«

»Mit wem zum Teufel hast du denn gesprochen?« Carl Waters, der Redakteur der Wochenendausgabe des *Herald* klang noch verärgerter als sonst. »Wenn du schon den ganzen Morgen an der Strippe hängen mußt, dann schalt doch wenigstens dein Mobiltelefon ein.«

»Tut mir leid, Carl«, sagte Anne, wissend, daß eine Erklärung weder erwartet noch gewünscht wurde. »Ich habe gerade die Nachrichten von unserer Freundin gehört.

Was ist passiert?«

»Ich weiß auch nicht mehr als die«, antwortete Carl. »Die Eilmeldung ist vor einer halben Stunde bei uns eingegangen, und seitdem habe ich versucht, dich an die Leitung zu kriegen.«

»Wie lautet die Adresse?« fragte Anne. »Und wer ist schon dort?«

Carl Waters nannte ihr eine Adresse in Boylston, keine zehn Blocks von ihr entfernt. »Ein Fotograf hat sich auf den Weg gemacht. Wenn du dich beeilst, schaffst du es noch, zur gleichen Zeit dort zu sein.« Anne wollte schon einhängen, als Carl noch etwas sagte. »Anne, die Sache ist irgendwie komisch, und deshalb wollte ich auch unbedingt mit dir reden. Als der von der Zentrale die Adresse durchgegeben hat, meinte er anschließend, daß man Blakemoor und Ackerly vielleicht zu früh nach Hause geschickt hat.«

Annes Finger klammerten sich um den Hörer. »Blakemoor?« wiederholte sie. »Die haben doch nicht etwa die Kraven-Sonderkommission gemeint?«

»*Mich* haben sie nicht weiter ins Vertrauen gezogen«, entgegnete Waters nur darauf.

Anne bemühte sich, ihre plötzlich aufkommende Nervosität nicht zu verraten. »Gut, ich mach' mich auf den Weg.« Sie legte auf, sah sich im Zimmer um, aber ihre große Ledertasche lag nicht auf ihrem Platz. »Wo ist meine Tasche?«

Kevin sah vom Fernseher auf. »Unter dem Kaffeetisch. Willst du über den Mord berichten?«

»Mhm...«

»Darf ich mitkommen?« Die Fragte stellte er jedesmal, und seine Mutter verneinte sie stets. Trotzdem fand er, daß es immer einen Versuch wert war. Nur ein einziges Mal wollte er auch etwas von der Spannung mitbekommen, vielleicht sogar einen Blick auf eine richtige Leiche werfen dürfen...

»Nein«, stellte seine Mutter klar, während sie sich durch die Unordnung in ihrer Tasche wühlte, prüfte, ob Kassettenrecorder, Notizbuch und Kamera an Ort und Stelle waren. »Und du gehst selbst auch nicht hin, klar?« Kevin schaute verärgert, gab aber klein bei. »Besuchst du deinen Daddy heute morgen?« fragte sie ihn.

»Ich weiß noch nicht«, begann Kevin. »Justin und ich wollten im Park Ball spielen, aber...«

»Ich mach dir einen Vorschlag«, unterbrach Anne. »Ich weiß nicht, wie lange ich wegen dieser Geschichte weg bin. Wenn du Daddy für mich besuchst, spendiere ich Kinokarten. Okay?«

»Für Justin auch?« feilschte Kevin.

»Von mir aus«, gab Anne nach. Sie griff in ihre Tasche, holte eine Zehn-Dollar-Note heraus und reichte sie ihrem Sohn. »Ruf im Krankenhaus an, bevor du gehst, und erkundige dich, ob Daddy was braucht.«

Nachdem seine Mutter gegangen war, betrachtete sich Kevin den Schein. Ob er ihn vielleicht ganz behalten durfte, wenn sein Vater nichts brauchte?

Als er das Zimmer 308 im Krankenhaus betrat, war der größte Teil des Geldes bereits für Zeitschriften aufgebraucht, um die ihn sein Vater gebeten hatte.

»Dann erzähl mal was über die tolle Story, mit der sich deine Mutter beschäftigt«, forderte Glen seinen Sohn auf. »Ich dachte, sie würde immer noch im Polizeiarchiv herumwühlen.«

Kevin ließ sich auf den Stuhl am Fußende des Bettes fallen und betrachtete die Monitore an der Wand. »Es geht um einen Mord«, berichtete er. »Hat irgendwas mit dem Kerl zu tun, den man letzte Woche auf den elektrischen Stuhl gesetzt hat.«

Glen sah ihn verdutzt an. Wovon redete Kevin? Was konnte ein neuer Mord mit jemandem zu tun haben, der bereits hingerichtet war? »Mit Richard Kraven?« fragte er.

Kevin zuckte die Achseln. »Ich glaub' schon. Mom hat irgendwas über die Kraven-Sonderkommission gesagt, also muß von dem Kerl die Rede gewesen sein.« Weil sein Vater nichts darauf erwiderte, wechselte er das Thema. »Sag mal, Daddy, wann kommst du eigentlich nach Hause?«

Glen überging die Frage, griff statt dessen nach der Fernbedienung neben seinem Bett, schaltete den Apparat ein, zappte sich durch die Programme, bis er schließlich am Bild eines häßlichen dreistöckigen Wohnhauses hängenblieb. Der Gehweg davor war von der Polizei abgesperrt, und auf der anderen Straßenseite hatte sich eine Menschenmenge versammelt. Ein Reporter bemühte sich, die Übertragungszeit damit auszufüllen, indem er viel redete und wenig aussagte. »Bei dem Opfer handelt es sich um Shawnelle Davis, eine arbeitslose Frau, die allein in einer Wohnung im zweiten Stock gelebt hat. Ersten Meldungen zufolge, ist die Leiche auf dieselbe Weise verstümmelt worden wie die Opfer Richard Kravens und...«

Glen schaltete den Fernseher ab. »Was zum Teufel geht da vor?« fragte er mit solch schneidender Stimme, daß Kevin von seinem Stuhl aufsprang.

»Was meinst du?« fragte der Junge. »Ich hab doch nur gefragt, ob...«

»Davon rede ich nicht!« schnitt ihm sein Vater das Wort ab. »Der Mord! Was zum Teufel geht da vor?«

Kevins Blicke irrten im Raum umher, als hielte er nach irgendeinem Fluchtweg Ausschau. Was war mit seinem Vater los? Warum war er so wild geworden? Doch bevor er noch etwas sagen konnte, ergriff sein Vater wieder das Wort und sah ihn dabei so durchdringend an, wie er es nie zuvor bei ihm erlebt hatte.

»Ich möchte, daß du etwas für mich erledigst, Kevin. Ich will, daß du heimgehst und mir diese Akte bringst, die deine Mutter angelegt hat. Du weißt doch, welche ich meine? Die, in der alles über Kraven steht.«

Kevin wurde nervös. Er wußte zwar, wo die Akte war, aber er wußte auch, daß der Schreibtisch seiner Mutter für ihn tabu war. »Ich dachte, du machst dir nichts aus diesem Zeug«, sagte er. »Du hast doch gesagt, du findest das alles...« Kevin zögerte, versuchte sich zu erinnern, welches Wort sein Vater gebraucht hatte, als sich seine Eltern vor der Hinrichtung über den Fall unterhalten hatten. Bevor ihm das passende Wort einfiel, warf ihm sein Vater einen verärgerten Blick zu.

»Vielleicht habe ich meine Ansicht geändert«, sagte er. Dann lachte er leise, doch auch sein Lachen wirkte auf Kevin nicht echt. »Dr. Farber sagt, ich sollte mir mindestens ein paar Monate frei nehmen und mir ein Hobby zulegen. Wer weiß, vielleicht mache ich mir die fixe Idee deiner Mutter zu meinem neuen Hobby und beschäftige mich mit Richard Kraven.« Wieder bohrten sich seine Blicke in Kevin. »Was hältst du davon? Klingt doch interessant, oder?«

Kevin gab keine Antwort. Was ging hier vor? Sein Vater hatte nie Hobbies gehabt, sich nie dafür interessiert! Und jetzt fiel ihm das Wort wieder ein, das sein Vater immer verwandt hatte, wenn die Rede auf Richard Kraven gekommen war.

Krankhaft.

Das war das Wort. Sein Vater hatte immer ›krankhaft‹ gesagt. Warum interessierte er sich dann plötzlich so für diesen Kraven?

Doch dann erinnerte sich Kevin, was ihm seine Mutter vorgestern gesagt hatte, als sie nach ihrem Gespräch mit Dr. Farber heimgekommen war: »Für eine Weile kommt eine harte Zeit auf euch zu, Kinder. Euer Vater muß seine ganze Lebensweise ändern. Er darf nicht mehr soviel arbeiten, sondern braucht eine Menge Ruhe. Und das bedeutet, daß sich auch für uns alle etwas ändern wird. Also, wie denkt ihr darüber? Bringt ihr es fertig, euch ein wenig darauf einzustellen?«

Als er, Heather und seine Mutter vorgestern darüber gesprochen hatten, war ihnen das als Kleinigkeit erschienen. Doch als er nun allein mit seinem Vater im Krankenhauszimmer war, kamen Kevin Bedenken. Mit einem Mal erschien ihm sein Vater fremd. Seine Mutter hatte zwar gesagt, daß er sich verändern würde. Sollte das aber bedeuten, daß sich sein Vater in Zukunft nur noch so seltsam benehmen würde und sonderbares Zeugs redete? In dem Fall bezweifelte Kevin, daß alles so einfach sein würde, wenn er wieder nach Hause käme.

»Also, wie steht's?« fragte Glen, als sein Sohn schwieg. »Klingt mein neues Hobby interessant oder nicht?«

Kevin erhob sich und wollte zur Tür hinaus. »Doch, Daddy«, sagte er und vermied, seinen Vater dabei anzuschauen. »Klingt ganz gut. Und ich hol dir auch die Akte, okay? Ich bin bald wieder zurück.«

Beim Verlassen des Krankenhauses fragte sich der Junge, was wohl passieren würde, wenn er die Akte seinem Vater einfach nicht bringen würde. Vor einigen Wochen hätte er noch genau gewußt, was passieren würde: Sein Vater – jedenfalls der, den er sein ganzes Leben lang gekannt hatte – wäre kurz fuchsteufelswild geworden, und danach wäre die Sache erledigt gewesen. Aber von jetzt an war alles anders. Seit dem Herzinfarkt war mit allem zu rechnen.

Er nahm sich vor, lieber das zu tun, was man ihm aufgetragen hatte.

19. Kapitel

»Na ja, es war ja nicht so, daß sie ein Verbrechen begangen hat, wenn Sie verstehen, was ich meine. Gut, sie hat natürlich Leute ›reingelegt‹, aber daraus kann man ihr keinen Strick drehen. Wir sind hier schließlich in Capitol Hill, wenn Sie wissen, was ich meine. Wenn man sie dafür bezahlt hat, war das gut für sie, wenn Sie verstehen, was ich meine.«

Anne Jeffers stand auf dem Bürgersteig gegenüber dem Gebäude, in dem Shawnelle Davis nicht nur gewohnt hatte, sondern auch ihrem Gewerbe nachgegangen war. Obwohl Anne sich schon seit zwanzig Minuten mit dem Mann unterhielt, der seine Theorien über den lockeren Lebenswandel Shawnelles zum Besten gab, war sie sich nicht sicher, ob er sie überhaupt gekannt hatte, auch wenn er von sich behauptete, dick mit ihr befreundet gewesen zu sein. Sie bat aber den Fotografen, einige Bilder von ihm zu schießen. Die könnte man dann zumindest ans schwarze Brett beim *Herald* pinnen, wenn sie sonst zu nichts taugten. Ganz bestimmt gehörte er zu den auffälligsten Erscheinungen in der Menschenmenge, die sich auf der Boylston Street versammelt hatte. Schon als sie bemerkt hatte, wie er sich ohne Rücksicht auf Verluste durch die Masse hindurchdrängte, war Anne zusammengezuckt. Unwillkürlich mußte sie an die blauen Flecken denken, die er sich dabei einhandeln würde.

Während ihres Gesprächs mit dem jungen Mann fragte sie sich zum ersten Mal, ob sie nicht vielleicht doch ein wenig weiter vom Broadway wegziehen sollten – zumindest bis Heather und Kevin aus den Teenagerjahren herausgewachsen waren.

Als ein Flüstern durch die Menge ging, brach Anne das unbefriedigende Interview ab. Sie bahnte sich ihren Weg zur Spitze der Masse und sah, daß die Tür zu Shawnelle Davis' Wohnung offenstand und eine Bahre herausgerollt wurde.

Die Begleiter gingen dabei so vorsichtig vor, als würden sie eine Schwerkranke befördern und nicht jemanden, der schon seit zwei Tagen tot war. Anne war dankbar für die gute Entschuldigung, das Interview beenden zu können und überquerte die Straße. Sie tat dies auf eine selbstverständliche Art und Weise, mit der sie sich schon oft Zutritt zu einem Tatort verschafft hatte, lange bevor dieser offiziell für die Presse freigegeben worden war. Heute morgen hatte sie damit jedoch wenig Erfolg. Einerseits wirkte ihr Jogginganzug nicht gerade seriös, und außerdem begleitete Lois Ackerly die Bahre, die von den Trägern behutsam zu einem Lieferwagen gerollt wurde, der sie ins Leichenschauhaus bringen sollte.

Als sich die Rollbahre näherte, war Anne, wie immer, über die Anonymität der Plastikhülle, der die Leiche vor den Augen der Schaulustigen verbarg, befremdet. Zwar verhüllte er die Verwundungen des Opfers vor der Öffentlichkeit, reizte aber auch gleichzeitig deren Neugier, denn jeder fragte sich unwillkürlich, was sich wohl darunter verbarg. Obwohl Anne wußte, daß die modernen Plastikhüllen ihren Zweck sehr gut erfüllten, mußte sie in solchen Momenten immer an die Decken denken, die früher verwendet wurden und menschlicher gewirkt hatten. Auch nach einem Jahrzehnt konnte sie sich immer noch nicht daran gewöhnen. Aber sie mußte ihren Job erledigen und konnte sich mit solchen Gedanken nicht länger aufhalten.

»Kann ich einen kurzen Blick auf sie werfen?« fragte Anne die Kommissarin, die ziemlich lässig gekleidet war.

Lois Ackerly schüttelte den Kopf. »Wer dort erst mal drin ist, bleibt es, bis der Gerichtsmediziner ihn herausholt.« Als Anne zum Treppenhaus gehen wollte, schnitt Ackerly ihr mit den Worten den Weg ab: »Der Tatort darf nach wie vor nicht betreten werden.«

»Sie dürfen mir nicht verübeln, daß ich es wenigstens versucht habe«, sagte Anne und grinste, und die Polizistin lächelte zurück.

»Und Sie dürfen mir nicht verübeln, daß ich Sie daran gehindert habe. Sie kennen doch die Regeln, Anne.«

Anne warf nur noch einen sehnsüchtigen Blick zum zweiten Stock hoch. In den vier Jahren, die sie Lois Ackerly kannte – vom ersten Tag an war sie für den Fall Kraven abkommandiert gewesen –, hatte sich die Polizistin immer streng an die Gesetze gehalten. Es wäre ihr nie in den Sinn gekommen, Anne oder sonst jemandem, der nicht bei der Polizei war, zu gestatten, einen Tatort zu betreten. »Aber ein paar Fragen könnten Sie mir doch beantworten«, Anne ließ nicht locker.

Ackerly schüttelte wieder den Kopf und sagte: »Keine Zeit.« Sie kehrte ihr den Rücken zu und ging die Treppen hinauf. Anne überlegte sich kurz, ob sie nicht hören sollte, was die Polizisten auf der Treppe redeten, doch dann hörte sie den Motor des Wagens, der Shawnelle Davis ins Leichenschauhaus fahren sollte. Sie fragte sich, ob sie ihm nicht hinterherfahren und sich in den Autopsiesaal stehlen sollte. Aber dann hörte sie plötzlich über sich eine vertraute Stimme.

»Sie sollten nicht einen Gedanken daran verschwenden, Reporter dürfen nun mal bei der gerichtsmedizinischen Untersuchung nicht anwesend sein.«

Sie fühlte sich ertappt, schaute sich um und entdeckte über sich das grinsende Gesicht Mark Blakemoors. Er stand auf einem langen Balkon, der von allen Wohnungen im zweiten Stock aus zugänglich war. »Wie ich sehe, hat man also tatsächlich die Bestbesetzung aufgeboten«, bemerkte sie trocken.

»Hat Ihre Zeitung Sie benachrichtigt, oder hat wieder mal Ihr eigener Riecher sie hierhergeführt?«

»Die Zeitung rief mich an«, bestätigte Anne. »Und? Wie sieht's aus? Ich nehme an, es besteht kein Zusammenhang mit den Kraven-Morden.«

»Wie wäre es mit einer Tasse Kaffee?« entgegnete Blakemoor. »Wir sind hier gleich fertig, und den Jungs vom Labor kann Ackerly auch allein über die Schultern schauen. Sie wollen doch sicher versuchen, etwas aus mir herauszuquetschen?«

»Sie sind mir einer. Also gut, aber nur, wenn jeder für sich bezahlt. Die Presse ist unbestechlich.«

Blakemoor machte ein gespielt mürrisches Gesicht: »Und so etwas mir... Wo sich doch Polizisten sowieso kaum etwas leisten können.«

Fünf Minuten später gingen sie durch die Hintertür ins Charlie's. Unbeachtet von den drei Gästen, die hier schon vor zehn Uhr morgens Drinks in sich hineinschütteten, suchten sie sich einen Tisch nahe der Fenster, von denen man auf den Broadway hinaussehen konnte. »Ich mag diesen Platz«, meinte Anne und schaute sich die viktorianische Möblierung und die Kollektion an Postern und Bildern an. Das Restaurant war in einem Stil eingerichtet, der vor zwanzig Jahren modern gewesen war.

Während beide auf die bestellten Milchkaffees warteten, fischte Anne ihren Kassettenrecorder aus der Tasche.

»Nichts da«, wehrte Blakemoor ab. »Sie können mich zwar aushorchen, aber meine Stimme kommt nicht aufs Band. Keine Interviews, bevor wir nicht mehr wissen als zum jetzigen Zeitpunkt, okay?«

Anne ließ den Recorder wieder in ihre Tasche sinken. »Sie kennen mich – ich nehme eben jede Chance wahr. Also, was war los? Es geht das Gerücht, man habe die Sonderkommission zu schnell aufgelöst.«

Blakemoor rollte unwillig die Augen. »Glauben Sie nicht alles, was in der Zentrale dahergeredet wird.«

»Na schön«, erwiderte Anne, »andererseits hätte ich meinen Job verfehlt, wenn ich mich nicht danach erkundigen würde, wenn ich so etwas höre. Wie steht's mit den Einzelheiten? Handelt es sich um einen Nachahmungstäter?«

Der Kommissar zögerte. Anne konnte fast sehen, wie er sich das Bild vom Tatort in Erinnerung rief. Dann zuckte er die Achseln. »Wenn es eine Kopie sein soll, dann ist es die schlimmste, die ich je gesehen habe. Und Nachahmungstäter schlagen gewöhnlich viel schneller zu. Richard Kraven war zwei Jahre lang aus dem Verkehr gezogen. Sogar zu den Zeiten, als er noch mordete, hat es keine Nachahmer gegeben.«

»Sind Sie sicher?« Anne sah den Kommissar mißtrauisch an.

»Ja, bin ich«, erklärte ihr Blakemoor. »Es gibt immer noch Dinge über Kravens Morde, die niemandem bekannt sind. Sie eingeschlossen.« Er wurde still, als die Kellnerin kam und ihnen zwei Tassen Kaffee hinstellte. »Die große Sauerei ist, daß es gewisse Ähnlichkeiten zwischen diesem und Kravens Morden gibt.«

Annes journalistischer Instinkt wurde hellwach. »Und welche?« hakte sie nach und versuchte, den Eifer in ihrer Stimme zu verbergen.

Wieder war dem Gesicht von Blakemoor intensivste Konzentration anzusehen, dann begann er langsam einige Punkte aufzuzählen. »Erstens gab es keinerlei Anzeichen für einen Kampf. Erinnern Sie sich daran, wie Kravens Opfer verschwanden? So, als wären sie freiwillig mit ihm mitgegangen. Bei dieser Davis war es dasselbe. Schön, sie war eine Hure, die dachte, daß sie einen Freier aufgelesen hat. Zweitens war ihre Brust geöffnet und ihre Organe herausgerissen.«

Annes Kiefer klappte herunter. Beim Gedanken daran, wozu Menschen fähig waren, wenn es darum ging, jemand anderem etwas anzutun, wurde ihr immer wieder schlecht. »Genau wie bei Richard Kraven.«

»Verglichen mit Kraven, ist dieser Kerl aber ein Amateur«, fuhr Blakemoor fort. »Zuerst hat er sie nämlich durch Genickdrehung gelähmt.«

Anne runzelte die Stirn. »Das hat Kraven nie getan. Er hat nie jemanden getötet, bevor er ihn seziert hat. Ist doch wahr, oder?«

»Soweit wir wissen, ja«, stimmte Blakemoor ihr zu. Er sah sich flüchtig um, um sich zu vergewissern, daß niemand zuhörte, dann lehnte er sich nach vorn. »Tatsache ist«, sagte er mit gedämpfter Stimme, »daß man aus der Blutmenge, die sie verloren hat, auch darauf schließen könnte, daß er sie schon *vor* ihrem Tod aufgeschlitzt hat.«

Anne schaute den Polizisten unverwandt an. »Worauf wollen Sie also hinaus? Ist es eine Kopie oder nicht?«

Blakemoor strich mit einem Finger über den Rand der Kaffeetasse. Es war ihm klar, daß er überhaupt nicht mit jemandem von der Presse sprechen sollte, zumindest nicht in diesem frühen Stadium der Ermittlungen. Andererseits war er sicher, daß Anne nichts drucken würde, was ihn in Schwierigkeiten bringen könnte. Während all der Jahre, in denen er hinter Richard Kraven hergewesen war, hatte er in ihr stets eine seriöse Gesprächspartnerin gehabt. Und außerdem mochte er sie ganz einfach. »Ich weiß nicht«, sagte er. »Hätte er nicht die Brust aufgeschnitten und ihre Organe in der ganzen Küche verteilt, würde ich sagen, daß der Täter jemand war, den Davis kannte, und die Schnauze von ihr voll hatte. Schließlich gab es keine Kampfspuren, keinen Hinweis auf gewaltsames Eindringen. Aber ein Bekannter hätte sie einfach nur umgebracht und wäre anschließend verschwunden.«

»Kommt kein Freier in Frage?« wollte Anne wissen.

Blakemoor schüttelte den Kopf. »Kein Hinweis auf sexuelle Handlungen, Perversionen oder ähnliches.« Er seufzte. »Und das ist es, was mich beunruhigt. Wenn es nicht um Sex ging und nicht darum, daß jemand eine Rechnung mit ihr begleichen wollte – worum dann?«

Anne zögerte, denn was sie sagen wollte, galt unter ihren Pressekollegen als Nestbeschmutzung. Andererseits mußte sie Blakemoor so viel Vertrauen entgegenbringen, wie er das bei ihr auch tat. »In der letzten Zeit sind viele Berichte über Kraven erschienen«, begann sie vorsichtig. »Ich selbst stand dabei ja an vorderster Front. Ich kann mir vorstellen, daß dadurch sogar erst jemand angestachelt wurde.«

Blakemoors Blick traf den ihren. »Genau derselbe Gedanke ist mir auch schon gekommen... Anne, ich habe bei der ganzen Sache ein verdammt schlechtes Gefühl. Mir kommt es fast so vor, als ob irgend jemand Kraven nachmachen will, nur um uns verrückt zu machen.«

»Und wenn das so wäre?« fragte sie, obwohl sie schon die Antwort kannte.

Blakemoors Lippen zogen sich zu einem Strich zusammen. »Dann gibt's noch weitere Morde«, seufzte er. »Es will mir einfach nicht in den Kopf. Gerade sind wir den einen Verrückten losgeworden, da macht sich auch schon der nächste ans Werk.«

»Vielleicht passiert ja nichts mehr«, deutete Anne an.

Blakemoor starrte teilnahmslos in seinen Kaffee. »Vielleicht nicht...«

Aber daran glaubten beide nicht.

20. Kapitel

Obwohl er nichts sah, wußte der Junge, daß die Katze hier war. Dort versteckte sie sich immer, im dichten Blattwerk der Rhododendren, wenn sie ums Haus herumschlich. Der Junge wußte nicht, warum die Katze nie den Hinterhof verließ, aber weil sie es nicht tat, glaubte er, daß es außerhalb davon etwas geben müsse, vor dem das Tier noch mehr Angst hatte als vor ihm.

Oder vielleicht gefiel der Katze auch das Spiel genauso sehr wie ihm. Er hielt das für immer wahrscheinlicher.

Der Junge duckte sich und ging in die Hocke. Er tat dies ebenso geschickt und leise wie die Katze, wenn sie sich an einen der Vögel heranpirschte, die sich ab und zu in ihr Herrschaftsgebiet wagten. Nur die Augen des Jungen bewegten sich jetzt noch, aber ganz langsam, fast unmerklich. Sie durchsuchten das schattige Innere der Rhododendren nach der geringsten Bewegung, wodurch sich die Katze verraten könnte.

Dann sah er sie – sie zuckte zwar nur mit dem Schwanz, doch das reichte, um ihr Versteck zu verraten.

Der Junge bewegte sich nun mit derselben Gewandtheit wie er sie von der Katze kannte. Zuerst schaukelte er sich langsam nach vorn, bis seine Hände den Rasen berührten und die Handflächen jeden Grashalm erfühlten. Die Zuversicht des Jungen wuchs, als die Katze auf ihrem Platz hocken blieb; sie wußte offenbar noch nicht, daß er sie entdeckt hatte. Zentimeter um Zentimeter bewegte sich der Junge vorwärts. Jetzt war ihm, als sei er selbst zur Katze geworden, und er spannte alle Muskeln seines kleinen Körpers an. Die Sekunden dehnten sich, während er weiterkroch. All seine Bewegungen waren langsam, aber fließend, und er kam sich vor, als würde er förmlich über den Rasen zu dem Gebüsch schweben.

Jetzt sah er, wie die Katze erstarrte, doch er sah es nicht

nur, ihm kam es vor, als würde auch er erstarren. Er und die Katze waren eins geworden; er konnte spüren, was die Katze fühlte, während sie gleichzeitig sie und er war.

War das so, weil die Katze bisher nie versucht hatte, den Hof zu verlassen? Hatte sie das aus demselben Grund nicht getan wie er?

Die Katze nahm eine gespannte Haltung an, als der Junge näherkroch, und er sah, daß nicht nur ihre Schwanzspitze, sondern auch ihre Schnurrhaare nervös zuckten. Und als wäre er in völligem Einklang mit ihr, begann auch sein Gesicht zu zittern, und er bemerkte, daß sein Mund offenstand.

Er rutschte näher und sah, daß die Katze zurückwich. »Brave Kitty«, hauchte der Junge sanft. Er griff in seine Taschen, holte ein Paar dünner, schwarzer Lederhandschuhe heraus und streifte sie sich vorsichtig über. »Gute Katze«, summte er. »Brave, brave Kitty.«

Als hätte sie das schmeichelnde Geflüster hypnotisiert, beruhigte sich die Katze ein wenig, und ihr gesträubtes Fell wurde wieder glatt. Der Junge kam näher.

Er streckte seine rechte Hand aus, sie wand sich ruhig wie eine Schlange durchs Gebüsch. Noch einmal spannte sich die Katze an, diesmal erhob sie sich, und ihr Rücken wölbte sich, bis jedes Haar ihres Körpers nach oben stand. Ein Zittern durchlief den Jungen, wie bei einem kurzen Stromstoß – dann schoß er wie ein Blitz nach vorn und griff zu. Noch bevor sie wegspringen konnte, hatte er die Katze schon gepackt. Er zog seine Beute aus dem Schutz des Dickichts hervor und hielt sie in Augenhöhe vor sich.

Die Augen der Katze funkelten, sie fauchte und schlug mit den ausgestreckten Krallen ihrer Vorderpfoten nach ihm. Doch als der Junge mit seiner anderen Hand ihre Pfoten umklammerte, schien sich die Katze zu fügen und versuchte nicht mehr, sich zu wehren.

Genau wie der Junge. Er hatte auch nie dagegen anzukämpfen versucht.

Die Katze festhaltend, stand der Junge auf und ging zum Haus, das heute leer stand.

Leer für ihn und die Katze.

Hinter der Tür hielt der Junge inne. Er wußte zwar, daß er allein war, doch das Haus ängstigte ihn trotzdem. Als er aber daran dachte, was er vorhatte, legte sich die Furcht.

Schnell lief er in den Keller und näherte sich mit klopfendem Herzen der Werkbank.

Klopfte sein Herz aus Angst oder vor freudiger Erwartung?

Er kannte die Werkbank gut. Sie war ein Teil von ihm, denn sie war schon immer da gewesen.

Heute wollte er sie für seine Zwecke verwenden.

Er steckte die Katze in einen Käfig und machte sich an die Arbeit.

Alles, was er brauchte, war da, sorgfältig vorbereitet.

Der Lappen, der Äther.

Der Junge fühlte sich gut, er wußte, daß er gütig zu dem Tier sein würde. Er tränkte den Lappen mit Äther, öffnete den Käfig und griff hinein. Die Katze schlug wieder mit der Pfote nach ihm. Diesmal durchdrangen die Krallen den Lederhandschuh und gruben sich tief in die Haut des Jungen, doch er spürte nichts.

War er etwa unempfindlich gegenüber Schmerzen jeglicher Art?

Mit der einen Hand hielt er die Katze fest, mit der anderen preßte er den ätherdurchtränkten Lappen auf ihren Kopf. Die Katze wehrte sich zuerst, ließ aber bald nach. Dann wurde sie schlaff, und der Junge wußte, daß es Zeit war anzufangen.

Er legte die Katze auf die Werkbank, spreizte ihre Beine auseinander und band sie auf dem Boden fest, so wie das die Liliputaner mit Gulliver gemacht hatten.

Dann begann er, Elektroden an die Katze anzuschließen, so wie sein Vater sie immer an ihn anschloß.

Jetzt mußte er nur noch warten, bis die Katze wieder aufwachte.

Erst nachdem sie wieder aufgewacht wäre und alles, was er mit ihr vorhatte, spüren konnte, wollte er auf den Knopf drücken, um die Elektroden zu aktivieren...

21. Kapitel

Glens ganzer Körper verkrampfte sich in spasmischen Zuckungen, und seine Augen waren weit aufgerissen.

Ein Herzinfarkt! Ein neuer Herzinfarkt! Er griff nach dem Summer, um die Schwester zu alarmieren, doch als er den Daumen darauf preßte, klärte sich auch wieder sein Verstand, und er bemerkte seinen Irrtum. Es war kein Infarkt – er hatte nur schlecht geträumt.

Aber wovon hatte er geträumt?

Eine Sekunde zuvor war es noch so intensiv gewesen.

Eine Katze...

Es hatte etwas mit einer Katze zu tun. Etwa mit Kumquat?

Er versuchte, sich daran zu erinnern, wie die Katze ausgesehen hatte, doch die Details des Traums hatten sich bereits verflüchtigt und verblaßten weiter, als er sie sich wieder ins Gedächtnis zurückrufen wollte. Kurze Zeit später öffnete sich die Zimmertür, und eine der Schwestern trat herein. Es war Annette Brady, die Glen seit der ersten Minute, nachdem er wieder klar hatte denken können, sympathisch gewesen war. Aber heute morgen war nichts von ihrem ansonsten so fröhlichen Lächeln zu bemerken.

»Bitte?« erkundigte sie sich mit einer Schroffheit, die für sie genauso untypisch war wie ihr finsterer Blick. Plötzlich begriff er: Annette hatte Nachtschicht gehabt, mußte also schon lange auf den Beinen sein. »Tut mir leid, daß ich geläutet habe«, sagte er. »Ich hatte einen Alptraum, und beim Aufwachen dachte ich, es wäre ein Herzinfarkt.«

Die Schwester warf einen Blick auf die Monitore über dem Bett. »Nun, es sieht alles ganz normal aus.« Sie wollte wieder aus dem Zimmer gehen.

»Ziemlich lang der Dienst heute, stimmt's?« fragte Glen.

Annette drehte sich um. »Nicht länger als sonst auch.«

Glen runzelte die Stirn, dann blickte er auf die Uhr. Neunzehn Uhr dreißig?

Wie konnte es schon neunzehn Uhr dreißig sein? Er war nicht aufgewacht, bis...

Nicht länger als sonst?

Sein Blick wanderte zum Fenster. Die Straßenbeleuchtung war bereits angeschaltet und das letzte Tageslicht fast verschwunden. Hatte er etwa den ganzen Tag verschlafen?

Warum hatte man ihn nicht zum Abendessen geweckt? Er befand sich ja schließlich in einem Krankenhaus – ein paar Mal hatte man ihn sogar nur deshalb geweckt, um ihm eine Schlaftablette zu geben! Er wollte sich schon nach dem Essen erkundigen, als er bemerkte, daß er gar nicht hungrig war. Jetzt war er völlig desorientiert. Hatte er den ganzen Tag einfach vergessen? Aber vielleicht irrte er sich auch, vielleicht hatte man ihn wirklich durchschlafen lassen. »Ich hab' mir gerade gedacht, ob ich nicht vielleicht etwas zu essen bekommen könnte...«

Annette Brady sah ihn mit großen Augen an. »Nach all dem, was Sie mittags gegessen haben, haben Sie schon wieder Hunger?« Sie schüttelte ungläubig den Kopf. »Gut, ich will mal sehen, was ich für Sie tun kann. Aber wenn ich so spät noch was auftreibe, erwarte ich, daß Sie diesmal dann auch damit zufrieden sind.«

Nachdem die Schwester das Zimmer verlassen hatte, versuchte er, seine Gedanken zu ordnen. Anscheinend hatte er schon gegessen, und offenbar hatte er sich über das Essen beschwert. Aber er hatte weder eine Erinnerung an die Mahlzeit noch an den Rest des Tages.

Er schaute sich im Zimmer um, in der Hoffnung, einen Anhaltspunkt zu finden. Das erste, was ihm in die Augen stach, war ein dicker Ordner auf dem Nachttisch neben seinem Bett. Er nahm ihn sich vor und blätterte darin: Annes Akten über Richard Kraven. Was hatten die hier zu suchen?

Sie mußte hier gewesen sein, als er geschlafen hatte, und die Unterlagen dagelassen haben. Er griff zum Telefon und wählte die Nummer, doch ehe Anne antwortete, fiel ihm etwas ein: Er sollte in wenigen Tagen nach Hause gehen dürfen – aber falls er sein Gedächtnis verloren hatte, würden sie ihn dann immer noch entlassen?

Auf gar keinen Fall. Die würden ihn so lange im Krankenhaus behalten, bis sie herausbekommen hätten, was die Ursache war. Deshalb zögerte er, als Anne abhob. Doch sie sprach schon.

»Du hast dich also dazu durchgerungen, dich zu entschuldigen?« fragte sie in fast neckischem Ton. »Mit wem willst du anfangen? Mit mir oder mit Kevin?«

Glen zermarterte sich das Hirn. Er konnte sich nicht daran erinnern, heute überhaupt mit Anne gesprochen zu haben, aber ihm fiel ein, daß er morgens mit Kevin telefoniert und ihn gebeten hatte, ihm einige Zeitschriften ins Krankenhaus zu bringen. Seine Augen wanderten zum Nachttisch: die Zeitschriften lagen unter dem Aktenordner.

Folglich mußte Kevin hier gewesen sein – und Anne vermutlich auch.

»Ich schätze, ich hatte heute einen ziemlich schlechten Tag.« Damit sagte er die reine Wahrheit, auch wenn er seinen Gedächtnisverlust nicht zugab. »Es tut mir wirklich leid.« Nachdem er sich auch noch bei Kevin entschuldigt hatte, kam Anne wieder an den Hörer.

»Wie lange willst du meine Akten behalten?« fragte sie und klang fast amüsiert.

Sein Blick wanderte wieder zu dem dicken Ordner zurück. Also hatte er darum gebeten. Weshalb nur?

»Ich weiß noch nicht«, redete er sich heraus, um nicht zugeben zu müssen, daß er keinerlei Erinnerung mehr an den Tag hatte. Aber warum bloß hatte er überhaupt nach dem Ordner verlangt? Bislang war es ihm immer so vorgekommen, daß Annes Faszination von dem Fall Kraven schon ans Krankhafte grenzte, woraus er auch nie einen Hehl gemacht hatte. »Ich dachte mir, solange ich hier liege, könnte ich vielleicht dahinterkommen, was dich an ihm so gefesselt hat«, war die Erklärung, die er sich aus dem Stegreif zusammendichtete. »Vielleicht lese ich mir heute nacht noch alles durch.«

Er wünschte Anne eine gute Nacht und nahm sich den Ordner vor. Im Grunde hatte er gar nicht die Absicht, darin zu lesen, sondern hoffte, daß es seinem Gedächtnis vielleicht auf die Sprünge helfen würde, wenn er ihn nur in die Hand nahm. Er hielt inne, legte den Ordner ab, schlug ihn dann aber doch auf.

Er blätterte darin, und als er die Artikel überflog, stellte sich ein eigenartiges Déjà-vu-Erlebnis bei ihm ein.

Der gesamte Stoff kam ihm sehr vertraut vor, obwohl er sich nicht erinnern konnte, ihn je zuvor gelesen zu haben. Dann schlug er eine der Seiten um und erstarrte. Er sah die Kopie eines Artikels, den nur Anne verfaßt haben konnte, obwohl er nicht namentlich gekennzeichnet war:

Richard Kraven – ein Tierquäler?

Ehemalige Nachbarn Richard Kravens berichten, daß der mutmaßliche Serienmörder schon im Alter von zwölf Jahren häufig kleine Tiere mißhandelt haben soll.

Martha Demming, sechsundsiebzig Jahre alt, die fast zwei Jahrzehnte im Haus neben Edna Kraven wohnt, berichtet, sie könne in mindestens zwei Fällen bezeugen, daß sich Richard Kraven als Kind immer wieder an die Lieblingskatze seiner Mutter herangeschlichen habe.

»Ich will nicht sagen, daß er sie gequält hat«, gab Miss Demming in einem Telefoninterview Auskunft, »doch die Katze hatte ständig Angst vor ihm.«

Im weiteren Verlauf des Interviews erzählte Miss Demming, daß Gerüchte die Runde machten, ein anderer Nachbar habe die Leiche der Katze gefunden und dabei sofort gemeint: »Sie ist durch Stromstöße getötet worden.« Wilbur Frankenburg, der Nachbar, der angeblich die Katze gefunden

> hatte, starb vor drei Jahren im Alter von sechsundfünfzig und konnte deshalb Miss Demmings Äußerungen nicht mehr bestätigen.

Glen Jeffers las den Artikel zweimal. Dabei kamen ihm kleine Bruchstücke des Alptraums, der ihn aufgeweckt hatte, immer wieder ins Bewußtsein. Er schloß den Ordner, legte ihn auf den Tisch und lehnte sich in die Kissen zurück.

Welche Ursachen sein Alptraum hatte, war nun zumindest geklärt. Offenbar hatte er im Laufe des Tages einen Teil von Annes Akten gelesen.

Aber warum konnte er sich nicht mehr daran erinnern?

Beim Grübeln über diese Frage schlief er tief ein.

22. Kapitel

Während die Nacht Glen einen friedlichen Schlaf brachte, wurde Anne von quälenden Gedanken heimgesucht. Glen hatte gerade zu dem Zeitpunkt angerufen, als sie sich endlich zu der Überzeugung durchgerungen hatte, sein seltsames Verhalten bei ihrem nachmittäglichen Besuch im Krankenhaus sei völlig bedeutungslos.

Schließlich hatte Dr. Farber sie schon am Tag nach Glens Herzinfarkt darauf hingewiesen, daß nichts mehr so sein würde wie vorher. Bei manchen Menschen, hatte er erklärt, könne ein schwerer Herzinfarkt zu einer völligen Persönlichkeitsveränderung führen. Aus einem seiner Patienten zum Beispiel, der sein Leben lang eine sehr starke Persönlichkeit besessen hatte, war praktisch über Nacht ein unsicherer und ängstlicher Mensch geworden. Ungeduldige Menschen regten sich nach einem Herzinfarkt oft nicht mehr über etwas auf, was sie vorher zur Weißglut getrieben hatte. Umgekehrt konnten aus bisher unbeschwerten Menschen mit einem Schlag ganz verschrobene Typen werden.

Das war Anne am späten Nachmittag während ihres Besuches bei Glen in den Sinn gekommen. Ihr Mann, der sich stets durch eine fröhliche Wesensart ausgezeichnet hatte, hatte im Bett gesessen und in Akten gelesen, die um ihn ausgebreitet auf der Decke lagen. Wie sie später herausgefunden hatte, stammten sie aus *ihren* Unterlagen. Als sie sich über ihn gebeugt hatte, um ihm einen Kuß zu geben, hatte er kaum darauf reagiert. Auf ihre Frage, warum er sich plötzlich für Richard Kraven interessiere, hatte er geantwortet, daß er neugierig geworden sei, was sie selbst an diesem Fall so sehr fasziniert habe. »Und weißt du was?« hatte er gefragt und kurz von der Akte aufgeblickt. »Er ist ein ganz interessanter Bursche gewesen. Du hast ihn immer als eine Art Monster dargestellt, aber...«

Anne hatte Glen schockiert angesehen und ihren Ohren nicht getraut. Erst letzte Woche hatte Glen noch behauptet, daß der einzige legitime Grund, der Hinrichtung beizuwohnen für sie der sei, »endgültig Sicherheit zu bekommen, daß der Bastard auch wirklich tot ist.« Und jetzt war er plötzlich ein »interessanter Bursche«?

»Er *war* ein Monster!« hatte sie eingeworfen. »Gott allein weiß, wie viele Menschen er getötet hat. Und er hat sie nicht einfach nur getötet, Glen. Er hat sie seziert!« Daraufhin war Glen fast ärgerlich geworden. Sie hatte das Thema gleich wieder fallen lassen, denn sie wußte, daß Aufregung ihm schadete. Während der restlichen Zeit ihres Besuchs war es ihr dann so vorgekommen, als würde Glen sie ignorieren. Als er zehn Minuten lang keinerlei Notiz von ihr genommen hatte, war sie schließlich einfach weggegangen.

Draußen hatte sie eine Schwester getroffen und mit ihr ein paar Worte gewechselt. Sie hatte Anne versichert, daß Patienten oft überhaupt keinen Besuch wünschten, denn sie brauchten so viel Energie für ihre Gesundung, daß sie einfach keine Kraft mehr hätten, um sich mit anderen zu unterhalten. Anne wollte das gern glauben, hatte sich dann aber noch den ganzen Abend lang Sorgen gemacht – vor allem, als ihr auch noch Kevin von Glens Benehmen bei seinem Besuch erzählt hatte. Zwar hatte Glen später angerufen und dabei so geklungen, als wäre er wieder er selbst, aber ihr war trotzdem klargeworden, daß irgend etwas nicht in Ordnung sein konnte. Obwohl er sich bei ihr und Kevin entschuldigt hatte, war sie den Verdacht nicht losgeworden, daß er gar nicht richtig wußte, weshalb sie über ihn verstimmt war. Und nach diesem Anruf fühlte sie erneut eine große Beunruhigung.

Sie legte den Stapel Notizen beiseite, die sie aus dem Archiv des Polizeireviers mitgebracht hatte und verließ ihren Schreibtisch. Ihr war klar, daß sie heute abend nicht mehr arbeiten konnte. Sie ging aus ihrem Arbeitszimmer in den Wohnraum und schaute nach Kevin, der ausgestreckt auf dem Sofa lag, ein Buch las, während im Hintergrund der Fernseher in voller Lautstärke lief. »Wenn du schon nicht fernsiehst, dann mach doch wenigstens den Apparat aus«, tadelte sie.

»Aber ich seh' doch fern«, antwortete Kevin, ohne von seinem Buch aufzuschauen.

Anne wollte sich mit ihm nicht streiten. Hätte sie verlangt, daß er das Gerät ausschaltet, hätte er alle Details einer Handlung aufgesagt, um zu beweisen, daß er den Film verfolgt hatte. Dieses Talent war ein Erbteil ihres Vaters, der gleichzeitig ein Buch lesen, einer Unterhaltung folgen und dazu noch jeden Fehler hören konnte, den sie bei ihren Klavierübungen im Nebenzimmer machte. Das war eine Fähigkeit ihres Vaters, die sie einerseits beeindruckt, andererseits furchtbar geärgert hatte. Bei Kevin hatte sie dies oft verwünscht, weil er dadurch alle ihre Argumente, während der Schularbeiten nicht fernzusehen immer wieder entwaffnete. »Ich geh rüber ins Krankenhaus zu deinem Vater.«

Kevin schaute von seinem Buch hoch. Anne spürte, daß ihr Ton ihre Sorge verraten hatte. »Stimmt etwas nicht?« fragte er.

Anne schüttelte den Kopf. »Ich wollte sowieso einen Spaziergang machen, dabei kann ich ihn auch gleich besuchen.«

»Okay.«

»Ich sag' Heather, daß sie zu Hause bleiben soll.«

Kevin rollte mit den Augen und sagte: »Meine Güte, ich bin doch kein Baby mehr. Ich bin hier sowieso die ganze Zeit allein.«

Aber nicht nachts, dachte sie. Um sich keinem weiteren verächtlichen Blick ihres Sohnes auszusetzen, gab sie ihm einen Kuß auf die Stirn. »In einer Stunde bin ich wieder zurück. Mach bis dahin keinen Unsinn!«

Die Nachtluft war frostig geworden. Auf ihrem Weg zur 16. Straße vergrub Anne ihre Hände tief in den Taschen. Als sie in die Mercer Street kam, hier wurde die Gegend allmählich schlechter, bog sie lieber rechts in die 15. Straße ein. Von dort aus ging sie zur Thomas Street und betrat den Krankenhauskomplex durch den Eingang zur Notaufnahme. Sie durchlief endlose Korridore, bis sie schließlich bei den Aufzügen war, die zur Intensivstation im dritten Stock fuhren. Sie nahm das rote Telefon im Wartezimmer, stellte sich vor, und einen Augenblick später erschien auch schon Annette Brady.

»Ihr Mann schläft zwar gerade, aber wenn Sie wollen, können Sie ruhig für eine Minute zu ihm hinein.«

»Wie geht's ihm?« erkundigte sich Anne, als die Schwester sie in sein Zimmer begleitete.

»Jetzt wieder viel besser. Ich glaube, er ist nach dem Essen eingeschlafen, und nach dem Aufwachen hat er sich wieder ganz anständig benommen. Aber offen gesagt: Wenn ich Sie wäre, würde ich ihn jetzt nicht wecken. Das Beste ist, ihn schlafen zu lassen.«

Die Schwester öffnete leise Glens Tür, und Anne schaute hinein. Die Straßenbeleuchtung, die durchs Fenster fiel, tauchte sein Gesicht in sanftes Licht. Obwohl er noch immer an die Geräte angeschlossen war, sah er fast schon wieder so aus wie der Mann, den sie geheiratet hatte. Die letzten Spuren ihrer Wut auf ihn lösten sich in Luft auf, ebenso die Sorge über sein seltsames Verhalten. Sie fühlte sich jetzt wesentlich besser und trat einen Schritt zurück, damit Annette Brady die Tür wieder schließen konnte.

»Jetzt komme ich mir ziemlich blöd vor«, gestand Anne, als sie mit der Schwester zum Ausgang ging. »Es hätte wohl gereicht, wenn ich angerufen hätte. Aber auf einmal überkam mich ein großes Verantwortungsgefühl für meinen Mann. Wissen Sie, es ist dasselbe, wie ich es für meine Kinder hatte, als sie Babies waren. Wenn man hört, daß alles okay ist, ist das nicht ausreichend, man glaubt es wirklich erst dann, wenn man es selbst gesehen hat.«

»Das verstehe ich gut«, bestätigte ihr die Schwester. »Glauben Sie mir, Ehefrauen von Patienten kommen die ganze Nacht über, egal wie spät es ist. Ehemänner dagegen tauchen selten zu ungewöhnlichen Zeiten auf. Schon erstaunlich, wie wenig der Beschützerinstinkt bei amerikanischen Männern ausgeprägt ist.« Anne ging Richtung Aufzug und winkte der Schwester noch einmal zu. Die ermahnte sie, auf dem Heimweg vorsichtig zu sein und rief: »Denken Sie daran, daß die Frau, die ermordet wurde, nur wenige Häuserblocks von hier entfernt wohnte.«

Und sie war eine Nutte gewesen, die sich den falschen Freier ausgesucht hatte, dachte Anne, als sie im Aufzug nach unten fuhr. Aber gleichzeitig machte sie sich auch klar, daß Shawnelle Davis damit nur ihren Lebensunterhalt bestritten, und dafür zu sterben ganz bestimmt nicht verdient hatte. Fast aus Trotz gegen Annette Bradys Warnung verließ Anne das Krankenhaus durch das Hauptportal und machte sich auf den Weg in die 16. Straße. Als sie über den Bürgersteig schlenderte, der von den Straßenlaternen in helles Licht getaucht wurde, und zwischen ihnen in tiefer Dunkelheit lag, hatte sie plötzlich das Gefühl, beobachtet zu werden. Sie hielt an, warf einen Blick in die Richtung, in die sie ging, dann schaute sie sich um.

Es war kein Mensch zu sehen.

Noch einmal blickte sie sich um und war schließlich sicher, daß niemand im Schatten auf sie lauerte. Anne ging normal weiter, doch an der Ecke Thomas Street ließen ihre Nerven sie im Stich. Sie beschleunigte ihre Schritte, bis sie das helle Licht und den lärmenden Verkehr in der 15. Straße erreicht hatte. Als sie an der Straßenecke angekommen war, hatte sich die Spannung in ihrem Nacken gelöst. Und als sie dann Richtung Norden weiterlief, schalt sie sich selbst eine unverbesserliche Närrin.

Der Experimentator trat vom Fenster zurück, als Anne Jeffers um die Ecke gebogen und aus seinem Blickwinkel entschwunden war. Sie hatte gespürt, daß er sie beobachtete; dessen war er sich absolut sicher. Sie hatte es bemerkt, aber keine Ahnung, daß er es war. Er hatte gesehen, wie sie die Straßen beobachtete, wie sie zögerte, dann noch einmal die Umgebung mit Blicken absuchte. Sie tat das ebenso, wie er, wenn er sorgsam darauf achtete, bei der Suche nach einem neuen Objekt für seine Experimente keinerlei Aufmerksamkeit zu erregen.

Bald wäre es wieder an der Zeit, bald mußte er die Arbeit wieder aufnehmen. Seine Finger zitterten vor Aufregung, als er sich vorstellte, bald wieder in das innerste Zentrum des Lebens einzutauchen, wieder den wohligen Schauer zu spüren, ein lebendes, pulsierendes Organ in den Händen zu halten, aufs neue das ungeheuerliche Gefühl auskosten zu können, ganz alleine Macht über Leben und Tod zu besitzen.

Er hatte sich bereits dazu entschlossen, Anne Jeffers zu einem seiner nächsten Versuchsobjekte zu machen. Zuerst würde er natürlich mit ihr spielen, so wie er schon seit Jahren mit ihr gespielt hatte. Doch wenn schließlich ihre Zeit gekommen war und er endlich *ihren* Körper geöffnet und *ihre* Lebenskraft erfahren hatte – dann würde er sie sogar bei Bewußtsein halten, damit sie an seiner Freude teilhaben konnte.

Er hatte während der Zeit, in der seine Arbeit geruht hatte, Möglichkeiten kennengelernt, das zu erreichen. Er mußte dazu zwar mit Nadeln hantieren, doch er freute sich schon sehr darauf, so wie er sich bisher auf alle seine Experimente gefreut hatte.

Es würde nicht mehr lange dauern. Bald würden die Dinge ihren Lauf nehmen, bald würde er Anne Jeffers in seinen Händen halten. Bald wäre es soweit...

23. Kapitel

»An diese Vorschriften müssen Sie sich halten.« Gordy Farber beugte sich in seinem Stuhl nach vorn und deutete mit dem Bleistift auf Glen, als hätte er es mit einem aufsässigen Zehnjährigen und nicht mit einem dreiundvierzigjährigen erwachsenen Architekten zu tun. »Sie können heute zwar nach Hause gehen, doch das heißt noch lange nicht, daß Sie auch Ihren früheren Lebensstil wieder aufnehmen können, ist das klar?«

Glen schaute zur Decke und wiederholt noch einmal genau Farbers Anweisungen, die er ihm so genau und oft klargemacht hatte, daß sie längst in sein Gedächtnis eingebrannt waren. »Ich darf nicht ins Büro gehen, muß mir viel Ruhe gönnen, gesund essen und viel Übungen machen.« Als Farber sanft errötete, grinste Glen. »Soll ich auch jeden Tag Geritol nehmen?«

»Das würde nicht schaden«, meinte Farber, und wandte sich an Anne, die sich den Tag freigenommen hatte, um Glen nach seinem zweiwöchigem Krankenhausaufenthalt abzuholen. »Ich zähle auf Sie, daß er nicht schummelt. Wenn er sich zusammenreißt, reduziert sich die Gefahr eines weiteren Infarkts erheblich.« Er drehte sich wieder zu Glen und redete noch einmal im strengen Ton eines Schulmeisters zu ihm: »Wenn Sie allerdings den ganzen Tag am Zeichentisch sitzen, nur Hamburger und Pommes frites essen, fünfundzwanzig Tassen Kaffee am Tag trinken, kann ich Ihnen fast garantieren, daß Sie in weniger als einem Jahr wieder hier sind. Ich geh' aber davon aus, daß man Sie dann nicht mehr so gut hinkriegt.«

»Und darf er auch schon gleich Treppen steigen?« wollte Anne wissen.

»Ich fände es zwar nicht gut, wenn er sofort Treppen rauf und runter rennen würde, aber ansonsten sehe ich da keine

Probleme. Außerdem sollte er pro Tag mindestens einen Kilometer laufen.« Glen stöhnte gespielt, was Farber jedoch ignorierte. Er machte mit der Lektion weiter, die er Herzpatienten schon so oft erteilt hatte, daß er sie im Schlaf herbeten konnte. »Und was Sex angeht«, fuhr er fort und kam damit auf ein Thema, über das die meisten seiner Patienten gleich als erstes Bescheid wissen wollten, »so ist dies meiner Meinung nach eine der gesündesten Übungen. Sie müssen also keine Bedenken haben. Noch irgendwelche Fragen?«

Glen zögerte. Sollte er den Gedächtnisverlust vom letzten Samstag erwähnen? Doch gleichzeitig wußte er, daß er die Frage besser nicht stellte. Schließlich hatte es nur dieses eine Mal gegeben, und er war mittlerweile sicher, daß es nur ein Nebeneffekt der starken Medikamente gewesen war. Das einzige, worauf es ihm in diesem Moment ankam, war, hier rauszukommen, nach Hause zu gehen und sein normales Leben wieder zu führen. »Ich wüßte wirklich nicht, was ich Sie noch fragen sollte«, sagte Glen und stand auf.

Farber ging um den Tisch herum und begleitete die Jeffers' zur Tür. »Beobachten Sie sich aufmerksam selbst. Wenn Ihnen etwas eigenartig oder ungewohnt vorkommt, lassen Sie es mich wissen. Und wenn Sie irgendwelche Schmerzen in Ihrer Brust oder den Armen spüren, dann denken Sie nicht, es sei Sodbrennen. Kommen Sie lieber gleich her. Aber was noch wichtiger ist: Keiner von Ihnen beiden sollte Glen als Kranken betrachten, das ist er nämlich nicht. Gehen Sie nach Hause, und führen Sie Ihr normales Leben, wie Sie es vor dem Infarkt getan haben.«

Ein paar Minuten später, Anne hatte glücklicherweise einen Parkplatz direkt vor ihrem Haus gefunden, stieg Glen aus, öffnete automatisch die Hecktür, um seinen Koffer und eine Schachtel mit allerlei Kram, der sich während seines Aufenthaltes im Krankenhaus angesammelt hatte, herauszuholen. Ebenso automatisch wollte Anne ihm das abnehmen, was Glen wiederum schon geahnt hatte. Sie schauten sich kurz an, und dann lachten beide los.

»Ich mach' dir einen Vorschlag«, löste Glen die Situation auf, »du nimmst den Koffer und ich die Schachtel.«

»Einverstanden.«

Glen stellte die Schachtel im Hausflur ab und stieß einen zufriedenen Seufzer aus. Kein Krankenhausbett mehr, keine Monitore, keine Schwestern, die ihn mit Schlaftabletten versorgten. Dann kam auch schon Boots wie eine kleine schwarzweiße Rakete die Treppen heruntergestürmt und warf sich vor Glens Füße; sein Gekläffe animierte Hector umgehend zu einem wilden Gekreische. Kumquat dagegen war an Glens Ankunft weniger interessiert, und kam nicht in den Flur. Während Glen versuchte, den aufgeregten Hund zu beruhigen, lächelte er Anne ein wenig gequält an. »Vielleicht hätte ich doch lieber im Krankenhaus bleiben sollen. Hat Farber nicht irgendwas von ›viel Ruhe‹ gesagt?«

»Soll ich dich wieder zurückbringen?« erwiderte Anne.

Anstatt zu antworten, packte er den Koffer und ging hoch in den zweiten Stock. Auf halbem Weg drehte er sich um und sah Anne nachdenklich an: »Wie oft kommt es vor, daß wir das ganze Haus mittags für uns allein haben?« fragte er sie.

Anne zog die Augenbrauen hoch, da sie seine Absicht sofort erraten hatte. »Meinst du wirklich, wir sollten...«

»Hat Gordy nicht gesagt, das sei die gesündeste Übung, die es gibt?«

»Er sagte, *eine* der gesündesten«, korrigierte Anne und folgte ihm.

Als sie im Schlafzimmer waren, stellte Glen den Koffer ab, schlang die Arme um Anne und zog sie näher. Ihr vertrauter Geruch animierte ihn, als er ihren Hals liebkoste, und er fühlte, daß sie vor Vorfreude zitterte, als er ihr sanft in die Lippen biß. Einen Augenblick später lagen sie auf dem Bett. Seine Finger versuchten fieberhaft, die Knöpfe ihres Kleides zu öffnen, dann zog er es ihr über die Schultern, und sie half nach, es sich über die Hüften hoch zu schieben. Als seine Finger ihre nackte Haut berührten, durchdrang ihn ein Gefühl, das er nie zuvor verspürt hatte. Ihre Haut schien unter seiner Berührung zu vibrieren, als wäre sie elektrisch geladen.

Jetzt zog auch sie ihn aus, und wo immer ihre Finger seine Haut berührten, durchlief ihn dasselbe Zittern, das seinen gesamten Körper auf eine Weise zum Prickeln brachte, wie er das noch nie erfahren hatte.

Er stöhnte, als sie ihren BH öffnete und seine Hand ihre nackte Brust bedeckte. Ihr Körper vibrierte, und als sie ihre Hand in seine Boxershorts gleiten ließ, mußte er hart dagegen ankämpfen, nicht vorzeitig zum Orgasmus zu kommen.

Wie lange mußte es her sein, seit sie sich geliebt hatten, daß ihm nun jede Berührung neu und ganz anders als jemals erschien?

Oder lag das an den Medikamenten, die er einnehmen mußte?

Plötzlich erinnerte er sich an ein Erlebnis, das schon viele Jahre zurücklag. Damals hatten er und Anne einen Joint geraucht, bevor sie sich liebten. In jener Nacht war alles anders gewesen als sonst; er hatte sogar den verwirrenden Eindruck gehabt, mit einer Fremden zu schlafen, mit einer Frau, der er nie zuvor begegnet war. Dieses Gefühl hatte ihm Angst gemacht, und danach hatten sie auch keine Drogen mehr genommen. Seit damals empfand er bei ihrem Liebesakt etwas Vertrautes. Wenn ihre Körper sich umschlangen, verspürte er nicht nur die bloße sexuelle Erregung, sondern ihm gab es darüber hinaus ein Gefühl der Sicherheit, der Zusammengehörigkeit.

Heute jedoch war es, als würde Strom zwischen ihnen fließen, der nicht nur seinen Körper, sondern seine ganze Persönlichkeit vor Erregung erbeben ließ.

Er zog sie näher zu sich, preßte seinen Körper gegen ihren und spürte seine Haut bei der Berührung erschauern. Es war als ob jede Faser seines Wesens plötzlich auf sie ausgerichtet war, jeder Nerv seines Körpers unter der Energie, die sie ausströmte, vibrierte.

Es war, als ob ihre ganze Lebenskraft in ihn hineinströmte, und er fühlte, wie er sie durch seine Finger in sich einzog, durch seine Hände, durch jeden Körperteil, mit dem er sie berührte.

Seine Hände wanderten über ihren Körper, seine Hüften krümmten sich, bis er endlich in ihr war, und er fühlte sich dabei, als würde er ihre ganze Seele durchdringen. Er drang tiefer, versuchte, auch jene Teile ihres Körpers zu berühren, die außerhalb seiner Reichweite lagen. Er zog sie noch enger heran, spürte ihre Lebenskraft, kämpfte darum, die Quelle dieser pulsierenden Energie, die von ihrem in seinen Körper floß, an sich zu reißen. Dann bewegten sich ihre Körper im Einklang, steigerten das Tempo. Glen fühlte, wie sich ihre Arme um seinen Nacken schlossen, ihre Beine sich um seine Schenkel drehten, ihn näher heranzogen, tiefer, als ob sie ihn so tief in sich hinein ziehen wollte, bis ihre beiden Leben miteinander verschmolzen.

Er fühlte, wie sich sein Becken straffte, wie die elektrische Spannung zwischen ihnen anstieg, und diesmal wehrte er sich nicht mehr gegen den Orgasmus. Stöhnend gab er ihm nach, und als die Hitze aus seinem Becken in ihren Körper überströmte, spürte er, daß die seltsame elektrische Ladung ihrer Haut zu schwinden begann. Er zog sie noch näher, um diese Empfindung länger auskosten zu können; verzweifelt versuchte er, die Verbindung zu ihrem Energiestrom nicht abreißen zu lassen, doch es war zu spät.

Der Orgasmus war vorbei, ihre Haut hatte zu zittern aufgehört, seine Umklammerung begann sich zu lockern und seine Arme fielen von ihr ab. Sein Atem, der nur Momente zuvor in stoßendem Schnaufen gekommen war, entspannte sich, ging in einen normalen Rhythmus über, und er spürte, daß er in den sanften Tiefen des Schlafs versank.

Als sie merkte, daß Glen eingeschlafen war, blieb Anne still neben ihm liegen. Einerseits wollte sie ihn nicht aufwecken, andererseits wollte sie sich nicht bewegen, bevor sie begriffen hatte, was gerade zwischen ihnen passiert war.

Glens Liebesspiel war durch etwas geprägt gewesen, das sie nie zuvor bei ihm erlebt hatte. Obwohl sie einerseits dadurch äußerst erregt worden war, hatte sein Verhalten andererseits fast Angst in ihr erweckt. Hinzu kam, daß er unmittelbar danach irgendwie verzweifelt gewirkt hatte. Ihr war es so vorgekommen, als habe er in sie eindringen wollen, um nach etwas zu greifen, etwas aus ihr herauszuziehen, das sie ihm nicht geben wollte.

Schließlich verließ sie das Schlafzimmer, ging ins Bad und schaute sich im Spiegel an. Schwache rote Male begannen sich auf ihrem Körper dort abzuzeichnen, wo Glens Finger sich in ihr Fleisch gegraben hatten.

Unwillkürlich lief ihr ein Schauder über den Rücken.

Sie duschte sich, trocknete sich ab und zog sich an.

Glen lag nackt auf dem Bett, mit ausgestreckten Armen und angewinkelten Beinen.

Seit seinem Aufenthalt im Krankenhaus war er dünner geworden, und sein Gesicht zeigte eine ungesunde Blässe.

Das würde sich ändern. Innerhalb von ein, zwei Wochen brächte er wieder seine normalen 80 Kilogramm auf die Waage, und in der Sonne nähme sein Gesicht auch wieder Farbe an.

Aber wie stand es mit seinem Inneren?

Sie beugte sich zu ihm und küßte ihn zärtlich auf die Stirn, doch er rührte sich nicht. Dann deckte sie ihn zu, und bevor sie den Raum verließ, drehte sie sich noch einmal zu ihm um.

Er war nach wie vor Glen, ihr Mann.

Aber er war anders.

Der Herzinfarkt hatte nicht nur seinem Körper Schaden zugefügt, er hatte auch seinen Geist verändert.

Als Anne das Haus verließ, um in ihr Büro zu fahren, redete sie sich ein, daß seine Persönlichkeit wieder den alten Zustand haben würde, wenn sich erst einmal sein Körper von diesem Trauma erholt hatte.

Wenn sie sich das nächste Mal liebten, würde es wieder so sein, wie es immer gewesen war.

Aber was wäre, wenn es zwischen ihnen niemals wieder so wie früher werden würde?

Auf diese Frage wußte sie keine Antwort.

24. Kapitel

Am ersten Morgen nach seiner Entlassung aus dem Krankenhaus kam Glen Jeffers nur langsam zu sich. Einen Moment lang fühlte er dieselbe Desorientierung, wie er sie so oft an den ersten Tagen nach seinem Herzinfarkt gespürt hatte. Doch an diesem Morgen klärte sich sein Geist schnell. Er schwelgte in dem Gefühl, in seinem eigenen Schlafanzug, seinem eigenen Bett, seinem eigenen Haus zu erwachen. Und es war seine Frau gewesen, die ihn kurz zuvor mit einem Abschiedskuß geweckt hatte – und keine Krankenschwester, die ihm einen Blutdruckmesser um den Arm schnallte oder ihm ein Thermometer unter die Zunge schob.

Daheim.

Er war daheim und ganz allein.

Er streckte sich der Länge nach aus und lauschte der Stille im Haus. Wie lange war es schon her, daß er eine solche Ruhe genossen hatte?

Er konnte sich nicht erinnern.

Natürlich war es auch im Krankenhaus ruhig gewesen, doch das war eine andere Art von Ruhe gewesen. Dort hatte eine Grabesstille geherrscht, die der Allgegenwart des Leidens entsprang. Im Krankenhaus hatte er immer mitbekommen, wenn in einem der Nebenzimmer jemand hustete oder stöhnte. Heute morgen hörte er aber nur Hectors Gebrabbel aus seinem Käfig in Kevins Zimmer. Und von draußen drang lediglich das Gezwitscher der Vögel an seine Ohren – ein ganz anderes Geräusch als der dröhnende Verkehrslärm, der ständig um das Krankenhaus herum herrschte.

Mit diesem friedvollen Gefühl stand er auf, schlüpfte in seinen Bademantel, zog seine bequemen, ausgetretenen Hausschuhe an, ging nach unten und folgte dem himmlischen Duft von frischaufgebrühtem Kaffee in die Küche. Auf der Kaffeemaschine fand er eine Nachricht von Anne:

Trink nicht gleich alles auf einmal, eine Tasse reicht für den Anfang.

Beim Lesen der Notiz überkam ihn das eigenartige Gefühl, nicht allein im Haus zu sein. Ihm kam es so vor, als würde er beobachtet: Die Nackenhaare standen ihm zu Berge, und seine Muskeln verspannten sich unbewußt. Doch als er sich umdrehte, sah er nur die leere Küche; nicht einmal Boots war hier. Das befremdliche Gefühl verschwand wieder, und er holte sich eine Kaffeetasse aus dem Wandschrank, die größte, die er finden konnte, und füllte sie bis zum Rand. Dann ließ er sich am Küchentisch nieder. Da kam Kumquat herein, die offensichtlich zeigen wollte, daß sie ihn auch vermißt hatte, und machte es sich auf seinem Schoß bequem. Mit der einen Hand streichelte Glen die Katze, mit der anderen holte er sich die Morgenausgabe des *Herald* und las den Leitartikel.

»Noch kein Erfolg bei der Fahndung nach dem Mörder von Capitol Hill«

Fast eine Woche nach der Entdeckung der Leiche von Shawnelle Davis in ihrer Wohnung in Capitol Hill berichtet die Polizei von Seattle, daß im Zusammenhang mit der Ermordung der zweiunddreißigjährigen Prostituierten noch keine Verdächtigen ermittelt werden konnten.

Obwohl die Untersuchungen bestätigten, daß der Mord gewisse Gemeinsamkeiten mit jenen aufweist, die Richard Kraven zugeschrieben werden, schließt man gegenwärtig die Möglichkeit aus, daß es sich dabei um eine Nachahmungstat handelt. Auch glaubt man nicht, daß vielleicht erst Kravens Hinrichtung den Mörder inspiriert haben könnte. Wie Kommissar Mark Blakemoor verlauten ließ...

Glen legte die Zeitung beiseite. Er hatte keine Lust, den Artikel zu Ende zu lesen, obgleich er absolut sicher war, daß ihn seine Frau geschrieben hatte. Warum ritt Anne immer noch auf dem Fall Kraven herum? Der Mann war doch tot! Er nahm sich den Sportteil vor und blätterte danach im Wirtschaftsteil. Einer kurzen Randbemerkung auf der zweiten Seite entnahm er, daß während seiner Krankheit die Arbeiten am Jeffers Building nicht nur fortgesetzt worden, sondern sogar mittlerweile dem Zeitplan zwei Tage voraus waren. Er las den Artikel noch einmal und fragte sich, ob die darin enthaltene Unterstellung, die Arbeit ginge ohne ihn schneller voran, beabsichtigt oder unbeabsichtigt war. Doch dann sagte er sich, daß er einfach übersensibel reagierte. Trotzdem konnte es nicht schaden im Büro anzurufen. Aber zuerst wollte er duschen.

Glen legte die Zeitung beiseite, trank den Kaffee aus und ging zur Treppe. Dabei hatte er wieder das eigenartige Gefühl, nicht allein im Haus zu sein. Diesmal sah er sich in den unteren Zimmern um, kam sich dabei aber lächerlich vor, denn sie waren alle leer. Um ganz auf Nummer Sicher zu gehen, warf er aber auch noch einen Blick in die Kinderzimmer.

Nichts.

Im Schlafzimmer streifte er Bademantel und Schlafanzug ab und ging ins Badezimmer. Er drehte die Dusche auf und trat mit einem wohligen Seufzer unter das heiße Wasser, schäumte sich reichlich ein und spülte dann seinen Körper ab. Dabei entspannte er sich und wusch die letzte Spur Krankenhausgeruch von der Haut ab. Danach drehte er den Hahn zu, trat auf die kalten Marmorfliesen und trocknete sich ab.

Ein Blick in den beschlagenen Spiegel machte ihm klar, daß er im Krankenhaus mindestens fünf Kilo abgenommen hatte, und darüber war er nicht gerade glücklich. Tatsächlich hatte er Monate gebraucht, sich diese Pfunde mühsam anzutrainieren. Jetzt hatte er sie verloren, und er sah nun fast wieder so mager aus wie in seinen ersten dreißig Lebensjahren, was ihm immer zuwider gewesen war.

Gut, dann mußte er eben noch einmal von vorn beginnen, seine Form wiederfinden und seine Muskeln, die im Krankenhaus schlaff geworden waren, erneut stärken.

Er ging zum Waschbecken und putzte sich die Zähne. Glen wischte einen Teil des Spiegels ab, beugte sich nach vorn und betrachtete sein Gesicht. Mein Gott! Er sah ja furchtbar aus! Seine Wangen waren eingefallen, seine Augen lagen tief in den Höhlen, und die Lachfalten um sie herum sahen eher aus wie Altersrunzeln. Am schlimmsten aber war, daß seine Bartstoppeln grau geworden waren.

Zumindest das ließ sich sofort ändern.

Er öffnete den Medizinschrank, nahm seinen Rasierapparat heraus und schaltete ihn an.

Schlagartig übermannte ihn wieder das Gefühl, daß er nicht allein war, daß jemand bei ihm im Badezimmer war. Mit angespannten Muskeln bereitete sich Glen darauf vor, diesen Jemand zu stellen. Aber als er sich umdrehte, traf es ihn wie ein Schock, und er taumelte wieder in jene Schwärze, die ihn auch am Tag seines Herzinfarkts verschlungen hatte. Er verlor das Bewußtsein.

Der Experimentator betrachtete sich den Rasierapparat, der aus Glen Jeffers' Hand ins Waschbecken gefallen war, als er bewußtlos wurde.

Zögernd griff er danach und berührte ihn leicht mit einem Finger. Dann nahm er das Gerät, drehte es in der Hand hin und her und untersuchte es, wie er alles untersuchte, was ihm in die Hände kam. Der Apparat schien vollkommen in Ordnung zu sein – er hatte keinen Sprung bekommen; vom Plastikgehäuse war beim Aufschlagen ins Waschbecken nichts abgesplittert. Zufrieden hielt er sich das Gerät an die rechte Wange und rieb es sanft daran.

Sofort kam es ihm vor, als ob tausend winzige elektrische Nadeln aus dem Scherkopf auf seine Haut schossen.

Er nahm den Rasierer und wiegte ihn noch einmal in der Hand.

Er mußte einen Sprung haben.

Wenn man genau genug hinsah, entdeckte man überall Fehler. Das hatte er bei allen seinen Untersuchungen herausgefunden. Sogar bei den perfektesten Exemplaren hatte er immer einen schwachen Punkt entdeckt. Er konzentrierte sich wieder auf den Rasierapparat und suchte nach dem Grund für die Stiche, die er ihm gerade versetzt hatte. Doch er konnte keine Beschädigung entdecken.

Das Objekt in seiner Hand summte und vibrierte fast wie ein Lebewesen.

Der Verstand des Experimentators begann wieder zu arbeiten, und sein Verlangen wuchs, die Kraft darin begreifen zu können.

Hatte er wirklich Elektrizität gespürt? Er drückte den Rasierer noch einmal ans Kinn und spürte aufs neue das prickelnde Zittern.

Diesmal empfand er es ganz anders. Anders und doch vertraut. Er ließ den Gegenstand über seine Gesichtshaut gleiten und stellte sich vor, es sei etwas anderes.

Die Berührung einer Fingerspitze, die ihm zärtlich über das Gesicht strich und ihn erregte.

Das Streicheln einer Frau.

Ja, das war es. Es fühlte sich an wie das Streicheln einer Frau, und er hatte es vorher schon gespürt. Es war dasselbe erotische, liebkosende Gefühl, als ob eine elektrische Ladung aus ihr entströme.

Aber wie konnte sie dem Ding in seiner Hand entströmen? Es war ein Gegenstand, hatte kein Blut, keine Seele, keine eigene Energie.

Es war ein völlig unbelebtes Objekt.

Doch das Prickeln, dieses Prickeln...

Nun mußte er wieder experimentieren. So, wie er es schon immer getan hatte.

Er faßte den Rasierer so, wie er all seine Objekte anfaßte – fest genug, um es sicher im Griff zu haben, aber nicht so fest, daß es beschädigt wurde – und ging damit in den Keller.

Seine Erregung wuchs, es war dieselbe Erregung, die er

immer vor seinen Experimenten verspürte. Es war wunderbar, sie wieder zu fühlen...

Zu lange schon war er untätig gewesen.

Er zog an der Schnur der fluoreszierenden Lampe, die über der Werkbank hing und schaltete sie ein. Dann legte er den Rasierer ab, sah sich um und fand einen Werkzeugkasten am Ende der Bank. Er stöberte darin herum, nahm einen winzigen Schraubenzieher heraus und machte sich an die Arbeit.

Wie immer war er dabei nackt.

Zwanzig Minuten später war der Rasierer in seine Bestandteile zerlegt. Motor und Batterie lagen neben der Hülle, die Drähte des Motors waren von der Batterie abgerissen. Die Getriebeteile lagen verstreut auf der Werkbank herum. Der Experimentator wußte, daß man sie nie mehr wieder zusammenfügen konnte.

Wie alle seine früheren Versuche war auch dieser fehlgeschlagen.

Der Experimentator stand zitternd im Keller, schaute den kaputten Rasierapparat finster an, und seine Enttäuschung und Wut wuchsen von Sekunde zu Sekunde.

Warum hatte er nicht gefunden, wonach er gesucht hatte?

Warum hatte er nicht herausfinden können, woher die Energie kam, die in dem Rasierer steckte?

Er hatte sie doch gespürt; sogar jetzt konnte er noch das Prickeln auf seinem Gesicht spüren.

Eigentlich hätte alles so einfach sein müssen. Jeder Idiot wäre in der Lage gewesen, den Apparat zu zerlegen, den Fehler zu finden und ihn wieder zusammenzusetzen.

Schließlich war er kein Lebewesen!

Und jetzt war das Gerät zerstört und konnte nicht mehr zusammengebaut werden. Jedenfalls nicht von ihm. Plötzlich hatte er das Verlangen, das ekelhafte Ding loszuwerden – ein Verlangen, das mindestens so stark war wie sein Drang, es zu zerlegen. Der Experimentator sammelte die Stücke des Rasierers ein, ging die Treppe hoch und verließ das Haus durch die Hintertür. Ging über den Hof zum hinteren Gartenzaun, wo die vier Recycling-Tonnen standen.

Er hob den Deckel der ersten Tonne hoch, warf den Apparat hinein, knallte den Deckel wieder zu und ging zum Haus zurück.

Er war schon fast am Haus, als er jemanden erschrocken – huch! rufen hörte. Er blieb kurz stehen und sah sich um: Im Nachbarhaus hatte sich etwas bewegt.

Er wurde beobachtet.

Eine rotgesichtige Frau stand auf der Veranda. Der Experimentator sah sie kühl an, für einen Augenblick trafen sich ihre Blicke. Dann lief die Frau puterrot an, als hätte sie Angst bekommen und verschwand so plötzlich in ihrem Haus, wie sie herausgekommen war. Sie knallte die Tür laut hinter sich zu.

Erst als sie weg war, ging der Experimentator in das Haus zurück.

Den Rasierapparat hatte er schon fast vergessen.

Jetzt dachte er an die Frau im Nachbarhaus, und in seinem Hirn formte sich eine Idee.

War es wirklich schon Zeit, wieder zu beginnen?

Und war die Frau überhaupt ein geeignetes Objekt?

Er wollte darüber nachdenken – nachdenken und Vorbereitungen treffen.

25. Kapitel

»... ist die Polizei davon überzeugt, daß Richard Kraven der Alleinverantwortliche für die Mordserie war, die erst mit seiner Verhaftung geendet hatte. Aber der Kommissar wies auch darauf hin, daß man endgültigen Aufschluß darüber erst erhält, wenn die übrigen Opfer, die man Kraven zuschreibt, gefunden werden.« Auch wollte Blakemoor die Möglichkeit nicht völlig ausschließen, daß Kraven seine Verbrechen nicht alleine begangen hat.

Sheila Harrar starrte mit trübem Blick auf den Artikel. Wegen ihres Katers, den sie von der Party letzte Nacht hatte, fühlte sie sich, als ob ihr jemand Nägel in den Schädel rammte. Sie blinzelte ins graue Tageslicht und versuchte, sich auf die restlichen Sätze in der dreckigen Morgenzeitung zu konzentrieren, die sie mit einem fast halbvollen Pappbecher Kaffee auf einer Parkbank im Pioneer Square gefunden hatte. Aber es war ihr egal, was noch in dem Artikel stand – sie hatte schon genug gelesen.

Es gab mindestens eine Leiche, die man bis jetzt noch nicht gefunden hatte, das war die von Danny. Und jetzt war es nicht nur die Polizei, die sich nicht darum kümmerte, auch die Presse tat es nicht. Sheila hatte den ganzen Tag auf den Rückruf dieser Frau gewartet. Wie hieß sie doch gleich wieder? Dann erinnerte sie sich daran, daß sie den anderen Artikel zusammen mit wichtigen Papieren in einen Leinenbeutel gestopft hatte. In der einen Hand hielt sie den Becher mit lauwarmem Kaffee, mit der anderen stöberte sie in der Tasche, bis ihre Finger endlich auf einen zerknitterten Zeitungsfetzen stießen. Sie breitete ihn auf der Bank aus und überflog die Zeilen.

Anne Jeffers. Ja, das war der Name der Frau, der sie eine Nachricht hinterlassen hatte. Wann war das gewesen? Sheila war sich nicht ganz sicher, sie wußte nur noch, daß sie den ganzen Tag auf den Anruf gewartet hatte und nur kurz nach draußen gegangen war, um etwas Eßbares zu schnorren. Aber die Frau hatte nicht zurückgerufen, und Sheila wußte auch warum.

Weil sie Indianerin war.

Eine betrunkene Indianerin.

Sheila zerdrückte den Pappbecher in der Faust. An dem Morgen, als sie bei der Zeitung angerufen hatte, hatte sie sich nicht sehr gut gefühlt. Nicht ganz so schlecht wie heute, aber eben auch nicht gut. Vielleicht hatte die Frau doch zurückgerufen, aber sie war gerade nicht in der Halle gewesen. Und falls jemand den Anruf entgegengenommen hatte, hätte man sich bestimmt nicht die Mühe gemacht, ihr das auszurichten.

Im Hotel scherte sich keiner einen Dreck um den anderen.

Plötzlich bekam Sheila Lust auf einen Drink. Sie wollte aufstehen, wurde aber sofort von Schwindel und Brechreiz übermannt. Mit beiden Händen hielt sie sich an der Banklehne fest, beugte sich nach vorn und übergab sich.

Als sie wegging, fühlte sie sich keineswegs besser, denn jetzt spürte sie außerdem noch den sauren Geschmack von Erbrochenem im Mund. Am liebsten wäre sie im Boden versunken, doch dann schleppte sie sich zum Trinkwasserbrunnen in der Ecke und nahm einen Schluck.

Wie weit war es mit ihr gekommen? Wenn sie jemals herausfinden wollte, was mit Danny geschehen war, mußte sie sich zusammenreißen. Sie kramte wieder in ihrer Einkaufstasche und fand zwischen all dem Krimskrams einige versteckte Münzen. Sie betrachtete das Geld und kalkulierte automatisch, wieviel Wein sie sich dafür kaufen konnte.

Dannys Bild erschien vor ihrem inneren Auge, und sie ignorierte ihr heftiges Verlangen nach Alkohol mit großer Anstrengung. Sie ging zur First Avenue und betrat eines jener Cafés, in denen menschliche Wracks abgespeist wurden, wenn sie sich noch eine der billigsten Mahlzeiten leisten konnten. Sheila bestellte sich einen Kaffee und einen Berliner. Obwohl ihr Magen gegen die ungewohnt frühe Nahrungsaufnahme zu rebellieren drohte, aß sie auf und spülte es mit Kaffee hinunter. Während sie aß, führte sie ein stummes Zwiegespräch mit Danny:

Vielleicht hat sie die Nachricht nie bekommen, gab ihr seine Stimme ein.

»Ich habe gewartet«, murmelte sie, hielt sich dann aber die Hand vor den Mund, weil sich jemand nach ihr umdrehte.

Vielleicht hast du nur ein paar Minuten gewartet, bist dann weggegangen und hast dich betrunken. Danny blieb unerbittlich. Sheila wollte nicht mit ihm debattieren; sie wußte, daß er recht hatte. Möglicherweise hatte sie Anne Jeffers sogar nicht einmal die richtige Nummer durchgegeben.

Vielleicht wäre es besser, nochmal anzurufen. Sie stand auf und ging zum Münztelefon des Cafés. Beim Durchblättern des Telefonbuchs auf der Suche nach der Nummer des *Herald* kam ihr aber eine Idee. Was wäre, wenn Anne Jeffers ihre Nachricht überhaupt nie bekommen hätte? Was wäre, wenn sie verlorengegangen war, weil niemand das Band abgehört hatte? Sie suchte nach der Privatnummer und fand sie. »Jeffers, Glen & Anne«, war aufgeführt; eine Adresse im besseren Teil von Capitol Hill.

Sheila warf eine Münze ein und wählte die Nummer. Nach dem achten Klingeln, sie wollte schon wieder aufhängen, meldete sich jemand.

»Hallo?«

»Bin ich hier richtig bei Anne Jeffers? Bei der, die bei der Zeitung arbeitet?«

»Ja, sie wohnt hier, sie ist aber jetzt an ihrem Arbeitsplatz. Kann ich ihr etwas ausrichten?«

Sheila zögerte, rang sich dann aber doch zu einem Entschluß durch. Wenigstens sprach sie diesmal mit einem realen Menschen, und wenn Anne Jeffers dort wohnte, würde sie die Nachricht wahrscheinlich auch erhalten. »Ich hab' eine Nachricht bei ihr aufs Band gesprochen, doch sie hat mich nicht zurückgerufen«, sagte Sheila und betonte jedes Wort so sorgfältig, damit ihr Gesprächsteilnehmer nicht merkte, wie betrunken sie gestern nacht gewesen war. »Sind Sie Ihr Ehemann?«

Sheila bemerkte das kurze Zögern nicht, ehe die Stimme mit einem knappen »Ja« antwortete.

»Es geht um meinen Sohn«, fuhr Sheila fort, »um Danny Harrar. Dieser Richard Kraven hat ihn ermordet, doch die Polizei hat nichts unternommen. Die sagen immer nur, er sei bloß ein betrunkener Indianer, aber das stimmt nicht. Danny war ein guter Junge. Er hat gearbeitet, ist zur Schule gegangen und hat überhaupt nie getrunken.« Sheila stiegen die Tränen in die Augen, doch sie wischte sie fort. Sie war wild entschlossen, ihre aufwallenden Gefühle nicht die Oberhand gewinnen zu lassen. »Ich will doch nur, daß man meinen Sohn findet. Daß man ihn findet, damit ich ihn begraben kann«.

Am anderen Ende herrschte zunächst Stille, doch dann sprach der Mann wieder: »Und Sie wollen, daß Anne Ihnen dabei hilft?«

Sheila stockte der Atem. Er hatte nicht aufgehängt! »Glauben Sie, sie würde das tun?« fragte sie mit vor Sorge bebender Stimme. Es war schon so lange her, daß ihr überhaupt jemand zugehört hatte. Darum wagte sie kaum daran zu glauben, die Frau dieses Mannes könne ihr wirklich helfen.

»Erzählen Sie mir doch davon«, forderte sie der Mann auf. »Sagen Sie mir einfach, was Ihrer Meinung nach mit Ihrem Sohn passiert ist und wie meine Frau mit Ihnen Kontakt aufnehmen kann.«

Auf einmal zitterten Sheilas Hände, und sie war schweißgebadet. Womit sollte sie anfangen? »Er wollte angeln gehen«, begann sie. »Mit diesem Mann, diesem Kraven. Das hab' ich auch der Polizei erzählt, aber die glaubten mir nicht, weil ich eine In...« Sie atmete tief durch. »Die sagen, wir sind alle Säufer, aber das stimmt nicht. Danny war kein Säufer und ich auch nicht, jedenfalls damals nicht. Aber die haben mir trotzdem nicht geglaubt.«

»Erzählen Sie mir, was passiert ist«, sagte der Mann. »Sagen Sie mir alles, was Sie wissen und was Sie glauben.«

Langsam und gründlich berichtete Sheila Harrar, was ihrer Meinung nach an jenem Tag, als Danny verschwunden war, passiert sein konnte.

Und der Mann am anderen Ende der Leitung hörte ihr zu. Er hörte ihr genau zu und erinnerte sich...

In den Ohren des Experimentators hämmerte sein eigener Herzschlag so laut, daß es ihm schwerfiel zu glauben, niemand könnte es hören. Aber wer sollte ihn schon hören?

Er war ganz allein, abgeschlossen in seiner eigenen Welt.

Einer mobilen Welt aus Metall und Glas, die ganz und gar nur seiner Herrschaft unterstand.

Er war absolut frei zu tun, was er tun wollte; dorthin zu gehen, wohin er wollte, geschützt vor allen Wirrnissen der Welt draußen, dieser Welt, die er so wenig unter Kontrolle hatte.

Es war gut, allein zu sein.

Aber bald wäre er nicht mehr allein, denn durch die Windschutzscheibe sah er, wonach er gesucht hatte.

Ein Junge, vielleicht siebzehn oder achtzehn, der an der Ecke eines Häuserblocks stand und eine Angel in der Hand hatte.

Ein Junge, der auf ihn wartete.

Während er auf die Bremse des Wohnmobils trat, versuchte der Experimentator, seinen Herzschlag zu verlangsamen. Doch das war unmöglich; die freudige Erwartung war zu erregend.

Doch der Junge würde das nicht bemerken. Keines seiner Versuchsobjekte hatte das bisher bemerkt.

Das Fahrzeug stoppte sanft, und die Tür ging auf. Der Junge lächelte ihn an. Das strahlende Weiß seiner Zähne wurde durch die bronzefarbene Haut noch betont.

Der Experimentator lächelte zurück und winkte den Jungen in das Wohnmobil.

»Wohin fahren wir?« fragte der Junge.

»In die Berge«, antwortete der Experimentator. »Ich kenne

einen gute Stelle am Snoqualmie River.« Automatisch sah er sich um, doch die Straßen waren leer.

Niemand hatte sein Wohnmobil gesehen.

Niemand hatte ihn gesehen.

Falls jemand nur den Jungen allein an der Ecke hatte stehen sehen, machte das nichts.

Er fuhr vorsichtig, wechselte selten die Fahrspur und überschritt nie die Geschwindigkeitsbegrenzung.

Auf dem Sitz hinter ihm saß der Junge und redete, so wie alle die anderen Objekte geredet hatten. Aber er fand den Jungen viel interessanter als die meisten vor ihm, denn er war Indianer, auch wenn er nicht wußte, welchem Stamm er angehörte.

»Wußten Sie schon, daß unser Volk glaubt, die erste Frau wäre einem Fisch entstiegen?«

Der Experimentator schüttelte den Kopf.

»Und zwar soll es ein Lachs gewesen sein, ein ganz schön dicker Brocken. Als nämlich der Mann, der ihn gefangen hatten, den Lachs aus dem Wasser zog und aufschnitt, steckte eine Frau darin.«

»Er hat ihn aufgeschnitten?« fragte der Experimentator. Sein Herz schlug noch schneller, und ein wohliger Schauer durchfuhr ihn.

»Seinen Bauch«, erklärte der Junge. »Der Mann hat den Fisch aufgeschnitten, um ihn zu säubern, aber statt der Gedärme kam die erste Frau heraus. Deshalb verehrt man bei uns den Lachs, weil ihm unsere Urmutter entstammt.«

»Und der Mann, der den Fischbauch aufschnitt?« fragte der Experimentator. Nichts in seiner Stimme verriet die Erregung, die sein eigenes Inneres aufrührte. »Was ist mit ihm passiert?«

Der bronzehäutige Junge zuckte die Schultern. »Weiß ich nicht. In der Legende geht es nur darum, daß die erste Frau aus einem Lachsbauch kam. So ähnlich wie bei Eva, die nach der Bibel aus einer Rippe Adams geschaffen wurde.«

»Aber es war doch kein Mensch, der sie aus Adam schnitt«, entgegnete der Experimentator. »Es war Gott.«

Wieder zuckte der Junge die Schultern.
Die Erregung des Experimentators wuchs.
Die Stadt lag nun hinter ihm, und sie fuhren mit dem Wohnmobil die ersten Hügel hinauf. Nebelschwaden stiegen um sie auf und verwandelten das Morgenlicht in ein farbloses Grau. Die Welt innerhalb des Wohnmobils wurde kleiner, intimer.
Der Junge schien es zu spüren. »Es ist unheimlich. Es ist so, als ob außer uns niemand auf der Welt wäre.«
»Vielleicht gibt es auch niemanden«, meinte der Experimentator. »Vielleicht hat es überhaupt nie jemanden außer uns gegeben.«
»Oder vielleicht existiert einer von uns gar nicht.« Der Junge grinste, als er den Gedanken weiterspann. »Aber wer von uns ist dann das Phantasiegebilde des anderen?«
Der Experimentator sagte nichts dazu. Er zumindest hatte diese Frage für sich längst beantwortet.
Nur er existierte.
All die anderen waren nichts weiter als Versuchsmaterial für seine Experimente.
Er bremste ab und durchforschte den nebelumhüllten Wald nach einer Lücke zwischen den Bäumen, die die Einfahrt zu einem seiner Lieblingsfischgründe markierte. Schließlich fand er sie und bog mit der Fachkenntnis, die aus langer Erfahrung resultierte, in den engen Weg ein.
Mit derselben Fachkenntnis führte er auch seine Experimente aus.
Der Wagen holperte die schmutzige Spur entlang, und der Experimentator federte die Bergfahrt mit leichtem Druck auf die Bremsen ab. Als die Straße wieder ebener wurde, gaben die Bäume den Blick auf eine kleine Lichtung neben dem Fluß frei, von der er wußte, daß sie verlassen war.
»Ich mach' Kaffee«, erklärte er dem Jungen. »Bis wir ihn getrunken haben, hat sich der Nebel verzogen, und die Fische werden beißen.«
Als er den Generator anschaltete, übertönte dessen Dröhnen das Pochen seines Herzens, und er entspannte sich ein

wenig. Er füllte einen Teekessel mit Wasser und setzte ihn auf einen der drei Brenner.

Zwanzig Minuten später, als sich der Nebel endlich zu verziehen begann und die Morgensonne ihre goldenen Strahlen durch die Bäume schickte, fiel dem Jungen der Kopf auf die Brust, und sein Atem kam im gleichmäßigen Rhythmus eines tiefen Narkoseschlafs.

Der Experimentator ließ die Jalousien des Wohnmobils herab und schaltete die Innenbeleuchtung ein. Er öffnete eine Schublade und nahm eine Rolle durchsichtiger Plastikfolie heraus. Der Experimentator arbeitete langsam und methodisch – so geübt, daß er kaum noch daran denken mußte, was er machte – und legte das Innere des Wohnmobils mit Plastik aus.

Erst den Boden, dann die Ecken, ein paar Zentimeter die Wände hoch. Dann bedeckte er die Wände, bis die Plane die auf dem Boden überlappte. Schließlich kam das Bett an die Reihe. Er nahm zwei Folienteile, faltete sie zusammen und verklebte sie gründlich, damit sie nicht verrutschen konnten.

Der Experimentator entkleidete sich, faltete seine Sachen fein säuberlich zusammen und verstaute sie in einer Kommode unter dem Bett.

Als er schließlich nackt war, wandte er seine Aufmerksamkeit dem Jungen zu, der auf den Beifahrersitz gesunken war. Er zog den Bewußtlosen genauso ruhig aus, wie er sich ausgezogen hatte. Doch die Kleidungsstücke des Jungen tat er in einen Plastikbeutel.

Nachdem er den Jungen ausgezogen hatte, hob der Experimentator ihn hoch und trug ihn zu dem mit Plastik abgedeckten Bett. Er arbeitete mit all dem Geschick, das er sich über Jahre hinweg erworben hatte und führte die ersten Schnitte aus. Dabei verwendete er ein neues Skalpell, das er unmittelbar nach Beendigung seines Versuchs beseitigen wollte. Die rasiermesserscharfe Klinge glitt durch die Haut des Brustkorbs, und als Blut aus der Wunde sickerte, stillte der Experimentator es mit Bienenwachs.

Einen Moment später übertönte das Schrillen der elektrischen Säge das Brummen des Generators. Als seine geübte Hand den Brustkorb des Jungen zersägte, fühlte der Experimentator dieselbe Vorfreude, wie er sie immer empfand, bevor er den ersten tiefen Schnitt in das Innere eines neuen Versuchsobjektes machte.

Sein Herzschlag beschleunigte sich, seine Atmung ging schneller.

Er spürte, wie ihm der Schweiß ausbrach und zwischen seinen Schulterblättern herunterrann. Sanft ließ er das kreisende Sägeblatt auf das Brustbein des Jungen herabsinken, wo es sich in die Knorpel und Knochen hineinfraß.

Bald... bald...

Bald befände er sich tief im Innern des Jungen und würde das Geheimnis seiner Existenz ergründen.

Bald schon würde er die Energie seines Körpers mit den Fingerspitzen fühlen, die Glut mit seinen Händen umschließen. Die zitternde Energie der jugendlichen Lebenskraft fühlen...

Bald... bald...

Aber dann war es vorbei. Er stand nackt in der Morgensonne, den leblosen Körper des Jungen in den Armen und bebte vor Zorn über seinen Fehlschlag.

Wütend warf er die Leiche auf den Boden und bedeckte sie mit Steinen – solange bis der gesamte Körper unter einem Hügel begraben war, der aussah, als hätte ihn der Fluß angespült. Niemand würde erkennen, daß ihn der Experimentator in seiner Raserei aufgeschichtet hatte.

Dann ging er in den Wald, überschüttete die Kleider des Jungen mit Benzin, zündete sie an und stocherte solange mit einem Stock darin herum, bis sie völlig vom Feuer verzehrt waren.

Zum Schluß kehrte er zum Fluß zurück, stürzte sich nackt in das eiskalte Wasser, um sich alle Spuren seines letzten Versuchs abzuspülen. Als er die Eiseskälte des Wassers am Körper spürte, schrie er laut auf, aber nicht nur wegen der Kälte, sondern wegen der Enttäuschung darüber, daß sein Versuch wieder einmal gescheitert war.

26. Kapitel

Anne Jeffers verschwand in der Eingangstür des Red Robin in der Fourth Avenue, bevor der Regen, der schon den ganzen Tag über fiel, noch stärker wurde. Wenn er in einer Stunde nicht nachließe – und sie war sicher, daß das der Fall sein würde –, bekäme sie größte Schwierigkeiten, ein Taxi zu bekommen, das sie zur Redaktion zurückbrächte. Vielleicht könnte sie dann Mark Blakemoor bitten, sie mitzunehmen – es sei denn, er wäre noch immer sauer darüber, daß sie ihn in der Morgenausgabe zitiert hatte. Aber als Mark eine Sekunde später durch die Tür eilte, seinen Regenmantel abstreifte und die Tropfen nicht nur sie, sondern auch noch andere trafen, wußte sie, daß sie ihm die Laune nicht verdorben hatte.

»Sind Sie mit dem Wagen da?« fragte er und bestätigte ihre Vermutung, daß sein Auto in der Garage stand. »Wenn Sie es nicht dabeihaben, bin ich naß bis auf die Haut, bis ich in meinem Büro bin.«

»Wir können uns ja zusammen ein Taxi nehmen – wenn wir eins finden«, schlug Anne vor, erleichtert, daß er den Artikel mit keinem Wort erwähnte. Sie gingen ins Restaurant und fragten die Wirtin nach einem Tisch für zwei Personen. Als Anne sich hinter der Kellnerin den Weg durch das Restaurant bahnte, dachte sie, daß Mark ihr wegen des Artikels wohl keine Vorwürfe machen würde, denn dann konnte er ja kaum damit rechnen, daß sie ihn in sein Büro zurückfahren würde.

Sie mußte einräumen, daß Mark Blakemoor sie bei ihrer Suche nach den Kraven-Akten mehr unterstützt hatte, als sie erwarten konnte. Vor allem, wenn man bedachte, daß das Material, auf das sie vielleicht stieß, eine Story hergeben könnte, die für die Polizei nicht gerade schmeichelhaft sein würde. Wenn sie nämlich wirklich etwas Neues herausfand, konnte es sich logischerweise nur um etwas handeln, das die Polizei bislang übersehen hatte.

Aus welchem Grund half Mark ihr also, und warum hatte er sie zum Essen eingeladen?

Sie vermutete, daß er sich in sie verliebt hatte, und sie wußte bereits, wie sie den endgültigen Beweis dafür erhalten konnte: Falls er ihr wegen der Story keine Vorwürfe machen würde, dann nur deshalb, weil er scharf auf sie war.

Als sie sich an den Tisch setzte, mußte sie sich eingestehen, daß diese Vorstellung sie keineswegs verletzte. Im Gegenteil, seine Schwärmerei schmeichelte ihr. Sie konnte mit diesem Umstand auch deshalb gut leben, weil sie sich nie anmerken lassen würde, daß sie seine Gefühle spürte, geschweige denn würde sie irgend etwas tun, um ihn zu ermutigen. Außerdem sah der Kommissar nicht schlecht aus, und es war angenehm zu wissen, daß Glen nicht der einzige Mann auf der Welt war, der sie attraktiv fand. Als Mark Blakemoor es sich auf dem Stuhl ihr gegenüber bequem machte, mußte Anne ein spontanes Bedürfnis, mit ihm zu flirten, unterdrücken und spürte, daß sie bei diesem Gedanken errötete.

»Keine Sorge«, versicherte ihr Blakemoor, der ihr Erröten bemerkte, aber völlig falsch deutete. »Ich will nicht auf dem Artikel herumreiten. Ich will auch nicht verhehlen, daß Ackerly und die anderen stocksauer sind. Von McCarty gar nicht zu reden. Aber was soll's? Sie tun nur Ihren Job, stimmt's?«

Verdacht bestätigt, dachte Anne. Also, was soll ich jetzt machen? »Schön, wenn Sie mich also nicht zusammenstauchen wollen, womit habe ich mir dann das Essen verdient? Worum geht es, was Sie mir nicht auch schon am Telefon hätte sagen können?«

Blakemoor antwortete erst, als sie ihre Bestellungen aufgegeben hatten. Dann sagte er: »Sheila Harrar.«

Anne spitzte die Lippen. Der Name kam ihr bekannt vor, aber sie konnte sich nicht... dann fiel es ihr ein. »Die Frau, die mich angerufen hat, die mit der falschen Nummer!«

Blakemoor nickte. »Es hat eine Weile gedauert, aber ich habe sie doch noch in den Aufzeichnungen gefunden. Sie ist Indianerin und hat vor ein paar Jahren oft beim Sonderdezernat angerufen. Sie hat behauptet, Kraven habe ihren Sohn getötet, und wir sollten ihn festnehmen.«

»Was Sie ja offensichtlich nicht getan haben«, bemerkte Anne trocken, doch ihre Worte beeindruckten Blakemoor nicht.

»Es gab keinen Grund dafür«, erwiderte der Kommissar. »Keine Leiche, kein Anzeichen für einen Mord. Nichts.«

»Aber ihr Sohn ist doch wirklich verschwunden?«

»Kommt darauf an, was Sie unter ›verschwunden‹ verstehen. Wenn Sie damit meinen, ob er immer noch irgendwo in Seattle ist, lautet die Antwort nein. Und sollte er wirklich noch hier sein, gibt es zumindest kein Lebenszeichen von ihm. Andererseits hat das nicht viel zu bedeuten. Der Junge war achtzehn, als er verschwand. Das heißt, er könnte einfach abgehauen sein, und das geht die Polizei nun wirklich nichts an. Erwachsene haben bei uns eben das Recht, zu tun und zu lassen, was sie wollen, und das müssen sie auch nicht mal ihrer Mutter erzählen.«

»Also hat die Polizei nichts unternommen?« fragte Anne und verfiel in jenen geübten Tonfall der Journalisten, der eine einfache Frage wie eine Anklage klingen ließ.

Blakemoor hob abwehrend die Hände. »Was hätten wir denn tun sollen? Der Junge ging auf dieselbe Universität, in der Kraven lehrte. Na und? Er hat sich niemals etwas aus Studenten gemacht. Mir schien sogar, er ist ihnen im allgemeinen eher aus dem Weg gegangen. Und es hatte sich herausgestellt, daß Danny Harrar einer seiner Studenten gewesen ist – das allein schloß ihn meiner Meinung nach als Täter aus. Typisch für ihn war doch, daß er es nur auf Fremde abgesehen hatte.«

»Typisch war für ihn, daß überhaupt nichts typisch für ihn war«, wandte Anne skeptisch ein. »Das heißt, wenn er sich an einen Studenten herangemacht hätte, hätte das gut zu ihm gepaßt. Erzählen Sie mir etwas über seine Mutter.«

»Eine Trinkerin«, seufzte Blakemoor. »Und nach allem was ich weiß, ist sie schon immer eine gewesen. Vielleicht ist der Junge deshalb auch abgehauen.« In knappen Worten skizzierte er Sheila Harrars Werdegang, ihren gesellschaftlichen Abstieg, alles, was er in einer Befragung von wenigen Minuten erfahren hatte. Dann zog er sein Notizbuch heraus, schrieb eine Adresse auf ein Blatt und reichte es Anne. Als sie die Seite entgegennahm, berührten sich ihre Finger, und Mark lief sofort rot an. »Tut mir leid, daß es so lange gedauert hat«, murmelte er, offenbar verwirrt über seine Reaktion.

»Ich hatte es schon fast vergessen«, gab Anne zu, steckte den Zettel in die Tasche und ließ sich dabei absichtlich soviel Zeit, daß Mark wieder zu sich finden konnte. Während des restlichen Zusammenseins waren beide übertrieben darauf bedacht, ihre Hände so weit wie möglich voneinander entfernt zu halten und der Unterhaltung keine persönliche Note zu geben. Und obwohl es immer noch regnete, als sie eine Stunde später das Restaurant verließen, schlug keiner von beiden vor, sich ein Taxi zu teilen. Mark drehte sich um und eilte in die eine, Anne genauso schnell in die andere Richtung. Ein kurzer Flirt war eine Sache, sagte sie sich, während sie nach einem Taxi Ausschau hielt – von jetzt an aber galt es, diese Beziehung auf rein beruflicher Ebene zu halten. Wenn sie das nächste Mal etwas über die Kraven-Akten wissen wollte, würde sie sich an Lois Ackerly wenden.

Allerdings würde die ihr mit Sicherheit einen Korb geben...

Egal, dann würde sie eben alles selbst machen. Das letzte jedenfalls, was sie jetzt brauchen konnte, war ein Polizist, der in sie verschossen war.

Schmeichelhaft war es allerdings trotzdem...

27. Kapitel

Das erste, was Glen nach dem Aufwachen spürte, war die Kälte. Es war aber nicht diese markerschütternde Kälte, die der Nordwind mit sich brachte, wenn er Seattle im Winter mitunter regelrecht einfror; es war eine klamme Kälte, die man dann spürte, wenn man nachts zu lange die Decken von sich gestreift hatte. Allerdings lag er weder im Bett, noch war es Nacht.

Als sich sein Verstand allmählich klärte, bemerkte er, daß er nackt auf dem Badezimmerboden lag. Zuerst war er verwirrt, dann erinnerte er sich nach und nach an das, was geschehen war. Und mit der Erinnerung kam auch die Angst.

Er lag still da, versuchte einzuschätzen, wie er sich fühlte, versuchte herauszubekommen, ob es ungefährlich war, sich zu bewegen. Hatte er einen neuen Herzinfarkt gehabt? Er versuchte, sich daran zu erinnern, wie er sich gefühlt hatte, als er vor zwei Wochen im Krankenhaus aufgewacht war. Hatte seine Brust geschmerzt? Er wußte es nicht mehr.

Das machte aber nichts, denn seine Brust tat jetzt ohnehin nicht weh. Er konzentrierte sich auf seine Atmung und preßte seine Hand auf das Herz. Sowohl seine Atmung wie auch sein Herzschlag schienen normal zu sein.

Dann erinnerte er sich an sein Gefühl, nicht allein im Haus gewesen zu sein. Das Gefühl war stärker geworden, als er die Dusche verlassen hatte. Beim Rasieren hatte er gespürt, daß etwas oder jemand mit ihm zusammen im Badezimmer war. Er hatte sich umdrehen wollen, als...

War er etwa niedergeschlagen worden?

Er setzte sich auf und rieb sich Kopf und Nacken. Sein Nacken war etwas steif, doch das konnte vom Liegen auf dem Boden sein.

Wie lange hatte er hier gelegen?

Er klammerte sich am Waschbecken fest und zog sich hoch.

Im Becken lag sein Rasierapparat, dort, wo er ihn fallengelassen hatte. Er ging vom Badezimmer zu seinem Schlafzimmerschrank. Auf dem Weg dorthin fiel sein Blick auf den Radiowecker neben seinem Bett.

Vierzehn Uhr? Sollte er fünf Stunden lang bewußtlos gewesen sein? Er blickte auf den Wecker neben Annes Bett, der zeigte dieselbe Zeit an.

Die Furcht, die gleich nachgelassen hatte, als er sicher war, keinen Herzinfarkt gehabt zu haben, kam plötzlich wieder. Er ging zum Schrank, fand seine Brieftasche und kramte die Karte mit Gordon Farbers Telefonnummer heraus. Er setzte sich auf die Bettkante und wählte, doch seine Hand zitterte jetzt so sehr, daß er es erst beim dritten Versuch schaffte, die Nummer zu Ende zu wählen. »Hier spricht Glen Jeffers«, sagte er, als sich jemand im Büro des Herzspezialisten meldete. »Ich muß heute unbedingt zu Ihnen kommen, und zwar am besten gleich.«

»Gleichgültig, was Ihnen zugestoßen ist: jetzt sind Sie jedenfalls wieder in Ordnung.«

Es war inzwischen fast eine Stunde vergangen, und Glen war nicht sicher, ob Gordy Farbers Worte gute oder schlechte Neuigkeiten bedeuteten. Man hatte ihm den Puls gefühlt, den Blutdruck gemessen und ein EKG gemacht. Und weil jeder Test normale Ergebnisse zeigte, hatte sich seine Furcht ein wenig gelegt. Aber er hatte nach wie vor keine Ahnung, was dazu geführt hatte, daß er sich bewußtlos auf dem Badezimmerboden wiedergefunden hatte. »Was ist bloß passiert?« fragte er. »Bin ich in Ohnmacht gefallen, oder hat mich jemand niedergeschlagen?«

»Haben Sie Anzeichen dafür gefunden, daß jemand im Haus war?« entgegnete Farber.

Glen errötete. »Ich hab nicht nachgeschaut. Mir war es wichtiger, gleich hierher zu kommen.«

»Jedenfalls haben Sie keinen Schlag auf den Kopf bekommen«, versicherte der Arzt. »In dem Fall hätten Sie mindestens eine Beule, vielleicht sogar eine Gehirnerschütterung.«

»Dann bin ich einfach nur ausgerutscht?«

»Das habe ich nicht gesagt. Jemand, der weiß, wie das geht, kann Sie ohne weiteres niederschlagen, wenn er nur die richtigen Nerven trifft. Aber Sie sagen ja, Sie hätten niemanden gesehen.«

»Alles war voller Dampf. Ich hab mich ja selbst kaum gesehen.«

»Haben Sie gehört, daß jemand die Tür geöffnet hat?«

Glen schüttelte den Kopf. »Aber sie war ja auch gar nicht geschlossen.«

Farber zuckte die Schultern. »Gut, wenn Sie meine Meinung hören wollen: Sie sind ausgerutscht. Was mich offen gestanden überhaupt nicht wundert. Sie haben zwei Wochen lang im Bett gelegen, Sie erholen sich noch von einem schweren Herzinfarkt, und Sie waren unter einer sehr heißen Dusche. Zählt man alles zusammen, ist es keine Überraschung, daß so etwas passieren konnte.«

»Aber fünf Stunden lang?« drängte Glen.

Farber hob den Kopf. »Wollen Sie, daß ich Sie wieder ins Krankenhaus einweise? Wenn Sie wirklich so besorgt sind, kann ich noch weitere Tests anordnen.«

»Aber Sie haben doch gesagt, ich sei völlig in Ordnung.«

»Eine Ansicht, die Sie offenbar nicht teilen«, bemerkte Farber. »Ich glaube, daß Sie aufgrund der Hitze in der Dusche ohnmächtig geworden sind, ein langes Nickerchen gemacht haben und auf dem Boden aufgewacht sind. Es war richtig, daß Sie bei mir angerufen haben und hergekommen sind, denn jetzt kann ich Ihnen mit Sicherheit sagen, daß nichts Ernstes vorliegt. Alles, was ich Ihnen noch anbieten kann, ist, sich noch einmal für ein paar Tage ins Krankenhaus zu legen.«

Glen erinnerte sich an das Zimmer mit all den Geräten, das furchtbare Essen und die Schwestern, die ständig seine Temperatur maßen und ihn mit Pillen versorgten. Dagegen erschien ihm ein Schlaf auf dem Badezimmerboden noch vergleichsweise harmlos. »Reden wir nicht mehr darüber. Wenn Sie sagen, es ist alles okay, dann bin ich damit auch zufrieden.« Kurz bevor er das Büro des Arztes verließ, fiel ihm aber noch etwas anderes ein. »Tun Sie mir bitte einen Gefallen, Gordy. Die Sache sollte unter uns bleiben. Anne würde nur einen gehörigen Schrecken bekommen, und wenn mir nichts fehlt, braucht sie auch nichts davon zu erfahren. Einverstanden?«

»Alles klar. Und jetzt gehen Sie, machen Sie sich keine Sorgen mehr. Tun Sie etwas völlig Nutzloses.«

»Was zum Beispiel?« Glen fragte sich, was ein Herzspezialist wohl unter etwas ›völlig Nutzlosem‹ verstand.

Farber überlegte eine Sekunde. »Ach, kaufen Sie sich einfach eine Zeitung und etwas zum Trinken. Dann setzen Sie sich auf eine Bank, lesen und schauen den Passanten zu. Wir sehen uns dann in einigen Tagen wieder.«

Glen verließ das Krankenhaus, stieg in seinen Wagen und wollte schon nach Hause fahren, als er seine Meinung änderte. Warum sollte er nicht den Rat seines Arztes befolgen? Er verwarf die Idee, direkt heimzufahren und steuerte Richtung Broadway zu dem großen Ziegelgebäude, in dem der Markt war.

Früher hatte sich in diesem Bau nur Fred Meyers riesiges Kaufhaus befunden, in dem von Lebensmitteln bis zu Arzneien alles Mögliche verkauft wurde. Jahrzehntelang hatte es stets die gleiche mittelständische Kundschaft, die in den fünfziger Jahren in Capitol Hill lebte, versorgt. Aber während der zweiten Hälfte des Jahrhunderts hatte Capitol Hill einen Wandel erfahren. Mit dem Mittelstand war es beständig bergab gegangen, und nachdem viele Familien auf die gegenüberliegende Seite des Sees nach Bellevue umzogen, waren die großen, alten Häuser nach und nach in immer kleinere Wohnungen aufgegliedert worden. Der Niedergang der Umgegend hatte schließlich auch zu dem des Ladenviertels am Broadway geführt. Anfang der siebziger Jahre war dann auch ziemlich wenig davon übriggeblieben.

Doch danach begann sich ein Wandel zu vollziehen. Zuerst entdeckten die schrägen Vögel die billigen Wohnungen und Läden von Capitol Hill und ließen sich dort nieder. Als dann schließlich die Vorstädte östlich des Lake Washington wuchsen und immer unattraktiver wurden, begannen die Kinder der Familien, die zwanzig Jahre vorher nach Osten abgewandert waren, wieder in die Stadt zurückzuziehen. Daß damit die Umgebung lebendiger wurde, wirkte sich natürlich auch auf den Broadway aus. Einige Läden, in denen fast nur noch ältere Frauen eingekauft hatten, machten zu, und es ließen sich ausgesuchte kleine Restaurants und Boutiquen nieder, die alle den Neuankömmlingen etwas zu bieten hatten. Und auch Fred Meyer, der die Zeichen der Zeit erkannte, gestaltete sein Kaufhaus um. Das Innere wurde völlig umgebaut, die Fassade beibehalten. Es entstand ein neues Einkaufszentrum mit einem Theater, einer großen Tiefgarage und einigen Wohnungen für Leute, die gar nicht nahe genug am Trubel leben konnten. Der restliche Raum wurde an Unternehmer vermietet, die berufliche Träume und reichlich Geld besaßen. Zwangsläufig wurde der Markt am Broadway Mittelpunkt des plötzlich so geschäftigen Treibens.

Und an diesem Nachmittag, als Glen von Laden zu Laden schlenderte und sich schließlich setzte, um die Menschen zu beobachten, die sich hier in Massen drängelten, war er von all dem ungeheuer fasziniert.

Wie sehr ihn dieses Erlebnis in Bann gezogen hatte, wurde ihm erst richtig bewußt, als er nach Hause kam, den Fernseher anschaltete, und feststellte, daß schon die Lokalnachrichten liefen.

Hatte er wirklich fast zwei Stunden am Marktplatz gesessen? Ihm war es nicht einmal wie eine Stunde vorgekommen.

Er drehte den Fernseher ab und ging die Treppe hinauf. Obwohl er schon fünf Stunden mehr als sonst geschlafen hatte, verspürte er plötzlich das Bedürfnis nach etwas Schlaf.

Vielleicht war das aber auch nur der Wunsch, durch ein wenig Schlaf seinem seelischen Durcheinander für eine kurze Zeit zu entfliehen.

28. Kapitel

Am Nachmittag hatte sich Anne mit allerlei Kleinigkeiten herumgeschlagen, und das war genau das, was sie am meisten haßte. Zuerst fiel ihr ein, daß sie vergessen hatte, Mark Blakemoor beim Essen die wichtigste Frage zu stellen. Das war nur passiert, weil sie bemerkt hatte, daß die Gefühle des Kommissars für sie nicht nur rein beruflicher Natur waren. Anschließend hatte sie zwanzig Minuten mit ihrer Unschlüssigkeit vertan, denn sie hatte sich gefragt, was er wohl von ihr denken würde, wenn sie ihn so kurz nach ihrem Treffen wieder anriefe. Schließlich entschloß sie sich, den Anruf fürs erste aufzuschieben und beschäftigte sich mit anderen Dingen.

Nachdem es so schien, als habe der Regen für heute aufgehört, machte sie sich auf die Suche nach Sheila Harrar. Bei der Adresse, die Blakemoor ihr gegeben hatte, sagte man ihr: »Harrar wohnt im vierten Stock.« So ging sie in den vierten Stock, fand auch das Zimmer, aber keine Spur von Sheila Harrar.

Der Mann unten am Empfang des Hotels sah sie gelangweilt an, als Anne nach Sheila Harrar fragte. »Schauen Sie auf dem Pioneer Square nach. Dort hängen sie alle rum«, erklärte er. »Sie ist eine Indianerhure«, fügte er hinzu und rollte mit den Augen, als wolle er zu verstehen geben, daß damit alles über sie gesagt sei.

Anne erwiderte nichts, verließ das Hotel, ging zwei Blocks weiter zum Pioneer Square und hielt Ausschau nach jemandem, der Sheila Harrar sein könnte. Zu ihrer eigenen Überraschung fand sie Sheila schon beim zweiten Versuch. Obwohl die Frau ganz offensichtlich Trinkerin war, sah man ihr an, daß sie heute noch nichts getrunken hatte.

»Ich hab' heute morgen Ihren Artikel gelesen«, erklärte Sheila, die keine Überraschung zeigte, als Anne sich ihr vorstellte und sich neben sie auf die Bank setzte. »Deshalb habe ich auch bei Ihnen daheim angerufen.«

»Bei mir daheim?« Anne war verdutzt. Sie fragte sich, ob sie sich getäuscht hatte und Sheila doch betrunken war.

Sheila fragte verwundert: »Hat Ihnen Ihr Mann denn nichts davon erzählt? Haben Sie nicht deshalb nach mir gesucht?«

Anne schüttelte den Kopf, erzählte von der unverständlichen Nachricht auf dem Anrufbeantworter und wie sie sie schließlich doch noch aufgespürt hatte.

Als die Rede auf die Polizei kam, verdüsterte sich Sheilas Gesicht, und ihre Augen verengten sich mißtrauisch zu Schlitzen. »Für die Polizei gibt es keinen Grund, nach mir zu suchen. Ich habe nichts angestellt.«

»Die sucht Sie auch nicht«, versicherte ihr Anne rasch, als sie spürte, daß Sheila sich aus dem Staub machen wollte. »Der Kommissar ist ein Freund von mir und hat mir lediglich einen Gefallen getan.«

»Weil Sie weiß sind«, brummte Sheila.

»Wie bitte?«

Sheila blickte sie zynisch an. »Die haben Ihnen einen Gefallen getan, weil Sie weiß sind. Als ich wollte, daß sie nach Danny suchen sollten, haben sie nichts getan.«

Anne wußte, daß es keinen Sinn hatte, Mrs. Harrar zu erklären, wie viele Tips die Polizei zu den Kraven-Morden bekommen hatte, wie viele anonyme Anrufe eingegangen waren und wie viele Mütter die Polizei angerufen hatten, um zu erzählen, daß ihre Kinder von Richard Kraven ermordet worden waren. Es waren auch Berichte von Ehemännern, Ehefrauen, Freunden, Freundinnen, Geliebten, sogar von Kindern eingegangen, die sicher waren, Kraven habe ihre Eltern getötet.

»Warum glauben Sie, daß Richard Kraven Ihren Sohn ermordet hat?« fragte Anne statt dessen. Im schlechtesten Fall bekäme Sheila endlich Gelegenheit, ihre Geschichte loszuwerden; im besten Fall wußte sie tatsächlich etwas, das beweisen würde, daß Richard Kraven der Mörder war.

Sheila ging mit Anne in ihr Hotelzimmer, wo sie ein zerschlissenes Fotoalbum hervorholte – eines der letzten Dinge, die sie aus besseren Tagen besaß. Im Album klebten vergilbte Bilder von ihr als Mädchen und welche von ihrem früheren Mann. Zum Schluß kamen die Fotos von Danny, allesamt mit Fingerabdrücken verschmiert. Die rührten von den vielen Malen, wenn sie wieder einmal zu tief in die Flasche geschaut, spät nachts das Album durchgeblättert und Dannys Bild zärtlich gestreichelt hatte.

Was Anne sah, war ein hübscher Junge, immer gut angezogen, wenn auch seine Kleidung etwas abgetragen wirkte. Sein Haar war stets gekämmt, seine Lippen lächelten und seine Augen funkelten.

Sogar auf den Fotos konnte Anne erkennen, daß der Junge intelligent gewesen sein mußte. Und er sah auch nicht aus wie einer, der in Drogengeschäfte verwickelt ist oder einfach abhaut. In der Tat konnte man auf den wenigen Fotos, die Sheila und Danny zusammen zeigten, erkennen, daß seine Mutter vor Dannys Verschwinden eine andere gewesen war. Zwar schienen sie nicht viel Geld besessen zu haben, doch das änderte nichts an der Tatsache, daß aus den Fotos eines ganz deutlich hervorging: sie zeigten eine zärtliche Mutter und ihren geliebten Sohn.

Allein schon diese Schnappschüsse überzeugten Anne, daß Danny Harrar nie und nimmer von zu Hause weggelaufen war.

»Was können Sie mir sagen?« fragte sie. »Was geschah am letzten Tag, als Sie Danny sahen?«

»Er ging angeln. Zusammen mit Richard Kraven.«

Angeln.

Das war eine von Kravens Leidenschaften gewesen. Er hatte ein Wohnmobil besessen, mit dem er oft in die Berge gefahren war. Er hatte selbst zugegeben, daß er es liebte, einen Tag in der Abgeschiedenheit zu verbringen und in den tosenden Bächen Forellen zu fischen. Anne war bekannt, wie gründlich das Wohnmobil durchsucht worden war. Nach der Verhaftung Kravens in Connecticut hatte die Polizei von Seattle es beschlagnahmt und auf der Suche nach Beweisen fast in alle Einzelteile zerlegt.

Von den Opfern hatte man indes keine Spur entdeckt. Die paar Haare und Fusseln, die gefunden worden waren, hatten zu niemandem gepaßt. Kraven hatte entweder Glück gehabt, oder er war ein absoluter Perfektionist gewesen.

Oder unschuldig?

»Hat die Polizei Kraven jemals nach ihrem Sohn befragt?«

Sheila preßte ihre Lippen zusammen. »Soweit ich mich erinnere, nicht. Die haben nur gesagt, Danny sei weggerannt.«

»Erzählen Sie mir von ihm«, bat Anne.

Sheila redete fast den ganzen Nachmittag, und Anne hörte zu. Sie erfuhr die Geschichte eines ehrgeizigen Jungen, der entschlossen war, es im Leben zu etwas zu bringen und für die Rechte seines Volkes einzustehen.

Und eines Morgens war er früh aufgestanden, hatte seine Angelrute genommen und auf Richard Kraven gewartet, und zwar an einer Straßenecke nahe der Universität, in der Kraven lehrte.

Seit damals hatte Sheila ihn nicht wiedergesehen.

Danach hatte sie dann Kraven angerufen. Der hatte ihr gesagt, daß er Danny kenne, daß er tatsächlich mit ihm angeln gehen wollte, aber daß der Junge nicht am verabredeten Treffpunkt gewesen sei.

Kraven hatte weiter erzählt, er habe ein paar Minuten gewartet, habe dann aber gedacht, daß Danny verschlafen habe. Deshalb sei er allein zum Fischen gefahren. Sheila Harrar hatte ihm das damals nicht geglaubt, und als später Annes Artikel im *Herald* erschienen waren, war sie sicher gewesen, daß Kraven Danny getötet hatte. Aber niemand hatte das jemals hören wollen, bis heute nicht.

»Ich weiß nicht, was ich Ihnen sagen soll...«, begann Anne, als Sheila ihre Geschichte beendet hatte. »Wie lange ist es her, seit Danny verschwand? Vier Jahre?« Sheila nickte traurig. »Wissen Sie noch, was er an diesem Tag anhatte?«

»Was er immer anhatte. Bluejeans, ein buntes Hemd, Tennisschuhe – nichts Feines. Danny wollte für solche Sachen kein Geld verplempern. Ja, und dann hatte er noch seine Angelrute und sein Messer dabei.«

»Sein Messer?«

»Ein Taschenmesser, das einen mit Türkisen besetzten Griff hatte«, erklärte Sheila. »Sein Vater hat es ihm geschenkt, und Danny trug es immer bei sich.«

Anne schaute sich in dem schäbigen Zimmer um. Es war alles, was Sheila übriggeblieben war. »Ich wünschte, ich könnte Ihnen sagen, daß Sie falsch liegen, was Danny betrifft«, meinte sie dann, wohl wissend, daß sie Sheila keine falsche Hoffnung machen durfte. »Aber ich vermute, daß Sie recht haben. Niemand ist je dahintergekommen, nach welchen Grundsätzen Kraven sich seine Opfer ausgesucht hat. Man hat nie ein Schema, einen gemeinsamen Nenner gefunden. Er schien es aufs Geratewohl zu tun, und ich vermute, so war es auch. Soviel man aber weiß, hat er niemanden umgebracht, den er schon kannte. Aber warum sollte er, wenn sich die Chance ergab, nicht auch jemanden ermordet haben, der ihm bekannt war? Tatsächlich würde das sogar noch die Behauptung stützen, daß er in kein Schema einzuordnen war.« Sie legte ihre Hand auf Sheilas. »Aber das wird Ihnen nicht helfen.«

Sheila schüttelte den Kopf und seufzte, doch dann umspielte ein schwaches Lächeln ihren Mund. »Sie haben zugehört. Das hilft. Niemand sonst hat mir je zugehört, die haben sich nicht mal darum gekümmert. Es tut mir gut, daß jetzt noch jemand anders weiß, was mit Danny geschehen ist.«

Sie wünschte, daß sie etwas für Sheila tun könnte, wußte aber auch, daß das ihre Möglichkeiten überschritt. Anne verließ das Hotel und ging wieder ins Büro zurück, wo sie sich an ihre Arbeit machte.

Zuerst rief sie Mark Blakemoor an und bekam eine Antwort auf die Frage, die sie beim Essen vergessen hatte zu stellen.

»Warum es keine Fortschritte im Fall Shawnelle Davis

gibt?« fragte er in einem verwunderten Ton, mit dem er durchblicken ließ, daß er mehr von ihr erwartet hätte. »Sie war eine Hure. Sie wissen doch, was los ist, wenn eine Hure ermordet wird: Niemand macht sich was daraus. Und wenn sich niemand was daraus macht, komme ich nicht weiter. Mir gefällt das zwar auch nicht, aber ich kann's nicht ändern.«

Und obwohl es auch ihr nicht gefiel, begriff sie. Es war ein gesellschaftliches Problem, nicht Blakemoors.

Sie jedoch machte sich sehr wohl Gedanken über den Mord an Shawnelle Davis. Obwohl einige spezielle Merkmale fehlten, die für Kravens Taten kennzeichnend waren, gab es doch augenfällige Ähnlichkeiten – ob es nun die Polizei zugeben wollte oder nicht. Vielleicht sollte sie noch einen Artikel schreiben, in dem sie der Sache weiter nachging. So konnte sie vielleicht ein wenig Druck auf das Polizeipräsidium ausüben.

Sie war schon beim Entwurf ihres Artikels, als ihr Telefon klingelte. Sie hob ab und hörte mit Erstaunen Joyce Cotrells Stimme.

Joyce wohnte im Haus unmittelbar neben ihnen und Anne hielt sie für nicht ganz normal.

»Ich habe den ganzen Nachmittag versucht, Sie zu erreichen«, sagte Joyce. »Und ich wollte Ihnen keine Nachricht hinterlassen, weil... Sie werden es verstehen, wenn ich es Ihnen erzähle.«

Anne hörte still zu und glaubte ihren Ohren nicht zu trauen, als Joyce Cotrell beschrieb, was sie heute morgen im Hinterhof gesehen hatte.

»Er war nur eine Sekunde dort, und er sah nicht einmal wie Glen aus! Aber wer sollte es sonst gewesen sein? Und das lag nicht nur daran, daß er nackt war!« schloß Joyce. »Es lag daran, wie er mich angesehen hat, Anne. Ich kann Ihnen nicht sagen, wie seltsam das war. Es war – also, ich weiß auch nicht... Sie wissen, daß ich Glen immer gemocht habe. Aber ich war einfach so erschrocken darüber, wie er mich angesehen hat.« Sie hielt einen Moment inne, dann wurde ihre Stimme zu einem Flüstern: »Anne, es *war* doch nur ein Herzinfarkt, oder? Ich meine... Wie soll ich sagen? Mit Glen stimmt doch sonst alles, oder?«

Obwohl sie Joyce versicherte, daß Glen wirklich nur einen Herzinfarkt hatte und nicht etwa heimlich in der Psychiatrischen Anstalt geweilt hatte, war sie weit beunruhigter, als sie sich das Joyce gegenüber anmerken ließ.

29. Kapitel

Das Haus war nicht mehr dasselbe wie früher. Als Anne es an diesem Nachmittag betrat, hätte sie aber nicht genau sagen können, warum. Ihr journalistischer Spürsinn sagte ihr, daß der plötzliche Schauder, der sie beim Aufschließen überkam, die Woge der Angst, die sie beim Gang durch den stillen Flur frösteln ließ, lächerlich war: Es war nicht das Haus, das sich verändert hatte, sondern sie fühlte sich so anders. Gestern, als Glen und sie sich geliebt hatten und es ihr vorgekommen war, als ob ein Fremder sie berührte, hatte alles angefangen.

Ein aufregender Fremder, zugegeben, aber ein Fremder. Es hatte sie beunruhigt, obwohl sie sich immer wieder versichert hatte, wenn hier überhaupt irgend etwas Seltsames vorginge, dann wohl in erster Linie in ihrem Verstand. Sie war besorgt über Glen gewesen, unsicher, ob sie sich lieben sollten, trotz der Worte von Gordy Farber. Aus diesem Grund hatte sie es um so mehr beunruhigt, daß Glen vor Energie förmlich zu strotzen schien.

Der Anruf von Joyce Cotrell hatte noch seinen Teil dazu beigetragen. Gleich nachdem sie den Hörer aufgelegt hatte, war ihr klargeworden, daß Joyce sich geirrt haben mußte, gleichgültig, was sie auch erzählt hatte.

Vorausgesetzt, sie *hatte* überhaupt etwas gesehen. Schließlich vermuteten sie und Glen schon seit Jahren, daß Joyce eine heimliche Trinkerin war, die allein in dem großen, alten Haus lebte, in dem ihre Eltern gestorben waren, und in einem dunklen Zimmer Gin trank. Sie hatten das zwar natürlich nur vermutet, doch wenn es stimmte, wäre das eine Erklärung für ihren seltsamen Anruf. Wahrscheinlich war überhaupt nichts passiert. Oder vielleicht hatte sie es auch ausnutzen wollen, daß Glen allein zu Hause war, war zu ihm gegangen, hatte sich eine Abfuhr geholt und dafür diese Rache ersonnen.

Trotzdem gerieten nun in dem etwas zu stillen Flur alle

ihre rationalen Erklärungen ins Wanken. *Etwas* hatte sich im Haus verändert.

»Hallo?« rief sie, »ist jemand hier?«

»Ich bin oben«, kam Heathers Stimme, durch die geschlossene Tür gedämpft, aus dem zweiten Stock.

Anne legte ihre Tasche auf den Tisch, lief die Treppe hoch und nahm dabei zwei Stufen gleichzeitig. Sie klopfte kurz an Heathers Tür und öffnete sie fast schon in dem Moment, als ihre Tochter antwortete.

Heather saß an ihrem Schreibtisch, vor sich ein offenes Mathematikbuch und einen zerkauten Stift in der Hand.

»Du hast mir doch versprochen, nicht mehr auf diesen Dingern rumzukauen.« Anne spielte automatisch die Mutterrolle, wußte aber, daß sie das nur tat, um für ein, zwei Minuten ihre Ängste zu vergessen.

»Ich versuch's ja«, stöhnte Heather. »Aber ich merk's gar nicht mehr. Es ist schwer, mit etwas aufzuhören, wenn man überhaupt nicht weiß, daß man's tut.«

»Ist mir klar. Aber du ruinierst dir damit die Zähne.« Sie öffnete das Fenster, um ein wenig frische Luft ins Zimmer zu lassen. »Wo ist dein Daddy?« Anne hoffte, daß die Frage ganz nebensächlich klang. Als Heather nicht aufblickte, wußte sie, daß es gelungen war.

»Ich glaube, er hat sich aufs Ohr gelegt. Die Zimmertür war zu, als ich heimgekommen bin, und ich hab gar nicht erst geklopft.« Ihr Blick fiel auf die Uhr auf ihrem Nachttisch. »Ist es wirklich schon sechs?«

»Allerdings. Ich werde lieber mal deinen Vater wecken. An das Abendessen hat wahrscheinlich noch niemand von euch gedacht, stimmt's?« Heather schüttelte den Kopf. »Und wo steckt Kevin?«

»Er hat gesagt, daß er zu Justin geht und versprochen, um halb sechs zurückzukommen.« Heather deutete den vorwurfsvollen Gesichtsausdruck ihrer Mutter richtig und stand auf. »Schon gut, ich ruf bei den Reynolds an und frage, wo er steckt. Soll ich auch Dino anrufen und eine Pizza bestellen? Dann hättest du keine Arbeit.«

Anne zögerte. Der Gedanke war verlockend, doch dann erinnerte sie sich an Gordy Farbers Warnungen, was Glens Diät betraf. Stand Pizza auf der Empfehlungsliste für Infarktpatienten? Irgendwie bezweifelte sie das. »Jetzt wecke ich erst mal deinen Vater, dann sehen wir weiter«, verschob Anne eine Entscheidung und dachte, daß es notfalls noch nicht zu spät war, um schnell noch um die Ecke zu gehen und etwas Gesundes einzukaufen. Wahrscheinlich, so dachte sie, würde es letzten Endes darauf hinauslaufen, daß sie statt dessen alle zusammen Essen gingen. Als Heather zum Telefonieren nach unten lief, ging Anne zum Schlafzimmer und blieb zögernd vor der Tür stehen.

Was erwartete sie?

Es war doch bloß *Glen*!

Auf einmal kam sie sich reichlich dumm vor, öffnete die Tür und ging hinein. Die Rollos waren heruntergelassen, und die Luft war stickig. Als sie die Nachttischlampe anknipste, wurde Glen sofort wach, setzte sich auf und schützte sich mit der Hand vor dem Licht. Für eine Sekunde – einen kurzen Augenblick – hatte Anne das unbestimmte Gefühl, in die Augen eines Fremden zu schauen. Doch dann klärte sich sein Blick, und er lächelte sie an – mit demselben Lächeln, das ihr seit Jahren vertraut war und das ihr immer das Gefühl vermittelt hatte, daß in ihrer Welt alles intakt war.

»Hallo!« begrüßte er sie. »Komm her und nimm mich in den Arm.«

Anne setzte sich auf den Bettrand, schlang ihre Arme um ihn, gab ihm einen Kuß und legte ihre Wange an seine Brust. »Du wirst nie erraten, wer mich heute im Büro angerufen hat«, sagte sie, auf einmal völlig sicher, daß Joyces verrückte Geschichte lediglich eine Ausgeburt ihrer Phantasie war. »Joyce Cottrell.«

»Joyce. Das meinst du doch nicht im Ernst. Was hat sie gewollt?«

Als Anne von der Unterhaltung mit ihrer Nachbarin erzählte, spürte sie, wie Glen sich verkrampfte. Alle Befürchtungen, die ihr sein Lächeln zuvor genommen hatte, stellten sich schlagartig wieder ein. Weder ihre Stimme noch ihre Mimik verrieten aber, was wirklich in ihrem Kopf herumspukte. »Klingt verrückt, was?«

»Vielleicht haben wir schon immer recht gehabt«, deutete Glen an, doch sein neckischer Ton konnte nicht darüber hinwegtäuschen, daß er mit seiner Antwort eine Spur zu lange gezögert hatte. »Wahrscheinlich hat sie tatsächlich all die Jahre getrunken.«

Anne stand auf, sah Glen in die Augen und forschte nun ganz unverhohlen nach dem Ausdruck, den sie vor einigen Minuten darin gesehen zu haben glaubte. »Dann ist also nichts passiert?«

»Wie denn?« Nach einer kurzen Umarmung, die Anne wie ein Ausweichen vorkam, stand er auf und ging ins Badezimmer.

Glens Gedanken überschlugen sich, als er sich auszudenken versuchte, was er auf Annes Frage antworten sollte. Er wollte sie nicht belügen, aber auch nicht beunruhigen. Falls er tatsächlich splitternackt über den Hinterhof gelaufen war, müßte er das doch wissen. Oder nicht...?

Doch das letzte, an das er sich erinnerte, war, daß er morgens im Badezimmer gewesen war, geduscht hatte, sich rasieren wollte und dann...

Das schwarze Loch an diesem Tag, in das er so völlig unvorbereitet gefallen war... Und danach war er bewußtlos geworden.

In ihm drehte sich alles. Wie kam er überhaupt dazu, Anne anzulügen? Warum sagte er nicht einfach, daß er sich an einen Teil des Tages nicht mehr erinnern konnte?

Die Antwort darauf fiel ihm im gleichen Moment ein: Weil sie darauf bestehen würde, daß er wieder ins Krankenhaus ginge, trotz allem, was Gordy Farber ihm gesagt hatte. Außerdem war ja überhaupt nichts passiert.

Oder doch? Was, wenn er wirklich hinausgegangen wäre und Joyce Cottrell ihn gesehen hatte? Warum um alles in der Welt hätte er so etwas tun sollen? Er hatte doch auf dem Badezimmerboden gelegen!

Er stellte fest, daß sein Rasierapparat noch immer im Waschbecken lag, wo er ihn morgens zurückgelassen hatte. Doch dann wurde ihm schlagartig bewußt, daß dies gar nicht sein Rasierer war – seiner war fünf Jahre alt und hatte Schrammen am Plastikgehäuse.

Der, den er jetzt anstarrte, war dagegen brandneu!

Wo konnte der her sein?

War er im Schlaf umhergewandelt? Sollte er tatsächlich ausgegangen sein und sich einen neuen Rasierer gekauft haben? Aber ganz bestimmt war er doch nicht nackt einkaufen gegangen! Man hätte ihn sofort ins Gefängnis gesteckt! Also mußte er sich angezogen haben und ausgegangen sein, um sich einen neuen Rasierapparat zu kaufen. Aber das war völliger Unsinn! Er war nackt gewesen, als er aufgewacht war!

Blankes Entsetzen überkam ihn. Er verlor seinen Verstand! Vielleicht sollte er Farber noch einmal anrufen. Aber ihm fehlte doch nichts, das hatte ihm zumindest der Arzt erklärt!

»Glen?«

Anne stand an der Tür. Er fühlte, daß sie ihn beobachtete, und der Spiegel reflektierte ihren sorgenvollen Blick. Er riß sich zusammen, nahm den funkelnagelneuen Rasierapparat und drehte sich um.

»Ich wette, Joyce hat schon jahrelang über mich phantasiert«, fing er an und dachte sich im gleichen Moment eine Geschichte aus. »Ich vermute, sie hat mich draußen gesehen, als ich den Rasierapparat weggeworfen habe, sich noch einen Gin genehmigt und mich in Gedanken ausgezogen. Der Wunsch ist ja oft Vater des Gedankens.«

»Dein Rasierapparat?« fragte Anne verwirrt. »Wovon sprichst du eigentlich?«

Jetzt gingen ihm die Worte leichter über die Lippen. »Er ist mir runtergefallen. Dann hab' ich ihn draußen in den Müll geworfen.« Er hielt den neuen Rasierer hoch. »Anschließend hab' ich mir einen neuen gekauft.«

»Splitternackt?« fragte Anne. »Du bist nackt zur Mülltonne gegangen? Und dann bist du ohne Kleider am Leib einkaufen gegangen?«

»Ich hatte einen Bademantel an«, behauptete Glen. Was zum Teufel war eigentlich los mit ihm? Warum brachte er sich in solche Schwierigkeiten? Und wenn sie nun rausginge und in der Mülltonne nachsah? »Draußen auf dem Hof habe ich den Bademantel angehabt. Bevor ich zu Freddy Meyer gegangen bin, habe ich mich natürlich richtig angezogen.« Wenigstens das stimmte. Er war ja angezogen gewesen, als er nachmittags zum Markt gegangen war. Als Anne ihn weiterhin anstarrte, als würde sie kein Wort von dem verstehen, was er sagte, zeigte er ihr den Apparat. »Schau doch! Er ist neu.«

Anne war völlig durcheinander. Schon als sie ihm von Joyces Anruf erzählt hatte, wußte sie sofort, daß etwas nicht stimmte. Und was sie jetzt hörte, klang sehr weit hergeholt! In all den Jahren, in denen sie mit Glen verheiratet war, hatte er schon viele Elektrorasierer verbraucht. Und sie wußte, was er dann mit ihnen tat: Er warf sie in den Mülleimer und nie direkt in die Mülltonnen im Hof!

Wortlos ging Anne die Treppen hinunter, die Hintertür hinaus und über den Hof zu den Müllcontainern. Sie hob den Deckel des ersten – und dort lag er: zwar in tausende Stücke zerbrochen, aber unverkennbar ein kaputter Elektrorasierer. So sah aber bestimmt kein Rasierapparat aus, der bloß auf den Boden gefallen war. Was war passiert?

Sie ging ins Haus zurück und als sie gerade die Küche betrat, hörte sie die aufgeregte Stimme ihres Sohnes.

»He, Daddy! Wo hast du die her? Ist die etwa für mich?«

Sie eilte durchs Eßzimmer in den Flur, wo Kevin mit einer Angelrute in der Hand stand. »Was hast du denn da?« fragte sie erstaunt.

Kevin grinste schelmisch. »Hab' ich unten im Keller gefunden, als ich meinen Trainingsanzug in die Wäsche gesteckt habe. Wo kommt die her?«

Anne betrachtete noch immer die Angelrute, als sich Glen aus dem oberen Stockwerk zu Wort meldete. »Ich hab sie gekauft«, rief er.

Anne drehte sich zu ihm um. Es lag irgend etwas Fremdes in seiner Stimme – so wie vorher, als er ihr die Geschichte von dem Rasierapparat erzählt hatte. »*Du* hast sie gekauft? Aber du...«

Glen stieg die Treppen hinab, fest entschlossen, sich Anne gegenüber seine Bestürzung nicht anmerken zu lassen. Blanke Panik überkam ihn, als er in seinem Gedächtnis kramte, woher die Angelrute bloß gekommen sein könnte. Aber er fand nichts – keinerlei Erinnerungen, weder an die Angel noch an den neuen Rasierer. Es wird mir schon wieder einfallen, redete er sich ein. Er zwang sich zu einem Grinsen, legte Anne den Arm um die Schulter und hielt sie fest. »Weißt du nicht mehr? Gordy Farber hat gesagt, ein Hobby würde mir gut tun. Also hab ich mir eins ausgesucht. Ich will Angeln gehen.«

Angeln. Das Wort hallte schauderhaft in Anne wider. Erst wenige Stunden zuvor hatte Sheila Harrar ihr erzählt, daß ihr Sohn verschwunden war, als er Angeln gehen wollte.

Angeln mit Richard Kraven.

Und jetzt kam Glen und sagte ihr, das sei sein neues Hobby. Natürlich war das nichts weiter als ein Zufall, doch es ließ sie dennoch schaudern. Vermutlich war es nur eine vorübergehende Laune, etwas, an dem Glen schon nach einer Woche das Interesse verlieren würde. Und wenn nicht, was dann? Trotz aller logischen Gegenargumente wußte sie nun, daß ihr erster Instinkt beim Betreten des Hauses sie nicht getrogen hatte.

Etwas im Haus hatte sich verändert.

Ihr *Mann* hatte sich verändert.

30. Kapitel

Joyce Cottrells Leben war nicht ganz so verlaufen, wie sie sich das vorgestellt hatte. Seit ihrem fünfzigsten Geburtstag hatte sie alle Hoffnungen auf eine Ehe und eine eigene Familie begraben. Ihre wenigen Verwandten waren alle verstorben. Ihr Telefon klingelte so gut wie nie, und sie unterhielt sich selten mit jemandem, außer mit den Kollegen, mit denen sie im Krankenhaus von Capitol Hill zusammenarbeitete. Ihre Eltern hatten ihr zwar das Haus überlassen, in dem sie aufgewachsen war, aber nicht genug Geld, um damit über die Runden zu kommen. Es war ihr nie in den Sinn gekommen, eine berufliche Laufbahn einzuschlagen. Sie war kurz verheiratet gewesen, doch als Jim Cottrell sie sechs Monate nach der Hochzeit verlassen hatte und sie zu ihren Eltern gezogen war, hatte sie nicht den Wunsch, einen Beruf zu ergreifen.

Sie war eigentlich nur zurück nach Hause gekommen, um etwas Unterstützung zu haben und die Scherben ihres Gefühlslebens zu kitten.

Jetzt, fast dreißig Jahre später, war sie immer noch damit beschäftigt.

Monatelang hatte sie damals aus Scham über das Scheitern ihrer Ehe das Haus nicht verlassen. Ihre Eltern, die ihr eine Zufluchtsstätte boten, waren schließlich gestorben. Joyces wenige Freunde hatten ihre ständigen Jammereien schon bald nicht mehr ertragen können und sie deshalb auch nicht mehr angerufen.

Aus den Jahren waren Jahrzehnte geworden, und obwohl sie sich schließlich einen Job in der Spätschicht an der Rezeption des Krankenhauses beschafft hatte, hatte sie sich langsam immer mehr zurückgezogen. Obgleich sie ihr Haus fast nur verließ, um zur Arbeit zu gehen, türmte sich in ihrem Haus kein Müll auf. Keine Farbe blätterte bei ihr von den Wänden ab, noch sahen die Möbel schäbig aus. Joyce hielt ihr

Haus peinlich sauber, strich jeden Raum, dessen Farbe verblaßte, umgehend neu, bestellte sich alles dazu Nötige aus Katalogen und ging erst dann einkaufen, wenn sie sich bis ins kleinste Detail überlegt hatte, wie das neue Zimmer dekoriert werden sollte.

Im Laufe der Jahre war sie Expertin geworden, wie man Farbe von altem Holz, Tapeten von altem Putz abschält und wie man die wunderschönen Innenbalken instandhält. Mit der Zeit zeigten die Zimmer des Hauses eine ungewöhnliche Mischung verschiedener Stilrichtungen. Alle spiegelten sie die Mode der Zeit wider, zu der sich Joyce entschlossen hatte, die Räume zu renovieren.

Allerdings hatte seit Jahren niemand das Innere des Hauses gesehen. Denn wann immer jemand aus der Nachbarschaft gefragt hatte, ob er sehen dürfe, wie es mit ihrer Arbeit voranging, hatte Joyce eingewandt, sie sei mit ihrer Arbeit noch nicht fertig. Und das war nicht einmal gelogen, weil mindestens eines der zehn Zimmer des Hauses sich immer im Stadium der Renovierung befand.

Joyce träumte aber unentwegt von der rauschenden Party, die sie geben wollte, wenn das Haus endlich fertig war. Es sollte eine Party werden zur Feier der vollständigen Renovierung und gleichzeitig ein Zeichen sein für ihr Wiedereintreten in das gesellschaftliche Leben. Sie verbrachte Stunden und Tage damit, sich auszumalen, wie sie als schöne, charmante Gastgeberin auftrat und die Türen ihres eleganten Heims für Massen von bewundernden Freunden öffnete.

Unglücklicherweise hatte Joyce für die Pflege ihrer Person nicht dasselbe Geschick wie für die des Hauses. Ihre Figur konnte gerade noch freundlich mit »füllig« umschrieben werden – ein Umstand, den sie so gut sie konnte verbarg, indem sie weite Kleider in leuchtenden Farben trug. Auch ihr Haar war, mit dreiundfünfzig, blonder als es noch ein halbes Jahrhundert vorher gewesen war. Joyces Geschmack in Sachen Make-up hatte sich seit ihrer Teenagerzeit nicht geändert. Sie benutzte immer noch denselben leuchtenden Lippenstift und Lidschatten – eine Orgie in Rot und Orange, Blau und Grün.

Das waren auch die Farben, die sie bei ihrer Kleidung wie bei der Innendekoration ihres Hauses bevorzugte.

Leute, die ihr gegenüber Nachsicht übten, hätten gesagt, sie sähe recht aufgetakelt aus.

Andere, die weniger wohlwollend waren, hätten gesagt, sie sähe wie ein leichtes Mädchen aus, das seine besten Jahre längst hinter sich hat.

Und genau das war es, was die Aufmerksamkeit des Mannes erregte.

Das und die Tatsache, daß sie gleich neben Anne Jeffers wohnte.

31. Kapitel

> Das Polizeipräsidium möchte weder bestätigen noch dementieren, daß man untersucht, ob Richard Kraven seine Taten eventuell nicht alleine verübt hat. Außerdem wurde nicht klar, ob man der Möglichkeit nachgeht, daß die neue Mordwelle nach seiner Hinrichtung auf das Konto eines möglichen Komplizen gehen könnte. Die Polizei weigert sich auch, Gerüchte zu bestätigen, nach denen die längst aufgelöste Sonderkommission, die die Morde von Green River untersucht hatte, wegen des Mordes an der Prostituierten Davis wieder eingesetzt werden soll. Nach dem jetzigen Stand der Dinge sieht die Polizei zwischen diesen Mordfällen und dem Mord von Capitol Hill keinen Zusammenhang, und sie glaubt auch nicht, daß er Auftakt einer neuen Mordserie sein könnte. In der Zwischenzeit...

Der Mann kochte vor Zorn, als er morgens Anne Jeffers Artikel in der Zeitung las. Zum einen stand er irgendwo im Mittelteil, obwohl er doch fraglos auf die Titelseite gehört hätte. Zum anderen handelte es sich immerhin um einen Mord, den *er* begangen hatte – und der war allemal so grausam gewesen wie die Morde von Richard Kraven.

War er etwa nicht auf dieselbe Weise vorgegangen?

Hatte er etwa nicht den Brustkasten der Frau aufgeschlitzt, ihr Herz und ihre Lungen herausgerissen?

Doch die Berichte über die anderen Morde waren auf der ersten Seite erschienen, während seiner fast unter »ferner liefen« behandelt wurde.

Und er wußte auch, weshalb. Es lag an dieser Reporterin, Anne Jeffers, die ihn offenbar nicht für bedeutend genug hielt. Deshalb hatte sie ihre Stories über Shawnelle Davis nicht dort plaziert, wo sie eigentlich hingehörten. Er regte sich mehr als eine Stunde darüber auf, und sein Zorn wuchs beständig.

Kurz vor neun kam ihm *die* Idee.

Er mußte Anne Jeffers' volle Aufmerksamkeit erregen.

Und er wußte genau, wie er das erreichen konnte. Zunächst mußte er ihre Adresse herausfinden – und wenn er das nächste Mal etwas getan hätte, würde er ihr ein kleines Souvenir hinterlassen.

Und zwar vor ihrer Haustür...

Er nahm das Telefonbuch zur Hand und blätterte darin, bis er die Seite fand. Er konnte es kaum glauben – dieses Miststück von Reporterin wohnte ganz in seiner Nähe!

Ohne sich überlegt zu haben, was er überhaupt tun wollte, machte er sich auf den Weg. Er verließ den Krankenhausbezirk mit seinen schäbigen Häusern und durchquerte den nächsten, der fast auch so heruntergekommen war. Es dauerte nicht lange, und er hatte die bessere Gegend erreicht, in der Anne und Glen Jeffers wohnten.

Er ging auf der gegenüberliegenden Straßenseite am Haus der Jeffers vorbei und sah verstohlen hinüber. Das Haus war groß, stand auf einem Hang und lag etwas vom Gehweg entfernt.

Und es hatte eine lange Veranda.

Sie war lang genug, um von der Straße aus etwas darauf werfen zu können, wenn er wollte. Er mußte nicht einmal riskieren, zu nahe an das Haus heranzugehen, wo er vielleicht Fußspuren oder sonst etwas, das ihn verraten könnte, hinterlassen hätte.

Der Mann ging noch zwei Straßen weiter, dann machte er sich auf den Rückweg nach Hause. Er ging nach wie vor auf der dem Haus der Jeffers gegenüberliegenden Straßenseite. Er befand sich fast in gleicher Höhe des Nachbarhauses, als dort jemand herauskam.

Es war eine Frau, die sich ihre Morgenzeitung holte. Der

Mann betrachtete sich ihr hochtoupiertes, blondes Haar, ihr grelles Make-up, ihr grüngelbes Kleid.

Sie sah billig aus.

Genau wie Shawnelle Davis.

Jetzt formte sich eine neue, noch bessere Idee in seinem Kopf.

Als die Frau einen Augenblick später wieder im Haus verschwand, blieb der Mann wie angewurzelt stehen und betrachtete sich das Haus ganz genau. Dann ging er um das Gebäude herum, um es sich von hinten anzuschauen.

Mehrmals ging er weiter weg, doch weil ihn das Nachbarhaus von Anne Jeffers wie magisch anzog, kam er immer wieder zurück.

Am Spätnachmittag kam die Frau wieder heraus. Er folgte ihr ins Krankenhaus bis zur Notaufnahme. Im Flur wartete er, bis sie ihren Platz hinter der Rezeption eingenommen hatte und ihr Namensschild in eine Halterung steckte: JOYCE COTTRELL.

Er prägte sich den Namen genau ein, ging dann durch mehrere Korridore des Krankenhauses, bis er am Haupteingang im neuen Flügel gegenüber der 16. Straße angelangt war. Er verließ das Gebäude, überquerte die Straße und war kurz darauf wieder zu Hause. Noch einmal nahm er sich das Telefonbuch vor.

Da stand ihr Name: Joyce Cottrell – und ihre Adresse war genau die neben Anne Jeffers' Haus.

Der Mann wählte die Nummer, ließ es zwanzigmal klingeln und hängte auf.

Den restlichen Nachmittag und den ganzen Abend lang wählte er immer wieder diese Nummer, erhielt aber nie eine Antwort. Nach jedem Wählen wuchs seine Zuversicht. Als er um einundzwanzig Uhr dreißig seine Wohnung verließ und zum zweiten Mal an diesem Tag einige Blocks weiterging, wußte er, was er dort finden würde.

Ein dunkles, völlig leeres Haus.

Aber als er dort ankam, war das Haus keineswegs dunkel. In zwei der unteren und in einem der oberen Räume brannte Licht. Der Mann trödelte auf dem Gehsteig der anderen Straßenseite herum und beobachtete das Haus. Um genau zweiundzwanzig Uhr gingen die drei Lichter aus, dafür wurde es im Obergeschoß hell. Alles geschah gleichzeitig.

Der Mann lächelte. Entweder hatten drei Leute gleichzeitig das Licht ausgeschaltet, oder aber die Beleuchtung war mit einem Zeitschalter gekoppelt. Der Mann ging rasch über den Volunteer Park, wo er ein Münztelefon fand. Er wählte Joyce Cottrells Nummer ein letztes Mal.

Wie zuvor klingelte das Telefon, doch niemand nahm ab.

Joyce Cottrell lebte also allein.

Er ging zu dem leeren Haus zurück und suchte nach einer Möglichkeit, wie er hineingelangen könnte.

Es dauerte keine Minute, dann hatte er sie gefunden.

Joyce Cottrell hatte den Zweitschlüssel nie aus dem Versteck entfernt, wo ihre Mutter ihn stets hinterlassen hatte: unter der Fußmatte an der hinteren Veranda. Das war genau dieselbe Stelle wie bei seiner Mutter und Hunderttausenden anderer Mütter.

Dem Mann gefiel Joyce Cottrells Haus. Es war das größte, in dem er je gewesen war – sein ganzes Appartement hätte allein im Wohnzimmer Platz gehabt –, und es sah innen überhaupt nicht so aus, wie er es sich vorgestellt hatte. Das Appartement von Shawnelle Davis hatte genauso ausgesehen, wie man es von einer Nutte erwartet – die Möbel waren ebenso billig wie Shawnelle selbst. Aber Joyce Cottrell besaß hübsches Mobiliar, und alles sah so sauber und gepflegt aus.

Der Mann schlich langsam im Haus herum, schaute sich alles genau an, berührte aber nur einen einzigen Gegenstand. Die Zeit verging, und bald mußte Joyce Cottrell von der Arbeit nach Hause kommen. Er ging ins Schlafzimmer und versteckte sich in ihrem Kleiderschrank. Dort stieg ihm der Geruch von Duftkissen in die Nase. Die Süße des Lavendels löste bei ihm sofort eine Erinnerung an seine Kindheit aus.

Im Kleiderschrank seiner Mutter hatte es genauso gerochen.

Er sog den Duft tief ein und fühlte sich umgehend an einen

längst vergangenen Tag zurückversetzt, als er sich verkleiden wollte, Mutters Schuhe aus dem Schrank geholt hatte und auf den hohen Absätzen nur mit Mühe das Gleichgewicht halten konnte.

Sie hatte ihn dabei erwischt und ihm eine Tracht Prügel verpaßt, obwohl er so vorsichtig gewesen war, keines ihrer Kleider zu berühren oder die Schuhe zu beschädigen.

Es wurde ihm verboten, jemals wieder das Zimmer seiner Mutter zu betreten; er wurde aus dem Schlafzimmer seiner Mutter genauso ausgesperrt wie aus ihrer ganzen Welt.

Als er jetzt Joyce Cottrells Schritte hörte, die sich dem zweiten Stock näherten, pochte es in seinen Schläfen vor Wut.

Er preßte sein Auge an den Türspalt, den er offengelassen hatte und sah, wie sich Joyce auszog. Sein Zorn wurde von Sekunde zu Sekunde heftiger.

Mit der einen Hand packte er das Messer, das er aus der Küche mitgebracht hatte; mit der anderen strich er sich unbewußt über sein steifes Glied.

Als Joyce sich bis auf die Unterwäsche entkleidet hatte und zum Schrank ging, um ihr Kleid aufzuhängen, war er bereit.

Am Tag hatte Joyce Cottrell im Hinterhof nebenan einen nackten Mann gesehen.

In der Nacht wartete ein bekleideter Mann in ihrem Schlafzimmerschrank auf sie.

Der im Hinterhof hatte einen kaputten Rasierapparat in der Hand gehabt; der im Schrank umklammerte ein Messer.

Doch alles, was Joyce sah, als sie ihren Schrank öffnete, war ein schimmerndes Licht, das von der langen Klinge reflektiert wurde, und ein Augenpaar, das voll aufgestauter Wut gefährlich funkelte.

»Liebe mich!« stieß der Mann aus, als das Messer Joyce Cottrells Brust tief aufschlitzte. »Mach schon, liebe mich!«

Joyce war tot, bevor diese Worte in ihr Bewußtsein drangen, und sie fiel auf den Boden des Schlafzimmers wie ein Ball, aus dem Luft entwichen war.

Von nun an lebte der Mann ganz in seiner Phantasiewelt, sah statt dem Gesicht von Joyce nur noch das seiner Mutter vor sich und machte sich ans Werk. Als er Joyce Cottrells Brustkorb öffnete und an ihrem Herzen zerrte, steigerte er sich weiter in seinen Zorn hinein. Er sprach, während er arbeitete, sagte all jene Dinge zu Joyce Cottrell, die er seiner Mutter nie zu sagen gewagt hätte.

Schließlich gab er seinem sexuellen Drang nach, zog sich die Hosen runter und stieg auf ihren Körper. Er konnte kaum einen Aufschrei der Ekstase unterdrücken, als er zum ersten Mal in seinem Leben sexuelle Erfüllung erlebte.

32. Kapitel

Die Augen des Experimentators bohrten sich in die Dunkelheit.

Die Nacht war still, dennoch hatte ihn etwas geweckt. Anders als die meisten Menschen konnte der Experimentator seine Augen gegen die Welt außerhalb verschließen, sich in sich selbst zurückziehen, um ungestört ruhen zu können.

Aber heute nacht hatte ihn irgendein äußerer Einfluß wachgerüttelt, etwas, über das er keine Kontrolle besaß. Mit völliger Geräuschlosigkeit untersuchte er das obere Stockwerk, aber alles, was er hören konnte, war das langsame, beständige Atmen einer friedlich schlafenden Familie, die sich, was seine Gegenwart betraf, in seliger Ahnungslosigkeit befand. Auf der obersten Treppe hielt er inne, nicht aus Unentschlossenheit, sondern um mit seinen hochgradig aktivierten Sinnen Informationen aufzunehmen.

Was ihn geweckt hatte war nicht im Haus, denn außer dem normalen Knarren und Stöhnen des alten Holzbaus war alles ruhig. Es erfüllte ihn mit Zufriedenheit, daß sich das, was ihn wohl in seiner Ruhe gestört hatte, außerhalb der schützenden Mauer befand. Er schlich die Treppen hinunter und durch die Zimmer des unteren Stockwerks. Er schaute aus den Fenstern auf die Lichter der nächtlichen Stadt und suchte nach ... etwas. Falls er es sah oder auch nur spürte, würde er es sofort erkennen. Aber draußen war alles still, nichts bewegte sich; er fühlte nichts, was in der Dunkelheit hätte lauern können.

Trotzdem hatte ihn etwas geweckt. Er wollte nicht eher wieder ruhen, bevor er herausbekommen hatte, was es gewesen war.

Er ging in die Küche, dann hinaus auf die hintere Veranda. Die Nachtluft kühlte seine Haut ab; unfreiwillige Erinnerungen an Zeiten, in denen er nackt in der Kälte der Nacht gestanden war, wurden in ihm wach.

Das waren jene Nächte gewesen, in denen nach der Beendigung eines Experiments noch die zerstörten Reste seiner Versuchsobjekte beseitigt werden mußten. Dann hatte er sein Labor verlassen und war in die erfrischende Kühle der Nacht hinausgegangen – manchmal um seiner Frustration über das Scheitern in einem Wutgeheul Luft zu verschaffen; manchmal um sich einfach im Fluß zu waschen, bevor er mit der langweiligen, aber unbedingt nötigen Aufräumarbeit begann.

Manchmal aber stand er einfach nur nackt unter der Ewigkeit der über ihm funkelnden Sterne und fühlte sich wie ein neugeborenes Kind des Universums, wobei seine Haut von dem Blut glänzte, das erst wenige Momente vorher aus dem Herzen seines letzten Objekts gesprudelt war. In solchen Nächten sog er gierig die kalte Nachtluft ein, inhalierte dabei so viel des lebenserhaltenden Sauerstoffs, daß er damit nicht nur sich selbst, sondern auch den zerschundenen Körper, der noch in seinem Wohnmobil lag, nähren konnte. Aber bereits beim Füllen seiner Lungen wußte er genau, daß Sauerstoff allein nicht genügte. Ohne den Funken, ohne den schwarzen, unsichtbaren Blitz, der von irgendwo tief im Körper selbst ausstrahlte, würde keine auch noch so große Sauerstoffmenge, die man in die Lunge des Objekts zurückpumpte, ausreichen, um den Körper wieder zum Leben zu erwecken. Dann überkam ihn stets große Hoffnungslosigkeit, wenn die Kälte der Nacht, die sich kurz zuvor noch wie die Umarmung einer Geliebten angefühlt hatte, sich in einen dunklen Schleier verwandelte, in dem sich ein unsichtbarer Feind verbarg.

Heute nacht aber war die Dunkelheit weder Freund noch Feind; heute war sie ein Rätsel, das es zu ergründen galt.

Er stand still und wartete.

Er spürte die Nacht mit all seinen Sinnen und suchte nach einem Hinweis auf das, was ihn geweckt hatte. Dann vernahm er zwischen dem ständigen Dröhnen des Verkehrs, dem Summen der Insekten und dem Quaken der Frösche ein neues Geräusch.

Das Drücken einer Türklinke.

Dann quietschte eine Türangel.

Wieder wurde eine Klinke gedrückt.

Dann das leise Klappern einer Fliegengittertür, die gegen einen Holzrahmen stieß.

Das Nachbarhaus.

Obwohl kein Licht anging, kam jemand aus dem Nachbarhaus.

Der Experimentator stand bewegungslos da; die Geduld des Wissenschaftlers kam ihm jetzt zugute. Er brauchte nichts zu tun, sondern nur abzuwarten, versteckt im dunklen Schatten der Veranda. Bald würde sich die Ursache seiner Störung offenbaren.

Er mußte nicht lange warten, denn da hörte er auch schon den schweren Schritt dickbesohlter Schuhe auf Holzstufen, die zögernd den Weg durch die Dunkelheit ertasteten. Der Experimentator kombinierte logisch. Wer immer die Stufen herabstieg, er kannte ihn nicht.

Also war es ein Fremder, der nicht dorthin gehörte.

Vielleicht hatte ihn das Geräusch von jemandem geweckt, der sich Zugang in das Nachbarhaus verschafft hatte. Aus langer Erfahrung wußte er, daß es möglich war, bei Lärm schlafen zu können, wenn es sich dabei um vertraute Geräusche handelte, während dagegen ein unbekannter Laut einen wachsamen Geist sofort aus dem Schlaf zu wecken vermochte. Und er hatte zeit seines Lebens einen wachsamen Geist besessen. Obgleich er sich nach wie vor nicht rührte, war jetzt sein Interesse erregt. Er verharrte weiter im Schatten und wartete darauf, daß sich der Eindringling zeigen würde.

Es erschien eine dunkle Gestalt, die eine Last trug. Zuerst war sie eine graue, gestaltlose Masse, die in der Dunkelheit kaum zu erkennen war. Doch als sich die Gestalt vom Haus entfernte, kam sie dem trüben Licht näher, das über einem engen Flur leuchtete. Im Niemandsland zwischen zwei Hinterhöfen wurde der Störenfried sichtbar.

Es war ein Mann. Die Last, die er trug, war für den Beobachter in der Dunkelheit sofort zu erkennen.

Ein Körper.

Es war ein unverhüllter menschlicher Körper, aus dem das Blut auf den Boden tropfte.

Als der Mann mit seiner Last noch näher zum Licht kam, spannte sich jeder Muskel des Experimentators.

Der Körper war nackt – er hatte seine Opfer ja auch immer entkleidet.

Der Brustkorbs war zwar geöffnet worden, aber der Chirurg hatte nicht gut gearbeitet. Die Brusthöhle schien unbeholfen aufgehackt worden zu sein. Von seinem Standort aus konnte der Experimentator sehen, daß eine der beiden großen Brüste der Frau fast abgeschnitten war.

Aber der Mann, der die nackte Leiche trug, war vollständig bekleidet, und sogar in dem schlecht beleuchteten Flur konnte der Experimentator die Blutspritzer auf seinem Hemd und den Hosen erkennen.

Der Experimentator betrachtete die Szenerie voller Verachtung, aber sein Verstand arbeitete und begann langsam Zusammenhänge herzustellen.

Der Leichnam war nackt.

Die Brust war aufgeschnitten.

Und zwar auf sehr brutale Weise, was sogar für die Augen eines Laien erkennbar war. Im Vergleich zu seinen eigenen Experimenten war das jedenfalls Pfusch.

Heute hatte in der Zeitung ein Artikel über eine tote Prostituierte gestanden. Wie hieß sie doch noch? Shawnelle Sowieso... Den Artikel hatte die Frau geschrieben, die genau in diesem Haus wohnte und in diesem Moment oben schlief.

In ihrem Artikel hatte Anne Jeffers angedeutet, daß der Mord an Shawnelle eine Kopie seiner Arbeit gewesen sein könnte.

Die Polizei hatte das abgestritten.

Wenn die Polizei irrte, und wenn der Mann, der gerade das Resultat seiner Arbeit davonschleppte, die Aufmerksamkeit auf seine Taten hätte lenken wollen, warum klopfte er dann nicht gleich bei der Reporterin, die darüber berichtete? Weshalb legte er dann eine Spur aus Blut? Das gab keinen Sinn, oder war das eine unbewußte Handlung, um entlarvt zu werden?

Da fiel der trübe Lichtschimmer dem Mann voll aufs Gesicht, und der Experimentator erkannte ihn sofort.

Jetzt paßten die Puzzlestücke zusammen. Zornentbrannt ging der Experimentator ins Haus zurück.

33. Kapitel

Anne Jeffers hatte ein bleiernes Gefühl im Körper, als ob sie überhaupt nicht geschlafen hätte. Dennoch mußte sie geschlafen haben. Sie erinnerte sich nämlich deutlich daran, daß es zweiundzwanzig Uhr dreißig gewesen war, als sie das letzte Mal auf die Uhr geschaut hatte. Sie war aufgeregt gewesen und hatte sich Sorgen über Glen gemacht. Aber als sie im grauen Morgenlicht sein Gesicht betrachtete, schien alles mit ihm in Ordnung zu sein. Im Schlaf sah er genauso aus wie immer, das Gesicht rein und faltenlos, seine Lippen zu einem leichten Lächeln geformt, als ob er einen schönen Traum genießen würde. Als er sich dann bewegte und das Lächeln verschwand, stürmten alle Sorgen der vorigen Nacht wieder auf sie ein. Instinktiv erstarrte sie, als könne sie durch ihre bloße Regungslosigkeit sein Erwachen verhindern.

Wie konnte sie nur so etwas denken?

Schon von jeher – oder zumindest bis zu seinem Herzinfarkt – waren die frühen Morgenstunden Annes und Glens Lieblingszeiten gewesen. Sogar früher, als die Kinder zu klein gewesen waren, als daß man sie allein zu Hause lassen konnte und sie getrennt joggen gingen, hatten sie sich stets ein paar Minuten genommen, in denen sie ihre Zweisamkeit genossen. Als Glen im Krankenhaus gewesen war, war es genau diese morgendliche Zeit mit ihm gewesen, die sie am meisten vermißt hatte. Doch jetzt hatte sich alles verändert, auch wenn er endlich wieder zu Hause war.

Letzte Nacht hatte sie es sogar abgelehnt, daß er sie berührte.

Heute morgen, als sie spürte, daß er bald aufwachen würde, versuchte sie, den Gedanken zu verdrängen. Sie fühlte sich schuldig und schämte sich. Spontan beugte sie sich über ihn und gab ihm einen sanften Kuß auf die Lippen.

Sofort schloß sich Glens Arm um sie, zog sie näher, und

seine Lippen erwiderten den Kuß. Einen Sekundenbruchteil fühlte sie eine panische Angst, machte sich aber gleich klar, daß ihre Reaktion lächerlich war. Mein Gott, es war doch Glen! Trotzdem mußte sie sich zwingen, nicht wegzurücken, sich seiner Berührung nicht zu entziehen. Sie versuchte sich zu entspannen, und als er dann mit seiner Zunge zärtlich ihre Lippen leckte, ging sie auf ihn ein. Und als einen Moment später ihr Körper mit seinem verschmolz, fand sie keinen Grund mehr, sich dagegen zu stemmen. Als seine Finger unter ihr dünnes Nachthemd glitten, war seine Umarmung dieselbe wie immer: aufregend, aber gleichzeitig warm und vertraut. Dann schlang auch sie ihre Arme um ihn, drückte die Lippen auf seine, und ihre Körper vereinten sich in Leidenschaft und Zufriedenheit.

Glen liebte sie mit einer solchen Ungezwungenheit, die sie ebenso erregte wie beruhigte. Der Glen, den sie liebte, der, von dem sie noch wenige Stunden zuvor befürchtet hatte, daß er für immer verschwunden sein könnte, war wieder der alte. Danach kuschelte sie sich in seine Armbeuge, seufzte zufrieden und flüsterte: »Schön, daß ich dich wiederhabe.«

Glen schloß seine Arme fester um sie. »Was meinst du damit? Ich bin doch nicht erst seit heute morgen hier.«

Anne rollte sich aus seiner Umarmung, stützte sich auf ihren Ellbogen und sah ihm ins Gesicht. »Aber zum ersten Mal kommt es mir tatsächlich so vor.«

Glen stutzte, doch dann lächelte er. »Ich hab mich wohl ein bißchen komisch benommen, wie?«

»Ein bißchen? Du warst völlig von der Rolle!« Glens Lächeln erstarb, und Anne wünschte, sie hätte ihre Worte zurücknehmen können. Aber dafür war es schon zu spät. Die soeben noch verspürte Nähe, das Gefühl, alles käme wieder ins Reine, war schlagartig in weite Ferne gerückt. »Gut, das war vielleicht ein wenig zu hart ausgedrückt«, sagte sie schnell, um alles wieder zurechtzubiegen. »Aber du mußt zugeben, das ganze Zeug, das du gekauft hast...«

»Ich muß überhaupt nichts zugeben«, schnitt Glen ihr das Wort ab, setzte sich auf und schwang die Beine aus dem Bett.

»Ich tu' nur das, was mir der Arzt empfohlen hat. Alle Welt sagt, Angeln ist ein tolles Hobby, also dachte ich mir, probier's mal aus.«

»Okay«, gab Anne nach. Sie war nur allzu gerne bereit, das Thema zu beenden, wenn sie dadurch nur wieder die Stimmung zurückholen konnte, die kurz vorher geherrscht hatte. Aber die Gelegenheit war verpaßt; statt dessen stieg wieder dieselbe unbestimmte Angst wie gestern abend beim Nachhausekommen in ihr hoch. Es war dieses schreckliche Gefühl, daß irgend etwas vorging, das sie nicht einordnen konnte. Sie schlüpfte aus dem Bett, schnappte sich ihren Morgenmantel und verschwand im Ankleideraum, während Glen ins Badezimmer ging.

Er wusch sich das Gesicht, und sie schlüpfte in ihren Jogginganzug. Als sie auf dem Stuhl saß und die Schnürsenkel band, fühlte sie, daß er sie beobachtete. Sie blickte auf, doch seinem Gesichtsausdruck war nichts zu entnehmen. Auf seinen Vorschlag, gemeinsam zu joggen, schüttelte sie den Kopf. »Gordy hat gesagt, du sollst spazierengehen. Von Herumrennen war nicht die Rede.« Doch was sie wirklich damit meinte, war: *Ich geh lieber allein,* und sie konnte in seinen Augen lesen, daß er den Sinn der Worte genau begriffen hatte. »Du darfst dich nicht abhetzen, das weißt du doch«, fügte sie hinzu und gab ihm einen Kuß, um ihrer Ablehnung den Stachel zu nehmen. Seine mangelnde Erwiderung darauf zeigte ihr, daß ihr das nicht gelungen war. Einen Moment lang fragte sie sich sogar, ob sie ihn nicht doch zum Mitmachen auffordern sollte.

Aber sie wußte, was dann geschähe: sie würden schweigend nebeneinander herlaufen, eine Nähe vortäuschen, die momentan gar nicht vorhanden war. Anschließend würde sie sich große Sorgen über das machen, was geschehen war, so daß sie sich bei der Arbeit nicht würde konzentrieren können. Deshalb entschied sie, jetzt zu laufen und lieber am Abend noch einmal über alles zu reden. »Machst du mir einen Kaffee, bis ich zurück bin?« fragte Anne. Er nickte und sie eilte nach unten.

Boots wartete an der Vordertür mit der Leine im Maul. Er schaute sie so mitleidheischend an, als würde für ihn die Welt untergehen, wenn sie ihn nicht mitnähme. Sie gab sich geschlagen: »Also schön.« Anne ließ die Leine an seinem Halsband zuschnappen und öffnete die Tür. »Aber glaub' bloß nicht, daß ich dich trage, wenn du nicht mithalten kannst.« Sie lief bis zur Straßenecke, an der sie links Richtung Volunteer Park abbiegen wollte und schaute zum Schlafzimmer hoch, um Glen zu winken, falls er ihr nachsah.

Doch das tat er nicht.

Sie schüttelte den Kopf, als ob sie dadurch ihre schlechte Laune loswerden könnte und erhöhte ihr Tempo. Vielleicht sollte sie heute ein, zwei Extrarunden um das Staubecken drehen.

Vor Tagesanbruch hatte es geregnet. Die Straßen glänzten und die Morgenluft war immer noch feucht. Anne sog die frische, kalte Luft tief ein und beschleunigte noch ein wenig, als sie die Straße überquerte und im Park die kleine Steigung hinauflief, die zum Gewächshaus führte. Von dort aus konnte sie entweder geradeaus weiter auf die Anhöhe, an den Tennisplätzen vorbei bis zum Wasserturm joggen oder aber im lockeren Trab die ebene Strecke zum Kunstmuseum nehmen. Wenn sie dann das Staubecken erreicht hatte, konnte sie den Pfad laufen, der herumführte. Dort trafen sich immer die Jogger, die unablässig ihren Puls und ihre Atmung beim Laufen kontrollierten. Manche von ihnen verbrachten jeden Morgen zwei Stunden damit – als ob sie dazu verurteilt wären, ihre Körper in allerbeste Verfassung zu bringen. Obwohl Anne nicht glaubte, daß durch regelmäßige Übung der Alterungsprozeß aufgehalten würde, wußte sie, daß man sich nach einem etwa halbstündigen Lauf sehr gut fühlte. Schon allein deshalb, weil man durchgehalten hatte.

Anne entschied sich, die Strecke um das Staubecken herum zu machen, weil sie dort mehr Runden mit weniger Anstrengung als auf der anderen Route drehen konnte. Sie begann ihren Lauf auf der Nordseite des künstlichen Sees, nickte hier und da einigen der Leute zu, die ihr jeden Morgen begegneten. Boots, der glücklich war, mit ihr Schritt halten zu können, sprang ab und zu Leute an, weil er meinte, daß sie seinem Frauchen zu nahe kamen, war aber sonst folgsam, bis Anne beim Staubecken nach Nordwesten abbog. Anstatt ihr zu folgen, lief er geradeaus weiter und zog an der Leine.

Anne hielt an und drehte sich um, um den kleinen Hund auszuschimpfen. Aber als er spürte, daß die Leine gelockert wurde, zog er erneut weiter und steuerte auf das Pflanzengestrüpp am Ufer des Staubeckens zu. Dann bellte er wie verrückt.

»Bei Fuß!« rief Anne.

Der Hund schaute nur kurz zu ihr, um danach gleich wieder nach vorne zu drängen. So ging es fast eine Minute lang. Anne rief den Hund, doch Boots rührte sich nicht vom Fleck. Schließlich gab Anne nach, obwohl ihr klar war, daß es keine geeignete Erziehungsmaßnahme war. »Na gut, wenn's dir so wichtig ist, dann hol's dir.«

Sie ließ dem Hund seinen Willen. Aber anstatt herumzuschnüffeln, bis er den idealen Platz zum Verrichten seines Geschäfts gefunden hatte, zerrte er immer stärker an der Leine. Tief auf den Boden geduckt kletterte er den Hügel hinauf und an der anderen Seite hinunter, wo er vorübergehend aus Annes Blickfeld verschwand. Dann hörte sein Bellen auf: Was er auch immer gesucht haben mochte, jetzt hatte er es offenbar gefunden.

Als Anne beim Unterholz angelangt war, konnte sie den Hund zunächst nirgendwo sehen. Doch dann entdeckte sie ihn. Er hatte sich durch das Dickicht gezwängt und schnüffelte eifrig an etwas, das sie nicht erkennen konnte.

Anne schob einen Zweig beiseite und schaute auf den Boden. Die leeren, toten Augen Joyce Cottrells starrten ihr entgegen. Anne meinte, sich übergeben zu müssen, doch sie beherrschte sich.

Dann wollte sie der Frau, die sie sofort als ihre Nachbarin erkannt hatte, helfen, aber ihr wurde klar, daß niemand Joyce mehr helfen konnte.

Und dann rief sie schließlich um Hilfe.

34. Kapitel

»Wo ist denn Mom?« In Kevins Frage schwang ein derart vorwurfsvoller Unterton mit, als glaubte er, seine Mutter sei entführt, wenn nicht gar ermordet worden.

»Sie joggt nur im Park«, erklärte ihm Glen und schüttete seinem Sohn ein Glas Orangensaft ein.

»Aber dann müßte sie doch schon längst wieder zurück sein!«

Glen warf einen Blick auf die Backofenuhr. Obwohl er es nicht zugeben wollte, wußte er, daß Kevin recht hatte. Früher, vor seinem Herzinfarkt, hatte sie gewöhnlich nie mehr als eine halbe Stunde gejoggt, fünfundvierzig Minuten, wenn es hoch kam. Selbst wenn die Digitaluhr nicht ganz genau ging, war Anne jetzt schon mehr als eine Stunde unterwegs. Er war ganz sicher, daß er auch wußte, weshalb, doch das wollte er Kevin nicht sagen. Vom Anfang ihrer Beziehung an hatten er und Anne sich geschworen, über Eheprobleme nie im Beisein der Kinder zu sprechen. Aber selbst wenn er Kevin davon hätte erzählen wollen was heute morgen zwischen ihm und Anne vorgefallen war, hätte er das wohl kaum gekonnt. In Wahrheit war er ja nicht er selbst. Als er aufgewacht war und sie ihn angesehen hatte, hatte er gedacht, sie sei immer noch verärgert über ihn. Doch danach hatten sie sich geliebt, und für einige Minuten war es ihm vorgekommen, als ob alles wieder beim alten wäre. Aber als sie ihm dann vorgeworfen hatte, er sei »völlig von der Rolle« gewesen, war er in die Luft gegangen.

Es stimmte. So unrecht hatte sie gar nicht – er wußte selbst nur zu genau, daß er nicht mehr der Mann war, den sie einmal geheiratet hatte. Aber anstatt die ihm unerklärlichen Blackouts und seine Angst davor einzugestehen, hatte er so getan, als wollte er lediglich die ärztlichen Ratschläge befolgen und gab vor, daß alles mit ihm in bester Ordnung sei. Es war aber nicht so, daß er ihr etwas verheimlichen wollte. Im Gegenteil. Er hatte sich sogar schon die Worte für seine Beichte zurechtgelegt.

Doch als er schon reden wollte, hatte etwas in ihm ihn zurückgehalten. Eine Stimme in seinem Kopf hatte ihm zugeflüstert: *Willst du wieder ins Krankenhaus zurück? Willst du, daß sie dich für verrückt hält?* Diese Warnung hatte genügt, um zu schweigen, obwohl er wußte, daß er Anne sich damit entfremdete, sie anlog und ihr das Vertrauen entzog.

Natürlich wollte sie alleine joggen und natürlich hatte sie sich zu einer Extrarunde um das Staubecken entschieden. Er konnte fast hören, wie sie im Park mit sich selbst sprach und ihrem Zorn freien Lauf ließ, anstatt ihn zu Hause an ihrer Familie auszulassen. Wenn sie schon so entgegenkommend war, war es für ihn doch das Mindeste, sich anzuziehen und ihr Frühstück zu machen. Dann wüßte sie immerhin, daß er kein Invalide war, der sein restliches Leben im Bademantel herumlaufen wollte.

»Bis du dein Frühstück gegessen hast, ist sie wahrscheinlich längst wieder zurück«, sagte Glen zu Kevin, als auch Heather in die Küche kam. Sie schenkte sich Kaffee ein und setzte sich an ein Kreuzworträtsel, das Glen schon angefangen hatte. »Eigentlich wollte ich es lösen, falls du nichts dagegen hast«, beschwerte er sich bei seiner Tochter.

Heather zuckte die Schultern. »Bis jetzt hast du nur zwei Wörter geschafft, von denen auch noch eins falsch ist. Wenn man nicht mit Tinte schreibt, gilt es übrigens nicht.«

»Etwas ist mit Mom passiert«, verkündete Kevin.

Heather sah auf, schaute erst ihren Bruder, dann ihren Vater an. »Ist sie krank?«

Glen seufzte hörbar und schaute wieder auf das Rätsel. »Nichts ist mit ihr passiert. Ihr geht's gut. Sie joggt heute morgen nur ein bißchen länger als sonst, das ist alles.«

»Das heißt, sie haben sich gestritten«, übersetzte Heather ihrem Bruder.

»Wir hatten keinen Streit«, entgegnete Glen. »Warum glaubt mir denn niemand was?«

»Weil Erwachsene Kinder immer anlügen«, machte Kevin ihm klar. »Justin Reynolds hat es mir gesagt. Und warum darf Mom allein in den Park, ich aber nicht?«

»Eben weil sie erwachsen ist.« Glen beugte sich zu Kevin und warf ihm einen spöttischen Blick zu. »Du kannst Justin Reynolds ausrichten, daß Erwachsene auch immer alleine joggen dürfen.«

Kevin kicherte, doch dann meldete sich Heather wieder zu Wort: »Vielleicht sollten wir doch nach ihr sehen. So lange war sie noch nie unterwegs. Was ist, wenn wirklich was passiert ist?«

Glen merkte, daß die Kinder die Oberhand gewannen. Wenn Anne nicht innerhalb der nächsten fünf Sekunden zur Tür hereinkäme, würde sich Kevin mit Heather verbünden, und er wäre geschlagen. Daher erschien es ihm klüger, ein Zugeständnis zu machen, als zu riskieren, daß sie zu spät zur Schule kämen. »Hört zu. Ich werde nach ihr Ausschau halten, und ihr beide frühstückt. Aber ich wette, gleich nachdem ich weg bin, kommt eure Mutter hereingeschneit.«

Bevor Kevin ihn bitten konnte, mitgehen zu dürfen, war Glen schon draußen und saß hinter dem Steuer seines zehn Jahre alten SAAB, von dem er sich nicht trennen wollte, auch wenn Kevin ihn eine »alte Karre« nannte.

Minuten später war er im Volunteer Park angekommen. Auf der Strecke zum Gewächshaus wirkte alles wie immer, aber als er den sanften Abhang zu den Tennisplätzen hinunterfuhr, entdeckte er fünf Streifenwagen. Dann bemerkte er die gelben Plastikbänder, die eine polizeiliche Absperrung markierten. Die Absperrung blockierte den Zugang zu einem Gebüsch am Rande des Staubeckens. Glen bremste neben einem Polizisten, der ihn ungeduldig weiterwinkte.

»Fahren Sie weiter«, sagte der Polizist, als Glen das Fenster herunterkurbelte. »Hier gibt's nichts zu sehen.«

»Ich suche meine Frau«, sagte Glen und ignorierte die Worte des Polizisten. »Sie ist vor einer Stunde zum Joggen hierher gelaufen und seitdem nicht mehr aufgetaucht.«

Der Polizist wurde auf einmal unsicher, griff nach seinem Funksprechgerät und sprach so leise hinein, daß Glen nicht verstehen konnte, was er sagte. Nachdem er eine Antwort bekommen hatte, wandte er sich wieder Glen zu. »Wie lautet der Name Ihrer Frau?«

»Anne Jeffers. Sie ist Repor...«

Der Polizist sagte nur: »Sie ist dort oben«, und wies mit dem Daumen zum Hügel hinauf. »Ich darf Sie von hier aus nicht hinauffahren lassen, aber wenn Sie die andere Seite nehmen, glaube ich nicht, daß jemand Sie aufhält.«

»Was ist hier eigentlich los?« fragte Glen.

Der Polizist schüttelte den Kopf. »Eine Leiche. Und Ihre Frau hat sie gefunden.«

»Hat man wieder einen Schwulen erschlagen?« Glen wußte, daß in diesem Teil des Parks mehrere Männer innerhalb der letzten fünf Jahre ermordet worden waren.

Der Polizist schüttelte den Kopf: »Eine Frau.«

Da blitzte plötzlich vor Glens geistigem Auge das Bild von Joyce Cottrell auf. Als ein anderes Polizeiauto hinter ihm kurz mit der Lichthupe blinkte, fuhr Glen weiter um das Staubecken herum und fand schließlich einen Parkplatz gegenüber dem Kunstmuseum.

Er schloß den Wagen ab, obwohl noch ein halbes Dutzend weitere Streifenwagen keine zwanzig Meter entfernt um ihn herumstanden, überquerte die Straße und ging die kleine Anhöhe hinauf. Ein ausgetretener Pfad führte an einem Zaun entlang, der Schwimmer vom Becken fernhalten sollte. Die nächste Absperrung hinderte ihn am Weitergehen, doch bevor er sich noch überlegen konnte, was er tun sollte, entdeckte er auch schon Anne und Boots, der zu ihren Füßen saß. Als Glen näherkam, witterte ihn der Hund, bellte fröhlich und schoß ihm entgegen, doch es riß ihn gleich wieder herum, als das Ende der Laufleine erreicht war. Unbeeindruckt rappelte sich der Terriermischling wieder auf, zerrte an der Leine und wedelte wild mit dem Schwanz. Anne drehte sich um, um den Hund zu beruhigen, dann sah sie Glen und winkte ihn zu sich. Er nahm Boots hoch, wiegte ihn im Arm und duckte sich unter der Absperrung hindurch. »Was ist hier los?« fragte er.

Einen Moment sagte Anne nichts. Da bemerkte Glen, daß sie aschfahl war – jeder Tropfen Blut schien aus ihrem Gesicht gewichen zu sein. Aber Anne hatte schon früher Leichen gesehen – von Unfallopfern bis zu den grausigen Resten der abgeschlachteten Opfer Kravens; manchmal hatte sie sich sogar gefragt, ob sie der Gewalt in der Stadt gegenüber nicht zu unempfindlich geworden sei. Als Anne mit einem Anflug von Entsetzen zu sprechen begann, wurde ihm alles klar. »Es ist Joyce, Glen.« Ihre Stimme war kaum lauter als ein Flüstern. Glen spürte einen kalten Knoten in seinem Magen, als ihm wieder das Bild einfiel, das er unerklärlicherweise vor Augen hatte, als ihm der Polizist etwas von der Frauenleiche gesagt hatte. Aber es war verrückt – was sollte Joyce Cottrell im Park gemacht haben? Sie ging ja fast nie aus dem Haus, außer zur Arbeit!

»Oh Gott, Glen, es ist schrecklich. Sie war nackt, ihr Brustkorb völlig aufgerissen, genau wie bei Shawnelle Davis. Aber die sagen, es sei nicht hier passiert. Es sieht so aus, als ob sie schon tot war, als jemand sie hier abgelegt hat. Also muß es woanders passiert sein.« Anne zitterte jetzt am ganzen Körper, und ihre Stimme bebte. »Gleich nebenan von uns, während wir geschlafen haben. O Gott...«

Glen legte den Arm um seine Frau, einerseits um ihr Beistand zu leisten, andererseits um sich selbst auf sie zu stützen. Denn jetzt schoß ihm ein weiteres Bild durch den Kopf.

Er sah jemanden, der eine Leiche durch die Dunkelheit schleppte.

Das Gesicht der Person war lichtüberflutet, so daß sie so klar vor ihm stand, als würde er ein Foto betrachten. Aber er erkannte das Gesicht nicht.

Es war das Gesicht eines Fremden – und der trug Joyce Cottrells Leiche.

Obwohl das Bild derart deutlich war, war es ihm nicht vertraut, verband er keine Erinnerung damit. War er etwa Zeuge eines Mordes geworden, konnte sich aber nicht mehr daran erinnern? War so etwas möglich?

Nun fielen ihm seine Blackouts wieder ein, die er in letzter Zeit häufig gehabt hatte.

Glen hörte Anne stumm zu, als sie mit immer wieder stockender Stimme erzählte, wie Boots sie zu der Leiche geführt hatte, wie sie hinter dem Gebüsch nachgesehen und schließlich ihre Nachbarin gefunden hatte.

Joyce Cottrell.

Jemand, der keine Freunde, keine Feinde hatte. Jemand, den niemand kannte.

Warum hatte man sie getötet?

Keiner von beiden vermochte die Frage zu beantworten. Und obwohl sie den Gedanken nicht laut aussprachen, überkam Glen und Anne dasselbe schreckliche Gefühl: Auf irgendeine Weise, die keiner verstand, hatte dieser Mord etwas mit *ihnen* zu tun.

35. Kapitel

Der Mann meldete sich den zweiten Tag krank. Er hatte eigentlich vorgehabt, zur Arbeit zu gehen, denn auch wenn sie ihn bei Boeing nicht sehr schätzten, nahm er doch seinen Job sehr ernst.

So, wie er alles im Leben ernst nahm.

Aber als er letzte Nacht heimgekommen war, war er viel zu aufgeregt gewesen, um gleich schlafen zu können. Er war aufgeblieben, um das Geschehene in Gedanken immer wieder aufs neue Revue passieren zu lassen.

Er genoß die Erinnerung, in Joyce Cottrells Haus gewesen zu sein, viel zu sehr.

Das Warten auf sie. Das Zuschauen, wie sie sich auszog. Das Töten. Sie zu besitzen.

Und schließlich genoß er auch die Erinnerung an das Glücksgefühl, das ihn beim Fortschaffen der Leiche in der Nacht überwältigt hatte. Beim Wegschleppen von ihrem Haus zum Park hatte er eine Befreiung und eine Art Heiterkeit verspürt, wie er das nie zuvor erlebt hatte. Er hatte gewußt, daß niemand ihn dabei sehen konnte, hatte es mit derselben Sicherheit gewußt, wie er vom ersten Augenblick an, als er sie gesehen hatte, gewußt hatte, daß er Joyce Cottrell töten würde. In dem Moment, in denen sie in seinen Armen lag, hatte er sich über alles erhaben gefühlt. Zum ersten Mal – viel stärker als bei Shawnelle Davis – hatte er das Machtgefühl und die Ekstase ausgekostet, die ihm beim Auslöschen eines anderen Menschenlebens überkam. Joyce Cottrell hatte ihm gehört, sie war wie eine Trophäe gewesen, und sie war durch seine Hand gestorben wie die Beute, die ein Jäger erlegt.

Er hatte sich nicht einmal die Mühe gemacht, ihre Leiche zu verbergen.

Deshalb hatte er sie auch in den Park geschleppt, wo die

Jogger ihre Runden drehen, damit man sie auch ganz sicher am nächsten Morgen entdeckt.

Er hatte den Park an der Südseite verlassen, war dann über die 12. Avenue zur 14. Straße gegangen, weil er die hellen Lichter der 15. Avenue meiden wollte. Als er die Leiche im Gebüsch abgelegt hatte, verlor sich auch mit einem Mal das Gefühl der Macht und der Unbesiegbarkeit. Von da an hatte er sich von einer unbeleuchteten Stelle zur nächsten gestohlen, in der ständigen Furcht, das Licht der Straßenlaternen könnte ihn entlarven. Die Blutspuren auf seiner Kleidung hatten noch feucht geglänzt. Als es dann zu regnen begonnen hatte und er immer noch zwei Blocks von zu Hause entfernt war, hatte er seine Schritte verlangsamt, um sich vom Regen das Blut von Gesicht und Händen spülen zu lassen. Als er an der Ecke zur 16. Straße angekommen war, hatte er gerade noch der Versuchung widerstanden, in der Notaufnahme nachzusehen, wen sie für Joyce Cottrell an die Rezeption gesetzt hatten. Ihm war nämlich klargeworden, daß die Person den Anblick seiner blutverschmierten Kleidung nicht so schnell vergessen würde. Und wenn man am nächsten Morgen die Leiche entdeckte, wäre die Rezeption des Krankenhauses der erste Ort, an dem sich die Polizei nach Joyce Cottrell erkundigen würde.

Also hatte er die Notaufnahme links liegen lassen und war statt dessen in den muffigen, verlassenen Hausflur des Gebäudes gegangen, in dem er wohnte und in sein Studio im zweiten Stock geschlichen.

Am Morgen mußte jemand die Leiche finden, und Anne Jeffers mußte darüber im *Herald* berichten! Diesmal war es ihre Nachbarin, die man getötet hatte! Diesmal mußte das Miststück den Artikel auf die Titelseite setzen!

Dort, wo er hingehörte.

Er war die ganze Nacht wachgeblieben, um in seiner ekstatischen Erinnerung an den Mord zu schwelgen, und in der Morgendämmerung war er zu müde gewesen, um zur Arbeit zu gehen. Zu müde und zu aufgeregt. Er wartete, bis es sechs Uhr war, die Zeit, zu der er immer aufstand, dann rief er seine Firma an, sagte, daß er sich zwar schon besser fühle als gestern, aber noch nicht genug, um arbeiten zu können. Sie sagten ihm, er solle sich Zeit lassen. Und warum sagten sie das? Weil er nicht wie die anderen Arbeiter in der Firma regelmäßig krankfeierte. Das war erst das zweite Mal, daß er sich krank gemeldet hatte.

Nach dem Telefonat verließ er seine Wohnung und ging in das 7-Eleven, um einen Kaffee zu trinken und die erste Ausgabe des *Herald* zu lesen. Es war ja immerhin möglich, daß jemand die Leiche noch vor den Joggern gefunden hatte. Er überflog die Titelseite und unterdrückte seine Enttäuschung. Wahrscheinlich war die Zeitung längst gedruckt gewesen, als sie die Leiche gefunden hatten. Er blätterte rasch den ganzen *Herald* durch und überflog jede Seite. Nichts.

Als er in sein Appartement zurückkam, war er unsicher, ob er nicht doch etwas übersehen hatte. So blätterte er noch einmal die Zeitung durch, sah sich diesmal aber jede Seite ganz genau an. Als er schließlich auf der letzten Seite angelangt war, fühlte er eigentlich Erleichterung. Denn wenn auf dem Titelblatt nichts über seine Tat stand, war es besser, daß überhaupt nichts in der Zeitung erschien.

Er drehte den Fernseher an, weil er dachte, die Morgennachrichten könnten einen Bericht bringen. Doch dann schaltete er schnell wieder ab, weil er fürchtete, einer seiner Nachbarn könnte es hören und sich fragen, warum er so früh am Morgen schon Nachrichten anschaute.

Er begann nervös im Zimmer umherzulaufen. Wenn jemand die Leiche gefunden und die Polizei gerufen hatte, hätten dann nicht die Sirenen heulen müssen?

Er hatte keine Sirene gehört.

Als er auf seiner billigen Digitaluhr, dem schäbigen Weihnachtsgeschenk seiner Mutter, sah, daß es bereits acht Uhr war, schaltete er das Radio an.

Endloses Geschwätz über eine Pressekonferenz, die der Präsident im Verlauf des Tages geben wollte.

Der Mann lief weiter im Zimmer umher und fragte sich, ob denn endlich jemand die Leiche gefunden hatte.

Vielleicht sollte er selbst die Polizei anrufen.

Er griff zum Hörer, änderte dann aber seine Meinung. Wenn er das machte, dann sollte er das lieber von einem Münztelefon aus tun. Von einem, das nicht in der Nähe seines Hauses lag.

Vielleicht von einem auf dem Broadway. Oder sollte er gleich in die Innenstadt gehen?

Genau, das war's. Ein Telefon in der First Avenue, wo keiner auf den anderen achtete. Er wollte schon das Radio abschalten, als er etwas hörte:

Soeben ist noch eine Meldung eingetroffen. In einem Gebüsch nahe des Staubeckens im Volunteer Park hat man eine Leiche gefunden. Durch einen seltsamen Zufall wurde die nackte und verstümmelte Leiche ausgerechnet von der Reporterin des *Herald*, Anne Jeffers, entdeckt, die landesweit durch ihre Berichterstattung über die Morde bekannt geworden ist, die Richard Kraven begangen haben soll. Über die Identität der Getöteten ließ die Polizei vorerst nichts verlautbaren. Weitere Einzelheiten bringen wir zur vollen Stunde. Und nun zu...

Der Mann hörte nicht mehr hin. Es war noch viel besser gelaufen, als er zu hoffen gewagt hatte – Anne Jeffers hatte die Leiche höchstpersönlich gefunden! Jetzt war es keine Frage mehr, daß die Nachricht auf die Titelseite kommen würde. Bald, sehr bald schon würde er berühmt sein. Er wußte, daß er sich noch etwas gedulden mußte, bis er endlich seinen Namen in der Zeitung lesen durfte. Schließlich wußten sie ja noch nicht, *wer* Joyce Cottrell getötet hatte. Und eine Weile – er wußte noch nicht genau, wie lange – würde er auf Nummer Sicher gehen, damit sie es auch nicht herausbekämen.

Erst mußte er noch zwei andere Menschen umbringen.

Vielleicht sogar drei.

Der Bericht der Nachrichtensendung klang ihm noch in den Ohren, und er dachte fieberhaft nach.

Wann sollte er wieder zuschlagen?

In einem Monat?

In einer Woche?

Aufs neue spürte er wieder das Gefühl, das er auch bei der Verstümmelung von Joyce Cottrells Leiche gehabt hatte, und die Vorfreude auf seine nächste Tat ließ ihn wohlig erschauern. Vielleicht sollte er keine Woche warten. Jetzt, da er die reine Freude und Macht, die der Tötungsakt ihm verlieh, erlebt hatte, mußte er in wenigen Tagen wieder zuschlagen.

Wenn er das richtige Opfer fände.

Der Mann genoß immer noch das Gefühl, schwebte immer noch in der Hochstimmung seiner Tat, als das Telefon klingelte. Mit zitternder Hand nahm er ab.

»Du bist also tatsächlich daheim?« hörte er seine Mutter fragen. »Warum bist du nicht bei der Arbeit?«

Sein Hochgefühl schwand augenblicklich: »Ich habe mich krank gemeldet, Mama.«

»Ja, das weiß ich«, erklärte ihm seine Mutter.

Warum redete sie ihn nie mit seinem Namen an? Warum konnte sie *niemals* seinen Namen sagen, außer wenn es darum ging, ihn vor anderen zu tadeln?

»In deiner Firma haben sie es mir gesagt«, fuhr sie fort. »Hast du heute morgen schon Radio gehört? Diese Reporterin hat eine Leiche im Volunteer Park gefunden.«

Während der Mann teilnahmslos zuhörte, redete seine Mutter ununterbrochen weiter. Sie redete über *seine* Leiche, über die Frau, die *er* getötet hatte, aber sie redete nicht über *ihn*!

Doch eines schönen Tages würde er schon dafür sorgen, daß sie über gar nichts mehr redete.

36. Kapitel

Glen hatte eigentlich nicht die Absicht gehabt, zwei Stunden des Morgens mit dem Gerede über Joyce Cottrells Tod zu vergeuden, aber so war es dann doch gekommen. Als der erste Streifenwagen kam, um Joyces Besitz abzusperren, hatten sich nur wenige Schaulustige eingefunden. Innerhalb von zehn Minuten aber, weitere Streifenwagen waren eingetroffen, hatten sich Dutzende von Leuten auf dem Gehweg versammelt. Schließlich kam Marge Hurley zu den Jeffers. Sie wohnte seit vier Jahren in einem der Häuser gegenüber. Sie hatte seitdem erfolglos versucht, Nachbarschaftstreffen zu organisieren.

Glen weigerte sich, auch nur einen einzigen Kommentar dazu abzugeben, daß Anne Joyce Cottrells Leiche gefunden hatte, und so führte er Marge zuerst auf die Veranda und dann unter die Menge auf dem Gehsteig. Dort erzählte er die ganze Geschichte für alle, denn die Polizei hatte seine Nachbarn über nichts informiert. Daß sie jahrelang als bekannteste Exzentrikerin der ganzen Gegend angesehen wurde, führte jetzt zu wilden Spekulationen über Joyce Cottrell. Ihre Nachbarn übertrafen sich gegenseitig in übler Nachrede, bis sich sogar jemand verstieg zu behaupten, sie habe mit Drogen gehandelt, die sie sich vielleicht im Krankenhaus beschafft habe – oder gar mit Pornographie. Das würde auch erklären, warum sie niemanden in ihrem Haus haben wollte! Dann wurde über den Grund für ihre Ermordung spekuliert. Die Nachbarn wurden als Täter von vornherein ausgeschlossen: »Wir *kennen* uns hier doch alle«, meinte Marge Hurley, nachdem sie sich erst einmal all den Leuten vorgestellt hatte, die sie noch nicht kannte.

Ermüdet von dem sinnlosen Getratsche, zog sich Glen wieder in die Stille seines Hauses zurück. Wenige Minuten später klingelte es. Zuerst ignorierte er es, das konnte nur Marge Hurley sein, die von ihm noch einmal die Geschichte über den Leichenfund hören wollte, doch als das Läuten nicht aufhörte, öffnete er schließlich. Ein Mann mit einem Polizeiausweis stand vor der Tür.

Er lächelte ihn an. »Auf diese Weise begegnet man sich also doch einmal.« Als Glen den Mann darauf nur verdutzt anschaute, war dem das sichtbar peinlich. »Sie sind doch Glen Jeffers?« Glen nickte, sagte aber nichts. »Ich bin Kommissar Blakemoor. Mark Blakemoor.«

Jetzt begriff Glen. Er hielt dem Kommissar die Tür auf und bat ihn herein. »Annes alter Bekannter«, sagte er. Er blickte zum Nachbarhaus und auf die Meute der Schaulustigen, deren Aufmerksamkeit augenblicklich von Joyce Cottrells Haus auf das der Jeffers gelenkt wurde. »Aber ich vermute, Sie statten mir keinen Freundschaftsbesuch ab.«

»Ich wünschte, es wäre so«, seufzte Blakemoor. »Ich fürchte, ich muß Ihnen ein paar Fragen stellen, was die vergangene Nacht betrifft.«

Glen nickte und führte den Beamten in die Küche, wo er ihm und sich eine Tasse Kaffee eingoß. »Den darf ich eigentlich gar nicht trinken, und ich zähle auf Sie, daß Sie mich bei Anne nicht verpetzen. Abgemacht?«

Blakemoor fühlte, daß er errötete, aber Glen schien es nicht zu bemerken. »Abgemacht«, stimmte er zu und nahm die Tasse. »Im Grunde will ich nur wissen, ob Sie letzte Nacht irgend etwas gehört haben.«

Glen zögerte. Anstatt direkt auf die Frage einzugehen, stellte er eine Gegenfrage. »Um wieviel Uhr?«

Blakemoor zuckte die Achseln. »Eine genaue Zeit ist uns nicht bekannt, wir wissen nur, daß Miss Cottrell um dreiundzwanzig Uhr ihren Arbeitsplatz verließ und nach Hause ging. Selbst wenn sie unterwegs noch einen Kaffee getrunken haben sollte, hätte sie vor Mitternacht zu Hause sein müssen, vermutlich eine halbe Stunde früher. Reden wir also von einer Zeit nach dreiundzwanzig Uhr fünfzehn.«

Glen zögerte noch immer und erinnerte sich an das Bild Joyce Cottrells, das ihm so plötzlich erschienen war, als er vom Fund einer toten Frau gehört hatte. Dann schüttelte er den Kopf und sagte: »Ich wünschte, ich könnte Ihnen helfen, aber ich kann leider nicht. Wurde sie in ihrem Haus ermordet?«

»Oben in ihrem Schlafzimmer«, berichtete Blakemoor. »Es gibt keinerlei Hinweise darauf, daß jemand gewaltsam eingedrungen wäre, doch das hat nicht viel zu bedeuten. Viele Leute verstecken Schlüssel in der Nähe ihres Hauses, und viele Diebe wissen genau, wo sie danach zu suchen haben. Wie sieht es mit Freunden aus? Hatte sie welche?«

»Soviel ich weiß, überhaupt keine. Nach dem, was die Leute da draußen reden, muß sie ein reichlich sonderbarer Kauz gewesen sein.«

Aus Mark Blakemoors Miene war nicht zu erkennen, was er dachte. »Sonderbar?« fragte er gleichgültig. »Wie meinen Sie das?«

»Na einfach – *sonderbar.*« Glen wurde unsicher und wünschte schon, er hätte das Wort nicht benutzt. »Sie hat anscheinend zu der Sorte von Menschen gehört, die mitten in ihrem eigenen Müll leben. Sie verstehen: jemand, der alles sammelt, sich von nichts trennen kann. Sie schien nirgendwo hinzugehen, außer zur Arbeit. Und sie hat ganz sicher nie jemanden zu sich eingeladen.« Glen zuckte hilflos mit den Schultern. »Das sind zwar nur Vermutungen...«

»Aber die sind falsch«, warf Blakemoor ein, als er daran dachte, wie sauber es in dem Haus gewesen war. Sauber – bis auf die Blutspuren. Er hatte sie nicht nur im Schlafzimmer gefunden, wo Joyce Cottrell ganz offensichtlich getötet und regelrecht ausgeweidet worden war, sondern auch im größten Teil des übrigen Hauses. Der Mörder hatte sich nicht bemüht, eine Blutspur zu verhindern, als er die Leiche vom Schlafzimmer die Treppen hinunter, durch das Eßzimmer, die Küche und aus der Hintertür geschleift hatte. Dort hatte der Regen die Spuren weggewaschen. »Sie hatte im Gegenteil einen Sauberkeitsfimmel«, stellte Blakemoor klar.

»Das sagt ja schon alles über meine und Annes Menschenkenntnis.«

»Viele Leute sind anders, als Außenstehende glauben«, bemerkte Blakemoor. »Aber Sie haben mir noch nicht gesagt, ob Sie letzte Nacht etwas gehört oder gesehen haben.« Glen zögerte wieder, doch diesmal ließ Blakemoor nicht locker. »*Haben* Sie oder haben Sie *nicht*?«

Glen wollte verneinen, doch dann überlegte er es sich anders. Warum sollte er dem Kommissar nicht sagen, was passiert war? »Ich bin mir nicht ganz sicher«, begann er, »aber andererseits ist mir etwas Unheimliches passiert, als ich heute morgen zum Park gefahren bin, um nach Anne zu suchen.« Ohne Umschweife und in aller Ausführlichkeit erzählte er ihm von dem eigenartigen Bild, das er in dem Moment vor sich sah, als er hörte, daß man die Leiche einer Frau gefunden hatte.

»Gibt es irgendeinen Grund, warum Sie an sie gedacht haben?« erkundigte sich Blakemoor ganz beiläufig.

Glen sah keine andere Möglichkeit, als dem Polizisten auch noch den Rest der Geschichte zu erzählen. »Sie hat Anne gegenüber behauptet, sie habe mich gestern nackt im Hinterhof gesehen.«

Blakemoor sah ihn mit festem Blick an. »In ihrem Hof?«

»Nein, in meinem. Aber ich war nicht nackt.«

Blakemoor zuckte gleichgültig die Schultern. »Und selbst wenn. Es ist ja schließlich Ihr Hinterhof.«

»Aber ich war wirklich nicht nackt!« beharrte Glen, obwohl er auch jetzt keineswegs sicher war, daß er tatsächlich die Wahrheit sagte.

Der Kommissar lächelte verständnisvoll. »Ich schätze, Sie müssen stocksauer auf Sie gewesen sein, stimmt's?« Glen wollte schon antworten, aber dann wurde ihm klar, welche Wendung die Unterhaltung nahm. Er schluckte die Worte hinunter, und im selben Moment verschwand das Lächeln des Polizisten. »Waren Sie sauer auf sie?« wiederholte er. »Ich jedenfalls wäre wütend, wenn mir jemand so etwas nachsagen würde.«

»Wütend genug, um sie deshalb umzubringen?« fragte Glen. »Ist es das, worauf Sie hinauswollen?«

Blakemoors Blick wurde härter. »Ich will auf gar nichts hinaus. Ich stelle nur Fragen.«

»Und ich beantworte sie. – Ja, stimmt. Ich war stinksauer auf Joyce. Aber bestimmt nicht so sehr, daß ich sie deshalb umgebracht hätte.«

»Aber Sie haben heute morgen sofort an sie gedacht, als sie von der Leiche hörten«, rief ihm Blakemoor ins Gedächtnis, »warum?«

»Das will ich ja gerade herauskriegen«, sagte Glen verärgert. »Aber jetzt frage ich mich, ob ich nicht lieber meinen Anwalt anrufen soll. Falls Sie mich des Mordes an Joyce Cottrell bezichtigen wollen...«

Blakemoor hielt die Hände hoch und tat so, als wolle er sich gegen einen bevorstehenden, wütenden Wortschwall schützen. »Immer sachte! Ich beschuldige Sie gar nicht. Und wenn Sie unbedingt Ihren Anwalt anrufen wollen, dann tun Sie das. Wir können dieses Gespräch sofort beenden, wenn Sie wollen. Ich bin nur auf Informationen aus und beschuldige überhaupt niemanden.«

Glen brachte ein gequältes Lächeln zustande. »Aber alles, was ich sage, kann vor Gericht gegen mich verwendet werden?« plapperte er den Satz nach, den er schon so oft in Krimis gehört hatte.

»Diese Worte verwenden wir nur bei einer Festnahme«, bemerkte Blakemoor kurz und bündig. »Aber auch dann hat jeder Mensch immer noch das Recht, einen Anwalt zu konsultieren.«

Glen dachte kurz darüber nach und fühlte, daß ihm die Dinge aus der Hand glitten. Wenn er darauf bestand, seinen Anwalt anzurufen, würde man ihn dann nicht erst recht verdächtigen? Aber er war nicht schuldig! Er hatte weder etwas gehört noch gesehen – geschweige denn etwas getan!

Aber was war mit den Blackouts?

Wie stand es mit dem gestrigen Tag, als er offenbar ausgegangen und den Rasierapparat in den Müll geworfen hatte, obwohl er keine Erinnerung daran besaß?

Wenn er das getan hätte...

Er unterdrückte den Gedanken, denn er wußte, wohin er führte und wollte ihm nicht folgen.

Schließlich traf er seine Entscheidung. Er hatte nichts getan und brauchte auch keinen Anwalt.

»Ich glaube nur, daß es einen Grund haben muß, warum ich heute morgen an Joyce gedacht habe. Und die einzige Erklärung dafür ist die, daß ich vielleicht wirklich etwas in der Nacht gehört haben *könnte*. Aber ich kann mich nicht daran erinnern. Ich meine, ich habe tief geschlafen und dabei vielleicht im Unterbewußtsein etwas gehört, an das ich mich erinnert habe, als ich von der Leiche hörte. Ich meine, wenn ich ein Geräusch gehört hätte, als ich halb eingeschlafen war...« Glen versagten die Worte, und er wünschte, er hätte geschwiegen.

Die Blicke der beiden Männer trafen sich, und obwohl keiner von ihnen etwas sagte, hing die unausgesprochene Frage in der Luft. Was wäre, wenn es nicht nur ein Geräusch war, das Glen unbewußt wahrgenommen hatte, sondern ein Schrei?

Vielleicht sogar ein Todesschrei?

Als Mark Blakemoor einige Minuten später das Haus verließ, waren diese Fragen nach wie vor offen geblieben.

Aber beide Männer fragten sich, wie wohl die Antworten darauf lauten könnten.

37. Kapitel

Leiche im Volunteer Park gefunden
Beginn einer neuen Mordserie?

Am frühen Morgen wurde die nackte und verstümmelte Leiche einer Frau im Volunteer Park gefunden. Angaben der Polizei zufolge, wurde das Opfer, Joyce Cottrell, in ihrer Wohnung in Capitol Hill zwischen dreiundzwanzig und vier Uhr erstochen. Obwohl es die Polizei bislang bestritt, scheint eine Verbindung zwischen diesem Mord und dem an Shawnelle Davis zu bestehen...

»Um Himmels willen!« stöhnte Vivian Andrews und ließ sich in ihren Stuhl fallen. Sie sah vom Bildschirm auf ihrem Schreibtisch hoch und schaute ungeduldig aus dem Fenster auf den grauen Himmel. Sie holte tief Luft; ihre Mutter hatte ihr beigebracht, daß man so seine Wut unter Kontrolle bringen könnte. Dann griff sie zum Telefon und wählte die Nummer von Anne Jeffers' Nebenanschluß. Ihre Finger trommelten bereits ungeduldig auf die Tischfläche, als Anne nach dem zweiten Klingeln abnahm. »In mein Büro«, schnauzte Vivian, »und zwar sofort.« Sie knallte den Hörer auf die Gabel und wandte ihre Aufmerksamkeit dem anstößigen Artikel auf dem Monitor zu, den sie erst vor einigen Sekunden gelesen hatte. Als Anne in ihrem Büro erschien, hatte die Chefredakteurin den ganzen Artikel bereits dreimal gelesen.

Obwohl sie noch mehrmals tief Luft geholt hatte, war ihr Zorn nicht besänftigt.

»Was zum Teufel soll das?« fauchte Vivian, als Anne ins Büro trat und die Tür hinter sich schloß.

Anne trat näher, um einen Blick auf die Schlagzeile zu werfen, die auf dem Schirm leuchtete. »Mein Artikel über…«

»Ich weiß, was das ist!« wurde sie von Vivian heftig unterbrochen. »Was ich wissen will, ist, was das soll!«

Vivians Ton machte Anne zusehends gereizter, doch sie biß sich auf die Lippen und verkniff sich eine Antwort. Sie wußte, daß Vivian in solchen Momenten keinen Sarkasmus außer ihrem eigenen tolerierte. »Es ist nur ein Bericht über die Leiche, die ich heute morgen gefunden habe…«, begann Anne, sie wurde aber gleich wieder unterbrochen. Diesmal milderte Vivian ihre Attacke, indem sie Anne Platz anbot.

»Setz dich, Anne.«

Vorsichtig setzte sie sich, wußte sie doch, daß Vivian die Leute oft nur deshalb Platz zu nehmen bat, um ihnen ein schwaches Polster gegen den Sturm zu bieten, der anschließend gleich über sie hereinbrach. Anne setzte sich auf die Ecke des unbequemen Stuhls, der ausschließlich den Besuchern des Büros vorbehalten war.

Vivian preßte ihre Fingerkuppen gegeneinander. Es war eine unbewußte Geste, die ihrem Gegenüber aber unzweideutig Ärger verkündete. Dann warf sie noch einmal einen kurzen Blick auf den Artikel, seufzte und ließ ihre Hände auf den Tisch sinken. Obwohl sich Anne das nicht anmerken ließ, entspannte sie sich ein wenig. Der Wechsel in der Körpersprache ihrer Chefin war ein sicheres Anzeichen dafür, daß sie sich der Sache bedächtiger nähern wollte, als sie ursprünglich geplant hatte. »Du siehst schrecklich aus«, begann sie. »Vielleicht solltest du dir ein paar Tage freinehmen.«

»Heute war's nicht gerade leicht für mich«, erwiderte Anne. »Man erwartet ja nicht unbedingt, daß man beim Joggen morgens eine Leiche findet, ganz zu schweigen davon, dann auch noch eine Story darüber zu schreiben.« Als Vivians Blick wieder zu dem Monitor wanderte, sagte sich Anne, wenn ihre Chefin eine Konfrontation vermeiden wollte, konnte sie ebenfalls darauf verzichten. Doch in diesem Fall könnte sie wenigstens eine Spur eigenen Sarkasmus riskieren.

»Nach deiner bekannten Redseligkeit am Telefon zu schließen, hast du ein Problem.«

Vivian zuckte mit den Schultern. »Vielleicht sollte ich die Geschichte jemand anderem übertragen...«

Diesmal war es Anne, die sie unterbrach. »Du meinst, so wie man einen Anwalt wechselt, wenn sich herausstellt, daß er seinen Mandanten falsch berät?«

»Siehst du das anders?« entgegnete Vivian.

»Ich sehe da keine Parallele.«

Vivian lehnte sich vor; daß ihre Fingerspitzen wieder einander bedenklich nahekamen, ließ nichts Gutes ahnen. »Dann will ich dich mal aufklären«, sagte sie und legte besonderen Nachdruck auf das Wort ›aufklären‹. »Mir scheint, deine eigentliche Funktion in dieser Geschichte ist eher die einer Interviewten statt einer Interviewerin. Die Story liest sich eher wie ein Leitartikel. Und wenn du nicht viel mehr Hintergrundinformationen besitzt, als ich annehme, stinkt die ganze Sache nach purer Vermutung. Du bist in erster Linie Reporterin, Anne. Wenn ich deine persönliche Stellungnahme zu etwas hören will, lasse ich es dich wissen.«

Anne spürte, wie eine Ader in ihrer Stirn pochte und hoffte, daß Vivian es ihr nicht ansah. »Würdest du mir bitte erklären, worin genau das Problem liegt?«

»Der ganze Tenor stört mich. Das fängt schon mit deiner Unterstellung an, es ginge um eine Mordserie. Erst wenn die Polizei Parallelen zwischen dieser Cottrell und...«

»›Diese Cottrell‹ war meine Nachbarin«, fuhr Anne verärgert dazwischen.

Vivian Andrews blinzelte. »Deine Nachbarin? Meine Güte, Anne! Das darf doch nicht wahr sein! Du hast deine *Nachbarin* tot im Park gefunden, und du bist nicht nur zur Arbeit gekommen, sondern hast auch noch darüber geschrieben?«

»Es ist nun mal mein Job, darüber zu schreiben. Und was die Parallelen zwischen ihr und Shawnelle Davis betrifft, finde ich, daß es da eine Menge gibt. Erstens: Auch bei Joyce Cottrell wurde nicht eingebrochen und...«

»Das bedeutet gar nichts«, schnitt Vivian ihr den Satz ab.

»Du weißt so gut wie ich, daß viele Leute ihre Schlüssel in der Nähe ihres Hauses verstecken.«

»Stimmt«, räumte Anne ein. »Aber es geht noch weiter. Beide Frauen wurden auf dieselbe Weise abgeschlachtet. Ihre Brustkästen wurden aufgeschnitten und ihre Herzen herausgerissen. Außerdem wohnten beide in Capitol Hill, nur wenige Blocks voneinander entfernt.«

»Und eine von beiden war eine Hure, die andere arbeitete brav im Krankenhaus. Die eine war in den Dreißigern, die andere in den Fünfzigern, Du weißt so gut wie ich, daß sich Serienmörder an einen bestimmten Typ halten...«

»Richard Kraven nicht.«

»Aber in diesem Staat hat man ihm nie etwas nachweisen können«, erinnerte Vivian sie.

»Kraven war ein Mörder. Ob er in Washington verurteilt wurde oder sonstwo, ist doch völlig egal!« rief Anne. »Und ich bin sicher, daß der Mörder von Shawnelle Davis auch Joyce Cottrell auf dem Gewissen hat.«

»Du warst auch sicher, daß Davis' Tod irgendwie mit Kraven im Zusammenhang stand«, erwiderte Vivian. »Ich kapier's einfach nicht. Was willst du damit bloß beweisen? Anscheinend hältst du alles für möglich. Wenn die Morde an Davis und Cottrell irgend etwas mit denen von Kraven zu tun haben sollen, wo bleibt dann Kraven? Erst hast du behauptet, er sei schuldig – aber jetzt klingt es so, als ob du glaubst, daß jemand anders die Morde verübt hätte.«

»Falls er einen Komplizen hatte...«

»Falls er einen Komplizen hatte, hätte er das wohl zugegeben. Nenn mich zynisch, wenn du willst, aber ich bin lange genug im Geschäft, um zu wissen, daß solche Mistkerle bei einer Mordanklage als allererstes ihre Freunde verpfeifen!«

Anne setzte sich in ihrem Stuhl zurück. »Ich weiß, ich weiß«, seufzte sie. »Das ist es ja, was mich so verrückt macht. Ich glaube im Grunde nicht daran, daß Kraven einen Komplizen hatte. Aber ich denke trotzdem, daß es irgendeine Verbindung gibt.« Sie fixierte Vivian. »Du hast die Leichen nicht gesehen, Viv. Die von Shawnelle Davis habe ich zwar auch nicht gesehen, aber dafür Fotos. Es ist sonderbar – die Leichen sind nicht mit demselben chirurgischen Geschick seziert worden, aber die Verstümmelungen sind im Grunde identisch. Die beiden Frauenleichen sehen praktisch so aus, als wenn jemand sie noch mal aufgehackt hätte, nachdem Kraven mit ihnen fertig war.«

Vivian verzog säuerlich die Lippen. »Das sind keine Tatsachen, das sind Mutmaßungen. Und das kann ich nicht länger durchgehen lassen.« Sie wühlte in dem Durcheinander auf ihrem Schreibtisch und reichte Anne, wonach sie gesucht hatte. »Ich überarbeite deine Story und wir drucken sie. Aber damit hat sich's dann auch. Diese Zeitung bringt Fakten, keine wilden Spekulationen. Bis *wirklich* etwas passiert, das aus diesen beiden Mordfällen eine echte Mordserie macht, befaßt du dich bitte hiermit.«

Anne schaute auf das Papier, das Vivian ihr gegeben hatte. Es enthielt eine Notiz über ein Planungstreffen für die regionale Schnellbahnverbindung zwischen Everett und Tacoma – ein Projekt, das schon seit zehn Jahren zwischen verschiedenen staatlichen Behörden hin- und hergeschoben wurde. Anne sah Vivian ungläubig an. »Damit? Du fragst mich, ob ich darüber schreibe?«

»Ich frage dich nicht«, antwortete Vivian ruhig. »Ich befehle es dir.«

38. Kapitel

Im Haus war alles ruhig.

Glen war eingeschlafen.

Der Experimentator nicht.

Er durchforschte das Haus gemächlicher als sonst. Gestern und an den Tagen zuvor hatte er einen gewissen Druck verspürt, den Druck, Vorbereitungen zu treffen. Aber gestern hatte er sich das meiste von dem, was er brauchte, besorgt, ins Haus geschafft, während Glen schlief, und sorgsam im Keller gelagert. Es lag zum Gebrauch bereit, wenn die Zeit reif war.

Aber das war sie noch nicht.

Er war ein wenig aus der Übung, und bevor er seine Experimente nicht wieder perfekt ausführen konnte, unterließ er sie lieber ganz.

Schließlich mußte er gewisse Normen wahren. Normen, die der Mann, den er letzte Nacht beobachtet hatte, gewiß nicht einhielt – ein plump ausgeschlachtetes Opfer durch die Straßen zu schleifen. Als ob allein schon die Dunkelheit ihn vor den Konsequenzen seiner Tat schützen würde!

Das würde sie natürlich nicht. Bald, vielleicht sehr bald, würde der Experimentator diesem stümperhaften Nachahmer eine angemessene Strafe verpassen.

Heute hatte er jedoch anderes zu tun. Während Glen schlief und Stille im Haus herrschte, wollte er damit beginnen, seine Fähigkeiten wieder aufzufrischen, seine perfekte Fingerfertigkeit wiederzuerlangen, die ihm in den Jahren, in denen er seine Forschungen hatte einstellen müssen, abhanden gekommen war. Von wachsender Vorfreude erfüllt, schloß er die Durchsuchung des Hauses ab, hielt kurz an Anne Jeffers' Garderobenschrank an, öffnete eine der Schubladen und ließ seine Finger über ihre Satinunterwäsche gleiten.

In Gedanken berührte er ihre Haut.

Aus den Tiefen seiner Brust entstieg ein leiser, aber inbrünstiger Seufzer, der klang wie ein Blasebalg, mit dem man ein Feuer anfacht. Seine Finger verkrampften sich einen Moment lang und zerknitterten den Satin, aber er hatte sich rasch wieder unter Kontrolle. Er schloß die Schublade, verließ den Raum und ging in den Keller.

Die Einkäufe, die er tags zuvor erledigt hatte – von der Angelrute, die Kevin gefunden hatte, abgesehen –, waren in einem alten Schuhspind versteckt, in dem zwei Schachteln mit verstaubten Büchern standen. Er hatte die Schachtel herausgenommen und sorgsam darauf geachtet, daß die Staubschicht erhalten blieb, dann den Koffer geöffnet und diverse Gegenstände herausgeholt: ein Stück Nylonschnur, eine Spule starken Seidenfaden, einige Angelhaken und ein Buch. Er hatte die Sachen zu der langen Werkbank gebracht, die in einer Ecke stand, sie abgelegt und an der Schnur gezogen, die von einem Deckenbalken herunterhing. Das Licht hatte kurz geflackert, doch dann mit seinem hellen Schein die Schatten des Kellers verschwinden lassen.

Der Experimentator schlug das Buch auf. Es war ein Leitfaden zum Fliegenfischen, dem Hobby, dem er so oft nachgegangen war, um seine Enttäuschung zu lindern, wenn seine Versuche mal wieder fehlgeschlagen waren. Er blätterte das Buch rasch durch, bis er den Abschnitt über künstliche Fliegen fand, die von Hand gebunden werden konnten. Dann schlug er langsam die Seiten mit den Kunstdrucken um. Obwohl es einem Betrachter hätte vorkommen können, als ob er die Illustrationen nur oberflächlich ansähe, war das Gegenteil der Fall. Innerhalb von einer Sekunde vermochte er es nämlich, sich sämtliche Details der zwei Dutzend auf jeder Seite abgebildeten Fliegen einzuprägen.

Die Fliege, nach der er suchte, fand er auf dem zwölften Foto. Auf der Seite gegenüber stand ein kurzer Absatz, in dem beschrieben wurde, wie jede einzelne Fliege hergestellt wird. Die künstliche Fliege, die seine Aufmerksamkeit erregte, bestand aus den Federn eines Sittichs. Ergänzt durch ein kleines Büschel Katzenhaare, sah sie aus wie eine Art geflügelte Raupe.

Der Experimentator wußte genau, woher er die Materialien zum Binden der Fliege bekommen konnte.

Er verließ den Keller und stieg in den zweiten Stock hinauf. Boots knurrte leise, als er die Küche passierte und lief ihm nach. In Kevins Zimmer machte sich der Papagei gerade über eine Schale mit Sonnenblumenkernen her; Kumquat saß auf Kevins kleinem Pult und wedelte aufgeregt mit dem Schwanz, während sie den Papagei beobachtete.

Als der Experimentator den Raum betrat, hörte der Papagei auf zu fressen und reckte den Kopf drohend vor, als ob er seine Mahlzeit vor dem unerwarteten Besucher schützen wollte.

Der Blick des Experimentators blieb an der Katze hängen. »Was meinst du?« fragte er. »Gibst du mir freiwillig ein bißchen von deinem Fell für eine Fliege?« Die Katze spitzte die Ohren und zuckte mit der Nase. Der Experimentator lächelte. »Paß auf, wir machen einen Handel: Wenn der Vogel eine Feder gibt, steuerst du ein paar Haare bei, okay?«

Der Experimentator ging zum Vogelkäfig und entdeckte auf dem Boden eine Feder. Er öffnete die Tür und griff hinein, doch als er die Feder wegnehmen wollte, packte der Vogel seinen Daumen mit dem Schnabel. Er zuckte zusammen, zog schnell die Hand aus dem Käfig und schloß die Tür gerade rechtzeitig, um Hectors zweiter Attacke auszuweichen. »Langsam, langsam«, beruhigte der Experimentator den Vogel. »Und außerdem ist sie dir ja ausgefallen.« Er wandte sich der Katze zu und hielt die leuchtend grüne Feder hoch. »Der Vogel hat sein Opfer gebracht, und das wirst du jetzt auch.« Er hob Kumquat hoch und machte sich mit ihr auf den Weg in den Keller.

Boots winselte nervös und folgte.

An einem Ende der Werkbank stand das halbfertige Modell eines Dreimastschoners; das Bild davon hing immer noch über dem Rumpf an der Wand. Um den Rumpf herum lagen verschiedene staubbedeckte Miniaturwerkzeuge verstreut, die offenbar zum Bau des Schiffsmodells angeschafft, aber inzwischen genauso in Vergessenheit geraten waren wie das Projekt selbst. Der Experimentator sammelte die Werkzeuge ein und legte sie auf eine freie Fläche der Bank. Das Buch mit dem Bild der Fliege, die er nachbinden wollte, lehnte an der Wand.

Er befestigte einen Angelhaken in dem kleinen Schraubstock und begann. Er verwendete Leim aus den Utensilien für den Schiffbau, um – gemäß der Anleitung im Fischbuch – Teile von Hectors Feder daran festzukleben.

Der Experimentator nahm ein Messer und hielt es über die grüne Feder. Wie lange war es schon her, daß er seine Geschicklichkeit getestet hatte? Aber seine Hand war sicher, und das Messer fühlte sich vertraut an. Mit den Fingern seiner rechten Hand drückte er die Feder auf die Werkbank, während er mit der anderen fachmännisch das Messer führte. In wenigen Minuten hatte er aus der Feder vier perfekt geformte Stücke herausgeschnitten. Alle wiesen die feinen Konturen auf, die mit den Abbildungen im Buch identisch waren.

Er gönnte sich kaum eine Pause, um sein Werk zu bewundern, sondern arbeitete kontinuierlich weiter. Er wickelte einen Faden um die winzigen Federkiele und band sie am geraden Teil des Hakens fest.

Erst als die Federteile makellos am Haken befestigt waren, trat der Experimentator zurück, um sich seine Arbeit zu betrachten. Vom Leim war nichts mehr zu erkennen; kein Tropfen war durch den Faden gesickert, dessen verknotete Enden ebenfalls nicht mehr zu sehen waren. Wie die Flügel eines winzigen Schmetterlings funkelten die Federteile in dem fluoreszierenden Licht. Vor seinem geistigen Auge sah der Experimentator bereits, wie die fertige Fliege auf der Oberfläche eines Flusses tanzte und eine Forelle zum Biß verlockte.

Jetzt ging es nur noch darum, ein Haarbüschel aus Kumquats Fell an dem Haken zu befestigen, um dem schillernden Insekt einen nahezu schwerelosen Körper zu geben. Der

Experimentator griff nach unten, hob die Katze hoch und drehte ihren Kopf so, daß sie das winzige Objekt im Schraubstock sehen konnte. »Sieh es dir an«, flüsterte er. »Ist es nicht hübsch? Dich stört's doch nicht, mir noch ein paar Haare abzugeben, damit es ganz fertig wird?«

Kumquat, die zu spüren schien, daß etwas Unangenehmes geschehen würde, versuchte, sich den Armen des Experimentators zu entwinden, und der verstärkte seinen Griff. Die Katze fühlte den Druck, wehrte sich gegen diesen Zwang, und ihr Herz begann schneller zu schlagen.

In den Händen des Experimentators begann es zu prickeln. Er spürte, wie Energie in ihn strömte, eine Energie, die fast elektrisch war.

Leben. Was er fühlte, war reine Lebensenergie. Er fühlte die Kraft, die das Tier in seinen Armen von einem bloßen, wenn auch ungemein komplizierten Gebilde aus Elementarmolekülen in ein Lebewesen verwandelte. Und wieder einmal stieg in ihm die Frage auf: *Wie funktioniert das?*

Er schaute sich Kumquat an. Die Katze sträubte sich in seinen Armen, wollte sich seinem Griff entwinden, doch die Hände des Experimentators schlossen sich nur noch fester um ihren Körper.

Tief in seinem Inneren wußte er, daß es an der Zeit war, seine Forschungen wieder aufzunehmen. Es kam ihm fast so vor, als ob das Schicksal die Katze für ihn bestimmt hatte: gleichsam ein Sinnbild dafür, daß er jetzt seine Karriere wiederaufgenommen hatte.

Er sah sich im Keller um und entdeckte einen Pappkarton mit noch intaktem Deckel. Er setzte Kumquat in den Karton, durchsuchte den Keller und fand alles, was er brauchte.

Ein wenig Tetrachlorkohlenstoff. Wenn er einen Lappen damit tränkte und ihn in den Karton zu der Katze steckte, wäre das genauso effektiv wie der Äther, den er sonst immer verwendet hatte.

Ein Plastiktuch, offenbar von irgendwelchen Malerarbeiten übriggeblieben, breitete er auf der Werkbank aus; es würde das Blut aufsaugen, das die Katze verlieren könnte.

Der Experimentator zog sich aus und verstaute seine Kleidung säuberlich in dem Schuhschrank.

Als schließlich alle Vorbereitungen beendet waren und die Katze bewußtlos auf der Werkbank lag, nahm er sein Messer. Er fühlte nur noch reine, ungetrübte Freude. Endlich konnte er sich wieder seinen Forschungen widmen...

Zuerst arbeitete er langsam, kostete jede Bewegung aus. Seine Fertigkeit des Sezierens hatte er nicht eingebüßt, als ob seit seinem letzten Experiment kein Tag, geschweige denn Jahre vergangen waren.

Geschickt schnitt er durch die Haut der Katzenbrust und stillte den Blutstrom so gut es mit den Materialien ging, die er gefunden hatte.

Er führte zwei diagonale Schnitte durch, klappte die Haut weg, um die dünne Gewebeschicht bloßzulegen, die Brustbein und Rippen bedeckte. Er schaltete die kleine Säge ein, die er sich gestern gekauft hatte. Das Singen des Sägeblattes klang ihm so lieblich in den Ohren wie die Töne einer Symphonie. Mit ruhiger Hand senkte er das Blatt und genoß das veränderte Geräusch, als sie durch Knochen und Knorpel in der Brust versank.

In wenigen Sekunden hatte die Säge den Brustkorb durchtrennt, und der Experimentator hatte freien Zugang zu dem Organ, das ihn seit Jahren faszinierte.

Er legte die Säge beiseite, bog die Rippen auseinander und ließ seine Finger zwischen den Lungen zum Herzen der Katze gleiten. Sanft zog er das pulsierende Organ heraus, hielt es hoch genug, um es mit seinen Händen zu umschließen. Er beobachtete die Kontraktionen und erschauderte wohlig, als er spürte, wie die Energie durch seine Haut strömte.

Endlich, endlich konnte er wieder arbeiten.

Und es tat gut. So gut.

Dann sah er das Bild von Anne Jeffers vor sich. Ihr Bild schien förmlich vor ihm zu schweben, und als er ihr in die Augen blickte, umklammerten seine Finger das nach wie vor pulsierende Herz.

Wie kurz vorher, als er ihre Unterwäsche angefaßt hatte, verkrampfte sich der Griff des Experimentators.

Und genau wie die Unterwäsche zerquetschte er das Herz zu einer formlosen Masse.

Formlos und leblos.

39. Kapitel

Im Mittelpunkt des Interesses zu stehen, war auf Dauer auch nicht sehr angenehm. Als Heather in die Schule gekommen war, hatte sie es zuerst ganz toll gefunden. Zwar wußten inzwischen alle längst, daß man im Park eine Leiche gefunden hatte, aber nur Heather wußte, wer sie entdeckt hatte, und wessen Leiche es war.

»Meine Mutter hat sie allerdings gar nicht selbst entdeckt«, mußte sie mindestens zehnmal erklären. »Sondern unser Hund.«

Obwohl sie nicht persönlich dabeigewesen war, hatte sich Heather ein ziemlich detailliertes Bild der Szenerie in ihrer Phantasie geformt. Als sie schon das dritte Mal davon erzählte, konnte sie so lebendig darüber berichten, als wäre sie selbst von Boots zu Joyce Cottrells verstümmelter Leiche geführt worden. »Er hat an der Leine gezogen und wie verrückt gebellt. Schließlich hat meine Mutter nachgegeben und nachgeschaut, was er gefunden hat.« Heather verspürte eine angenehme Gänsehaut, als sie die Geschichte wiedergab, die ihr Vater erzählt hatte, nachdem er vom Park zurückgekommen war. »Und als sie dann gesehen hat, was es war, wäre sie um ein Haar in Ohnmacht gefallen!« Obwohl ihr Vater das gar nicht gesagt hatte, war Heather sicher, daß es stimmte. Ihr selbst wurde ja auch jedesmal bei der Vorstellung schwindlig, sie hätte Mrs. Cottrells Leiche im Gebüsch gefunden. Natürlich war ihre Mutter nicht in Ohnmacht gefallen, denn dann hätte sie wohl kaum zu einer Telefonzelle gehen, die Polizei anrufen und bei der Leiche bleiben können, bis die Polizisten kamen. Heather war sich hundertprozentig sicher, daß ihre Mutter all das so und nicht anders getan hatte.

»Aber wer *war* es?« fragte immer wieder irgend jemand, sobald Heather wissen ließ, daß ihre Mutter das Opfer gekannt hatte.

»Unsere Nachbarin«, antwortete sie darauf stets, um anschließend Einzelheiten aus Joyce Cottrells Leben zum besten zu geben.

Zunächst hatte ihr das allgemeine Interesse großartig gefallen. Alle wollten sich mit ihr unterhalten, und sogar Josh Whitman, der von allen Mädchen angehimmelt wurde, hatte sie zum Essen eingeladen. Als Heather dann aber wegen der vielen Fragerei ihrer Mitschüler fünf Minuten zu spät zum Unterricht gekommen war, fand sie es allmählich lästig, immer wieder dieselbe Geschichte erzählen zu müssen. Beim Mittagessen hatte sie dann endgültig die Lust verloren – vor allem, weil ihr klar geworden war, daß Josh Whitman nur deshalb mit ihr zusammensein wollte, um sie über den Mord auszuhorchen.

Als sie mit Rayette Hoover um sechzehn Uhr die Schule verließ, war Heather froh, daß fast alle anderen schon nach Hause gegangen waren. Zumindest mußte sie die ganze Geschichte nicht noch einmal erzählen. »Was hältst du davon, wenn wir zum Broadway gehen und dort etwas trinken?« schlug sie Rayette vor.

»Einverstanden«, stimmte ihre Freundin zu.

Auf dem Weg über Capitol Hill Richtung Broadway bemerkte Heather sofort, daß Rayette regelrecht mit sich kämpfen mußte, um nicht auf das Thema zurückzukommen, über das in der Schule alle gesprochen hatten. Heather war auch sicher, daß Rayette es nicht aushalten würde und schloß mit sich selbst eine Wette ab, daß dies noch vor dem Erreichen des nächsten Blocks der Fall wäre. Tatsächlich gewann dann auch Rayettes Neugier die Oberhand. Aber als sie anfing zu reden, mußte Heather immerhin zugeben, daß ihre Freundin dabei sehr diplomatisch vorging.

»Was war eigentlich beim Essen mit Josh Whitman?«

»Er hat mich zum Ball eingeladen«, antwortete Heather mit aufgeregt klingender Stimme, daß Rayette ihr es, für eine Sekunde wenigstens, glaubte. Dann grinste sie derart breit, daß man sogar ihre Zahnspangen sehen konnte, die sie sonst vor niemandem entblößte.

»Hör schon auf!« johlte sie. »Dieser Sexbolzen wollte dasselbe von dir wissen wie wir alle! Und jetzt erzähl' mir endlich alles über die Frau, die man ermordet hat. Los, gestehe!«

»Da gibt's nichts zu gestehen«, seufzte Heather. »Ich meine, niemand hat Mrs. Cottrell so richtig gekannt. Sie war reichlich sonderbar. Sie hatte keinerlei Freunde, und sie ging kaum auf die Straße. Manchmal konnte man ihr beim Essen zusehen. Da saß sie ganz allein an ihrem riesigen Eßtisch.«

Rayette lief es kalt den Rücken hinunter. Sie hatte immer geglaubt, daß irgendein Spuk auf dem großen Haus neben dem der Jeffers lag. Seit Heather und sie Freundinnen waren, wußte sie, daß die Frau, die dort wohnte, etwas eigenartig war. Aber der Gedanke daran, daß man sie wirklich ermordet hatte... »Was glaubst du, was passiert ist?« fragte sie. »Ich meine, wirklich passiert ist.«

Heather zuckte die Schultern. »Woher soll ausgerechnet ich das wissen? Ich hab' sie doch überhaupt nicht gekannt.«

»Ich hab' dich nicht danach gefragt, was du *weißt* – ich hab danach gefragt, was du *glaubst*! Ob es zum Beispiel jemand gewesen ist, den sie kannte.«

»Keine Ahnung. Sie hat doch überhaupt niemanden gekannt.«

Als sie fast den Broadway erreicht hatten, hielt Rayette plötzlich an. »Gehen wir hinauf und sehen uns an, wo deine Mutter sie gefunden hat«, schlug sie vor.

Heather machte große Augen. »Die lassen uns doch bestimmt nicht durch. Die haben sicher den ganzen Platz abgesperrt.«

»Eben nicht!« drängte Rayette. »Ich weiß noch, als man letztes Jahr dort jemanden erschossen hat, wurden die Polizisten nach drei Stunden wieder abgezogen. Also, komm schon!«

Entschlossen schritt sie den Hügel hinauf zum Park, und Heather folgte ihr.

»Wo war es?« erkundigte sich Rayette, als sie auf der breiten Rasenfläche ankamen, die den Hügel und das Staubecken umgab.

»Ich glaube nicht, daß man es von hier aus sehen kann.« Heather war sich keineswegs sicher, ob sie wirklich den Ort besichtigen wollte, wo ihre Mutter Mrs. Cottrell gefunden hatte. »Daddy hat gesagt, es war weiter oben.«

»Dann nichts wie hin.« Rayette ging wieder voran, lief quer über den Rasen bis zu der Stelle, an der die Straße dem Staubecken am nächsten war. Sie überquerten sie und erreichten den steilen, ausgetretenen Pfad, der um das Staubecken herumführte.

»Können wir nicht beim Museum lang gehen?« wandte Heather ein. »Das hier ist doch kein Weg!«

»Warum sollen wir denn einen Umweg machen, wenn wir schon da sind?« Oben auf dem Hügel wartete sie, bis Heather sie eingeholt hatte, ließ ihren Blick über die Gegend schweifen, bis sie eine kleine Gruppe Leute entdeckte, die in das Gebüsch zu starren schienen. Daß das Ziel in ihrer Sichtweite vor ihr lag, brachte Rayette auf einen anderen Gedanken. »Meinst du nicht auch, daß der ganze Boden voller Blut ist?«

Heather packte ihre Freundin am Arm, um sich auf sie zu stützen; schon beim Gedanken daran, eine Blutlache von Joyce Cottrell zu finden, wurde ihr schwindlig. »Sollen wir nicht kurz zu mir nach Hause gehen? Wenn wir sowieso nichts trinken...« Bevor sie ihren Satz beenden konnte, hörte sie die Stimme ihres Bruders.

»Hierher!« rief er und wedelte wild mit den Armen. »Hier hat Mom sie gefunden!«

Sie hatte nicht die geringste Lust, sich die Stelle anzuschauen, wußte aber, daß sie Kevin nach Hause bringen mußte, bevor ihre Eltern herausbekamen, daß er sich hier herumtrieb. Zusammen mit Rayette ging sie zu ihm hin und hörte, wie er und sein Freund Justin sich daran ergötzten, einem halben Dutzend Leuten die Geschichte von dem Leichenfund zu erzählen.

»Der ganze Platz war voller Blut«, erklärte er. »Und sie war in Stücke gerissen. Boots hat an ihrem Arm herumgekaut und...«

»Kevin!« schrie Heather, packte ihren Bruder und hielt ihm die Hand vor den Mund. »Komm jetzt! Wir gehen sofort nach Hause.«

Kevin sträubte sich und schaffte es zumindest, seinen Mund freizubekommen. »Hilfe! Sie will mich kidnappen!«

Die Leute, die Kevin gerade noch atemlos gelauscht hatten, amüsierten sich jetzt, wie er versuchte, sich seiner Schwester zu entwinden.

»Hat deine Mutter wirklich die Leiche gefunden?« wollte jemand von Heather wissen.

»Oje!« stöhnte sie. »Warum ist Mom heute morgen bloß hierhergekommen!« In dem Moment schnappte Rayette sie am Arm und zog sie zu der Stelle, wo die Leiche gefunden worden war. Rayette stand neben ihrer besten Freundin, aber mit all dem Mut, den sie gerade noch so demonstrativ gezeigt hatte, war es nun vorüber. Doch genau wie Heather war es ihr unmöglich, einfach wegzulaufen.

Beide Mädchen mußten hinschauen.

Schon als sie sich den Weg durch die Leute gebahnt hatten, war kaum etwas zu sehen gewesen: nur einige Reste von Plastikbändern und eine kleine Fläche am Boden, die von herabgefallenen Blättern gereinigt worden war.

Gerade die Tatsache, daß man eigentlich nichts erkennen konnte, verlieh dem Ort eine Ausstrahlung von Einsamkeit und Verlassenheit. Mit Schaudern gestand sich Heather ein, daß ihre Einbildungskraft nicht ausgereicht hatte, um sich das vorzustellen, was ihre Mutter wirklich gesehen hatte. Obwohl Joyce Cottrells Leiche längst fortgeschafft worden war, erfüllte Heather bei diesem Anblick eine Kälte, die nichts mit der des Nachmittags zu tun hatte. »Komm«, sagte sie und griff unwillkürlich nach Rayettes Hand, »laß uns heimgehen.«

Kevin folgte einen Moment später.

Kein Wort fiel zwischen den dreien. Sie bogen um die Ecke der 16. Straße und setzten dann ihren Weg zum Haus der Jeffers fort.

Dort blieben sie stehen, und starrten auf das Haus, das dem der Jeffers' plötzlich bedenklich nahe zu liegen schien. Rayette fand als erste ihre Stimme wieder. »Es... es sieht nicht so aus wie sonst, oder?«

Eine lange Minute starrten alle drei auf das bedrohlich anmutende Gebäude. Bis zum heutigen Tag war es nur das Heim einer verschrobenen Frau gewesen, die von den kleineren Kindern gefürchtet, von den Erwachsenen verspottet wurde. Jetzt war es ringsum abgesperrt, und auf dem gelben Plastikband stand TATORT – BETRETEN VERBOTEN.

»O Gott«, schnaufte Rayette. »Sie muß genau hier getötet worden sein.« Sie drehte sich zu Heather um. »Hast du keinen Schrei oder sowas gehört?«

Heather schüttelte den Kopf. Sie konnte ihre Augen nicht von dem Haus abwenden. Im zweiten Stock lag das Zimmer, in dem Mrs. Cottrell höchstwahrscheinlich geschlafen hatte. Wenn sie arbeiten war, gingen im ganzen Haus alle Lichter ständig aus und an. Alle in der Straße wußten, daß sie an einen Zeitschalter gekoppelt waren. Aber wenn sie zu Hause war, war nur dieses Zimmer im zweiten Stock erleuchtet gewesen.

Und das lag genau Heathers eigenem Schlafzimmer gegenüber.

Mit einem Mal erschien es ihr unheimlich wichtig, sich genau an das zu erinnern, was letzte Nacht passiert war. Sie versuchte, den Abend zu rekonstruieren. Ihre Eltern hatten Streit gehabt – na ja, keinen richtigen Streit. Aber die Atmosphäre im Haus war angespannt gewesen, und deshalb hatte sich die Familie auch nicht wie sonst immer im Wohnzimmer versammelt, ferngesehen oder gelesen. Statt dessen war sie in ihrem Zimmer geblieben, auch nachdem sie ihre Hausaufgaben gemacht hatte, und Kevin in seinem. Von ihrer Mutter wußte sie, daß sie früh zu Bett gegangen war, während ihr Vater unten geblieben war und eine Weile gelesen hatte. Aber spät war es auch bei ihm nicht geworden; schon kurz vor zehn hatte er bei ihr angeklopft und gute Nacht gesagt. Nicht lange danach war sie selbst ins Bett gegangen, hatte noch ein paar Minuten gelesen und war dann eingeschlafen.

Zu dem Zeitpunkt war Mrs. Cottrell noch nicht zu Hause gewesen. Heather wußte das, weil sie fast eine Stunde an ihrem Schreibtisch neben dem Fenster gesessen und über einer Geometrieaufgabe gebrütet hatte. Die Lichter nebenan waren an- und ausgegangen, um damit praktisch überdeutlich zu verkünden, daß das Haus leer stand.

Heather überkam ein eigentümliches Frösteln, als eine vage Erinnerung in ihr aufstieg. Bis jetzt hatte sie überhaupt nicht daran gedacht, aber nun...

Jemand war auf dem Bürgersteig gewesen.

Nicht vor dem Haus, sondern gegenüber. Ein Mann mit einem dunklen Mantel. Sie hatte ihn nicht genau gesehen. Er war einfach die Straße entlangspaziert, dann aber stehengeblieben, und eine Sekunde hatte Heather gedacht, er würde zu ihr hoch sehen. Dann war er weitergegangen. Obwohl sie noch einige Male aus dem Fenster geschaut hatte, war er nicht wieder aufgetaucht.

Zumindest glaubte sie das.

Was wäre, wenn sie tatsächlich den Mörder Mrs. Cottrells gesehen, aber nichts unternommen hatte? »Um Himmels willen«, hauchte sie. »Vielleicht hätte ich sie retten können...«

»Was?« fragte Rayette, »wovon redest du?«

Heather schluckte den Kloß in ihrem Hals hinunter und berichtete den beiden anderen, was sie gesehen hatte. »Und wenn er es wirklich war? Wenn er später doch noch zurückgekommen ist?«

»Und was ist, wenn er *dich* gesehen hat?« kam Rayette plötzlich in den Sinn, und sie schaute sich auf der Straße um, als würde sie damit rechnen, einen Fremden im schwarzen Mantel zu entdecken, der sie von irgendwoher beobachtete. »Gehen wir lieber rein.« Sie warf noch einen letzten Blick auf das Haus, das jetzt vollends unheimlich wirkte, und war auf einmal froh, sechs Blocks entfernt zu wohnen, obwohl die Gegend dort nicht so schön war. Rayette ging zur vorderen Veranda und griff in einen Übertopf, der in der Ecke stand, um den Schlüssel herauszufischen, den die Jeffers, wie sie wußte, dort deponiert hatten. Als ihr bewußt wurde, was sie getan hatte, erstarrte sie. Noch einmal schaute sie auf die Straße zurück und war erleichtert, als sie dort nach wie vor niemanden sah, der sie hätte beobachtet haben können. Als sie sich umdrehte, fing sie sich einen verächtlichen Blick Kevins ein.

»Prima! Prima! Warum erzählst du nicht gleich in der ganzen Stadt herum, wo wir unseren Schlüssel verstecken?«

Heather kam ihr sofort zu Hilfe. »Das weiß die ganze Stadt wahrscheinlich sowieso. Und in Zukunft lassen wir ihn auch nicht mehr hier draußen.«

Kevin rollte mit den Augen. »Wenn der Bursche dich wirklich gesehen hat, kriegt er dich so oder so«, ergriff er die Gelegenheit, seiner Schwester gehörig Angst einzujagen. »Ich wette, der hat dich schon den ganzen Tag im Visier.«

»Halt die Klappe!« warnte ihn Heather, nahm Rayette den Schlüssel ab und steckte ihn ins Schloß. »Halt bloß endlich die Klappe!«

»Von dir laß ich mir gar nichts sagen!« fauchte er im Flur zurück. Heather schloß die Tür und schob den Riegel vor. »Angsthase, Angsthase«, sang er und setzte sich auf den Boden, um Boots den Bauch zu streicheln. Er war seinem Herrchen zur Begrüßung entgegengestürmt und lag jetzt auf dem Rücken vor ihm und bebte am ganzen Körper vor Freude. »Heather ist ein Angsthase!«

»Hör endlich mit dem Gequatsche auf«, sagte sie zu ihrem Bruder, ging in die Küche und bat Rayette: »Mach du mal ein paar Coladosen auf, ich geh inzwischen Kumquat füttern.«

Kevin sah seine Schwester böse an. »Das sag ich Dad, daß du mir verbietest zu reden«, drohte er. »Dad?« brüllte er nach oben, »he, Dad!«

Sein Vater antwortete aus dem Wohnzimmer: »Hier bin ich!« Die beiden Mädchen gingen ins Eßzimmer, Kevin zu seinem Vater. Boots tollte hinter ihm her.

»Was hast du jetzt vor?« wollte Rayette wissen und nahm zwei Coladosen aus dem Kühlschrank.

»Wie? Was soll ich denn vorhaben?« fragte Heather und machte eine Dose Katzenfutter auf.

»Na wegen dem Mann, den du gesehen hast.« Rayette schenkte das Cola in zwei große Gläser, dann ließ sie sich auf einen der Stühle beim Küchentisch fallen. »Was ist, wenn Kevin recht hat?«

Heather schüttete einige Brocken Friskies in Kumquats Schälchen. »Er hat mich gar nicht gesehen«, sagte sie und verlieh ihrer Stimme weit mehr Überzeugung, als sie fühlte.

»Aber falls doch?« hakte Rayette nach. »Ich meine, was ist, wenn...«

»Ich will nicht darüber reden!« Heather stellte die Schale auf den Boden. Dann wunderte sie sich, denn Kumquat strich ihr gar nicht um die Beine, wie sie das sonst immer tat, wenn ihre Schüssel gefüllt wurde.

»Jetzt red doch schon!« Rayette ließ nicht locker. »Wenn er *dich* gesehen hat...« Doch ihre Freundin hörte ihr schon gar nicht mehr zu.

»Kumquat!« rief Heather. »Komm, Futter, Miez, Miez, Miez.«

Als die Katze nicht kam, lief Heather wieder in den Flur. »Dad? Ist Kumquat bei dir?«

»Ich hab' die Katze schon seit heute morgen nicht mehr gesehen«, rief Glen aus dem Wohnzimmer.

Stirnrunzelnd ging Heather nach oben und schaute in ihrem Zimmer nach. Als sie die Katze auch dort nicht fand, durchsuchte sie das übrige Haus nach ihr und ging dann wieder in die Küche. »Sie ist weg«, sagte sie zu Rayette.

»Vielleicht hat sie ein Auge auf einen großen Kater geworfen und vergnügt sich jetzt mit ihm.« Rayette grinste anzüglich.

»Sie ist sterilisiert«, gab Heather zurück.

»Eine Tante von mir auch. Aber das soll nicht heißen, daß es ihr keinen Spaß mehr macht.«

»Rayette!« Heather warf ihr einen tadelnden Blick zu. Sie öffnete die Hintertür und rief wieder nach der Katze. »Kumquat! Komm, es gibt Futter!«

Kevin und Boots kamen jetzt in die Küche. Der Hund sah sofort die offene Tür und wollte hinausstürmen; Heather versuchte, sie ihm noch vor der Nase zuzuschlagen, wurde aber von Kevin gebremst.

»Schon okay. Daddy hat mir gesagt, ich soll mit ihm rausgehen.«

»Dann schau gleich nach Kumquat.«

»Sie ist deine Katze, also schau du nach ihr.« Kevin gab aber sofort nach, als er das Funkeln in den Augen seiner Schwester sah. »Na schön, ich schau mal.«

»Vielleicht sollten wir uns alle zusammen auf die Suche machen«, sagte Heather.

»Trinken wir erst mal unser Cola, und wenn sie dann immer noch nicht aufgetaucht ist, suchen wir nach ihr«, schlug Rayette vor.

Heather hatte keine Lust, mit Rayette herumzustreiten und setzte sich auf den Stuhl ihr gegenüber. Wo konnte die Katze sein? Sie ließ Kumquat zwar jeden Morgen und Abend hinaus, doch die Katze blieb nie lange draußen. Den größten Teil des Tages verschlief sie ohnehin auf ihrem Bett. Dann fiel Heather auf, daß die Tür zum Keller ein wenig angelehnt war. Sie ließ ihr Cola stehen, öffnete die Tür und blickte die Stufen hinunter.

Sie bemerkte sofort, daß Licht im Keller brannte. Ihr Vater mußte heute also schon irgendwann einmal dort unten gewesen sein, und falls Kumquat die offene Tür entdeckt hatte, hätte allein schon ihre Neugier sie nach unten getrieben. »Kumquat?« rief Heather wieder. »Komm jetzt, komm hierher!« Von der untersten Stufe aus suchte Heather den Raum nach der Katze ab. Sie sah und hörte nichts, ging zu der Werkbank, um an dem Strang zu ziehen, mit dem man das Licht ausschalten konnte. Als sie danach griff, fiel ihr Blick auf etwas, das auf der Werkbank lag.

Ein großes, haariges Insekt mit grünen Flügeln.

Erschrocken wich Heather zurück, doch dann bemerkte sie, daß es gar kein Insekt war. Aber was sonst? Behutsam hob sie das Ding hoch. Sie drehte es um und entdeckte einen nadelspitzen Angelhaken, der aus den Haaren ragte. Sie schalt sich selbst einen Dummkopf, weil sie sich vor einer künstlichen Fliege erschrocken hatte. Dann kam ihr ein Gedanke: Wenn sie schon so zusammengezuckt war, wie würde dann erst Rayette reagieren, die doch vor Insekten so große Angst hatte? Sie nahm die Fliege mit, schaltete das Licht aus und ging die Treppe hinauf. Mit gespielter Lässigkeit ging sie zum Tisch und grinste Rayette an. »Willst du sehen, was ich gefunden habe?« Ohne eine Antwort abzuwarten, warf sie das künstliche Insekt auf den Tisch, und ihre Freundin kreischte sofort lauthals. Es dauerte einen Moment, bis sie den Scherz kapierte, und sie wollte schon ihrer Wut über Heather Luft machen, als Kevin von draußen rief.

»Heather! Komm her! Schnell!«

Kevins Ruf klang so dringlich, daß beide Mädchen sofort die Treppe zum Hof hinunterrannten. Als sie um die Ecke der Garage kamen, sahen sie Kevin. Er hockte auf dem Boden und hielt den knurrenden Boots im Arm. Als er sie ankommen hörte, drehte er sich um und sah seine Schwester mit kalkweißem Gesicht an.

»Boots hat sie gefunden.« Er atmete schwer, kämpfte mit den Tränen. »So wie Mrs. Cottrell heute morgen.«

Mit klopfendem Herzen näherte sich Heather ihrem Bruder und betete darum, nicht das sehen zu müssen, was sie schon ahnte.

Halb verborgen unter den Holzplanken, auf denen die Mülltonnen standen, lag Kumquat.

Ihr Fell war blutverschmiert, und ihre Brust aufgerissen.

Instinktiv wollte Heather ihre Katze anfassen, doch Rayette hielt sie zurück. »Laß es, Heather«, flüsterte sie. »Nicht berühren. Laß sie liegen, wo sie ist. Wir rufen die Polizei.«

Schluchzend, ohne ein Wort herauszubringen, ließ sich Heather von ihrer Freundin ins Haus zurückführen. Im gleichen Moment, als sie zur Hintertür hereinkamen, erschien Heathers Mutter an der Vordertür. Sofort erzählten die Mädchen, was sie hinter der Garage gefunden hatten. Dabei wählte Anne bereits die Nummer der Polizei.

40. Kapitel

Mark Blakemoor überlegte sich, ob er wie fast alle seiner Kollegen um siebzehn Uhr Feierabend machen oder so lange weiterarbeiten sollte, bis er mit dem Stapel Akten, der auf seinem Schreibtisch schon in schwindelnde Höhen gewachsen war, einigermaßen auf dem laufenden war. Er schaute auf die Uhr an der Wand des kleinen Zimmers, das er sich mit Lois Ackerly teilte und sah, daß ihm noch zehn Minuten blieben, bis er definitiv eine Entscheidung treffen mußte. Er wandte seine Aufmerksamkeit wieder dem aufgeschlagenen Ordner vor sich zu. Darin befand sich eine Kopie von Joyce Cottrells Personalakte, in der er nach etwas gesucht hatte – nach irgendeinem kleinen Hinweis, aus dem man hätte folgern können, daß ihr jemand feindlich gesonnen war. Das Problem mit Cottrell war jedoch, daß sie offenbar nicht nur keine Feinde, sondern auch keine Freunde besaß. Sie war seit mehr als zwanzig Jahren in der Group-Health-Klinik angestellt, und während dieser Zeit war weder Lob noch Tadel über sie bekannt geworden. Einerseits verrichtete sie ihren Job gut genug, daß man sie behalten hatte; andererseits hatte sie sich nie genug angestrengt, als daß es zu einer Beförderung gereicht hätte.

Er legte die Akte zur Seite und drehte sich zu Lois Ackerly um, die ihren Schreibtisch bereits aufräumte. Das machte ihn ärgerlich, aber er konnte nicht sagen, ob es daran lag, daß sie rechtzeitig Feierabend machte oder daran, daß zu Hause jemand auf sie wartete.

Automatisch schaute er auf den Platz, wo früher einmal ein Foto seiner Ex-Frau gestanden hatte. Doch dabei tauchte nicht Patsy Blakemoors Bild vor seinem geistigen Auge auf, sondern das von Anne Jeffers. Laß endlich den Quatsch! ermahnte er sich. Weniger um mit ihr zu reden, als um Annes Bild zu vergessen, fragte er Lois Ackerly, ob sie bei den Nachforschungen über Joyce Cottrells Lebensgeschichte mehr Erfolg gehabt hatte als er.

Lois schüttelte halb mitleidsvoll, halb ungläubig den Kopf. »Diese Frau hatte anscheinend einen etwas ungewöhnlichen Lebensstil. Ich kann nicht nur niemanden finden, der mit ihr befreundet gewesen ist, sondern auch niemanden, der sie überhaupt kannte. Alles, was ich herausgefunden habe, ist, daß sie arbeiten ging und sich anschließend gleich auf den Heimweg machte. Am Arbeitsplatz tat sie ihren Job – und damit hatte es sich auch schon. Sie blieb ganz für sich. Sie hatte keine Freunde, war sogar in der Pause allein. Anscheinend war sie ein absolutes Nichts.«

»Aus ihren Personalunterlagen geht genau dasselbe hervor«, stimmte Blakemoor zu. »Kein Plus, kein Minus, nichts.« Er reichte ihr die Akte, und sie blätterte die Unterlagen durch.

»Keine Freunde, keine Feinde«, bestätigte sie. »Keine Tratschgeschichten. Es ist so, als ob sie in einem luftleeren Raum gelebt hätte.«

»Und wer hat sie dann umgebracht?« fragte Blakemoor. Als er diese Frage stellte, tauchte ein anderes Bild vor ihm auf: Glen Jeffers. Er hatte den ganzen Nachmittag über ihn nachgedacht und war sicher, daß ihm Annes Mann etwas vorenthalten hatte. Dennoch war er schließlich zu der Schlußfolgerung gelangt, daß selbst wenn er Glen gerne aus dem Weg gehabt hätte – und er redete sich ein, daß das nicht so war –, er für die Tat nicht in Frage käme. Die Rechnung ging einfach nicht auf. Wer immer auch die Cottrell erstochen hatte, wäre blutbespritzt gewesen, und wenn sie geschrien hätte, hätte sie jemanden im Nachbarhaus aufwecken *müssen*. Aber wer würde schon das Risiko eingehen, im Nachbarhaus jemanden zu ermorden, wenn seine ganze Familie gleich nebenan schlief? Niemand, dachte Blakemoor. Da war er sich leider verdammt sicher. Trotzdem wollte er Glen Jeffers um Fingerabdrücke bitten, und sei es nur aus dem einen Grund, ihn definitiv als Täter auszuschließen – um klarzustellen, daß er nicht die Person sein konnte, die verschmierte, aber brauchbare Spuren in Cottrells Badezimmer hinterlassen hatte, als sie sich offenbar die Hände gewaschen hatte. »Wer hat sie bloß ermordet?« wiederholte er und seufzte frustriert.

»Vielleicht derselbe Dreckskerl, der Shawnelle Davis auf dem Gewissen hat?« sagte Lois Ackerly. »Du weißt ja, daß Anne Jeffers einen Zusammenhang zwischen beiden vermutet, und du weißt auch, daß wir diesen Behauptungen nachgehen müssen.«

Blakemoor lehnte sich zurück, legte die Füße auf den Tisch und verschränkte die Arme hinter dem Kopf. »Und was vermutest du?« fragte er. Ackerly war es in diesem Moment klar, daß er sie in eine längere Diskussion über den Fall verwickeln wollte. »Ob Anne wohl recht hat? Kaufst du ihr die verrückte Idee ab, daß Kraven vielleicht nicht alle Morde selbst begangen hat und daß die ganze Scheiße wieder von vorn beginnt? Oder handelt es sich nur um einen Nachahmer? Und wenn dem so sein sollte, warum hat er dann die Cottrell vergewaltigt, nicht aber die Davis?«

Bevor Lois antworten konnte, klingelte das Telefon auf dem Tisch ihres Partners. Dankbar für die Gelegenheit, sich Marks Fragen entziehen zu können, schnappte sie sich den Hörer, bevor er die Füße wieder auf den Boden brachte. Beim Lauschen legte sich ihre Stirn in Falten, und einen Augenblick lang überkam Mark der schlimme Verdacht, daß wieder eine Leiche entdeckt worden sei. Doch dann setzte Lois ein Lächeln auf.

»Eine Katze?« erkundigte sich die Kommissarin. »Mach keine Sachen, Phil, warum rufst du deshalb bei uns an? Für Katzen sind wir nicht zuständig. Falls du es vergessen haben solltest: Du sprichst mit der Mordkommission. Wie? Worum geht's? Mord an einer *Katze*?« Sie hielt die Hand vor die Muschel und redete mit Blakemoor. »Stell dir vor, die rufen uns wegen einer toten ...«, doch ehe sie den Satz beenden konnte, verschwand ihr Lächeln, und sie fluchte leise. »Um Gottes willen ... Gut, wir übernehmen das. Sind schon unterwegs.«

Mark schaute sie ungläubig an, als sie den Hörer auflegte. »Eine *Katze*?« fragte er. »Habe ich recht gehört? Wir wollen uns wegen einer toten Katze auf den Weg machen?«

Lois nickte traurig. »Es geht nicht um *irgendeine* tote Katze. Es geht um Anne Jeffers' Katze.«

»Annes?« wiederholte Blakemoor. »Und sie hat nach uns verlangt?«

»Ja. Nach dem, was Phil erzählt hat, wurde die Katze auf dieselbe Weise verstümmelt wie die Frauen Cottrell und Davis.«

Mark fluchte. Wenn das stimmte – was er nicht hoffte –, würde das bedeuten, daß nicht nur ein Serienmörder frei herumlief, sondern einer, der dazu auch noch widerliche Spielchen trieb.

Aber mit wem spielte er?

Mit der Polizei oder mit seinem nächsten Opfer?

Natürlich gab es auch noch eine andere Möglichkeit: Jemand hatte sich einen makabren Scherz erlaubt. Schließlich war Annes Name den ganzen Tag über sämtliche Sender der Stadt gegangen. Alle hatten über den merkwürdigen Zufall berichtet, daß ausgerechnet eine Reporterin die Leiche gefunden hatte. Jemand, der Anne nicht mochte, konnte ihr am einfachsten dadurch einen gehörigen Schrecken einjagen, indem er ihre Katze auf dieselbe Weise umbrachte wie ihre Nachbarin. Wie hätte sie das anders deuten können außer als Warnung, sie könnte das nächste Opfer sein? Meine Güte, mußte sie sich erschrocken haben! Blanke Wut über den, der das getan hatte, stieg in ihm hoch, und einen Moment lang überlegte er, ob es nicht besser sei, er würde sich aus dem Fall heraushalten. Doch er verwarf den Gedanken rasch; er wollte im Gegenteil alles daransetzen, dieses Dreckschwein zu schnappen.

Auf ihrer Fahrt nach Capitol Hill konnte sich Lois eine ironische Bemerkung nicht verkneifen: »Wenigstens mußt du jetzt nicht heimfahren.«

Mark spürte, daß er errötete. »Mir macht es nichts, nach Hause zu fahren«, entgegnete er schroff.

»Deshalb fängst du auch immer erst eine Minute vor fünf eine Unterhaltung an«, bemerkte Lois trocken, lenkte aber gleich wieder ein. »Tja, stimmt schon. Einsamkeit ist nicht schön. Wenn ich Jake nicht hätte...«

»Könnten wir nicht vielleicht das Thema wechseln?« unterbrach Mark sie.

Doch bis zum Ende der Fahrt sprachen beide kein Wort mehr. Erst als sie vor dem Haus der Jeffers' hielten, ergriff Lois wieder das Wort: »Übrigens: Wenn es dir lieber ist, kann ich den Fall auch allein übernehmen.«

Mist! dachte Blakemoor. Konnte man seine Gedanken so deutlich von seinem Gesicht ablesen? »Ich weiß nicht, wovon du redest«, sagte er laut, stieg aus und schlug die Wagentür härter als nötig zu. Er nahm zwei Stufen auf einmal zur Veranda hinauf und wollte gerade klingeln, als die Tür aufging und Anne Jeffers ihn hereinbat. Auf ihrem kreidebleichen Gesicht stand noch immer der Schrecken geschrieben.

»Sie glauben jetzt vielleicht, daß ich wirklich verrückt geworden bin«, sagte sie, doch ihr Versuch, einigermaßen locker zu klingen, mißlang.

»Ich weiß nicht mal genau, was überhaupt passiert ist«, antwortete Mark und hoffte, seine Stimme würde nicht verraten, daß er sie am liebsten in die Arme genommen hätte. »Also, was war los?« Lois und er folgten ihr ins Wohnzimmer. Ein Mädchen, das Annes Tochter sein mußte, saß zusammengekauert auf dem Sofa und weinte, während ein schwarzes Mädchen etwa gleichen Alters sie zu trösten versuchte.

»Hinten«, sagte Anne leise und führte die beiden Beamten nach draußen in den Hof. Als sie über den Rasen gingen, warf Mark Blakemoor einen Blick auf das Nachbarhaus und fragte sich, ob wirklich ein Zusammenhang zwischen dem brutalen Mord in der letzten Nacht dort und der Katze, die nun tot hinter Anne Jeffers Haus lag, bestehen konnte.

Glen saß mit Kevin auf den Holzbohlen, wo die Mülltonnen standen. Als Anne und die beiden Kommissare kamen, sprang der Junge auf.

»Dort ist sie!« rief er und zeigte auf die Katze, deren Körper teilweise unter den Planken lag. »Boots hat sie gefunden! Genau wie er Mrs. Cott...«

»Das reicht.« Anne legte ihrem Sohn schützend die Arme um die Schultern.

»Hat jemand sie angefaßt?« fragte Mark und beugte sich hinunter, um das Tier in Augenschein zu nehmen.

Kevin schüttelte den Kopf. »Ich nicht«, berichtete er. »Und ich hab's Heather und Rayette auch nicht erlaubt. Ich hab ihnen gesagt...«

»Du gehst jetzt besser ins Haus«, meinte Anne.

»Aber Mom!« meuterte Kevin. »*Ich* hab sie doch schließlich gefunden!«

»Ab ins Haus mit dir! Wenn Kommissar Blakemoor irgendwelche Fragen an dich hat, wird er dich das wissen lassen. Und sei nett zu deiner Schwester«, warnte sie ihn, während er widerwillig ins Haus zurückschlurfte.

Blakemoor legte die Katze auf das Holz und untersuchte den zerschundenen Körperteil, der einmal ihre Brust gewesen war. Der Brustkasten war aufgeschnitten und die Lungen herausgezerrt worden. Genau wie bei Shawnelle Davis und Joyce Cottrell. Aber irgendwie war die Zerstümmelung anders ausgeführt worden.

Fachmännischer.

Das Wort fiel ihm ganz plötzlich ein, aber als er es noch einmal still wiederholte, wurde ihm klar, daß dies die einzig zutreffende Beschreibung war. Während Davis und Cottrell so ausgesehen hatten, als hätte sie jemand in einem Wutanfall zerstückelt, erweckte der Katzenkörper fast den Eindruck, als wäre er seziert worden. Zumindest deutete die Art, wie ihr Brustkasten geöffnet worden war, darauf hin.

»Haben Sie irgendeine Ahnung, was mit ihr passiert sein könnte?« fragte er Glen Jeffers, der wie versteinert auf den Liebling seiner Tochter starrte. Blakemoor musterte ihn genau, doch in seinem Gesicht spiegelte sich nur der Schock.

Glen schüttelte den Kopf. »Ich wußte nicht mal, daß sie gar nicht im Hause war«, antwortete er mit schleppender Stimme, ohne aufzusehen. »Himmel, ich komm mir vor, als sei ich daran schuld.«

»Wieso das?« fragte Lois.

Glen zögerte mit seiner Antwort. Von dem Moment an, als Kevin nach Heather und Rayette geschrien hatte und er hinausgegangen war, um nach dem Rechten zu sehen, hatte er sich daran zu erinnern versucht, wann er die Katze zum letzten Mal gesehen hatte. Heute morgen, als er aus dem Park zurückgekommen war, war sie noch da gewesen. Aber danach?

Er wußte es nicht. Aber morgens war er ständig ins Freie und zurück ins Haus gegangen; die Tür hatte offengestanden, und dabei konnte sie entwischt sein. Als er sich hingelegt hatte, hatte er nicht nach ihr gesucht, auch nicht nach dem Aufwachen. Als er daran dachte, mit welcher Fürsorge Heather jeden Morgen nach der Katze schaute, immer darauf bedacht, daß sie ja nicht das Haus verlassen konnte, wuchs sein Schuldgefühl noch. Er hätte zumindest ein bißchen auf sie achtgeben können...

Statt dessen hatte er den halben Tag verpennt. »Wahrscheinlich ist sie heute morgen entwischt«, sagte er schließlich. Sein Blick wanderte zu Mark Blakemoor. »Vielleicht zu der Zeit, als Sie gegangen sind.«

»Willst du damit sagen, du hast nicht auf sie aufgepaßt?« fragte Anne. »Mein Gott, Glen! Du weißt doch, wie vorsichtig Heather immer ist. Du hättest wenigstens...«

»Ist ja schon gut!« Glen wurde plötzlich ärgerlich. »Ich hab' ja schon gesagt, daß ich einen Fehler gemacht habe. Aber schließlich hab' ich sie ja nicht umgebracht!«

»Natürlich«, seufzte Anne. »Tut mir leid. Aber ich bin so aufgeregt und...« Sie sprach den Satz nicht zu Ende, sondern wandte sich an Blakemoor. »Ich weiß, ich hätte Sie damit nicht belästigen dürfen, aber als die Kinder mir erzählt haben, was passiert ist, erschien mir das kein Zufall zu sein.«

»Das ist völlig in Ordnung«, versicherte Mark. Er warf seiner Partnerin einen fragenden Blick zu und sagte: »Wir nehmen die Katze lieber mit. Und wie steht's mit Fotos?«

Lois zuckte die Schultern; auch sie war nicht sicher, wie in einem solchen Fall zu verfahren war. Über eines war sie sich allerdings im klaren: *Sie* würde wegen einer toten Katze nicht das gesamte gerichtsmedizinische Personal herkommen lassen. »Ich glaube, das ist nicht nötig«, sagte sie. »Wir beide wissen ja schließlich, wo die Katze war.« Sie wandte sich an Anne. »Haben Sie vielleicht einen Plastikbeutel?«

Anne hörte nichts, sie stierte immer noch auf die Katze. »Ich hole einen«, übernahm Glen für sie die Antwort.

Als Glen ins Haus ging, schaute Anne auf und bemerkte, daß Mark ihm einen mißtrauischen Blick hinterherwarf. »Sagen Sie, Mark, Sie glauben doch nicht etwa, daß Glen das getan hat?«

»Na ja«, antwortete Mark und versuchte, seiner Stimme einen lässigen Ton zu geben, obwohl ihm ganz und gar nicht danach zumute war: »Immerhin war er die letzte Person, die das Opfer lebend gesehen hat.«

»Das finde ich nicht komisch«, sagte Anne mit fester Stimme.

Ihre Worte trafen, und Blakemoor bedauerte sofort seine Bemerkung. »Hören Sie, wir nehmen die Katze mit und lassen sie gründlich untersuchen. Mir ist natürlich klar, warum Sie so aufgeregt sind, aber wir wissen nicht, ob es einen Zusammenhang zwischen diesem und ...«

»Wissen wir nicht?« unterbrach Anne. Ihr Schock beim Anblick des zerstückelten Tieres schwand angesichts des offensichtlichen Versuchs des Kommissars, über das, was geschehen war, einfach hinwegzugehen. »Ich habe zwar Shawnelle Davis nicht gesehen, aber dafür Joyce Cottrell. *Ich* habe sie ja gefunden. Und Sie können mir nicht einreden, die arme Kumquat wäre nicht auf genau dieselbe Weise verstümmelt worden wie sie. Zuerst war es also Davis, die ich zugegebenermaßen nicht kenne, aber die nächste war meine Nachbarin. Und jetzt ist es die Katze meiner Tochter. Direkt in meinem Hinterhof! Da möchte ich doch schließlich wissen, was das eine mit dem anderen zu tun hat.« Sie wandte sich an Lois. »Ich weiß, wie Sie über das, was ich geschrieben habe, denken, aber ...« begann sie, doch Ackerly brachte sie mit einer Geste zum Schweigen.

»Was wir gestern gedacht haben, muß heute nichts mehr

bedeuten«, sagte sie. »Wir werden diesen Fall ernstnehmen. Ob dieser Mörder etwas mit Richard Kraven zu tun hat oder nicht – es sieht jedenfalls danach aus, als würde er seinen Stil kopieren. Wenn uns jemand anders in der Stadt von einem solchen Vorfall berichtet hätte, wäre jemand gekommen und hätte nur eine Anzeige wegen Tierquälerei aufgenommen. Aber nach dem, was letzte Nacht passiert ist, sind wir ebenso daran interessiert, was mit der Katze passiert ist wie Sie, das dürfen Sie mir glauben.«

Anne kniff die Augen zusammen. Sie war nicht sicher, ob Lois sie nur beruhigen wollte und drehte sich wieder zu Mark um.

»Wir geben Ihnen Bescheid«, versprach er. »Die Katze kommt nicht einfach zum Abdecker. Wir schalten denselben medizinischen Gutachter ein, der die Davis und die Cottrell untersucht hat...«

»Davis *und* Cottrell?« unterbrach ihn Anne. »Soll das heißen, daß Sie doch einen Zusammenhang sehen?«

Mark Blakemoor und Lois Ackerly tauschten einen Blick aus, dann seufzte Mark: »Inoffiziell natürlich schon. Die beiden Morde weisen immerhin so viele Gemeinsamkeiten auf, daß wir einen Serienmörder nicht ausschließen können. Aber, wie gesagt, ganz inoffiziell.« Sein Blick blieb auf Kumquats blutbespritzter Leiche hängen. »Was mit Ihrer Katze passiert ist, werden wir ganz genau unter die Lupe nehmen. Aber wenn Sie bis dahin auch nur ein einziges Wort schreiben, daß ich den Tod einer Katze wie einen Mordfall behandle, schwöre ich Ihnen, daß kein Polizist jemals wieder mit Ihnen über irgend etwas spricht. Alles klar?«

Anne zögerte erst, nickte dann aber: »Alles klar.« Sie schaute sich um und vergewisserte sich, daß sie mit den beiden Polizisten allein war. »Was sollen wir tun?« Sie sah wieder auf die Katze. »Soll das eine Warnung sein? Soll das heißen, daß jemand es auf mich oder meine Kinder abgesehen hat?« Ihr Gesicht sah gequält aus: ein Spiegelbild ihrer aufgewühlten Gefühle. »Ich habe Angst. Große Angst.«

Wieder mußte Blakemoor seinen Wunsch unterdrücken,

sie einfach in die Arme zu nehmen und ihr zärtlich über das Haar zu streichen. Und er war auch wieder darauf bedacht, möglichst ruhig zu sprechen – so wie eben ein Polizist mit irgendeinem verängstigten Bürger redet. »Machen Sie sich keine zu großen Sorgen, bis wir wissen, was los ist. Vielleicht wollte Ihnen jemand einfach nur einen üblen Streich spielen. Oder jemand wollte Ihnen einen Schrecken einjagen und hat darauf spekuliert, daß so eine Tat dazu bestens geeignet ist. Fürs erste werden wir jedenfalls dafür sorgen, daß in dieser Straße ab sofort jede Nacht mehrere Streifenwagen patrouillieren. Und wenn Sie Angst haben, oder Ihnen etwas verdächtig vorkommt, dann rufen Sie mich an. Ich garantiere Ihnen persönlich, daß in weniger als einer Minute jemand bei Ihnen auftaucht.«

»Aber meine Kinder...« fügte sie hinzu. Sie hatte nun nichts mehr von der harten Reporterin, die sie sonst war. »Was ist mit ihnen? Was soll ich ihnen sagen?«

»Wenn es meine wären, würde ich ihnen zunächst einmal sagen, daß es ein Waschbär gewesen ist«, half ihr Lois. Als Anne etwas einwenden wollte, fuhr Lois fort: »Warum sollten sich denn auch noch Ihre Kinder zu Tode ängstigen? Sie selbst haben schon Sorgen genug, da müssen Ihre Kinder nicht auch noch Alpträume bekommen. Morgen können wir Ihnen vielleicht schon mehr erzählen.«

Bevor Anne noch etwas dazu sagen konnte, ging die Hintertür auf, und Glen kam mit einem Plastikbeutel zurück.

Obwohl sie sich selbst dafür haßte und sich treulos vorkam, tat sie nichts, um das Schweigen zu brechen, in das die beiden Polizisten verfielen, als ihr Mann näherkam. Statt dessen wandte sie sich von den schauerlichen Überresten der Katze ab und ging ins Haus.

Als Glen Mark Blakemoor den Plastikbeutel reichte, den er in einer Küchenschublade gefunden hatte, spürte er den bohrenden Blick des Kommissars. Es fiel kein Wort zwischen ihnen, aber das war auch nicht nötig. Verzweifelt versuchte Glen herauszufinden, was eigentlich geschehen war. War es tatsächlich möglich, daß er der Katze den Bauch aufgeschlitzt hatte?

Aber er hatte keine Erinnerung daran.

Er hatte nur eine vage Erinnerung an einen Traum.

Er war in einem dunklen Raum gewesen, in dessen Mitte ein strahlendes Licht brannte. Und unter diesem Licht war etwas passiert.

Er war näher hingegangen, um genauer nachsehen zu können, doch etwas war im Weg gewesen, hatte ihm den Blick versperrt. Er hatte die bruchstückhafte Erinnerung, daß er sich im Traum bewegen wollte. Um vor dem Geschehen zu fliehen? Um etwas zu erkennen?

Es fiel ihm nicht mehr ein.

Dann ging ihm eine weitere Erinnerung durch den Kopf. Rot. Blutrot. Und mit der Erinnerung an die Farbe kam noch ein anderer Eindruck. Er spürte ein seltsames Gefühl in den Fingern. Wärme. Nein, mehr als Wärme. Hitze. Seine Finger waren heiß und mit Schleim bedeckt.

Ihn schauderte bei dieser Erinnerung und dem damit verbundenen Gefühl in den Fingern. Glen steckte die Hände in die Taschen, als ob er sie dort verstecken wollte, zog sie dann aber rasch wieder heraus. Was sollte das? Er hatte nichts zu verbergen – er konnte sich nicht einmal daran erinnern, worum es in dem Traum gegangen war.

Außer, daß Mark Blakemoor ihm einen Blick zugeworfen hatte, der Schuldgefühle in ihm erweckte, war nichts passiert. Dennoch erfaßte ihn eine Kälte, deren Ursache nicht in dem frostigen Nachmittag lag.

Wer war der Fremde in seinem Traum gewesen?

Konnte jemand ins Haus eingedrungen sein, während er geschlafen hatte? Er erinnerte sich an gestern, an das unerklärliche Auftauchen des Rasierapparates und der Angelrute. Er mußte sie gekauft haben, wußte aber nichts mehr davon!

War es auch möglich, daß er Kumquat getötet hatte und sich ebenfalls nicht mehr daran erinnerte?

Es war nicht möglich. Ganz bestimmt hatte er das nicht

getan, er konnte es einfach nicht getan haben! Es war nur ein Traum gewesen!

Oder verlor er doch allmählich den Verstand?

Als Anne das Haus betrat, saßen Heather und Rayette noch immer auf dem Sofa. Heather schluchzte leise, und ihre Freundin gab sich alle Mühe, ihr Trost zu spenden.

Kevin war nirgendwo zu sehen, aber Anne war ganz sicher, wo er steckte: oben in seinem Zimmer, von wo aus er zusah, wie Lois Ackerly und Mark Blakemoor ihre Arbeit beendeten.

Weil sie wußte, daß bei Heather jetzt ohnehin jedes Wort vergebens war, ging Anne in ihr Arbeitszimmer und ließ sich verdrossen in den Stuhl vor ihrem Computer fallen.

Einen Moment lang saß sie einfach nur da, ihre Augen schauten ins Leere; wie betäubt versuchte sie, alle Ereignisse dieses Tages auf die Reihe zu bringen: der nutzlose Versuch, Sinn in etwas Sinnlosem zu finden.

Schreib's auf, sagte sie sich schließlich, als ihre Gedanken chaotisch durcheinandergerieten. Schreib alles auf. Das ist die einzige Möglichkeit, die Gedanken zu ordnen.

Sie schaltete den Computer ein und wartete, bis er hochgefahren war und die Auto-Exec-Datei startete. Dann erschien das vertraute Bild des Windows-Programms. Aber sie brauchte keine Befehle einzugeben, der Computer arbeitete allein weiter.

Ihr Textverarbeitungsprogramm wurde geöffnet, und es erschien eine gerahmte Nachricht auf dem Bildschirm:

»Zu schade um die Katze.
Manche Experimente klappen einfach nicht.
Dann sterben die Objekte.
Ich versuche es lieber mit dir.«

Kurz nachdem Anne die Worte registriert hatte, waren sie auch schon wieder verschwunden. Einen Moment lang fragte sie sich, ob sie die Nachricht wirklich gesehen hatte.

Die Angst, von der sich ihre Magennerven zusammenzogen, war der Beweis, daß es so gewesen war.

41. Kapitel

Im Zeitungskasten vor dem 7-Eleven-Gebäude lagen die Morgenausgaben des *Herald* bereit, und er brauchte nicht zum nächsten Laden zu gehen, um sich eine Zeitung zu kaufen. Als er vor dem Kasten stand, fing sein Herz bei dem Gedanken, was auf der Titelseite stehen mußte, zu hämmern an. Gleichzeitig überfiel ihn jedoch Furcht. Was wäre, wenn ihn nun jemand beobachten würde?

Er schaute sich um, bedauerte das aber im gleichen Moment: schon diese unscheinbare Bewegung könnte aufmerksamen Blicken seine Nervosität verraten haben.

Die ganze Nacht über hatte er sich von derartigen Blicken verfolgt gefühlt. Wie oft war er aufgestanden, um auf die Straße zu sehen, wo er nur einen Streifenwagen patrouillieren sah!

Fuhren die nur dort herum, weil schon zwei Morde in Capitol Hill verübt worden waren?

Oder suchten sie nach ihm? Nach dem Schlächter.

Der Name war ihm letzte Nacht eingefallen, als er überlegte, was Anne Jeffers wohl über ihn schreiben würde. Er hatte bis jetzt zwei Morde begangen, und deshalb würden sie ihm vielleicht einen Spitznamen geben. Es gab bereits den Sohn von Sam, den Würger von Boston, den Green-River-Mörder. Richard Kraven hatte jedoch nie einen Spitznamen gehabt, und das war gut so.

Würde man ihm einen geben, bedeutete das, daß er sogar noch höher im Kurs stünde als Richard Kraven.

Er war der Schlächter.

Dieser Name strahlte eine Kraft aus, die ihm gut gefiel. Vielleicht sollte er Anne Jeffers morgen eine Nachricht zukommen lassen und mit diesem Namen unterzeichnen. Dann würde in ein, zwei Tagen dieser Name in Seattle in aller Munde sein.

Der Schlächter.

Diese Überlegung hatte ihn die ganze Nacht wachgehalten, und er hatte Gefallen daran gefunden. Dann war es endlich Morgen geworden.

Morgen – damit war es Zeit für die neueste Ausgabe des *Herald*. Er wäre gerne schon längst vor der Dämmerung aufgestanden, doch bei den vielen Polizeiwagen, die unterwegs waren, war ihm das als viel zu riskant erschienen. Also hatte er bis zum Schichtwechsel im Krankenhaus gewartet, weil dann viele Menschen auf der Straße unterwegs sein würden.

Aber jetzt war es zu spät, um hier eine Zeitung zu kaufen. Zu spät und zu gefährlich – vor allem, weil er sich umgedreht und damit allen, die ihn beobachten könnten, seine Nervosität verraten hatte. Jetzt mußte er bis zur 15. Straße laufen.

Im Einkaufszentrum dort war der Schlächter schon oft gewesen. Es störte ihn auch nicht der Gedanke, daß ihn jemand sehen und fragen könnte, warum er nicht bei der Arbeit war. Er wußte, daß er nach der schlaflosen Nacht nicht besonders gut aussah. Er hätte geantwortet, er sei erkältet, genau wie er das heute morgen getan hatte, als er sich zum dritten Mal krank gemeldet hatte.

Es ging lediglich darum, sich ganz normal zu benehmen. Normal und ungezwungen. Vielleicht sollte er sich einige Zeitschriften und eine Suppe kaufen, genau wie er es immer tat, wenn er wirklich erkältet war.

Er mußte nur klug sein. Und er wußte, daß er klug war, egal, was seine Mutter darüber dachte. Er mußte vorsichtig sein, alles gut durchdenken – dann wäre er schon bald berühmt.

Mindestens so berühmt wie Richard Kraven, vielleicht sogar so wie Ted Bundy.

Solange man ihn nicht erwischte.

Deshalb konnte er auch nicht einfach vom 7-Eleven aus weitergehen. Er mußte so aussehen, als ob er aus einem bestimmten Grund hierhergekommen war. Er betrat den Laden, ging zum Zeitschriftenhändler und tat so, als würde er sich die Titel anschauen, während er gleichzeitig überprüfte, ob ihn jemand bespitzelte.

Von dem Angestellten hinter der Ladentheke abgesehen, war kein Mensch zu sehen. Trotzdem konnte ihn jemand von draußen beobachten, möglicherweise von einem Wagen aus.

Er ging vom Zeitschriftenständer zur Ladentheke. Dort nahm er sich eine Rolle Minzdrops und bezahlte sie. Als er wieder hinausging, war er eifrig mit dem Ausrollen der Drops beschäftigt, und niemand, der ihm nachspionierte, hätte gemerkt, daß er in Wirklichkeit sämtliche Autos der Gegend genauestens anschaute.

Alle waren leer, bis auf einen schwarzen Cadillac, von dem er ziemlich sicher wußte, daß er einem Drogenhändler gehörte. Er hatte ihn schon oft hier gesehen und nach dem Aussehen der Leute zu folgern, die um ihn herumstanden, konnte es weiß Gott kein Polizeiauto sein. Er steckte sich einen Drops in den Mund, überquerte die Straße und machte sich auf den Weg ins Einkaufszentrum. Dort holte er sich einen Korb, ging in die Lebensmittelabteilung, wo er drei Dosen Hühnersuppe aus dem Regal nahm. Dann ging er zur Kasse, ganz sicher, dort einen Stapel des *Herald* zu finden. Als er sich eine Zeitung griff, zitterten seine Hände kaum. Er packte noch einige Zeitschriften ein und griff nach seiner Brieftasche, als der Kassierer ihn ansprach:

»Haben Sie auch schon von dem Mord gehört?«

Sein Herz raste; seine Hände wurden kalt und klamm.

»Mord?« wiederholte er. Was sollte er sagen? Durfte er schon davon wissen? Aber im Rundfunk und Fernsehen war die Meldung ja schon gesendet worden. »Ach, Sie meinen die Leiche, die man gestern im Volunteer Park gefunden hat?« fragte er. *Das war gut gewesen. Seine Stimme hatte genau richtig geklungen: interessiert, aber nicht zu interessiert.*

»Am Abend vorher war sie noch hier«, erklärte der Kassierer.

Der Mann spürte, daß er weiche Knie bekam. Als er seine Brieftasche herauszog, entglitt sie seinen zitternden Händen und sie fiel zu Boden. »So ein Mist«, stöhnte er, als er sich hinunterbeugte, um sie aufzuheben. Aber das war auch nicht schlimm. Zumindest gewann er dadurch einige Sekunden, um sich eine Antwort einfallen zu lassen. Und sie fiel ihm ein. Er richtete sich auf und machte große Augen. »Sie meinen, hier?« fragte er. »Sie war wirklich *hier*?«

Der Kassierer nickte eifrig. Als er wieder zu sprechen begann, hatte sich der Mann gefangen. Es klang so, als hätte der Bursche die Geschichte schon mehr als ein dutzendmal erzählt: »Mrs. Cottrell kam hier praktisch jede Nacht auf ihrem Heimweg herein, um sich Milch zu kaufen.«

»Sie haben sie also tatsächlich gekannt?« fragte der Schlächter und betonte das Wort ›gekannt‹ so, daß der Kassierer merkte, wie beeindruckt er war.

»Nein, nicht richtig«, sagte er rasch und ließ gleich den Blick im Laden herumschweifen, ob ihm vielleicht jemand zugehört hatte, der die Frau tatsächlich gekannt hatte und dessen Verdacht er damit erregen könnte. »Ich meine, nicht besser als irgend jemand sonst hier.«

Die Nerven des Schlächters beruhigten sich. Er bezahlte, wartete auf sein Wechselgeld und nahm die Tasche, in die der Kassierer Zeitschriften und Suppendosen gesteckt hatte. Auf dem Heimweg konnte er sich kaum zurückhalten, die Zeitung aus der Tasche zu holen. Er mußte sich regelrecht zwingen, sie so lange darin zu lassen, bis er sein Appartement erreicht hatte. Aber soviel Mühe er sich auch gab, er schaffte es einfach nicht, so gemächlich zu gehen, wie er sich das vorgenommen hatte. Schließlich gab er es auf und lief mit zielsicheren Schritten die Straße hinunter, als ob er eine dringende Verabredung hätte. Nach drei Minuten, die ihm wie eine Stunde erschienen, schloß er endlich die Tür hinter sich, riß die Zeitung aus der Tasche und ließ die Suppendosen unbeachtet auf den Boden rollen. Er starrte auf die Titelseite der Zeitung.

Das war unmöglich! Es mußte auf der Titelseite stehen!

Aber da stand nichts. Nichts, außer irgendwelchem Schwachsinn über einen neuen Park, den die Stadt anlegen wollte.

Wer zum Teufel scherte sich darum?

Er ging zu dem verbeulten Tisch, blätterte mit zunehmender Wut die Seiten um, aber fand nichts. Dann endlich, auf der dritten Seite des zweiten Teils, entdeckte er die Meldung.

Er explodierte fast vor Zorn. Sie hatten sie regelrecht versteckt!

Dabei war es doch schon schlimm genug, daß sie es nicht auf dem Titel oder wenigstens auf der zweiten Seite gebracht hatten.

Er las den Artikel, und bei jedem Wort wurde seine Wut noch größer.

Ermordete Frau im Volunteer Park gefunden

Am frühen Morgen des gestrigen Tages wurde die nackte Leiche einer Frau im Volunteer Park gefunden. Das Opfer, als Mrs. Loyce Cottrell, 57, identifiziert, arbeitete am Empfang der Notaufnahme in der Group-Health-Klinik in Capitol Hill.

Den polizeilichen Angaben zufolge wurde die alleinstehende Frau zwischen 23 und 4 Uhr gestern morgen in ihrer Wohnung in Capitol Hill ermordet. Danach wurde die Leiche in der Nähe des Staubeckens im Volunteer Park abgelegt. Dort entdeckte sie Anne Jeffers, eine Mitarbeiterin unserer Zeitung.

Obwohl die Untersuchungen noch nicht abgeschlossen sind, legt die Polizei auf die Feststellung Wert, daß es keine Hinweise auf einen Zusammenhang zwischen dem Mord an Mrs. Cottrell und dem an Shawnelle Davis, deren Leiche letzte Woche gefunden wurde, zu geben scheint.

Nachdem er den Artikel zu Ende gelesen hatte, knüllte der Schlächter die Zeitung zusammen.

Keinen Zusammenhang?

Wie kamen die nur darauf? Hatten sie denn nicht richtig hingeschaut?

Die beiden Morde glichen sich! Sie glichen sich bis aufs Haar! Und der an Joyce Cottrell war sogar noch perfekter ausgeführt worden als der an Shawnelle Davis!

Nun, beim nächsten Mal würden sie schon wissen, mit wem sie es zu tun hatten.

Voller Zorn schleuderte er die Zeitung auf den Boden. Vielleicht sollte er sich jetzt sofort auf den Weg machen und es wieder tun! Vielleicht sollte er gleich hinausgehen, eine Person suchen, ihr nach Hause folgen und...

Nein!

So ging es nicht! Er mußte klug sein, vorsichtig und beherrscht!

Trotzdem sollte er etwas gegen seinen Ärger tun. Er atmete tief durch, versuchte, sich wieder unter Kontrolle zu bekommen und hob die zerknüllte Zeitung auf. Er breitete sie noch einmal vor sich aus, glättete die Blätter so gut es ging und riß dann sorgsam den Artikel heraus, der ihn so beleidigt hatte. Er ging zu seinem Kleiderschrank, öffnete die oberste Schublade und legte den Artikel in die Akte, in der er schon alles, was über Shawnelle Davis veröffentlicht worden war, gesammelt hatte.

Morgen, vielleicht noch heute, wollte er sich ein Album kaufen und die Zeitungsausschnitte in der richtigen Reihenfolge einkleben.

Und das nächste Mal wollte er keine Frau töten, auch wenn ihm der Mord an Joyce Cottrell mehr Vergnügen bereitet hatte, als alles, was er je zuvor in seinem Leben getan hatte.

Aber dieser Verlockung durfte er nicht erliegen.

Letzten Endes tötete er ja, um seiner Mutter eine Freude zu bereiten.

Es war das Töten, das zählte, nicht das Vergnügen.

Also war es besser, sich nicht in Versuchung führen zu lassen. Das nächste Mal sollte es keine Frau sein.

Von jetzt an würde ihm das Geschlecht seines Opfers egal sein.

Und wenn er später ein Album kaufen ginge, dann wollte er sich nicht allein damit begnügen.

Dabei konnte er ja auch gleich nach einem neuen Opfer Ausschau halten.

42. Kapitel

Anne konnte sich nicht daran erinnern, letzte Nacht überhaupt geschlafen zu haben. Es mußte aber so gewesen sein, denn ihre Augen brannten nicht so, wie das nach einer durchwachten Nacht der Fall war. Aber sie konnte sich deutlich daran erinnern, wie sie hellwach im Bett lag, an die Decke geschaut und über die Nachricht, die kurz auf ihrem Computer aufgeleuchtet hatte, nachgedacht hatte.

Sie hatte nicht lange gebraucht, um den Mechanismus zu enträtseln: Als Ursache kam eine simple Makro-Datei in Frage, und die konnte praktisch von allem Möglichen aktiviert worden sein. Zum Beispiel durch einen Befehl in der Auto-Exec-Bat-Datei.

Die Makro könnte ohne weiteres eine Datei aktiviert, zwei Sekunden lang gezeigt, dann geschlossen, sofort wieder gelöscht und dann alle Spuren von der Festplatte getilgt haben. So ging sie auch vor, wenn sie sicher sein wollte, daß bestimmte Dateien sich selbständig löschten.

Oder die Nachricht könnte als Virus durch das Modem in den Computer gelangt sein, wenn die Maschine zwar angeschaltet war, aber nicht benutzt wurde. Es konnte auf der Festplatte geschlummert haben – bereit, aktiv zu werden, wenn der Computer zum ersten Mal nach einer bestimmten Zeit wieder angeschaltet würde.

Und aktiv geworden war es. Aber es hatte nicht den Computer angegriffen. Nein, dieses Virus war weit boshafter. Es hatte *sie* angegriffen, war aus den Tiefen der Maschine gekommen, um sie zu beunruhigen, sie mit einer Furcht zu erfüllen, über die sie nicht einmal zu sprechen wagte, um nicht auch noch ihrer ganzen Familie angst zu machen.

Es war schon schlimm genug, daß sie von jemandem, der ihre Katze getötet und in ihrem Hof zurückgelassen hatte, in Angst und Schrecken versetzt wurden. Wie sollten sie dann erst dem unsichtbaren Feind gewachsen sein, der in das Haus selbst eingedrungen war?

Sie hatte das Haus unter dem Vorwand durchsucht, nach einer Schachtel mit alten Zeitungsausschnitten von Richard Kraven zu forschen. Auch hatte sie den Keller und die Mansarde nach Anzeichen für die Anwesenheit eines Fremden durchsucht, aber nichts gefunden.

Auf dem Küchentisch hatte sie eine künstliche Fliege entdeckt, und einen Moment lang gedacht, sie würde darin Teile einer Feder Hectors und Katzenhaare, die von Kumquat stammen konnten, wiedererkennen. Aber wer konnte die Fliege gebunden haben? Glen ganz bestimmt nicht – er war bekannt dafür, daß er zwei linke Hände hatte, weshalb er auch das Modellschiff im Keller nie fertiggebaut hatte. Glen war beim Anbringen der Planken am Gerüst des Schiffsrumpfs sogar noch ungeschickter gewesen als Kevin. Außerdem hatte sie ihn kurz bevor er schlafen ging nach der Fliege gefragt. Er hatte ihr zwar gesagt, daß er sie zusammen mit der Angelrute gekauft habe, doch etwas in seiner Stimme hatte sie irritiert.

Als sie weiter nachgehakt hatte, hatte sich seine Miene plötzlich verfinstert, und sie hätten fast Streit bekommen. Er war schlafen gegangen, während sie an die Decke gestarrt hatte und ihr die mißtrauischen Blicke eingefallen waren, die Mark Blakemoor und Lois Ackerly ihm hinterhergeworfen hatten.

Nein! Glen konnte Kumquat nicht getötet haben – das war gänzlich unmöglich!

Und so hatte sie wachgelegen, hatte aufgeregt nach Antworten gesucht, ständig auf der Suche nach einem Sinn hinter diesem sinnlosen Schrecken.

Morgens war sie erschöpft aufgestanden, hatte ihre Angst nach wie vor vor ihrer Familie verborgen und sich damit begnügt, Heather zu bitten, Kevin in die Schule zu begleiten, bevor sie in ihre ging. Dann mußte Kevin ihr noch versprechen, nach Schulschluß auf Heather zu warten und mit ihr nach Hause zu gehen. Er hatte gemurrt, doch sie war hart geblieben.

Nachdem sie dann mit wachsendem Ärger Vivian Andrews' weitgehend erfundenen Bericht über Joyce Cottrell gelesen hatte, war sie ins Büro gegangen.

Als sich beim Betreten des Büros niemand um sie kümmerte, überkam Anne ein Gefühl von Enttäuschung. Aber was hatte sie erwartet? Dies war kein Kaffeekränzchen alter Damen – es war die Zeitungsredaktion einer Großstadt, deren Reporter zu abgehärtet waren, um sich über einen Mordfall noch entsetzen zu können. Trotzdem hatte Anne gedacht, es würde sich einer ihrer Kollegen danach erkundigen, wie es ihr geht und ob mit ihrer Familie alles in Ordnung ist. Der Geräuschpegel im Raum veränderte sich kein bißchen, als sie zu ihrem Schreibtisch ging. Hier herrschte eine routinierte Abgestumpftheit, die ihr selbst ja keineswegs fremd war. Im Journalistengewerbe gehörte das einfach zum nötigen Rüstzeug dazu, sie war gleichsam Kennzeichen für diesen Beruf.

Das stimmte Anne vorübergehend nachdenklich, hatte aber nichts damit zu tun, daß sie zunächst vor ihrem Platz verharrte. Ihr Zögern ergab sich vielmehr aus der Nachricht, die gestern nacht auf ihrem Computer erschienen war. Daß sie mit ihrer Familie nicht darüber reden wollte, war eine Sache, mit Vivian darüber zu sprechen, eine andere. Sie schnappte sich all ihre Aufzeichnungen, die sie über die Schnellbahn-Verbindung gesammelt hatte, eilte in Vivians Büro und schloß die Tür hinter sich, bevor ihre Chefin dagegen etwas einwenden konnte.

»Ich schließe daraus, daß dir mein korrigierter Artikel nicht gefallen hat«, sagte Vivian mit geübter Beiläufigkeit und blickte kaum von ihrem Monitor auf, wo sie die Stories für die morgige Ausgabe überarbeitete.

»Der war nicht korrigiert, sondern verpfuscht«, erwiderte Anne. »Es war eine gute, ehrliche Story. Und ich mache wieder dort weiter, wo ich aufgehört habe.« Sie ließ den Stoß Papiere auf Vivians Schreibtisch fallen und zwang sie dadurch, die Aufmerksamkeit ihr zuzuwenden.

»Einen Artikel zu entschärfen, den ich nicht verantworten kann, gehört bekanntlich zu meinen vordringlichsten Aufgaben hier«, begann sie. Aber als sie Anne dann genau ansah, erstarben ihr die Worte auf den Lippen. »Anne? Bist du okay? Du siehst aus, als hättest du die ganze Nacht wachgelegen.«

»Da hast du völlig recht«, gab Anne zu. Und sie setzte Vivian sofort ins Bild.

»Deine Katze?« fragte Vivian erschrocken, als Anne ihr von Kumquat erzählt hatte. »Mein Gott, wer kann so etwas tun?«

Anne schüttelte den Kopf. »In welcher Welt leben wir eigentlich, wenn die Leute entsetzter darauf reagieren, wenn man einer Katze etwas angetan hat, als einem Menschen?«

Vivian errötete. »Das habe ich nicht so gemeint...«, begann sie, ließ sich dann tiefer in den Stuhl sinken und seufzte. »Was hat die Polizei gesagt?«

Anne wiederholte fast alles, was sie von Mark Blakemoor und Lois Ackerly gehört hatte, erwähnte aber das nicht, was über Glen gesagt worden war. »Und was die Korrektur meiner Story angeht, nämlich zu behaupten, die Polizei bringe die Morde an Cottrell und Davis nicht miteinander in Verbindung, so stimmt das einfach nicht«, beendete sie ihren Bericht. »Sie haben mir unter der Hand gesagt, daß sie definitive Parallelen sehen, und daß derselbe Gutachter, der Davis und Cottrell autopsiert hat, auch unsere Katze untersuchen wird.«

Mißmutig musterte Vivian die Papiere, die Anne auf ihren Tisch gelegt hatte. »Ich nehme an, daß du dieses Durcheinander hier vom Hals haben willst«, sagte sie und überflog die Aufzeichnungen.

»Mir scheint, hier gibt es eine Menge Leute, die diese Story viel besser hinkriegen.«

»Ich glaube nicht, daß das der springende Punkt ist«, gab Vivian zurück. »Ich kann mir auch vorstellen, daß es ein halbes Dutzend Leute gibt, die objektiver an die Mordgeschichten herangehen als du.«

»Kann sein. Aber da ist noch etwas anderes – etwas, das ich bis jetzt noch niemandem erzählt habe.« Anne gab sich große Mühe, sich nichts von der entsetzlichen Angst anmerken zu lassen, die sie letzte Nacht gespürt hatte – und immer noch spürte, als sie Vivian von der Nachricht erzählte, die auf ihrem Bildschirm erschienen und so schnell wieder verschwunden war. »Vivian, zieh noch jemand anderen zu dieser Story hinzu, wenn du willst, aber laß mich trotzdem weitermachen.« Als die Chefredakteurin abwinkte, wurde Anne eindringlicher und sagte: »Irgend etwas Unerklärliches geht hier vor. Hier handelt es sich nicht nur um einen Nachahmungstäter. Wer immer das getan hat, führt etwas gegen mich persönlich im Schilde. Vielleicht versucht jemand, mir einen Schrecken einzujagen, oder er hat ein Foto von mir gesehen, und ich habe ihm einfach gefallen. Er ist jedenfalls aus irgendeinem Grund auf mich fixiert. Und auch wenn du meinst, daß es keine gute Idee ist, an der Sache dran zu bleiben, weißt du doch verdammt genau, daß wir sie so darbieten können, daß wir damit eine höhere Auflage als die ganze Konkurrenz zusammen verkaufen können. Stell dir die Schlagzeile vor, Viv: ›Mörder jagt Reporterin des *Herald*.‹ Ich kann darüber schreiben, ohne Blakemoor und Ackerly in Schwierigkeiten zu bringen. Denn ich war *dabei*, Viv! Es war meine Nachbarin, die umgebracht wurde, es war meine Katze! Und auf meinem Computer hat er diese verfluchte Nachricht hinterlassen!«

Sie schwieg einen Moment und als sie weitersprach, gab sie sich keine Mühe mehr, ihre Stimme zu dämpfen: »Mein Gott, Viv – er beobachtet mich! ›Ich versuche es lieber mit dir‹ hat er geschrieben! Vielleicht hat er Joyce Cottrell sogar nur deshalb in den Park geschleppt, weil er *wußte*, daß ich dort jogge.« Sie schauderte. »O Gott, ich frage mich, wie lange das schon geht.« Sie schwieg erneut, weil eine Erinnerung in ihr auftauchte – eine schwache Erinnerung an das Gefühl, von jemandem beobachtet worden zu sein. Aber wo...?

Vivian mißdeutete Annes Schweigen als Forderung nach einer Entscheidung und rang sich dazu durch. Ihr Instinkt sagte ihr zwar, sie sollte diese Story jemand anderem übertragen. Aber sie konnte dem Reiz nicht widerstehen, den Köder zu nutzen, den Anne ausgelegt hatte. Wie oft kam es denn schon vor, daß eine Reporterin in eine Mordgeschichte verwickelt wurde, in der sie selbst zum Opfer werden könnte? Sie würden in der Tat eine Menge Zeitungen verkaufen... Also gut«, sagte sie. »Bleib an der Sache dran. Aber sei vorsichtig, und vergiß nie, daß ich jedes Wort von dir genau unter die Lupe nehmen werde. Bleib fair, bleib objektiv, und du kannst die Geschichte weiter bearbeiten. Einverstanden?«

Anne stand auf. »Einverstanden.« Sie stellte sich in Gedanken bereits eine Liste der Telefonate zusammen, die sie unbedingt erledigen mußte. Wandte sich dann aber noch einmal um und sah ihrer Chefin in die Augen: »Danke«, sagte sie ruhig.

Vivian schaute sie fest an. »Ich hoffe, du bist dir darüber im klaren, Anne, daß du in nächster Zeit vielleicht Todesängste ausstehen wirst.«

»Ich weiß. Momentan habe ich sowieso mehr Angst als jemals in meinem Leben. Und ich weiß nicht einmal, warum dieser Bursche es auf mich abgesehen hat. Was könnte ich ihm denn getan haben?«

»Wie kommst du auf die Idee, daß du ihm überhaupt etwas getan hast?« fragte Vivian. »Vermutlich hat es gar nichts mit dir zu tun, Anne. Es kann alles reiner Zufall sein. Aber wenn nicht, dann glaub nur nicht, es hinge mit irgend etwas zusammen, was du getan oder nicht getan hast. Es liegt nämlich nur an ihm. Der Kerl ist ganz einfach übergeschnappt.«

Anne verließ das Büro und ging zu ihrem Schreibtisch zurück. Dort durchstöberte sie den kleinen Stapel Nachrichten, die über Nacht eingetroffen waren, dann sah sie die Nachrichten auf ihrem Computer durch und erwartete fast, ein Duplikat der Nachricht zu finden, die auf ihrem Monitor zu Hause aufgetaucht war. Sie wußte selbst nicht, ob sie erleichtert oder enttäuscht sein sollte, als sie nichts dergleichen fand.

Es war auch sonst nichts darunter, das sich auf die Morde an Davis und Cottrell bezog – dafür jede Menge Informationen zu dem Artikel über die Schnellbahnverbindung, den sie Vivian wieder zurückgegeben hatte.

Sie wollte schon zum Telefon greifen, um Mark Blakemoor anzurufen, doch dann tat sie es doch nicht: Sie hatte nämlich die Erfahrung gemacht, daß es Leuten viel leichter fiel, am Telefon zu lügen, als wenn man ihnen direkt gegenübersaß. Doch schrieb sie dies mehr ihrer eigenen Fähigkeit, Gesichtsausdrücke zu lesen und Körpersprache deuten zu können zu als möglichen Gewissensbissen ihrer Gesprächspartner. Von Angesicht zu Angesicht konnte sie praktisch viel mehr erreichen, als am Telefon. Anne streifte sich wieder ihren Mantel über, hängte sich ihre Tasche um und machte sich auf den Weg in die City.

Zwanzig Minuten später, nachdem sie ihren Wagen in der Fußgängerzone geparkt hatte, betrat sie das Kommissariat und ging zum Büro von Mark Blakemoor und Lois Ackerly.

»Sie sind nicht da«, erklärte ihr ein Beamter, dessen Namen sie vergessen hatte, bevor sie noch anklopfen konnte. Er warf ihr ein hämisches Grinsen zu. »Haben Sie etwa geglaubt, sie untersuchen eine tote Katze?« Anne ging nicht darauf ein, machte auf dem Absatz kehrt und verließ die Mordkommission. Sie nahm sich aber vor, den Namen des Polizisten herauszufinden, für den Fall, daß sie einmal Gelegenheit hätte, sich in einem Artikel über ihn lustig zu machen.

Als sie das Büro des ärztlichen Leichenbeschauers betrat, sagte man ihr dort nur, daß sie bei der Autopsie einer Katze genauso wenig teilnehmen dürfe wie bei der eines Menschen.

»Aber es ist schließlich meine Katze!« protestierte Anne. »Macht das denn keinen Unterschied?«

Der junge Mann hinter dem Pult schüttelte den Kopf: »Bei uns nicht. Gesetz ist Gesetz. Nur unser Personal und andere Bevollmächtigte dürfen einer Autopsie beiwohnen.«

»Ach, seien Sie doch nicht so«, Anne sprach mit schmeichelnder Stimme, »dieses eine Mal könnten Sie mich doch...«

»Keine Ausnahmen«, beschied sie der Angestellte.

Entmutigt, aber ganz sicher, daß die Ablehnung endgültig war, nahm Anne auf einer harten Bank Platz und bereitete sich darauf vor, den Rest des Morgens hier warten zu müssen. Doch es dauerte nur eine dreiviertel Stunde, bis Mark

Blakemoor und Lois Ackerly aus dem Labor kamen, das für Anne versperrt blieb.

Es war ein unbehaglicher Moment, als die Reporterin und die beiden Polizisten einander unsicher ansahen. Ihr langjähriges berufliches Verhältnis hatte plötzlich einen neuen Aspekt bekommen.

»Wir treffen uns nachher wieder im Büro«, sagte Mark zu seiner Kollegin und brach damit das Schweigen. »Ich geh mit Anne eine Tasse Kaffee trinken und informiere sie.« Lois warf ihm einen seltsamen Blick zu, wollte erst etwas sagen, ließ es dann aber doch.

»Also, dann bis später«, erwiderte sie, nickte Anne kurz zu und verschwand durch die Haupttür.

Mark führte Anne in einen kleinen Raum, der mit zwei Tischen, sechs Stühlen und einer Theke ausgestattet war, auf der ein Mikrowellenherd und eine Kaffeemaschine standen. Der Kommissar nahm zwei Tassen aus dem Abguß, spülte sie aus, goß Kaffee ein und reichte Anne eine. »Nicht gerade toll, aber was Besseres haben wir hier nicht.«

Anne setzte sich auf einen dünnen Plastikstuhl; Mark lehnte sich an die Theke.

»Also, wie sieht's aus?« fragte Anne. »Was haben Sie herausgefunden?«

»Nichts Endgültiges«, antwortete der Polizist. »Tatsache ist, daß niemand sagen kann, ob dieselbe Person, die die Frauen ermordet hat, auch die Katze umgebracht hat.«

Anne zog die Augenbrauen hoch, als ihr klar war, daß sie jetzt wohl nur eine Reihe unverbindlicher Stellungnahmen hören würde. Bevor sie etwas einwenden konnte, fuhr Blakemoor fort.

»Ich sage Ihnen, wie die Dinge liegen. Wir sind ziemlich sicher, daß beide Frauen von demselben Kerl ermordet worden sind. Wir sind auch sicher, daß Shawnelle Davis ihn freiwillig in ihre Wohnung gelassen hat. Vermutlich hat sie ihn irgendwo aufgelesen und geglaubt, sie könne mit ihm ins Geschäft kommen. Was den Fall Cottrell betrifft, haben wir einen Schlüssel mit einem Daumenabdruck gefunden, der nicht von ihr ist. Also hat sie dem Mörder entweder selbst den Schlüssel gegeben oder aber, was wahrscheinlicher ist, er hat ihn gefunden. Unter der Türmatte oder so, wo die Leute ihre Schlüssel eben verstecken. Jeder weiß doch, wo man danach suchen muß, stimmt's?« Ohne Annes Antwort abzuwarten, sprach er weiter. »Trotzdem sind das einzige, das uns weiterbringt, die Schnittwunden. Die sind bei beiden Frauen verdammt ähnlich. Er benutzte dafür Messer, die er in den Küchen der Opfer gefunden hat, deshalb stimmen die Wunden nicht ganz überein. Sie sind sich aber derart ähnlich, daß Cosmo – unser Gutachter – sagt, beide Morde seien von ein und demselben Täter begangen worden.«

»Und meine Katze?« fragte Anne, als Blakemoor zu Ende war.

»Das ist eine andere Geschichte.« Die Miene des Polizisten verhärtete sich. »Es gibt Ähnlichkeiten zu den beiden Frauen. Aber die Schnitte sind ...« Er zögerte kurz, dann benutzte er dasselbe Wort, das ihm am Tag vorher eingefallen war. »Sie sind fachmännischer ausgeführt worden. Cosmo sagt, sie seien mit einem schärferen Instrument gemacht worden, mit einer Rasierklinge, vielleicht mit einem Skalpell. Und er sagt, der Einschnitt sei gerader.« Er hielt wieder inne und versuchte, den Blickkontakt mit Anne zu vermeiden, bis er schließlich fortfuhr. »Er sagt, es könnte derselbe Kerl gewesen sein. Als er die Katze verstümmelte, hat er anscheinend schon mehr Übung gehabt.«

»Ich verstehe.« Anne fühlte sich wie taub.

»Oder jemand anders als der Frauenmörder hat die Katze umgebracht«, schloß Blakemoor. Dabei war etwas in seiner Stimme, das Anne aufhorchen ließ.

»Jemand wie mein Mann?« fragte sie und erinnerte sich wieder an das Schweigen, das zwischen Blakemoor und Ackerly herrschte, als Glen mit dem Plastikbeutel aus dem Haus zurückkam. Als Blakemoor keine Antwort gab, fand Anne, daß sie ihm nun von der Nachricht auf dem Computerschirm berichten sollte. »Wer Kumquat getötet hat, hat auch die Nachricht hinterlassen. Und wer immer auch die

Nachricht eingegeben hat, versteht eine ganze Menge mehr vom Programmieren als mein Mann. Glen kennt sich zwar mit einigen Programmen aus, aber er kennt nicht den Unterschied zwischen der Auto-Exec und der Konfigurationsdatei. Nebenbei bemerkt: *Ich* habe bei uns alle Programme selbst installiert.«

»Aber zuerst dachten Sie doch auch an ihn.«

Anne wünschte fast, sie hätte dem Kommissar gegenüber überhaupt nichts von der Nachricht erwähnt. Aber sie war zu wichtig, um sie ihm vorzuenthalten. »Warum auch nicht? Schließlich war er den ganzen Tag daheim.« Sie räusperte sich und sprach leise weiter: »Ich habe sogar das ganze Haus durchsucht, nach Hinweisen geforscht, ob jemand anderes dagewesen ist.«

»Aber Sie haben nichts gefunden«, vermutete Blakemoor.

Anne schüttelte den Kopf. »Und wie geht's jetzt weiter?«

»Wie immer in einem solchen Fall.« Obwohl sie diese Worte schon so oft gehört hatte, lief ihr diesmal ein kalter Schauer über den Rücken. »Wir halten die Augen offen, obwohl es nicht viel gibt, woran wir uns halten können.«

»Deshalb warten wir, bis er wieder jemanden ermordet und hoffen, daß er das nächste Mal einen Fehler macht.«

Blakemoor nickte, erwiderte aber nichts. Die Stille zwischen ihnen hielt an, bis Anne sie nicht mehr ertragen konnte.

»Was ist, wenn er mich umbringt?« fragte Anne und stand auf. »Mich oder jemanden aus meiner Familie?«

Ohne darüber nachzudenken, was er tat, legte Blakemoor spontan seinen Arm um sie. »*Sie* wird er nicht umbringen«, sagte er. »Dafür werde ich schon sorgen.«

Einen Moment lang kämpfte Anne gegen das plötzlich übermächtig werdende Gefühl an, sich an dem Kommissar festzuhalten. Dann löste sie sich von ihm, nahm ihren Mantel und ihre Tasche. Schweigend verließen beide das Büro des Gutachters.

43. Kapitel

Schon in dem Moment, als er aufwachte, wußte Glen Jeffers, daß etwas nicht stimmte. Es war ein Gefühl, das seinen ganzen Körper durchströmte – das Gefühl, sein Bewußtsein läge noch im Halbschlaf, obwohl er hellwach war. Er hatte die ganze Nacht durchgeschlafen und fühlte sich immer noch wie ausgepumpt. Warum war er bloß immer so müde, obwohl er seit seiner Rückkehr aus dem Krankenhaus nichts anderes getan hatte, als sich auszuruhen?

Die Wahrheit war, daß er sich schrecklich langweilte. Er war sein ganzes Leben lang aktiv gewesen, hatte am frühen Morgen zusammen mit Anne gejoggt, lange Tage im Büro verbracht, war dann nach Hause gekommen, wo er bis in die Nacht noch an seinem Zeichentisch saß. Und im Sommer, wenn die Tage lang waren, hatte er im Park mit Kevin Ball gespielt.

Zum Müßiggang war er einfach nicht geschaffen. Und heute morgen, nachdem Anne und die Kinder schließlich das Haus verlassen hatten, war ihm fast die Decke auf den Kopf gefallen. Er kam sich in diesem Haus völlig eingepfercht vor, dachte er, als er anfing, die Küche aufzuräumen. Aber es war noch mehr. Ihm schien, als herrsche in seiner Seele ein völliges Durcheinander. Kurz bevor er heute morgen aufgewacht war, hatte er einen Traum gehabt – einen dieser halben Wachträume, in denen einem auf unerfreuliche Weise klar wird, daß man träumt, man aber trotzdem machtlos ist, gegenüber den unwillkommenen Bildern, die vor einem Revue passieren.

Diesmal war es ein kunterbunter Wirrwarr verschiedener Szenen gewesen: Joyce Cottrell und Kumquat waren darin vorgekommen – und Mark Blakemoor, der ihn ansah, als hätte er nicht nur die Katze seiner Tochter, sondern auch noch seine Nachbarin ermordet. Als Glen wachgeworden war, hatte er sich von Tod und Gewalt bedroht gefühlt. So ähnlich war es ihm auch damals ergangen, als Anne sich so intensiv mit den Kraven-Morden befaßt hatte.

Das war noch so eine Sache, die ihm zu schaffen machte. Der Fall Kraven hätte eigentlich nach dessen Hinrichtung längst abgeschlossen sein müssen, aber er schien wieder an Aktualität zu gewinnen. Anne suchte bereits nach einer Verbindung zwischen Kraven und den beiden Mordfällen der letzten Tage, und wie er Anne kannte, würde sie eine finden, egal wie unglaubwürdig sie auch sein mochte.

Als er mit der Küchenarbeit fertig war, ging Glen ins Arbeitszimmer: Vielleicht sollte er sich vor das Zeichenbrett setzen – natürlich nicht, um zu arbeiten, nur um etwas zu skizzieren und nachzudenken, um herauszufinden, ob er noch Ideen hatte. Bevor er aber an seinem Zeichentisch war, fiel sein Blick auf eine dicke Akte, die auf Annes Pult lag.

Es war die Akte Richard Kraven – die ihm Kevin ins Krankenhaus hatte bringen müssen.

Warum hatte er das von ihm verlangt? Im Moment konnte er sich nicht einmal mehr daran erinnern, das Material gelesen zu haben. Er blätterte einige Seiten der Akte durch, aber nichts darin kam ihm so bekannt vor, als ob er es erst kürzlich gelesen hatte. Und heute morgen hatte er ganz und gar kein Interesse daran, sich die Artikel anzusehen.

Zu der Rastlosigkeit, die ihn seit seinem Erwachen immer stärker ergriffen hatte, kam allmählich eine bedrückende Platzangst hinzu. Mit einem Mal drängte es ihn förmlich aus dem Haus; er mußte den engen Mauern entfliehen, die ihn plötzlich beängstigend zu bedrängen drohten. Aber wohin sollte er gehen?

Einen Spaziergang machen?

Unsinn. Trotz seines Versprechens an Gordy Farber hatte er es schon immer gehaßt, einfach nur so in der Gegend herumzulaufen. Was er brauchte, war ein Ziel, nur so hatte das Spazierengehen einen Sinn.

Ob er ins Büro gehen sollte?

Auch das ging nicht. Wenn er dort aufkreuzte, würde Rita

Alvarez ihn nicht nur nach Hause schicken, sondern auch noch Anne anrufen.

Aber wie wäre es mit dem Jeffers Building? Er war seit seinem Herzanfall nicht mehr dort gewesen. Wenn er einen kurzen Blick auf den Baufortschritt werfen könnte, wäre das die beste Medizin gegen seine seltsame Stimmung. Und auch wenn Alan zufällig dort wäre, keiner kannte ja die Anweisungen Farbers, daß er sich von der Arbeit fernhalten sollte. Glen hatte sich entschieden, zog sein Jackett an und verließ das Haus.

Keine Stunde später stand er auf dem Gehsteig gegenüber des hochaufragenden Gerüsts. Schon ein kurzer Blick zeigte ihm, daß die Arbeit am Bau planmäßig fortschritt. Es schmerzte ihn ein wenig, daß man ihn überhaupt nicht zu brauchen schien. Dann fand er aber, daß die Zeichen des Voranschreitens in Wirklichkeit eine Anerkennung für ihn waren, der erkennbare Beweis dafür, daß er und das ihm unterstellte Planungsteam im Vorfeld so gute Arbeit geleistet hatten, daß die Arbeiten reibungslos vonstatten gehen konnten.

Das Gebäude – sein Werk! Es zog ihn an wie ein Magnet. Er überquerte die Straße und ging durch den Zaun, der das Baugelände umgab, zum Büro: ein großer Wohnwagen, der überflüssig werden würde, sobald das Erdgeschoß fertiggestellt und richtig beleuchtet und beheizt werden konnte. Die junge Frau hinter dem Pult, Janie Berkey, blickte von den Kaufanträgen auf, die sie gerade bearbeitete und wirkte im ersten Moment verdutzt, lächelte dann aber.

»Mr. Jeffers!«

»Ich bin zurück im Reich der Lebenden«, sagte Glen. »Ich dachte, ich sollte mich mal umschauen. Ist Jim hier?«

»Mr. Dover kommt nicht vor dem Essen zur Baustelle zurück«, erklärte sie. »Wenn Sie auf ihn warten wollen...«

»Ich möchte lieber selbst ein wenig herumschnüffeln«, zwinkerte er ihr lachend zu. »Wie soll ich sonst herausfinden, was er alles falsch gemacht hat, wenn ich nur sehe, was er mir selbst zeigen will?«

Janie sah ihn groß an. »Mr. Dover hat nichts zu verbergen«, sagte sie auf eine Art und Weise, aus der Glen zu schließen glaubte, daß sie ein besonders enges Verhältnis zu ihrem Chef besaß. »Meistens ist er...«

»Das war nicht ernst gemeint«, unterbrach Glen. »Ein Spaß.«

Janie wirkte unsicher, doch dann brachte sie ein leichtes Lächeln hervor. Glen ergriff die Gelegenheit, sich einen Schutzhelm aufzusetzen und aus dem Büro zu verschwinden, bevor sie jemanden rufen konnte, der ihn begleitete.

Einige Minuten lang streifte er im Erdgeschoß umher, dann stieg er die provisorischen Stufen zum Mittelgeschoß hinauf. Aber als er das Gerüst inspizierte, fühlte er sich vom Aufzug förmlich angezogen.

Was würde passieren, wenn er nach oben fuhr?

Würde ihn die Höhenangst, die er am Tag seines Herzinfarkts gefühlt hatte, zum zweiten Mal überkommen – oder war seine unerwartete Panik nur ein blöder Zufall gewesen? Als er vor dem Metallkäfig stand und noch überlegte, ob er wirklich hinauffahren sollte, kam der Aufzug. Einer der Arbeiter stieg aus und sah ihn neugierig an.

»Toll, daß Sie wieder hier sind, Mr. Jeffers!« sagte er mit breitem Lächeln. »Wollen Sie rauf?«

Zunächst zögerte Glen, doch dann entschloß er sich zu fahren. Wenn er jetzt nicht in den Aufzug stieg und die Furcht bezwang, die ihn vor einigen Wochen übermannt hatte, würde er sie nie mehr überwinden. »Danke«, sagte Glen, stieg in den Käfig, der Mann schloß die Tür, und eine Sekunde später ratterte die Maschine mit den beiden nach oben.

Sofort spürte Glen die ersten Vorboten von Erregung in seiner Magengrube. Doch fest entschlossen, heute der Höhenangst zu trotzen, sagte er nichts. Als der Aufzug weiter nach oben stieg, zwang sich Glen, nach unten zu schauen, durch den schweren Rost des Fahrstuhlbodens auf den immer weiter entschwindenden Betonboden, auf dem das Gerüst des Wolkenkratzers stand.

Mit jeder Etage, die sie höher stiegen, wuchs seine Übelkeit. Plötzlich hielt der Aufzug an, und Glen fühlte einen Moment lang nur nackte Angst.

Sie steckten fest, saßen in der Falle! Wilde Verzweiflung überkam ihn, und sein Blut pochte ihm in den Ohren. Die Stimme des Arbeiters hörte er wie aus weiter Entfernung:

»Die Stromversorgung«, verkündete der Mann, »hier muß ich raus.«

Die Stromversorgung. Sie waren im dreizehnten Stockwerk, bemerkte Glen. Hier waren die Versorgungsanlagen, mit denen später das ganze Gebäude in Betrieb gehalten werden sollte. Keine Sekunde zuvor hätte Glen noch geschworen, daß sie schon viel höher waren.

Lächerlich!

»Ich glaube, ich fahre ganz nach oben«, sagte er, zwang sich dazu, ganz sachlich zu klingen und hoffte, seine Stimme würde nicht seine Aufregung widerspiegeln.

Der Arbeiter zögerte, und Glen wußte instinktiv, daß sich der Mann daran erinnerte, was ihm bei seinem letzten Besuch auf der Baustelle passiert war. »Wollen Sie, daß ich mit Ihnen fahre?« fragte er.

Glen schüttelte den Kopf. »Nein, danke. Mir geht's wieder gut.« Aber nachdem der Bauarbeiter ausgestiegen war und der Aufzug weiter quietschend nach oben rumpelte, fragte er sich, ob das auch stimmte. Als der Fahrstuhl schließlich kurz darauf anhielt, wurde ihm endgültig bewußt, daß es nicht so war.

Fest entschlossen, die Furcht zu bezwingen, die ihn fast erstarren ließ, öffnete Glen die Tür und stieg aus. Die Plattform um den Schacht herum war seit seinem letzten Besuch vergrößert worden. Ein breiter Weg aus dicken Holzbohlen erstreckte sich bis zur Ecke des Gerüstes. Wenn er in der Mitte des Weges stünde, wäre er vollkommen sicher.

Er holte tief Atem und ging nach vorn. Er redete sich ein, daß es nichts ausmache, daß es keine Handläufe gab, ja daß es überhaupt nichts gab, auf das er sich stützen konnte. Als er noch fünf Schritte von der Ecke entfernt war, hielt er an.

Das unangenehme Gefühl im Magen nahm bedenklich zu, und das Atmen fiel ihm schwer.

Sein Herz schlug zwar rasch, hämmerte aber nicht. Auch von den Schmerzen in der Brust und im linken Arm wie kurz vor seinem Herzanfall war nichts zu spüren.

Es kam nur darauf an, noch wenige Schritte zu machen.

Er richtete seinen Blick fest auf die Stahlträger, die bald schon die Außenverkleidung tragen würden. Er wußte, daß er es geschafft hatte, wenn er einen davon berühren würde und ging weiter.

Ein Schritt. Dann noch einen. Und noch einen.

Er griff nach dem kalten Stahl eines Doppel-T-Trägers und tastete sich bis zur Ecke vor.

Jetzt wurde ihm schwindlig, aber er kämpfte mit wilder Entschlossenheit weiter gegen die aufkommende Panik an.

Es ging nur noch darum, nach unten zu sehen – ein einziger Blick auf den Bürgersteig vierzig Stockwerke tiefer, und er hatte es geschafft.

Langsam schob er sich nach vorn und blickte hinunter.

Schlagartig spürte er, wie ihn der gähnende Abgrund nach draußen, nach unten zog. Er lehnte sich ein wenig vornüber, und der irrsinnige Drang, hinabzuspringen ergriff ihn. Er konnte förmlich spüren, wie der Wind hinter ihm herheulen würde, wenn er sich fallen ließ, hatte schon eine Vorahnung von der Schwerelosigkeit, die er während des Fallens fühlen würde.

Er mußte dem einfach nur nachgeben.

Wie in Trance spürte er, daß seine Finger ihren Griff lockerten, daß er sich über den Abgrund lehnte, daß der Schwindel über ihn kam.

Nein!

Der barsche Befehl kam aus dem Nichts, vertrieb die Panik, die seinen Verstand umnebelt hatte. Instinktiv drehte er sich um, schaute über die Plattform und suchte nach der Person, die seinen schrecklichen Trancezustand durchbrochen hatte.

Es war niemand da.

Aber die Stimme meldete sich wieder: *Runter! Sofort!*

Glen gehorchte und ging zurück zum Aufzug. Aber als er diesmal die Plattform betrat, war keine Spur von Unsicherheit in seinen Schritten, kein Schwindel in seinem Hirn, keine Übelkeit im Magen.

Und kein Bewußtsein von dem, was er tat.

44. Kapitel

Heute morgen fühlte sich der Experimentator wohl. Zum ersten Mal fühlte er sich wirklich stark, stark genug, Glen nicht mehr schlafen schicken zu müssen.

Schon gestern, als Glen aufzuwachen begann, während der Experimentator an der Katze herumhantierte, hatte er nicht ernsthaft versucht, ihn bei der Arbeit zu stoppen. Zunächst war es dem Experimentator kaum aufgefallen, doch dann war er immer sicherer geworden, daß Glen das Zuschauen tatsächlich irgendwie genossen hatte. Schließlich hatte der Experimentator ja jede Gefühlsbewegung Glens gespürt, während sie gemeinsam die Arbeit an der Katze ausführten.

Zuerst hatte sich bei Glen Widerstand geregt, der sich in einem schwachen Unwohlsein geäußert hatte. Aber der Experimentator hatte gewußt, daß das nicht lange anhalten würde. Hätte er vielleicht mit dem Hund oder auch mit dem Vogel gearbeitet, wäre die Sache wohl schwieriger verlaufen. Aber der Experimentator hatte gewußt, daß Glen die Katze eigentlich nicht mochte.

Er mochte sie ebensowenig wie der Experimentator. Und das hatte alles wesentlich einfacher gemacht, denn wegen ihrer gemeinsamen Abneigung gegen das Tier arbeiteten ihre Gehirne auch synchron.

Alles, was der Experimentator tun mußte, war, diesen Synchronismus zu verstärken, die noch lockeren Bande zu festigen, die durch die Katze zwischen ihnen geknüpft worden waren. Er hatte langsam gearbeitet, Glen zuschauen lassen, damit er sich an ihr gemeinsames Tun nach und nach gewöhnen konnte. »Es ist alles in Ordnung«, hatte er geflüstert. »Wir töten sie nicht. Wir untersuchen nur, was sie leben läßt.«

Er hatte gespürt, wie Glen sich entspannte, gespürt, wie er das absonderliche Schuldgefühl ablegte, das so viele Menschen daran hindert, ihre Fähigkeiten voll auszuschöpfen.

Während des Wartens, daß die Katze bewußtlos wurde, hatte der Experimentator über den Begriff Schuld nachgedacht. Es war ein Begriff, den er im abstrakten Sinn zwar verstand, dessen gefühlsmäßige Bedeutung er aber für sich selbst noch nie hatte nachvollziehen können. Schuldgefühle hatte er nicht, also mußte er sie auch nicht überwinden.

Gelegentlich hatte er sich gefragt, ob mangelnde Schuldgefühle als Charakterfehler gedeutet werden könnten. Aber wenn das so wäre, dann würde das nur für Menschen gelten, die eine weit geringere Intelligenz hatten als er. Für ihn selbst galt nichts dergleichen; und daraus resultierte seine Freiheit. Seine Studien, seine Experimente waren nie von irgendwelchen Gefühlen behindert worden. Nie hatte ihn etwas davon abhalten können, das zu tun, wofür er sich am meisten interessierte.

Und was ihn am meisten interessierte – das einzige, was ihn überhaupt je interessiert hatte –, war das Studium des Lebens.

Nicht der Sinn des Lebens. Daran hatte er schon als Junge das Interesse verloren und war zu der Schlußfolgerung gelangt, daß das Leben keinen Sinn besitze.

Das Leben war einfach gegeben.

Und weil es daher keine Frage nach dem Warum gab, blieb nur die Frage nach dem Wie übrig.

Ihm war schon lange klar, daß sein Freisein von Einschränkungen, die anderen Menschen Schuldgefühle verursachten, es ihm erlaubte, das Phänomen des Lebens mit Methoden zu erforschen, die den seltsamen Anderen nicht zur Verfügung standen. Er hatte seine Studien stets von allen Fesseln befreit fortgesetzt.

Gestern hatte er damit begonnen, Glen Jeffers beizubringen, dieselbe Freude daran zu finden, Wissen zu erwerben, wie er sie empfand.

Nachdem die Katze bewußtlos geworden war, hatte er Glen erklärt, daß ihr Tod nicht in ihrer beider Absicht lag. Als er dann den Bauch der Katze mit dem Messer bis zum Hals aufgetrennt und Glen ihn nicht davon abzuhalten versucht hatte, war dem Experimentator klargeworden, daß Glen dasselbe Prickeln empfand wie ein Medizinstudent, der seinen ersten chirurgischen Eingriff durchführt.

Während des gesamten Vorgangs hatte der Experimentator gespürt, wie Glens Interesse wuchs. Mehr noch: Er hatte Glens Verwunderung nachempfunden, als er ihm zuletzt das lebendige, pulsierende Herz der Kreatur gezeigt hatte.

»Berühre es«, hatte er geflüstert.

Gemeinsam hatten sie das pochende Organ des Tieres berührt, und eine Woge der Freude hatte den Experimentator erfaßt, ihn in eine Heiterkeit versetzt, die er seit Jahren nicht mehr gefühlt hatte, denn diesmal hatte er nicht nur selbst das Experiment genossen, sondern dabei gleichzeitig in Glens Gefühlen schwelgen dürfen.

Die Hitze des Lebens war in ihn geströmt.

Die Macht des unablässig arbeitenden Muskels war in seine Seele geflossen.

Das Kribbeln auf seiner Haut hatte ihn erschauern lassen, als er das Allerheiligste des Lebens selbst berührte.

Zusammen hatten sie das Experiment weitergeführt, bis schließlich das Herz des Tieres zu schlagen aufgehört hatte. Der Experimentator hatte einen primitiven Defibrillator vorbereitet, die Isolierung vom abgeschnittenen Ende der Verlängerungsschnur abgezogen – aber es hatte nicht funktioniert.

Wieder einmal war sein Experiment fehlgeschlagen. Der Körper der Katze hatte sich gegen seine Anstrengungen gesträubt, ihn wieder zum Leben zu erwecken. Er hatte wie wahnsinnig gearbeitet, sogar seinen eigenen Atem in die Lungen der Katze gepumpt. Zweimal hatte das Herz geflattert, doch die unkontrollierbare Energiezufuhr des provisorischen Defibillators hatte nichts Gutes bewirkt. Anstatt das Herz durch den Schock in einen gleichmäßigen Rhythmus zu versetzen, hatte der Tierkörper nur noch in Krämpfen gezuckt.

Glen hatte sich zurückgezogen, als die Wut des Experimentators zum Ausbruch gekommen war. Als die Katze schließlich tot war, zu beschädigt, zu verstümmelt, um weiterleben zu können, hatte er Glens Abscheu gespürt.

Er hatte ihn wieder schlafen geschickt und alles, was er gesehen hatte, aus seinem Gedächtnis getilgt. Aber danach hatte er sich seinem eigenen Zorn hingegeben. Er hatte seine Finger tief in die Katze gebohrt, das leblose Herz und die Lungen aus ihrem blutigen Nest gerissen, um die Leere zu sehen.

Er hatte das Messer gepackt und das Innere der Katze zerfetzt; die Schneide hatte in dem Licht, das über der Werkbank flackerte, geglitzert. Zum Schluß hatte er alles aufgeräumt, zuerst die Katze in den Hof gebracht, sie dann halb unter die Holzbohlen, auf denen die Mülltonnen standen, geschoben, wo man sie schnell finden konnte. Dann hatte er den Keller gesäubert und behutsam jeden Hinweis auf das, was dort geschehen war, beseitigt.

Anschließend hatte er Anne die Nachricht hinterlassen und ihren Computer so programmiert, daß die Botschaft lange genug erschien, um sie lesen zu können, danach aber für immer verschwand.

Erst dann hatte er sich zur Ruhe begeben, war tief neben Glens Unterbewußtsein versunken und hatte sich nicht mehr gerührt, bis vor wenigen Minuten, als die Höhenangst des Mannes alle beide umzubringen drohte.

Der Experimentator hatte nicht vor zu sterben.

Niemals.

Deshalb hatte er umgehend eingegriffen, die Kontrolle über Glen übernommen und ihn vom Abgrund zurückgezogen.

Er stieg in den Aufzug und drückte den Knopf, damit er nach unten fuhr. Darauf ratterte der Käfig den Schacht hinunter. Gelangweilt schaute der Experimentator durch das Gitter des Bodens und fragte sich, warum manchen Menschen große Höhen unangenehm sind.

Ihn störte das überhaupt nicht.

Er nickte allen Leuten, die ihn ansprachen, freundlich zu und verließ die Baustelle. Als er an der Ecke anhielt, fiel sein

Augenmerk auf einen Kasten mit Zeitungen. Er fischte eine Münze aus Glens Geldbeutel und kaufte sich eine Ausgabe des *Herald*. Dann sah er sich nach einem Café um. Er entdeckte eines einen halben Block entfernt, trank dort einen Milchkaffee und blätterte die Zeitung durch. Er fand Annes Artikel auf der dritten Seite des zweiten Teils.

Es war aber nicht Annes Story: Von einem Nachahmungstäter war nicht die Rede, geschweige denn von ihm, und es war auch kein Name des Verfassers genannt.

Das mußte jemand anders geschrieben haben.

Warum?

Wovor hatten sie Angst?

Vor einem Nachahmungstäter?

Aber das war doch blanker Unfug.

Und dieser sogenannte Nachahmungstäter, den sie wahrscheinlich meinten – der war doch eine echte Niete.

Der Experimentator warf die Zeitung in einem Papierkorb. Die Polizei würde wahrscheinlich mindestens drei Wochen brauchen, um herauszubekommen, wer die Hure und die Nachbarin getötet hatte.

Der Experimentator wußte, wer es getan hatte. Er wußte auch, warum die Morde begangen worden waren.

Und sie waren in der Tat Morde gewesen: Morde der primitivsten Art.

Sie hatten keinerlei Zweck erfüllt, nicht die geringsten neuen Erkenntnisse waren dabei gewonnen, keine grundsätzlichen Wahrheiten entdeckt worden. Es war pures Morden um des Mordens willen gewesen.

Schlimmer noch: Es waren Morde gewesen, die nur den Sinn hatten, Aufmerksamkeit zu erregen.

Der Experimentator hatte seit dem Moment darüber nachgedacht, als er den Mann gesehen hatte, der den niedergemetzelten Körper von Joyce Cottrell über den Hinterhof schleifte. Daraufhin war ihm klar geworden, was er nun zu tun hatte.

Wenn er nicht handelte, würden andere Leute aus demselben nichtsnutzigen Grund sterben, nämlich nur deshalb, weil ein Idiot Aufmerksamkeit erregen wollte. Das war reine Verschwendung.

Von welcher Seite man es auch sah, es war die reine Verschwendung.

Aber es gab für ihn noch einen anderen Grund, der Polizei, den Gerichten und dem Henker die Arbeit abzunehmen. Einen Grund, der den Sinn des Experimentators für Ironie, für Stil und Humor reizte. Der Gerechtigkeit würde Genüge getan, und Anne würde schließlich begreifen, welches Spiel wirklich ablief.

Er steckte eine Münze in ein Telefon im hinteren Teil des Cafés und wählte eine Nummer, die er auswendig kannte. Nach dem dritten Klingeln antwortete eine vertraute Stimme.

»Hallo?« Die Stimme klang nervös.

Der Experimentator sagte nichts.

»Hallo?« sagte die Stimme wieder, und jetzt konnte er nackte Angst in ihr hören.

Er wußte nur zu gut, warum die Stimme so nervös war. Und er wußte mehr als das – er wußte, wo der Mann wohnte und daß er nicht zur Arbeit gegangen war.

Der Experimentator wollte ihm einen Besuch abstatten.

Zunächst jedoch brauchte er verschiedene Utensilien. Er verließ das Café, fand ein Taxi und fuhr zum Markt auf dem Broadway.

Dort kaufte er die Dinge, die er brauchte: einen Kugelschreiber, Schreibpapier, Handschuhe – alles ganz gewöhnliche, billige Dinge, die man überall kaufen konnte.

Eine Rolle transparente Plastikfolie.

Er bezahlte alles bar aus Glen Jeffers Brieftasche, verließ den Markt und machte sich Richtung Süden auf. Er ging in gleichmäßigem Tempo, weder zu schnell, noch zu langsam und tat nichts, was unerwünschte Aufmerksamkeit hätte erregen können. Schon vor Jahren hatte er herausgefunden, daß Anonymität der beste Schutz war.

Schließlich gelangte er in die John Street, bog links ab und ging weiter zur 15. Straße. Keine zehn Minuten später stand er dem Gebäude gegenüber, in dem der Mann wohnte, den zu töten er hierhergekommen war. Er schaute zum zweiten Stock hinauf und sah den Mann an seinem Fenster stehen.

Der Mann sah nervös aus.

Der Mann starrte ihn an.

Der Mann erkannte ihn natürlich nicht.

Der Experimentator lächelte in sich hinein, überquerte die Straße und betrat das Gebäude...

45. Kapitel

Die Pläne, die der Schlächter seit der morgendlichen Lektüre des *Herald* für seinen nächsten Mord geschmiedet hatte, hatten schließlich Gestalt angenommen.

Diesmal sollte es ein Mann sein – diese Entscheidung war definitiv. Und er wußte auch schon, wo er die geeignete Beute zu suchen hatte: auf dem Broadway. Hier liefen genug herum, die in Frage kamen; sie kauften ein oder tranken in einer der zahllosen Espresso-Bars ihren Kaffee. Helfen sollte ihm dabei, daß die Männer einander ständig beobachteten, in einem endlosen Konkurrenzkampf miteinander standen. Er wußte sogar, warum, hatte er sie doch praktisch jedesmal, wenn er dort hinging, beobachtet. Wenn zwei Männer auf der Straße aneinander vorbeigegangen waren, drehte sich meist einer nach dem anderen um. Drehte sich der zweite dann auch, begannen sie eine Unterhaltung, und wenige Minuten später gingen sie zusammen weg. Manchmal blickte sich nur einer von beiden um, lächelte, ging dann aber weiter. In einen solchen Fall hielt der andere inne und beobachtete. Wenn der erste wieder zurücksah oder anhielt, um in ein Schaufenster zu schauen, folgte ihm der zweite.

Zweimal war der Schlächter einem solchen Paar gefolgt, um herauszufinden, was weiter geschah. Dabei hatte er sich stets vergewissert, daß niemand mitbekam, was er tat. Deshalb verstand er das Verhaltensmuster von Verfolgung und anschließender Kapitulation so gut.

Einmal war er sogar selbst verfolgt worden, war aber dann in das nächstbeste Geschäft gegangen und hatte sich so lange dort aufgehalten, bis sein Verfolger verstanden hatte, daß er an einen Kontakt nicht interessiert war. Daraufhin war der andere dann verschwunden.

Heute aber wollte er das Spielchen mitmachen.

Wenn er sich das Fotoalbum kaufte, wollte er die Männer

auf dem Bürgersteig beobachten, und wenn er den richtigen gefunden hatte, ihm folgen. Der Mann, der dafür in Frage käme, durfte nicht zu groß sein – auf jeden Fall nicht größer als er. Außerdem wollte er sich jemanden aussuchen, der auch nicht zu kräftig war. Von da an würde alles ganz leicht sein – leichter als es bei Shawnelle Davis gewesen war. Und wenn er sich dann in der Wohnung seines Opfers befände, würde er handeln.

Das Ansehen des Schlächters würde danach weiter steigen.

Schon der Gedanke daran erregte ihn. In einer plötzlichen Eingebung kam ihm die Idee, ob er mit dem Burschen, der ihm folgte, nicht vielleicht dasselbe anstellen sollte wie zuvor mit Joyce Cottrell. Dieser Gedanke erregte ihn noch mehr. Er spürte schon ein Kribbeln zwischen den Beinen, als auf einmal das Telefon schrillte. Das unerwartete Geräusch erschreckte ihn so sehr, daß er fast das Cola umgeworfen hätte, das er gerade trank.

»Bist du's?« fragte seine Mutter, als er den Hörer nach dem dritten Läuten abnahm. In ihrer Stimme schwang ein derart vorwurfsvoller Ton mit, daß ihm das sofort auf den Magen schlug. Wußte sie etwa, was er getan hatte? Aber woher? Während sie weitersprach, legte sich jedoch seine Furcht. »Ich habe bei Boeing angerufen. Sie haben mir gesagt, daß du heute schon wieder nicht zur Arbeit gekommen bist. Ist mit dir alles in Ordnung?«

»Mir geht's gut, Ma«, antwortete er. Da fiel ihm ein, daß man ihn ja für krank hielt. »Ich will sagen, ich hab mich schlecht gefühlt, aber jetzt geht's mir wieder etwas besser.«

»Du warst nicht zu Hause, als ich vorhin angerufen habe«, warf ihm seine Mutter vor. »Bist du beim Arzt gewesen?«

»Nein, Ma.« Er kam sich vor wie im Alter von zehn Jahren, als ihm seine Mutter vorgeworfen hatte, er würde eine Krankheit vortäuschen, um nicht in die Schule gehen zu müssen. Dabei hatte er 39 Grad Fieber gehabt. »Ich hab mir Suppe gekauft. Hühnersuppe.«

»Dann frag mich bloß nicht, ob ich zu dir komme und sie

dir koche. Hast du heute morgen schon in die Zeitung geschaut?«

Sein Herz begann zu hämmern. »Weshalb?«

»Wegen der Frau. Wegen der, die man gestern nacht bei dir ermordet hat. Kennst du sie?«

Die Brust des Schlächters schnürte sich zusammen, als ob jemand einen Draht darum gezogen hätte. »Warum hätte ich sie kennen sollen?« Trotz seines Bemühens, mit fester Stimme zu sprechen, klang er doch, als fühle er sich ertappt.

»Sie hat doch in der Straße dir gegenüber gearbeitet. Und sie hat in der Straße oberhalb von dir gewohnt.«

Seine Schläfen pochten. »Ich hab sie nicht gekannt, Ma. Und ich hab ihr auch nichts getan! Ich schwöre es! Warum läßt du mich nicht in Ruhe?« Ein Schluchzen verschloß ihm die Kehle, und er knallte den Hörer auf. Sein Hochgefühl von vorhin war ihm gründlich vergangen. Wie konnte sie es herausgefunden haben? Ob sie die Polizei anrufen würde?

Natürlich würde sie das – sie liebte ihn ja nicht! Sie hatte ihn nie geliebt, sondern immer nur seinen Bruder!

Er schritt in seiner Wohnung auf und ab und überlegte, was zu tun sei. Als das Telefon zum zweiten Mal klingelte, blieb er wie angewurzelt stehen. Der Schweiß rann ihm in Strömen herab – ein eiskalter Schweiß, der seinen ganzen Körper bedeckte. Seine Füße drohten einzuknicken.

Sollte er ans Telefon gehen oder es einfach klingeln lassen?

Wenn seine Mutter wieder dran wäre!

Oder sogar die Polizei? Was wäre, wenn seine Mutter sie benachrichtigt hätte und jetzt die Polizei anrief? Aber das würden sie nicht tun! Oder doch? Wenn sie ihn haben wollten, dann würden sie doch gleich kommen und ihn verhaften!

Also war nicht die Polizei am Telefon, sondern seine Mutter. Sie *mußte* es sein, denn sonst rief ihn ja niemand an!

Mit zitternden Knien ging er zum Telefon und nahm ab. »Hallo?«

Keine Antwort.

»Hallo?«

Das leise Klicken verriet ihm, daß jemand am anderen Ende aufgehängt hatte.

Seine Angst wurde panisch. Sein erster Gedanke war, aus der Wohnung zu rennen, in sein Auto zu steigen und wegzufahren. Weg von Capitol Hill, weg von der Polizei, weg von seiner Mutter, weg aus Seattle. Aber wohin? Es gab nirgendwo einen Ort, an den er hätte flüchten können.

Außerdem stand die Polizei wahrscheinlich schon draußen, umstellte das Haus und wartete, bis er herauskam. Er ging zum Fenster und schaute hinaus. Sein Herz schlug so laut, daß es ihm in den Ohren pochte.

Auf der Straße war nichts Auffälliges zu entdecken.

Aber so gingen sie doch immer vor! Die würden sich nicht einfach vor das Haus stellen, sondern ihre Wagen um die Ecke parken, wo er sie nicht sehen konnte. Und die Polizisten selbst lauerten in ihrem Versteck!

Schwer atmend wandte er sich vom Fenster ab. Er mußte nachdenken, mußte alles genau überlegen! Was könnte seine Mutter ihnen erzählt haben?

Wieder ging er in der Wohnung auf und ab; das Zimmer schien mit jedem Schritt zu schrumpfen. Die Wände des Raums schienen ihn einzukesseln, und die Luft erschien ihm stickig.

Er setzte sich auf einen Stuhl und versuchte, sich zu beruhigen.

In Gedanken ging er noch einmal seine Taten durch, dachte zuerst an Shawnelle Davis, dann an Joyce Cottrell. Er war vorsichtig gewesen, so vorsichtig wie nur möglich. Aber wenn man nun Fingerabdrücke von ihm gefunden hatte?

Er war sehr behutsam in Cottrells Haus vorgegangen und hatte nichts angefaßt. Oder etwa doch? O Gott, er konnte sich nicht mehr erinnern – aber er *mußte* sich erinnern!

Seine Haut begann zu jucken, und er konnte nicht mehr sitzen. Er ging wieder zum Fenster und schaute hinaus.

Auf der Straßenseite gegenüber stand ein Mann! Ein Mann, der ihn ansah! Der ihn anstarrte, als würde er ihn kennen!

Als der Fremde über die Straße auf sein Haus zuging, trat er vom Fenster zurück.

Die Schlinge, die er beim Anruf seiner Mutter um seine Brust gespürt hatte, zog sich noch enger zu. Ströme kalten Schweißes rannen ihm den Rücken hinunter, tropften ihm aus den Achselhöhlen.

Die Übelkeit im Magen war wieder da, seine Eingeweide schmerzten, und er spürte, daß er Durchfall bekam. Er krümmte sich und lief ins Badezimmer, als es an der Tür klopfte. Er erstarrte.

Bilder blitzten in ihm auf, Szenen, die er im Fernsehen gesehen hatte.

Würden sie die Tür eintreten?

Würden sie ihn durch die Tür erschießen?

Als er sich vorstellte, wie eine Kugel aus einer 45er die Tür durchschlug, in sein Fleisch eindrang und seine Gedärme zerriß, gab er ein ersticktes Wimmern von sich. Beim Gedanken an die Schmerzen begann er zu wanken und taumelte zur Tür. Besser, er öffnete sie freiwillig, bevor sie sie eintraten.

Er machte die Tür auf und sah dem Mann ins Gesicht, der ihn vor kurzem noch von der Straße aus angesehen hatte. Ein freundliches Gesicht mit ebenmäßigen Zügen.

Nicht das Gesicht eines Bullen.

Er öffnete die Lippen, wollte etwas sagen, doch er brachte nichts heraus.

Der Fremde blickte ihn an; seine Augen bohrten sich in ihn, und plötzlich hatte er das Gefühl, ihn von irgendwoher zu kennen, ihn irgendwo schon einmal gesehen zu haben... Die Augenblicke schlichen in tödlicher Stille vorüber, während der Schlächter den Fremden ansah, der vor seiner Tür stand. Dann wußte er Bescheid. Es war der Mann von Anne Jeffers! Er hatte ihn vorgestern gesehen, als er Joyce Cottrells Haus auskundschaftet hatte. Aber Jeffers hatte *ihn* nicht gesehen – da war er sich ganz sicher!

Dann veränderte sich etwas im Gesicht von Jeffers, und der Mann keuchte, als er plötzlich die Augen, in die er schaute, wiedererkannte.

Es waren die Augen seines Bruders!

Aber das war völlig verrückt – Jeffers sah überhaupt nicht wie sein Bruder aus! Ganz davon abgesehen, war der ja tot!

Dann begann Glen Jeffers zu sprechen, und die Angst des Mannes erreichte ihren Höhepunkt. »Hallo, kleiner Mann«, hörte er die Stimme seines Bruders sagen, und er redete ihn so an, wie er es sein ganzes Leben lang gehaßt hatte. »Du bist böse gewesen, kleiner Mann, und ich bin gekommen, um dich zu bestrafen.«

Sein Verstand ließ ihn im Stich, dann brach er völlig zusammen. Das war doch unmöglich! Dieser Mann konnte auf gar keinen Fall sein Bruder sein – er hatte nicht dasselbe Alter, nicht dasselbe Gesicht, nicht dieselbe Größe.

Aber es *war* sein Bruder!

Es war die Stimme seines Bruders und es waren seine Augen, die soviel Kälte ausstrahlten.

Und die Worte waren ebenfalls seine.

Rory Kraven duckte sich vor Angst, nahm Reißaus vor seinem älteren Bruder, der gar nicht hier sein durfte.

Richard Kraven – der Experimentator – betrat die schäbige Wohnung seines kleinen Bruders und schloß die Tür hinter sich.

46. Kapitel

Edna Kraven hatte das Telefon zwanzigmal klingeln lassen, bevor sie endlich auflegte. Wenn Rory wieder mal schlechte Laune hatte, nahm er so lange nicht den Hörer ab, bis ihm klar wurde, daß sie nicht aufgeben würde. Aber das war jetzt schon das fünfte Mal gewesen, daß sie bei ihm angerufen hatte, und allmählich begann sie sich Sorgen zu machen. Schließlich hatte er ihr beim letzten Gespräch ja gesagt, daß er krank sei. Allerdings hatte er gar nicht so schlecht geklungen, doch das wollte nichts heißen, denn schließlich war Rory – ganz im Gegensatz zu Richard – schon als Kind ein Simulant gewesen. Dennoch hielt sie es für möglich, daß sich sein Zustand inzwischen verschlimmert hatte.

Entweder war das der Grund oder er war gar nicht zu Hause. In diesem Fall mußte er nicht nur den netten Leuten von Boeing, wo man so anständig gewesen war, ihm eine feste Stellung zu geben, Rede und Antwort stehen, sondern auch ihr. Wenn sie schon den Weg nach Capitol Hill zurücklegen müßte, nur um herauszufinden, daß er sich irgendwo herumtrieb, wäre es auch ihre Pflicht, ihm die Leviten zu lesen. Sie war immer eine gute Mutter gewesen, sagte sich Edna Kraven, egal, was die Leute hinter ihrem Rücken über sie redeten. Rory taugte zwar nicht viel, aber er war alles, was sie noch hatte.

Sie verließ ihr Haus um dreizehn Uhr, stieg kurz nach vierzehn Uhr vor dem Krankenhaus aus dem Bus und machte sich auf den mühseligen Marsch bis zu Rorys Wohnung. Mit jedem Schritt wuchs ihr Ärger auf ihren jüngeren Sohn. Warum konnte er nicht so wie Richard sein, der ihr in seinem ganzen Leben keinen Tag Kummer bereitet hatte?

Ja, Richard war ein Märtyrer gewesen. Ein christlicher Märtyrer!

Unzählige Male hatte Edna für ihn gebetet und immer wieder dieselbe Botschaft erhalten: Richard war ein unschuldiges Lamm gewesen, das unrechtmäßig hingerichtet worden war. Nur seine Mutter hatte ihm Glauben geschenkt. Aber eines Tages, das wußte sie, würde die Wahrheit ans Licht kommen. Schließlich geschahen diese gräßlichen Morde ja nach wie vor. War nicht gerade erst vor einer Woche diese Frau drüben in Boylston getötet worden? Nicht, daß sie Edna leid getan hätte, denn letzten Endes war sie ja nur eine Hure. Aber erst vorgestern nacht hatte man die arme Frau, die in Rorys Nähe wohnte, umgebracht. Und beide waren auf dieselbe Weise getötet worden wie alle, für deren Tod man Richard verantwortlich gemacht hatte. Hätten sie Richard nicht ermordet, wüßten sie jetzt die Wahrheit – und er könnte heimkehren zu seiner Mutter, wo er hingehörte. Aber es war zu spät. Edna Kraven stöhnte heftig unter der Last ihrer Sorgen, betrat das Haus, in dem Rory lebte und stieg die Stufen bis zum zweiten Stock hinauf.

Auf dem Treppenabsatz stoppte sie, um erst einmal kräftig nach Luft zu schnappen und schaute sich mit Widerwillen in dem spärlich beleuchteten Flur um. Die Farbe blätterte von den Wänden, und der billige Teppich schlug Wellen an den Rändern. Womit hatte sie bloß einen Sohn verdient, der an einem solchen Ort hauste? Sie hatte ihm schon vorher gesagt, daß dies ein unschicklicher Platz für sie sei, an dem sie ihn ungern besuchte. Heute mußte sie endlich ein Machtwort sprechen. Wenn er nicht ausziehen würde, durfte er nicht erwarten, daß sie jemals wieder zu ihm kam.

Sie schleppte sich bis vor Rorys Tür, wollte schon anklopfen, bemerkte dann aber, daß die Tür nicht ganz geschlossen war. Typisch Rory – erst fortgehen und dann nicht einmal die Tür zumachen. Jeder hätte ihn ausrauben können! Edna stieß die Tür auf und ging hinein.

»Rory?«

Keine Antwort. Edna wurde es plötzlich unbehaglich zumute. Sie *spürte*, daß der Raum nicht leer war. Mit finsterer Miene ging sie zur offenen Badezimmertür, doch dann hielt sie kurz inne.

Die Wände! Die schmierigen, beigefarbenen Wände, die anzustreichen sie Rory nie hatte überreden können, trugen rote Streifen.

Leuchtend rot.

Blutrot.

»Rory?« fragte Edna wieder, doch diesmal leise, fast unhörbar, als hätte sie schon begriffen, was hier passiert war. »Rory? Deine Mama ist da und will sich um dich kümmern.«

Wie von einer unsichtbaren Kraft gelenkt, schlich Edna zur Badezimmertür. Ihr graute vor dem, was sie dort erwartete, aber wie unter Zwang ging sie weiter. Als sie dann erkannte, was in der Badewanne lag, drehte sich ihr der Magen um. Sie torkelte zum Waschbecken und übergab sich. Erst dann brachte sie es fertig, sich in das Zimmer zu schleppen, in dem ihr jüngerer Sohn gestorben war, und die Polizei anzurufen.

47. Kapitel

»Um Himmels willen!« rief Mark Blakemoor, als er die zerschundene Leiche von Rory Kraven anstarrte. »Was zum Teufel ist hier passiert?«

Er hatte zusammen mit Lois Ackerly noch einmal die Akten über Shawnelle Davis und Joyce Cottrell durchgesehen und erfolglos nach einem Bindeglied zwischen den beiden Frauen gesucht – nach entfernten Verwandten oder auch nur gemeinsamen Zufallsbekanntschaften –, als der Anruf gekommen war.

Die Leiche, die jetzt vor ihm in der Badewanne eines schäbigen Appartements lag, war die von Rory Kraven – dem Bruder des Mannes, dessen Verbrechen von einem noch Unbekannten imitiert wurden.

Wie auch bei Davis und Cottrell war Rory Kravens Brustkasten aufgeschnitten, Lungen und Herz herausgerissen worden. Aber anders als bei der furchtbaren Verstümmelung der beiden Frauen war das, was mit Kraven geschehen war, mit fast chirurgischer Präzision ausgeführt worden.

Ebenfalls im Gegensatz zu den beiden Frauen, war Kravens Kehle aufgeschlitzt. Überall war Blut – große Flecke auf dem Teppich, Spritzer auf den Möbeln, sogar an den Wänden verschmiert. Es war offensichtlich, daß Rory Kraven nicht sofort gestorben war. Und es war klar zu erkennen, daß er sich sogar nach seiner Verwundung noch im Zimmer bewegt hatte. Dennoch gab es keinen Hinweis auf einen Kampf: kein Möbelstück war umgeworfen, nichts zerbrochen. Dem Aussehen des Raumes nach konnte man schließen, daß der Mörder Kraven die Kehle aufgeschlitzt, dann seelenruhig gewartet hatte, wie der tödlich verletzte Mann durch die Wohnung gewankt war, bis er schließlich verblutet war.

Während sich das Laborteam ans Werk machte, den Tatort fotografierte und nach Spuren suchte, die Kravens Mörder möglicherweise hinterlassen hatte, nahm Mark die mühselige Arbeit auf sich, die Mieter der übrigen Appartements zu befragen. Zwar waren die meisten von ihnen bei der Arbeit, aber in Gebäuden wie diesem wohnten immer einige Leute, die selten ausgingen. Lois nahm auf der Ecke der Couch Platz, auf der Edna noch immer zusammengekauert saß und das zu verkraften versuchte, was sie im Badezimmer gesehen hatte.

»Brauchen Sie einen Arzt?« fragte Lois. Edna Kraven war blaß, aber Lois erinnerte sich, daß Richard Kravens Mutter, die sie mindestens viermal in den letzten Jahren verhört hatte, immer reichlich blaß gewesen war.

»Was kann ein Arzt gegen den Kummer einer Mutter ausrichten?« fragte sie und tupfte sich die Augen mit einem zerknüllten Taschentuch.

»Können Sie mir sagen, was passiert ist?

Edna zuckte hilflos die Schultern. »Er war heute morgen krank. Dann hab ich ihn immer wieder angerufen, aber weil er nicht abgehoben hat, dachte ich mir, es ist besser, wenn ich vorbeikomme. Er ist doch mein Sohn«, fügte sie in einem Ton hinzu, als müsse sie sich dafür rechtfertigen. »Was sollte ich sonst machen?«

Lois ließ sich von Edna zweimal die Ereignisse des Tages aufzählen, aber wie sie bereits vermutet hatte, stimmten die unbedeutenden Details dabei jedesmal überein. Edna war unsicher, zu welcher Zeit genau sie den Bus bestiegen oder mit welchem sie zur 15. Straße gefahren war, aber Lois wußte längst, daß die Leute, die sich zu gut an Details erinnerten, oft logen. Sie war gerade mit dem Fragen fertig, als Mark ihr von der Tür aus zuwinkte. Sie folgte ihm in den Hausflur.

»Niemand hat auch nur irgend etwas gehört«, erklärte er. »Ich habe zwei Leute aufgetrieben, die den ganzen Tag zu Hause waren, und keiner von beiden scheint taub zu sein. Wenn Kraven mit jemandem gekämpft hat, warum hat dann niemand etwas davon mitbekommen? Und glaub mir, wenn die Frau von 2B einen Streit gehört hätte, hätte sie sofort die Polizei gerufen. Es paßt einfach nichts zusammen: Wenn kein

Kampf stattgefunden hat, woher stammt dann diese Sauerei?«

Lois wollte gerade über diese Frage nachdenken, als jemand von der Spurensicherung in den Flur kam. »Wenigstens ein Problem scheint schon gelöst zu sein«, sagte er, als er Mark eine durchsichtige Tasche mit einem Reißverschluß aushändigte. Sie enthielt ein gelbes Blatt Papier, auf das jemand von Hand eine Nachricht geschrieben hatte. »Es war an die Kühlschranktür geklebt – wie ein Einkaufszettel. Wir haben es fotografiert und untersuchen es nach Fingerabdrücken.« Blakemoor las das Schreiben und reichte es dann wortlos Ackerly.

> **Ich hasse Nachahmer.**
>
> **Und ganz besonders hasse ich unfähige Nachahmer.**
>
> **Aus Gründen zu töten, aus denen Rory getötet hat, ist nicht nur unmoralisch, sondern Verschwendung. Weil ich Verschwendungen hasse, habe ich Rorys Gemetzel ein Ende bereitet. Ich bezweifle, daß jemand über Rorys Hinscheiden bestürzt ist. Letzten Endes konnte er nie so werden wie ich, soviel Mühe er sich auch gegeben hat.**

»Habe ich recht verstanden?« fragte Lois, als sie die Nachricht gelesen hatte. »Das heißt doch, daß derjenige, der das Blutbad angerichtet hat, glaubt, Kraven habe Davis und Cottrell ermordet. Aber wie kommt er darauf? Es gibt keinen Beweis, daß die beiden von demselben Mistkerl ermordet worden sind. Bis jetzt ist alles nur reine Spekulation.«

»Aber von jetzt an fällt es uns leichter, das zu überprüfen«, bemerkte Blakemoor. »Wir haben verdammt viele gute Fingerabdrücke auf dem Messer von Cottrell gefunden, außerdem noch Handabdrücke aus Davis' Küche. Wenn die alle zu

Kraven passen, haben wir einen Volltreffer gelandet.« Blakemoor schüttelte angewidert den Kopf. »Eine wahnsinnige Welt. Ein Schwein glaubt, daß ein anderes Schwein jemanden umgebracht hat und schlachtet es dann dafür ab.«

»Es sei denn, er hat ihn gar nicht abgeschlachtet«, meinte Lois besorgt und betrachtete das Papier. »Irgendwas ganz Abartiges geht hier vor, Mark. Was soll dieses ›Ich hasse Nachahmer‹ bedeuten? Selbst wenn es sich herausstellen sollte, daß Rory Kraven die Davis und die Cottrell getötet hat, was hat dieser neue Mörder mit Kraven zu tun? Anders ausgedrückt: Hier haben wir es mit einem neuen Täter zu tun, der genauso mit Kraven umspringt wie der es anscheinend mit Davis und Cottrell getan hat. Wer also ist der Nachahmer? Rory Kraven oder dieser Kerl?« Sie wollte wieder in die Wohnung zurückgehen, hielt aber inne, weil Schritte die Treppe hinaufstürmten. Sie drehte sich um und sah Anne Jeffers mit einem Fotografen im Schlepptau. Sie hielt erst an, als sie die beiden Polizisten erkannte.

»O Gott, ich hatte recht«, sagte Anne kreidebleich. »Gleich nachdem ich die Meldung hörte, habe ich gedacht...« Sie verstummte und versuchte, ihre Angst hinter der Sachlichkeit der Reporterin zu verbergen. Aber es gelang ihr nicht. »Noch jemand, stimmt's?« flüsterte sie. »Genau dasselbe wie bei Davis und Cottrell?«

Mark Blakemoor und Lois Ackerly sahen sich an, wortlos einig darüber, daß zumindest in diesem besonderen Fall Anne Jeffers mehr war als nur eine gewöhnliche Reporterin.

»Es ist Rory Kraven«, klärte Mark sie auf. »Richards jüngerer Bruder.«

Rory Kraven? dachte Anne. Aber das war doch verrückt. Er war nichts als... Doch dann erinnerte sie sich plötzlich ganz klar genau daran, wo sie gewesen war, als sie nach dem Besuch bei Glen das Krankenhaus verlassen und gespürt hatte, daß sie jemand beobachtete. Ihr Blick wanderte von Mark zur offenen Tür von Rory Kravens Wohnung. Durch das Fenster konnte sie das Gebäude des Krankenhauses gegenüber erkennen.

»Er hat mich an einem Abend mal beobachtet«, sagte sie so leise, daß die Polizisten nicht sicher waren, ob sie zu ihnen oder mit sich selbst sprach. »Ich hatte Glen in der Klinik besucht und war auf dem Heimweg. Ich fühlte, daß mich jemand beobachtete. Das muß er gewesen sein.« Sie schwieg einen Moment und sagte dann zu den Kommissaren: »Was ist passiert?«

Wortlos reichte Blakemoor ihr die Botschaft.

Sie las sie und sah Blakemoor an. »Ist er tot? Ist Rory Kraven tot?«

Der Kommissar nickte. »Er liegt in der Badewanne. Nackt, genau wie die Cottrell.«

Anne fühlte sich plötzlich wie betäubt. Hatte Rory Kraven etwa ihre Nachbarin ermordet? Aber Kraven war ein Nichts gewesen, der Typ Mensch, der sich im Leben äußerst schwertat und all seine Kräfte gebrauchte, um wenigstens einigermaßen über die Runden zu kommen. Sie konnte sich noch erinnern, wie sie ihn vor Jahren interviewt hatte, als der Verdacht zum ersten Mal auf seinen Bruder gefallen war. Rory hatte nicht über Richard reden wollen. Er hatte nur erwähnt, daß sie nicht besonders gut miteinander auskämen, wenig Kontakt besäßen und sich nicht sehr ähnlich seien.

Was ganz bestimmt die Wahrheit gewesen war. Richard Kravens Gesichtszüge waren markant gewesen, er hatte gut ausgesehen. Rorys Gesicht dagegen drückte Schwäche und Erfolglosigkeit aus. Er hatte eine einfache Stellung bei Boeing, wenn sie sich recht erinnerte, und er war ihr wie jemand vorgekommen, der niemals einen Tag in der Arbeit fehlte, kein Problem für andere darstellte. Ein Mensch, bei dem man sich darauf verlassen konnte, daß er seine Arbeit ordentlich, wenn auch nicht herausragend erledigte. Aber der langweilige, lahme Rory war auch der kleine Bruder von Richard Kraven gewesen – von Richard, der zu glänzen verstand, der all das war, was Rory gerne gewesen wäre.

Richard, der seit je der Augapfel seiner Mutter gewesen war...

Und das, so wußte Anne, hatte sich auch nach Richards

Tod nicht geändert. Selbst nach der Verhandlung, den abgelehnten Berufungen und der Hinrichtung hatte Edna Kraven immer noch behauptet, daß ihr Sohn unschuldig sei.

Unschuldig und fehlerlos.

Rory mußte sein ganzes Leben vor Neid auf Richard fast geplatzt sein, auch wenn er sich das nie hatte anmerken lassen. Über Richard hatten sogar noch nach seinem Tod die Zeitungen berichtet. Sie selbst hatte...

Plötzlich ergab alles einen Sinn.

»Er wollte Aufmerksamkeit erregen«, flüsterte sie und nahm kaum wahr, daß andere sie hören konnten. »Sein ganzes Leben lang hat sich das Augenmerk aller nur auf Richard gerichtet. Und das hielt auch nach seinem Tod noch an.«

Sie blickte erneut auf die Nachricht, die sie immer noch in der Hand hielt.

Ich hasse Nachahmer... unfähige Nachahmer... Letzten Endes konnte er nie so werden wie ich...

Sie las die Worte immer wieder, so oft, daß sie sicher war, sie hätte sie auch im Schlaf wiederholen können. Und sie starrte dabei unablässig auf die Botschaft.

Es war die Handschrift, über die sie nachdachte.

Sie starrte weiter auf den Zettel, wußte, daß sie die Schrift kannte, wollte es sich aber nicht eingestehen. Nicht ohne eine Erklärung dafür zu haben.

Aber dafür konnte es keine Erklärung geben.

Sie hatte Richard Kraven im elektrischen Stuhl sterben sehen. Sie hatte gesehen, wie sein Körper erstarrte, wie sich sein Gesicht verzerrte und seine Augen in die Höhlen zurückfielen.

Es war unmöglich, daß Richard Kraven die Nachricht geschrieben hatte, die sie jetzt in der Hand hielt.

Aber dennoch gab es keine Frage.

Es war seine Handschrift.

48. Kapitel

Blut.

Überall war Blut, doch diesmal war es nicht das Blut einer Katze.

Diesmal war es das Blut eines Menschen.

Glen Jeffers wußte, daß es Menschenblut war, obwohl er keine Ahnung hatte, woher es stammte. Er war über und über mit Blut verschmiert, an den Händen, im Gesicht, auf seinem ganzen nackten Körper.

Nackt?

Warum war er nackt?

Glen riß den Blick von seinem blutbespritzten Körper los und suchte die Wände um sich herum ab. Er war in einem Raum, den er nicht kannte – einem schäbigen Raum. In so einem ähnlichen hatte er einmal gewohnt, als er noch Architekturstudent war. Aber selbst sein damaliges Appartement auf dem Universitätsgelände von Roosevelt war hübscher als dieses hier gewesen. Die Wände hatten Risse gehabt und in einer war ein Loch gewesen, weil der Vormieter beim Öffnen des Schrankes mit der Tür gegen die Wand gestoßen war. Aber die Wände waren wenigstens weiß gewesen, denn er selbst hatte sie gestrichen.

Die Wände, die ihn jetzt umgaben, waren beige – jene Art von eintönigem schmutzigem Beige, mit dem die Wände vieler billiger Appartements gestrichen waren. Er sah ein Bett und eine durchgesessene Couch, deren Polster so verdreckt waren, daß man nicht mehr sagen konnte, welche Farbe sie einmal hatten.

Er entdeckte einen wackligen Tisch mit ein paar geschmacklosen Stühlen aus gefärbtem Metall.

Und noch mehr Blut.

Die Wände waren damit besudelt, genau wie die Möbel.

Überall war Blut.

Er wollte aus dem Zimmer stürmen, aber als er von einer Wand zu anderen rannte, schienen sie bedrohlich näher zu rücken, ihn einzusperren. Und er fand keine Tür.

Nur noch mehr Blut, das von den Wänden auf den Boden hinuntertropfte.

Glen konnte es jetzt unter seinen bloßen Füßen spüren, warm und klebrig, und er wollte weg, aber seine Füße wurden immer schwerer, unbeweglich, so als wären sie in Zement gegossen.

Die Wände schienen sich immer enger um ihn zu schließen, und er streckte die Arme aus, um sie wegzudrücken, doch dadurch verschmierte er nur die Blutflecken. Scharlachrot glänzendes Blut bedeckte seine Fingerspitzen, und er wollte seinem Schrecken mit einem Schrei Luft verschaffen.

Aber er brachte keinen Ton heraus.

Seine Kehle war wie zugeschnürt. Er konnte kaum noch atmen, nur noch heulen vor Angst.

Er drehte sich um und sah endlich eine Tür. Eine offene Tür, die in einen anderen Raum führte.

Er bahnte sich den Weg dorthin, zog seine Füße nach, die ihm bei jedem Schritt Widerstand leisteten. Licht drang durch den Türrahmen, und innen konnte er das schimmernde Email der Decke und dunkle Stockflecken im Mörtel der Wände erkennen.

Ein Badezimmer.

Dort gab es bestimmt eine Dusche, unter der er sich das Blut vom Körper spülen konnte. Ein Wimmern entstieg seiner Kehle, als er die Tür erreicht hatte, doch es erstarb sofort, als er sah, was in der Badewanne lag.

Es war eine Leiche – eine Männerleiche, nackt wie Glen selbst – ihre Augen starrten leer zur Decke. Die Kehle des Mannes war aufgeschnitten, sein Brustkorb geöffnet, so daß Herz und Lungen zu erkennen waren.

Und obgleich Glen sicher war, daß der Mann tot sein mußte, erkannte er, daß sein Herz schlug und sich die Lungen im gleichmäßigen Rhythmus des Schlafes hoben und senkten.

Dieser Anblick ließ ihn in ungläubigem Schrecken erstarren.

Wieder versuchte Glen zu schreien, taumelte nach vorn, stolperte und stürzte kopfüber auf die Leiche. Instinktiv streckte er die Hände aus, um den Fall abzuschwächen, mußte dann aber in hilfloser Abscheu erkennen, daß zuerst seine Finger, dann beide Hände zwischen den lebendigen Organen des geöffneten Brustkorbs verschwanden. Glen würgte, spürte, wie sich sein Magen zusammenzog, wußte, daß er sich übergeben würde. Er brach über der Wanne zusammen, lag ausgestreckt auf der Leiche, deren feuchtkalte, klebrige Haut ihm einen eisigen Schauder einjagte. Jetzt kam es ihm so vor, als würde die Leiche zu neuem Leben erwachen; ihre Arme schlangen sich um ihn und zogen ihn näher heran.

Der Kopf bewegte sich, und die Augen blinzelten.

Der Mund zuckte, und er fühlte Lippen an seinem Hals.

Dann Zähne.

Als Angst und Abscheu in ihm ins Unermeßliche wuchsen, nahm Glen alle Kraft zusammen, um sich von der makabren Umarmung loszureißen.

»Nein!« schrie er, als er endlich seine Stimme wiedergefunden hatte. »Nein!«

»Nein!« brüllte er noch einmal, und er richtete sich kerzengerade auf. Der Alptraum verflog, als Glen aufwachte, doch das fürchterliche Bild von der Leiche in der Badewanne war unauslöschlich in sein Gedächtnis gebrannt.

Ein paar Sekunden lang wußte er nicht, wo er sich befand. Er saß still da, keuchte, schnappte nach Luft, zitterte und wartete darauf, daß das Horrorbild des blutgetränkten Traums verblaßte. Sein Herz pochte, und ihn überfiel Panik. Ein neuer Herzanfall! Doch als er langsam zu sich kam, völlig wach war, beruhigte sich sein Herzschlag allmählich und fand zu einem normalen Rhythmus.

Auch seine Atmung hatte sich wieder beruhigt, und er schaute sich um. Die blutverschmierten Wände des Zimmers, in dem er gefangen gewesen war, waren verschwunden. Er war auf der provisorischen Plattform vor dem Aufzug des Jeffers Building. Langsam kam seine Erinnerung zurück. Er war in die City gefahren, um sich den Fortgang der Bauarbeiten anzuschauen und aufs Dach gefahren.

Er hatte sich dazu gezwungen, bis zur Umrandung zu gehen und nach unten zu blicken.

Dann hatte ihn Panik erfaßt! Ihm war schwindlig geworden, und ihn hatte das furchtbare Gefühl ergriffen, der Abgrund wollte ihn nach unten ziehen, ihn geradezu über das Geländer saugen. Er wußte noch, daß er sich nach draußen gelehnt hatte, daß er bereit gewesen war, sich fallen zu lassen, als...

Etwas – *jemand* – hatte ihn aufgehalten.

Mehr wußte er nicht. An nichts erinnerte er sich außer an den Alptraum.

Glen schaute auf die Uhr. Schon sechzehn Uhr. Bei seiner Ankunft hier war es doch erst halb elf gewesen! Wie konnte er den halben Tag auf der Plattform gelegen haben, ohne daß ihn jemand bemerkt hatte? Hätte sich der Bauarbeiter, der ein paar Etagen mit ihm zusammen hinaufgefahren war, nicht wundern müssen, warum er nicht mehr zurückkam? Oder das Mädchen im Büro? Hätte sie sich nicht fragen müssen, was geschehen war, als er nicht wieder auftauchte, um den Schutzhelm abzugeben? Glen raffte sich auf, stieg in den Aufzug und drückte den Knopf, damit der Aufzug ihn zum Boden des Schachts brachte.

Auf der Fahrt nach unten bemühte er sich, nur auf die Tür des Käfigs zu schauen, auf keinen Fall wollte er nach unten sehen, um nicht noch einmal von dieser furchtbaren Höhenangst erfaßt zu werden, die ihn fast das Leben gekostet hätte. Als der Aufzug scheppernd stoppte, seufzte Glen erleichtert. Aber im Büro bekam er gleich wieder den nächsten Schock. Janie Berkey strahlte ihn an und sagte: »Das hat ja nicht lange gedauert. Sie müssen Ihren Füller ziemlich schnell gefunden haben!«

Er konnte ihr nur noch kurz zunicken und den Helm an einen Haken hängen. Dann verließ er geradezu fluchtartig das Büro.

Wieder ein Blackout.
Wieder hatte er Stunden des Tages verloren.
Offenbar war er irgendwohin gegangen.
Aber wohin?
Und was hatte er dort gemacht?
Der blutgetränkte Alptraum kam ihm wieder in den Sinn...

49. Kapitel

Der Artikel würde auf der Titelseite erscheinen, das wußte Anne, und sie hätte sich eigentlich darüber freuen müssen. Statt dessen hatte sie aber Angst.

Es war sechzehn Uhr dreißig, und sie war mit ihrem Bericht über Rory Kravens Tod gerade fertiggeworden. Sie hatte noch ein letztes Mal mit Mark Blakemoor gesprochen und gehofft, er würde ihr sagen, daß Rory Kravens Fingerabdrücke nicht auf dem Messer waren, mit dem Joyce Cottrell getötet worden war.

Doch er hatte nicht nur bestätigt, daß Rory Kraven Joyce Cottrells Mörder war, sondern auch noch, daß dessen Handabdrücke mit den verschmierten Spuren identisch waren, die man in Shawnelle Davis' Küche entdeckt hatte.

Zu guter Letzt hatte Anne noch eine Notiz in Vivian Andrews' Computer hinterlassen, in der sie vorschlug, daß sie sich vorerst nur auf die bisher bekannten Tatsachen beziehen sollten, bis mehr Licht in die morgendlichen Ereignisse in Kravens Appartement gekommen wäre.

Wer hatte das getan? Und warum?

Wer konnte gewußt haben, daß Richard Kravens Bruder die beiden Frauen ermordet hatte, wenn nicht einmal die Polizei in der Lage war, unmißverständlich zu beweisen, daß ein und dieselbe Person die Taten begangen hatte?

Diese Fragen gingen Anne immer noch durch den Kopf, als sie nachmittags das Redaktionsgebäude verließ und nach Hause fuhr. Das Schlimmste von allem war – und es machte sie fast verrückt – das Auftauchen der seltsamen Nachricht. Sie hatte ja Mark Blakemoor schon von der Nachricht erzählt, die gestern nachmittag auf ihrem Monitor erschienen war. Obwohl er ihr interessiert zugehört hatte, hatte er am Ende doch einige Fragen gestellt, auf die sie nicht vorbereitet gewesen war:

Er hatte doch noch im Hinterhof gestanden, als sich das ereignete. Warum hatte sie ihn nicht gleich über den Vorfall in Kenntnis gesetzt?

Sie hatte Blakemoor auch nichts von der künstlichen Fliege erzählt.

Warum nicht?

Ihre Finger verkrampften sich um das Lenkrad. *Weil es nichts zu bedeuten hatte. Und weil es nichts mit der Nachricht auf ihrem Monitor zu tun hatte oder mit Kumquats Tod oder sonst was! Glen hatte ihr doch erklärt, woher sie stammte: er hatte sie gekauft! Es war nur ein Zufall, daß sie aus Federn und Haaren hergestellt war, die von ihren Haustieren stammen konnten, was glaubte sie denn, um Himmels willen? Daß jemand – ein Fremder, der vorgab, Richard Kraven zu sein – in ihr Haus geschlichen war, eine künstliche Fliege fabriziert, ihre Katze getötet und dann eine Nachricht im Computer hinterlassen hatte?*

Anne schob die Gedanken als aberwitzig beiseite, sie machte sich allmählich selbst verrückt.

Als sie sich ihrem Haus näherte, fluchte sie laut, denn es stand in ihrer Straße ein großes Wohnmobil, das gleich zwei Parkplätze einnahm. Schließlich fand sie einen freien Platz in der nächsten Straße. Auf ihrem Weg zum Haus warf Anne nochmals einen Blick auf das Wohnmobil.

Sie öffnete die Tür ihres Hauses und rief:

»Hallo. Ist jemand da?«

»Hier hinten«, antwortete Glen aus seinem Arbeitszimmer.

Anne legte ihre Tasche unter den Tisch und ging ins Arbeitszimmer. Glen saß am Zeichentisch und wirkte fast schuldbewußt, als sie hereinkam. »Ich arbeite nicht«, versicherte er ihr. »Ich kritzle nur ein bißchen vor mich hin.«

Anne beugte sich zu ihm und gab ihm einen Kuß. »Machst du das schon den ganzen Tag?«

Sie fühlte, wie sich sein Nacken versteifte, doch dann nickte er.

»Und was gab's bei dir?«

Anne ließ sich auf einen Stuhl fallen und erzählte Glen von dem Mord an Rory Kraven.

Während Glen seiner Frau zuhörte, erschienen vor seinem geistigen Auge Bilder.

Bilder aus seinem Traum vom Nachmittag; Bilder, die bis aufs Detail Annes Schilderung über den Fund der Leiche Rory Kravens in dessen Badewanne entsprach.

Aber er hatte ja nur geträumt, dachte Glen. Ganz bestimmt hatte er nur geträumt.

50. Kapitel

Jüngerer Bruder des Serienmörders tot aufgefunden
Rory Kraven für die Morde von Capitol Hill verantwortlich

Die Leiche von Rory Kraven, 41, Bruder des kürzlich hingerichteten Serienmörders Richard Kraven, wurde gestern nachmittag in seiner Wohnung in Capitol Hill gefunden. Das Opfer eines bislang unbekannten Täters starb an mehreren Stichwunden. Die unbekleidete Leiche, die in der Badewanne lag und ähnliche Verstümmelungen wie die Opfer Richard Kravens aufwies, wurde von seiner Mutter Edna Kraven, 66, entdeckt.

Nach Angaben der Polizei wurden hinreichende Beweise gefunden, die Rory Kraven als Mörder von Shawnelle Davis und Joyce Cottrell überführen. Kommissar Mark Blakemoor bestätigte, daß Rory Kravens Fingerabdrücke identisch sind mit denen, die...

Edna Kraven starrte die Meldung auf der Titelseite des *Herald* an. Sie war die ganze Nacht wach geblieben, und aus lauter Angst, im Schlaf vom Bild ihres armen Rory heimgesucht zu werden, nicht ins Bett gegangen. Sie wußte, daß sie dieser Anblick verfolgen würde. Wie seine Augen sie angestarrt hatten! Und dann die furchtbaren Schnitte in seiner Kehle und Brust! Wäre sie nur nicht zu seiner Wohnung gefahren! Sie hatte gewußt, daß etwas nicht stimmte, hatte es vom ersten Moment an geahnt, als sie die Treppen hinaufstieg! Und das hatte sie auch Anne Jeffers erzählt.

Doch damit nicht genug, daß dieses Weib kein Wort über das schrieb, was sie ihr gesagt hatte – sie verbreitete sogar noch weitere Lügen! Und als ob es noch nicht genug wäre, weitere Unwahrheiten über Richard aufzutischen – verbreitete dieses Biest jetzt auch noch Lügen über Rory!

Allein schon auf den Gedanken zu kommen, Rory könne die beiden Frauen getötet haben!

So etwas Absurdes – Rory brachte in Gegenwart von Frauen ja kaum den Mund auf.

Edna hatte die Fotos dieser Frauen im Fernsehen gesehen. Billig, alle beide.

Eine von ihnen war eine Hure gewesen, die andere eine Art Einsiedlerin. Was sollte Rory mit solchen Menschen zu tun gehabt haben?

War es dagegen nicht offensichtlich, daß Rorys Mörder auch diese beiden umgebracht hatte?

Unfähig waren sie alle, sagte sich Edna. Die Polizei konnte den Mörder nicht fassen, deshalb gab sie dem armen, dummen Rory die Schuld. Und dann auch noch diese Reporterin, die schon immer ihren Liebling Richard zum Sündenbock gemacht und darüber geschrieben hatte! Edna schauderte bei dem Gedanken, ihre Nachbarn könnten die Verleumdungen lesen, mit denen fast die ganze Titelseite der Zeitung beschmiert war.

Nun, gegen die Polizei konnte sie leider nichts unternehmen, aber dafür konnte sie dieser Jeffers ganz gehörig die Meinung sagen!

Obgleich es noch nicht einmal sieben Uhr war, suchte Edna im Telefonbuch nach der Nummer des *Seattle Herald*. Mit verkniffenem Mund hörte sie die Telefonistin sagen, daß die Reporterin bis jetzt noch nicht gekommen sei. »Nein, ich will ihr ganz bestimmt keine Nachricht hinterlassen«, sagte Edna, als ihr die Frau anbot, sie mit Annes Anrufbeantworter zu verbinden. »Ich will mit ihr selbst reden!«

Mit wachsendem Zorn suchte Edna im Telefonbuch den Buchstaben J durch.

...auf dem Messer gefunden wurden, mit dem Joyce Cottrell getötet worden ist. Außerdem waren Fingerabdrücke in Shawnelle Davis' Appartement identisch mit denen von Rory Kraven.

Am Tatort des letzten Mordfalles wurde eine Nachricht entdeckt, die von der Polizei bislang nicht zur Veröffentlichung preisgegeben wurde. Bisher wurde nur verlautbart, daß sowohl aufgrund dieser Nachricht, als auch aufgrund der Verletzungen des Toten ein Selbstmord ausgeschlossen werden kann. Gleichzeitig bestätigte die Polizeidienststelle, daß es bislang noch keine Hinweise auf Verdächtige gebe.

Man kann jedoch davon ausgehen, daß der Täter Rory Kraven bekannt gewesen sein muß, da am Tatort keine Anzeichen eines Kampfes oder für ein gewaltsames Eindringen des Täters gefunden wurden. Drei Nachbarn, deren Namen auf ihren Wunsch ungenannt bleiben, bestritten, an diesem Morgen irgend etwas Ungewöhnliches gehört zu haben. Sachdienliche Hinweise, die im Zusammenhang mit diesem Mord stehen, werden von jeder Polizeidienststelle entgegengenommen...

Als das Telefon klingelte, sah Glen von der Zeitung auf, die ausgebreitet auf dem Küchentisch lag. Er wartete erst, ob Heather oder Kevin von ihrem Nebenanschluß aus abheben würden, dann griff er nach dem Wandtelefon über der Küchentheke.

»Hallo?«

»Ich will Anne Jeffers sprechen!« Eine Frauenstimme schrillte derart durch den Hörer, daß es Glen kalt den Rücken runterlief. »Ist sie da?«

Er spürte, wie sich eine Gänsehaut auf seinen Armen bildete. »Ich... Nein, sie ist nicht da«, antwortete er. »Sie ist weggegangen...« Er hielt jäh inne. Er hatte keine Ahnung, mit wem er sprach, aber etwas in der Stimme dieser Frau machte ihn... was?

Ängstlich? Das war es nicht.

Nervös? Schon eher, es traf aber auch nicht sein Gefühl.

Jedenfalls fühlte er sich äußerst unbehaglich. Er entschied sich, lieber nicht zu sagen, daß seine Frau im Volunteer Park joggte – zumindest, solange er nicht wußte, wer die Anruferin war und was sie von Anne wollte. »Kann ich ihr etwas ausrichten?« fragte er.

Die Anruferin zögerte einen Moment, dann sagte sie: »Hier spricht Edna Kraven.«

Kalter Schweiß lief Glen über den Körper, und er fühlte sich benommen. Er hielt sich an der Küchentheke fest, um sich zu stützen, aber als seine Finger das harte Holz umklammerten, verschlimmerte sich das Schwindelgefühl noch. Ihm wurde schwarz vor den Augen, als ob er gleich in Ohnmacht fallen würde.

Die Stimme, die Edna jetzt antwortete, hatte sich verändert.

»Oh, Mrs. Kraven«, sagte die Stimme höflich. »Erst vor ein paar Minuten hat meine Frau mit mir über Sie gesprochen. Ich bin sicher, sie möchte sich mit Ihnen unterhalten. Vielleicht könnten wir einen Termin ausmachen?«

Ein Summen... Glen hörte ein Summen im Ohr, und er war völlig verwirrt. Dann klärte sich sein Verstand, das Schwindelgefühl verschwand, und er begann sich zu erinnern. Er hatte Kaffee getrunken und Zeitung gelesen, als das Telefon klingelte. Er hatte abgehoben, und eine Frau hatte ihn nach Anne gefragt. Dann war ihm auf einmal schwindlig geworden, und jetzt konnte er sich nicht mehr erinnern, ob er die Frau nach ihren Namen gefragt hatte oder nicht.

»Hallo?« sagte er und drückte sich den Hörer fest gegen das Ohr. Doch er hörte nichts als das Summen, das anzeigte, daß der Anrufer längst aufgelegt hatte. Stirnrunzelnd legte er auch den Hörer auf. Heute morgen, entschloß er sich, würde er endlich Gordy Farber anrufen und ihm alles sagen, was passiert war.

Die letzten Blackouts, die immer schlimmer werdenden Alpträume, die Erinnerungen an Ereignisse, die er unmöglich erlebt haben konnte... Wenn Gordy ihm dann riet, unbedingt wieder ins Krankenhaus zu gehen, dann mußte es eben sein. Zu viele seltsame Dinge waren mit ihm geschehen. Und gestern, als er auf der Plattform seines Hochhauses zusammengebrochen war, hätte er sich um ein Haar selbst umgebracht.

Doch als Anne einige Minuten später von ihrem morgendlichen Jogging zurückkehrte, seinen gequälten Gesichtsausdruck und seine schweißglänzende Haut sah, ihn fragte, wie es ihm ginge, zuckte er nur mit den Schultern und gab vor, daß alles in Ordnung sei.

Und obwohl er ihre Sorge um ihn von ihren Augen ablesen konnte, als sie eine Stunde später zur Arbeit fuhr, konnte er nichts tun oder sagen, um ihre Sorgen zu lindern.

Gordy Farber wollte er auch nicht mehr anrufen.

51. Kapitel

Anne schaute auf den Monitor vor sich. Sie wußte, daß die Story, an der sie arbeitete, gut war. Es war ein Artikel über die unterschiedlichen Charaktere von Rory und Richard Kraven, in dem sie die Vermutung äußerte, daß die Brüder möglicherweise eine Art »Killer-Gen« gemeinsam hatten, was sie beide zu Serienmördern gemacht hatte. Dennoch war es ihr fast unmöglich, sich zu konzentrieren. Das hing nicht allein mit ihrer Verwirrung über das, was mit Rory Kraven passiert war, zusammen.

Glen ging ihr nicht mehr aus dem Sinn. Sein eigenartiges Verhalten machte ihr Sorgen. Alles hatte mit Joyce Cottrells seltsamer Behauptung begonnen, sie habe ihn nackt gesehen; dann war die Geschichte mit der Katze passiert. Sogar etwas so Belangloses wie die künstliche Fliege gab ihr zu denken. Aber mehr noch: Der Glen Jeffers, in den sie sich einmal verliebt hatte, hätte sie heute morgen nicht zur Arbeit gehen lassen, ohne ihr einen Kuß zu geben, geschweige denn, ohne mit ihr überhaupt zu sprechen. Zwischen ihnen war eine Kluft entstanden, die jeden Tag tiefer wurde.

Anne griff zum Telefon und wählte Gordy Farbers Nummer. Sie erwischte ihn noch vor seinem ersten Termin und berichtete ihm rasch von ihren Ängsten. »Sie haben mich zwar gewarnt, daß er vielleicht nicht mehr ganz derselbe wäre wie früher, aber so etwas hätte ich dann doch nicht erwartet. Manchmal komme ich mir vor, als ob ich mit einem Fremden zusammenlebe. Und das hängt nicht nur mit seinem Verhalten zusammen, Dr. Farber. Er macht Dinge, die...«

»Ich rufe ihn an«, unterbrach Farber und sah auf die Uhr. Er war mit seinem Zeitplan bereits im Rückstand, und Anne klang so, als würde sie noch eine halbe Stunde weiterreden wollen. »Ich ruf ihn gleich an. Vielleicht kann ich heute morgen noch einen Termin für ihn einschieben.«

Anne entspannte sich ein wenig. »Danke, Dr. Farber. Das wäre mir sehr recht. Und rufen Sie mich bitte an, wenn Sie mit ihm gesprochen haben. Okay?« Sie verabschiedete sich und legte den Hörer auf, als der zweite Apparat klingelte. »Anne Jeffers.«

»Mark.« Er zögerte kurz, fügte dann hinzu: »Mark Blakemoor.«

Anne lächelte wegen seines Zögerns. Befürchtete er wirklich, daß sie nach all den Jahren, in denen sie über den Fall Kraven berichtet hatte, seine Stimme nicht erkennen würde? Dann wurde ihr Gesichtsausdruck ernst, als sie bemerkte, daß es ihr angenehm war, seine Stimme zu hören. Es war das Gefühl, das sie immer gehabt hatte, wenn Glen angerufen hatte...

Angerufen *hatte*? Was dachte sie sich eigentlich? Verwirrt versteckte sie ihre Nervosität hinter einem geschäftsmäßigen Ton. »Ich habe Ihre Stimme schon erkannt, Mark. Um was geht's?«

»Was haben Sie heute morgen vor?«

Anne war verwundert. Es sah dem Kommissar überhaupt nicht ähnlich, um den heißen Brei zu reden. Außerdem glaubte sie einen Unterton in seiner Stimme zu hören, den sie an ihm noch nicht kannte. Er klang nicht nur unsicher, er klang regelrecht nervös. »Ich weiß nicht recht«, sagte sie vorsichtig. »Ich hab ziemlich viel zu tun...«

»Verschieben Sie's«, sagte Blakemoor so kurz und bündig, daß Anne fast ärgerlich wurde. Was glaubte er denn, wer er war? Doch als er fortfuhr, verging ihr Ärger. »Passen Sie auf, ich kann nicht telefonisch mit Ihnen darüber reden. Im Grunde sollte ich eigentlich überhaupt nicht mit Ihnen darüber sprechen. Aber ich schätze, in diesem Fall haben Sie ein Recht darauf, es zu erfahren, zumindest inoffiziell. Klar?«

Anne hatte verstanden. Worüber er auch immer mit ihr reden wollte, es hatte etwas mit dem Mord an Rory Kraven zu tun und war mit Sicherheit nicht für die Öffentlichkeit bestimmt. Aber warum rief er sie dann überhaupt an? Er wußte doch, wie sehr sie es haßte, inoffizielle Informationen zu bekommen, ohne sie dann verwenden zu dürfen.

»Anne, die Sache ist wichtig«, fuhr er fort. Er wußte genau, wie er ihre Unschlüssigkeit zu deuten hatte und ließ sie das auch wissen. »Glauben Sie mir, wenn Sie es nicht sofort wissen müßten, hätte ich Sie gar nicht erst angerufen.«

»Wo und wann?« Anne war bereit, ihn zu treffen.

»Im Red Robin. In einer halben Stunde?«

»Gut. Bis dann.«

Als Anne zwanzig Minuten später das Restaurant in der Fourth Avenue betrat, wartete Mark Blakemoor schon am Eingang mit einem Briefumschlag in der Hand auf sie. Er nahm ihren Arm und ging zur Wirtin, die beide zu einer Sitzgruppe im hinteren Teil des Raumes führte, dessen andere Tische nicht besetzt waren. »Danke, Millie«, sagte er. »Heute möchte ich ungestört sein.«

Die Wirtin lächelte. »Bitte. Aber ich kann die Tische nicht bis zum Mittagessen freihalten.«

»Ist schon in Ordnung.« Er bestellte Kaffee für sich und Anne, wartete, bis sich die Wirtin entfernt hatte und fixierte Anne. »Wie geht's Ihrem Magen?«

Annes Augen wanderten automatisch zu dem Umschlag, der zwischen ihnen lag. Beim Gedanken daran, was er wohl enthalten könnte, wurde ihr ein wenig mulmig. »Ganz gut, glaube ich. Wieviel muß er denn aushalten?«

Der Kommissar warf ihr einen nichtssagenden Blick zu. »Ich werde Ihnen ein paar Fotos zeigen, die außerhalb der Dienststelle noch niemand gesehen hat. Es sind Fotos von Leuten, die Richard Kraven angeblich umgebracht haben soll.«

»Angeblich?« Anne wurde aufmerksam. »Mark, was geht hier vor?«

Der Kommissar sah ihr in die Augen. »Geben Sie mir Ihr Wort, daß alles, was ich Ihnen sage, unter uns bleibt. Ich habe Ihnen nichts gezeigt, Sie haben nichts gesehen, nichts gehört und ziehen erst recht keine Rückschlüsse.«

»Warum reden Sie dann überhaupt mit mir?«

Sogar in dem gedämpften Licht des Restaurants sah Anne, wie Mark errötete. »Weil ich mir Sorgen um Sie mache. Und weil ich glaube, Sie haben ein Recht, das zu wissen, was ich weiß.«

Anne fühlte, daß ihre Augen feucht wurden und mußte sich zurückhalten, daß sie nicht ihre Hand auf seine legte. »Einverstanden. Reden Sie. Ich verspreche Ihnen, daß alles unter uns bleibt.«

Der Kommissar öffnete den Umschlag, zog ein Foto heraus und reichte es Anne. Es war ein Farbfoto in Hochglanz.

Sie sah die Aufnahme eines Tatorts: Eine männliche Leiche, deren Nacktheit nur teilweise durch Rhododendronblätter verhüllt wurde, lag ausgestreckt am Boden. Ihre Arme waren angewinkelt, ein Bein über das andere geschlagen.

Der Brustkorb war geöffnet, das Herz und die Lungen herausgerissen.

»Eugene MacIntyre«, sagte Anne ruhig, als ihr Magen angesichts der zerschundenen Leiche zu rebellieren drohte. »Opfer Nummer sechs, wenn ich mich recht erinnere.«

Mark seufzte schwer. »Korrekt. Und das hat der Leichenbeschauer bei der Autopsie gefunden.« Er schob ein weiteres Bild über den Tisch und drehte sich dabei reflexartig um, als ob er sichergehen wollte, daß niemand sie beobachtete.

Anne nahm das Foto und drehte es so, daß sie es hochkant betrachten konnte. Es war eine Zusammensetzung von vier Einzelfotos, die die Brusthöhle Eugene MacIntyres in verschiedenen Vergrößerungen zeigten – die inneren Organe fehlten. Das vierte Bild erregte Annes volle Aufmerksamkeit. Es zeigte nur einige Quadratzentimeter des Inneren von MacIntyres Brusthöhle. In das Gewebe waren zwei identische Zeichen eingeritzt:

Schwarze Blitze. Sie sahen genau wie zwei winzige schwarze Blitze aus.

Während Anne still das groteske Monogramm betrachtete, reichte Mark ihr noch drei Fotos. Alle zeigten das gleiche Objekt, nur in unterschiedlicher Vergrößerung aus dem Inneren des Brustkorbs. Und man erkannte das Zeichen des Mannes, der vermutlich die Person getötet hatte. Eine groteske, in das Fleisch geschnittene blutige Signatur.

»Bei allen dasselbe?« fragte Anne matt. »Hat er das bei allen so gemacht?«

Der Kommissar nickte. »Davon haben wir im Sonderdezernat nichts nach außen sickern lassen. Das war unser Trumpf, deshalb haben wir es auch für uns behalten.« Er blickte ihr wieder in die Augen. »Sagen Sie mir die Wahrheit, Anne. Haben Sie jemals etwas davon gehört? Vielleicht auch nur über Gerüchte?«

Anne mußte nicht lange eine Antwort überlegen: »Niemals.« Ihr schnürte es die Kehle zu.

»Dann sehen Sie sich das mal an.« Blakemoor nahm das letzte Foto aus dem Umschlag. »Das haben wir gestern nacht bei der Autopsie von Rory Kraven gemacht.« Als er das Foto über den Tisch schob, wünschte Anne sich, sie müßte es nicht mehr anschauen. Dann drehte sie es um.

Sie sah dieselbe Zusammenstellung wie auf den anderen Fotos, doch diesmal zeigte die erste Ansicht Rory Kravens ganzen Körper. Dann folgten wieder verschiedene Stadien von Vergrößerungen – und den krönenden Abschluß bildete die Nahaufnahme des makabren Zeichens, das sie schon auf den anderen Fotos gesehen hatte. Allerdings konnte das gar nicht möglich sein.

»Aber wir haben doch gesehen, wie er gestorben ist«, flüsterte Anne mit zugeschnürter Kehle. »Um Gottes willen, Mark, wir waren dabei!«

»Wir haben gesehen, wie Richard Kraven starb. Aber wir haben nicht den Mann sterben sehen, der diese Morde begangen hat.«

Anne sank in das Polster. Was das bedeutete, war ihr klar: sie hatte falschgelegen. Sie alle hatten falschgelegen. »Und was ist mit der Nachricht?« fragte sie und griff verzweifelt nach dem letzten Strohhalm. »Sie muß eine Fälschung sein. Und wenn dieser Kerl in der Lage war, Richard Kravens Handschrift zu fälschen, konnte er bestimmt auch...«

Sie verstummte, erkannte, daß diese Folgerung unlogisch war.

»Der einzige Mensch, der von diesem Zeichen wußte, war der, der die Morde begangen hat.« Mark sprach genau den Gedanken aus, der Anne hatte verstummen lassen.

In ihrem Kopf überschlugen sich die Gedanken. Es mußte eine Erklärung geben! »Ein Komplize!« platzte sie heraus. »Wenn Richard Kraven einen Komplizen hatte...«

»Das paßt nicht«, unterbrach Mark. »Ich habe schon darüber nachgedacht. Serienmörder haben keine Komplizen. Es ist wie Onanieren – man tut es ganz allein.«

»Bonnie und Clyde... Die Manson-Familie...«

»Das ist nicht dasselbe. Bonnie und Clyde waren nur Bankräuber. Gewalttätig zwar, aber eben nur Bankräuber. Die Manson-Bande war eine Sekte. In Sekten bleibt nie etwas lange ein Geheimnis. Früher oder später quatscht immer wer. Aber über den hier haben wir keinen Pieps gehört, keine Gerüchte, gar nichts. Wir haben nur Richard Kravens Beteuerungen, daß er nie ein Verbrechen begangen hat.«

Anne sah ihn ernst an. »Und jetzt sieht es danach aus, als hätte er die Wahrheit gesagt...« Aber das war unmöglich! Er war überführt worden! »Was ist mit dem Prozeß? Was sagt der Staatsanwalt in Connecticut?«

»Ich habe mit ihm gesprochen. Dort hat man dieselben Markierungen in den Leichen gefunden, und sie haben dort genauso Stillschweigen darüber bewahrt wie wir. Aus genau denselben Gründen. Man muß etwas in der Hand haben, das all die Verrückten, die sich in solchen Fällen zu den Morden bekennen, nicht wissen können. Andernfalls verbringt man seine Zeit damit, Geständnisse entgegenzunehmen.«

Anne fühlte sich, als hätte sie ein kräftiger Schlag in den Magen außer Gefecht gesetzt. Was hatte sie getan? Wie konnte sie so völlig danebengelegen haben? Sie versuchte sich einzureden, daß es nicht allein ihre Schuld war – das gesamte Sonderdezernat war überzeugt gewesen, daß Richard Kraven der Schuldige war.

Aber *sie* war es gewesen, die nicht mehr locker gelassen

hatte, als der erste Verdacht auf Kraven gefallen war. Sie, die ihn in der Presse schon längst überführt hatte, als seine Verhandlung überhaupt noch nicht begonnen hatte. Sie, die immer wieder und unerbittlich betont hatte, daß nur die Todesstrafe die Öffentlichkeit vor ihm schützen könne.

»Was bedeutet das?« fragte sie, wußte aber sofort die Antwort: Ausgleichende Gerechtigkeit. Seit Richard Kravens Hinrichtung war ihre Welt auseinandergebrochen. Erst Glens Herzinfarkt, dann seine Wandlung, die einen Fremden aus ihm gemacht hatte. Und jetzt noch das.

Sie konnte niemandem die Schuld geben, außer sich selbst. Sie hatte das Leben eines Unschuldigen auf dem Gewissen, und dafür mußte sie jetzt bezahlen.

»Es bedeutet, daß der, für den Kraven gestorben ist, immer noch frei herumläuft«, antwortete Blakemoor, der Annes Schmerz spürte und schließlich seine Hand auf ihre legte. »Daß er Rorys Leiche signiert hat, zeigt, daß er vorhat, seine Karriere dort wieder aufzunehmen, wo er sie abgebrochen hat. Damals hat er ja offenbar so lange Pause gemacht, bis Richard Kraven die Sache für ihn ausgebadet hatte.«

Anne hörte die Worte, wußte auch, daß sie wahr waren, aber etwas in ihr weigerte sich nach wie vor, sie zu akzeptieren. Irgend etwas stimmte bei der ganzen Sache nicht. Oder war sie einfach unfähig zuzugeben, daß sie im Unrecht war? War sie derart überheblich geworden, daß sie nicht einmal mehr Tatsachen akzeptieren konnte?

»Kommen Sie, gehen wir«, hörte sie Mark sagen.

Wortlos ließ sie sich von ihm aus dem Restaurant führen, und als er schützend den Arm um sie legte, ließ sie es geschehen. Unbewußt rückte sie sogar noch näher an ihn, dankbar für jeden Schutz, den sie jetzt finden konnte, nachdem ihre Welt so plötzlich zusammengebrochen war.

52. Kapitel

Glen erkannte sofort, daß es Gordy Farber war, als er den Hörer abhob.

»Na, wie geht's, Glen?« fragte der Herzspezialist ganz beiläufig, trotz der Sorge, die ihn erfüllte. Offensichtlich war da immer noch die Angst, die er seinem Patienten bei dessen letztem Besuch angemerkt hatte. Inzwischen war sie sogar auf Anne übergegangen, obwohl er vermutete, daß deren Furcht weniger mit ihrem Mann als mit den Ereignissen um sie zusammenhing. Trotzdem hatte er sich entschlossen, Glen gleich heute anzurufen. »Was ist passiert? Hatten Sie noch mehr von diesen Blackouts?«

Glen erinnerte sich plötzlich daran, daß er heute morgen Gordy anrufen wollte. Warum hatte er es nicht getan? Er schaute auf die Uhr. Fast eine Stunde war vergangen, seit er die Küche aufgeräumt hatte und...

Und was dann? Er wußte es nicht mehr! Wieder war eine Stunde seines Lebens verschwunden! Verdammter Mist!

»Eigentlich wollte ich Sie heute auch anrufen, Gordy«, begann er. »Ich glaube allmählich, daß ich anstelle von Herzproblemen eher die Alzheimersche Krankheit bekomme. Gestern...« Bevor er weitersprechen konnte, wurde er vom Klingeln an der Haustür unterbrochen. »Bleiben Sie dran, Gordy. Jemand ist an der Tür.«

Glen legte den Hörer auf den Tisch, ging zur Tür und öffnete einer untersetzten Frau, die ihn unsicher anlächelte. Sie war Anfang Sechzig, wie er schätzte, trug ein unförmiges Kleid und hatte zuviel Make-up aufgelegt. Ihr schwarzgefärbtes Haar hatte sie zu einem Zopf gebunden. Obwohl er sicher war, sie nie zuvor gesehen zu haben, kam sie ihm irgendwie bekannt vor.

»Mr. Jeffers?« fragte die Frau. »Ich bin Edna Kraven.«

Schon als er sie ansah, überkam ihn dasselbe Schwindelgefühl, das ihn schon vorher übermannt hatte. Er trat einen Schritt zurück und kämpfte gegen die Dunkelheit an, die ihn schon wieder zu umhüllen begann.

Er konnte nichts dagegen tun. Der Kampf gegen die Persönlichkeit des anderen, die immer stärker wurde, schien zusehends aussichtsloser.

»Laß sie nicht, Mama! Bitte, laß sie nicht!«

»Sei jetzt Mamas braver, kleiner Sohn. Sie wollen dir nicht weh tun. Sie wollen dir nur helfen.«

Aber Richard Kraven wußte, daß sie ihm nicht helfen wollten. Sie wollten ihm wehtun, wie beim letzten Mal, genau wie ihm auch sein Vater wehgetan hatte. Ihre Hände griffen nach ihm, und er versuchte, sich an seiner Mutter festzuklammern. Doch die befreite sich von seiner Umklammerung.

Eine der weißgekleideten Personen beugte sich hinab, um ihn hochzuheben, aber Richard schreckte zurück und kämpfte verzweifelt gegen die Tränen an. Er wußte nur zu gut, was passieren würde, wenn er weinte. Sein Vater hatte ihm das schon längst beigebracht. Trotz seines Fluchtversuchs packte ihn der große Mann in dem weißen Mantel und bog ihm die Arme auf den Rücken. »Keine Bange«, sagte der Mann. »Du willst doch nicht, daß wir dich wieder in die Jacke stecken müssen, oder?« Richard schüttelte den Kopf. Nackte Angst erfüllte ihn. Letztes Mal hatte ihn seine Mutter hierhergebracht, nachdem er ihr erzählt hatte, was sein Vater immer mit ihm anstellte, sie es ihm aber nicht geglaubt hatte. Dann war er richtig zornig geworden. Sie hatten ihn in eine Jacke mit Ärmeln gesteckt und sie ihm auf dem Rücken zusammengebunden, so daß er seine Arme nicht mehr hatte bewegen können. Er hatte Todesängste ausgestanden – größere Ängste als sie ihm sein Vater im Keller je eingejagt hatte.

Trotzdem war heute der Gedanke an die Jacke nicht einmal das Schlimmste von allem.

Selbst die Vorstellung, daß sie ihn wieder in eiskaltes Wasser stecken könnten, war nicht das Schlimmste.

Das Schlimmste war, daß er wußte, was sie heute mit ihm

machen würden, denn seine Mutter hatte ihm davon erzählt. »Es ist nur zu deinem Besten«, hatte sie erklärt. »Und es tut ganz bestimmt nicht weh.«

Aber das stimmte nicht. Es tat sogar mehr weh, als alles andere, an das er sich erinnern konnte, sogar mehr als die Elektroschocks, die ihm sein Vater verpaßt hatte.

Und wieder sah er seine Mutter an, doch anstatt ihm zu helfen, lächelte sie nur milde, als ob alles in Ordnung wäre. »Sei jetzt mein lieber Junge, Richard. Sei Mamas Liebling. Das bist du doch immer gewesen.«

Sie wandte sich ab und ging weg. Sie ließ ihn zurück bei den großen Männern in ihren weißen Mänteln und drehte sich nicht einmal nach ihm um.

An diesem Tag hatte er überhaupt nicht geweint. Er hatte nicht einmal geweint, als sie ihn in den Raum schleppten, wo das harte Bett mit den dicken Riemen stand, die ihn festhielten.

Auch dann nicht, als sie ihm die Drähte am Kopf anschlossen. Und auch dann nicht, als elektrische Schläge ihn durchzuckten, und er glaubte, sterben zu müssen.

Tatsächlich hat er überhaupt nie mehr geweint.

Und er hatte immer alles getan, um Mamas Bester zu sein. Doch der Zorn – die kalte Wut, die er immer zu verbergen suchte – begann zu wachsen.

Sie wuchs jeden Tag, jede Woche, jeden Monat.

Jahr für Jahr war die Wut bis ins Unermeßliche gewachsen. Und seine Mutter hatte nie etwas davon bemerkt.

Immer hatte sie geglaubt, daß er ihr idealer kleiner Junge war, der sie genauso liebte wie sie ihn.

Aber er wußte es besser. Egal, was sie auch sagte, er wußte, daß sie ihn nicht liebte, daß sie ihn nie geliebt hatte. Hätte sie das getan, dann hätte sie ihn auch vor seinem Vater beschützt und vor den Männern in den weißen Mänteln mit ihrer schrecklichen Maschine, die schlimmer war als die Stromkabel seines Vaters.

Nein, sie liebte ihn nicht; sie haßte ihn, so wie auch er sie haßte.

»Wollen Sie nicht nähertreten?« Die Worte kamen aus dem Mund von Glen Jeffers, doch es war Richard Kraven, der die Frage stellte und seiner Mutter die Tür aufhielt. »Ich war gerade am Telefon. Warten Sie bitte eine Sekunde.«

Vornehm, dachte Edna Kraven, als sie zustimmend nickte. So vornehm wie Richard gewesen war. »Ich hoffe sehr, daß ich Sie nicht störe.«

Er machte eine abwehrende Geste. »Aber ich bitte Sie, natürlich nicht.« Dann ging er zum Telefon. »Gordy? Leider ist mir etwas dazwischengekommen. Ich rufe Sie später zurück.« Ohne eine Antwort des Arztes abzuwarten, legte er den Hörer auf die Gabel, ergriff sanft den Ellenbogen seiner Mutter und führte sie ins Wohnzimmer. »Wie schön, daß Sie gekommen sind.«

Edna war nervös, ließ sich auf einer Ecke des Sofas nieder und schaute sich verstohlen die Möbel des Raumes an. Einige davon fand sie genauso hübsch wie die von Richard. Vermutlich waren das die Möbelstücke, die Mr. Jeffers selbst ausgesucht hatte. Ganz bestimmt besaß diese schreckliche Frau, mit der er verheiratet war, keinen so guten Geschmack. Als ihr Blick wieder den ihres Gastgebers traf, schlug ihr Herz schneller. Obwohl er nicht im geringsten wie Richard aussah, gab es so vieles an ihm, das sie an ihren Sohn erinnerte. Zuerst seine Stimme. Die wunderbar sanfte Art, wie er sprach. Und auch seine Augen. Die hatten zwar nicht ganz dieselbe Farbe wie die Richards, aber dieselbe Tiefe – die Fähigkeit, in jemanden hineinsehen zu können.

»Ich muß erst mal nachdenken«, sagte sie und zwirbelte mit ihren Fingern an einem der großen Knöpfe ihres Kleides herum. »Sie waren heute morgen am Telefon so nett zu mir, da dachte ich mir, daß ich vielleicht lieber mit Ihnen anstatt mit Ihrer Frau sprechen sollte. Wenn Sie doch nur ein wenig über Richard Bescheid wüßten... Sie können sich einfach nicht vorstellen, wie es mich verletzt, wenn Ihre Frau so gräßliche Dinge über ihn schreibt.«

Er lächelte. »Das kann ich mir durchaus vorstellen. Glauben Sie mir, ich verstehe ganz und gar, wie Ihnen zumute ist.«

Edna Kraven strahlte. »Oh! Ich wußte, daß ich mich nicht in ihnen getäuscht habe. Von Anfang an! Wissen Sie, Sie erinnern mich nämlich an Richard. Schon als ich heute morgen zum ersten Mal Ihre Stimme hörte. Und deshalb mußte ich einfach kommen und Sie besuchen.«

»Ich bin sehr froh, daß Sie das getan haben«, meinte er sanft.

Er betrachtete sich seine Mutter ganz genau. Seit er sie zum letzten Mal gesehen hatte, war sie vier Jahre älter geworden, hatte sich aber kaum verändert. Sie trug dasselbe billige Polyesterzeug wie früher und hatte immer noch dieselbe Frisur, die sie irrtümlicherweise für modern hielt. Zusammen mit ihrem zu dick aufgetragenen Make-up sah sie aus wie einer der Entertainer in den heruntergekommenen Bars von Las Vegas, die sich mit billigen Shows über Wasser hielten und ihre besten Jahre längst hinter sich hatten. Mit der perfekten analytischen Objektivität, die er sich im Laufe der Jahre erworben hatte, versuchte Richard Kraven zu ergründen, was diese abgestumpfte, langweilige Frau eigentlich an sich hatte, das in seinem Bruder soviel Liebe, ja Verehrung geweckt hatte.

Vielleicht deshalb, weil sie sich so sehr ähnelten.

Vielleicht hing es auch mit etwas völlig anderem zusammen. Möglicherweise gab es ja eine Art Instinkt, der Leute mit einer solch beschränkten geistigen Kapazität, wie sie Rory und Edna zu eigen war, miteinander verband. Auf jeden Fall war es etwas, das seinem eigenen Niveau überhaupt nicht entsprach.

»Sie können kaum ermessen, was es für mich bedeutet, daß Sie gekommen sind«, sagte er dann. »Der Schmerz, den Sie durchleiden müssen...«

Edna streckte ihre teigigen Finger nach ihm aus und griff nach der Hand dieses wundervollen Mannes. »Davon können Sie sich keine Vorstellung machen«, keuchte sie mit brüchiger Stimme. »Sie ahnen überhaupt nicht, wie sehr ich meinen Richard vermisse.« Ihr Blick schweifte kurz zum Wohnzimmerfenster. »Das ist doch nicht etwa Ihr Wohnmobil da draußen?« fragte sie in wehmütigem Ton. »Mein Richard hatte nämlich auch eins. Er hat mich damit manchmal in die Berge mitgenommen.«

Ein winziges Lächeln umspielte seine Lippen. »Tatsächlich?« Nun, wie der Zufall so spielt, es *ist* mein Wohnmobil. Und kurz bevor Sie gekommen sind, habe ich mir sogar noch überlegt, daß es doch nett wäre, in die Berge zu fahren, um ein wenig zu fischen. Hätten Sie nicht vielleicht Lust mitzufahren?«

Edna Kraven wurde puterrot. »O nein. Ich habe nicht gemeint... Also, ich möchte Ihnen doch nicht zur Last fallen. Ich will doch nur...«

»Aber natürlich können Sie mitkommen. Sie bereiten mir keinerlei Mühe.« Er stand auf. »Ich muß nur noch ein paar Dinge zusammenpacken, dann geht's schon los. Wir könnten ein Picknick machen.«

Während Edna Kraven nervös im Wohnzimmer wartete, ging der Mann, der zu Richard Kraven geworden war, in den Keller hinunter und holte die letzte Kiste, die er noch in das Wohnmobil schaffen mußte.

Das Wohnmobil hatte er gestern gemietet. Mit dem Führerschein und der Kreditkarte von Glen Jeffers.

In der Kiste waren bereits ein Benzinkanister und eine Streichholzschachtel. Jetzt packte er noch weitere Dinge hinein.

Die elektrische Säge.

Die Kabelschnur, mit der er Heather Jeffers Katze mit Stromstößen wieder zum Leben hatte erwecken wollen.

Die Rolle Plastikfolie, die er sich gestern, bevor er Rory besucht hatte, gekauft hatte.

Nachdem er alles Nötige in der Kiste verstaut hatte, ging er wieder die Kellertreppe hinauf. Wie viele Jahre hatte er schon daran gedacht, seine Mutter zu einem seiner Versuchsobjekte zu machen? Aber natürlich wäre das nie in Frage gekommen.

Schließlich hatte er immer nur mit Fremden experimentiert. Doch jetzt hatten sich die Umstände geändert. Mittlerweile sprach nichts mehr dagegen, sie zu seinem Versuchsobjekt zu machen.

»Fertig?« fragte er vom Flur aus.

Edna Kraven zitterte vor freudiger Erregung bei der Aussicht, den Tag mit diesem charmanten Mann verbringen zu können, der ihrem ältesten Sohn so sehr ähnelte und erhob sich schwerfällig aus dem Sofa. »Eines schönen Tages werde ich wohl noch ein paar Pfunde abnehmen müssen«, säuselte sie und ging zur Eingangstür.

»Aber ganz und gar nicht. So wie Sie sind, sind Sie goldrichtig.«

Während sie sich auf den Weg zum Wohnmobil machte, dachte Richard Kraven bereits darüber nach, wie er seinen ersten Schnitt führen wollte.

53. Kapitel

Der halbe Nachmittag war schon vorüber, als Anne endlich wieder in ihr Büro zurückkehrte. Sie fühlte sich so zerschlagen, als hätte sie eine Woche lang nicht geschlafen. Sie ließ sich auf ihren Stuhl fallen, und hielt sich fast eine Minute lang den Kopf mit den Händen, ehe sie den Monitor anschaltete, um den Artikel zu löschen, den sie vor Mark Blakemoors Anruf zu schreiben begonnen hatte. Als der Text verschwunden war, erschien ihr der leere Bildschirm wie Spott.

Es war aber nicht nur ein Artikel, der verschwand, sondern mit ihm waren auch Jahre ihres Lebens verlorengegangen.

Sie tippte Befehle auf der Tastatur, dann erschien ein Verzeichnis auf dem Schirm, in dem sämtliche Artikel aufgelistet waren, die sie über die Jahre über Richard Kraven verfaßt hatte.

Richard Kraven, der jetzt tot und begraben war.

Richard Kraven, der, falls Mark Blakemoor recht hatte, nicht der Mann gewesen war, der die Morde begangen hat. Nicht der Mann, den man hätte hinrichten dürfen...

Sie rief einen Artikel nach dem anderen ab und las Bruchstücke von dem, was sie geschrieben hatte. Sie begann ganz am Anfang, als die erste verstümmelte Leiche im Seward Park gefunden worden war.

Die nächste Leiche war einen Monat später in Snoqualmie Falls aufgetaucht, und eine weitere hatte man eine Woche darauf nahe des Lake Sammamisch entdeckt. Schon damals hatte es nicht danach ausgesehen, daß den Mörder ein bestimmter Typ anzöge. Es gab offensichtlich kein spezifisches Merkmal, das seinen Zwang zum Töten ausgelöst hatte.

Der Weg, der zu Richard Kraven geführt hatte, war nicht geradlinig gewesen. Weder damals noch heute hatte es konkrete Beweise dafür gegeben, daß er all diese Morde begangen hatte.

Keine Zeugen.

Keine Blutspuren.

Keine Mordwaffe.

Allmählich hatte sich dann aber ein verschwommenes Bild des Mörders geformt.

Leute hatten berichtet, sie hätten gesehen, wie einige der Opfer mit jemandem gesprochen hatten. Mit einem Mann.

Und als schließlich immer mehr Leichen aufgetaucht waren, hatte sich ein schwaches Muster herausgebildet. Die meisten der Opfer hatten beträchtliche Zeit in unmittelbarer Nähe des Universitätsgeländes verbracht. Manche hatten dort gewohnt, andere dort gearbeitet. Einige waren auch tatsächlich auf die Universität gegangen.

Dann hatte sich endlich ein schärferes Bild herauskristallisiert. Das Bild eines Mannes, der mit einigen der Opfer gesprochen hatte. Und das Phantombild, das von diesem Mann angefertigt worden war, hatte eine große Ähnlichkeit mit Richard Kraven aufgewiesen.

Einige Leute hatten berichtet, daß sie ein Wohnmobil nahe der Leichenfundorte gesehen hätten.

Richard Kraven hatte ein solches Wohnmobil besessen, das er dazu gebrauchte, um ...

Annes Magen krampfte sich beim bloßen Gedanken an den Verwendungszweck des Wohnmobils zusammen.

Angelausflüge!

Sheila Harrar hatte es erst vor einigen Tagen erwähnt. Als ihr Sohn am Tag seines Verschwindens ihre Wohnung verlassen hatte, hatte er seiner Mutter gesagt, er wolle angeln gehen. Angeln mit Richard Kraven!

War das der Grund, warum sie gestern so zornig gewesen war, als sie das Wohnmobil vor ihrem Haus stehen sah?

Weil sie Wohnmobile in Zusammenhang mit Richard Kraven brachte?

Und war das auch der Grund, warum sie so ablehnend reagiert hatte, als Glen sagte, er wolle angeln gehen? Nur weil es dasselbe Hobby war wie das von Richard Kraven?

Aber das war ja lächerlich. Tausende, Hunderttausende

gingen gerne angeln. Sie kannte sogar einen Kollegen von der *Times*, der plötzlich mit Fliegenfischen angefangen hatte. Wenn der das konnte, warum dann nicht auch Glen?

Ihre Gedanken schwirrten durcheinander, und plötzlich erinnerte sie sich daran, wie Glen im Krankenhaus lag und Kevin gebeten hatte, ihm die Akten über Richard Kraven zu bringen.

Warum?

Glen hatte ihr immer vorgehalten, ihre Faszination für den Serienmörder sei krankhaft; wieso war er dann selbst auf einmal so interessiert an ihm?

So interessiert, daß er sogar demselben Hobby nachgehen wollte?

Sachte, sachte, Anne! sagte sie sich. *Mach dich bloß nicht verrückt! Egal, was Mark Blakemoor darüber denkt – Glen hat sich nur ein neues Hobby zugelegt, genau wie der Arzt es ihm empfohlen hatte.* Aber dann huschte ihr ein Gedanke durch den Kopf, der so absurd war, daß sie laut darüber lachen mußte.

Welchem von Kravens Hobbys wollte Glen nachgehen? Dem Fliegenfischen oder dem Morden? Der ständige Lärm im Redaktionsraum wurde von einer kurzen Stille unterbrochen, denn alle, die in Annes Hörweite saßen, blickten auf. Das Lachen erstarb ihr auf den Lippen, und Anne starrte auf den Monitor, als wäre sie tief in das Schreiben einer Story versunken.

Einen Augenblick später herrschte wieder das übliche Stimmengewirr, und Anne dachte weiter nach. Und eine Idee nahm Gestalt an, doch das ganze war noch zu verschwommen, um es fassen und ordnen zu können.

Da gab es etwas, das sie vergessen hatte – etwas, das sie einmal gewußt oder wovon sie gehört hatte.

Ein Gerücht?

Eine Theorie?

Es war irgendeine Information, die in ihren Akten oder in den Tiefen ihrer Seele vergraben lag.

Sie wußte, daß es nur eine Möglichkeit gab, sie wiederzufinden: sämtliche Akten, alles, was sie je über Kraven geschrieben hatte, durchzuforsten. Und das galt nicht nur für die Stories, sondern für alle Aktennotizen – vom Wortlaut jedes Interviews, das sie über ihn geführt hatte, bis zu den kompletten Unterlagen über die Verhandlung und die eingelegten Berufungen. Dabei handelte es sich um Tausende von Seiten...

Sie kämpfte gegen die Erschöpfung an, die sie zu überwältigen drohte und versuchte, der Tatsache ins Auge zu sehen, all das noch einmal lesen zu müssen. Das würde Tage dauern, vielleicht sogar Wochen, doch sie wußte, daß sie irgendwo in den Unterlagen etwas finden würde – eine winzige Tatsache, aus der sie einen Hinweis auf den Mörder von Rory Kraven entnehmen konnte. Trotz allem, was Mark Blakemoor ihr gezeigt und gesagt hatte, war sich Anne in einer Hinsicht noch immer sicher.

Sie hatte sich in Richard Kraven nicht geirrt.

Er war ein Mörder gewesen. Aus diesem Grund war er verurteilt und hingerichtet worden.

Er war tot, und Anne glaubte nicht an Geister. Deshalb mußte jemand, der noch lebte, ein schreckliches Spiel spielen.

Mit analytischer Schärfe dachte Anne nach. Ein Komplize.

Es mußte einen Komplizen gegeben haben, auch wenn Mark gesagt hatte, Serienmörder schritten immer alleine zur Tat. Schließlich war Kraven in keinerlei Hinsicht typisch gewesen.

Also gab es jemanden, der noch am Leben war. Jemand, den Kraven in seine Geheimnisse eingeweiht hatte. Jemand, der seine Handschrift perfekt imitieren konnte.

Das war immerhin denkbar.

Aber wer hätte so lange warten wollen, bis Kraven hingerichtet war, um danach seine eigene grausige Arbeit wieder aufzunehmen, nur um aller Welt zu zeigen, daß Kraven in Wahrheit unschuldig war?

Konnte irgend jemand einem Monster wie Kraven derart ergeben sein?

Sie konnte sich das nicht vorstellen, aber es gab keine andere Lösung. Und sollte dieser Mensch existieren, würde sie ihn auch finden.

Vorausgesetzt, daß er sie nicht zuerst fand.

Richard Kravens letzte Worte schossen ihr wieder durch den Kopf. *»Eines bereue ich wirklich, Anne! Daß ich Ihnen beim Sterben nicht genauso zuschauen kann, wie Sie mir!«*

War es denkbar, daß er mit diesen Worten mehr gemeint hatte, als das, was sie am Tag seiner Hinrichtung dachte? War es denkbar, daß er damals bereits Vorbereitungen getroffen hatte, sie umbringen zu lassen?

Schlagartig wurde ihr klar, daß es nur eine Möglichkeit geben konnte, warum Rory Kravens Mörder gewußt hatte, daß der Joyce Cottrell getötet hatte. Er mußte in jener Nacht dabeigewesen sein – aber nicht weil er Joyces Haus beobachtet hatte...

Er hatte ihr Haus beobachtet.

Eiskalte Furcht ließ sie erstarren, als sie sich vorstellte, jemand habe in dieser Nacht in der Dunkelheit draußen gelauert.

Hatte er sie töten wollen? Oder ihre Familie?

Hatte er vorgehabt, während sie schliefen in ihr Haus einzudringen?

Und wo war er jetzt? Genau in diesem Moment?

Beobachtete er ihr Haus? Ihre Kinder?

Ihre Augen wanderten zur Uhr – es war schon viertel nach drei! Wenn Heather noch nicht die Schule verlassen hatte, könnte sie ihr sagen, daß sie nach Kevin suchen und bei ihm bleiben sollte. Zusammen wären die Kinder sicherer, aber wenn Kevin allein herumspazierte...

Von plötzlicher Panik ergriffen, nahm sie das Telefon ab und rief in Heathers Schule an. Fünf Minuten später, die ihr wie eine Ewigkeit vorkamen, war die stellvertretende Rektorin wieder am Apparat.

»Es tut mir leid, Mrs. Jeffers«, sagte sie in dem Ton, in dem sie stets mit Eltern sprach, die ihr unnötig besorgt vorkamen. »Ich habe Ihre Tochter ausrufen lassen, doch sie hat nicht geantwortet. Ich glaube, sie hat die Schule schon verlassen. Kann ich Ihnen weiterhelfen? Oder jemand von den Lehrern?«

Anne zögerte. Sollte sie Mrs. Jones erzählen, daß sie befürchtete, jemand habe es auf sie oder ihre Kinder abgesehen? Und wenn sie auf der völlig falschen Spur war? Sie wußte es nicht; sie wußte überhaupt nichts mehr! »Ich... weiß nicht...«, stammelte sie. »Ich glaube, das ist nicht nötig.«

Sie legte auf, wählte ihre eigene Nummer und fluchte leise, als sie den Anrufbeantworter hörte. »Glen? Wenn du da bist, nimm den Hörer ab. Ich bin's, und ich sorge mich um die Kinder. Wenn du nicht zu Hause bist, aber in den nächsten Minuten heimkommst, dann nimm deinen Wagen und fahre zu Kevins Schule. Es ist etwas passiert, und ich bin... Ach, Mist, ich hab jetzt keine Zeit für Erklärungen. Tu's bitte. Danke. Bis später.«

Sie legte den Hörer auf, saß einen Moment lang still da und wünschte, daß die in ihr aufsteigende Panik verschwände. Wo war Glen? Warum war er nicht daheim? War ihm etwas zugestoßen?

Hör schon auf damit! bremste sie sich. *Reiß dich am Riemen. Entweder du gehst logisch vor, oder du drehst völlig durch.*

Sie mußte den Mann finden, der Rory Kraven ermordet hatte. Sie mußte in den Unterlagen einen Hinweis auf diesen Mörder entdecken. Es mußte jemanden geben, der Richard Kraven so nahe stand, ihn derart verehrte, daß er ihn jetzt perfekt imitierte. Und ein solcher Mann mußte zwangsläufig auch von irgend jemandem erwähnt worden sein.

Höchstwahrscheinlich hatte sie ihn sogar selbst interviewt, und zwar zu der Zeit, als sie systematisch fast jeden Menschen ausfindig gemacht hatte, dem Kraven jemals begegnet war. Ja, es war nicht nur möglich, daß sie mit diesem namenlosen, gesichtslosen Mann gesprochen hatte – es war fast unmöglich, daß sie *nicht* mit ihm geredet hatte!

Ihre Erschöpfung war wie weggeblasen. Sie rief das Verzeichnis ab, in dem alle Interviews, die sie über Jahre hinweg geführt hatte, aufgelistet waren, doch ihr Eifer ließ prompt nach, als sie die Statistik las: Es waren 1326 Aktennotizen.

Schon die durchzusehen, würde Tage dauern.

Aber sie konnte die Sache abkürzen, denn es war nicht

nötig, die Interviews mit Freunden und Familienangehörigen der Opfer zu überprüfen. Wesentlich wichtiger waren die Gespräche mit Leuten, mit denen Kraven Umgang gehabt hatte. Sie gab die entsprechenden Daten in den Computer ein – und da blieben von den 1326 Gesprächsnotizen nur noch 127 übrig.

Anne öffnete die erste Akte und machte sich an die Arbeit. Sie würde bestimmt etwas finden, früher oder später.

Aber wie viele Menschen würden bis dahin noch sterben?

Und wer?

54. Kapitel

Ein trüber Lichtpunkt, so schwach, daß er kaum zu sehen war, begann langsam die Dunkelheit zu durchdringen, die Glen Jeffers Bewußtsein verfinstert hatte. Er fühlte sich, als sei er aus einem tiefen Schlaf erwacht und wünschte, daß es heller und die Schwärze um ihn herum verschwinden würde.

Jetzt konnte er auch einen schwachen Ton hören: eine Art hohes Schrillen. Das dunkle Loch in seinem Kopf wurde allmählich grau, und der Lichtpunkt verstärkte sich.

Auch der Ton wurde jetzt deutlicher.

War es ein Bohrer? Von einem Zahnarzt?

Glen versuchte krampfhaft, sich zu erinnern, was geschehen war. Er war zu Hause gewesen, hatte in der Küche Zeitung gelesen. Das Telefon! Das war es – das Telefon hatte geklingelt.

Gordy Farber. Gordy war drangewesen und hatte sich erkundigt, wie es ihm ginge. Sie hatten kurz miteinander gesprochen, dann war er unterbrochen worden.

Die Türklingel. Jemand hatte an der Tür gestanden, er hatte mit dieser Person gesprochen.

Und von da an war alles schwarz um ihn herum geworden.

Der Ton wurde lauter, das Licht heller.

Du bist aufgewacht. Die Stimme war nicht laut, und obwohl das Bohrgeräusch ständig lauter wurde, die Dunkelheit aber verschwand, hatte Glen die Worte genau verstanden. Es war fast so, als wären sie aus seinem Kopf gekommen. *Ich habe dich aufgeweckt,* fuhr die Stimme fort. *Ich war es auch, der dich schlafen geschickt hat.*

Warum? Die Worte formten sich lautlos in Glens Gehirn, aber noch bevor er sie in hörbare Worte kleiden konnte, wurde die Frage von der Stimme beantwortet.

Ich habe unseren Körper gebraucht.

Unseren Körper. Diese Worte zogen den letzten Rest des Nebels weg, der Glens Verstand einhüllte. *Unseren Körper.* Was zum Teufel ging hier vor? Während er über diese Frage nachdachte, fügten sich einzelne Teile des Puzzles in seinem Kopf zusammen.

Die Stunden, die er verloren hatte.

Der kaputte Rasierapparat, zu dem er sich eine Geschichte hatte ausdenken müssen – eine Geschichte, die sich dann wenigstens teilweise als wahr herausgestellt hatte.

Die Dinge, die im Haus aufgetaucht waren – die er vorgab, eingekauft zu haben, obwohl er nicht die geringste Erinnerung daran besaß. Die Angelrute, die Kevin, der neue Rasierer, den er selbst gefunden hatte. Die künstliche Fliege, die aus einer Feder von Hector und Haaren von Kumquat gemacht sein konnte.

Kumquat!

Nun fiel ihm wieder der Traum ein. Aber es war ja nur ein Traum gewesen! Es konnte nicht wirklich passiert sein, das war völlig unmöglich!

Wieder schossen ihm die Worte durch den Kopf, die die Stimme gesprochen hatte: unseren Körper.

Das ist nicht *unser* Körper, dachte Glen verzweifelt. Es ist *mein* Körper. Es gab niemanden sonst, konnte es gar nicht geben. Was geschah, spielte sich allein in seinem Gehirn ab. Das war es! Während er noch im Halbschlaf gewesen war, hatte sein Unterbewußtsein mit ihm Schabernack getrieben! Aber dann kamen ihm noch weitere Erinnerungen. Ihm fiel ein, wie er mit Anne geschlafen hatte, als er aus dem Krankenhaus zurückgekommen war. Irgend etwas war an diesem Nachmittag passiert. Er hatte gespürt... Was? Etwas Seltsames, als ob ein Anderer in ihm gewesen wäre.

Und im Krankenhaus war er aufgewacht und hatte plötzlich einen Stapel von Annes sämtlichen Akten über Richard Kraven auf seinem Nachttisch gefunden.

Die Blackouts...

Er erinnerte sich auf einmal daran, was er im Fernsehen gesehen hatte – den Bericht über eine Frau, die behauptet hatte, achtzehn verschiedene Persönlichkeiten würden in ihr wohnen. Multiple Schizophrenie. Zuerst hatte sich die Frau nur Sorgen über ihre ständigen Blackouts gemacht. Aber dann hatte sie gehört, daß sie angeblich etwas getan haben sollte, an das sie sich aber beim besten Willen nicht mehr erinnern konnte. Handlungen, von denen sie ganz sicher war, daß sie sie niemals ausgeführt hatte...

Das Bohrgeräusch wurde lauter als vorher, und jetzt konnte er ganz deutlich hören, was es war. Glen wußte plötzlich, daß es nicht das Geräusch eines Bohrers war.

Es war eine Säge. Er sah das Sägeblatt genau vor sich. Er konnte erkennen, wie seine Hände den blaugrünen Plastikgriff der Säge hielten. Und darunter sah er noch etwas anderes.

Den oberen Teil eines Frauenkörpers. Eine dicke Frau, deren beide großen Brüste an den Seiten herabhingen, von ihrem eigenen Gewicht nach unten gezogen wurden.

Zwischen den Brüsten, einige Zentimeter oberhalb des Nabels beginnend, führte ein Schnitt bis zur Kehle.

Ein sauber ausgeführter, völlig gerader Einschnitt.

Der Brustkorb der Frau dehnte sich, als sie tief Luft holte.

Der heulende Ton verstummte, als die Säge zu arbeiten aufhörte. Glen schaute ungläubig zu, wie seine Hände die Säge weglegten und nach einem Messer griffen. Es war ein scharfes Messer, so eins wie Kevin es benutzt hatte, als sie zusammen an dem Schiffsmodell gearbeitet hatten.

Das Messer, das er verwendet hatte, um die Teile für die künstliche Fliege zuzuschneiden.

Glen sah betäubt zu, wie sich seine Hände wie von selbst bewegten. Das Messer folgte einer Linie quer über den Körper der Frau und durchkreuzte den vorhandenen Einschnitt an seiner Basis. Während die Schneide leicht durch die Haut der Frau glitt, zog sie eine rote Spur, eine Spur, die immer dicker wurde, dann ihre Form verlor, als das Blut aus dem Schnitt hervorquoll und über den ganzen Körper der Frau floß.

Versteinert und hilflos schaute Glen seinem Treiben zu.

Die Hände rührten sich wieder und führten einen dritten Schnitt aus. Diesmal führte er von einer Schulter zur anderen.

Nein! dachte Glen. *Das darf nicht passieren!* Aber schon während sich der Gedanke formte, erklang dunkles, spöttisches Gelächter in seinem Kopf. Glen versuchte, den höhnischen Ton zu ersticken und wollte seine Hände zwingen, sich nicht mehr zu bewegen, ihrem schrecklichen Tun ein Ende bereiten. Doch dann bemerkte er an sich eine vollständige Lähmung. Sie raubte ihm den Willen und saugte ihm die Kraft aus dem Körper. Hilflos mußte er mit ansehen, wie seine Finger einfach weiterarbeiteten, geschickt die Haut wegklappten, so leicht, als hätten sie eine Buchseite umgeblättert.

Unter der Haut war nun ganz deutlich das Brustbein der Frau zu erkennen. Erst als seine Hände danach griffen, verstand Glen, wozu sie die Säge brauchten. Seine Finger drückten auf den Schalter, und sofort hörte er das schrille Geräusch des sich drehenden Sägeblattes.

Als sich die Säge dem Brustbein näherte, kämpfte Glen mit aller Gewalt darum, die Kontrolle über seinen Körper zu gewinnen, er stemmte sich gegen die Kraft, die ihn zu bestimmen schien. Doch er mußte machtlos mit ansehen, wie die Säge immer tiefer glitt. Ihre Zähne tauchten in die Knochen und die Knorpel der Bauchdecke ein.

Glen versuchte, laut zu schreien, gegen das Gemetzel aufzubegehren, das er hier anzurichten drohte, aber seine Stimme gehorchte ihm genausowenig wie seine Hände. *Nein,* wimmerte er in sich hinein. *O Gott, nein! Laß das nicht zu!*

Aber noch während er so inständig flehte, fraß sich das Sägeblatt immer tiefer, und seine Hände legten unerbittlich den Körper der Frau offen. Er teilte ihren Brustkorb und durchschnitt das Rippenfell.

Als Glen die Lungen der Frau sah, wurde ihm wieder schwarz vor Augen.

Diesmal war es ihm sogar willkommen.

55. Kapitel

»Tut mir leid, Mr. Jeffers, aber Dr. Farber ist gerade bei einem Patienten.«

Die Stimme der Schwester am Telefon klang so, als wolle sie Glen dafür bestrafen, daß er bei dem Telefonat mit dem Arzt einfach aufgelegt hatte. »Könnten Sie ihm wenigstens ausrichten, wer ihn sprechen möchte?«

»Er wünscht, nicht gestört zu werden«, antwortete sie. Jetzt war ihm endgültig klar, daß sie böse mit ihm war. »Und Sie brauchen auch nicht zu schreien, Mr. Jeffers. Ich bin nicht taub.«

»Tut mir leid«, sagte Glen nur. Wieder versuchte er, sich daran zu erinnern, was bei seinem Gespräch mit Gordy Farber heute morgen passiert war. Sie wollten gerade ein Treffen ausmachen, als er plötzlich wieder einen seiner Blackouts hatte. So schnell hatte ihn bis jetzt noch keiner übermannt. Als er wieder aufgewacht war, hatte er auf dem Sofa im Wohnzimmer gelegen. Er hatte sich zwar nicht krank gefühlt, aber auch nicht erholt. Jedenfalls nicht so erholt, wie er sich hätte fühlen müssen, wenn er wirklich die ganze Zeit, die ihm jetzt fehlte, durchgeschlafen hätte.

Er erinnerte sich zwar wieder an Träume, doch im Gegensatz zu gestern bestanden sie nicht nur aus bloßen Fragmenten. Diesmal handelte es sich um zusammenhängende Stücke, die ihm ebenso lebhaft im Gedächtnis haften geblieben waren wie Erinnerungen von Erlebtem.

»Handelt es sich um einen Notfall?« erkundigte sich die Schwester und klang nun etwas nachsichtiger.

Glen zögerte. Er war beunruhigt, viel mehr beunruhigt als er sich und schon gar nicht der Krankenschwester gegenüber zugeben wollte. Aber war es wirklich ein Notfall? Er war nicht sicher.

Die Erinnerung an seinen Traum kam wieder in sein

Bewußtsein zurück – sie war jetzt so klar wie einige Minuten nach seinem Aufwachen. Auch in dem Traum selbst war er ›aufgewacht‹. Er hatte seine Augen geöffnet und bemerkt, daß er nicht mehr in seinem Haus oder in einer anderen ihm vertrauten Umgebung war. Statt dessen hatte er splitternackt, mit einer Angelrute in der Hand, in einem Fluß gestanden und wußte beim besten Willen nicht, wie er dorthin gekommen sein könnte.

Zuvor aber hatte er etwas erlebt, das ihm wie ein Traum in einem anderen Traum vorgekommen war.

Die einzige Erinnerung, die er daran hatte, war, daß er den Brustkasten einer Frau aufgeschnitten hatte. Und dieses Bild stand ihm lebendig vor Augen, ganz anders als die verworrenen, undeutlichen Rückblenden, die ihm früher erschienen waren.

In seinem letzten Traum hatte er die Angelrute eingeholt, war aus dem Fluß gestiegen und zu einem Wohnmobil geeilt, das auf einer Grasnarbe einige hundert Meter vom Fluß entfernt stand.

Obwohl er nicht wußte, woher das Wohnmobil stammte, kam es ihm doch bekannt vor. Sein Herz hatte zu klopfen begonnen, als er sich ihm genähert hatte, doch als er es betrat, war es ihm nicht so vorgekommen, als ob hier etwas nicht stimmte. Er hatte keinerlei Hinweise auf die abscheuliche Schlachterei gefunden, an die er sich ebenfalls klar und deutlich erinnerte. Im Wohnmobil hatte er eine Säge ohne Sägeblatt entdeckt und einen Messergriff ohne Klinge. Er hatte im Wagen nicht die geringsten Blutspuren gefunden, und nachdem er sich seine Kleider angezogen hatte – dieselben, die er jetzt trug –, hatte er das Gehölz am Rande der Lichtung abgesucht.

Auch dort hatte er nichts gefunden.

Anschließend war er zurück zu dem Wohnmobil gegangen, da hatte er seinen nächsten Blackout gehabt.

»Mr. Jeffers?« fragte die Schwester. »Sind Sie noch da?«

»Ja. Und es ist ein Notfall. Ich muß dringend mit Gordy sprechen.«

Die Schwester blieb zurückhaltend. Sie fragte sich wohl, ob er sie nicht anlog, lenkte dann aber ein und sagte: »Ich erkundige mich, ob Dr. Farber Zeit für Sie hat.«

Aus dem Hörer drang einen Moment lang Musik, dann hörte Glen Gordy Farbers Stimme: »Glen? Wo sind Sie? Was ist los? Warum haben Sie vorher aufgehängt?«

»Können wir uns treffen?« fragte Glen. »Ich komme, sobald Sie Zeit haben.«

»Ich nehme mir die Zeit«, sagte Gordy Farber, als er die Angst in Glens Stimme spürte. »Können Sie in fünfzehn Minuten bei mir sein?«

»Ich komme.«

Tatsächlich waren nur zehn Minuten vergangen, als Glen das Sprechzimmer des Arztes betrat. Er hätte sogar noch weniger Zeit gebraucht, doch auf dem Weg zur Klinik hatte er ein Wohnmobil gesehen – genauso eines wie das aus seinem Traum. Er hatte durch die Fenster nach innen geschaut, und sein Herz hatte zu rasen begonnen, als er einige Teile der Inneneinrichtung erkannte. Er hatte versucht, die Türen zu öffnen, doch sie waren abgeschlossen gewesen. Erst dann war er ins Krankenhaus gegangen.

Trotz Glens Einwand bestand der Herzspezialist darauf, ihn eingehend zu untersuchen. Erst als sich der Arzt davon überzeugt hatte, daß Glen nicht vor einem zweiten Herzinfarkt stand, bat er ihn, in seinem Zimmer Platz zu nehmen. Gordy Faber lehnte sich an seinen Tisch, verschränkte die Arme und sah sich den Sitzenden genau an. Was Glen auch zu seinem beunruhigenden Anruf veranlaßt haben mochte, ein medizinischer Notfall lag hier ganz gewiß nicht vor. Im Gegenteil, alle Anzeichen sprachen dafür, daß seine physische Genesung zufriedenstellend verlief. »Also, worum geht es eigentlich?« fragte er.

»Ich weiß es selbst nicht.«

Gordy Farber starrte ihn an. »Sie *wissen* es nicht? Was zum Teufel ist das für eine Antwort! Sie wollten gerade einen Termin mit mir ausmachen. Dann hat es an der Tür geklingelt, Sie sind zum Telefon zurückgekommen, waren nicht besonders höflich zu mir und haben einfach aufgelegt. Also machen Sie mir nicht weis, daß Sie nichts wissen. Wer war an der Tür?«

Glen schüttelte hilflos den Kopf. »Ich weiß es nicht«, wiederholte er. »Ich erinnere mich, daß ich mit Ihnen telefoniert habe und daß es an der Tür geklingelt hat. Von da an weiß ich nichts mehr. Der übrige Tag ist ein reines Durcheinander. Vor zwanzig Minuten bin ich auf dem Sofa aufgewacht, aber ich glaube nicht, daß ich den ganzen Tag dort gelegen habe. Es ist alles völlig verrückt. Ich erinnere mich daran, daß ich schon früher aufgewacht bin, aber das war nicht bei mir zu Hause. Ich habe in einem Bach in den Bergen gestanden und habe geangelt.« Er errötete und wich dem Blick des Arztes aus. »Und ich war splitternackt.« Langsam und ausführlich berichtete Glen alles, woran er sich erinnerte. Als er schließlich fertig war und zu dem Arzt aufschaute, stand ihm die Angst im Gesicht geschrieben. »Die Sache ist die, daß ich mich allmählich frage, was Traum und was Wirklichkeit ist. Mein Gott, Gordy, was passiert mit mir? Und erzählen Sie mir nicht, daß das nach einem Herzanfall normal ist.«

Der Spezialist ging um den Tisch herum und setzte sich. »Können Sie sich an die Fahrt in die Berge erinnern? Oder an die Rückfahrt?«

Glen schüttelte den Kopf. »Ich habe ja nicht mal ein Wohnmobil. Aber das Unheimliche ist, daß genau das Wohnmobil aus meinem Traum gleich neben meinem Haus parkt. Ich kann mich nur an zwei Dinge erinnern: Erstens, daß ich die Frau aufgeschlitzt habe; zweitens, daß ich dann in dem Wohnmobil nach ihrer Leiche gesucht habe.«

»Ganz offensichtlich haben Sie ja weder das eine noch das andere getan«, meinte Farber.

»Und wenn *doch*?« entgegnete Glen.

Farber runzelte die Stirn, dann drückte er auf den Knopf der Sprechanlage. »Würden Sie mir bitte den *Herald* von heute morgen bringen?« bat er die Schwester. »Die Titelseite.« Einen Moment später erschien die Schwester mit der Zeitung.

»Ist das alles?«

»Ja, danke.« Als die Krankenschwester die Tür hinter sich geschlossen hatte, wandte er sich wieder Glen zu. »Werfen Sie mal einen Blick auf die Titelseite.« Glen entdeckte Annes Artikel über den Mord an Rory Kraven, der fast die halbe erste Seite einnahm. »Haben Sie das heute morgen gelesen?« fragte der Arzt. Glen nickte. »Dann können wir den Ursprung des Traumes feststellen.« Farber lächelte Glen aufmunternd zu. »Hören Sie, Glen, in dem Artikel ist nicht nur davon die Rede, was mit dem Kerl passiert ist, den man in dem Haus da drüben gefunden hat. Es steht auch drin, was er mit den beiden Frauen angestellt hat. Und eines kann man ganz bestimmt von Ihrer Frau behaupten: Sie schreibt immer sehr lebendig. Wenn Sie also morgens diesen Artikel gelesen und nachmittags geträumt haben, einer Frau die Brust aufgeschlitzt zu haben, dann ist es doch keine große Kunst, eine Verbindung zwischen beidem zu knüpfen.«

Glen schüttelte hartnäckig den Kopf. »Aber es erklärt nicht die Blackouts. Und warum sollte ich nackt angeln?«

Gordy Farber grinste. »Es war doch nur ein Traum, Glen. Meine Güte, wenn es mein Traum gewesen wäre, hätte ich ihn wahrscheinlich für mich behalten.« Als er auf seinen Versuch, Glen aufzuheitern, nur einen trüben Blick erntete, verging ihm das Lächeln. »Gut, ich gebe ja zu, daß es ein unheimlicher Traum war. Andererseits ist das nicht mein Fachgebiet. Dafür ist eigentlich ein Psychiater zuständig. Wollen Sie, daß ich Sie zu einem überweise?«

Glen zögerte. Wieder stand das Bild vor ihm, wie er den Frauenkörper mit dem Messer und der Säge aufgeschnitten hatte. »Kennen Sie einen guten?« Als der Herzspezialist nickte, überwand sich Glen und sagte: »Gut, dann überweisen Sie mich.«

Jake Jacobson war zehn Jahre jünger als Glen, einen halben Kopf kleiner und zwanzig Kilo schwerer. Als Glen in Jacobsons Wartezimmer kam, hatte der Psychiater bereits seine Krankengeschichte aus dem Zentralcomputer abgerufen. Und als sein neuer Patient ins Sprechzimmer trat, sah ihn der

Arzt prüfend an. »Nun, wenigstens sehen Sie nicht verrückt aus«, meinte er, um Glen die Befangenheit zu nehmen.

»Soll ich mich jetzt gleich besser fühlen?« fragte Glen.

»Wenn Sie nicht wollen, daß es Ihnen besser geht, warum sind Sie dann gekommen?« entgegnete Jacobson.

Die nächste halbe Stunde lang hörte der Arzt zu, wie Glen alles schilderte, woran er sich seit seinem Herzanfall erinnerte. Vor allem berichtete er von den seltsamen, surrealen Erlebnissen der letzten paar Tage. Der Psychiater machte sich einige Notizen, unterbrach Glen aber nicht, bis er fertig war.

»Die menschliche Seele ist etwas sehr Komplexes«, begann er schließlich. »Wir wissen, daß durch ganz unbedeutende Beeinflussungen das Erinnerungsvermögen fehlgesteuert werden kann. Die falschen Erinnerungen können dabei aber dann durchaus so lebendig sein wie echte. Wir sehen das immer bei Kindern, die angeblich sexuell mißbraucht wurden. Ich bezweifle keineswegs, daß Sie glauben, Ihre Erinnerungen an den heutigen Nachmittag seien völlig real. Was ich jedoch bezweifle, ist, daß *eben dieser Glaube* eine reale Basis besitzt.« Er lehnte sich in seinen Stuhl zurück und faltete die Hände über seinem dicken Bauch. »Aber nehmen wir doch einfach mal an, zumindest Ihr Erlebnis im Bach sei real gewesen. Sie selbst konnten aber keinerlei Beweise für Ihre angeblichen Taten finden.« Er lächelte. »Ein Messer ohne Klinge und eine Säge ohne Blatt.«

»Ich kann sie doch irgendwohin geworfen haben«, beharrte Glen eigensinnig. »Ich habe nicht weiter danach gesucht.«

»Aber Sie haben nach einer Leiche gesucht und keine gefunden. Sie haben auch kein Blut, keine Kampfspuren oder sonst etwas entdeckt, das die Vermutung stützen könnte, Sie hätten jemanden getötet. Es war alles ein Traum, Glen. Und was das Wohnmobil betrifft, das Sie heute morgen ganz offensichtlich gesehen haben, denke ich mir folgendes: Wahrscheinlich haben Sie bereits früher einmal aus dem Fenster geschaut und sich Einzelheiten eingeprägt, die während Ihres Traumes wieder in Ihrem Geist wachgerufen wurden.« Er ging die einzelnen Problempunkte durch, indem er sie an seinen Fingern aufzählte. »Ihre Nachbarin ist in etwa auf dieselbe Weise ermordet worden, wie Ihnen das im Traum erschienen ist. Es existiert ein Wohnmobil wie das aus Ihrem Traum, das in der Straße vor ihrem Haus steht. Ihre Frau hat jahrelang über Richard Kraven geschrieben, und ich kann mich noch daran erinnern, daß er gerne mit einem Wohnmobil zum Angeln fuhr. Ich glaube, daß auch dieses kleine Detail irgendwo in Ihrem Unterbewußtsein schlummert. Unbewußt haben sie all diese Bausteine zu einem Ganzen, einer Pseudoerinnerung, zusammengefügt – zu einer sehr lebhaften Erinnerung an ein Ereignis, für das Sie keinen naturwissenschaftlichen Beweis finden können.«

»Und was ist mit den Blackouts?« Glen ließ nicht locker.

Jacobson spreizte abwehrend die Hände. »Wenigstens dafür habe ich eine Erklärung: Sie haben vermutlich einen kleinen Schlaganfall erlitten.«

»Einen Schlaganfall?« fragte Glen erstaunt. »Aber wenn ich einen Schlaganfall gehabt...«

»Das kommt bei vielen Menschen vor, aber von den meisten Schlaganfällen bemerkt man gar nichts. Ein Schlaganfall muß nämlich nichts besonders Dramatisches sein. Selbst die allerwinzigste, unbedeutendste Gehirnblutung zählt zu dieser Kategorie. Und es ist sehr wahrscheinlich, daß Sie eine hatten.« Er griff zum Telefon und sagte: »Ellie, könnten Sie alles für ein EEG vorbereiten? Wir kommen in ein paar Minuten.« Er hängte ein und wandte sich wieder Glen zu. »Ein Elektroenzephalogramm wird uns sagen, ob Sie größere Probleme haben, und wir machen später dann auch noch ein Elektromyogramm, um ganz auf Nummer Sicher zu gehen.« Er betrachtete sich seinen Terminplan auf dem Computerschirm. »Ist Ihnen der Montag recht?«

Glen nickte und spürte, wie seine Angst verschwand. Vielleicht gab es ja doch eine rationale Erklärung für seine bizarren, deprimierenden Erlebnisse. Der Psychiater führte ihn durch die Tür in den Untersuchungsraum und erklärte die Prozedur, während Glen seinen Ärmel hochschob, damit die Krankenschwester Blutdruck und Puls messen konnte.

»Es ist wirklich ganz einfach«, machte ihm Jacobson klar. »Ich schließe einige Elektroden an Ihren Kopf an, dann messen wir die elektrische Aktivität in Ihrem Gehirn.« Er lächelte beruhigend, als er einen Anflug von Furcht bei Glen entdeckte. »Glauben Sie mir, Sie werden nichts spüren.«

Die Schwester befestigte die Elektroden an Glens Kopf.

»Fertig?« fragte der Psychiater kurz darauf.

»Fertig«, bestätigte die Schwester.

Der Arzt drehte an einem Schalter, und obwohl Glen nicht den geringsten physischen Schmerz fühlte, erfaßte ihn plötzlich eine Welle der Panik.

Und dann hörte er ein Heulen in seinem Kopf. Ein Heulen, das unendliche Qualen und Ängste ausdrückte. Es war ein derart fürchterliches Geräusch, daß er einen Moment lang befürchtete, es würde ihm die Seele zerreißen.

Aber woher kam es? Seine Blicke wanderten vom Arzt zur Schwester und wieder zurück. Offenbar hörte niemand von ihnen dieses herzzerreißende Geräusch, also hörte er es nur in seinem eigenen Kopf.

Als der Arzt die Skala einstellte, veränderte sich die Tonart des Gekreisches, und als Jacobson schließlich die Maschine abschaltete, erstarb es so abrupt, als wäre es nie dagewesen.

»Das war's«, sagte der Psychiater. »Und Sie haben nichts gespürt, stimmt's?«

Glen schüttelte den Kopf und warf einen Blick auf das Papier, das die Maschine ausspuckte. »Und das ist das Ergebnis?«

»Allerdings.« Jacobson zog das Papier heraus. »Sehen wir es uns mal an.« Er studierte es einen Moment, dann reichte er es Glen.

Alles, was Glen darauf erkennen konnte, waren drei getrennte Strichlinien in verschiedenen Mustern, die anstiegen und abfielen. »Und was bedeutet das?«

Jake Jacobson schenkte ihm ein aufmunterndes Lächeln. »Es bedeutet, daß mit Ihrem Gehirn so weit alles in Ordnung ist. Sie weisen keine besonderen Abnormalitäten auf, und selbst wenn beim Elektromyogramm noch etwas anderes herauskommen sollte, vermute ich, daß Sie ganz einfach nur unter Streß leiden. Wenn man bedenkt, wie stark Ihr Herzinfarkt gewesen ist, ist das auch kein Wunder. Schließlich hat sich Ihr ganzes Leben verändert. Das kann zwar zu einer seelischen Erschütterung führen, aber die hat keine entscheidenden Folgen.« Er kritzelte etwas auf ein Rezeptformular und gab es Glen. »Sie können sich das auf Ihrem Heimweg besorgen. Ein Beruhigungsmittel, das Sie nehmen können, falls es nötig ist.« Er geleitete Glen wieder ins Sprechzimmer. »Das Wichtigste ist, daß Sie die Sache einfach leicht nehmen. Ich will Ihnen was sagen: Sie haben vom Angeln geträumt, dann tun Sie es doch auch! Am Montag werden wir uns dann das Elektromyogramm anschauen, dann sind keine Fragen mehr offen. Einverstanden?«

Glen fühlte sich unendlich erleichtert. »Großartig.« Er brachte ein schwaches Grinsen zustande. »Ich hatte schon Angst, daß man mich wieder in die Klinik steckt.«

»Danach sieht es nicht aus. Was immer Sie sich auch einreden, ich glaube nicht, daß Sie eine Gefahr für sich selbst oder für sonst jemanden darstellen. Gehen Sie also heim, entspannen Sie sich und genießen Sie das Wochenende. Bis Montag.«

Glen verließ Jacobsons Praxis in der festen Absicht, direkt zur Apotheke zu gehen, um das Rezept einzulösen.

Dann machte er sich aber doch auf den Heimweg. Die Erinnerung an das Rezept war plötzlich aus seinem Gedächtnis getilgt.

Genauso vollständig gelöscht wie die Erinnerung an den gräßlichen Schmerzensschrei, den er in seinem Kopf gehört hatte, als die Elektroden aktiviert worden waren...

56. Kapitel

Als Anne heimkam, war das Haus leer. Vergeblich suchte sie nach einer Nachricht, wohin Glen gegangen war. Sie fand nichts, auch keine Meldung auf dem Anrufbeantworter. Deshalb war sie auch ganz sicher, daß er nicht weit sein konnte, vor allem auch deshalb, weil sein SAAB auf dem üblichen Parkplatz stand. Wenigstens konnte das verdammte Wohnmobil sie jetzt nicht mehr von ihrem angestammten Parkplatz verdrängen! Dann knallte sie die Eingangstür zu, und einen Moment später erschien Kevin in der Küche. Allein.

»Ist Heather nicht bei dir?« fragte Anne.

»Nein. Sie ist mit Rayette zum Broadway.«

Anne spürte jähe Angst, dieselbe wie am Nachmittag, als sie in der Schule angerufen hatte. Sie hatte Heather eindringlich ermahnt, Kevin nicht alleine nach Hause gehen zu lassen. Glaubte sie etwa, daß damit nur gestern gemeint war? »Warum bist du nicht mitgegangen?« fragte sie und versuchte ihre Aufregung vor ihm zu verbergen.

Ihr Sohn, der inzwischen im Kühlschrank herumstöberte, zuckte die Achseln. »Bin ich ja, aber die sind nur dort herumgelungert, dann bin ich heimgegangen.« Mit der größten Selbstverständlichkeit fügte er noch hinzu: »Der Kerl, der Mrs. Cottrell umgebracht hat, ist doch tot. Was ist also schon groß dabei, wenn ich alleine gehe.«

Einen Moment war Anne unsicher, was sie sagen sollte. Doch dann wunderte sie sich, warum sie Kevins Gelassenheit so überraschte. Schließlich hatten ihre Kinder seit Jahren Umgang mit anderen, die ihre Messer und Pistolen mit zur Schule brachten. Außerdem wußte sie selbst wahrscheinlich besser als viele andere Eltern, wieviel Gewalt und Kriminalität Stadtkinder jeden Tag ausgesetzt waren. »Ich schätze, wir müssen mal ein Wörtchen miteinander reden«, sagte sie.

Kevin verdrehte die Augen, gab seine Suche nach etwas

Eßbarem im Kühlschrank auf und hockte sich auf die Ecke eines Küchenstuhles.

»Nur weil der Mann, der Mrs. Cottrell ermordet hat, tot ist, heißt das noch lange nicht, daß du sicher bist, wenn du alleine durch die Gegend spazierst. Solange man nicht herausgefunden hat, wer ihn umgebracht...«

»Ach, Mom. Hör doch auf«, stöhnte Kevin. »Was willst du denn tun? Mich einsperren? Was ist denn mit dem Mädchen, das in Garfield erschossen wurde? Du kannst doch nicht verlangen, daß ich für alle Zeiten mit Heather zusammen hier herumhänge.«

Anne erschauderte bei dem Gedanken an das Mädchen, das in Garfield mitten auf der Straße ermordet worden war. Sie hatte über den Fall berichtet – ein Streit unter Teenagern, der noch ein paar Jahre vorher schlimmstenfalls Liebeskummer gebracht hätte.

Heutzutage wurden Kinder deswegen erschossen.

Selbst in der Schule konnte Kevins Sicherheit niemand mehr gewährleisten; wie konnte sie dann erwarten, er wäre sicher, wenn er jeden Tag mit seiner Schwester nach Hause ginge? Die traurige Wahrheit war doch: Wenn jemand fest entschlossen war zu töten – sei es einen völlig Fremden, eines ihrer Kinder oder sie selbst –, gab es praktisch keine Möglichkeit, das zu verhindern. Darüber hinaus hatte Kevin sogar recht. Sie konnte ihn ganz gewiß nicht einsperren, bis man endlich den Mörder von Rory Kraven gefunden hatte. Und falls – aus irgendwelchen verrückten Gründen, die ihr nicht einleuchteten – Rory Kravens Mörder tatsächlich all die Verbrechen verübt haben sollte, die man seinem Bruder zuschrieb, dann hatte er sich ohnehin schon seit Jahren seiner Festnahme entzogen. Wie kam sie auf den Gedanken, daß ihm das nicht auch in Zukunft gelänge? Sie dachte an die fünf Aufzeichnungen der Interviews, die sie nachmittags gelesen hatte. Fünf von 127. Und sie wußte noch immer nicht, wonach sie eigentlich suchte.

Das Geräusch der Haustür unterbrach ihre Gedankengänge, und kurz darauf tauchte Glen in der Küchentür auf. Als sie ihn sah, stieg auch schon Ärger in ihr hoch. Er hatte doch gewußt, wie besorgt und verängstigt sie war, seit man Kumquat tot im Hof gefunden hatte, aber er war einfach irgendwohin entschwunden, ohne eine Nachricht zu hinterlassen. Sie sah ihn an, wie sie das noch nie vorher getan hatte: Sie suchte in seinem Gesicht nach einem Hinweis darauf, was nicht mit ihm stimmte, was ihn so verändert hatte.

Und ob er Kumquat umgebracht hatte...

Dieser Gedanke schoß ihr unwillkürlich durch den Kopf. Sie verdrängte ihn sofort und ärgerte sich darüber, daß sie sich von Mark Blakemoor so hatte beeinflussen lassen. Und Glen war offenbar in Ordnung; er lächelte sogar auf diese Art, wie er das vor seinem Infarkt immer getan hatte. Als er sich zu einem Kuß herunterbeugte, wurde Anne ein wenig lockerer.

»Hallo, Freundchen«, wandte er sich dann seinem Sohn zu und zerzauste ihm das Haar. »Was soll das lange Gesicht? Hattet ihr beide etwa Streit?«

»Mom meint, ich soll jeden Tag zusammen mit Heather heimkommen«, grollte er.

»Das habe ich nicht gesagt«, begann Anne, dann wurde ihr aber klar, daß sie fast genau das gesagt oder zumindest angedeutet hatte. »Na gut, vielleicht so ähnlich. – Aber dann versprich mir wenigstens, daß du vorsichtig bist. Halt dich von Fremden fern, und wenn dich auch nur jemand ansieht, dann mach, daß du wegkommst. Versprochen?« Wieder rollte Kevin mit den Augen. »Versprochen?« wiederholte seine Mutter.

»Tu, was deine Mama sagt, dann nehme ich dich am Samstag mit zum Angeln.«

Sofort hellte sich Kevins Miene auf. »Wirklich?«

»Wirklich. Ich verspreche es, wenn du auch dein Versprechen hältst.«

»Abgemacht!« rief Kevin begeistert. »Und wohin geht's? Bleiben wir die ganze Nacht dort? Und darf Justin auch mit?«

»Nein, Justin nicht«, lachte Glen. »Nur wir beide. Und ich weiß noch nicht, wohin wir fahren. Vielleicht verbringen wir auch die Nacht irgendwo, vielleicht auch nicht. Kommt ganz darauf an, was deine Mutter dazu meint.«

Als Kevin aus dem Zimmer stürmte, um Justin mitzuteilen, wo er das Wochenende verbringen würde, war Anne erneut verärgert über ihren Mann. Was sollte das? Wann hatte er sich entschlossen, mit Kevin am Wochenende angeln zu gehen? Ihr gegenüber hatte er ganz bestimmt nichts davon erwähnt, und bis jetzt hatten sie immer alles, was die Kinder betraf, miteinander besprochen. Schon vor Heathers Geburt hatten sie abgemacht, sämtliche Entscheidungen gemeinsam zu treffen. »Werde ich denn hier über gar nichts mehr informiert?« fragte sie und gab sich keine Mühe mehr, ihren Ärger zu verbergen. »Und wenn wir schon dabei sind, dann erklär mir doch gefälligst, warum du keine Nachricht hinterlassen hast. Nach allem, was geschehen ist...«

»He!« unterbrach Glen und fuchtelte mit den Armen herum, als wollte er einen Schwarm angreifender Bienen abwehren. »Anne, es tut mir aufrichtig leid, daß ich keine Nachricht hinterlassen habe. Ich war bei Gordy Farber, und es hat ein bißchen länger gedauert als vorgesehen.«

Annes Zorn verwandelte sich umgehend in Sorge. »Was hat er gesagt?« Sie hoffte inständig, daß der Arzt ihm nicht erzählt hatte, daß er ihn auf ihren Wunsch hin angerufen hatte.

»Er hat gesagt, daß es mir gut geht.« Glen sah keinen Grund, Anne zu beunruhigen. Außerdem hatten sowohl Farber als auch Jacobson gesagt, er solle sich keine Sorgen mehr machen. »Wenn ich fünf Minuten früher gekommen wäre, hättest du nicht einmal gemerkt, daß ich überhaupt fort war.« Er ging zu ihr und zog sie an sich. »Es waren doch nicht mehr als fünf Minuten, oder?«

Er zog sie eng an seine Brust, und Annes Entschlossenheit geriet ins Wanken. »Eher zehn«, sagte sie und bemühte sich, die Situation unter Kontrolle zu halten. »Aber du hast noch immer nicht meine Frage nach diesem Ausflug beantwortet. Über solche Dinge haben wir immer miteinander geredet, falls du dich erinnerst.«

»Wie sollte ich mich daran erinnern? Ich habe doch noch nie die Absicht gehabt, mit Kevin angeln zu gehen.«

Er berührte mit seinen Lippen Annes Nacken. Anne wußte nicht, wie sie reagieren sollte. Einerseits wollte sie ihn wegdrücken, andererseits sich enger an ihn schmiegen. »Glen, warte«, protestierte sie, doch er umarmte sie nur noch fester. »Meine Güte, was soll ich mit dir nur anstellen?« seufzte sie. Ihr ganzer Ärger wurde von einer Welle der Zuneigung weggespült.

Anne lag noch immer in Glens Armen, als Boots ins Zimmer trottete. Der Hund lief auf Glen zu, hielt dann aber abrupt vor ihm an. Er hob eine Vorderpfote und gab ein leises Knurren von sich.

Seine Nackenhaare sträubten sich, er fixierte Glen kurz und machte dann wieder kehrt.

57. Kapitel

Rolf Gustavson und Lars Gunderson waren schon seit siebzig Jahren dicke Freunde und gingen auch zusammen angeln. Das hatten sie schon in ihrer Kindheit in Ballard getan. Dort waren sie Tür an Tür aufgewachsen und hatten ihre ersten Angelruten in den Kanal geworfen, der zwischen ihrem Bezirk und Seattle lag. Damals hatten sie von all den Orten geträumt, die sie später, wenn sie erst erwachsen wären, besuchen würden. Aber letzten Endes waren beide in Ballard geblieben, wohnten später einen Block auseinander, aber immer noch nur zwei Häuserblocks von dem entfernt, wo sie aufgewachsen waren. Sie waren beide mittlerweile Witwer; redeten immer noch davon, einmal nach Norwegen zu reisen, um Verwandte zu besuchen, die sie nie gesehen hatten, und beide liebten nach wie vor das Angeln. Das einzige, was sich in den sieben Jahrzehnten geändert hatte, war, daß sie nun nicht mehr an den Kanal gingen, sondern ihre Leinen in den Bergflüssen südlich der Stadt auswarfen. Wie fast an jedem Samstagmorgen seit Lars' Frau vor drei Jahren gestorben war, brachen sie auch heute vor Tagesanbruch auf, nachdem sie ihr Angelzeug in Rolfs altem Dodge verstaut hatten. Lars mußte während der Fahrt Kaffee und Kuchen auf den Knien balancieren. Während sie den Windungen der Straße Richtung Snoqualmie folgten, debattierten sie angeregt darüber, wo sie heute ihr Glück versuchen wollten.

Wie an jedem Samstagmorgen bog Rolf an der Ausfahrt nach Snoqualmie ab, und Lars maulte wie immer, daß sie lieber weiterfahren sollten. Und als sie dann durch die Stadt fuhren und weiter am Elektrizitätswerk vorbei zu der Straße, die sich am Fluß entlangwand, diskutierten sie wie immer darüber, wie lohnend es wohl wäre, an den Buchten angeln zu gehen, von denen sie seit Jahren gehört, die sie aber noch nie getestet hatten. Die Debatte hielt noch an, als Rolf bereits zu demselben Campingplatz einbog, an dem sie schon seit Jahren angelten, den Wagen abstellte und ausstieg. Er zog die Angelausrüstung zwischen all dem Zeug hervor, das sich auf dem Rücksitz angehäuft hatte, seit seine Frau, nur zwei Monate vor Greta, der von Lars, gestorben war. »Hildie würde sich im Grab umdrehen, wenn sie das sehen könnte«, seufzte Rolf beim Anblick des Gerümpels, das die Rücksitze mittlerweile vollständig bedeckte.

»Ganz bestimmt«, gab Lars zurück. »Aber willst du damit etwa sagen, daß du sie zurückhaben willst?«

Die beiden Männer keuchten unter dem Gewicht der Ausrüstung, als sie den Weg vom Picknickplatz, wo sie geparkt hatten, bis zum Fluß liefen. Am Ende des Pfades befand sich eine weite Flußbiegung, die sogar noch beim Höchststand des Hochwassers im Frühling ein enges, steiniges Ufer aufwies. In diesem Frühjahr war der Schnee schon früh geschmolzen, deshalb war das Flachufer heute besonders breit.

Sie hatten den halben Weg zum Fluß zurückgelegt, als Lars abrupt stehenblieb. Sein Blick richtete sich auf etwas, das halb versteckt unter dem dichten Unterholz lag. »Junge, Junge«, sagte er und pfiff leise. »Sieh dir das mal an. Ich glaube, heute kommen wir nicht zum Angeln.«

Rolf drängte sich neben ihn. Für einen langen Moment starrten die beiden alten Männer auf eine nackte Leiche, die ausgestreckt im Gebüsch lag und deren leere Augenhöhlen sie auf groteske Weise anstarrten.

Es war zwar noch zu erkennen, daß es die Leiche einer Frau war, doch offensichtlich hatten sich bereits Tiere über sie hergemacht. Der Brustkasten war aufgerissen, und es sah so aus, als ob arme und Beine schon angefressen waren. Insekten schwärmten über der Leiche, und während die beiden Männer sie anschauten, lief etwas unter der Leiche hervor und verschwand im Unterholz. Als Lars einen Schritt nach vorne machte, klammerte sich Rolfs gichtige Hand um seinen Ellenbogen. »Wir sollten lieber nichts anfassen«, sagte er. »Besser, wir rufen gleich die Polizei.«

Lars, der im Zweiten Weltkrieg so viele Leichen gesehen

hatte, daß er für sein restliches Leben davon genug hatte, nickte zustimmend. Die beiden Männer gingen zum Campingplatz zurück, fanden ein Telefon und riefen die Polizei an. Anschließend warteten sie in ihrem Dodge auf den Sheriff. Lars öffnete die Thermosflasche und goß beiden den letzten Kaffee ein.

Während sie an ihrem Kaffee nippten, philosophierten sie still über die Vergänglichkeit des Lebens und die Tausenden von Möglichkeiten, wie man sterben konnte. Es war Rolf, der schließlich das Schweigen brach. »Wenn meine Zeit gekommen ist, möchte ich mit einem dicken Fisch am Haken im Fluß ertrinken.«

»Das ist das Beste, was einem passieren kann«, stimmte Lars ihm zu.

Bis zehn Minuten später der erste Polizeiwagen hinter ihnen parkte, sprachen Lars und Rolf kein Wort mehr.

In den nächsten Stunden fuhr ein Wagen nach dem anderen auf den Campingplatz. Zuerst erschien der örtliche Sheriff, dann einige Streifenwagen, und schließlich traf die Mordkommission aus Seattle ein. Weder Mark Blakemoor noch Lois Ackerly waren bester Laune. Blakemoor hatte fast die ganze Nacht kein Auge zugetan – wie die Nacht davor auch. Er hatte sich durch die polizeilichen Aufzeichnungen gewühlt, weil er ebenfalls nach übersehenen Hinweisen suchte wie Anne Jefferson bei der Durchforstung ihrer Akten. Lois Ackerly dagegen wollte gerade zum Fußballplatz gehen, wo ihr Sohn spielte, als die Meldung eingetroffen war, daß man eine Leiche beim Snoqualmie River gefunden hatte.

»Hier sind wir schon einmal gewesen«, stellte Blakemoor düster fest, als sie sich auf den Weg zu dem Platz machten, den Lars und Rolf schon bei Sonnenaufgang entdeckt hatten.

»Und die hiesigen Streifenpolizisten haben ihre Arbeit wie immer glänzend gemacht und den Tatort abgesichert«, meinte Ackerly. »Oder hast du etwa geglaubt, irgendwer von denen hätte daran gedacht, nach Fußspuren Ausschau zu halten, bevor sie den Weg rauf und runtergetrampelt sind?«

Blakemoor zuckte die Schultern. »Wenn es um das geht,

was wir beide annehmen, gibt's hier sowieso keine Fußspuren.«

Als die beiden Kommissare näherkamen, sahen sie, daß der Schauplatz markiert und abgesperrt war. Einer der dort stehenden Polizisten drehte sich um, erkannte sie und nickte ihnen kurz zu. »Schätze, wir haben unsere Arbeit getan«, sagte er und wies auf die Leiche.

Erleichtert stellte Blakemoor fest, daß sie bis jetzt noch nicht bewegt worden war. Er ging in die Hocke und schaute sich die Leiche genauer an. »Hat irgend jemand eine Ahnung, wie lange sie hier schon liegt?« fragte er in die Runde.

»Auf Anhieb schätze ich ein, zwei Tage. Vielleicht seit gestern oder vorgestern morgen. Sie ist nicht besonders stark verwest, aber angefressen. Und auch voller Insekten.«

Blakemoors Aufmerksamkeit konzentrierte sich sofort auf die Verstümmelung des Brustkorbs. Er entdeckte die wohlbekannten Einschnitte, die Hautlappen, die sauber zur Seite geklappt waren, nachdem sie mit einem Skalpell oder einem sehr scharfen Messer aufgetrennt worden waren.

Das Brustbein war mit einer Säge aufgeschnitten.

Der Brustkasten war weit auseinandergedrückt, um Herz und Lungen freizulegen.

Das Herz war wie immer herausgerissen, fehlte in diesem Fall aber gänzlich. Hatte es der Mörder als Trophäe behalten? Oder war es von einem Tier gefressen worden? Wahrscheinlich das letztere. Sollte es sich hierbei nämlich um einen jener Morde handeln, die nach dem sogenannten »Kraven-Schema« verübt worden waren, konnte man davon ausgehen, daß der Mörder keinerlei Interesse an irgendwelchen Trophäen hatte. Der war vielmehr daran interessiert, seine Signatur zu hinterlassen.

»Sind die Jungs schon mit ihren Fotos fertig?« erkundigte er sich.

»Die haben so viele geschossen, daß sie einen Film drehen könnten«, sagte jemand.

Vorsichtig schob Blakemoor einen Lungenflügel beiseite, um einen Blick in die Bauchhöhle zu werfen.

In dem Moment, als er die beiden bekannten Blitzstrahlen ins Rippenfell eingekerbt sah, schaute er zu seiner Kollegin hoch und nickte fast unmerklich. Dann blickte er dem Opfer ins Gesicht.

Eine Frau um die Sechzig, vielleicht älter. Im Tod war ihre Haut noch schlaffer geworden, und die dicke Make-up-Schicht war unter ihren leeren Augenhöhlen zu dunklen Streifen geschrumpft. Ein Fleck Rouge klebte noch immer auf einer ihrer Wangen.

Ihr unnatürlich schwarzes Haar, das so typisch für jemanden war, der verzweifelt demonstrieren wollte, daß sein tatsächliches Geburtsdatum ein Irrtum der Natur sei, war nicht mehr von Haarnadeln oder Haarspray in Form gezwängt, sondern umrahmte ihr Gesicht wie ein mit Dreck und Blut besudelter Heiligenschein. Doch obwohl die Elemente, die Tiere und die Zeit ihre Spuren an ihr hinterlassen hatten, erkannte Mark Blakemoor sie sofort.

Er erhob sich und wandte sich Lois Ackerly zu. »Die Sache wird immer unheimlicher. Erst hat er Richard Kravens Bruder umgebracht und jetzt seine Mutter. Was zum Teufel läuft hier eigentlich ab?«

Ackerly blickte ausdruckslos auf die Leiche. »Das geht mir nicht in den Kopf. Erst hat er Richard Kraven reingelegt, dann seine Hinrichtung abgewartet, um anschließend den Bruder und die Mutter zu töten. Wozu das?«

Blakemoor lächelte finster. »Keine Ahnung. Aber wenigstens hat er uns wieder seine Handschrift hinterlassen. Und dank dieser werden wir ihn finden. Machen wir uns ans Werk.« Er befahl, die ganze Gegend systematisch abzusuchen, obwohl er wie immer sicher war, daß der Mörder sämtliche Spuren hinter sich beseitigt und nichts zurückgelassen hatte, das zu ihm führen könnte. Dennoch mußte die Suche ausgeführt werden. Früher oder später mußte selbst dieser Mörder einen Fehler machen.

Und dann, so nahm es sich Mark Blakemoor vor, würde er es sein, der ihn fände.

58. Kapitel

»Daddy? He, Daddy, stimmt was nicht?«

Die Worte drangen nicht in Glen Jeffers Bewußtsein. Von seinem Platz auf dem Beifahrersitz aus schaute Kevin seinen Vater sorgenvoll an. Erst als er noch einmal etwas sagte, reagierte Glen.

»Nein, alles bestens. Wir sind fast da.« Glen klang zwar völlig zuversichtlich, doch er fragte sich, inwiefern er die Wahrheit sagte. In Wirklichkeit fühlte er sich nicht besonders wohl. Schon nach dem Aufwachen hatte er das Gefühl gehabt, irgend etwas stimme nicht und gedacht, daß er vielleicht lieber nicht mit Kevin zum Angeln fahren sollte. Als er aber vorgeschlagen hatte, die Fahrt auf das nächste Wochenende zu verschieben, hatte der vernichtende Blick seines Sohnes ihn schnellstens umgestimmt. Wenn Anne ihn dann auch noch gefragt hätte, was ihn quälte, hätte er es ihr nicht einmal sagen können. Tatsächlich konnte er es sich ja nicht einmal selbst erklären. Den ganzen gestrigen Tag über hatte er sich wohlgefühlt. Die Blackouts vom Donnerstag hatten sich nicht wiederholt, und schließlich hatte er beschlossen, daß sein vages Unwohlsein es nicht rechtfertigte, Kevin zu enttäuschen. Als die beiden dann endlich in den Wagen gestiegen und Richtung Osten über die Evergreen Point Bridge gefahren waren, hatte er sich auch schon viel besser gefühlt. Aber auf der Weiterfahrt nach Osten, durch Richmond hindurch, weiter nach Carnation und Fall City, stellte sich ein eigenartiges Déjà-vu-Erlebnis bei Glen ein.

Es war deshalb so eigenartig, weil es nicht die genaue Erinnerung an ein früheres Erlebnis, an etwas Vertrautes, das sich schon einmal ereignet hatte, war. Vielmehr spürte er so etwas wie eine Vorahnung. Er hatte den Eindruck, daß *er erst im Begriff war*, etwas zu wiederholen, das er früher schon einmal getan hatte.

Es mußte etwas gewesen sein, das ihm großen Spaß gemacht hatte, und das ihn sogar jetzt, obwohl er nicht wußte, was es war, vor Aufregung erschauern ließ.

Er sah zu Kevin hinüber, und ein Bild blitzte durch sein Hirn. Es verschwand aber rasch wieder.

Nur die Erinnerung daran blieb zurück.

Ein Herz.

Ein menschliches Herz, das er in der Hand hielt.

Woher stammte es?

Dann erinnerte er sich an das Erlebnis vor zwei Tagen, als er sich eingebildet hatte, den nackten Körper einer Frau anzustarren und hilflos dabei zuzusehen, wie er ihre Brust aufschnitt.

Ihr Herz? Hatte er ihr Herz herausgenommen? Sein Magen drehte sich mit Abscheu beim bloßen Gedanken daran um, und er fühlte das Brennen von aufsteigender Galle in seiner Kehle.

Aber es war nichts passiert! Nichts von all dem war geschehen! Es war nichts als ein fürchterlicher Alptraum gewesen oder ein Streich, den ihm seine Einbildungskraft gespielt hatte. Hatte ihm der Psychiater denn nicht klargemacht, daß es beim besten Willen nicht real gewesen sein konnte?

Er verbannte das schreckliche Bild aus seinen Gedanken, und als sein Blick noch einmal zu Kevin abzuschweifen drohte, zwang er sich, nach vorn auf die Straße zu sehen. Mittlerweile waren sie auf dem Weg in die Berge. Zu ihrer Rechten stürzte der Fluß in seine felsige Rinne hinab, und weiß schäumend donnerte er über breite Stromschnellen hinweg.

»Wohin fahren wir?« fragte Kevin und blickte ängstlich auf das aufgewühlte Wasser. Er stellte sich vor, was passieren würde, wenn er beim Angeln ausrutschte. Er konnte zwar schwimmen, aber nicht besonders gut. »Doch nicht etwa hier runter?«

»Nein, noch ein Stück weiter. Da gibt es einen Campingplatz, wo wir parken können.« Ein Campingplatz? dachte er. Was für ein Campingplatz? Er wußte nichts von einem Campingplatz. Doch ein paar Minuten später, als die Straße einen

Bogen machte, sah er ein Schild mit dem Hinweis, daß der Platz noch einen Kilometer weit entfernt lag.

Glen bemerkte, daß seine Hände feucht wurden. Wie konnte er davon wissen? War es möglich, daß der Traum auf eine Weise, die er nicht ergründen konnte, doch wahr gewesen war? Nein! Hier mußte es sich um eine alte Erinnerung an eine Fahrt handeln, die er mit Anne und den Kindern vor Jahren einmal gemacht hatte und die ihm jetzt wieder bruchstückhaft einfiel. Ja, genau so mußte es gewesen sein. Obwohl er keine bewußte Erinnerung mehr daran hatte, mußte es so sein, daß er den Campingplatz vor langer Zeit in seinem Gedächtnis gespeichert hatte. Er bremste, um rechtzeitig abbiegen zu können, sobald die Nebenstraße auftauchte. Doch als er dann um die Ecke bog, sah er, daß ein Polizeiwagen die Zufahrt blockierte. Ein Polizist winkte ihn vorbei. Im Vorüberfahren entdeckte er noch weitere Streifenwagen am Ende der engen Spur.

»Was ist das passiert?« fragte Kevin, drehte sich um und sah aus dem Rückfenster. »Können wir nicht anhalten und nachschauen? Vielleicht ist jemand von einem Bären angefallen worden.«

»Wir halten nicht«, sagte Glen. »Und schnall dich wieder an, okay?« Er schaute zu Kevin, und als sein Blick auf seinem Sohn lag, hörte er eine Stimme in seinem Kopf:

Erinnerst du dich an die Katze?

Glen erstarrte. Seine Finger umklammerten das Steuer.

Wir könnten es tun, flüsterte die Stimme. *Wir könnten es tun, und niemand würde es je erfahren.*

Plötzlich wurden Glens Augenlider schwer, und die Straße verschwamm vor ihm. Nebel begann sich über seinen Verstand zu legen, und er wurde schläfrig. Wenn er nur seine Augen schließen könnte...

Nein!

Er riß die Augen auf und setzte sich kerzengerade hin. Kein Blackout! Nicht heute! Nicht mit Kevin! Er malte sich aus, wie der Wagen über die Straße schlingerte, die Leitplanke durchschlug und fünfzig Meter weiter unten in den Fluß stürzte. Diese Vorstellung reichte aus, um ihn wieder klar werden zu lassen.

Sein Herz begann zu hämmern, und die seltsame Müdigkeit, die ihn ergriffen hatte, verflüchtigte sich schlagartig.

Vor ihm tauchte ein weiteres Schild auf. Noch bevor Glen es klar erkennen konnte, wußte er schon, was es war: ein Zeichen, das auf eine Seitenstraße einen halben Kilometer entfernt hinwies.

Dort wollte er abbiegen.

Einige Augenblicke später, während er sich der engen Spur näherte, die nach rechts wegführte, stieg aufs neue eine eigenartige Erinnerung in ihm auf. Der Platz sah genauso aus wie der, von dem er geträumt hatte.

Dort hatte er nackt geangelt – und sich dabei vage daran erinnert, eine Frau getötet, ihr die Brust aufgeschnitten zu haben und...

Nein! Es war nur ein Traum gewesen, und Dr. Jacobson hatte reale Erklärungen für alles gefunden, was er darin gesehen hatte! Nichts von all dem war wahr! Glen bremste stärker, als er beabsichtigt hatte, und fuhr auf eine abschüssige Straße, die so nah an den Bäumen vorbeiführte, daß deren Äste die Seiten des Autos streiften.

»Und was ist, wenn wir nicht mehr umdrehen können?« fragte Kevin, der sich instinktiv duckte, als ein Ast gegen die Windschutzscheibe schlug.

»Mach dir keine Sorgen«, hörte er seinen Vater sagen. »Ich bin schon oft hier gewesen.«

Etwas in der Stimme seines Vaters machte Kevin stutzig. Er schaute seinen Vater an.

Die Augen des Mannes und die des Jungen trafen sich einen Moment lang, dann sah Kevin weg.

Da war etwas in den Augen seines Vaters, das er nie zuvor gesehen hatte.

Etwas, das ihm Angst machte.

Anne hörte, wie die Post durch den Schlitz in der Haustür geworfen wurde und wandte ihre Augen vom Monitor ab. Sie entspannte ihre Nackenmuskulatur, stand auf und dehnte ihren ganzen Körper. War es denn möglich, daß sie wirklich schon drei Stunden vor dem Computer in ihrem Arbeitszimmer saß, um die Akten über die Interviews durchzusehen? Aber jetzt, nachdem sie in ihrer Konzentration gestört worden war, kam es ihr sogar noch viel länger vor: Ihre Beine waren steif, und ihre rechte Schulter tat ihr vom ständigen Bedienen der Maus weh. Bis jetzt hatte sie allerdings noch nichts gefunden. Sie hatte sich lediglich durch lange und ermüdende Informationen gearbeitet, die ihr noch so bekannt waren, daß sie sie im Schlaf hätte herunterbeten können.

Unabhängig davon, ob Richard Kraven nun der Serienmörder war, für den sie ihn nach wie vor hielt, war er ganz gewiß ein Mann mit vielen Gesichtern gewesen. Er hatte sich nicht nur in Biologie und Elektrotechnik ausgekannt, sondern darüber hinaus auch noch Religion und Metaphysik studiert. Ferner hatte er die Künste geliebt, vor allem den Tanz. Deshalb hatte er auch jedes Jahr mindestens tausend Dollar dem Ballett gespendet.

Dutzende, Hunderte von Menschen hatten ihn gekannt, doch darunter war niemand gewesen, der von ihm wie von einem Freund gesprochen hatte.

Eine ganze Menge der von ihr interviewten Leute hatten ihn immer wieder mit denselben Worten charakterisiert. Darunter hatten sich viele positive Beurteilungen gefunden: »Charmant... faszinierend... belesen... genial.«

Aber auch weniger schmeichelhafte Attribute waren ihm wiederholt zugeschrieben worden:

»Kalt... distanziert... gleichgültig... unnahbar.«

Seufzend mußte Anne sich eingestehen, daß ihre anfängliche Zuversicht, in den Akten etwas zu finden, das ihr bislang entgangen war, allmählich schwand. Sie ging durch das Wohnzimmer in den Flur.

Noch bevor sie sich hinunterbeugte, um die auf dem Boden verstreut liegende Post aufzuheben, fiel ihr etwas auf: ein weißer, ganz gewöhnlicher Briefumschlag mit ihrem Namen und ihrer Adresse. Und er war in derselben spitzen Schrift beschrieben wie das Papier, das sie erst vor kurzem in Rory Kravens Wohnung gelesen hatte. Sie ließ die übrige Post liegen, nahm den Umschlag und riß ihn auf. Sie wollte schon die eine Seite, die darin steckte, herausziehen, doch dann hielt sie sich zurück.

Fingerabdrücke! Vielleicht, aber nur vielleicht war die Person, die den Brief geschrieben hatte, unachtsam gewesen. Mit zitternden Händen trug sie den Brief in die Küche, fand eine Zange und zog vorsichtig das gefaltete Papier aus dem Umschlag. Mit klopfendem Herzen las sie, was darauf stand.

Teuerste Anne!
Zunächst eine Erklärung: Wie Sie sicher wissen, hatte ich während meines vorübergehenden Gefängnisaufenthaltes keine Gelegenheit, mein chirurgisches Geschick weiter zu vervollkommnen. Deshalb ist es auch zu dem Mißgeschick mit der Katze Ihrer Tochter gekommen. Ich hätte einfach noch mehr Praxis gebraucht. Vielleicht hätte ich meine Signatur hinterlassen sollen, aber da es sich ja nur um eine Katze gehandelt hat, war diese Arbeit nicht repräsentativ für das, was ich wirklich zu leisten imstande bin. Übrigens hat niemand die Katze hinausgelassen. Ich bin ins Haus gegangen und habe sie mir geholt, genau wie ich hineingegangen bin, um die Nachricht auf Ihrem Computer zu hinterlassen. Ich kann nämlich jederzeit in Ihr Haus gehen. Immer – wann ich will.

Anne war zu Eis erstarrt. Sie las den Brief ein zweites, dann ein drittes Mal. Blanke Panik stieg in ihr hoch; sie spürte den seltsamen Drang, durchs Haus zu rennen, alle Fenster und

Türen zu verschließen und die Vorhänge zuzuziehen. Aber draußen war heller Tag, elf Uhr Samstagmorgen. Was konnte ihr schon geschehen. Und falls Richard Kraven...

Nein! Nicht Richard Kraven! Kraven war tot!

Sie holte tief Atem. Wenn der Schreiber des Briefes wirklich die Absicht hatte, in ihr Haus zu kommen, warum warnte er sie dann vorher?

Er wollte ihr nur Angst einjagen.

Ihre Panik schlug plötzlich in Wut um. Anne steckte den Brief vorsichtig in den Umschlag zurück, nahm das Telefon und wählte die Nummer, die ihr Mark Blakemoor bei ihrem letzten Treffen gegeben hatte. »Sie können mich jederzeit anrufen«, hatte er gesagt. »Wenn irgend etwas passiert, Sie etwas herausfinden oder wenn Sie es auch nur glauben, dann rufen Sie mich an.«

Sie ließ das Telefon ein dutzendmal klingeln. Hatte er denn nicht einmal einen Anrufbeantworter? Schließlich legte sie auf und wählte die Nummer seines Büros. Nach dem vierten Klingeln nahm jemand ab.

»Mordkommission. McCarty.«

Jack McCarty? Was machte der Chef der Mordkommission an einem Samstag im Büro? »Ich suche Mark Blakemoor«, sagte sie. »Hier spricht Anne Jeffers.« Als keine sofortige Antwort kam, fügte sie hinzu: »Es ist wichtig. Es geht um die Kraven-Morde.« Sie zögerte, dann ging sie das Wagnis ein: »Um die neuen.«

»Was hat Ihnen Mark darüber erzählt?« brummte McCarty mißtrauisch.

»Gar nichts«, sagte Anne rasch und dachte an Marks Warnung, daß sie mit niemandem darüber reden dürfe. »Aber ich muß ihm etwas erzählen. Er hat mir seine Privatnummer gegeben, aber er ist nicht zu Hause.«

»Er hält sich eben lieber woanders auf«, erwiderte McCarty. »Er ist lieber rauf nach Snoqualmie gefahren, um dort seinen Job zu tun.«

»Snoqualmie?« wiederholte Anne, von plötzlicher Sorge erfaßt. »Was ist dort los?«

Wieder herrschte Schweigen am anderen Ende der Leitung, dann redete McCarty wieder, und er klang dabei so verächtlich, wie er mit allen Pressevertretern zu sprechen pflegte. »Sie sind doch Reporterin. Warum finden Sie es nicht selbst heraus?«

»Das mache ich auch, Jack!« sagte sie wütend. »Worauf Sie sich verlassen können!«

Sie hinterließ eine Nachricht für Heather, obwohl ihre Tochter gesagt hatte, sie käme nicht vor siebzehn Uhr nach Hause. Dann schaltete sie den Computer ab, schloß die Tür und ging zu ihrem Wagen. Doch dann fiel ihr auf einmal der Brief ein, den sie in ihre Tasche gesteckt hatte.

Ich kann jederzeit in Ihr Haus kommen. Immer – wann ich will.

Obwohl ihr klar war, daß sie jedem, der ihr Angst einjagen wollte und sie tatsächlich beobachtete, damit nur einen Gefallen tat, sah sie sich forschend auf der Straße um.

Abgesehen von einigen Kindern, die auf einem Gehweg ein paar Häuser weiter unten spielten, war sie leer.

Und das Wohnmobil.

Der Anblick dieses klotzigen Dings, das an der Straßenecke stand, jagte ihr einen Schauer über den Rücken.

Wem gehörte es? Woher war es gekommen?

Warum stand es dort?

Ob jetzt jemand darin war, der sie beobachtete? Anstatt direkt zu ihrem Wagen vor der Haustür zu gehen, ging Anne auf dieses bedrohliche Vehikel zu. Sie umkreiste es langsam, bis sie nahe genug daran war, um schließlich einen Blick durch seine Fenster werfen zu können.

Leer.

Aber wie lange schon?

Als ihr die Erinnerung an Richard Kravens Vorliebe für Wohnmobile einfiel, griff sie in ihre Tasche und holte ein Notizbuch und einen Stift heraus. Sie schrieb sich rasch die Autonummer auf und fragte sich, ob sie nicht gleich ins Haus zurückgehen solle, um entsprechende Nachforschungen einzuleiten.

Später, sagte sie sich. Viel später. Jetzt mußte sie erst einmal herausfinden, warum Mark Blakemoor nach Snoqualmie geschickt worden war. Als sie sich hinter das Steuer ihres Volvos setzte, wußte sie schon weshalb. Es konnte nur einen Grund geben, warum man Mark heute morgen dorthin geschickt hatte.

Man hatte eine weitere Leiche gefunden.

60. Kapitel

Dort, wo der Fluß sich seinen Weg um die breite Krümmung herum bahnte, war er ziemlich seicht. Erst auf der gegenüberliegenden Seite, wo die Strömung sich in sein Granitbett geschliffen hatte, wurde er tiefer. Die Angelrute in Glens Händen fühlte sich vertraut an – genau wie in seinem Traum von vorgestern. Bei seinem allerersten Wurf schwirrte die Fliege fast bis zur Flußmitte; dann ließ er sie einige Male hin und zurück schnellen, bis sie auf der Wasseroberfläche tanzte, während er die Leine wieder aufspulte.

»Mann!« staunte Kevin. »Wie hast du das geschafft?«

»Es ist ganz einfach«, antwortete Glen und verbarg sein eigenes Erstaunen über seine Fertigkeit. »Man muß es nur aus dem Handgelenk heraus machen.«

Er legte seine Angel am Ufer nieder, ging zu Kevin hinüber, stellte sich hinter ihn und führte die Hand seines Sohnes. Doch in dem Augenblick, als er Kevin berührte, ging etwas mit ihm vor.

Er fühlte, wie ihn eine Energie durchströmte, als würde eine Art Elektrizität direkt aus dem Körper seines Sohnes in seinen fließen. Und noch etwas geschah: die Stimme flüsterte ihm wieder etwas zu. *Hast du es gespürt, Glen? Du fühlst das Leben in ihm. Und du willst doch ganz bestimmt wissen, woher es kommt, stimmt's?* Er riß seine Hand von Kevin zurück, als hätte er glühendes Eisen angefaßt. Sein Sohn sah ihn stirnrunzelnd an.

»Dad? Bist du in Ordnung? Du siehst so komisch aus.«

»Doch, alles in Ordnung«, antwortete Glen, aber ihm selbst kamen seine Worte gezwungen vor. Und die Stimme meldete sich wieder, flüsterte ihm zu: *Wir können es tun. Jetzt gleich. Es ist ein Experiment, nur ein Experiment. Wir tun ihm nicht weh. Er wird es überstehen, du wirst schon sehen.* Graue Schleier vernebelten wieder sein Bewußtsein, und von neuem stieg Angst in ihm auf. Dieselbe schreckliche Angst, die ihn überkommen hatte, als er glaubte, er würde gleich hinter dem Steuer einschlafen. Was wäre, wenn er sie nicht wieder besiegen würde? Wenn sie ihn diesmal übermannte? »I... Ich mach' dir einen Vorschlag«, stammelte er. Die Worte schnürten ihm fast die Kehle zu, während er gegen die wohligen Nebelschleier und den verführerischen Klang der Stimme ankämpfte. »Geh du doch ein Stück flußabwärts, und ich geh nach oben. Dann verheddern sich unsere Schnüre nicht.«

Kevin, der seinen Vater aus den Augenwinkeln beobachtet hatte, nickte eifrig und spulte seine Leine auf. Er machte sich auf den Weg nach unten und hüpfte dabei von einem Felsbrocken zum nächsten. Ein paarmal schaute er zurück, doch sein Vater ging in die entgegengesetzte Richtung, und auch als Kevin ihm hinterherrief, sah er sich nicht um. Kevin wurde es ungemütlich. Wenn sein Vater nun krank wäre? Wenn er wieder einen Herzanfall bekäme? Was sollte er dann tun? »Dad!« rief er noch einmal, aber wieder schien sein Vater ihn nicht zu hören. Kevin hielt an. Sollte er seinem Vater nachgehen, für den Fall, daß er wirklich nicht ganz gesund war? Oder sollte er tun, was sein Vater ihm gesagt hatte?

Dann fiel ihm der seltsame Gesichtsausdruck wieder ein. Es war, als ob sein Vater sich vor etwas fürchtete.

Kevin entschied sich dafür, zumindest eine Weile weiter flußabwärts zu gehen. Vielleicht könnte er einen Frosch oder sogar eine Schildkröte fangen. Denn gerade jetzt wollte er, aus einem ihm unerklärlichen Grund, nicht in der Nähe seines Vaters sein.

Gerade jetzt schien sein Vater gar nicht sein Vater zu sein, sondern jemand anderes.

Jemand, den Kevin ganz und gar nicht mochte.

Während Glen weiter stromaufwärts ging, überkam ihn wieder jenes seltsame Déjà-vu-Erlebnis, das er schon während der Fahrt zum Fluß gespürt hatte, und jetzt war es stärker als vorhin. Obwohl er völlig sicher war, nie zuvor hier gewesen zu sein – von seinem Traum, der nichts zu bedeuten hatte, einmal abgesehen –, kam ihm dieser Ort in gewisser

Weise äußerst vertraut vor. Der Fluß krümmte sich weiter oben wieder, aber zwischen den beiden Biegungen erstreckte sich ein gerader Abschnitt von etwa vierhundert Meter Länge. Dort war das Wasser breit und seicht. Das Ufer gegenüber war etwas schmaler, enger, und jenseits des felsigen Streifens, der an den Fluß grenzte, wurde die Flußbank abschüssig. Etwa drei Meter oberhalb des Ufers lag eine Sandbank mit einem Steinhaufen.

Dieser Steinhaufen kam ihm bekannt vor, obwohl er wußte, daß er ihn nie zuvor gesehen hatte, nicht einmal in seinem Traum. Als er darüber nachdachte, kam es ihm so vor, als hinge diese Vertrautheit nicht mit einer Erinnerung an die jüngste Vergangenheit zusammen, sondern lag viel länger zurück.

Er dachte angestrengt nach, versuchte, sich daran zu erinnern, wann er hier gewesen sein könnte, kam aber auf keine Lösung. Bei den Wasserfällen in der Nähe des Elektrizitätswerks war er schon oft gewesen. Vor Jahren waren Anne und er sogar schon einmal den abschüssigen Pfad unterhalb der Wasserfälle hinabgestiegen. Wahrscheinlich waren sie auch schon einige Male die Straße nach Fall City gefahren, aber hier hatten sie nie angehalten. Dessen war er ganz sicher.

Er stand auf der Flußbank, nahm die Fliege und warf sie aus. Es war genau die, die so aussah, als wäre sie aus einer Feder Hectors und ein paar Haaren aus Kumquats Fell gebunden worden. Sofort schnappte eine Forelle danach und sprang so schnell aus dem Wasser, daß Glen sie fast übersehen hätte. Die Schnur spulte sich ab. Glen war völlig unsicher, wie er darauf reagieren sollte und schaute einfach zu. Dann hörte er die Stimme in seinem Kopf:

Einholen!

Er drehte an der Kurbel, um sie zurückzuspulen. Nach der ersten Umdrehung schnellte sie zurück, und die Schnur spulte sich wieder auf. Abrupt straffte sich die Rute und bog sich. Ein Summen erklang, als die Spannung auf der Rolle überschritten wurde, die Leine wieder freigab und laufen ließ. Die Stimme in Glens Kopf gab ihm ununterbrochen Anweisungen, während er mit dem Fisch kämpfte.

Das Spiel ging noch rund fünfzehn Minuten weiter. Als Glen dem Fisch endlich nahe genug war, um ihn mit dem Kescher aufnehmen zu können und ihn in den Korb stecken konnte, stand er schon fast in der Mitte des Flusses. Nur wenige Meter vor ihm lag der Steinhaufen, den er schon vom Ufer aus gesehen hatte. Er watete durch den Fluß zu der schmalen Sandbank und erklomm sie.

Nur ein Steinhaufen.

Doch das Vertrautheitsgefühl war nun stärker als je zuvor.

Er drehte einen Stein nach dem anderen um.

Nachdem er einige beiseite gelegt hatte, verlor das Gebilde seine Stabilität und fiel in sich zusammen.

Dann stach Glen etwas ins Auge. Er beugte sich hinunter und hob ein altes Taschenmesser auf. Sein Griff bestand aus beschlagenem Silber, mit Türkisen besetzt. Das Messerblatt war zwar etwas verrostet, aber man konnte es noch ausklappen. Die Schneide war immer noch tückisch scharf. Glen betrachtete sie eine geraume Weile, dann klappte er sie wieder ein und steckte sie sich in die Tasche.

Er ging in die Hocke und entfernte weitere Steine.

Jetzt entdeckte er etwas anderes.

Einen Knochen.

Einen langen Knochen, wie der Oberschenkel eines Hirsches.

Doch schon vom ersten Augenblick an wußte Glen, daß dies keinesfalls der Knochen eines Hirsches war.

Es war ein menschlicher Knochen.

Er drehte noch einige Steine um und legte weitere Knochen frei.

Was sollte er tun?

Die Polizei rufen?

Doch wie hätte er seinen Fund erklären sollen? Er war ja nicht einfach nur darüber gestolpert, sondern hatte zuerst den Fluß überqueren, dann das Ufer hinaufklettern und die Steine entfernen müssen.

Unsicher erhob er sich. Plötzlich hörte er, daß Kevin vom anderen Ufer aus nach ihm rief.

»Dad! He, Dad!«

Der Junge watete bereits durch den Fluß. »Nein!« schrie Glen. »Bleib dort!«

Aber Kevin ging weiter, watete tiefer in das schnell fließende Wasser. »Was ist dort?« rief er. »Was hast du gefunden?«

Selbst Glen hatte das Wasser fast bis zur Taille gestanden. Kevin würde es bis zum Hals reichen. »Komm nicht näher!« brüllte Glen. »Hier ist gar nichts! Nur ein Steinhaufen!« Er schaute auf das Skelett, zögerte kurz, dann schaufelte er mit den Füßen so viele Steine zusammen, bis es nicht mehr sichtbar war. »Bleib drüben! Ich komm auch gleich zurück!« Schnell kletterte er von der Flußbank herunter, überquerte die Sandfläche und watete durch den Fluß zum anderen Ufer, wo Kevin inzwischen auf ihn wartete. Glen öffnete den Korb und zeigte dem Jungen den Fisch, den er gefangen hatte. »Was sagst du dazu? Sollen wir ihn uns zum Mittagessen braten?«

Kevin schaute den Fisch skeptisch an. »Könnten wir nicht lieber einen Hamburger machen?« fragte er.

Glens Blick wanderte wieder zu dem Steinhaufen auf der anderen Uferseite zurück. Auf einmal wäre er am liebsten ganz woanders gewesen, an irgendeinem Ort, der ihm völlig unbekannt war und keine solch seltsamen Erinnerungen in ihm auslöste. »Gute Idee«, sagte er. »Also, los.«

Aber als sie zum Wagen zurückgingen, spürte Glen wieder den seltsamen Nebel um sich und hörte die Stimme, die ihm etwas zuflüsterte.

Ein Experiment. Nur ein Experiment. Nimm das Messer...

61. Kapitel

»Vielleicht war das doch keine so gute Idee«, murmelte Anne niedergeschlagen und betrachtete den Teller mit dem unberührten Essen auf dem Tisch. Vom Fenster aus konnte sie den Wasserfall von Snoqualmie sehen, doch auch dieser faszinierende Anblick heiterte sie nicht auf.

»Sie sollten etwas essen«, hatte Mark Blakemoor gesagt, nachdem er ihr vorgeschlagen hatte, hier das Mittagessen einzunehmen. »Ich weiß, daß Sie aufgeregt sind. Und ich kann Ihnen auch nicht sagen, daß es keinen Grund dafür gibt. Aber Sie sollten trotzdem etwas essen, wie ich auch, und dabei können wir uns dann unterhalten.«

Daraufhin war sie ihm vom Campingplatz die Straße hinauf bis zu dem Wasserfall nachgefahren. Doch dann hatte sie keinen Bissen hinuntergebracht, und inzwischen war ihr auch jegliche Lust auf das Essen vergangen. Mißmutig schob sie den Teller weg. »Edna Kraven«, seufzte sie. Das Bild einer korpulenten Frau, deren Haar so aussah, als hätte sie es mit Schuhcreme gefärbt und die immer etwas trug, das ihr nicht ganz paßte, tauchte vor ihr auf. Und damit auch die unerfreuliche Erinnerung an die Feindseligkeit dieser Frau ihr gegenüber. Bei keinem einzigen Interview hatte sie zumindest einräumen wollen, daß ihr ältester Sohn ein Serienmörder gewesen sein könnte. Edna hatte sich bis zu ihrem letzten Atemzug ihren Glauben an Richard Kravens Unschuld bewahrt – so wie sie umgekehrt auch nie einen Hehl aus ihrer Geringschätzung gegenüber ihrem jüngsten Sohn gemacht hatte.

Noch jetzt, während Anne zusammen mit Mark Blakemoore im Speiseraum des Salish Lodge saß, erinnerte sie sich an Ednas höhnisches Gelächter, als sie gehört hatte, Rory Kraven habe sowohl Shawnelle Davis als auch Joyce Cottrell auf dem Gewissen. »Das ist absolut lächerlich. Rory brachte es nicht einmal fertig, mit einer Frau zu reden, geschweige denn eine umzubringen. Mein Richard dagegen, der war ein Frauenheld, auch wenn ihm natürlich keine recht war. Aber Rory? Da muß ich lachen. Ich war zwar seine Mutter, aber offen gesagt: Rory war ein Nichts. Wenn eine der beiden Frauen ihn auch nur angehustet hätte, wäre er sofort abgehauen.«

Sie hatte noch eine ganze Menge mehr erzählt, aber Anne hatte innerlich abgeschaltet. Nicht nur, weil sie das meiste ohnehin schon dutzendfach gehört hatte, sondern weil sie im Laufe der Zeit einfach müde geworden war, Edna Kravens Sicht der Dinge erklärt zu bekommen. Anne glaubte fest daran, daß die meisten Probleme ihrer Söhne durch ihren Einfluß entstanden waren. Und hätte sie es nicht besser gewußt, beide Söhne Ednas hätten in ihrer eigenen Liste der Mordverdächtigen ganz weit oben gestanden. Aber jetzt, wo beide Söhne tot waren... »Mein Gott!« sie atmete tief, als ihr eine Idee kam. »Mark! Wenn sie nun gewußt hat, wer Rorys Mörder war!«

»Ich schätze, kurz vor ihrem Ende hat sie es ganz bestimmt gewußt«, entgegnete Mark trocken.

Anne sah ihn groß an. »Sehr witzig.«

»Polizistenhumor«, antwortete Blakemoor. »Der ist notgedrungen immer schwarz. Hängt wohl mit dem Beruf zusammen.« Auch er schob jetzt seinen Teller beiseite. Während der letzten Stunde hatte er zu analysieren versucht, was in ihm vorgegangen war, als er zum ersten Mal den Brief gelesen hatte, der heute bei Anne eingegangen war. Eigentlich hätte es ihm spielend leicht fallen müssen, ihn mit dem Abstand zu betrachten, der ihm im Laufe der langen Jahre in der Mord kommission zur Routine geworden war. Er hätte den Brief als schlichtes Beweisstück, als den Teil eines Puzzles, einordnen müssen.

Statt dessen hatte er ihn wütend gemacht. Am liebsten hätte er das Schwein, das ihn geschrieben hatte, gepackt, gegen die nächste Wand geschleudert und ihm die Seele aus dem Leib geprügelt.

So ist es also um meine Objektivität bestellt, dachte er sarkastisch, während er gegen seine Wut ankämpfte, die beim Lesen des Briefes in ihm hochstieg. Den ganzen Morgen über hatte ihn diese Geschichte verfolgt, und mittlerweile war er auf eine Weise beunruhigt, die weit über die berufliche Fürsorge für ein mögliches Opfer hinausging. Aber als er wieder zu reden begann, gab er sich redlich Mühe, seiner Stimme wenigstens ein kleines bißchen beruflichen Anstrich zu verleihen. »Anne, kennen Sie einen Ort, an dem Sie Ihre Kinder unterbringen können, bis alles vorbei ist?«

Anne wandte ihren Blick bewußt von ihm ab. Derselbe Gedanke war ihr auch schon gekommen. Sie hatte sich bereits vorgenommen, mit Glen darüber zu reden, ob sie nicht vorübergehend ausziehen sollten. Mark Blakemoor hatte Glen jedoch mit keiner Silbe erwähnt. Und sie war sich auch nicht ganz sicher, warum. Sie entschied sich dazu, ganz offen danach zu fragen und fixierte ihr Gegenüber. »Die Kinder und ich... Und was ist mit Glen?«

Jetzt wich der Polizist ihrem Blick aus, wenn auch nur für einen Moment. »Was soll mit ihm sein?« fragte er.

»Ich habe zuerst gefragt«, entgegnete Anne mit merklich härterem Ton. »Ich habe nicht Ihre Andeutungen vergessen, er könne Heathers Katze getötet haben. Unterstellen Sie ihm jetzt auch noch, daß er Rory Kraven getötet hat? Und Edna?« Zumindest besitzt er noch so viel Anstand, rot zu werden, dachte Anne, als sie dem Kommissar ins Gesicht schaute.

»Ich weiß nicht, was ich denken soll. Es läßt sich nicht ausschließen, daß Ihr Mann Ihrer Katze etwas getan hat. Und Sie sind lange genug Reporterin, um das von vornherein abstreiten zu können.« Jetzt war es an Anne, rot zu werden, und Mark war drauf und dran, sich für seine Worte zu entschuldigen. Aber Tatsache war, daß er ihr genau sagen mußte, was er dachte, ganz egal, welche Gefühle er für sie hegte. »Was die anderen Fälle angeht, kommt er ja wohl kaum in Frage.«

Nachdem er bemerkte, daß Anne beschwichtigt war, wollte er es eigentlich dabei bewenden lassen, doch der Kommissar in ihm ließ das nicht zu. »Andererseits kann niemand von uns beweisen, daß er nichts von all dem getan hat.« Anne warf ihm einen verärgerten Blick zu, doch Mark fuhr ungerührt fort. »Tun wir doch einfach mal so, als wäre er gar nicht Ihr Ehemann. Was sehen wir dann objektiv vor uns? Einen Mann, dessen gesamte Persönlichkeit sich in den letzten paar Wochen verändert hat.« Er machte eine abwehrende Geste, um Annes Einwand zuvorzukommen. »Das dürfen Sie nicht bestreiten; Sie haben es mir ja schließlich selbst erzählt. Sie haben mir ferner gesagt, er habe Kevin gebeten, ihm alle Akten über Kraven in die Klinik zu bringen. Und wenn wir die Sache auf die Spitze treiben wollen, basteln wir uns doch einfach ein Szenarium. Angenommen, daß sich er und die Cottrell vielleicht ein wenig näher gekommen sind, seit er wieder daheim ist. Und tun Sie nicht gleich so puritanisch – wie Sie selbst wissen, kommt so etwas alle Tage vor. Vielleicht hatten also er und die Cottrell etwas miteinander, und vielleicht ist er in der Nacht, als man sie erledigt hat, aufgewacht. Vielleicht wollte er auch gerade zur ihr rübergehen.«

»Das ist ja ekelhaft.« In Anne stieg Zorn hoch.

»Sicher ist es das«, stimmte Mark zu. Ihm war klar, daß er das ganze Thema lieber fallen lassen sollte, wußte aber auch, daß er das jetzt nicht mehr konnte. »Mord ist immer ekelhaft. Aber wir beide wissen, daß nichts unmöglich ist. Also angenommen, er wollte zu ihr rübergehen. Vielleicht war er sogar schon draußen auf dem Hof. Und plötzlich öffnet sich die Hintertür, und er sieht Rory herauskommen, der die Leiche seiner Freundin wegschleppt. Was sollte er tun? Die Polizei rufen? Wohl kaum. Dann hätte er ja erklären müssen, warum er mitten in der Nacht um das Haus der Cottrell herumschleicht. Also hat er einfach abgewartet. Er hat Rory erkannt – wahrscheinlich war sein Foto irgendwo in Ihren Akten – und einen Plan ausgeheckt. Dann hat er Rory eigenhändig umgebracht. Er hatte ja auch schon die Katze getötet – macht das noch einen großen Unterschied?«

»Und Edna?« fragte Anne mit eiskalter Stimme. »Wie paßt die in Ihr kleines Szenarium, *Kommissar*?«

»Kann ja sein, daß sie gerade in Rorys Wohnung gehen

wollte, als er herauskam.« Mark überhörte ihren giftigen Ton. Er haßte es genauso, so mit ihr zu reden wie sie. Aber er mußte sich mit allen Eventualitäten befassen, ob ihr das nun paßte oder nicht. »Stellen Sie sich vor, er hat sie gesehen. Sie hat ihn natürlich nicht erkannt, er sie aber schon. Ihr Bild ist doch auch in Ihren Akten, stimmt's? Er wußte also, daß sie ihn gesehen hatte und ihn früher oder später identifizieren würde.«

»Und dann hat er sie auch *erledigt*, wie Sie es so charmant ausdrücken?« fragte Anne mit vor Zorn bebender Stimme. »Außerdem vermute ich, daß Glen auch Richard Kravens Handschrift imitiert hat.«

»Ist er Architekt oder nicht?« gab Mark zurück. »Das heißt doch, daß er zeichnen kann.«

Anne starrte ihn an und wollte ihren Ohren nicht trauen. War dieser Mensch vollkommen verrückt geworden? Es war schon schlimm genug, Glen zu unterstellen, ihre Katze getötet zu haben. Jetzt wollte er anscheinend Glen den ganzen Fall anhängen – so wie er das zuvor bei Richard Kraven getan hatte! Doch da gab es einen gewaltigen Unterschied: Kraven war schuldig gewesen, Glen nicht! Und was Blakemoor unterstellte, war nicht nur verabscheuungswürdig und absurd, es war auch unverantwortlich. Sie schob den Stuhl zurück und stand auf. »Ich kann mir nicht vorstellen, wie Sie auf dieses ›Szenarium‹ gekommen sind, aber ich schlage vor, Sie vergessen es. Wenn mir nämlich jemals zu Ohren kommen sollte, daß Sie irgend jemandem gegenüber etwas davon erwähnt haben, werde ich wohl ein längeres Gespräch mit Jack McCarty führen müssen.«

»Anne...« begann Mark, erhob sich ungelenk und streckte die Hand nach ihr aus. Aber es war zu spät. Sie hatte sich schon umgedreht und stürmte aus dem Lokal.

»Ach, Mist«, murmelte er, warf ein paar Scheine auf den Tisch und eilte hinter ihr her.

Er erreichte in dem Moment den Parkplatz, als ihr Volvo schon Richtung Autobahn wegfuhr.

62. Kapitel

Als Anne zu Hause ankam, war ihr Zorn ein wenig verraucht. Das hing aber nicht damit zusammen, daß sie mittlerweile glaubte, an Mark Blakemoors lächerlicher Theorie könnte etwas dran sein, sondern damit, daß sie physisch wie psychisch zu ausgebrannt war, um sich weiter darüber aufregen zu können. Beim Einbiegen in die 16. Straße war sie überrascht, Glens SAAB schon wieder auf dem Parkplatz zu sehen. Er hatte ihr doch gesagt, daß er nicht vor dem späten Nachmittag zurückkommen wollte, möglicherweise sogar erst morgen vormittag. Wundersamerweise fand sie einen Parkplatz direkt vor dem Haus, stieg aus und ging hinein. »Glen? Kevin? Hallo?«

»Im Keller«, antwortete Glen mit kaum hörbarer Stimme.

Anne ging die Stufen hinunter und traf ihren Mann, wie er vor der Werkbank stand. Er wandte ihr den Rücken zu. Das grelle Licht leuchtete jeden Winkel des Raumes aus. »Warum bist du schon zurück?« fragte sie und trat näher hinzu. Glen gab keine Antwort. Als Anne sich der Werkbank näherte, sah sie, was er machte: In der Hand hielt er ein Filetiermesser, dessen dünne, rasiermesserscharfe Klinge in dem hellen Licht funkelte. Auf der Werkbank lag eine große Forelle. Anne wurde Zeugin, wie Glen den Fisch unterhalb des Kopfes aufschnitt und seine Innereien bloßlegte. Dabei führte er das Messer so rasch, daß sie Angst bekam, er könnte sich verletzen. Dann trennte er das Fleisch von den Gräten und legte schließlich das Filetstück auf die Werkbank. Mit einem einzigen geschickten Schnitt schälte er die Haut vom Fleisch, spießte die Haut mit der Messerspitze auf und ließ sie in den Abfalleimer neben seinen Füßen fallen. Erst dann drehte er sich zu ihr um.

»Wo hast du das gelernt?« fragte Anne verwundert.

Glen zuckte die Schultern. »Da gibt's nicht viel zu lernen.

Es ist ganz einfach. Willst du es auch einmal versuchen?« Er reichte ihr das Messer, doch Anne schüttelte den Kopf.

»Wo ist Kevin?«

»Drüben bei Justin. Wo bist du gewesen? Du hast doch gesagt, du wolltest den ganzen Tag an deinem Computer sitzen.«

»Es ist noch ein Mord passiert«, erklärte Anne. »Diesmal hat es Edna Kraven erwischt – Richards und Rorys Mutter. Man hat sie auf einem Campingplatz bei Snoqualmie gefunden.« Für den winzigen Sekundenbruchteil glaubte sie, etwas in Glens Augen gesehen zu haben.

Furcht?

Zorn?

Aber es war so schnell verschwunden, daß sie es gleich wieder vergaß.

»Ach, das war es«, sagte Glen. »Wir sind an einem Campingplatz vorbeigekommen, wo es vor Polizisten nur so gewimmelt hat.« Er grinste. »Ich muß dir ja wohl nicht sagen, daß Kevin sofort anhalten wollte, um nachzusehen, was dort los ist.«

»Gott sei Dank habt ihr es nicht getan.« Anne schauderte bei dem Gedanken daran. »Es war furchtbar.« Sie zögerte und fragte sich, ob sie ihm etwas von der Nachricht sagen sollte, solange sie noch allein im Haus waren. Aber schon beim Gedanken daran fiel ihr schlagartig Mark Blakemoors Unterstellung ein, Glen könne sie geschrieben haben. Und wenn sie jetzt damit anfinge, würde sie auch gleich von dem ganzen bizarren Szenarium erzählen, das der Kommissar entworfen hatte.

Das wiederum würde dann Glen in – berechtigten – Zorn versetzen – und das war das letzte, das sie jetzt brauchen konnte. Sie nahm sich vor, lieber bis später zu warten, bis sie sich vollkommen beruhigt hatte. Vielleicht würde sie es ihm abends erzählen, bevor sie zu Bett gingen.

»Und wie war's beim Angeln?« wechselte sie das Thema. »Du hast mir noch immer nicht gesagt, warum ihr schon so früh zurückgekommen seid.«

Glen zögerte. Ein seltsamer Ausdruck trat in seine Augen, verschwand aber wie zuvor zu schnell, als daß Anne ihn wirklich hätte wahrnehmen können. »Es lief ganz gut«, brachte er schließlich heraus. »Aber ich glaube, Kevin hat es nicht so gut gefallen. Nächstes Mal sollte ich wohl lieber allein gehen.«

Kurz darauf ging Anne nach oben. Sie spürte, daß es etwas gab, das er ihr nicht sagen wollte. Etwas war geschehen, und das hing offenbar mit Kevin zusammen. Doch aus irgendeinem Grund wollte er nicht darüber reden.

Sie betrat das Schlafzimmer und stolperte fast über ein Bündel Kleider, das mitten auf dem Boden lag.

Nasse Kleider.

Sie hob sie auf, ging die Treppen hinunter, um sie in die Waschmaschine zu werfen und überprüfte dabei ganz automatisch, ob noch etwas in den Taschen war. In einer Hosentasche spürte sie etwas.

Ein Messer.

Ein Taschenmesser, silberbeschlagen und mit Türkisen besetzt.

Es sah so verschmutzt aus, als wäre es schon seit Monaten, vielleicht gar Jahren Wind und Wetter ausgesetzt gewesen.

Ein Messer... Silberner Griff... Türkise...

Dann fiel es ihr schlagartig ein.

Danny Harrar hatte ein solches Messer besessen. Seine Mutter hatte es erwähnt. Er soll es am Tag seines Verschwindens bei sich gehabt haben.

Aber das war lächerlich. Es konnte sich unmöglich um dasselbe Messer handeln.

Oder etwa doch?

»Glen?« rief sie, als sie wieder in den Keller zur Waschmaschine ging. Er hörte mit dem Reinigen der Werkbank auf und schaute sie fragend an. »Woher stammt das?« fragte sie.

Er betrachtete sich das Messer, und aufs neue meinte sie, ein Flackern in seinen Augen zu sehen. Er zuckte die Achseln. »Ich habe es am Flußufer gefunden. Eigentlich wollte ich es Kevin geben, aber dann habe ich es wohl vergessen.«

Als er weiter die Werkbank säuberte, schaute sich Anne das Messer noch einmal an.

Anstatt es Glen zurückzugeben, steckte sie es ein.

Anne saß schon seit fast zwei Stunden vor dem Computer. Nachdem sie aus dem Keller heraufgekommen war, hatte sie zunächst nur vorgehabt, zu überlegen, wie Sheila Harrar das Taschenmesser ihres Sohnes beschrieben hatte. Anschließend wäre sie notfalls zum Pioneer Square gegangen, um nach Sheila zu suchen und sich ihre Vermutung bestätigen zu lassen.

Doch die Erinnerung an Glens seltsamen, flüchtigen Augenausdruck hatte sie davon abgehalten. Diese Angst oder der Zorn in seinem Blick ging ihr nicht mehr aus dem Sinn.

Irgend etwas mußte während des Angelausflugs vorgefallen sein. Etwas, weswegen Glen den Ausflug vorzeitig abgebrochen hatte.

Oder war das von Kevin ausgegangen?

Hatte Kevin vor etwas Angst gehabt und deshalb nach Hause gewollt?

Als ihr all diese Fragen durch den Kopf gingen, deren Ursache in dem unglaublichen Lügengespinst lag, das Mark Blakemoor gewoben hatte, versuchte Anne, über etwas anderes nachzudenken. Doch die Fragen klangen in ihr nach, hielten sie davon ab, sich auf die Suche nach Danny Harrars Mutter zu machen. *Falls* etwas zwischen Glen und Kevin vorgefallen sein sollte, wollte sie hier sein, wenn ihr Sohn nach Hause kam. Deshalb zwang sie sich, vor dem Computer sitzenzubleiben und sich auf die Unterlagen ihrer alten Interviews zu konzentrieren.

Immer wieder war von denselben Themen die Rede: Biologie, Elektrizität, Metaphysik.

Je mehr sei darüber las, desto deutlicher wurde ihr auf einmal, wovon sich Richard Kraven am stärksten angezogen gefühlt hatte.

Leben!

Er hatte sich glühend dafür interessiert, jeden Aspekt des

Lebens zu analysieren! Aber wenn ihn das Leben derart fasziniert hatte, warum hatte er dann gemordet?

Ihr Nacken war bereits völlig verspannt, und ihre Augen brannten, als Anne schließlich auf das Protokoll eines Interviews stieß, das sie mit einer früheren Nachbarin der Kravens, einer gewissen Maybelle Swinney, gemacht hatte:

A. J.: Können Sie mir etwas über seine Kindheit erzählen, Mrs. Swinney? Haben Sie irgendwelche Erinnerungen an etwas, das angesichts seiner Anklage neue Bedeutung erhalten könnte?

M.S.: Na ja, ich will nicht gerade schlecht über jemanden reden, und Edna Kraven und ich sind immer gut miteinander ausgekommen. Aber ich war schon immer der Meinung, daß seine Vorliebe, Dinge auseinanderzunehmen, etwas eigenartig war. Er wollte immer herausfinden, wie Dinge funktionieren. Er konnte sich nicht einfach an ihnen erfreuen, so wie sie waren. O nein, er bestimmt nicht. Er mußte alles auseinandernehmen.

A. J.: Hat er sie danach dann auch wieder zusammengesetzt?

M.S.: Doch, sicher, auch davon hat er etwas verstanden. Er konnte fast alles wieder zusammensetzen. Außer den Dingen, die... (Pause). Wie nennt man das, wenn man Tiere im Labor aufschneidet?

A. J.: Sezieren?

M.S.: Sezieren, genau! Trotzdem glaube ich nicht, daß er die Dinge, die er seziert hat, wieder zusammengekriegt hat. (Lachen). Obwohl ich ganz sicher bin, daß er es versucht hat. Ach, ich möchte wetten, daß er es versucht hat!

Anne ließ die Textstelle auf dem Monitor stehen. Sie starrte darauf und dachte nach. Was wäre gewesen, wenn Maybelle Swinney bei dem Interview damals nicht an dieser Stelle gelacht hätte, als sie Kraven praktisch unterstellt hatte, sezierte Tiere wieder zusammensetzen zu wollen? Hätte sie sich dann mehr Gedanken über diese Äußerungen gemacht?

Vielleicht, vielleicht auch nicht.

Aber wenn es genau das gewesen war, was er versucht hatte? In diesem Moment nahm eine neue Idee Gestalt in ihr an, doch die war so abscheulich, daß sie sie sofort wieder verwerfen wollte. Falls...

»Mom?«

Erschrocken durch die unerwartete Unterbrechung, sprang Anne auf und rieb sich kurz die brennenden Augen, bis sie Kevin, der an der Tür stand, deutlich vor sich sah. »Kevin! Hast du mich erschreckt!«

»Was machst du?« fragte der Junge und kam näher.

Anne nahm die Maus, klickte einige Male darauf und schloß die Akte. »Nichts Besonderes.« Dann fragte sie so gleichgültig wie möglich: »Na, wie war's beim Fischen? Hat es dir gefallen?«

Kevin gab sich reichlich zurückhaltend. »Na ja, ich glaub' schon«, sagte er.

»Du glaubst schon? Was soll das denn heißen?« Kevin schaute sich um, und Anne brauchte eine volle Sekunde, bevor sie begriff, daß er sich nach seinem Vater umsah. Also hatte sie recht gehabt: es *war* etwas passiert! »Hör zu. Ich muß noch eine Besorgung am Pioneer Square machen. Wie wär's? Willst du nicht mitkommen? Dann kannst du mir auf dem Weg alles über eure Angeltour erzählen.«

Kevins Gesicht hellte sich sofort auf. »Gehen wir auch zu dem Laden, wo's die Drachen gibt?«

»Mal sehen. Hol deine Jacke, ich sage inzwischen deinem Vater Bescheid.«

Die Nachmittagssonne verblaßte schon und verlieh dem Pioneer Square ein trostloses Aussehen, das der Sprühregen, der aus den schiefergrauen Wolken fiel, noch verstärkte. »Wann gehen wir endlich heim?« klagte Kevin und packte mit der einen Hand seinen neuen Drachen, während er sich mit der anderen dem Griff seiner Mutter entwinden wollte.

»Gleich«, versprach Anne. Aber das sagte sie jetzt schon zum dritten Mal, und sie konnte sich leicht ausrechnen, daß ihr Kevin das nicht mehr abnahm. Und warum auch? Sie liefen ständig in der Gegend herum, während Anne eine Person nach der anderen fragte, wo sie Sheila Harrar finden konnte. Schließlich hatte sie ihre Suche bei dem Spielwarengeschäft unterbrochen, das die Drachen verkaufte. Aber dieser Halt sollte nur Kevins Aufmerksamkeit von der gesuchten Frau auf den Drachen lenken, den er jetzt natürlich unbedingt steigen lassen wollte.

Die Unterhaltung über die Angeltour war ebenso unergiebig gewesen wie die Suche nach Sheila Harrar. Alles, was sie aus Kevin herausbekommen hatte, war, daß Glen sich »ein bißchen komisch« benommen hatte. Aber mehr hatte sie ihm nicht entlocken können. »Ich weiß nicht«, war Kevins ständige Antwort gewesen, gleichgültig, wie sie ihre Fragen formulierte. »Er hat mich mal komisch angesehen, das war alles. Und dann hat er gesagt, ich solle weiter weggehen und allein angeln.«

»Allein? Er hat dich wirklich ganz allein losgeschickt?«

Kevin nickte. »Dann ist er über den Fluß gegangen und hat in irgendwelchen Steinen rumgewühlt. Ich wollte zu ihm kommen und ihm dabei zuschauen, aber er hat's mir verboten. Danach sind wir heimgefahren.«

Das war alles. Doch es hatte gereicht, um Anne sehr zu beunruhigen.

In der Zwischenzeit war der Regen stärker geworden. Am Himmel zuckten Blitze, auf die sofort Donnerschläge folgten, und Anne fragte sich, ob sie die Suche nach Sheila Harrar nicht lieber abbrechen sollte. Wenn sie morgen früh wiederkäme, könnte sie die Frau vielleicht in ihrem Zimmer erwischen. Sie wollte schon zum Parkplatz zurückgehen, als sich eine bekannte Gestalt von einer Bank erhob und zur Grand Central Arcade schlurfte. Anne nahm Kevin an der Hand und ging ihr hinterher.

»Mrs. Harrar?« rief sie. »Sheila?« Die Frau hielt an, drehte sich langsam um, und einen Moment lang dachte Anne, sie hätte sich getäuscht. Doch dann lächelte die Frau und wankte ihr entgegen.

Es dauerte keine Sekunde, bis Anne begriffen hatte, daß die Frau völlig betrunken war.

»Ich kenne Sie«, sagte Sheila, als sie sich Anne und Kevin näherte. Sie nuschelte, und ihre Augen waren blutunterlaufen. »Haben Sie nach mir gesucht? Könnten Sie mir nicht eine Flasche Wein kaufen?«

»Wie wäre es, wenn ich Ihnen einen Kaffee spendiere?« erwiderte Anne. »Und vielleicht auch noch ein Brötchen.«

Sheila wollte erst ablehnen, gab es dann aber auf und lenkte schulterzuckend ein. »Sie haben recht. Ich sollte nichts mehr trinken. Danny hätte es auch nicht gewollt.« Ihr Blick wurde etwas klarer. »Sie sind gekommen, um mit mir über Danny zu reden?« fragte sie.

»Ich... Was halten Sie davon, wenn wir zuerst den Kaffee trinken?« fragte Anne. Sie nahm Sheila am Arm, führte sie zur Grand Central Arcade, fand einen Tisch und ignorierte die Blicke der anderen Gäste. »Wartet hier«, sagte sie zu Sheila und Kevin. »Ich hole Kaffee und Brötchen.«

Zehn Minuten danach hatte Sheila fast den ganzen Kaffee getrunken und ein halbes Brötchen verzehrt. Das Essen schien die Wirkung des Alkohols etwas gedämpft zu haben, denn ihre Augen wurden allmählich klarer. Schließlich holte Anne das Messer, das Glen gefunden hatte, aus ihrer Tasche und legte es auf den Tisch. »Erkennen Sie es wieder, Sheila?«

Sheila Harrar starrte lange darauf, dann griff sie mit zitternden Fingern danach. Ohne den Blick davon zu lassen, drehte sie es immer wieder um. »Dannys Messer«, flüsterte sie endlich. Sie schaute Anne mit großen Augen an: »Woher? Woher haben Sie es?«

»Sind Sie wirklich ganz sicher, daß es Dannys Messer ist?« fragte Anne sie nur.

Sheila nickte und versuchte, das Messer zu öffnen. »Es ist seines«, beteuerte sie. »Ich kann Ihnen zeigen...« Das Messer entglitt ihren zitternden Fingern und fiel zu Boden. Kevin hob es auf und öffnete es.

»Hier«, sagte Sheila und berührte die Schneide mit dem Finger. »Seine Initialen. Sehen Sie?«

Anne beugte sich vor und sah sich das Messer genau an. Zuerst entdeckte sie nichts, doch dann konnte sie zwei kaum erkennbare Buchstaben ausmachen, die in das Metall geprägt waren: DH.

»Sehen Sie! Es ist seines!« Sie warf Anne einen flehenden Blick zu. »Bitte! Woher haben Sie es? Wie haben Sie es gefunden?«

»Ich nicht. Mein Mann. Er ist bei Snoqualmie angeln gewesen und hat es gefunden.« Kevin hatte von einem Steinhaufen auf dem gegenüberliegenden Flußufer geredet, in dem Glen herumgewühlt hatte. »Ich... ich weiß nicht genau, wo...«

Dann mischte sich Kevin ein: »Aber ich. Ich kann genau sagen, wo es war.«

63. Kapitel

Zum ersten Mal seit fast zwei Jahrzehnten waren die Werkbank und der Kellerraum vollständig gesäubert worden. Die Bank und die Regale an der Wand darüber waren schon vorhanden gewesen, als er und Anne sich das Haus gekauft hatten. Der Vorbesitzer hatte alles an Ort und Stelle gelassen, bevor er ins Altersheim gezogen war, und dort war es auch geblieben. Sogar während der Restaurationsarbeiten in den übrigen Stockwerken war im Keller nie etwas angerührt worden. Ab und zu war vielleicht mal ein Werkzeug benutzt und von da nach dort gelegt worden, doch es hatte immer dieselbe Unordnung geherrscht.

Bis zum heutigen Tag, als Glen aus einem ihm selbst unerfindlichen Grund nicht nur die Reste der Forelle beseitigt, sondern gleich den ganzen Raum aufgeräumt hatte. Systematisch hatte er die Unmengen von Plastikbehältern mit Muttern, Bolzen, Nägeln, Heftzwecken, Stiften, Nieten, Dichtungsringen und anderem Zeug zuerst nach Inhalt, dann nach Größe sortiert und sie anschließend noch beschriftet. Als er damit fertig gewesen war, hatte er alles so ordentlich in Reih und Glied in die Regale gestellt, daß es eine wahre Augenweide war. Nachdem alle Regale voll waren, hatte er den Boden unter der Werkbank gesäubert und ihn so gründlich gefegt und gesaugt, daß auch kein Stäubchen mehr zu sehen war. Daraufhin hatte er die Werkzeuge, die bislang durcheinander auf Tisch und Bank herumgelegen hatten, in dieselbe Ordnung gebracht. Als er alles erledigt hatte, sah der Raum wie neu aus. Alles lag jetzt an seinem Platz, und in dem fluoreszierenden Licht erstrahlte er nun hell und sauber.

Es sah so blitzblank aus wie in einem Laboratorium. Glen betrachtete sich sein Werk einige Minuten lang und genoß das Gefühl der Zufriedenheit, das ihm das Aufräumen gebracht hatte. Dann ging er die Stufen zur Küche hinauf, und er war schon halb oben, als er plötzlich rasende Kopfschmerzen bekam.

Ihm schoß ein derart stechender Schmerz durch den Kopf, daß er gegen die Wand taumelte und auf die Knie sank. Gleichzeitig schien ein Licht in seinem Gehirn zu explodieren, das ihn furchtbar blendete.

Ein Gehirnschlag! Er hatte einen Gehirnschlag. Aus dem Nichts kamen ihm Franklin Roosevelts letzte Worte in den Sinn: »Ich habe schreckliche Schmerzen in meinem Hinterkopf.« Unmittelbar darauf war der Präsident ins Koma gefallen und gestorben.

Und da geschah es. Er fühlte sich, als fiele er in einen dunklen Abgrund, in ein schwarzes, bodenloses Loch.

Er wollte schreien, brachte aber keinen Ton heraus. Dann hörte er plötzlich tief in sich Gelächter.

Böses, spöttisches Gelächter.

Das Lachen eines Wahnsinnigen.

Während er noch tiefer in den lichtlosen Abgrund sank, hörte er das Lachen wieder, und jetzt erkannte er es.

Es war die Stimme – die Stimme in seinem Kopf, die ihm das Böse eingeflüstert hatte.

Die Stimme, die erst heute verlangt hatte, daß er den Brustkorb seines Sohnes aufschlitzen sollte, um sein Herz in die Hand nehmen zu können.

Nein!

Er konnte und wollte nicht nachgeben! Er kämpfte gegen die Schwärze um sich an, drängte sie zurück. Er wollte nicht in der Grube verschwinden, die um ihn herum gähnte. Dann hörte er ein tiefes Dröhnen, das langsam anschwoll und das höhnische Gelächter übertönte. Er konzentrierte sich auf diesen Klang, verbannte das Lachen aus seinem Kopf, bis die Schwärze schließlich zu weichen begann. Sein Sehvermögen klärte sich, und allmählich stellte er fest, daß der Schmerz verflogen war.

Er war nicht nur schwächer geworden – er war jetzt völlig verschwunden.

Aber er fühlte sich so abgekämpft, als hätte er einen Marathonlauf hinter sich. Seine Beine waren wie aus Gummi. Doch als er sich langsam aufrichtete, mit einer Hand nach dem Geländer griff und sich mit seinem ganzen Gewicht gegen die Wand stemmte, fühlte er, wie die Kraft in ihn zurückkehrte, und er konnte seinen Weg in die Küche fortsetzen. Er sah, wie der Regen gegen die Scheiben klatschte – und dann erschien plötzlich ein Blitzstrahl, der ihn blendete.

Wieder spürte er einen stechenden Schmerz in seinem Kopf, als hätte jemand einen Speer auf ihn geschleudert. Und wieder zwang ihn dieser Schmerz in die Knie. Daß das Licht der Küchenlampe kurz flackerte, merkte Glen gar nicht, denn der schwarze Abgrund hatte sich aufs neue vor ihm aufgetan. Der Donnerschlag, der eine Sekunde später die Fensterscheiben vibrieren ließ, schleuderte ihn zu Boden, und aus der Tiefe um ihn erscholl wieder das grauenvolle Gelächter.

Ein teuflisches Antlitz tauchte nun in der Dunkelheit auf, ein Gesicht, dessen Züge eine derart scheußliche Unmenschlichkeit ausstrahlten, daß Glen davor zurückwich. Als der schreckliche Schmerz in seinem Gehirn noch stärker wurde, suchte Glen Deckung in dem schwarzen Nebel, der ihn immer enger umhüllte. Er kämpfte jetzt gegen die Schwärze und die Schmerzen an und suchte nur noch Schutz vor den Qualen, die ihm zugefügt wurden.

Und während die Kraft von Glens Geist immer mehr erlahmte, brach jäh der Geist Richard Kravens hervor. Er schien seine Stärke direkt aus den elektrischen Entladungen des Gewitters, das draußen wütete, zu beziehen. Der Geist Richard Kravens versuchte, die endgültige Kontrolle über den Körper zu erlangen, den er bis zu diesem Moment zu teilen gezwungen war. Aus jedem Blitzstrahl, der über den Himmel zuckte, schöpfte er weitere Kräfte und trieb Glen Jeffers immer tiefer in den Abgrund.

So tief, daß bald keine Spur mehr von ihm übrigbleiben sollte.

Nie mehr würde Richard Kraven warten müssen, bis Glen Jeffers schlief, nie mehr würde er die kurzen Momente abwarten müssen, wenn die Wut – jene Wut, die nur sein Bruder oder seine Mutter hatten auslösen können – ihm zumindest für eine kurze Zeit die Kraft gab, Glen zu überwältigen.

Jetzt war Richard Kraven endlich völlig frei, das zu tun, was ihm gefiel.

Richard Kraven erhob sich vom Boden. Durch seine Befreiung ermuntert, ging er in aller Ruhe durch das Haus.

Er kam zu Annes Computer in ihrem Arbeitszimmer, schaltete ihn ein, um die Unterlagen einzusehen, mit denen sie sich beschäftigt hatte.

Offensichtlich hatte sie keine Probleme gehabt, herauszufinden, wem das Taschenmesser gehört haben mußte.

Ob sie wohl auch herausgefunden hatte, wie nahe Maybelle Swinney der Wahrheit gekommen war, als sie ihren Witz machen wollte?

Vermutlich; im Gegensatz zu Maybelle Swinney konnte Anne logisch denken.

Wohin war sie wohl gegangen?

Zu Mark Blakemoor wahrscheinlich. Wenn sie jetzt noch nicht dort war, dann würde sie aber binnen kurzem bei ihm eintreffen.

Doch weder er noch sie kannten bis jetzt die Wahrheit. Und am Ende, wenn er diesen Körper verloren hatte so wie er seinen verloren hatte, wäre zumindest sein Ruf wieder hergestellt.

An allem würde man nämlich Glen Jeffers die Schuld geben.

Denn der sollte auf frischer Tag ertappt werden – so hatte es Richard Kraven entschieden. Das einzige, worüber er seine Meinung geändert hatte, betraf das Versuchsobjekt, das er für sein letztes Experiment ausgewählt hatte.

Natürlich war Anne ursprünglich seine erste Wahl gewesen. Doch nun hatte er einen neuen Entschluß gefaßt.

Einen erstklassigen Entschluß. Einen, der einem Mann mit seinen Geistesgaben würdig war.

Anne sollte am Leben bleiben.

Und in seiner eigenen letzten Sekunde – oder zumindest in dem Moment, in dem er diesen Körper verlassen würde, um einen neuen zu finden – wollte er ihren Gesichtsausdruck sehen, wenn sie dabei zuschauen mußte, wie ihr eigener Ehemann das Herz ihrer Tochter packte und es ihr aus dem Leib riß.

Mit dieser Erinnerung würde Anne dann ihr restliches Leben verbringen müssen.

Richard Kravens Ruf wäre vollständig wiederhergestellt – und Anne Jeffers Leben wäre für alle Zeiten zerstört.

Damit wäre der Gerechtigkeit Genüge getan.

Richard Kraven setzte sich an Annes Pult, um seine letzte Nachricht zu hinterlassen. Diesmal gab er sich keine Mühe mehr, Glens Fingerabdrücke abzuwischen. Nachdem er die Nachricht dort hinterlassen hatte, wo Anne sie mit Sicherheit finden mußte, verließ er das Haus. Er mußte die Vorbereitungen für das letzte Experiment treffen.

Für das Experiment, das er mit Heather Jeffers ausführen wollte.

64. Kapitel

Der schlimmste Teil der Gewitterfront hatte sich nach Osten verzogen, und das trostlose Grau des Nachmittags war schimmernder Dunkelheit gewichen. Das nasse Pflaster glitzerte unter dem Licht der Straßenlaternen. Als Anne wieder in die 16. Straße einbog, bremste sie ein wenig zu scharf, und das Heck des Wagens driftete leicht nach rechts. Erst nach diesem kurzen Schleudern bemerkte sie, daß der Parkplatz, den vor zwei Stunden noch das Wohnmobil belegt hatte, frei war. Wenigstens mußte sie bei dem Platzregen nicht weit laufen. Sie schloß das Auto ab und eilte Kevin hinterher, der schon die Haustür öffnete. »Glen?« rief sie. »Heather? Ist jemand von euch...« Ihr Ruf erstarb ihr auf den Lippen, als sie die Leere im Haus spürte. Es war eine ähnliche Leere wie die, die sie empfunden hatte, als Glen im Krankenhaus gewesen war.

Allerdings kam ihr heute etwas anders vor. Immer wenn sie sonst allein im Haus gewesen war, war es noch von der Ausstrahlung ihrer Familie erfüllt gewesen. Heute abend jedoch spürte sie nichts davon; das Haus war von derselben Totenstille erfüllt wie an dem Tag, an dem sie eingezogen waren.

Anne versuchte, ihre Beklommenheit zu unterdrücken und eilte in die Küche. Sie konnte keine Nachricht entdecken, und auch das Licht des Anrufbeantworters flackerte nicht. Doch die Tür zum Keller stand offen. Sie war nicht ganz sicher, warum ihr die offene Tür als böses Omen erschien, ging zur Treppe und schaute hinunter. Im weißen Lichtschein sah sie die sauber geputzte Werkbank. Stirnrunzelnd stieg sie langsam die Stufen hinab. Erst als sie auf der untersten Treppe angekommen war, sah sie, was hier alles getan worden war.

Die peinlich genau sortierten Behälter mit den Eisenwaren.

Der gesaugte Fußboden.

Seit nahezu zwei Jahrzehnten hatten sich weder sie und Glen über die Unordnung dort unten aufgeregt, geschweige denn Anstalten gemacht, gründlich zu putzen.

Und jetzt sah es hier so reinlich aus wie in einem Operationssaal.

Anne stieg wieder die Treppe hinauf, schaute sich noch einmal nach einer Nachricht von Glen um und ging dann in ihr Arbeitszimmer. Vielleicht hatte Glen ja eine Mitteilung auf dem Computer hinterlassen. Doch ihr erster Blick fiel auf einen Briefumschlag, der mit ihrem Namen beschriftet war.

Die Schrift kam ihr sofort bekannt vor.

Sie schreckte vor dem Umschlag zurück, als wäre er eine Viper, die nach ihr zu schnappen drohte. Anne griff zum Telefon. Sie wagte nicht, sich vorzustellen, welche Botschaft in dem Umschlag war, noch wie er überhaupt auf ihren Schreibtisch gelangt sein konnte. »Können Sie zu mir rüberkommen?« fragte Anne im gleichen Moment, als der Hörer am anderen Ende abgenommen wurde. »Es ist etwas passiert...«

»In fünf Minuten«, antwortete Mark Blakemoor. »Ist das schnell genug? Soll ich den Notruf alarmieren?«

Anne schaute stumm auf den Umschlag. »Nein«, keuchte sie. »Ich... Es geht schon.« Sie hängte auf und bemerkte erst jetzt, daß Kevin an der Türschwelle stand und sie besorgt ansah.

»Stimmt etwas nicht?« fragte der Junge und klang dabei viel jünger als er wirklich war. Er ging zu seiner Mutter, legte die Arme um sie, und sie drückte ihn an sich, ohne dabei den Umschlag aus den Augen zu lassen.

Als fünf Minuten später die Türklingel ertönte, saß Anne noch immer auf dem Sofa im Wohnzimmer und hielt ihren Sohn im Arm. Erst beim zweiten Klingeln machte sie sich sanft von ihm frei und ging zur Tür. Aber bevor sie dort war, war Kevin auch schon an ihr vorbeigeflitzt und riß die Tür weit auf. Verdutzt starrte er auf Mark Blakemoor. »Ich kenne Sie«, sagte er. »Sie sind gekommen, als ich Kumquat im Hof gefunden habe.«

»Tolles Gedächtnis«, meinte Mark. Er ging in die Hocke, um Kevin in die Augen schauen zu können. »Und jetzt stelle ich dir eine Frage als Kommissar. Woher hast du gewußt, daß ich es bin, als du die Tür geöffnet hast?«

Kevin war verdattert. »Wa... was meinen Sie?« stammelte er.

»Nun, du mußt doch gewußt haben, wer es ist. Sonst hättest du die Tür doch nicht gleich aufgerissen, oder? Also, warum? Hat es dir deine Mutter gesagt?« Kevin schaute sich nervös zu seiner Mutter um. »Oder hast du erst gespickt, wie ich es selbst auch getan hätte?«

»Ja, genau«, rief Kevin und nahm diesen Vorschlag von Mark dankbar an.

»Gut für dich«, sagte Mark, strich ihm über das Haar und erhob sich. »Es ist nämlich immer besser, wenn man weiß, wer draußen ist, bevor man die Tür öffnet.« Schließlich wandte er sich Anne zu. »Was ist passiert? Am Telefon klangen Sie...« Dann bemerkte er, daß Kevin jedes Wort mitbekam und berichtigte sich: »...ein wenig besorgt.« Es tat ihm außerordentlich gut, daß Anne ihn dankbar ansah, weil er es vermieden hatte, in Gegenwart ihres Sohnes auf ihre offenkundige Furcht einzugehen. Auch hatte sie ihm anscheinend seine Theorien verziehen, die er während des Essens geäußert hatte. Das ließ schlagartig seine Depression verfliegen, in die er gefallen war, als er sie vom Parkplatz vor dem Lokal hatte wegrasen sehen.

»Es ist eine Menge passiert«, begann Anne. Während sie den Polizisten zu ihrem Arbeitszimmer führte, erzählte sie ihm rasch von dem Messer, das Glen gefunden hatte und das von Sheila Harrar als Eigentum ihres Sohnes identifiziert worden war. »Als Kevin und ich heimkamen, war das Wohnmobil verschwunden, aber das da lag auf dem Schreibtisch.« Sie zeigte auf den Umschlag, den Mark vorsichtig hochhob.

»Haben Sie es nicht gelesen?« erkundigte er sich. Seine Stimme verriet nicht, woran er dachte. Anne schüttelte den Kopf, und er öffnete den Umschlag, der nicht zugeklebt war und holte das einzige Papierstück, das darin steckte, behutsam heraus. Er stellte fest, daß es dieselbe Papiersorte war wie die, auf der die letzte Nachricht an Anne geschrieben worden war. Die war allerdings mit der Post gekommen... »Haben Sie eine Plastiktüte oder etwas Ähnliches?« fragte er.

»Ich hol' eine«, Kevin erklärte sich sofort dazu bereit. Als er aus dem Zimmer schoß, nutzte Anne die Gelegenheit, rasch mit Mark Blakemoor zu reden.

»Das ist alles völlig verrückt«, begann sie mit jetzt bebender Stimme. »Der Keller ist tipptopp aufgeräumt, fast so steril wie ein Labor, und Kevin hat erzählt, Glen habe sich heute in den Bergen ganz komisch benommen.«

»Was heißt ›komisch‹?«

Anne zuckte die Schultern. »Er hat nur gesagt, daß Glen ihn auf eine Art und Weise angeschaut habe, die ihn nervös gemacht hat. Dann habe er ihn allein zum Angeln geschickt. Aber er weiß, wo sie gewesen sind, und er glaubt auch, daß er weiß, wo Glen das Messer gefunden hat. Und als ich vorr Essen heimgekommen bin...« Sie verstummte, als ihr Sohn mit einer Packung Plastiktüten ankam.

Der Junge sah Mark fasziniert dabei zu, wie er das Papier behutsam in eine Plastiktüte steckte, bevor er es las. Nachdem Mark es überflogen hatte, reichte er es Anne. Mit zitternder Hand las sie die Worte:

Teuerste Anne,
Sind Sie schon bereit, der Wahrheit ins Gesicht zu schauen? (Sie befindet sich nur zum Teil im Computer, der Rest ist in Ihrer Seele.) Eigentlich müßte sie Ihnen schon seit meiner Entlassung aus dem Krankenhaus bekannt sein. Erinnern Sie sich noch an den Nachmittag? Sie haben eine Erregung gespürt wie nie zuvor. Es war die reine Elektrizität, Anne, dieselbe Elektrizität, die im Theater zu spüren war, wenn Nijinsky auftrat. Der größte Kummer meines Lebens ist übri

gens, daß ich nie im Zuschauerraum gesessen habe, wenn der große Tänzer auftrat. Aber wenigstens habe ich herausgefunden, daß er nicht verrückt gewesen ist.

Trotzdem hat alles großen Spaß gemacht, doch jetzt ist es Zeit für den letzten Tanz. Und ich habe mir meine Partnerin schon ausgesucht.

Anne las den Brief immer wieder durch. Sie zermarterte sich das Gehirn, um die Worte zu begreifen, die darin standen.

Was hatten sie zu bedeuten?

Nijinsky? Was sollte ein Tänzer, der schon fast fünfzig Jahre tot war, überhaupt mit jemandem, der noch lebte, zu tun haben?

»Haben Sie irgendeine Ahnung, wohin Glen gegangen ist?« hörte sie Marks Stimme wie aus weiter Ferne fragen. Seine Stimme klang sanft, und als sie ihre Augen von dem Brief abwandte, um ihn anzuschauen, fand sie kein Anzeichen von Genugtuung in seinem Gesicht.

Alles, was sie sah, war Mitgefühl.

»Nein«, sagte sie schwer atmend. »Sein Wagen steht vor der Tür...« Die Worte erstarben ihr auf den Lippen. Sie wollte gerade sagen, daß er vielleicht einen Spaziergang machte, doch draußen regnete es ja. Sogar wenn er vor dem Regen ausgegangen wäre, müßte er jetzt schon wieder zurück sein.

Plötzlich fiel ihr eine Zeile des Briefes ein.

Es ist Zeit für den letzten Tanz, und ich habe mir meine Partnerin schon ausgesucht.

Dann erinnerte sie sich an eine Zeile aus dem vorigen Brief: *Ich kann nämlich jederzeit in Ihr Haus kommen. Immer – wann ich will.*

Bilder schossen ihr durch den Kopf: der Keller, seit Jahren zum ersten Mal aufgeräumt.

Das mysteriöse Wohnmobil, das in der Straße aufgetaucht

und dort geblieben war. Nur wenige Häuser von hier entfernt.

Das Wohnmobil, das jetzt weg war!

Nun konnte sie die Puzzleteile zusammenfügen. Wer immer ihr auch diese Zeilen geschrieben hatte, hielt sich schon seit Tagen da draußen auf, hatte ihre Familie beobachtet, hatte *sie* beobachtet! »Ich weiß, was mit Glen passiert ist«, flüsterte sie und wandte sich vom Fenster ab. Jegliche Farbe war aus ihrem Gesicht verschwunden. »O Gott, Mark, er ist seit Tagen da draußen gewesen! Das Wohnmobil...« Während sie ihm noch erzählte, wie verärgert sie gewesen war, als der große Wagen ihren Parkplatz verstellt hatte, holte sie ihre Handtasche und durchstöberte sie aufgeregt auf der Suche nach ihrem Notizbuch.

Schließlich fand sie es, riß die Seite heraus, auf die sie die Nummer des Wagens gekritzelt hatte und reichte sie Mark. »Er war hier, Mark!« sagte sie. »Mein Gott, er hat Glen entführt!« Sie hielt noch einmal den Brief hoch. »Sie liegen falsch, Mark. Ich weiß, wonach das aussieht und was Sie darüber denken, aber es ist falsch. Glen hat diese Nachricht nicht geschrieben! Das war jemand anders, jemand, der Glen jetzt entführt hat!« Doch Mark Blakemoor hörte ihr nicht mehr zu; er war schon am Telefon, um die Suche nach dem Eigentümer des Wohnmobils einzuleiten. Während er sprach, las Anne den Brief erneut durch, und auf einmal fing ihr betäubter Verstand wieder zu arbeiten an.

Je länger sie die Nachricht studierte, desto mehr wuchs ihre Gewißheit, daß Glen sie nicht verfaßt haben konnte. Ein Wort stach ihr besonders ins Auge, schien sie regelrecht zu verhöhnen. Sie ging zu ihrem Computer, rief ihren Datei-Manager auf, tippte dieses Wort ein und ließ danach suchen.

NIJINSKY

Ein paar Sekunden später erschien eine Liste diverser Dateien. Alle beinhalteten Aufzeichnungen von Interviews, die sie jahrelang über einen einzigen Mann geführt hatte.

Richard Kraven.

Sie klickte die erste Datei auf der Liste an, und einen

Moment darauf erschien auf dem Monitor der Name Nijinsky, deutlich unterstrichen.

Sie sprang von einer Datei zur anderen. Ihre Faszination wuchs beim Lesen im gleichen Maße wie Panik sie ergriff.

Die Wahrheit über Richard Kraven begann sich herauszukristallisieren.

Es war eine Wahrheit, auf die er von Beginn an angespielt hatte. Einmal war ein Puzzleteil davon hier, dann eines dort aufgetaucht. Doch die Teile waren so klein gewesen, die Hinweise so spärlich, daß sie sie in keinen Zusammenhang hatte bringen können.

Der Tanz.

Metaphysik.

Elektrizität.

Leben, Tod, Wahnsinn.

Und Nijinsky.

Richard Kraven selbst hatte ihr von Vaclav Nijinsky erzählt, und zwar bereits in einem seiner ersten Interviews:

A. J.: Warum interessieren Sie sich für das Ballett, Mr. Kraven?

R. K.: Mein Interesse für das Ballett hat mit dem Tanz an sich nichts zu tun, Mrs. Jeffers. Mich faszinieren nur die Tänzer.

A. J.: Die Tänzer?

R. K.: Wissen Sie, was ein Ballettänzer unbedingt benötigt? Den Wunsch nach Perfektion. Er muß Perfektion in physischer und mentaler Hinsicht anstreben.

A. J.: Aber ist es wirklich möglich, eine solche Perfektion zu erreichen?

R. K.: Es gab jemanden, der sie besaß. Vaclav Nijinsky. Kommt Ihnen der Name bekannt vor?

A. J.: Soviel ich weiß, ist er im Wahnsinn gestorben.

R. K.: So sagt man, aber dem stimme ich nicht zu. Er ist höher gesprungen als jemals einer vor ihm. Aber er ist nicht nur einfach gesprungen, Mrs. Jeffers. Am Scheitelpunkt seines Sprungs schwebte er über der Bühne.«

A. J.: Ich glaube, ich kann Ihnen nicht ganz folgen.

R. K.: Damals hat man gesagt, es schien nur so, als ob er schwebe, aber nach seiner eigenen Aussage hat er tatsächlich frei in der Luft geschwebt. Er hat gesagt, daß er gelernt habe, sich von seinem Körper zu trennen, und während er tanzte, kam es ihm so vor, als befände er sich auf dem Schnürboden über der Bühne und steuere von dort aus seinen eigenen Körper wie eine Marionette.

A. J.: Und Sie glauben, daß so etwas möglich ist?

R. K.: Nicht bloß möglich, Mrs. Jeffers. Ich bin ganz sicher, daß er das getan hat. Der Grund, warum er mit dem Tanzen aufgehört hat, war nämlich der, daß er Angst bekam, es könne jemand anders in seinen Körper eindringen, während er sich außerhalb von ihm befand. Gegen Ende seiner Karriere hat er gesagt, es sei möglich, bei seiner Rückkehr den Geist eines Fremden in seinem Körper anzutreffen. Einmal, so meinte er, könne es geschehen, daß dieser Geist dann stärker als sein eigener wäre. Dann wäre er nicht mehr in der Lage, seinen Körper zurückzuerobern. Darum hat er zu tanzen aufgehört, und darum hat man ihn auch als einen Schizophrenen abgetan. Aber wenn er gar nicht schizophren war, Mrs. Jeffers, was dann? Was bedeutet das alles dann?

Hier hatte das Interview geendet. Anne hatte sich zwar eine Notiz gemacht, um die Geschichte über Nijinsky zu überprüfen, doch das war ihr dann zu unbedeutend vorgekommen. Deshalb hatte sie sich anderen Dingen zugewandt, die ihr wichtiger erschienen waren.

Jetzt aber mußte sie feststellen, daß es gar nichts Wichtigeres gab. Falls Nijinsky – und Richard Kraven – recht hatten.

Sie betrachtete sich noch einmal die letzte Zeile des Briefes:

...ich habe mir meine Partnerin schon ausgesucht.

Damit konnte Kraven nicht Glen gemeint haben...

Wen aber dann?

Wen hatte er sich ausgesucht? Ihr kam ein schrecklicher Gedanke. Sie griff zum Telefon und wählte Rayette Hoovers Nummer. Rayette nahm selbst ab, und Anne fragte mit erstickter Stimme, ob sie ihre Tochter sprechen könnte. Als sie einen Moment später auflegte, war sie kreidebleich, und ihre Hände zitterten. Doch bevor sie etwas sagen konnte, ergriff Mark Blakemoor das Wort: »Die Nummer wurde überprüft, Anne«, sprach er ruhig. »Der Wagen stammt von einer Autovermietung. Und Glen hat ihn vor einigen Tagen gemietet.«

Anne nickte stumm. »Aber Glen hat damit nichts zu tun«, sagte sie mit einem Kloß im Hals. »Er ist es tatsächlich, Mark! Er hat Heather gefangengenommen! Mein Gott, er hat Heather und wird sie umbringen!«

65. Kapitel

Heather Jeffers warf ihrem Vater einen verstohlenen Blick zu, während sie so tat, als würde sie durch die Windschutzscheibe dem Sturm, der draußen wütete, zuschauen. Als er sie bei Rayette abgeholt hatte, war sie überrascht gewesen. Wenn sie oder Kevin sonst irgendwohin wollten, gingen sie zu Fuß, nahmen den Bus oder fuhren zusammen mit Freunden. Sie war noch überraschter gewesen, als sie gesehen hatte, womit er sie abholte.

»Habt ihr euch das etwa *gekauft*?« hatte sie beim Anblick des großen Wohnmobils verblüfft gefragt.

»Ich habe es mir geliehen«, hatte ihr Vater daraufhin erklärt. »Deine Mutter weiß bis jetzt noch gar nichts davon.« Als er ihr erzählt hatte, sie würden ihren Bruder und ihre Mutter im Thai-Restaurant auf Mercer Island treffen, hatte sie es nicht bezweifelt. Sie hatte ihm auch geglaubt, daß die restliche Familie, wie er sagte, nach Bellevue Square gefahren war.

Während der Fahrt nach Denny zur Auffahrt auf die I–5 hatte sie sich in dem großen Wohnmobil umgesehen und hatte sich dann wieder auf den Beifahrersitz gesetzt. »Wie kannst du damit überhaupt fahren?« hatte sie gefragt. »Es ist doch so riesig.«

Er hatte sie angesehen, und sie hatte etwas Seltsames in seinen Augen entdeckt – er hatte irgendwie anders als sonst gewirkt. »Ich kann eine ganze Menge, wovon du nichts weißt«, hatte er geantwortet, und seine Stimme war ihr genauso fremd vorgekommen wie seine Augen. Sie war zwar nicht beängstigt gewesen, aber ein wenig unbehaglich war ihr doch geworden. Deshalb hatte sie sich auch erkundigt, ob mit ihm alles in Ordnung sei.

Er hatte ihr aber versichert, daß alles zum Besten stünde, und danach hatte sie wieder aus dem Fenster geschaut und gar nichts mehr gesagt, bis sie fünf Minuten später Mercer Island passiert hatten.

»Willst du hier nicht rausfahren«, hatte sie gefragt und nur deshalb das Schweigen gebrochen, weil er nicht zu bemerken schien, wie nahe sie der Ausfahrt waren.

Er hatte ihr weder geantwortet, noch war er bei Island Crest abgebogen. Statt dessen war er auf der Schnellstraße geblieben, und eine Minute später waren sie schon Richtung Brücke nach Bellevue unterwegs.

»Dad! Was ist los mit dir?« fragte Heather, als er auch an der Ausfahrt nach Factoria vorbeifuhr. »Du hättest hier doch wenden können!«

»Wie kommst du darauf, daß ich hier wenden will?« entgegnete er. Er sah sie genau an, als er mit ihr sprach. Mit plötzlichem Schrecken wurde ihr klar, daß er gar nicht mehr wie ihr Vater aussah. Er hatte einen sonderbaren Gesichtsausdruck, einen Ausdruck, wie ihn ihrer Vorstellung nach ein Verrückter hatte. Und als er seinen Blick auf sie heftete, bekam sie eine Gänsehaut.

»Aber Dad, was soll das? Wieso bist du nicht bei Mercer Island abgebogen?

»Weil wir gar nicht dort hinfahren«, antwortete er.

»Aber du hast doch gesagt...«

»Es spielt keine Rolle, was ich gesagt habe. Wir fahren nicht nach Mercer Island.«

»Und wohin dann?«

»Irgendwo anders hin, wo wir unter uns sind.«

Es waren diese letzten Worte – ›wo wir unter uns sind‹ –, die Heathers wachsenden Zorn in Furcht umschlagen ließen.

Unter uns.

Warum wollte er das? Seit ihrer Kinderzeit hatte man sie davor gewarnt, sich niemals mit Männern abzugeben, die sagten, daß wir »unter uns« sein würden.

Aber das war ihr Vater!

Dann fiel ihr Jolene Ruyksman ein. Sie war letztes Jahr in ihre Klasse gegangen und hatte versucht, sich umzubringen. Es stellte sich heraus, daß sie seit ihrem vierten Lebensjahr von ihrem Vater mißbraucht worden war. Und er hatte ihr immer gesagt, er würde sie töten, wenn sie jemals davon etwas weitererzählen würde.

Aber so war ihr Vater nicht. Er hatte sie nie komisch angeschaut oder irgendwelche von den Dingen getan, die in den Erzählungen ihrer Freunde auftauchten, wenn sie sich darüber unterhielten, was Jolene zugestoßen war.

Sie erinnerte sich an etwas anderes. An etwas, das ihre Mutter gesagt hatte, als ihr Vater aus der Klinik heimgekehrt war. Sie hatte davon gesprochen, daß sich ihr Vater verändert habe, daß er fast gestorben sei, und daß es lange dauern würde, bevor er sich vollständig erholen würde. Aber so sehr konnte er sich doch wirklich nicht geändert haben. Oder etwa doch?

Als sie Issaquah passierten und Richtung Snoqualmie weiterfuhren, sah sie ihn sich genau an. Ein Blitz erhellte den Himmel, und einen Moment lang war es im Innern des Wohnmobils taghell. Das weiße Licht ließ das Gesicht ihres Vaters bleich erscheinen, und als er sich zu ihr drehte und sie anschaute, fixierte er sie so durchdringend, daß es sie frösteln machte.

»Kannst du es fühlen?« fragte er. »Kannst du die Elektrizität spüren?«

Stumm schüttelte Heather den Kopf.

»Du wirst es schon noch fühlen. Und dann...«

Die letzten Worte gingen in einem Donnerschlag unter, der so stark war, daß er das Wohnmobil erschütterte.

»D... Dad?« fragte Heather, nachdem der Donner vergrollte, »Dad, was hast du mit mir vor?«

Der Mann, der nicht mehr die geringste Ähnlichkeit mit ihrem Vater hatte, drehte sich ihr zu und sah sie an.

Er sagte nichts.

Er lächelte nur.

Und dieses Lächeln löste panische Angst in Heather aus.

66. Kapitel

Mark und Anne saßen nun allein im Auto.

Als sie zusammen das Haus verlassen hatten, war Anne Mark zunächst blind gefolgt, doch sobald Kevin und sie in seinen Wagen gestiegen waren, hatte sie sich zu fragen begonnen, was sie eigentlich tun sollten. Sie hatte keine Ahnung, wohin das Wohnmobil gefahren sein konnte – wie sollte man ihm also folgen?

»Ich gehe jede Wette ein, daß er wieder in die Berge gefahren ist«, hatte Mark gemeint. Über sein Funkgerät hatte er einige kurze und für Anne kaum hörbare Befehle erteilt; er hatte jede Polizeieinheit des Staates in Alarmbereitschaft versetzt und angeordnet, nach dem Wohnmobil Ausschau zu halten. Allerdings war ihm auch klar gewesen, daß in Anbetracht des Wetters die Aussichten, den Wagen zu entdecken, gleich Null waren. »Jetzt erzählen Sie mir mal etwas. Was glauben Sie denn, was sich hier abspielt?« hatte er Anne gefragt, ohne dabei zu erwähnen, wie gering die Chancen waren, Glen ausfindig zu machen.

Doch solange Kevin auf dem Rücksitz saß, hatte Anne nicht darüber sprechen können. Anstatt Mark ihre Sicht der Dinge zu erklären, hatte sie ihn gebeten, zu Alan und Arlene Cline zu fahren. Glens Partner hatte sich schon bereit erklärt, Kevin für den restlichen Tag bei sich aufzunehmen und falls nötig, ihn auch bei sich übernachten zu lassen. Als Anne Kevin in Alans und Arlenes Haus gebracht hatte, hatte ihre Miene ausgereicht, um den beiden zu verstehen zu geben, daß etwas Ernstes geschehen war und daß keine Zeit für weitere Erklärungen war.

Erst als sie allein mit Mark im Auto saß, hatte sie ihm ihre Theorie erläutert. Sie hatte allerdings noch nicht ins Detail gehen wollen, bevor sie mit Gordy Farber gesprochen hatte, der Glens Krankenbericht auf seinem Computer abrufen konnte. Er hatte ihr dann nicht nur bestätigt, was sie bislang lediglich vermutet hatte, sondern ihr auch noch von Glens Blackouts und seinen seltsamen Träumen berichtet. Anne hatte sofort begriffen, daß dies gar keine Träume gewesen waren, sondern flüchtige Eindrücke von dem Treiben dieses anderen Wesens, das in ihm steckte.

»Nicht Glen fährt das Wohnmobil«, erklärte sie Mark schließlich, »sondern Richard Kraven.«

»Richard Kraven ist tot«, tat Mark ihre Äußerung gelangweilt ab, als er das Auto zum Highway 520 steuerte. Kevin hatte ihm schon erzählt, wo sie geangelt hatten und wie sie dort hingelangt waren. Mark war sich völlig sicher, daß Glen nach einem bestimmten Schema handelte. Hätten sie erst das Wohnmobil gefunden, befänden sie sich zwangsläufig auch nahe der Stelle, wohin Glen Edna Kraven gebracht und wo er erst heute morgen mit seinem Sohn geangelt hatte.

»Sein Körper ist tot«, stimmte Anne zu. Dann erzählte sie die Geschichte von Vaclav Nijinsky, die ihr Richard Kraven vor Jahren erzählt hatte.

»Selbst wenn Nijinsky kein Spinner gewesen sein sollte, was ich doch sehr bezweifle, wie bringt uns das weiter? Glen hat doch wohl keine außerkörperlichen Erlebnisse gehabt.«

»Glen ist fast zwei Minuten tot gewesen«, sagte Anne mit belegter Stimme. »Am Morgen seines Herzinfarkts hatten sie ihn im Notarztwagen schon fast aufgegeben. Sie hatten anhalten müssen, damit sich beide Ärzte um ihn kümmern konnten. Das steht alles in der Krankengeschichte, Mark. Sie hatten ihn wiederbeleben müssen, ihn mit Drogen behandelt und den Defibrillator eingesetzt. Und all das passierte damals genau um neun Uhr Pazifischer Zeit.«

Mark sah sie erstaunt an. Pazifische Zeit? Warum erwähnte sie das eigens? Doch bevor er sie noch fragen konnte, hatte er schon die Erklärung. Neun Uhr morgens Pazifischer Zeit entsprach zwölf Uhr mittags Östlicher Zeit.

Genau zu dieser Zeit war Richard Kraven hingerichtet worden.

Blakemoor erinnerte sich an die Worte, die Anne gesagt hatte, als sie Richard Kravens Interview zitierte: »Der Grund, warum er mit dem Tanzen aufgehört hat, war nämlich der, daß er Angst bekam, es könne jemand anders in seinen Körper eindringen, während er sich außerhalb von ihm befand.« Er wiederholte die Worte noch einmal, doch so sehr er sich auch bemühte, ihr Sinn wollte sich ihm nicht erschließen. »Anne, das ist doch Unfug«, sagte er, aber es klang nicht mehr so selbstsicher wie vorher.

»Wirklich? Und was ist mit all den Geschichten, die Sie darüber schon gehört haben? Von all den Leuten, die ihre Sterbeerlebnisse geschildert haben? Die hören sich alle gleich an, Mark. Sie haben ihren Körper verlassen und sind darüber geschwebt. Sie konnten sehen, was passiert und hören, was die Leute reden. Manche von ihnen haben gefühlt, daß sie die Wahl hatten, zurückzukommen oder nicht...«

Ihre Stimme verlor sich, doch Mark wußte schon, worauf sie hinauswollte. »Wenn Richard Kraven im selben Moment starb und im schlimmsten Fall wieder zurückkommen wollte...«

»Er hat mich gehaßt!« brach es aus Anne heraus. »Ich konnte es ihm von den Augen ablesen, in seiner Stimme hören.« Sie berichtete Mark, wie sie die Puzzleteile aus den alten Interviews zusammengefügt hatte und wie letzten Endes alles doch einen Sinn ergab. »Er unterschied sich von allen anderen Serienmördern. Er hat nicht getötet, weil er wollte, daß seine Opfer wirklich sterben. Er versuchte herauszubekommen, wie er sie nach ihrem Tod wieder zum Leben erwecken konnte.«

»Das trifft aber nicht auf den Fall von Rory und Edna zu«, entgegnete Mark.

»Er wollte Rory bestrafen. Und ich vermute, seine Mutter hat er ganz einfach gehaßt. Übrigens haben sich seine Motive inzwischen geändert. Er hat seine Experimente abgeschlossen. Jetzt ist er mit mir quitt.« Sie sah, wie der Sturm draußen tobte, als sie die Autobahn verließen und durch Redmond fuhren. Sie folgten genau der Route, die Kevin beschrieben hatte. »O Gott!« seufzte Anne. »Warum können Sie ihn nicht finden?«

»Sie werden ihn finden«, antwortete der Kommissar. »Oder *wir* werden es. So oder so – wir bekommen Heather wieder.« Doch als er die Worte aussprach, war Mark nicht sicher, ob sie ihm glaubte. Er war aber sicher, daß er die sonderbare Geschichte, die Anne ihm erzählt hatte, nicht glaubte.

Wenigstens redete er sich das ein.

67. Kapitel

Der Regen fiel in Sturzbächen vom Himmel gegen die Windschutzscheibe des Wohnmobils und draußen war fast nichts mehr zu erkennen. Alles was Heather noch ausmachen konnte, waren die schwankenden Lichter entgegenkommender Fahrzeuge, aber sie wurden immer seltener. Es war, als ob die Nacht und der Sturm sich miteinander verbündet hätten, alle außer ihnen von der Straße zu jagen. Je weiter sie sich von zu Hause entfernten, desto größer wurde Heathers Angst. »Könnten wir nicht mal anhalten?« fragte sie flehend. »Bitte?«

Richard Kraven wandte seine Augen nur so kurz von der Straße ab, um Heather Jeffers einen flüchtigen Blick zuwerfen zu können. Ihre Züge waren kaum erkennbar, doch als ein Lastwagen entgegenkam, erhellten seine Scheinwerfer ihr Gesicht eine Sekunde lang.

Kraven hatte genug gesehen. Der Schrecken in dem Gesicht des Mädchens war unverkennbar. Er wandte seine Aufmerksamkeit wieder der Straße zu und ergötzte sich an der Angst, die er ihr eingeflößt hatte.

Sie wußte, daß etwas nicht stimmte, daß sie in Gefahr war.

Aber was sie nicht wußte, war, welche Gefahren ihr noch bevorstanden. Diese Unsicherheit – und die Angst, die in Heather dadurch zusätzlich geweckt wurde – ließen Richard Kraven den Augenblick noch mehr genießen. Er bedauerte nur, daß Anne das nicht miterleben konnte.

Könnte er doch nur mit ihr sprechen, ihr sagen, was er mit ihrer Tochter vorhatte!

Könnte er doch nur Annes Gesicht sehen, wenn er erst vorsichtig Heathers Brustkorb öffnete und ihr Herz bloßlegte.

Könnte er Anne doch nur schreien hören, wenn er Heathers klopfendes Herz in seiner Hand hielt, könnte er nur ihre dringlichen Bitten hören, wenn er dann langsam das Herz zerdrückte.

Wenn er doch nur Zeuge ihres Schmerzes und ihrer Hilflosigkeit sein könnte – er würde es ebenso genießen, wie sie es genossen hatte, als man ihn gehetzt, zur Strecke gebracht, in eine Zelle eingesperrt und hingerichtet hatte. Natürlich hatte er ihr nicht gezeigt, wie sehr er litt. Er hatte seine Furcht vor der Zelle ebenso verborgen wie die vor dem elektrischen Stuhl. Doch obgleich er seine Ängste versteckt hatte, wußte er, daß sie sie gespürt hatte, daß sie eine Genugtuung für sie gewesen waren.

Heute nacht sollte sie dafür ihre Strafe erhalten. Eine Strafe, die ihr restliches Leben überschatten würde.

Blitze flammten am Himmel auf, unmittelbar gefolgt von Donner, der das Wohnmobil erschütterte. Richard Kraven war freudig erregt, als ein schwacher Angstschrei aus Heather Jeffers Mund drang.

»Bitte«, flehte sie wieder. »Bitte, halt doch an! Wir könnten doch verunglücken!«

Vor ihnen tauchte ein undeutliches Hinweisschild auf. Zwar konnte er es wegen des Wassers, das über die Windschutzscheibe strömte, nicht entziffern, aber er wußte auch so, was auf dem Schild stand.

Die Ausfahrt nach Snoqualmie Falls lag nur noch kurz vor ihm. Richard Kraven nahm seinen Fuß vom Gaspedal und bremste sanft ab.

Heather klammerte sich mit den Händen an den Armlehnen des Beifahrersitzes fest und versuchte, einen Blick auf das Schild zu werfen, als sie daran vorbeifuhren, aber ein Blitz blendete sie.

Er hatte schon so lange nicht mehr mit ihr gesprochen, sie nicht einmal mehr angesehen, daß sie sich zu fragen begann, ob er vergessen hatte, daß sie hier war.

Was war hier los? Was war mit ihrem Vater passiert?

Heute morgen, als er mit Kevin zum Angeln gefahren war, schien alles noch in Ordnung gewesen zu sein. War es denn möglich, daß man innerhalb weniger Stunden verrückt wurde? Sie dachte an Kevin. Wo war er? Hatte ihr Vater ihn heimgebracht, bevor er sie von Rayette abgeholt hatte?

Sie warf wieder einen heimlichen Blick auf das Gesicht neben sich, das nur vom Leuchten des Armaturenbretts erhellt wurde. Obwohl seine Gesichtszüge noch immer als die ihres Vaters zu erkennen waren, zeigten sie einen Anflug von Bösartigkeit, der ihr das Blut in den Adern gefrieren ließ. Und als er sie vor einem Moment kurz angesehen hatte, hatte sie das schreckliche Gefühl gehabt, daß er gerade plante, was er mit ihr tun wollte.

Als sie die Autobahn verließen, beugte sich Heather nach vorn und suchte nach einem Anhaltspunkt, wo sie waren. Wenn sie in eine Stadt kämen oder auch nur an einer Tankstelle vorbei, wollte sie hinausspringen, bevor er anhalten konnte. Ob der Wagen dann noch rollte, war ihr egal.

»Schnall dich an, Heather. Und leg deine Hände aufs Armaturenbrett.«

Die harte, kalte Stimme – eine Stimme, wie sie sie noch nie von ihrem Vater gehört hatte – veranlaßte sie, dem Befehl sofort zu folgen.

Das Wohnmobil fuhr langsam weiter, und der Mann, der es steuerte und so aussah wie ihr Vater, redete wieder.

»Versuch ja nicht abzuhauen. Ich bin stärker als du, und wenn du die Tür berührst, kriege ich dich. Dann wirst du bereuen, daß du abgehauen bist. Mach dich darauf gefaßt!«

Heathers Herz pochte. Was meinte er damit? Was wollte er tun? Als das Wohnmobil nach links abbog und Heather schließlich die Hauptstraße nach Snoqualmie erkannte, hielt sie Ausschau nach jemandem, der ihr helfen konnte. Doch die Straße war verlassen; der grausame Sturm hatte sie vom Verkehr leergefegt.

Sie mußte schluchzen, aber nicht nur aus Angst, sondern auch aus Enttäuschung. Wenn es schon hier niemanden gab, der ihr helfen konnte, konnte sie ihre Hoffnung erst recht begraben, wenn sie die Lichter der Stadt hinter sich gelassen hatten.

Als sie am Ende der Stadt angekommen waren, fragte der Mann: »Du hast wohl Angst vor mir, Heather?«

Heather, zu betäubt, um nachdenken zu können, nickte nur stumm.

»Du weißt, daß ich nicht dein Vater bin, stimmt's?«

Wieder brachte Heather nur ein Nicken zustande.

»Weißt du, wer ich bin?«

Sie schüttelte den Kopf, doch etwas in seiner Stimme zwang sie, ihn anzuschauen.

Er lächelte, doch es war ein Lächeln ohne jede Wärme. Er starrte sie an, und seine kalten Augen durchbohrten sie förmlich.

»Mein Name ist Richard Kraven.«

Heather erstarrte. Was meinte er? Richard Kraven war tot! Er war an dem Tag hingerichtet worden, an dem ihr Vater den Herzinfarkt hatte! Doch obwohl sich ihr Verstand dagegen wehrte, wußte sie, daß seine Worte der Wahrheit entsprachen. Auch wenn der Körper dieses Mannes der ihres Vaters war, sagten ihr seine Stimme und seine Augen, daß er es nicht sein konnte. »Was wollen Sie?« fragte sie mit kaum hörbarer Stimme.

Richard Kravens kaltes Lächeln erstarrte zur Fratze: »Ich will dich berühren, Heather. Ich will dein Herz berühren.«

68. Kapitel

»Das ist doch reiner Wahnsinn«, sagte Anne Jeffers. Sie hatte keine Ahnung, wo sie waren. Sie hatten schon ewig keinen Wegweiser mehr gesehen, und außer ihnen war auf der engen Straße, die den Fluß entlang führte, niemand unterwegs. Die dichte Dunkelheit schien das Licht der Scheinwerfer von Mark Blakemoors Auto völlig zu absorbieren, und der klatschende Regen verhinderte die Sicht schon nach wenigen Metern. Der heftige Sturm zwang Mark, im Schneckentempo zu fahren, und Annes Gefühl, daß es ein Fehler gewesen war, hierherzukommen, verstärkte sich von Sekunde zu Sekunde. Ein Blitz zuckte am Himmel, und der nachfolgende Donnerschlag war so laut, daß Anne fast vom Sitz aufsprang. »Wir müssen zurück, Mark! Das hier ist doch der reine Wahnsinn! Wir wissen nicht einmal, wo wir sind!«

»Wir sind fast bei dem Campingplatz, wo man heute morgen Edna Kraven gefunden hat. Kevin hat gesagt, der Ort, wo sie angeln waren, liegt nicht weit davon entfernt. Wir schauen dort nach, dann...«

Das Funkgerät knisterte, und Mark meldete sich.

»Der Wagen hat ein Mobiltelefon, und deshalb konnten wir eine Spur aufnehmen«, sagte eine kaum wahrnehmbare Stimme, die zwischen den atmosphärischen, vom Sturm ausgelösten Störungen fast unterging.

Anne wollte etwas sagen, doch Mark schüttelte den Kopf, drückte sich das Funkgerät enger ans Ohr, um zwischen dem Geknister einige Worte auffangen zu können. »Sagt's noch mal!« brüllte er in das Mikrophon. »Wir haben nur Störungen!«

Die Stimme war wieder zu hören, und trotz der lauten Störungen war schließlich ein Wort zu verstehen.

Snoqualmie.

Die Stimme sprach noch weiter, doch der Rest ging in den

Störungen unter. Die nächste Nachricht war dann überhaupt nicht mehr zu verstehen. »Macht nichts«, murmelte Mark. »Sie sind hier oben.« Er wandte seinen Blick kaum von der Straße, als er Anne aufklärte. »Mobiltelefone sind immer mit dem gesamten Telefonnetz verbunden. Man kann sie zwar nicht genau orten, aber in etwa ausmachen, wo sie sind.« Ohne weiter nachzudenken, griff er nach Annes Hand und drückte sie zärtlich. »Wir finden sie. Geben Sie die Hoffnung nicht auf. Wir finden sie ganz bestimmt.«

Das Auto kroch die Steigung hinauf. Schließlich kamen sie an dem Campingplatz an. Aber als Mark sah, daß die Zufahrtsstraße nach wie vor von der Polizei abgesperrt und auch das Tor verschlossen war, versuchte er gar nicht erst, hineinzufahren. Zwei Kilometer später, als er sich schon fragte, ob Kevin sich wirklich so gut erinnert hatte, wie er das selbst glaubte, tauchte ein kleiner Wegweiser, der nach rechts zeigte, in der Dunkelheit vor ihm auf. Als er kurz darauf die Einfahrt in den engen Weg erreicht hatte, hielt er an. Die schmutzige Fahrspur, die von einem Strom Wasser schon völlig aufgeweicht war, konnte höchstens ein Auto mit Allradantrieb passieren. Mark hätte zwar hineinfahren können, aber nicht mehr hinauf. Zumindest nicht mehr heute nacht.

Aber wie lange sah der Weg schon so aus? Was wäre, wenn das Wohnmobil schon vorher durchgefahren wäre?

Er holte seine Pistole aus dem Handschuhfach und stieg aus.

Anne, der plötzlich klar wurde, was er vorhatte, wollte auch aussteigen.

»Bleiben Sie im Wagen!« schrie er gegen den Wind an, der durch die Bäume heulte und den Regen fast waagerecht gegen das Auto drückte. »Sie können nicht ...«

»Wenn Sie da runtergehen, kann ich das auch«, rief Anne zurück. »Vergessen Sie nicht, daß es meine Tochter ist.« Ehe Mark noch weiter protestieren konnte, bahnte sie sich schon ihren Weg durch die Schlammassen, stützte sich auf die Baumstämme und hielt sich an den Zweigen des Gebüsches fest, wenn sie auszurutschen drohte.

Sie war schon auf halbem Weg nach unten, als ihr klar wurde, daß sie eines noch gar nicht richtig durchdacht hatte: Daß von Glen, ihrem geliebten Glen, der jetzt wahrscheinlich bei Heather war, nichts als sein bloßer Körper übriggeblieben sein konnte – ein Körper, der sich nun völlig unter der Kontrolle des rachsüchtigen Monstrums Richard Kraven befand, der ihn zu seinem willfährigen Werkzeug degradiert hatte.

Das Bild des Monogramms, das Kraven in das Fleisch jedes seiner Opfer gekerbt hatte, erschien ihr vor den Augen. Sie sah Heather mit geöffnetem Brustkorb, sah ihre Lungen und ihr Herz...

Nein!

Nicht Heather! Das durfte er Heather nicht antun – sie mußte verhindern, daß dies mit Heather geschah!

Ein seltsamer Ton drang aus Annes Kehle, es war eine Mischung aus Furcht, Zorn und Hilflosigkeit. Sie kämpfte sich voran und hatte furchtbare Angst, daß das Wohnmobil bereits am Ende des Wegs geparkt sein könnte.

Und sie hatte Angst, daß Richard Kraven schon mit seiner Arbeit begonnen hatte.

69. Kapitel

»Ich will dich nicht verletztzten.«

Heather versuchte, den Mann, der nun keinerlei Ähnlichkeit mehr mit ihrem Vater hatte, nicht anzuschauen.

Er fuhr das Wohnmobil auf einen Rastplatz. Der Fleck lag so abgeschieden, daß selbst ein Wagen, der in unmittelbarer Nähe auf der Straße entlangfahren würde, das Wohnmobil vermutlich nicht bemerkt hätte. Und falls es doch jemand entdecken würde, käme niemand auf die Idee, nachzuschauen, was dort los war. Weshalb auch? Die Leute parkten ihre Wohnmobile an allen möglichen Stellen, und niemand scherte sich darum, was in ihnen vorging.

Der Mann zog alle Vorhänge im Wagen zu und stellte den Generator an.

Heather wagte es nicht, sich auf ihrem Sitz zu rühren.

Das hing mit dem Ausdruck in den Augen des Mannes zusammen. Die Warmherzigkeit, die sie immer bei ihrem Vater gesehen hatte, die Zärtlichkeit, mit der er sie immer angeschaut hatte, war vollkommen verschwunden. Die Augen, die sie jetzt grausam anstarrten, waren tot. Sie wirkten, als ob hinter ihnen keine Seele wäre, kein menschlicher Geist, der Güte auszudrücken vermochte. War es dieser tote Blick, der sie allmählich glauben ließ, er habe sie nicht angelogen, als er behauptete, Richard Kraven zu sein?

Sie wußte, was Kraven getan hatte, wußte, wie viele Leichen an diesem Ort, zu dem sie ihr vermeintlicher Vater gebracht hatte, schon gefunden worden waren. Sie hatte gelesen, in welchem Zustand die Leichen waren, als man sie entdeckt hatte: Sie hatten aufgeschnittene Brustkörbe und herausgerissene Herzen gehabt. Das hatte er also gemeint, als er gesagt hatte, er wolle ihr Herz berühren... Als ihr die wahre Bedeutung dieser Worte bewußt wurde, fiel sie vor Todesangst in eine völlige Starre.

Sie konnte nicht wegrennen, konnte sich nicht dazu aufraffen, aus dem Wohnmobil zu fliehen. Sie wußte, er würde sie fangen, noch ehe sie die Tür erreicht hatte. Und selbst wenn sie es schaffen würde, hinaus in den tobenden Sturm zu gelangen, was sollte sie tun? Wohin sollte sie rennen?

Er holte etwas aus einem der Schränke. Eine Plastikflasche mit einer Flüssigkeit. Aus einer Schublade nahm er einen Lappen und tränkte ihn damit.

Sie konnte es riechen. Sie roch die Dämpfe, die das Wohnmobil jetzt erfüllten.

Mit dem Lappen in der Hand ging er zu ihr. Seine Augen fixierten sie auf dieselbe Art und Weise wie Klapperschlangen ihre Beute fixieren, bevor sie zustoßen. Sie fühlte sich von seinem Blick wie hypnotisiert, und als er ihr den Lappen auf Nase und Mund pressen wollte, raubte ihr die Furcht den allerletzten Willen, davonzulaufen.

Heather atmete tief ein, schloß die Augen und betete, daß Richard Kraven sie nicht belogen hatte, daß sie zumindest nicht spüren würde, wenn er in ihren Körper griff und ihr Herz berührte.

70. Kapitel

Anne lief auf die schmutzige Straße und stolperte über einen Stein, den sie in der Dunkelheit nicht gesehen hatte. Mark Blakemoor griff nach ihrem Arm und stützte sie, während das grelle Licht seiner Halogenlampe über die Wiese neben der Straße tanzte. Trotz des Regens waren noch zwei Reifenspuren zu erkennen. Das Gras war vom Gewicht eines Wagens niedergedrückt, der erst kürzlich hier durchgefahren sein mußte. »Das ist der Ort, von dem uns Kevin erzählt hat«, schrie er, um sich im heulenden Wind Gehör zu verschaffen.

»Aber wo sind sie?« rief Anne zurück. »Sie haben gesagt, daß sie hier...«

»Ich habe gesagt, daß wir sie finden werden, und das werden wir auch!« Mark ging näher zum Fluß und leuchtete die gegenüberliegende Uferbank aus. Einen Moment später hatte er gefunden, wonach er gesucht hatte: den Steinhügel, den Kevins Vater durchsucht hatte. Mark ging zum Ufer und hielt das Licht fest auf die Felsen gerichtet. Noch bevor er in den Fluß waten konnte, wußte Anne, was er vorhatte.

»Sind Sie verrückt geworden?« schrie sie. »Das schaffen Sie nie! Sie werden ertrinken!« Aber er ignorierte ihre Worte, bewegte sich bedächtig genug, um auf dem steinigen Boden Halt zu finden. Sie blieb fröstelnd im Regen stehen; die vom Regen durchtränkten Kleider klebten ihr auf der Haut. Mit klappernden Zähnen verfolgte sie gebannt den tanzenden Lichtkegel der Taschenlampe. Nach wenigen Minuten, die ihr jedoch wie eine Ewigkeit erschienen waren, kam er wieder zurück.

»Kommen Sie«, drängte er. »Sonst läuft uns die Zeit davon.«

»Haben Sie ihn gefunden?« fragte Anne, als sie sich zusammen auf den Weg nach oben machten. Halb gingen, halb krochen sie durch den Schlamm, klammerten sich aneinander und an alles Mögliche, das sie finden konnten, um zu verhindern, auf dem glitschigen Pfad auszurutschen. »Haben Sie Danny Harrar gefunden?«

Blakemoor nickte. Er sah keinen Grund, seine Entdeckung vor Anne geheimzuhalten. Er war ganz sicher gewesen, daß er in dem Steinhaufen nichts finden würde. Sogar wenn das Messer, das Glen heute morgen gefunden hatte, wirklich Danny Harrar gehört haben sollte, hätte das nichts zu bedeuten gehabt. Der Junge konnte es ja auch vor langer Zeit in der Nähe des Flusses verloren haben. Was er allerdings unter den Steinen gefunden hatte, überzeugte ihn, daß Annes Theorie, so bizarr sie auch klang, zumindest eine Erklärung für etwas war, was er sich rational nicht erklären konnte. Und wenn tatsächlich Richard Kraven anstatt ihres Vaters bei Heather war...

Selbst ein alter Hase von der Mordkommission wie er traute sich nicht, sich auszumalen, was in dem Fall mit ihr geschehen würde.

Als sie schließlich beim Wagen angekommen waren, schnappten beide nach Luft. »Fahren Sie«, sagte Mark und setzte sich auf den Beifahrersitz. »Ich muß mich auf das Funkgerät konzentrieren. Ich verstehe beim besten Willen nicht, warum es bis jetzt noch nicht in der ganzen Gegend von Polizisten nur so wimmelt!« Als Anne den Wagen startete und zur Hauptstraße zurückfuhr, versuchte Mark über Funk den Fahrdienstleiter zu erreichen. Aber Blitze zerrissen wieder die Dunkelheit, und aus dem Funkgerät drangen lediglich dieselben Störungen wie zuvor.

Anne hatte Mühe, bei dem noch immer starken Regen durch die Windschutzscheibe etwas zu erkennen. Die Scheibenwischer konnten es nicht mehr mit den vom Wind getriebenen Sturzfluten aufnehmen, die in dicken Strömen auf das Glas prasselten. Plötzlich hielt Mark sie am Arm fest. »Halten Sie an!«

Der plötzliche Befehl erschreckte Anne derart, daß sie so stark auf die Bremse trat, daß das Heck des Wagens heftig ins Schleudern geriet. Bevor sie noch die Bremse loslassen konnte, rutschte er zur Seite weg, und die Räder gruben sich in den nassen Untergrund. Als der Wagen zum Halten kam, kurbelte Mark das Fenster herunter und steckte seinen Kopf in den Sturm. »Zurückstoßen!« schrie er, was kaum vernehmbar war, weil seine Worte sofort vom Wind verweht wurden. Mit klopfendem Herzen ließ Anne den Wagen den Hang zurückrollen. Auf einmal beleuchteten die Scheinwerfer ein Schild, das zu einem Picknickplatz führte.

War es möglich? Hatte Mark das Wohnmobil gesehen?

Noch bevor sie ihn fragen konnte, plagte er sich schon wieder mit dem Funkgerät herum und versuchte aufs neue verzweifelt, eine Verbindung zustandezubringen.

71. Kapitel

Heather fühlte sich, als würde sie ertrinken. Sie konnte kaum atmen, und ihr Gehirn war umnebelt.

Aber sie hörte etwas.

Es war ein ununterbrochenes Dröhnen, als würde ein Zug vorbeifahren.

Plötzlich sah sie einen hellen Lichtstrahl, hörte einen fürchterlichen Knall, und der Nebel begann sich zu lichten.

Das Wohnmobil.

Sie war in einem Wohnmobil zusammen mit ihrem Vater – *Nein, nein! Es war nicht ihr Vater!* – und draußen tobte ein Sturm.

Sie hatte schreckliche Angst. Solch schreckliche Angst, daß sie sich nicht hatte bewegen können, als ihr der Mann ein Tuch auf den Mund gedrückt hatte.

Es war ihr gerade noch gelungen, einen einzigen, tiefen Atemzug zu machen. Dann hatte sie den Atem solange angehalten, wie sie konnte, und sich zurücksinken lassen, um eine Ohnmacht vorzutäuschen. Der Mann hatte ihr aber das Tuch weiter auf Mund und Nase gehalten, und schließlich hatte sie die Dämpfe doch einatmen müssen. Darauf hatte sie gespürt, daß sie wirklich langsam bewußtlos wurde. Irgendwie war es ihr aber dennoch gelungen, stillzuhalten, sich nicht zu wehren, ihm nicht zu verraten, daß sie noch nicht ganz betäubt war.

Der Nebel lichtete sich weiter. Heather konnte ihre Augen ein wenig öffnen, genug, um etwas zu erkennen.

Das Innere des Wohnmobils hatte sich verändert. Alles sah undeutlich aus – als wäre es mit dicker, fast undurchsichtiger Plastikfolie bedeckt.

Sie nahm eine Bewegung wahr. Eine Bewegung unterhalb ihres Sichtfeldes. Sie blickte ein wenig zur Seite, und dann sah sie es: Über ihrer Brust schwebte eine Hand.

Eine Hand, die ein Messer hielt.

Seine rasiermesserscharfe Klinge kam näher und näher.

Sie schaute auf das Gesicht über sich. Es war das Gesicht ihres Vaters!

Da brach ein Schrei aus ihr heraus: »Nein, Dad! O Gott, *nein! Tu's nicht,* Dad!«

Heathers Schreckensschrei zerriß ihm fast das Trommelfell, und Richard Kraven erstarrte. Das Messer, mit dem er gerade den ersten sauberen Schnitt in Heather Jeffers Fleisch hatte führen wollen, schwebte in seiner Hand über ihrer bleichen Haut.

Tief in seinem Innern wurde etwas aufgewühlt.

Als das Mädchen noch einmal schrie, begehrte das Wesen in ihm, das er bereits vernichtet zu haben glaubte, auf und drängte wieder in das Bewußtsein zurück.

Glen kam es vor, als hätte man ihn aus einem tiefen Schlaf gerissen. Im ersten Moment fühlte er noch gar nichts, im nächsten war er vollständig wach. Als Heather ihn dann noch einmal anschrie, fielen ihm alle Alpträume, die er seit seinem Herzinfarkt gehabt hatte, wieder ein. Alle flüchtigen Visionen verschmolzen zu einem einzigen Bild von Blut, Gemetzel und Tod.

Und in diesem Augenblick hielt er ein Messer in der Hand, hielt es über der nackten Brust seiner Tochter. Während er noch gegen die schreckliche Macht in sich ankämpfte, verspürte er gleichzeitig den fast unwiderstehlichen Drang, das Messer zu benutzen.

Um Heathers Fleisch und Haut aufzuschneiden.

Um ihre Knochen darunter bloßzulegen.

Tu es! Richard Kravens Stimme schrie in seinem Kopf. *Tu es jetzt, bevor es zu spät ist!* Als sich Richard Kraven von dem Schock über Heathers plötzlichen Schrei erholt hatte, spürte Glen, wie ihn seine zerstörerische Gewalt aufs neue zu übermannen drohte. Er riß sich zusammen, gewann für einen Moment die Kontrolle über seinen Körper und stürzte weg von dem Mädchen in die entfernteste Ecke des Wagens.

»Renn weg!« schrie er. »Um Himmels willen, Heather, renn weg von mir!«

Heather reagierte instinktiv auf die Stimme ihres Vaters, raffte sich auf, stürzte zur Tür, versuchte aufgeregt, sie zu öffnen. Endlich ging sie auf und Heather stolperte hinaus in die Nacht. Hinter sich hörte sie lautes Wutgebrüll, und als vor ihr plötzlich Scheinwerfer aufleuchteten, taumelte sie auf deren Strahl zu.

Für den Bruchteil einer Sekunde stieg wieder Panik in ihr hoch, doch dann hörte sie durch den tosenden Wind eine Stimme, die nach ihr rief.

»Heather! O Gott, Heather!« Sie schluchzte vor Erleichterung, wankte zu ihrer Mutter, die sie einen Moment später fest in die Arme schloß.

Heulend vor Zorn stürmte Richard Kraven dem fliehenden Mädchen hinterher, hielt dann kurz in der Tür des Wohnmobils an, als ihn das Scheinwerferlicht blendete. Instinktiv duckte er sich vor dem Licht, ging ins Innere des Wagens zurück, erkannte aber sofort, daß das ein Fehler war.

Das Wohnmobil war eine Falle! Außer der Tür, die er gerade zugeschlagen hatte, gab es keinen Fluchtweg!

Er sprang zurück zur Tür, riß sie auf und rannte in die Dunkelheit hinaus, um dem Lichtstrahl des Autos zu entkommen. Dann fiel der erste Schuß. Die Explosion knallte in seinen Ohren, doch der dumpfe Laut, mit dem er die dünne Wand des Wohnmobils durchschlug, verlor sich fast im Wind. »Stehenbleiben!« schrie jemand, aber er hörte nicht darauf, sondern rannte weiter in die Dunkelheit.

Plötzlich traf ihn ein weiterer Lichtstrahl. Er versuchte, ihm auszuweichen, aber das war unmöglich, er blieb ununterbrochen auf ihn gerichtet, egal, wohin er lief. Jetzt bemerkte er, daß ihn jemand verfolgte, ihn jagte.

Er täuschte einen Sprung nach rechts vor, rannte aber nach links, und für eine Sekunde befand er sich außerhalb des Lichtkegels. Aber von jetzt an rannte er wie blind, denn seine Augen hatten sich noch nicht an das Dunkel gewöhnt. Dann bremste etwas seinen Lauf.

Seine Finger tasteten danach, und als ihn das weiße Licht der Halogenlampe wieder beleuchtete, wußte er auch, was es war. Ein Drahtzaun, fast zweieinhalb Meter hoch, oben mit Stacheldraht. Dahinter lag eine abschüssige Felsbank, die zum Fluß hin abfiel.

Wenn er über den Zaun klettern könnte, würde er seine Verfolger abschütteln, dann könnte er ihnen entkommen. Richard Kraven kletterte hinauf und ignorierte den Schmerz, als ihm der Draht in die Finger schnitt.

Er war schon oben, hatte bereits ein Bein über den Zaun geschwungen, als Mark Blakemoor ihn doch noch erwischte. Er sprang den Zaun hinauf und packte das Bein, das noch in seiner Reichweite hing. Mark umklammerte mit beiden Händen Kravens Knöchel. Kraven stieß einen lauten Schmerzensschrei aus, als er vom Zaun hinuntergezogen wurde. Der Stacheldraht schnitt ihm dabei in die Hoden, und in jeder Faser seines Körpers erlitt er Höllenqualen. Sein Rücken versteifte sich, und seine Arme streckten sich zum Himmel. Plötzlich erhellte ein Blitz die Nacht. Er fuhr aus den Wolken herab und suchte sich am Boden ein Ziel.

Er fand Richard Kraven, fuhr durch seine Hände, brannte sich den Weg durch seinen Körper, der an dem Eisenzaun hing.

Mark Blakemoors Körper erstarrte, als die Spannung durch seinen Körper fuhr. Als die elektrische Ladung schließlich zur Erde strebte und von ihr aufgenommen wurde, fiel er zu Boden und blieb dort unbeweglich liegen.

Als das nachfolgende Donnergrollen verklungen war, heulten mit dem tosenden Wind Sirenen. Sie wurden lauter, und als flackernde Lichter auf dem Picknickplatz zu sehen waren, begannen Regen und Wind endlich nachzulassen.

Kurz darauf stoppten zwei Streifenwagen und erhellten mit ihren Scheinwerfern die makabre Szenerie am Zaun. Während die Polizisten auf den Körper zuliefen, der am Boden lag, stand Anne Jeffers neben Heather und hielt sie fest in den Armen.

Sie hörte kaum die Fragen, die ihr gestellt wurden, nahm

nur verschwommen die Männer wahr, die neben der regungslosen Gestalt Mark Blakemoors knieten.

Ihre Augen waren noch immer auf den Zaun gerichtet, an dem der Körper des Mannes hing, der ihr Ehemann gewesen war. Während sie auf ihn starrte, riß sich der Körper durch sein eigenes Gewicht vom Zaun los, rutschte auf die andere Seite und verschwand. Wenn es ein Geräusch gegeben haben sollte, als er in den Fluß unten stürzte, hatte Anne es nicht gehört.

Inzwischen hatte der Regen ganz aufgehört, und auch der Wind hatte sich völlig gelegt. Eine unheimliche Stille erfüllte nun die Nacht. Anne hatte ihren Arm noch immer schützend um Heather gelegt, als sie sich ihren Weg durch die Leute bahnte, die bei Mark Blakemoor knieten. Sie schaute ihn an, und einen Augenblick lang dachte sie, daß auch er tot wäre. Doch dann flackerten seine Augenlider und öffneten sich.

Sein Blick traf auf ihren. Sie sahen sich an, und für eine Sekunde glaubte Anne, sie sähe genau dasselbe Zwinkern in Marks Augen, das sie so oft in denen von Glen vor seinem Herzinfarkt gesehen hatte. Dann war es auch schon wieder verschwunden, und sie blickte wieder in die Augen des Kommissars, der gerade das Leben ihrer Tochter gerettet hatte.

»Er wird überleben«, sagte jemand, als Mark versuchte, ein wenig zu lächeln, bevor er wieder die Augen schloß.

»Es ist vorbei«, flüsterte Anne ihrer Tochter ins Ohr. »Es ist vorbei, mein Liebling. Und jetzt wird alles wieder gut. Für uns alle.«